史蒂芬金選

Stephen King

STEPHEN KING
史蒂芬·金
穆卓芸｜譯

牠

上

【導讀】

《牠》——史蒂芬‧金書寫童年陰影的集大成之作

【文字工作者】劉韋廷

《牠》是史蒂芬‧金最具代表性的長篇小說之一，同時也是本厚度極為驚人的作品。就英文精裝本初版來看，整部小說厚達一千一百四十二頁，是本相當符合金自稱「寫起稿來就像胖女人節不了食」說法的作品。

通常來說，出版業界對於這種長度驚人的作品總是避之唯恐不及，認為太厚的小說會嚇跑不少讀者，總會要求作家刪減。事實上，金以本名發表的第四本著作《末日逼近》（The Stand, 1978）便曾遭遇如此對待，使他忍痛砍了將近四分之一的內容，才令小說得以出版。

但到了《牠》出版的一九八六年九月時，由於金的聲勢正值如日中天，是以過往的規範再也不適用於他身上。而《牠》這本厚度與《末日逼近》原始版本相差無幾的作品，不僅無須任何刪減，甚至出版商還信心滿滿地於精裝版首刷便印了八十六萬本之多，就某方面而言，也成為了金在這八年時間，逐漸蛻變為地位難以動搖的書市暢銷天王的最佳證明。

《牠》在發售之後，絲毫沒有辜負出版商的期望，於短短的三個多月裡，便成功創下超越百萬本的銷售佳績。根據《出版人週刊》（Publishers Weekly）的統計資料，《牠》甚至還成為了當年最為暢銷的小說作品，並在一九八七年時，獲得「世界奇幻獎」與「軌跡獎」的最佳長篇小說提名，更一舉奪下「英倫奇幻獎」的最佳長篇小說獎項，使得金藉由此次成功，總算在一九九〇年得償宿願，推出根據原始版本加以增補修改的《末日逼近》，也奠定了他日後總給人一種

「作品以厚見長」的招牌印象。

當然，對於金長期以來的忠實讀者而言，《牠》的故事內容，也同樣具有極為鮮明的個人標記。如果你曾看過收錄於《四季奇譚》裡的中篇小說〈總要找到你〉，肯定會對金如何描寫孩子們眼中的世界，以及故事所具有的濃厚懷舊氛圍感到印象深刻。而一直以來，這也是金相當著迷的主題之一，曾在多部小說中安排不少佔有重要地位的孩童角色。例如《幽光》（The Shining, 1977）、《燃燒的凝視》（Firestarter, 1980）、《魔符》等書，均是極為明顯的例子。甚至就在一九八九年的某次專訪中，金也一度提及自己對這個主題的重視程度，認為童年往事具有某種神秘的力量，不僅賦予了他想像力，更影響他寫出了多本相關著作。

而無論是對史蒂芬・金自己，或是對他的眾多書迷而言，此刻你手上的這本《牠》，則正無庸置疑地是他書寫這個主題的集大成之作。於前頭提及的那場專訪裡，金表示自己在寫《牠》的時候，心靈彷彿重回到兒時歲月，讓他十分享受撰寫這本小說的時光。而在收錄於《午夜2點》的中篇小說〈秘窗，秘密花園〉的前言中，金更曾自述「在《牠》一書中，我花了多到不可思議的篇幅，說完兒童以及照亮他們內在生命那寬廣的感官知覺。」

在《牠》這本小說裡，孩子們對世界及未來總是充滿了各式各樣的想像。我們可以看見他們對初戀的憧憬，也能看見他們對長大成人的想望；甚至就連他們的恐懼，也以小丑、狼人、木乃伊等經典形象現身，使我們在讀著這本作品時，彷彿與金一同踏入了時光隧道般，隨著角色們時而歡笑，時而緊張不已。不過，金透過這本小說所要傳達的，也絕非僅有童年時光的神秘體驗及歡樂笑聲而已。

事實上，正如他許多透過超自然要素來反映社會問題的作品一樣，在《牠》裡頭，金將敘事重心放在七名主角身上，並透過一九五八年與一九八五年的交叉敘事手法，一面在講述家庭及校園霸凌問題的同時，一面也透過主角們長大成人後的遭遇，強調出童年創傷所會為人生帶來的巨大影響，使這場迫使主角們得回首前塵往事的返鄉之旅具有兩種面相。就表面上來說，他們得面對心中的深層恐懼，再度挑戰那個可以輕易變化形體、每隔一段週期便會重新甦醒的嗜血怪物。但從另一個角度而言，他們卻也因此得到了一個得以克服童年創傷的機會，藉由這場被一度遺忘的冒險之旅，重新尋回面對未來及改變現況的勇氣。

像以上所提及的這些要素，正是史蒂芬・金小說之所以迷人的重要關鍵，也是《牠》的經典地位始終不墜的最大原因。甚至，就連改編這本小說拍攝而成，於一九九〇年播映的電視影集《靈異魔咒》＊，也成為了多部改編自他小說的電視電影中，給人印象最為深刻，也是最具知名度的一部。而當年製作《靈異魔咒》的華納電影公司，更於二〇〇九年時宣布要將《牠》再度改編為電影版本；不過，由於小說篇幅過長，劇本的改編工作頗具難度之故，也導致原本預計將在今年上映的新版電影，至今仍未正式開拍。

所幸的是，雖說新版電影遲遲不見消息，但此刻《牠》中譯本的登場，則顯然更能滿足台灣書迷們的熱切期盼。當然，你可能是首次接觸這則故事的讀者，也可能是早就對本書情節了然於胸的書迷。但我想，不管你以一九五八年那如同主角們初次遭遇怪物的觀點來看，或是像他們於一九八五年再度重返故鄉的角度來讀，絕對都能得到令人心滿意足的閱讀體驗。

事實上，就在此時此刻，那名由怪物化身而成的邪惡小丑已然塗好粉墨，手持氣球，正在某個意想不到的地方，等待著你的到來或再訪。所以，這就讓我們翻開下一頁，並深吸一口氣，開始祈禱自己不會聞到馬戲團的味道吧……

◎本文在書籍名稱後方加註原文名稱與原文出版年份的，均為目前市面上未有發行繁體版的作品。

＊《靈異魔咒》是當年錄影帶版所使用的片名，於幾年前發行的DVD版本，其中譯片名則更改為《史蒂芬金之牠》。

【譯者序】
翻譯《牠》宛如一場馬拉松

《牠》是史蒂芬．金一九八六年出版的小說，為他贏得該年的英國奇幻文學獎和美國年度最暢銷小說。故事敘述七個孩子二十多年後重回故鄉，再次對抗童年糾纏他們的魔物的經過。小說具備許多後來成為史蒂芬．金註冊商標的特質，包括回憶的力量、童年創傷以及美國小鎮價值觀的醜陋面。一九九〇年，美國廣播公司將小說改編為電視電影《靈異魔咒》。

由於小說有七個主角、兩個時代——一九五〇年代和八〇年代——作者又選擇逐一交代，加上描寫詳細，因此篇幅驚人，英文版超過一千頁。對譯者而言，這是第一個挑戰。

用長跑來比喻，如果翻譯四百頁的書是一場馬拉松，翻譯一千兩百頁的書就是三鐵，那翻譯《牠》就是超跑了。而跑過馬拉松的人都知道，距離增加一倍，不代表辛苦也只乘以二，而是難上幾倍。

譯名和用語統一是最起碼的，而且拜電腦發達之賜，有不少軟體可以用，真正挑戰在於語氣的連貫，也就是讓小說中每一個人物的言談舉止都能維持一致，讓讀者一看就知道是誰，清楚感受到他或她的人格特質，不會出現前後不一的落差。《牠》的出場人物繁多，而且各有特色，作者對人物心理的描寫又特別詳盡細微，因此即使是這些年常跑「翻譯馬拉松」的我，處理起來也覺得格外費勁。

另一個鮮明的印象，是這部作品充滿了「在地」的用語。這一點在閱讀時可能不是問題，甚至才夠味，但對翻譯而言，就沒那麼輕鬆了。

怎麼說呢？小說的人物和情節是虛構的，所處年代卻是真實的。為了呈現那份真實，作者選擇具體的敘述方式，亦即放入那個年代流行或常見的物品，並且寫出名稱，而不光講類別。例如他寫到主角去買零食，他不會說主角買了一包洋芋片，而是買了一包「樂事」。

這樣的寫法當然很有真實感，就像我們聽到「乖乖」的時候，不僅會曉得它是零食，還會浮現它的包裝、它的味道與口感、價格和定位，甚至知道它是什麼時代流行、什麼年紀愛吃的零嘴。

物品名稱不單表明它是什麼，還道出一個年代、一個文化。

就以小說第八章出現的福特T型車為例。大多數美國讀者都知道T型車是福特第一款量產汽車，也是一般人買得起的私家車，但很少有中文讀者能從「福特T型車」幾個字讀出這些訊息，加註釋雖然可以達意，卻總是隔了一層。

因此，這對譯者而言是不小的挑戰。名稱是容易翻譯的，但文化和時代卻不是單憑譯名就能傳達的。而《牠》大量充斥著這類物品，食物、日用品、車子、商店、電視節目、電影角色……而且又是時間和空間都離現代中文讀者有一段距離的一九五〇年代和八〇年代的美國。

這就是《牠》令我殫思竭慮的第二件事。

所以，這次中文版的《牠》既是全譯本，也不是全譯本。是全譯本，因為原文每一個字都有譯出來；不是全譯本，因為許多文化和社會的意涵是很難、甚至無法譯出的，只能靠讀者的知識或自行延伸閱讀才能補足。

不過，這就是閱讀外國或翻譯小說的樂趣，不是嗎？在沉浸於書中人物與情節所展現的人性的同時，還能夠觸及異國的風土人情，甚至因而產生興趣，成為進一步了解其他文化與社會的起點。

當然，譯者的能力有限也是原因。譯文有任何不足或瑕疵，多半是譯者的責任與疏漏，還請讀者不吝指正。

另外，關於一些譯名和之前版本不同，在這裡稍做說明。書中有一個主角名叫威廉，在英文中，威廉的暱稱是比爾，所以他的妻子、朋友或熟識的人都喊他比爾，之前的《牠》也以「比爾」翻譯。不過，我想絕大部分的中文讀者看到比爾時，並不會想到比爾就是威廉——這又是原文和中文讀者文化隔閡的一個好例子——因此我決定改譯成威廉，暱稱則以「小威」或「威仔」代替。至於班改譯成班恩、李察改譯成理查德、麥克‧漢隆改譯成麥可‧漢倫、德里市改譯成德利市等等不同於舊版的人地名，就純粹是我個人的偏好了。

翻譯《牠》的感觸與樂趣當然不只上述三點，但那是另一個故事了。是為序。

譯名對照

新版	舊版
威廉·鄧布洛	比爾·丹布勞
史丹利·尤里斯	史丹利·尤瑞斯
理查德·托齊爾	李察·杜茲
麥可·漢倫	麥克·漢隆
班恩·漢斯康	班·韓斯康
喬治·鄧布洛	喬治·丹布勞
艾迪·卡斯普布拉克	艾迪·凱普克
貝芙莉·馬許	貝芙莉·麥許
跳舞小丑潘尼歪斯	跳舞小丑貪心鬼
派翠西亞·尤里斯	派翠西亞·尤瑞斯
卡蘿·費妮	凱洛·菲尼
維克多·克里斯	維克多·克萊斯
米拉	麥柔
艾文·馬許	艾爾·麥許
湯姆·羅根	湯姆·洛肯
派崔克·霍克斯泰特	派崔克·霍克斯塔
基恩	奇尼
內波特街	奈伯特街
德利市	德里市

他們都為大師喝采！

運用文字，將無邊際的想像力與感官經驗相結合，是史蒂芬．金的拿手好戲，讓人既愛又怕。近似絮叨的陳述，形成一股奇妙的附著感，即便闔上書也不會消失，沾黏在日常之中，「牠」似乎就藏在你我不設防的細節裡……相隔二十餘年，終能一讀七十萬字完整巨著，非常滿足。

——【文字工作者】冬陽

在驚悚恐怖這一個區塊，史蒂芬．金確實無人能出其右！

——【書評家】杜鵑窩人

提到恐怖電影，二十年前在螢光幕上那個邪氣逼人的紅髮小丑，相信是許多成人的童年夢魘。這次透過皇冠出版社，《牠》再度捲土重來，血淋淋的透過一千多頁的篇幅完整呈現。讀者絕對不能錯過史蒂芬．金這本最具代表性的恐怖大長篇！

——【史蒂芬．金網站站長】林尚威

手持氣球的邪惡小丑粉墨登場，喚起已成年主角們的童年夢魘，無路可逃的恐懼再度襲來，嚇人高手史蒂芬·金最令讀者顫慄的傑作！

——【書評人兼影評人】佛洛阿德

最長的經典、最長的惡夢。十數年前讀過至今，恐怖感仍揮之不去，不愧是「童年創傷」級的超強作品。

——【名作家】既晴

比磚頭還厚的書，比洗芬蘭浴還痛快的閱讀，你只會嫌「這書怎麼這麼薄啊」?!金爺代表作，莫此為甚！

——【掃葉工房主持人】傅月庵

總覺得，史蒂芬·金彷佛活在一個和我們這個世界重疊的另一個世界，在我們過著日常作息的世界之上，史蒂芬·金的眼睛可以看見無數奇幻詭異的故事在發生。這些迷離幽暗的可能性，呼應著人性最原始的想像與畏懼，因此在離奇驚悚中，卻又能喚起深藏在我們心中的一絲熟悉感。《牠》是史蒂芬·金的經典作品之一，顛覆了許多你熟悉的東西，例如討喜的小丑其實是魔物，平靜的小鎮其實藏著邪惡，這些恐怖與黑暗，你既陌生，也並不陌生。這本書，絕對可以讓你一路滴著冷汗也捨不得放下。

——【資深媒體人】張慧英

史蒂芬·金以他一貫的風格與技巧使書中無論是想像中的怪物或象徵性的「心魔」都寫得栩栩如生。極具說服力。而即使是一般生活中事，也因氛圍及故事情節充滿恐怖感而令人不寒而慄。

——【資深譯者兼影評人】景翔

史蒂芬·金的最佳作品！

——【時人雜誌】

經典之作！……文學的里程碑！

——【芝加哥太陽報】

一場恐懼的饗宴！

——【費城詢問報】

史蒂芬·金回來了！《牠》是足與《鬼店》及《末日逼近》並列的恐怖文學巔峰代表作！

——【圖書館期刊】

我懷著感謝將本書獻給我的孩子。
我的母親和妻子教我成爲男人，我的孩子教會我自由。

娜歐米·瑞秋·金，十四歲。
約瑟夫·希爾史托姆·金，十二歲。
歐文·菲利普·金，七歲。

孩子們，小說是謊言裡的眞實，
而這本小說裡的眞實再簡單不過：
魔幻確實存在。

——**史蒂芬·金**

「有記憶以來這個古鎮就是我的家
我離去多時它還是會在原地。
仔細瞧　瞧她的東側西側
妳蕭索了，但仍深植我靈魂之中。」

——**麥可・史丹利樂團**

「我的老友啊，你在找尋什麼？
當了多年遊子後
你帶著異國天空下
照料出的形象前來
遠離故土。」

——**喬治・賽法利斯**

「青天霹靂，遁入黑暗。」

——**尼爾・楊**

contents

PART ONE
之前的影子

PART TWO
一九五八年六月

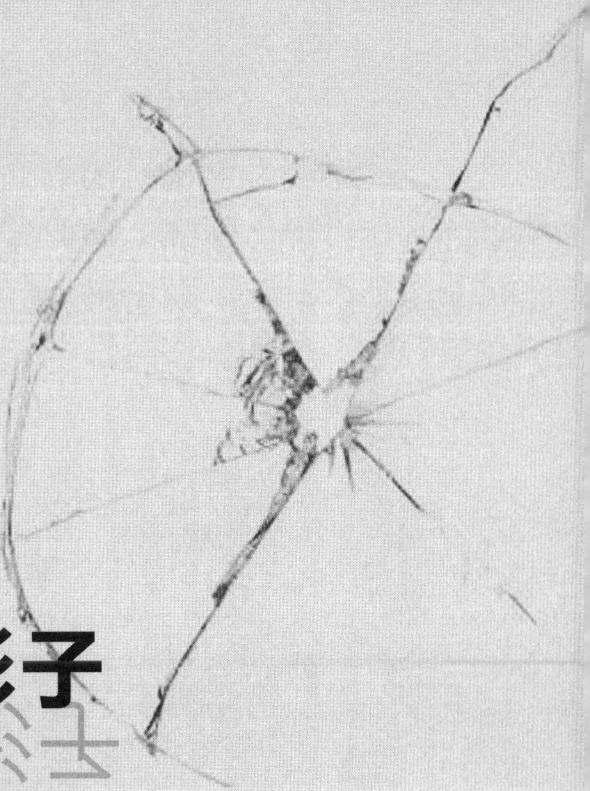

PART ONE

之前的影子

開始了！
繽紛花瓣在陽光下盛開，
完美更勝以往，但蜂舌卻錯過了花。
花瓣落回土中枯萎、消逝，
大喊（算是吧）——
吶喊爬上花瓣，一陣顫抖……
——威廉・卡羅斯・威廉士，〈派特森〉

生在死氣沉沉的小鎮。
——布魯斯・史普林斯汀

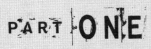

第一章　洪水之後（一九五七年）

1

就我所知，我記得驚惶始於一艘在大雨灌滿的水溝裡漂浮的小紙船。恐慌持續了二十八年才結束——誰曉得是不是結束了。

船是報紙做的，在水溝裡起伏搖擺，時而回正，勇敢闖過危險的漩渦，一路沿著威奇漢街流向傑克森街口的紅綠燈。一九五七年秋天的這個午後，四向紅綠燈的三個燈都是黑的，屋子也是漆黑一片。雨已經下了整整一週，兩天前開始起風，德利市大部分地區的電力從那時就斷了，到現在還沒恢復。

一個穿著黃雨衣、紅雨鞋的小男孩興匆匆地跑在小船旁邊。雨還沒停，不過總算減弱了。男孩聽著雨水打在雨衣的黃帽子上，很像落在棚屋頂的雨滴……聽起來很悅耳，甚至很親切。男孩名叫喬治·鄧布洛，那年六歲。他哥哥叫威廉，德利小學的學生都叫他結巴威，甚至連老師都知道，只是他們不會當著威廉的面這麼喊他。威廉感冒在家，那一波感冒很嚴重，他是最後一個還沒好的。一九五七年那個秋天，距離真正的恐慌開始還有八個月，離最後對決還有二十八年。結巴威十歲。

喬治追的船是威廉做的。他坐在床上折紙船，背後靠著一堆枕頭，母親在起居室用鋼琴彈奏〈給愛麗絲〉，大雨不停掃過他臥房的窗戶。

沿著威奇漢街往故障的紅綠燈走大約四分之三條街，就會看見幾只燻火盆和四個橘色鋸木架擋住了馬路，每個木架都用模板噴了幾個字：德利公共工程處。木架後方，雨水漫出水溝，溝裡卡著樹枝、石塊和一坨坨黏稠的葉子。雨水試探似的摸上柏油邊，隨即貪婪地佔據整個路面——大雨下到第三天就是這樣了。第四天中午，大塊大塊的路面開始漂在傑克森和威奇漢街口，有如一艘艘小舟。這時，不少德利市民已經緊張地開起玩笑，說該造挪亞方舟了。公共工程處勉強讓傑克森街正常通行，但威奇漢街就沒救了，從鋸木架一路到市中心都無法通行。

不過，所有人都認為最壞的已經過去。坎都斯齊格溪在巴倫斯那一段的水面已經低於溪岸，離運河的水泥堤防頂端也有幾吋之遙。堤防牢牢限制著溪水，導引它通過市中心。一群男人正在移除他們前一天驚惶倉卒堆好的沙包，喬治和威廉的父親札克．鄧布洛也在其中。昨天的洪災和鉅額損失似乎在所難免。這種事之前也發生過——一九三一年的洪水就是一場災難，奪去了數百萬美元和將近二十條人命。那雖然是陳年往事，但活著還記得的人依然不少，夠把剩下的人嚇得膽顫心驚。其中一名罹難者在二十五英里以東的巴克斯波特，一條魚啃掉了那位可憐先生的兩隻眼睛、三根手指和陰莖，左腳也所剩無幾。被發現時，他雙手還緊緊抓著福特轎車的方向盤。

不過，溪水既然退了，只要新的班格水壩在上游發揮作用，威脅就消失了。起碼札克．鄧布洛是這麼說的。他是班格水力發電公司的員工。至於未來——未來的洪水是未來的事，眼前的重點是渡過這次危機，讓電力恢復，然後將整件事拋到腦後，忘個乾淨。在德利市，忘掉悲劇和災難可以說是一門藝術。威廉當時還沒發現這一點，但他後來就明白了。

喬治一跑過鋸木架便停了下來。他腳尖前橫著一道深溝，切穿了威奇漢街的柏油路面。深溝近乎對角線，從他所站的地方向左向下坡延伸將近四十英尺，尾端在街的盡頭。喬治哈哈大笑，四下只有他的聲音，洋溢著孩子般的雀躍。天空灰沉陰霾，他是耀眼的跑者——一道暗流將他的紙船帶向柏油裂隙造成的小激流裡。激流沿著斜長的裂隙開出一條水道，將他的船從威奇漢街的右邊帶向左邊，速度又快又急，喬治得全力衝刺才跟得上。他的雨鞋踩得泥濘的水窪水花四濺，鞋扣發出悅耳的鏗鏘聲。他就這麼奔向離奇的死亡。那時，他心中充滿對他哥哥威廉的愛，單純又明白……愛和一絲遺憾，遺憾威廉不能一起親眼見識。他回家之後當然會向哥哥形容，但他曉得自己不可能讓威廉看到。如果他們角色互換，威廉的描述會更給人歷歷在目的感受。威廉的讀寫都很棒，但就算喬治年紀還小，也曉得哥哥每科拿A不是光靠讀和寫。老師喜歡哥哥的作文也一樣。描述只是一部分，威廉還很會看。

順流而下的小船已經解體了，只是德利《新聞報》分類欄的某一頁，但看在喬治眼中卻是戰爭電影裡的魚雷快艇。他和威廉有時週六下午會到德利戲院看電影。那部電影在講約翰・韋恩和日本人打仗。紙船劃過水面，水花向船頭兩側飛濺。船漂到威奇漢街左側的水溝，一道小水流忽然淹過柏油裂隙，形成頗大的漩渦，喬治感覺小船一定會被淹沒翻覆。船顫巍巍地斜向一邊，隨即回正，讓喬治高聲歡呼。船轉了個方向，加速朝街口漂去。喬治衝上去追，十月的強風掃動路樹，幾乎吹光所有的紅黃枯葉。今年的暴風雨特別猛烈，到處摧枯拔葉。

2

威廉坐在床上，雙頰依然滾燙發紅（但他的燒和坎都斯齊格溪一樣都消退了），將紙船折好。但喬治伸手去拿，他卻一把移開。「先、先把石、石蠟拿來。」

「那是什麼？在哪裡？」

「你去樓、樓下，就在地窖的架、架子上，」威廉說：「一個寫著卡、卡爾夫的盒子裡。把它拿來，還有一把刀和一、一個碗。還有一包火、火柴。」

喬治乖乖下去拿東西。他聽見母親的琴聲，不是〈給愛麗絲〉，是另一首曲子，他不怎麼喜歡——聽起來索然無味。他聽見雨水不停打在廚房的窗玻璃上。這個聲音很舒服，但想起地窖可就不那麼舒服了。喬治不喜歡地窖，也不喜歡一步步走下地窖的樓梯，因為他總覺得有東西躲在暗處。這當然很蠢，他父親這麼說，他母親這麼說，就連威廉也這麼說。可是——

他甚至不喜歡開門，也不喜歡開燈，因為他總覺得——這實在很蠢，所以他不敢跟任何人說——找開關的時候，會有可怕的爪子摸上他的手腕……將他抓進飄著灰塵、潮氣和淡淡蔬菜腐臭味的黑暗中。

笨蛋！地窖裡才沒有全身毛茸茸又會咬死人的爪子怪物。每隔一段時間就會有人發瘋殺了很多人——主持晚間新聞的契特．韓特利偶爾會報導——當然還有共產黨員，但他們家的地窖沒有變態怪物。儘管如此，這個想法還是揮之不去。每回提心吊膽用右手去摸開關（左手臂緊勾著門框），總是感覺地窖愈來愈臭，甚至瀰漫全世界。灰塵、潮氣和蔬菜腐爛的臭味混在一起，形成一個很好辨認、無法閃躲的味道。怪物的味道。怪物之王。他不知道要如何形容那個東西，那個躲在角落蓄勢待發的「牠」。牠什麼都吃，但特別愛吃男孩的肉。

那天早上他打開門，提心吊膽去摸開關，手臂照例勾著門框。他閉緊眼睛，舌尖從嘴角探出一點，有如旱災時痛苦尋找水源的細根。可笑嗎？當然！那還用說？你看你，喬治！喬治怕黑！眞是小貝比！

鋼琴聲從起居室傳來。他母親叫它起居室，父親叫它客廳。聲音感覺像是另一個世界飄來的，很遠很遠。夏天人滿為患的海灘，筋疲力竭的泳客在海上聽見岸上的笑語聲，應該就是這種感覺。

他的手指摸到開關了，哈！

手指扳動開關——

——毫無動靜。沒有光。

哎呀，對喔！停電了！

喬治猛然收手，彷彿摸到一籃毒蛇似的。他倒退幾步，離開門開著的地窖，心臟在胸膛裡急速跳動。電當然沒有了——他忘記停電了。該死！現在怎麼辦？回去跟威廉說他拿不到石蠟，因為停電了，他怕走下地窖樓梯會被東西抓走嗎？不是共產黨員或殺人魔，是更可怕的東西。牠腐爛的身軀會鑽過樓梯縫隙，抓住他的腳踝。到時一定很轟動，對吧？其他人可能會笑他胡思亂想，但威廉不會。威廉會大發雷霆，說：「成熟一點，喬仔……你到底要不要這艘船？」

說人人到，威廉的聲音從臥房傳來：「你是死、死在那裡了嗎？喬、喬治？」

「沒有，威廉，我正在拿，」喬治立刻喊了回去。他摩擦雙臂，想讓罪惡感帶來的雞皮疙瘩消下去，讓皮膚恢復光滑。「我只是先喝一點水。」

「嘖，快、快一點！」

於是，喬治往下走了四階樓梯。他的心臟像一把熱鎚子猛敲喉嚨，頸背上的毛髮立正豎起，眼睛發燙，雙手冰涼，覺得地窖的門隨時會啪的關上，切斷透進廚房窗戶的白光，而他會聽見「牠」的聲音，比世界上所有共產黨和殺人犯還恐怖的東西，比日本人、匈奴王阿提拉和一百部驚悚電影裡的怪物還要可怕。牠低聲咆哮——在那瘋狂的一瞬間，他會聽見那聲低吼，隨即被牠撲倒，開膛破肚。

這一天地窖裡的臭味比往常都濃。因為洪水。他們家靠近山頂，在威奇漢街地勢較高的地方，幾乎沒受洪水侵擾，但還是積了點水，滲進老舊的石頭地基。臭味很沉、很難聞，讓人只想盡量不要呼吸。

喬治匆匆翻動架上的垃圾——舊的奇威鞋油盒、擦鞋布、一盞破的煤油燈、兩罐幾乎空了的穩潔清潔劑和一個舊的龜牌扁罐軟蠟。他不曉得為什麼，但就像被人催眠似的盯著蓋上的烏龜圖案，看了快三十秒才回過神來。他將罐子扔回去……那東西終於出現了，寫著「卡爾夫」的方盒子。

喬治一把抓起盒子，死命衝上樓梯，突然察覺襯衫下襬露了出來。他很肯定下襬會把自己害死：地窖裡的那個東西會先讓他逃到門口，再一把抓住他的襯衫下襬拖他回來，然後——

喬治跑進廚房將門甩上，砰的颳起一陣風。他背靠著門，雙眼緊閉，胳臂和額頭爬滿汗水，石蠟盒牢牢抓在他的手中。

琴聲停了，母親的聲音飄來：「喬仔，下次請你關門再用力一點好嗎？要是真的使勁，我看你連威爾斯餐具櫃的木板都拆得下來。」

「對不起，媽。」他喊了回去。

「喬仔，你真沒用。」威廉在臥房裡說。他刻意壓低聲音，讓母親聽不見。

喬治竊笑一聲。他已經不害怕了。恐懼從他體內退去，就像夢魘離開，人從夢中驚醒，身體恢復知覺，只留下渾身冰冷和喘息。他環顧四周，想確定一切都沒有發生，並已經開始遺忘。當他的腳踩上地板，恐懼已經消失一半，等他淋浴完畢擦拭身體只剩四分之一，吃完早餐更消失殆盡。完全不剩……直到下次再被夢魘抓住，讓他記起所有過往的恐懼。

那隻烏龜，喬治朝放火柴的櫃子走去，一邊想，*我之前在哪裡看過一樣的？*

他想不起來，便不管它了。

他從抽屜拿了火柴，從架上拿了一把刀（照他父親教的小心拿著，不讓刀尖靠近身體），再到飯廳從威爾斯餐具櫃拿了一個小碗，然後回到威廉的房間。

「你、你真是屁、屁眼，喬、喬仔。」威廉說，語氣很和善。他推開床頭櫃上的生病用品：

空玻璃杯、一壺水、面紙、幾本書和一罐維克斯傷風膏——威廉未來只要聞到它，就會想起胸口卡著膿痰、鼻涕充腦的感覺。老舊的費哥收音機也在他房間，正在播放的不是蕭邦或巴赫的曲子，而是小理查……但很輕柔，柔得完全抹去小理查那股原始粗糙的力量。他們的母親在茱莉亞音樂學院唸書，主修古典樂，非常痛恨搖滾。不只不喜歡，是憎惡。

「我才不是屁眼。」喬治說著在威廉的床邊坐下，將拿來的東西放在床頭櫃。

「你是，」威廉說：「而且是超級大屁眼，就是。」

喬治腦中浮現一個小孩，兩腿間長了一個大屁眼，忍不住咯咯笑了。

「你的屁眼比奧古斯塔還大。」威廉說完也開始笑。

「你的屁眼比緬因州還大。」喬治說，說完兩人噗哧大笑，笑了快兩分鐘。

接著兩人開始竊竊私語，內容只有他們才覺得好玩：罵誰才是超級大屁眼、誰有超級大屁眼、誰的屁眼最噁黃等等。最後威廉說了一句髒話，他罵喬治是狗大便黃屁眼，惹得兩人哈哈大笑。威廉笑了幾聲就開始不停咳嗽，後來終於緩和下來（但這時他的臉已經微微發黑，讓喬治心生警覺）。鋼琴聲又停了。兄弟倆同時朝起居室望去，聽琴椅有沒有往後推，還有母親不耐的腳步聲。威廉用手肘遮住嘴巴，蓋掉最後幾聲咳嗽，一邊指著水罐。喬治倒了一杯水給他，讓他喝了。

琴聲再度響起，又是〈給愛麗絲〉。結巴威永遠忘不了這首曲子，就算多年以後聽見，背部和手臂還是會起雞皮疙瘩，同時心裡一沉，想起：喬治死的那一天，母親正在彈這首曲子。

「你還會咳嗽嗎，威廉？」

「不會。」

威廉從盒子抽了一張面紙，胸膛呼嚕一聲，將痰吐了進去，接著將面紙揉成一團扔到床邊的垃圾桶，裡頭都是同樣的衛生紙團。他打開石蠟盒，一塊方形蠟狀物落進他的掌心。喬治盯著他看，但沒有說話也沒發問。威廉做事不喜歡喬治說話打斷他，但喬治學到一件事，只要他閉上嘴巴，威廉通常就會主動解釋自己在做什麼。

威廉用刀切下一小塊石蠟放進碗裡，接著點燃一根火柴放在蠟塊上。兩個小男孩看著微小的昏黃火焰，窗外逐漸平息的風夾帶雨水，不時打在窗玻璃上。

「得讓紙船防水，不然它一下子就濕掉沉下去了。」威廉說。他和喬治在一起的時候，結巴很輕微，有時甚至沒有，但在學校卻很嚴重，糟到根本沒辦法開口，談話被迫中斷。威廉的同學會撇開視線，任威廉抓著桌子兩側，臉龐變得和頭髮一樣紅，眼睛瞇成一條線，努力想從不聽話的喉嚨裡擠出一個字。有時（大部分時候）字會擠出來，有時不會。他三歲時被車撞，整個人撞到屋牆，昏迷了整整七個小時。媽媽常說結巴是車禍害的，但喬治有時覺得他爸爸（還有威廉）不是那麼確定。

碗裡的石蠟幾乎全融了。火焰包著紙做的火柴棒愈來愈弱，顏色由黃轉藍，隨即熄滅了。威廉伸出一根手指放進蠟液裡，隨即低呼一聲將手收了回去，羞赧笑著對喬治說：「好燙。」過了幾秒鐘，他再度伸指去挖，開始將蠟抹在船的兩側。石蠟很快凝固成乳白狀。

「我也可以弄嗎？」喬治問。

「好啊，但是不要弄到毯子上，否則媽媽會殺了你。」

喬治手指伸進蠟裡，感覺很暖但已經不燙了。他開始將蠟抹到船側。

「你這個屁眼，別塗那麼多！」威廉說：「你難道要它首、首航就沉船嗎？」

「對不起。」

「沒關係，塗、塗輕一點就好。」

喬治塗完一邊，將船捧在手上。感覺重了一點，但沒差太多。「真酷，」他說：「我要出去放船。」

「沒錯，去放船。」威廉說。他忽然一臉疲倦——很累，而且還是不舒服。

「真希望你一起去，」喬治說。他真的這麼想。威廉雖然偶爾會擺架子，但總是能想出最酷的點子，而且很少打他。「其實它是你的船。」

「她，」威廉說：「稱呼船要用她、她。」

「她就她。」

「我也希望我能去。」威廉悶悶地說。

「呃。」喬治雙手捧著船，侷促不安扭動著。

「記得穿上擋雨的衣服，」威廉說：「否則你就會和我一樣感、感冒。說不定你已經被傳染了，因為我的細、細菌。」

「謝了，威廉，船做得真好。」說完他做了一件很久沒做的事，讓威廉永遠不會忘記：他彎身向前親了哥哥臉頰一下。

「這下你一定會得感冒了，屁眼王。」威廉說，但聽起來很開心。他帶著微笑對喬治說：「還有，把這些東西放回去，否則媽媽一定會氣死。」

「沒問題。」他收好防水用品朝門口走去，小船搖搖晃晃停在石蠟盒上頭，盒子斜斜擺在碗裡。

「喬、喬仔？」

喬治回頭看著哥哥。

「小、小心點。」

「沒問題。」他眉頭皺了一下。這種話是媽媽說的，不是哥哥，感覺就像他親了威廉一樣奇怪。「我一定會小心。」

說完他就離開了。威廉再也沒有見到他。

3

喬治沿著威奇漢街的左側跑，想要追上小船。他跑得很快，但水比他更快，讓船搶在前頭。他聽見低沉的轟鳴聲，抬頭發現下坡五十碼的地方，水正像瀑布一樣灌進還開著的排水閘口裡。排水溝又長又暗，在人行道邊開出一個半圓形。喬治看著水流，發現一根斷掉的樹枝被沖向溝口，樹皮像海豹皮又黑又亮。樹枝卡住片刻，隨即被排水溝吞了下去。他的船正朝同一個方向去。

「噢，不會吧！」他沮喪大喊。

喬治加快腳步。那一瞬間，他以為自己就要追上了，沒想到卻腳底打滑，整個人仆倒在地上，一邊膝蓋破皮，讓他痛得大叫。他趴在馬路上放眼望去，只見小船轉了兩圈，被漩渦困了幾秒，接著便消失了。

「不會吧！」他又大喊，握起拳頭狠狠敲打路面。那也很痛，他開始啜泣。船就這樣弄丟了，真是白痴！

喬治起身走到排水閘口前，跪下來朝裡頭看。水落進漆黑中，發出潮濕而空洞的聲響，感覺很陰森，讓他想到——

「啊！」叫聲從他喉嚨蹦了出來。他往後縮。

溝裡有一雙黃眼睛，就是他想像會在地下室遇見，卻一直沒看到的眼睛。他心慌意亂地想，是動物，就這樣，是動物，也許是家貓被困住了——

不過，他還是準備拔腿就跑——再一兩秒鐘，等他心裡的總機處理好那一雙晶亮黃眼給他的衝擊。他指尖感覺到路面的粗糙，還有流過手指的淺淺冰水。他看見自己起身後退，這時一個聲音——非常沉著，而且滿悅耳的聲音——從排水溝裡傳來。

「嗨，喬仔。」那聲音說。

喬治眨眨眼又看了一次，幾乎不敢相信自己的眼睛。那東西就好像故事或電影裡會說話和跳舞的動物一樣。他要是再大十歲，就不會相信眼前所見的東西。但他只有六歲，不是十六歲。

排水閘裡有一個小丑。閘裡光線很暗，但已經夠讓喬治．鄧布洛確定自己看到了什麼。那是小丑，就像他在馬戲團或電視上看到的。事實上，那小丑看起來很像波左和克拉拉貝兒的混合體，就是週六早上在《豪迪杜弟》用按喇叭代替說話的傢伙（還是女士？喬治一直不確定性別）——所有人裡頭，只有水牛鮑伯聽得懂克拉拉貝兒說什麼。這一點老是逗得喬治哈哈大笑。排水溝裡的小丑臉是白的，光禿禿的腦袋兩邊各長了一撮可笑的紅髮，嘴巴四周畫了一個大大的小丑笑臉。要是喬治再多活幾年，他一定不會先想到波左或克拉拉貝兒，而是麥當勞叔叔。

小丑一手抓著一把氣球，什麼顏色都有，好像托著五彩繽紛的水果。

他另一手拿著喬治的紙船。

「想要你的船嗎，喬仔？」小丑露出微笑。

喬治也笑了。他忍不住。那種微笑你看了就會想微笑。「當然。」他說。

小丑笑了。「『當然』，很好！非常好！那要不要一個氣球？」

「呃……當然！」喬治伸出手……隨即不情願地縮了回去。「我不能拿陌生人的東西，爸爸說的。」

「你爸爸很聰明，」排水溝裡的小丑微笑著說。喬治心想，我怎麼會把牠的眼睛看成黃色的呢？小丑的眼睛是藍的，閃爍發亮，和他母親的眼睛顏色一樣，也和威廉一樣。「非常聰明，所以我要自我介紹。喬仔，我是巴布．葛雷先生，又名跳舞小丑潘尼歪斯。潘尼歪斯，見過喬治．鄧布洛。喬治，見過潘尼歪斯。這樣我們就算認識了，我不是陌生人，你對我也不是陌生人，對不對啊？」

喬治呵呵笑了。「應該吧。」他再次伸手……但又縮了回去。「你怎麼會掉到那裡面去？」

「暴風雨把我吹的，」跳舞小丑潘尼歪斯說：「風把整個馬戲團都吹走了。你能聞到馬戲團嗎，喬仔？」

喬治往前靠。他忽然聞到花生味了！熱騰騰的烤花生！還有醋！那種你從蓋子上的開口倒在薯條上的醋！他聞到棉花糖和炸甜甜圈的味道，還有淡而刺鼻的動物糞臭味。他聞到木屑的櫻香，可是……

可是在所有味道裡，他還聞到洪水、腐葉和深水溝的味道，感覺又濕又臭。那是地窖的味道。

不過，其他味道比較強。

「我當然聞到了。」他說。

「想要你的船嗎，喬仔？」潘尼歪斯問：「我會再問一遍，是因為你好像不急著拿回去。」他微笑著將船舉高。他穿著鬆垮的絲襯衫，釦子又大又橘，外加一條亮藍色領帶垂在胸前，雙手戴著白色大手套，跟米老鼠和唐老鴨一樣。

「當然要。」喬治望著排水溝裡說。

「那要氣球嗎？我有紅的、綠的、黃的、藍的……」

「它們會飄嗎？」

「飄？」小丑笑得更開心了：「那還用說，會啊，它們會飄！還有棉花糖……」

喬治往前走。

小丑抓住他的胳膊。

喬治發現小丑的臉色變了。

他眼前的景象實在太過恐怖，相較之下，他對地窖怪物的可怕想像簡直像甜美的夢境一樣。那幅景象一舉粉碎了他的理智。

「它們會飄。」排水溝裡的東西低聲唱道，聲音糾結著輕笑。牠用蟲子般的黏稠抓著喬治，將他拖向恐怖的黑暗之中。大水奔騰呼嘯，將暴風雨吹落的殘骸送往大海。喬治扭開頭，背對那終結的黑暗，開始朝雨水尖叫，朝盤據在德利市上空的秋天失控尖叫。一九五七年的秋天。他的尖叫淒厲刺耳，所有住在威奇漢街的居民全都跑到窗邊或奔到門廊上。

「它們會飄，」那東西咆哮道：「它們會飄，喬仔，等你下來我這裡，你也會飄——」

喬治一邊肩膀卡在人行道的水泥側，因為洪水所以暫停鞋船街的工作在家休息的戴夫·加德納只見到一個穿黃雨衣的小男孩在水溝裡掙扎、尖叫，泥水淹過男孩的臉，讓尖叫聽起來像吹泡泡。

「這裡所有東西都會飄。」帶著輕笑的難聽嗓音低聲說。喬治·鄧布洛忽然聽見撕裂聲，接著是劇烈的疼痛，之後就什麼也不曉得了。

戴夫·加德納最先趕到，雖然距離第一聲尖叫只隔了四十五秒，但喬治·鄧布洛已經死了。加德納抓住雨衣後背，將喬治拉回路面，讓他翻過身來……接著他也開始尖叫。喬治雨衣的左半邊變成鮮紅色，左手沒了只剩一個洞，血從洞裡滲出流進排水溝裡，破布底下突出一塊骨頭，閃著可怕的亮光。

男孩的眼睛望著白色的天空，當戴夫顛簸退開，走向從四面八方慌忙跑來的居民時，那對眼睛開始被雨水填滿。

4

排水溝裡的水就快到頂了（事後一名郡警用惱怒挫折得近乎痛苦的語氣，向德利《新聞報》記者說溝裡找不到人的，就算大力士也會被激流沖走），喬治的紙船繼續向前漂流，經過漆黑的洞穴與漫長的水泥道，伴隨著轟隆迴盪的水聲，期間還曾經和一隻死雞追對廝殺。死雞腳爪發黃，活像爬蟲的爪子，直直指著滲水的天花板。一船一雞僵持到了市東的岔口才分道揚鑣。雞被水往左邊沖，喬治的船繼續往前。

一小時後，當喬治的母親在德利家庭醫院急診室服下鎮靜劑，結巴威驚訝得滿臉蒼白，愣坐在床上聽父親在起居室裡（喬治出門時，母親還在房裡頭彈琴）嘶啞哽咽時，紙船像出膛子彈一樣從水泥破口射了出來，順著閘溝加速往前，朝無名小溪流去。二十分鐘後，小船和湍流滾滾的佩諾布斯克河會合，天空出現了第一道藍。暴風雨結束了。

小船載沉載浮，時而進水，但始終沒沉。兩兄弟的防水工夫做得很好。我不曉得船最後漂到哪裡。誰知道？說不定它一路漂到海上，到現在還沒停，就像童話裡的魔法船一樣。我只知道它離開德利市界時還沒有沉，還在乘著洪水往前，永遠離開了這個故事。

第二章　節慶之後（一九八四年）

1

艾德里安的男友哭著告訴警察，艾德里安會戴著那頂帽子，是因為他六天前去了貝西公園，在園遊會的拋拋樂攤位贏的。當時他很得意，現在卻死了。

「他會戴那頂帽子，還不是因為他愛這個爛地方！」唐恩．哈卡帝朝警察咆哮。

「好了、好了──沒必要用這種口氣說話。」哈洛德．加德納警官對哈卡帝說。他是戴夫．加德納的兒子，家裡還有三個兄弟。他父親發現喬治．鄧布洛的斷臂屍體那一年，哈洛德才五歲，轉眼二十七年過去，他已經三十二歲，頭髮也開始稀疏了。他知道唐恩．哈卡帝真的很痛苦、很難過，但就是無法當一回事。這個男的──假如他還算男人的話──塗著口紅，一條絲長褲緊緊貼住下半身，緊得連他老二上有幾條皺紋都數得出來。管他痛不痛苦、難不難過，他都是同性戀，和他死去的朋友艾德里安．梅倫一個樣。

「我們再重複一遍，」哈洛德的搭檔傑佛瑞．里弗斯說：「你們兩個離開法爾可往運河走，然後呢？」

「我到底要跟你們兩個白痴說幾遍！」哈卡帝繼續咆哮：「他們殺了他！他們把他推下去！又是男子氣概那一套！」說完他就哭了。

「再說一次，」里弗斯耐心地說：「你們離開法爾可，然後呢？」

2

走廊盡頭的偵訊室裡，兩名德利市警察正在約談十七歲的史帝夫．杜貝。另兩名員警在樓上遺囑查證室偵訊十八歲的約翰．卡頓，綽號「威比」。警長安德魯．拉德馬赫和助理檢察官湯姆．布提利爾則在五樓警長室裡，偵訊十五歲的克里斯多夫．昂溫。昂溫穿著褪色牛仔褲、沾了油污的T恤和厚技師靴，正在掉眼淚。拉德馬赫和布提利爾選了他，因為他們一眼就看出他是最軟弱的一個。

「我們再重複一遍。」布提利爾和三樓的傑佛瑞．里弗斯同時說了同樣的話。

「我們沒有要殺他，」昂溫哭哭啼啼說：「是那頂帽子。你知道，我們不敢相信威比跟他說了那些話之後，他竟然還敢戴那頂帽子。我想我們只是要嚇嚇他。」

「因為他說的話。」拉德馬赫警長插話道。

「對。」

「他對約翰．卡頓說的話，時間是十七日下午。」

「對，對威比，」昂溫又開始號哭：「但我們發現他不行了之後，有試著去救他……起碼我和史帝夫．杜貝有……我們沒有要殺他！」

「少來了，克里斯多夫，別糊弄我們，」布提利爾說：「是你們把那個同志扔到運河裡的。」

「對，可是——」

「然後你們三個來這裡自首。我和警長很感謝你們這麼做，對吧，安德魯？」

「當然。是男人才會勇於負責，克里斯多夫。」

「所以，你現在別他媽的撒謊，把事情搞砸了。你們一看到他和他的同志密友，就打算把他扔到運河裡，對吧？」

「才沒有！」克里斯多夫・昂溫激烈反駁。

布提利爾從襯衫口袋掏出一包萬寶路菸，抽了一根送進嘴裡，接著將菸遞到昂溫面前。「要抽嗎？」

昂溫拿了一根，但他嘴巴一直顫抖，布提利爾手上的火柴都快燒到屁股了才幫他點著。

「那是在看到他還戴著那頂帽子之後？」拉德馬赫問。

昂溫低頭深吸了一口菸，油膩膩的頭髮垂到面前。他將煙從鼻子吐出來，鼻子上都是黑頭粉刺。

「嗯。」他說，聲音輕得幾乎聽不見。

布提利爾彎身向前，棕色眼睛炯炯發亮，臉上表情像是捉到獵物似的，語氣卻很溫柔：「你說什麼，克里斯多夫？」

「我說對，應該是吧，決定把他扔下去。但沒打算殺了他。」他抬頭看著警長和副州檢察官，表情激動又可憐。打從他昨晚出門和兩名死黨去參加德利運河節的那一刻起，他的命運就徹底改變了，但他顯然還沒意會過來。「沒打算殺他！」他又說了一次：「而橋下那個傢伙……我還是不曉得他是誰。」

「什麼傢伙？」拉德馬赫問，但不是很認真。這個說法他們剛才有聽過，但兩人都不相信——被控謀殺的人遲早會搬出神秘的第三者當救兵。布提利爾甚至還為這一招取了個名字，叫「獨臂人症候群」，靈感來自老電視影集《逃犯》。

「穿著小丑服的傢伙，」克里斯多夫・昂溫顫抖著說：「還拿著氣球。」

3

運河節從七月十五日開始到二十一日結束，幾乎所有德利市民都同意這個活動大獲成功，對於提振全市朝氣、形象……和荷包大有助益。節慶為期一週，旨在紀念流經市區的運河啟用一百週年。當年就是運河開啟了德利的伐木業，催生了該市的黃金歲月，從一八八四年延續到一九一〇年。

小城由東往西、由北往南翻新。居民發誓十年沒有補過的路面鋪好壓平了，房舍內部重新裝修，外牆也重新粉刷。貝西公園長椅上的難看塗鴉被磨掉了（大部分是可以想見的反同志口號，例如「殺光同性戀！」或「愛滋病是神用來懲罰你們這些死玻璃的！」），橫跨運河、人稱「親吻橋」的覆頂步道木牆上的塗鴉也都清乾淨了。

市區三個空店面合併成運河博物館，擺滿當地圖書館員兼業餘史家麥可．漢倫的收藏。節慶期間，德利市最古老的家族無償出借傳家的無價之寶，近四千名遊客支付二十五分錢參觀一八九〇年代的餐廳菜單、一八八〇年代伐木工人的纜柱、斧頭和鉤梃、一九二〇年代的玩具，還有兩千多張相片和九卷紀錄影片，訴說著德利市百年來的風華。

博物館由德利市婦女協會資助。她們否決了漢倫的部分收藏（例如一九三〇年代有名的椅形牢籠）和相片（例如那一場知名槍戰中的布雷德利幫成員），但所有市民都同意展出相當成功，而且那些血腥的收藏本來就沒人想看。誠如某首老歌說的，隱惡揚善好多了。

德利公園架了一頂條紋大帳篷，供應點心和飲料，每晚都有樂隊演奏。貝西公園是嘉年華區，除了史莫基康樂隊提供的旋轉木馬和雲霄飛車，還有當地人設置的遊戲攤位。每個整點會有電車載遊客繞行市區的歷史古蹟，最後停在造型俗氣、人人都愛的吃角子老虎機前。

艾德里安．梅倫就是在這裡贏到那頂害死他的帽子。一頂紙做的大禮帽，上頭有花和紙環，寫著「我♥德利！」

4

「我累了，」綽號威比的約翰．卡頓說。他和兩名死黨一樣，沒發現自己穿得像搖滾歌手布魯斯．史普林斯汀。但要是別人問起，他卻會說史普林斯汀是軟腳蝦加死玻璃，他崇拜的是「超屌的」重金屬樂團，例如威豹、搖擺姊妹或猶大祭師合唱團。他穿著淺藍色T恤，袖子故意撕掉露出壯碩的肌肉，濃密的棕髮垂下來遮住一邊眼睛，感覺更像約翰．庫格．麥倫坎普，而不是布魯斯．史普林斯汀。他兩隻手臂上有藍色刺青，圖案神奇難解，看起來像小孩的塗鴉。「已經沒什麼好說的了。」

「說說你們週二下午在園遊會的經過就好。」休斯說。他已經被這件狗屁倒灶的案子搞得又累又驚又慌，心裡一直有一種感覺，彷彿這是德利運河日的閉幕式，所有人都知道有這一回事，卻沒有人敢寫進行程表裡。假如有寫進去，應該會像這樣：

週六晚間九點：最後一場樂團演奏：德利高中樂隊和美洛男理髮院合唱團。

週六晚間十點：大型煙火表演。

週六晚間十點三十五分：艾德里安．梅倫獻祭儀式，運河日正式結束。

「去你媽的遊園會。」威比說。

「說你對梅倫講了什麼，他又回了你什麼就好。」

「喔，拜託。」威比翻了翻白眼。

「你就說吧，威比。」休斯的搭檔說。

威比卡頓翻了翻白眼，開始重說一遍。

5

卡頓看見梅倫和哈卡帝扭腰擺臀走在路上，互相摟著對方腰間，吃吃笑得像兩個小女孩似的。他起初還真以為他們是女孩，後來才認出梅倫——之前有人指給他看過。正當他看著他們，梅倫忽然轉頭對著哈卡帝……兩人匆匆交換了一個吻。

「喔，老天，我要吐了。」威比滿臉嫌惡大聲說道。

克里斯多夫．昂溫和史帝夫．杜貝在他旁邊。威比說他認得梅倫，史帝夫．貝比說他覺得另一個死玻璃好像叫唐恩什麼的，曾經讓一個德利高中的小鬼搭便車，結果在車上對人家毛手毛腳。

梅倫和哈卡帝又開始走向他們三個，離開拋拋樂攤位，朝園遊會的出口走。威比卡頓後來告訴休斯警官和康利警官，他看見「我愛德利」的帽子竟然戴在他媽的死玻璃頭上，讓他覺得「市民榮譽感」受損。那頂帽子很蠢，用紙做成大禮帽的樣子，上頭黏了一朵大花，朝四面八方搖呀晃的。那副蠢相顯然又在威比的市民榮譽感上多劃了一刀。

梅倫和哈卡帝彼此摟腰從他們面前走過，威比卡頓大吼：「你們這兩個老屁股，我真該讓你們把那頂帽子呑下去。」

梅倫轉頭看著卡頓，朝他妖媚地眨了眨眼說：「親愛的，假如你想呑東西，我有比帽子美味一百倍的東西讓你嚐。」

威比卡頓就是那時決定的，他要幫這個死玻璃徹底整容一番，讓梅倫臉上的高山隆起，陸地移位。沒有人可以叫他吸那玩意兒，沒有人。

他朝梅倫走去。梅倫的朋友哈卡帝察覺情況不對，試著將梅倫拉開，但梅倫文風不動，臉上還掛著笑。卡頓告訴休斯警官和康利警官，他敢說梅倫一定嗑了藥。加德納警官和里弗斯警官向哈卡帝查證，他說對，梅倫很茫，而且茫了一整天，因為他在園遊會上吃了兩個蜂蜜甜甜圈。就是因為這樣，梅倫才沒看出威比卡頓來勢洶洶。

「艾德里安就是這樣，」哈卡帝一邊說著，一邊用面紙拭淚，把抹著亮粉的眼影都弄糊了。「他太不懂得保護自己，總是傻傻以為一切都會沒事的。」

要不是卡頓感覺有什麼東西在輕敲他的手肘，梅倫早就被打趴了。是警棍。卡頓轉頭一看，是法蘭克．馬臣警官。

「小兄弟，別放在心上，」馬臣對卡頓說：「管好你自己吧，離這對同志小情侶遠一點，自己去找樂子。」

「你沒聽到他罵我什麼嗎？」卡頓憤憤地說。昂溫和杜貝這時已經走到他身邊。他們兩人嗅到麻煩大了，想叫卡頓走人，但卡頓聳肩甩開兩人的手——要是誰敢再拉他，他就揍誰。他的男性尊嚴遭受侮辱，非討回公道不可。沒有人可以叫他吸那玩意兒，沒有人。

「我不認為他有罵你什麼，」馬臣答道：「而且我相信是你先開口的。快走吧，小夥子，我不想說第二遍。」

「他罵我是同性戀！」

「所以你擔心自己真的是同性戀？」馬臣問，似乎真的很想知道。卡頓滿臉漲成難看的豬肝色。

了。

兩人對話之際，哈卡帝拚命想把艾德里安．梅倫拖走，動作愈來愈急，最後梅倫總算讓步了。

「掰囉，親愛的！」艾德里安故意轉頭說。

「閉嘴，小孬種，」馬臣說：「快給我離開這裡。」

卡頓朝梅倫撲去，但被馬臣一把抓住。

「我可以把你送進警局，小兄弟，」馬臣說：「就憑你現在這樣，我看送你進去也是剛剛好。」

「下次再讓我看到你，我絕對要你好看！」卡頓朝著離去的兩人咆哮，周圍民眾紛紛轉頭看他。「要是你敢再戴那頂帽子，我就宰了你！德利市不需要你們這群死玻璃！」

梅倫頭也不回朝背後搖搖左手手指（指甲塗成桃紅色），走路還故意多扭一下。卡頓又想撲過去。

「你要是再說一個字或再有動作，我們就警局見，」馬臣溫和地說：「相信我，小夥子，我說到做到。」

「好了，威比，」克里斯多夫．昂溫不安地說：「放輕鬆一點。」

「你喜歡那種人？」威比問馬臣，完全不理會克里斯多夫和史帝夫。「是嗎？」

「我對走後門沒意見，」馬臣答道：「我只在乎耳根清靜和天下太平，而你正在壞我的事，大餅臉。你是要離開，還是跟我去警察局？」

「好了，威比，」史帝夫．杜貝低聲說：「我們去買熱狗吃啦。」

威比大動作拉直襯衫，將垂在面前的頭髮撥開，接著掉頭離去。艾德里安．梅倫遇害隔天早上，馬臣也在警局做了筆錄。他說：「卡倫和他同伴離開前，我聽到他說：下次再讓我看到他，我一定讓他死得很難看。」

6

「拜託，我必須和我媽說話，」史帝夫・杜貝說，這已經是他第三次這麼說了。「我得叫她去安撫我的繼父，否則我回家可就得上演全武行了。」

「再等一下。」查爾斯・艾伐里諾警官說道。然而，他和搭檔巴尼・莫理森都很清楚，史帝夫・杜貝今晚是回不了家了，或許未來幾天都回不去了。這小鬼似乎還搞不清楚問題的嚴重性。艾伐里諾後來得知杜貝十六歲就輟學了，他一點也不意外。輟學那年，杜貝還在唸華特街初中，因為他國一就唸了三年。他期間曾經做過一次智力測驗，智商六十八。

「說，你們看到梅倫從法爾可酒吧出來之後，發生了什麼事？」莫理森問道。

「不要，我還是別說比較好。」

「嗄，為什麼？」艾伐里諾問。

「我好像說太多了，我覺得。」

「你來這裡就是要講話的，」艾伐里諾說：「不是嗎？」

「呃……是沒錯……可是……」

「聽著，」莫里森在杜貝身旁坐下，丟了一根菸給他，語氣溫和地說：「你覺得我和這位警官喜歡同志嗎？」

「我不知道——」

「我們看起來像同志嗎？」

「不像，可是……」

「小史，我們是你的朋友，」莫里森嚴肅地說：「相信我，你和克里斯多夫還有威比現在最需要的就是朋友。因為明天一到，德利市所有受傷的心都會大聲吼著要你們三個血債血還。」

史帝夫．杜貝似乎有點緊張，艾伐里諾幾乎可以看穿這個小鬼在想什麼。他可能又想到繼父了。艾伐里諾並不喜歡德利市的同志小圈子，也和其他警察一樣希望法爾可關門大吉，但他倒是很想親自送杜貝回家。事實上，他還滿想抓著杜貝的胳膊，讓他被繼父打得屁滾尿流。艾伐里諾不喜歡同性戀，但不表示他認為同志應該被折磨致死。梅倫是被凌虐死的。當他被人從運河橋下打撈起來，兩隻眼睛睜得好大，充滿了驚恐。眼前這小鬼根本不曉得自己捅出了多大的樓子。

「我們並不想傷害他。」史帝夫又說一次。他只要有一點搞不清狀況，就會退守這句話。

「所以你們才應該對我們說實話，」艾伐里諾認真地說：「一五一十講個明白，說不定一點事都沒有。對吧，巴尼？」

「完全正確。」莫里森附和道。

「我們再來一次，如何？」艾伐里諾誘哄道。

「嗯……」史帝夫沉吟片刻，接著開始緩緩道來。

7

法爾可酒吧一九七三年開張時，老闆艾默．克提以為客人多半會是巴士乘客——畢竟隔壁就是巴士站，崔爾威、灰狗和艾魯斯圖克三家公司都在這裡設點。只是他沒料到乘客幾乎都是女性，不然就是全家出遊。其餘乘客往往人手一個棕紙袋❶，根本不會下車。會下車的通常是軍人

❶美國部分地區禁止公開喝酒，因此民眾會用棕色紙袋包住。

或水手，只想喝個一兩杯，再說車子只停留十分鐘，不可能狂喝痛飲。

克提四年後才明白這個道理，可惜為時已晚。帳單堆到胸脯那麼高，他永遠無法擺平赤字。他曾經想過一把火燒了酒吧，騙取保險金，但除非能找到行家下手，否則他可能會被抓……更何況他根本不曉得要到哪裡去找縱火專家。

於是，他二月時做了決定。他計畫撐到七月四日，屆時要是生意依然沒有起色，他就關門大吉，跳上灰狗巴士到佛羅里達碰碰運氣。

然而，接下來的五個月，奇蹟悄悄發生了。克提將酒吧內部漆成黑金兩色，再用鳥類標本裝飾（他哥哥是業餘鳥類標本製造者，過世後將所有標本留給弟弟）。原本每晚只能賣出六十杯啤酒和二十杯其他酒類的酒吧，忽然變成八十杯啤酒和一百杯烈酒……一百二十杯……有時甚至賣到一百六十杯。

來的客人都很年輕、彬彬有禮，而且幾乎全是男性。許多人穿著非常誇張，不過那幾年正好奇裝異服當道，因此艾默直到一九八一年左右才察覺店裡的客人幾乎清一色是同性戀。德利市民要是聽他這麼說，肯定會捧腹大笑，說艾默一定以為同志是一個晚上生出來的。但他沒有騙人，就像老婆在外面偷人，做丈夫的往往最後一個知道……但就算曉得了，他也不在乎。酒吧很賺錢，而且和德利市其他四家也很賺錢的酒吧相比，法爾可是唯一沒有粗魯的客人不時砸店的地方。這裡沒有女人讓男人爭風吃醋，而所有男顧客不管是不是同志，似乎都懂得和平相處之道，和異性戀男人完全不同。

自從發現客人的性取向後，克提覺得好像走到哪裡都會聽到法爾可的傳言，說得繪聲繪影。那些故事早就流傳多年，但他一直到一九八一年才聽說。他發現最愛散播傳言的人，是那些用鐵鍊也沒辦法將他們拖進酒吧的傢伙。他們害怕進去了手腕會骨肉分家之類的，卻對裡頭發生的事情瞭若指掌似的。

根據傳言，你每天晚上走進那裡都會看到男人貼身熱舞，在舞池公然摩擦性器或在吧台舌吻，在洗手間口交。據說後面還有一個房間，想品嘗「權力巨塔」的人可以進去。那裡有一個穿著納粹制服的老頭子，兩隻手臂到肩膀塗滿了油，隨時樂於伺候你。

其實，傳言都不是真的。那些從巴士站過來喝一杯啤酒或威士忌解渴的人，根本不覺得法爾可有什麼不對勁。的確，酒吧裡很多男人，但全美幾千家工人常去的酒吧，哪一家不是這樣？這裡的客人是同性戀，但不表示他們是笨蛋。想找一點樂子去波特蘭，想找很多樂子（大棒子啦、壞男孩啦）就去紐約或波士頓。德利很小、很鄉下，這裡的同志小圈子很瞭解狀況，在裡頭過得很好。

一九八四年三月某一天晚上，唐恩．哈卡帝和艾德里安．梅倫一起出現在法爾可酒吧。哈卡帝已經來這家店兩、三年了，但這是他頭一回和艾德里安結伴。在此之前，他是隻花蝴蝶，很少和同一名男伴出現六次以上。但到了四月底，連向來不太注意這種事的艾默．克提都發現哈卡帝和梅倫關係非比尋常。

哈卡帝在班格市一家工程公司擔任製圖員，艾德里安．梅倫則是自由作家，只要哪裡肯刊登他的作品，他就為誰而寫，對象從機上雜誌、懺情雜誌、地方雜誌、週日副刊到讀者投書的情色雜誌都有。他還在寫一本小說，但可能不是很認真，因為他從大三開始寫，到現在已經十二年了。

他那一年來德利，是為了寫一篇關於運河的文章。派他來的是位於康寇德的高級雜誌出版社《新英格蘭小眾研究雙月刊》。他會接下這份差事，是因為蒐集資料可能只需要五天，他卻能拿到三週的經費，還能下榻德利旅館的舒服客房。其餘兩週或許夠他收集到足夠的材料，再寫四篇地方報導。

但就在那段期間，艾德里安．梅倫認識了唐恩．哈卡帝。三週盤纏用完後，梅倫沒有返回波特蘭，而是在柯素斯巷找了一間小公寓。他在那裡只住了六週，之後就搬去和哈卡帝同居了。

8

哈卡帝告訴哈洛德．加德納和傑佛瑞．里弗斯說，那年夏天是他這一生最快樂的日子。他應該小心一點的。他應該知道神會在他這種人腳下鋪地毯，全是為了突然抽走讓他摔一跤。

他說，那年夏天唯一的陰影，就是艾德里安對德利市喜歡過了頭。他有一件T恤上頭寫著「緬因不錯，德利最棒！」還有一件德利高中老虎隊的外套。另外當然就是那頂帽子。他說這裡充滿朝氣，能激發創造力。也許他說得沒錯，因為他又挖出那本已經將近一年沒動的小說，準備繼續搏鬥了。

「所以他真的有開始寫嗎？」加德納問。他其實不感興趣，只是想讓哈卡帝保持談興。

「有——他寫到連紙都不夠了。他說這本小說可能很爛，但起碼不會是沒寫完的爛小說。他原本希望十月生日的時候完成。當然，他根本不瞭解德利。他自以為瞭解，可是他在這裡待得不夠久，還搞不清德利的真面目。我一直告訴他，但他就是聽不進去。」

「那你覺得德利其實是什麼？」傑佛瑞問。

「是個雞巴爬滿蟲蛆的死妓女。」唐恩．哈卡帝說。

兩名警官滿臉驚詫望著他，說不出話來。

「德利是個鬼地方，」哈卡帝說：「是條臭水溝。你們兩個難道不曉得？你們在這裡住了一輩子，竟然會不知道？」

加德納和里弗斯都沒有答腔。過了一會兒，哈卡帝又再往下說。

9

早在艾德里安．梅倫走進他的生活之前，唐恩就打算離開德利了。他在這裡住了三年，主要因為他簽了一紙長約，租下一間河景公寓，面對全世界最美的河景。不過，現在租約就要到期了，唐恩覺得很高興，他未來再也不用長途往返德利和班格，也不用忍受詭異的氣氛了。他曾經對艾德里安說，在德利市，感覺永遠像活在二十五點鐘一樣。艾德里安可能覺得德利很棒，但唐恩卻很害怕，不只因為市民有嚴重的恐同症（這點牧師或貝西公園的塗鴉都表達得很清楚），還有其他因素，只是他說不出個所以然。但艾德里安一笑置之。

「唐恩，美國所有地方都有人痛恨同性戀，」他說：「別說你不知道。畢竟我們活在一個滿口仁義道德的時代。」

唐恩發現艾德里安是認真的，他真的認為德利不比美國內陸其他大城市糟。於是他對艾德里安說：「跟我去貝西公園，親愛的，我帶你去看一個東西。」

他們開車到貝西公園。哈卡帝告訴警方，當時是六月中，艾德里安遇害前一個月左右。他帶艾德里安到親吻橋下飄著淡淡臭味的陰暗角落裡，指著其中一個塗鴉要艾德里安看。艾德里安點了一根火柴拿到塗鴉底下，這才看得到字。

死玻璃，老二掏出來讓我剁了它。

「我知道一般人對同性戀的看法，」唐恩靜靜地說：「十幾歲的時候，我在達頓一個卡車休息站被人痛扁過。波特蘭也是，我在一家三明治店外頭被一群人放火燒鞋子。警察就在旁邊，但那個肥老頭竟然待在巡邏車裡，還面帶微笑。這種事我看多了……但我從來沒有看過這樣的塗鴉。你看這裡，仔細看。」

艾德里安又點了一根火柴：奉上帝之名，釘瞎所有死同志的雙眼！

「這些警世名言不管是誰寫的，肯定是大瘋子。如果都是一個人幹的，那我可能還好過一些，只有一個變態。可是……」唐恩用手比了比整座親吻橋：「這地方全都是……我實在很難相信只有一個人。所以我才想離開德利，小艾，這裡似乎有太多地方、太多人是大瘋子了。」

「噯，等我把小說寫完好不好？拜託了。就到十月，我保證絕不延期。這裡空氣比較好。」

「他根本不曉得需要提防的是水。」唐恩．哈卡帝難過地說。

10

湯姆．布提利爾和拉德馬赫警長彎身向前，兩人都沒有開口。克里斯多夫．昂溫低頭坐著，對著地板喃喃自語。他們想聽的就是這部分。就是這部分能夠定罪，起碼能讓兩個混帳小鬼關進湯馬斯頓監獄。

「園遊會根本不好玩，」昂溫說：「我們去的時候，你知道，他們已經在拆遊樂設施了，旋轉咖啡杯和自由落體都沒了，碰碰車也掛著『休息』的看板，只剩下幾樣小鬼玩的東西，所以我們只好跑去玩遊戲。威比看見拋拋樂，付了五十分錢要玩，結果發現那個同志戴的帽子是獎品，於是決定拋它，但怎麼拋都拋不中。他每失手一次，心情就愈差，你知道。史帝夫——那傢伙老是叫人放輕鬆。這個放輕鬆，那個放輕鬆，你他媽的放輕鬆之類的，你知道。但是他那天心情惡劣到不行，因為吃了藥，你知道。我不曉得什麼藥，反正是紅色的，搞不好還是合法的咧。他一直朝威比碎碎唸，唸到我覺得威比都快揍他了，你知道。他一直說，你連那個死玻璃的帽子都拋不中，要是你連死玻璃的帽子都拋不中，那你真的是廢物。雖然威比始終沒拋中，但老闆娘最後還是給他一個獎品。我猜她是想趕快打發我們走。我不曉得，也許不是，但我覺得是。那個玩具很吵，你知道，就是那種吹了會伸直鼓起來，發出像是放屁聲的東西。我以前也有一個，是萬聖節、新年或哪個鬼節日拿到的。我覺得很好玩，只是弄丟了，搞不好是學校哪個傢伙在操場從我口袋裡幹走的，你知道。總之後來園遊會快關了，我們就朝出口走，史帝夫還在唸威比，笑他沒拋到那個死玻璃戴的帽子，你知道。威比沒說什麼，我知道情況不妙了，但我醉得很兇，你知道。我知道應該想辦法換話題，但就是生不出屁來，你知道。後來到停車場的時候，史帝夫說，你想去哪裡？回家嗎？威比說，我們去法爾可繞繞，看會不會遇到那個死玻璃。」

布提利爾和拉德馬赫互使眼色，布提利爾舉起一根手指敲敲臉頰。眼前這個穿著技師靴的傻蛋還不曉得，他現在講的已經構成一級謀殺罪了。

「我說不要，我要回家，威比說，你怕去那間同志酒吧？我說怕你媽啦！史帝夫還在茫，他說，我們去給死玻璃抹油！我們去給死玻璃抹油！我們去給……」

11

事情就這麼湊巧，搞得所有人都沒好下場。艾德里安．梅倫和唐恩．哈卡帝喝了兩杯啤酒離開法爾可，走過巴士站之後開始牽手。兩人想都沒想，完全是下意識這麼做。當時是十點二十分，兩人走到街角向左轉。

親吻橋離這裡大約半英里，在比較上游的地方。他們決定走主大街橋，只是景色差多了。坎都斯齊格河正處於夏季水位的低點，水深不到四英尺，在水泥橋墩下意興闌珊地流著。

威比三人驅車追上他們的時候（他們走出酒吧時，史帝夫．杜貝就看到了，立刻興高采烈指給其他兩人看），艾德里安和唐恩正好走到橋口。

「攔住他們！攔住他們！」威比卡頓大叫。艾德里安和唐恩剛剛經過路燈，威比發現兩人竟然手牽著手，讓他火冒三丈……不過更讓人火大的是帽子，尤其那朵大紙花，一直在帽頂擺個不停。「攔住他們！他媽的！」

史帝夫照做了。

克里斯多夫・昂溫否認參與接下來的事，但唐恩・哈卡帝可不是這麼說的。他說車還沒停好，卡頓就迫不及待衝了出來，其他兩人也隨即跟上。雙方言語交鋒，當然沒有好話。艾德里安不再輕浮調笑，他也知道兩人這下麻煩大了。

「把帽子給我，」卡頓說：「給我，死玻璃。」

「只要給你，你就會放過我們嗎？」艾德里安怕得呼吸急促，幾乎快哭了，兩隻眼睛從昂溫、杜貝看到卡頓，神色驚慌。

「他媽的給我就是了！」

艾德里安將帽子遞給他。卡頓從牛仔褲左邊口袋掏出一把折刀將帽子劈成兩半，壓在臀部揉成一團，接著扔到地上用腳猛踩。

三人的注意力全都擺在艾德里安和帽子上頭，唐恩・哈卡帝趁機退後幾步，想看有沒有警察——他是這麼說的。

「現在我們可以走——」艾德里安才剛開口，卡頓就一拳打在他臉上，讓他往後撞到橋的行人護欄。護欄高度及腰，艾德里安哀號一聲，雙手摀住嘴巴，鮮血從他指間汩汩流出。

「小艾！」哈卡帝哭喊一聲，跑回艾德里安身邊。杜貝絆了他一下，卡頓用鞋子踹他腹部，將他從人行道踢到馬路上。一輛車經過，哈卡帝跪坐起來大聲呼救，但車子呼嘯而過。他告訴加德納和里弗斯說，開車的人連轉頭看都沒有。

「閉嘴，死玻璃！」杜貝說著朝他側臉踹了一腳。哈卡帝側身摔進水溝裡，幾乎昏厥過去。幾秒鐘後，他聽見有人說話（是克里斯多夫．昂溫），叫他閃遠一點，免得和他朋友一樣下場。昂溫在筆錄中也說自己這麼警告過唐恩。

哈卡帝聽見拳打腳踢的聲音，還聽見他愛人尖叫。他告訴警察，艾德里安聽起來就像掉進陷阱的兔子。哈卡帝爬回十字路口，朝燈火通明的巴士站爬。爬了一段距離之後，他回頭去看。

艾德里安．梅倫身高五呎五吋，體重加上濕掉的衣服可能有一百三十五磅，卻被卡頓、杜貝和昂溫三人推來推去耍著玩，身體像破爛的布偶一樣任人擺佈，跌跌撞撞。他們揍他、搥他、扯他衣服。哈卡帝說，他看見卡頓搥艾德里安的胯下。艾德里安披頭散髮，口吐鮮血，把襯衫都給染紅了。威比右手戴了兩枚大戒指，一枚是德利高中畢業戒指，一枚是他上工藝課時自己做的，上頭刻了兩個交疊的英文字母：DB，足足有三英寸高。DB代表Dead Bugs（死蟲子），是他非常崇拜的重金屬樂團。戒指劃破艾德里安的上唇，將他上顎三顆牙齒連根打碎。

「救命啊！」哈卡帝尖叫：「救命啊！救命！殺人啦！救命啊！」

主大街上的房子又暗又神秘，巴士站內燈火明亮，有如白色的孤島。沒有人挺身而出，連島上的人也沒出現。哈卡帝不敢置信。車站裡明明有人，他和小艾剛才經過有看到。就沒有人願意幫忙？一個都沒有？

「救命啊！救命啊！殺人啦！來人啊，看在老天的份上，快來幫幫忙啊！」

「幫幫忙。」一個微弱的聲音從唐恩．哈卡帝的左邊傳來……接著是一聲輕笑。

「頂他！」卡頓咆哮道……邊咆哮邊笑。哈卡帝告訴加德納和里弗斯，他們三個都是，邊揍艾德里安邊笑。「頂他！把他頂出去！」

「頂他！頂他！頂他！」杜貝大笑唱和。

「幫幫忙。」微弱的聲音再度出現。雖然語氣很嚴肅，但又跟著一聲輕笑，感覺就像小孩子忍不住笑似的。

哈卡帝低頭一看，發現一個小丑站在那裡。他接下來說的證詞，加德納和里弗斯都不相信，因為聽起來就像瘋子胡言亂語。不過，哈洛德．加德納後來發現自己忍不住好奇。尤其當他得知昂溫那小鬼也看到小丑（起碼他這麼說）之後，更是開始懷疑。他的搭檔則是完全嗤之以鼻，就算有一絲懷疑，也沒有說出口。

哈卡帝說，小丑看起來很像麥當勞叔叔和老影集裡那個波左的混合體——至少他起初這麼覺得。會有那種感覺，是因為小丑一頭橘色的亂髮，但事後回想起來，他又覺得小丑其實兩個都不像。牠塗在白臉上的笑臉是紅色的，不是橘色，眼睛則是詭異的亮銀色。也許是隱形眼鏡……但他當時仍舊覺得那人眼睛可能真的是銀色。牠穿著鬆垮的小丑服，上頭縫著橘色的毛球大鈕釦，兩手戴著卡通手套。

「如果需要幫忙，哈卡帝，」小丑說：「就拿一個氣球吧。」

說完牠將手裡抓的一把氣球遞到他面前。

「氣球會飄，」小丑說：「下面所有東西都會飄，很快你的朋友也會飄了。」

12

「那個小丑喊你的名字？」傑佛瑞．里弗斯說，語氣完全聽不出起伏。他的目光掠過哈卡帝低著的腦袋，朝哈洛德．加德納眨了眨眼。

「沒錯，」哈卡帝沒有抬頭：「我知道聽起來很扯。」

13

「所以你們把他扔下水了？」布提利爾說：「頂他。」

「我沒有！」昂溫抬頭說。他一手撥開垂到面前的頭髮，緊張地望著他們。「當我發現他們兩個來真的，立刻拉住史帝夫，想把他拉開。因為我知道那傢伙可能會摔得很慘……那裡離河面可能有十英尺……」

二十三英尺。拉德馬赫警長手下一名巡邏員警已經量過了。

「但他像發瘋一樣。他們兩個不停大喊『頂他！頂他！』把他抬起來。威比雙手抱住他，史帝夫抓住他褲子屁股，然後……然後……」

14

哈卡帝察覺他們三人要做什麼，立刻衝了回去，聲嘶力竭大喊：「不要！不要！不可以！」克里斯多夫．昂溫將他推開，哈卡帝摔在人行道上，牙齒都震痛了。「你也想被扔下去嗎？」昂溫低聲說：「快逃吧，寶貝！」

他們將艾德里安從橋上扔到河裡，哈卡帝聽見噗通一聲。

「我們閃吧。」史帝夫．杜貝說。他和威比開始朝車子走。

昂溫跑到護欄邊往下望。他先看見哈卡帝，看見他從雜草叢生、垃圾滿地的河岸往下滑，兩手左撥右擺朝河裡走。接著他見到了小丑。小丑一手摟著艾德里安，將他拖到對岸，另一手抓著氣球。艾德里安渾身濕淋淋的，一邊嗆水一邊呻吟。小丑回頭朝克里斯多夫咧嘴微笑。克里斯多夫說他看見小丑的銀眼睛閃閃發亮，牙齒露了出來——非常大，他說。

「老兄，簡直和馬戲團裡的獅子一樣，」他說：「我說牠的牙齒就有那麼大。」

昂溫說，他看見小丑將艾德里安．梅倫的一隻手臂往後推，架在頭上。

「然後呢，克里斯多夫？」布提利爾問道。他對這部分毫無興趣。打從八歲起，他就對童話故事免疫了。

「我也不知，」克里斯多夫說：「我還沒看到，史帝夫就過來把我拖回車上了。不過……我想牠咬了他的胳肢窩。」他又抬頭看著兩人，這回很沒把握。「我想牠是那麼做沒錯，咬了他的胳肢窩。」

「就好像要把他吃了，老兄，就好像要把他吃了。」

15

警察拿克里斯多夫．昂溫的供詞質問哈卡帝，哈卡帝說沒有，小丑並沒有將小艾拖到河對岸，起碼他沒看到。但他也承認自己並不客觀，當時他驚慌失措，腦袋亂得一塌糊塗。

他說小丑站在靠近河對岸的地方，雙手架著濕漉漉的艾德里安。小艾右臂僵直，從小丑腦袋後方伸出來，而小丑的臉確實對著小艾右邊的胳肢窩，但不是咬他，而是微笑。哈卡帝看見他的臉從小艾胳膊底下露出來，面帶微笑。

小丑雙臂一收，哈卡帝聽見肋骨斷裂的聲音。

小艾淒聲慘叫。

「唐恩，和我們一起飄吧。」小丑咧開血盆大嘴說，接著用戴著白手套的手指著橋下。

氣球飄在橋下，抵著橋底。不是幾十或幾百個，而是幾千個。紅藍綠黃，每一個都印著「我愛德利！」

16

「嘖，那氣球還真不少。」里弗斯說著又朝哈洛德．加德納眨了眨眼。

「我知道聽起來很扯。」哈卡帝又說了一次，語氣一樣有氣無力。

「你親眼看見了？」加德納說。

唐恩．哈卡帝將雙手緩緩舉到面前說：「對，我看見了，就像我現在看見自己的手指一樣清楚。幾千顆氣球，整個橋底都被遮得看不見，太多了。氣球輕輕上下浮動，像漣漪一樣。我聽見聲音。很尖很輕，很好笑，是氣球摩擦的聲音。還有拴氣球的繩子。幾千條白線懸垂著，像森林一樣，感覺就像蜘蛛絲。小丑將小艾帶到橋下，我看見牠的小丑服掃過那些線。小艾嗆水嗆得很厲害，我開始追趕他……小丑回過頭來，我看見牠的眼睛，忽然明白牠是誰了。」

「是誰，唐恩？」哈洛德．加德納柔聲問道。

「牠就是德利，」唐恩．哈卡帝說：「牠就是這個城市。」

「所以你怎麼做？」問話的是里弗斯。

「我跑啊，你這個白痴。」哈卡帝說完便放聲大哭。

17

哈洛德．加德納一直撐到十一月三日，卡頓和杜貝以謀殺梅倫的罪嫌在德利地方法院受審的前一天，他終於沉不住氣了。他去找湯姆．布提利爾，想找他談小丑的事。布提利爾不想談，但他發覺加德納如果沒有人提點，可能會做傻事，於是只好談了。

「沒有小丑這回事，哈洛德，那天晚上的小丑就是那三個小鬼。這點你和我一樣清楚。」

「可是有兩名目擊證人——」

「噯，那都是胡扯。昂溫一察覺火燒屁股了，就搬出獨臂人那套，說什麼『那個可憐的同性戀不是我們殺的，是獨臂人。』哈卡帝則是歇斯底里，因為他眼睜睜看著那三個小鬼殺了他最好的朋友。就算他說看見飛碟，我也不意外。」

但布提利爾只是說說而已，加德納從他的眼神裡看得出來。這名助理檢察官竟然顧左右而言他，讓他火冒三丈。

「少來，」他說：「他們兩人明明沒有串供，你別糊弄我。」

「你要談唬爛是嗎？那你是相信主大街橋下有一個小丑吸血鬼囉？如果你問我，我會說那才叫糊弄。」

「不是，我不是太相信，可是——」

「還是你相信哈卡帝在橋底看見十億顆氣球，每顆上頭都寫著他愛人帽子上寫的那幾個字？因為如果你問我，那也叫唬爛。」

「不是，可是——」

「那你幹嘛在意那麼多？」

「少拿法庭詰問那一套來對付我！」加德納吼道：「他們說法一致，而且不曉得對方講了什麼！」

布提利爾原本坐在辦公桌前，手裡玩著筆，聽他這麼一吼便將筆一甩，起身走到加德納面前。他比加德納矮了五吋，但臉上的怒氣卻讓加德納倒退一步。

「你想讓我們打輸這場官司嗎，哈洛德？」

「沒有，當然不——」

「你想讓那幾個爛胚逍遙法外嗎？」

「不是！」

「好，很好。既然我們有基本共識，我就告訴你我的想法。對，那天晚上橋底下可能有個人，說不定還真的穿著小丑服。只是我見過太多證人，因此猜想那只是某個酒鬼或撿了一堆別人不要的衣服穿在身上的乞丐。我猜他可能在那裡找別人掉的零錢或食物——某人扔到橋下的半個漢堡或零食包裝袋裡的碎屑。其餘都是他們眼睛製造出來的幻覺。你覺得我的說法可能嗎，哈洛德？」

「我不知道，」哈洛德說。他很想相信，但那兩人的供詞太一致了……沒辦法，他還是無法相信。

「坦白講，管牠是奇哥、丑哥、踩著高蹺扮成山姆大叔的傢伙還是同志開心果，我都不在乎。只要我們在法庭提到牠，你還沒來得及反應，被告律師就已經抓著牠不放了。他會說那兩個穿西裝、頭髮剪得斯斯文文的小鬼是無辜的代罪羔羊，他們什麼也沒做，只是將梅倫推到橋下，開開那個同志玩笑而已。他會強調梅倫落水之後還活著，哈卡帝和昂溫的供詞都可以作證。」

「他的當事人沒有殺人，絕沒有！是那個穿著小丑服的變態幹的。只要我們提到這件事，結果就會是這樣，你心知肚明。」

「反正我們不講，昂溫也會說。」

「但哈卡帝不會，」布提利爾說：「因為他瞭解。少了哈卡帝的證詞，誰會相信昂溫？」

「可是還有我們，」加德納說，話中的惱怒連他自己都嚇了一跳。「但我猜我們不會說出去。」

「喔，拜託！」布提利爾高舉雙手大吼道：「他們殺了他耶！他們不但把他扔到橋下，卡頓還有一把折刀。梅倫被捅了七刀，包括左肺一刀，睪丸兩刀。傷口和折刀吻合。他還斷了四根肋骨。杜貝幹的，他熊抱他。他是被咬了沒錯，手臂、左頰和脖子都有咬痕。雖然只有一處明顯吻合，在法庭上起不了作用，但我猜是昂溫和卡頓做的。沒錯，他右邊胳肢窩少了一大塊肉，但那又怎麼樣？他們當中有人就是愛咬東西，說不定咬的時候還勃起了咧。我打賭是卡頓，只是我們永遠沒辦法證明了。梅倫的耳垂也沒了。」

布提利爾停下來，狠狠瞪著哈洛德。

「只要一提小丑，就不可能將他們定罪，你希望這樣嗎？」

「我說過了，不希望。」

「那傢伙是大玻璃，但他沒有傷害任何人，」布提利爾說：「結果有一天，來了三個穿著技師靴的下三濫，把他的生命奪走了。我要把他們送進大牢。要是哪天我聽說他們的小菊花在湯馬斯頓被人搞了，我還會寄卡片過去，祝福捅他們的人有愛滋病！」

眞是慷慨激昂，加德納心裡想，等你兩年後想更上一層樓，這次定罪肯定能讓你的履歷大大增光。

但他沒有多說什麼就離開了，因為他也想看他們被定罪。

18

約翰．韋伯．卡頓一級謀殺罪成立，判處十到二十年徒刑，在湯馬斯頓州立監獄服刑。

史帝夫．畢雪夫．杜貝一級謀殺罪成立，判處十五年徒刑，轉送蕭山克州立監獄服刑。

克里斯多夫．菲利普．昂溫在少年法庭受審，最終二級謀殺罪成立，判處到南溫德罕少年感化院管訓六個月，得以緩刑。

在我下筆此刻，三件案子都還在上訴。你幾乎每天都可以見到卡頓和杜貝在貝西公園看女孩子或玩擲硬幣遊戲，而不遠處就是梅倫的殘缺浮屍被人發現的地點，主大街橋的橋墩邊。

唐恩．哈卡帝和克里斯多夫．昂溫遠走他鄉。

大審當天（被告卡頓和杜貝），沒有人提到小丑。

第三章　六通電話（一九八五年）

1

史丹利・尤里斯泡澡

派翠西亞・尤里斯後來跟母親說，她當初就該知道事情不對勁。她應該料到的，她說，因為史丹利從不在傍晚洗澡。他都是清早淋浴，或者深夜一手拿著雜誌、一手拿著冰啤酒，泡個熱水澡。傍晚七點洗澡不是他的作風。

還有書也是。照理說，讀書應該讓他很開心，但不知道為什麼，他卻顯得沮喪和不安。壞事發生前的三個月左右，史丹利發現他小時候的一個朋友成了作家——不是很大牌的作家，派翠西亞跟母親說，是小說家。書上的作者名是威廉・鄧布洛，但史丹利有時只叫他「結巴威」。那個人的作品他幾乎都讀遍了。事實上，一九八五年五月廿八日那天傍晚，他洗澡時讀的就是那人的小說，而且是最後一本。派翠西亞曾經讀過一本他早期寫的書，純粹出於好奇，但只讀了三章就放棄了。

派翠西亞跟母親說，那本書不只是小說，而是恐怖書刊。她說話的語氣就像講起黃色書刊一樣。派翠西亞人很親切、很和善，卻不怎麼擅長表達。她很想向母親形容那本書有多可怕，為什麼讓她讀了很不安，但就是表達不出來。「裡面都是怪物，」她說：「全都是追捕小孩子的怪物。除了殺人，還有……我不知道……不舒服的感覺和傷害，那一類的。」事實上，她覺得那本書根本就像色情小說。她想表達卻想不起來的，就是這個形容詞，或許因為她雖然知道這個詞，卻從來沒說過。她說：「但老史卻像找回童年玩伴似的……他說想寫信給他，但我知道他不會寫……我知道他也覺得讀了那些小說不舒服……而且……而且……」

派翠西亞．尤里斯說到這裡就哭了。

那天晚上，距離喬治．鄧布洛一九五七年遇到小丑潘尼歪斯將近二十八年（還差半年左右），史丹利和派翠西亞窩在位於亞特蘭大市郊的家中，電視開著，派翠西亞坐在雙人沙發上，一邊縫著東西，一邊看她最愛的遊戲節目《家族之爭》。她真的好崇拜理查德．道森，覺得他戴著鍊錶的模樣性感到了極點，只是她打死不肯承認。她喜歡那個節目還有一個原因，就是她幾乎每次都能猜到最受歡迎的答案。《家族之爭》沒有正確答案，只有最受歡迎的答案。她有一次問過老史，為什麼她常常覺得問題很簡單，參賽家庭卻答不出來。史丹利答說：「等妳站到燈光底下，題目可能就變難了吧。」她覺得丈夫臉上似乎閃過一道陰影。「一旦真槍實彈，事情就會困難得多，就會說不出話來，如果來真的話。」

她想了想，覺得他說的可能很對。史丹利有時對人性很有見地，她覺得比他老友威廉．鄧布洛有見地多了。那傢伙靠寫恐怖書刊賺了大錢，專門訴諸人類的低劣本性。

尤里斯夫妻其實過得也不差！他們住的是高級郊區，兩人一九七九年以八萬七千美元買下這一間房子，現在隨隨便便就能賣個十六萬五千美元，而且搶手得很。這不表示她想賣，但知道的感覺很不錯。她有時開著富豪轎車（史丹利開賓士的柴油車，她都叫那輛車「賓史」取笑他）從奔狐購物中心回來，看到他們的房子優雅坐落在紫杉圍籬後方，總是心想：*誰住這裡啊？嘿，是我耶！尤里斯太太！*不過，這樣的想法有時不怎麼開心，因為其中摻雜了強烈的驕傲，反而讓她有點不舒服。你知道，從前從前有一個十八歲的寂寞女孩，名叫派翠西亞．布倫姆，她去參加畢業舞會之後的派對時，卻被擋在紐約上城葛洛因頓的鄉村俱樂部外，原因當然是她的姓氏和梅子諧音。的確，一九六七年的她還是個又瘦又小的猶太梅子，而那樣的歧視當然違法，哈哈哈那又怎樣？不過，這一切都過去了。只是一部分的她永遠過不去，永遠記得她和麥可．羅森布拉特走回車上，他父親的車，聽見自己的高跟鞋和他租來的皮鞋踩過碎石的聲音。麥可為了那一晚特別借了車，還花了一下午打蠟。一部分的她永遠記得自己和麥可比肩同行。他穿著租來的白色晚宴服，在柔和的春天傍晚是多麼耀眼！她穿著淺綠晚禮服，母親說她看起來和美人魚一樣。猶太美人魚，哈哈哈真好笑。他們倆昂首闊步，她沒有落淚，還沒有，但她知道他們不是走回車上，不算是，而是用逃的，和發臭沒有兩樣。兩人從來不曾覺得身上的猶太烙印那麼深，覺得自己就是當舖老闆，駕著牛車，油頭垢面、鼻子尖、皮膚黃，是天大的猶太笑柄，很想發火卻沒有怒氣。怒氣是後來才有的，在事過境遷之後。當時她只覺得羞辱，只能感覺痛苦。忽然有人笑了，尖銳的竊笑，有如快速彈過的鋼琴音符。回到車裡，她終於能哭了。不用說，這個姓氏和梅子諧音的猶太美人魚哭慘了。麥可．羅森布拉特笨拙伸手撫摩她的頸背想安慰她，卻被她扭頭甩開。派翠西亞覺得好羞辱、好骯髒、好猶太。

紫杉園籬環繞的高雅房子讓她好過一點……但不是完全好了。傷害和羞辱還在，即使她被這個時髦富有又安靜的社區接受，也無法抹去當年那一段永遠走不完的返回車上的路途，還有兩人腳下的碎石聲響。就算成為這家鄉村俱樂部的會員，就算餐廳總管總是用低調恭敬的「尤里斯先生、夫人晚安」招呼他們，她還是無法忘懷。當她開車回家，坐在一九八四年出廠的富豪轎車裡，看著自家的房子坐落在大片綠地中央，她常常會（她覺得也太常了）想起那聲尖笑。她會希望當年嘲笑她的女孩如今住在低劣的一般社區平房，被異教徒老公家暴，懷孕三次又流產三次，丈夫在外頭和染病的女人廝混。她希望那女孩椎間盤突出、扁平足，竊笑的齷齪舌頭上長滿囊腫。

她討厭自己有這些念頭，這些不厚道的想法。她決心改進，不再喝這些難以入口的苦酒。這些念頭會平息幾個月，不在心裡浮現。派翠西亞會想：也許一切眞的過去了。我不再是那個十八歲的小女孩，而是三十六歲的女人了。那個耳中聽見車道上碎石響個不停、甩開麥可・羅森布拉特試著安慰她的那隻猶太人手的女孩已經是半輩子前的事了。那個愚蠢的小美人魚已經死了，我應該忘了她，專心過我的日子。好、很好、非常好。但她可能到某個地方，例如超市，忽然聽見隔壁走道傳來尖笑聲，她的背脊就會一陣刺痛，乳頭變硬作疼，雙手緊抓著推車把手或緊緊交握，心裡想：一定有人說我是猶太人，可笑的大鼻子猶太佬，而史丹利也是大鼻子猶太佬。他準是會計師沒錯，猶太人最擅長數字了。我們一九八一年讓他們加入，沒辦法，因爲那個大鼻子婦科醫師勝訴了。但我們都笑他們，笑個沒完。或者，她會覺得聽見碎石聲，然後想：美人魚！美人魚！

於是，憎恨與羞辱又會像偏頭痛一樣竄起，捲土重來，讓她對自己、對人類感到絕望。狼人。鄧布洛的書，那本她沒能夠讀完的小說，就在講狼人。狼人個屁！那種人懂什麼？

但大多數時候，她都感覺滿好的，覺得自己沒那麼差勁。她愛丈夫，愛他們買的房子，通常也都能愛她的生活和自己。一切都好。當然不是一開始就這麼平順，有可能嗎？她當初接受史丹利求婚，她的父母親又生氣又不滿。他們是在姊妹會派對上認識的，他從紐約州立大學轉來她學校，拿獎學金讀書。兩人共同的朋友介紹他們認識，派翠西亞當晚就覺得自己可能愛上他了。到了期中休假，她已經確定自己的心意。隔年春天，史丹利將一枚小鑽戒插在雛菊上送給她，派翠西亞接受了。

她的爸媽很擔心這門婚事，但最後還是答應了。他們其實無能為力，只能眼睜睜看著史丹利・尤里斯不久之後投入擠滿年輕會計師的職場叢林，而且沒有家人的奧援，只能拿他們的女兒當人質勒索。不過，廿二歲的派翠西亞已經成年，就快取得學士學位了。

有天晚上她聽見父親說：「我下半輩子都得養那個狗娘養的四眼田雞了。」那天她父親和母親外出用餐，她父親多喝了幾杯。

「噓，你這樣會被她聽見。」露絲．布倫姆說。

那一晚，派翠西亞直到半夜都無法成眠，兩眼乾澀，身體忽冷忽熱，心裡恨透了他們兩個。她花了兩年希望甩脫那股恨意。她心裡的憎恨已經夠多了。照鏡子的時候，她偶爾會見到恨意在她臉上留下了印記，劃下皺紋。但這場仗她獲勝了，是史丹利幫她打贏的。

他的父母親也很擔心這門婚事。他們當然不認為自己的孩子注定貧窮低賤，但卻覺得「孩子們太急了」。唐諾德．尤里斯和安德莉亞．伯托利二十歲出頭就結為連理，卻似乎忘了這回事。

只有史丹利信心滿滿，對未來充滿把握，完全不擔心父母害怕「孩子們」會遇到的陷阱。事後證明他的信心贏了，爸媽的恐懼輸了。一九七二年七月，派翠西亞畢業證書上的墨水還沒乾，她已經在亞特蘭大四十英里以南的小城市特雷諾找到工作，教授速記和商用英語。每次回想起自己當初如何得到那份差事，她都覺得有點，呃，有點詭異。她從教師期刊抄了四十個徵才廣告，然後用五個晚上寫了四十封信，每晚八封，請對方寄詳細資訊。她每所學校都申請，其中廿二家回信表示已經徵到人了，還有幾家學校詳細解釋他們要求的專長，一看就知道她毫無機會，申請只是浪費雙方時間。最後剩下十二所學校，每一所看起來都有希望。她正在傷腦筋的時候，史丹利出現了，心想她要是填完十二所學校的求職表格，肯定會瘋掉。他看了看滿桌的文件，用手指點了其中一封，是特雷諾的督學主任寫來的，她不覺得這封信有什麼特別之處。

「就是它。」史丹利說。

她抬頭看他，被他語氣裡的確鑿嚇了一跳。「那裡是喬治亞州，你知道什麼我不知道的訊息嗎？」

「沒有，我只在電影裡看過那個地方。」

她揚起一邊眉毛看著他。

「《亂世佳人》，費雯麗和克拉克蓋博，明天再想，畢竟明天又是新的一天。我講話像是南方來的嗎，小派？」

「像，像南布朗克斯人。既然你跟喬治亞不熟，又沒去過那裡，為什麼——」

「因為就是它。」

「你怎麼可能知道，史丹利？」

「當然能，」他答得乾脆：「我就是知道。」派翠西亞看著他，知道史丹利不是開玩笑，他是認真的。她感覺一股不安竄上脊背。

「你怎麼知道？」

他原本面帶微笑，這時卻消失了，甚至有一點困惑。他眼神暗了下來，彷彿退到心裡深處請教某個精確運轉的機器。不過說到底，他對它的理解就和一般人對手錶的認識差不多。

「烏龜沒辦法幫我們了。」他忽然說，聲音很清楚。她聽見了。出神的表情依然掛在他臉上，那種詫異沉思的表情。她開始害怕。

「史丹利，你在說什麼？史丹利？」

史丹利渾身一震，手撞到裝桃子的盤子。她剛才瀏覽申請表格的時候，手邊一直拿桃子吃。盤子落在地上碎了，史丹利的眼神緩緩清明過來。

「喔，該死！對不起。」

「沒關係。史丹利——你剛才說什麼？」

「我忘了，」他說：「但我覺得我們應該考慮喬治亞，親愛的。」

「可是——」

「相信我。」他說，於是她相信了。

面試順利得驚人，派翠西亞搭火車返回紐約之前就知道自己會拿到工作。貿易系系主任一眼就喜歡上她，她也是，兩人幾乎一見如故。確認信一週後就寄來了。特雷諾聯合學校開出九千兩百美元的薪水，外加一紙試用合約。

「你們會餓死。」賀伯特．布倫姆聽到女兒表示打算接下教職之後說：「餓死的同時還會熱死。」

派翠西亞轉述父親的話給史丹利，他聽完模仿《亂世佳人》的對白說：「別聽他胡謅，郝思嘉。」她原本怒氣沖沖，眼淚都快奪眶而出了，聽他這麼一說便噗哧笑了出來。史丹利一把將她擁入懷中。

他們的確打得火熱，餓死倒沒有。兩人一九七二年八月十九日結婚。派翠西亞新婚之夜還是處子之身。那一晚在波可諾斯的度假飯店，她光著身子鑽進冰涼的被子底下，心情激昂澎湃，甜美的慾望有如閃電，夾雜幾道恐懼的烏雲。史丹利鑽進被窩，身體精壯結實，陰莖像個驚嘆號立在褐色陰毛中間。當他躺到她身邊時，派翠西亞輕輕說了一句：「親愛的，別弄痛我。」

「我永遠不會傷害妳。」史丹利抱住她，對她許下承諾。他一直信守諾言，直到一九八五年五月二十八日，他提前泡澡的那一天。

她教書教得很順利。史丹利找到開麵包車的差事，週薪一百美元。那年十一月，特雷諾購物中心開幕，他在布洛克報稅代辦公司找到工作，辦公室在購物中心，週薪一百五十美元。兩人年薪一萬七千美元。當時汽油每加侖只要三十五美分，白麵包一條最便宜只要十美分，這樣的年收入綽綽有餘。隔年三月，派翠西亞．尤里斯不動聲色，悄悄將避孕藥扔了。

一九七五年，史丹利離開布洛克自行創業，雙方家長都覺得是匹夫之勇。他不是不能創業——他當然應該創業！但他們都認為太早了，只會給派翠西亞太多經濟負擔（賀伯特有一天和弟弟在廚房喝了一晚上酒，沉著臉對他說：「等她被那個賤胚榨乾，就得靠我接濟了。」）雙方家長都同意男人根本不該年少創業，連想都不該想，至少得等年紀夠大，生活穩定了再說——例如七十八歲。

然而，史丹利再度展現超乎常人的確信。他年輕、聰明、機敏、儀表不凡。他在布洛克廣結人脈。這些都是事實。但他不可能知道「柯利多錄影帶」會在特雷諾郊外設立據點，位置就在尤里斯夫婦一九七九年遷入的郊區的十英里外，也不可能曉得他們進駐不滿一年就決定僱人做市場調查。就算他事前聽到小道消息，也不可能想到他們會僱用一名年輕的四眼猶太佬，一個笑容可掬、走路長短腳、平時愛穿鈕釦牛仔褲、臉上還留著青春痘疤的小夥子，而且還是紐約人。但他們真的僱了他，真的，而且史丹利似乎早就胸有成竹。

史丹利的表現讓柯利多決定全職僱用他。起薪呢？三萬美元年薪。

「好戲還在後頭，親愛的，」那天晚上，他在床上對派翠西亞說：「他們打算在八月擴增版圖，只要未來十年沒有人毀滅世界，他們肯定能跟柯達、新力和ＲＣＡ平起平坐。」

「那你打算怎麼回覆他們？」派翠西亞問，但她已經知道答案了。

「我會說，很高興和你們共事，謝謝再聯絡。」他說完哈哈大笑，將她拉到懷裡親吻她。不久，他趴到她身上，兩人高潮了一次、兩次、三次，有如竄向夜空的沖天炮……但還是沒懷孕。

和柯利多共事期間，史丹利認識了一些亞特蘭大最有錢有勢的人。出乎他和公司意料之外，那些人一點也不難搞，不僅接納他們，還很親切，心胸開闊，和那些北方佬完全不同。派翠西亞記得史丹利有一回寫信給他的父母，在信裡說：美國最有錢的人就住在喬治亞州的亞特蘭大。我要讓其中一些有錢人更有錢，而他們也會讓我更有錢。可是沒有人能當我的老闆，除了派翠西亞，但我是她的老闆，所以我想就沒什麼好怕了。

等他們搬到特雷諾，史丹利已經是擁有六名員工的老闆了。一九八三年，兩人的收入正式踏入未知領域，也就是傳說中的六位數。派翠西亞只曾耳聞，從來沒有真正見識過。但事情就這麼發生了，就像週六早晨起床穿拖鞋那麼容易。她有時想到就覺得害怕，甚至還曾經不安地開玩笑說這是和惡魔交易。史丹利聽了笑到差點岔氣，但她卻不覺得有那麼可笑，而她想自己以後是永遠笑不出來了。

烏龜幫不了我們。

她有時會毫無來由夢見這句話，彷彿是陳年舊夢殘留的片段，讓她醒過來。她會轉身靠近史丹利，想要摸摸他，確定他沒有消失。

他們生活愜意，沒有酗酒、沒有外遇，也沒有吸毒、無聊和大吵大鬧，爭執未來該何去何從。他們只有一個陰影，而最早指出來的是她母親。從事後看，這件事似乎注定由她提起不可。陰影以問題的形式出現，寫在露絲．布倫姆寄給女兒的信裡。派翠西亞每週都會收到母親的家書，而那封信是一九七九年初秋從他們在特雷諾的舊房子轉寄來的。派翠西亞坐在擺滿紅酒紙箱的起居室裡讀信，箱子裡吐出來的家當散置一地，感覺孤苦淒涼，孑然無依。

那封信和露絲平常的家書沒什麼兩樣。四張藍色信紙寫得密密麻麻，每張開頭都寫著四個大字：露絲隨筆。她字跡潦草，幾乎讓人讀不懂。史丹利有一回向派翠西亞抱怨岳母寫的字他一個也認不得，她說：「認得做什麼？」

那封信裡全是老媽才會感興趣的話題。對露絲．布倫姆而言，回憶是一片遼闊的三角洲，以不斷移動的現在為起點，朝過去開展出愈來愈廣的人情糾葛。她信裡提到的人，有許多已經像舊相本裡的照片，開始在派翠西亞的記憶中模糊，但在她腦中卻鮮明依舊。她對他們健康的關切、對他們在做什麼的好奇似乎從來不曾消退，而她的評語永遠陰暗。妳父親依然老是胃痛，她說，但他始終堅持是消化不良，要他懷疑是胃潰瘍，除非他開始吐血，說不定吐血也沒用。親愛的，妳也知道妳父親那個人，他工作起來像頭騾子，有時連腦袋也像騾子。我這麼說上帝都會點頭。蘭蒂·哈蓮珍去做輸卵管結紮，醫師從她卵巢摘了一堆高爾夫球大的囊腫出來。不是惡性腫瘤，謝天謝地，但卵巢裡有二十七個囊腫還沒死？一定是紐約市的水，露絲很有把握。這裡的空氣也很髒，但她敢說水才是真兇，會讓人體內累積毒素。她不知道派翠西亞曉不曉得，她有多感謝神讓「你們兩個孩子」住在鄉下，水和空氣（重點是水）比較乾淨——在露絲眼中，只要出了北部就是鄉下，亞特蘭大或伯明罕都一樣。瑪格麗特阿姨又和電力公司槓上了。史戴拉·佛拉內根又結婚了。有些人就是學不會教訓。理奇·修柏又被開除了。

就在絮絮叨叨、尖酸刻薄之間，露絲·布倫姆沒頭沒腦問了一句，彷彿閒話家常似的就把「難言之隱」提出來了：「所以，妳和史丹利打算什麼時候讓我們兩個抱孫子？我們都準備要溺愛他了，孫子、孫女都一樣。你們或許沒發現，派兒，但我們已經不年輕了。」說完話鋒一轉，開始聊起路口布魯克納家的女兒被學校送回家，因為她沒穿胸罩，上衣薄得一覽無遺。

派翠西亞心情低落，很想念他們在特雷諾的舊家，對未來感到茫然，甚至有一點恐懼。她走進日後成為臥室的房間，躺在床墊上（彈簧墊還在車庫裡頭，而這張床墊擺在沒鋪地毯的地板上，宛如擱淺在黃色沙灘上的漂流物），腦袋枕著手臂哭了將近二十分鐘。她想淚水終究要來的，母親的信只是讓心情提早決堤罷了，就像灰塵飄進鼻子裡讓人打噴嚏一樣。

史丹利想要小孩，她也想要小孩。兩人在這件事上意見一致，就如同他們都喜歡伍迪艾倫的電影，都會偶爾上上猶太教堂，政治立場相近，都不喜歡大麻，以及其他上百件大小事情一樣。

他們在特雷諾的舊家刻意空出一個房間，從中均分成兩半。他在左半邊擺了一張辦公桌和一張讀書用的椅子，她在右半邊擺了縫紉機和玩拼圖的牌。兩人對那個房間的用途有很強的共識，因此絕少談起。那房間的存在就像鼻子和兩人左手上的婚戒一樣理所當然。那個房間有一天會成為安迪或珍妮的臥室。問題是孩子呢？縫紉機、布料籃、牌桌、辦公桌和懶人椅一直擺在原地，日子一天天過去，他們在房裡的地位似乎愈來愈穩固，愈來愈有居留權。這就是她的想法，只是表達不出來，就像「色情」兩個字，在她腦中閃動的概念跳脫了她的捕捉，無從形諸言語。不過，她倒是記得有一次月事來，她打開浴室洗手台底下的櫃子想拿衛生棉。她記得自己看著那袋衛生棉，感覺袋子似乎洋洋得意，彷彿在說：嗨，小派！我們是妳的小孩，妳只會有我們當妳的小孩。我們肚子餓了，快餵我們吃東西，快餵血給我們！

一九七六年，派翠西亞扔掉最後幾顆避孕藥已經過了三年，兩人一起到亞特蘭大造訪一位名叫哈卡維的醫師。史丹利對醫師說：「我們想知道自己是不是哪裡有問題，有的話該怎麼辦。」

他們做了檢查，結果顯示史丹利的精子活躍得很，派翠西亞的卵子也很好，所有該暢通的管道都很暢通。

哈卡維手上沒有婚戒，臉色紅潤，表情開朗愉悅，很像期中考完去科羅拉多滑雪度假回來的研究生。他說或許是他們太緊張了，而這樣的情形並不罕見。他告訴他們心理因素確實有影響，這點和性無能很像：你愈想就愈辦不到。可以的話，他們做愛時應該別去想懷孕的事。

回程途中，史丹利一直臭著一張臉，派翠西亞問他怎麼回事。

「我才沒有。」他說。

「沒有什麼？」

「我做那檔事哪裡想過懷孕！」

派翠西亞本來有些落寞和恐懼，聽了忍不住噗哧一笑。那天晚上就寢後，正當她覺得史丹利一定睡了的時候，他忽然開口說話，把她嚇了一跳。他的聲音很平，卻很哽咽。他說：「是我，是我的錯。」

她轉過身來，雙手往前摸索抱住了他。

「別說傻話，」她說，但她心跳好快，太快了。他不只嚇到了她，還彷彿看透了她的心思，讀出她心底深處早就認定，但直到此刻才恍然發覺的秘密。她說不出理由，也提不出根據，但就是感覺（應該說知道）他說得沒錯。是有地方不對，但不是她，是他。是他體內的什麼。

「別胡說八道。」她抵著他的肩膀厲聲低語。他身上微微冒汗，她忽然明白他在害怕。恐懼有如寒氣從他體內一波波散發出來，光著身子躺在他身旁突然變得像光著身子面對開著門的冰箱一樣。

「我沒有胡說八道，也沒說傻話，」他的聲音還是一樣平，一樣哽咽：「妳其實也很清楚是我，但我不曉得爲什麼。」

「這種事誰會曉得。」她語氣嚴厲，很像在罵人。她母親害怕時也是這種口氣。說話同時，她感覺身體一陣顫抖，像是被鞭子抽到似的。史丹利感覺到了，雙手將她抱得更緊一些。

「有時候，」他說：「有時候我覺得我知道。我常作一個夢，很糟糕的夢，每次醒來我都會想：我知道了，我知道哪裡不對了。不光是妳沒懷孕的事，而是所有一切，我生命中所有的不對勁。」

「史丹利，你的生活沒有不對勁！」

「我不是說裡面，我裡面沒問題，」他說：「我是說外面，有事情應該結束卻沒結束。每回夢裡醒來，我都會想：我的美好人生只不過是颱風眼中的寧靜，而我卻對風暴一無所知。我很害怕，但恐懼……很快就淡了，和其他的夢一樣。」

她知道他會作惡夢。她有五六次被他吵醒，發現他在床上翻滾呻吟。也許他作過更多惡夢，只是她都睡死了。每回她伸手抱他，問他發生什麼事，他總是回答：我不記得了。說完便伸手拿菸，起身在床邊吞雲吐霧，等待殘夢像冷汗從他體內排出。

沒有小孩。一九八五年五月二十八日那天晚上，就是史丹利提前洗澡那天，望眼欲穿的雙方家長還在等著當爺爺奶奶，空出來的房間依然空著，加長型和迷你型衛生棉還在浴室水槽下的櫃子裡，大姨媽依然每個月造訪。她母親雖然自顧不暇，但對女兒的痛苦倒也沒有視若無睹。她來信不再提起這件事，史丹利和派翠西亞每年兩次回紐約造訪他們時，她也三緘其口。沒有人再開玩笑問他們吃維他命E了沒，史丹利也不再提到小孩。但她有時卻在他沒察覺時，發現他臉上閃過一絲陰影。某種陰影，彷彿他急著想記起什麼。

除此之外，他們的生活一切美好，直到五月二十八日晚上電話鈴響為止。她當時正在看《家族之爭》，旁邊還擺著史丹利的六件襯衫、她的兩件上衣、針線包和鈕釦盒。史丹利手裡拿著威廉．鄧布洛的新作，那本小說才剛出版，連平裝本都還沒上市。書的封面是張牙舞爪的怪物，封底是一個禿頭戴眼鏡的男人。

史丹利坐在電話旁，他拿起話筒說：「喂，這裡是尤里斯家。」

他聽了一會兒，開始皺起眉頭。「你說誰？」

派翠西亞只怕了一會兒，但事後卻不好意思承認，只好對父母親撒謊說她一聽到電話鈴響就知道事情不對了。她就擔心了那麼一秒鐘，放下手邊的針線活兒抬頭看了一眼。但也許沒有差別，也許他們早就知道即使電話沒響，事情也會發生。和低矮紫杉圍籬環繞的高雅房子格格不入的事，太過注定所以不值一提的事……因此害怕一秒鐘就夠了，就像被冰錐刺了一下。

是我媽？她沒發出聲音說，心想可能是她父親心臟病發了，因為他體重超過標準二十磅，而且打從四十出頭就一直「肚子痛」。

史丹利搖搖頭，電話裡的人說了什麼讓他笑了。「你……是你啊！老天爺，我真白痴！麥可！你怎麼——」

他又陷入沉默靜靜聽著，微笑從臉上消失。她察覺（應該是吧？）他露出剖析的神情，表示有人正在描述自己的麻煩，或是解釋某件事情突然生變，或者告訴他什麼新奇有趣的事。她猜是第三個。新客戶？老朋友？可能吧。她將注意力轉回電視節目，發現一個女的撲上去抱住理查德·道森，在他臉上狂吻。她心想親過道森的女人肯定比親過「巧言石」的女人還多。要是有機會，她也願意吻他。

史丹利的藍色牛仔襯衫需要黑鈕釦。派翠西亞一邊找著，一邊隱約察覺對話似乎變調了。史丹利不時嘀咕，甚至還問：「你確定嗎，麥可？」接著沉默了許久才開口說：「好吧，我瞭解了。對，我……對，對，所有東西。相片我有。我……什麼？……不，我沒辦法百分之百保證，但我會仔細考慮。你知道那個……哦？……他真的那樣？……嗯，那還用說！我當然是。對……當然……謝謝……對。再見。」說完就掛上電話。

派翠西亞瞄了史丹利一眼，發現他兩眼茫然望著電視機上方。電視裡的觀眾正在為萊恩一家人鼓掌，他們剛拿到兩百八十分，問題是「中學生說他們最討厭哪一門課？」他們猜大多數觀眾會答「數學」，光憑這個答案就拿了一堆分數。萊恩全家蹦蹦跳跳，興奮尖叫，史丹利卻愁眉不展。派翠西亞後來告訴爸媽，她覺得史丹利的臉色不太好。這是真的，但她沒有說她當時不以為意，認為那只是燈光作怪，因為玻璃燈罩是綠色的。

「老史，誰打來的？」

「啊？」他回頭看她。派翠西亞看他神情覺得他有點心不在焉，或許還摻雜幾分惱怒。事後她在心裡反覆回顧當時情景，才發覺那是刻意將自己抽離現實、一次抽離一點的神情，是莫名墮入黑暗的表情。

「打電話來的是誰？」

「沒有人，其實沒人，」他說：「我想去泡個澡。」說完便站起身來。

「什麼，現在才七點耶！」

史丹利沒有回話便走出了起居室。她原本想問他哪裡出問題了，甚至追出去問他是不是想嘔吐──他在床上很放得開，但其他方面有時卻拘謹得奇怪。他說要去洗澡，其實可能去嘔吐，把不合身體的東西弄出來。可是，皮斯卡波家現在正要登場，派翠西亞知道理查德·道森一定會拿他們的姓氏開玩笑，而且她還沒找到該死的黑鈕釦，明明盒子裡很多。肯定是躲起來了，只有這個可能……

於是她沒說什麼，完全把史丹利忘了，直到節目結束她抬頭看見椅子空著，才又想起他來。她之前聽到樓上傳來放水聲，過了五到十分鐘就停了……但她這會兒才發覺自己沒聽到冰箱的開關聲，表示他沒拿啤酒就上樓了。某人來電扔了一個大麻煩給他，她有表示半點同情嗎？沒有。有試著幫忙他一把嗎？沒有。有察覺異狀嗎？還是沒有。全是因為那個笨蛋節目──她甚至不能將錯怪在釦子上頭，釦子只是藉口。

好吧，她會拿一瓶迪克西啤酒上去，坐在浴缸旁陪他，幫他刷背，假扮日本藝妓為他洗頭，問清楚哪裡出了問題……那個人是誰。

派翠西亞從冰箱拿了一瓶啤酒上樓，看見浴室的門關著，她心中才真的開始覺得不安。門不是掩上，而是牢牢關著。史丹利泡澡從不關門，這是他們兩人之間的小玩笑：門關著表示他正在做小時候母親教他的事，開著表示他不介意做他母親默默留給別人教他的事。

派翠西亞用指甲輕輕敲門，突然覺得（而且覺得很明顯）聽起來很像爬蟲動物的窸窣聲。不用說，打從兩人結婚以來，她從來沒像客人一樣敲過浴室的門。不光浴室，所有的門都一樣。

不安的感覺突然變強，讓她想起了卡森湖。她童年常去那裡游泳，八月初的湖水就像溫泉一樣暖……但偶爾會有令人驚喜的沁涼暗流，讓人身體發抖。前一分鐘還很溫暖，下一刻只感覺流過臀部的水溫驟降了二十度。當年的感覺扣掉驚喜，就是她現在的感受。派翠西亞再度被冰流掃過，只是這回不在她臀部底下，凍僵她踩進卡森湖深水裡的修長雙腳。

這回暗流掃過她的心。

「史丹利？親愛的？」

她不再用指尖輕輕敲門，而是猛力拍打，但依然毫無回應。她開始搥門。

「史丹利？」

她的心。她的心從胸口蹦出來了，在喉嚨劇烈跳動，讓她呼吸困難。

「史丹利！」

在她呼喊之間（四下只有她的叫聲，離她每天安枕入眠的床不到三十英尺，想到這點就讓她更加害怕），派翠西亞聽見一個聲音，讓驚慌有如不速之客從她心底深處竄了出來。聲音很輕，其實，只是滴水聲。滴答……安靜。滴答……安靜。滴答……安靜。滴答……

她彷彿看見水龍頭前端出現水滴，愈來愈重、愈來愈大，像懷孕一樣，然後落了下去：滴答。

只有滴答，沒別的聲音。她忽然覺得（同時驚慌失措）今天晚上心臟病發的不是她父親，而是史丹利。

她低哼一聲，抓住刻花玻璃門把用力扭轉，但門依然文風不動。它鎖上了。派翠西亞・尤里斯心裡突然冒出三個從不：史丹利從不傍晚洗澡、他洗澡時從不關門（除非上廁所），還有他從不鎖門不讓她進來。

她心慌意亂地想，難道心臟病是可以預備的？

派翠西亞舔舔嘴唇，感覺好像細砂紙滑過板子的聲音。她又喊了他一次，但除了水龍頭持續、惱人的滴水聲，浴室裡依然毫無動靜。她低頭發現自己手上還拿著那瓶啤酒。她愣愣望著酒瓶，心臟像兔子在喉嚨狂奔。她望著酒瓶，彷彿這輩子從來沒有見過似的。事實上，她好像真的沒見過，起碼沒見過這個，因為啤酒瓶一眨眼就變成了電話聽筒，和蛇一樣又黑又嚇人。

「這位女士，有什麼問題嗎？您需要什麼幫助？」黑蛇嘶嘶說道。派翠西亞將它甩回機座上，一邊擦手一邊離開。她環顧四周，發現自己回到起居室，忽然明白驚慌像小偷悄悄爬進她腦中佔據了她。她想起來了。她剛才將啤酒扔在浴室外，子彈似的衝下樓，心裡模糊想著：這只是虛驚一場，我們以後講起這件事一定會笑死。他只是放滿水之後想到沒有菸，所以衣服沒脫就出去拿——

沒錯。只是浴室的門已經鎖了，而他嫌開鎖太麻煩，就打開浴缸上方的窗戶鑽了出去，像隻蒼蠅沿著外牆往下爬。沒錯，一定是這樣，肯定是——

驚惶再度湧上心頭，彷彿就要溢出杯緣的黑苦咖啡。她閉上眼睛對抗驚慌，像個蒼白的雕像一動不動，心臟在喉嚨狂跳。

現在她想起自己為何跌跌撞撞下樓跑回這裡了。她要來拿電話，嗯，對，是這樣沒錯，但她想打給誰？

她忽然有個瘋狂的想法：我要打給烏龜，但烏龜幫不了我們。

反正無所謂。她已經按了0，也一定說了什麼奇怪的話，因為接線生問她有什麼問題。她是有問題。但你要怎麼跟那個沒有臉的聲音說？你要怎麼跟他說史丹利把自己鎖在浴室，對她相應不理？還有持續不斷的浴缸滴水聲快讓她心臟病發了？有人得幫幫她。有人——

她將手背塞進嘴裡猛咬一口。她試著思考，試著強迫自己思考。

備份鑰匙。廚房櫥櫃裡有備份鑰匙。

她立刻行動，卻不料拖鞋踢到了擺在椅子旁的鈕釦盒。幾顆鈕釦撒了出來，映著燈光有如澄澈的眼睛閃閃發亮。她起碼看見六顆黑鈕釦。

櫥櫃在雙水槽正上方，門後掛著一個上了亮光漆的鑰匙形大木板，是史丹利一位客戶兩年前送他的耶誕禮物，在自家工作室做的。鑰匙板釘了許多小鉤子，掛著家裡所有鑰匙，每根鉤子兩支一模一樣的鑰匙，掛鉤下方貼有標籤膠帶，上頭是史丹利整齊的小字：車庫、閣樓、一樓浴室、二樓浴室、前門、後門。最旁邊是汽車的備份鑰匙，分別標著賓士和富豪。

派翠西亞打開櫥櫃，鑰匙左搖右晃，她抓了標有二樓浴室的鑰匙轉頭就跑，跑到樓梯時開始用走的。恐慌還沒走遠，用跑的只會讓它回來。而且只要她用走的，或許就不會有事。即使有事，神在天上看到她用走的，或許會想：哎呀，好險，我剛才犯了大錯，現在還有時間挽回。

她像參加婦女讀書會一樣沉著上樓，沿著走廊來到關著的浴室門前。

「史丹利？」她喊了一聲，同時再次轉動門把，心裡忽然害怕到了極點，不想用鑰匙，因為一旦用鑰匙就不能回頭了。要是神沒有在她動用鑰匙之前挽回一切，就表示祂袖手旁觀，畢竟奇蹟是過去的事情了。

但門還是鎖著，只有沉穩的滴答聲……和隨之而來的安靜回應她。

她手在發抖，鑰匙在門板上喀喀作響，兜了幾圈才找到鎖孔插了進去。派翠西亞轉動鑰匙，聽見門鎖啪的彈開。她慌忙去抓門把，但門把再度滑脫——不是因為門鎖著，而是她掌心冒汗。她握緊門把用力一轉，接著將門推開。

「史丹利？史丹利？史丹——」

浴缸的藍浴簾被推到不鏽鋼橫桿的另一端。她看著浴缸，忘了喊她丈夫。她愣愣注視浴缸，表情有如第一天上學的孩子一樣嚴肅。她很快就會開始尖叫，隔壁的安妮塔·麥肯奇會聽見她的叫聲，以為有人闖入尤里斯家，還殺了人，便打電話報警。

但在那一刻，派翠西亞·尤里斯只是默默佇立著，雙手交握垂在黑棉裙前，表情嚴肅，瞪大雙眼，像是第一天上學的小孩。接著，她原本近乎莊嚴的表情開始轉變，瞪大的眼睛開始浮凸，恐懼得咧開嘴巴。她想尖叫卻喊不出聲，聲音全卡在了喉嚨。

日光燈開著，浴室裡大放光明，沒有半點陰影，什麼都看得見，想看不想看的都一清二楚。浴缸裡的水是亮粉紅色，史丹利背靠浴缸後緣躺著，頭往後仰的幅度之大，讓他黑髮下緣碰到了肩胛骨之間。他睜開的兩眼要是還能看到東西，肯定覺得派翠西亞上下顛倒。他的嘴像彈開的門一樣大張著，極度驚恐的表情凍結在臉上。一盒吉利牌刮鬍刀擺在浴缸邊，他兩手從手腕內側到手肘各劃一刀，兩邊手腕橫劃一刀，形成兩個血淋淋的T字。慘白燈光下，傷口閃著紅紫色。她看著裸露的肌腱和韌帶，覺得很像切開的廉價牛肉。

一滴水在閃亮的鉻質水龍頭前端緩緩成形，愈來愈鼓，好像懷孕一樣。水珠閃閃發光，然後墜落。滴答。

他死前用右手食指沾了自己的血，在浴缸上方的藍磁磚寫了一個大英文字，兩個字母歪七扭八，右邊的字母旁有一道之字形的血指痕，她覺得是他手垂下來落進浴缸時劃到的。她想那個字（史丹利在世上留下的最後痕跡）一定是他昏迷之前留下的，彷彿在對她哭喊：

（牠）

又一滴水落進浴缸。

滴答。

夠了。派翠西亞．尤里斯終於能出聲了。她望著丈夫死寂閃爍的雙眼，開始放聲尖叫。

2

理查德．托齊爾閃人

還沒嘔吐之前，理查德一直覺得自己做得不錯。

他聽完麥可．漢倫說的所有事情，講了該說的話，回答了麥可的問題，甚至提了幾個問題。

他隱約察覺自己用了某個配音的聲音，不是奇怪或誇張的那種，例如他錄廣播節目有時會用的聲音（他最愛的角色是變態公事包性會計師，起碼目前如此，那角色受歡迎的程度直追觀眾最愛的彪福．齊斯德萊佛上校），而是溫暖渾厚又有自信的聲音，「我很好」的聲音。聽起來很棒，可惜是假的，就和其他配音一樣是個謊言。

「你還記得多少，理查德？」麥可問他。

「非常少，」理查德說完頓了一下：「但我想夠多了。」

「你要來嗎？」

「我會去。」理查德說完就掛了電話。

他背靠椅子在書房坐了一會兒，隔著書桌眺望窗外的太平洋。兩個小鬼在左邊，但不像踩著衝浪板，而是騎在上頭，因為現在沒什麼浪。

桌上的鐘顯示時間是一九八五年五月廿八日下午五點零九分。鐘是一名唱片公司代表送的禮物，很昂貴的LED石英鐘。當然，麥可那兒比這裡快了三小時，已經天黑了。他想到這點就起雞皮疙瘩，於是起身找事情做。首先當然是放唱片——不是精挑細選，而是從架上幾千張唱片中隨便拿一張。搖滾樂和配音一樣，都是他生命中的一部分，沒放音樂他就很難做事，而且愈大聲愈好。這回他拿到的是摩城精選輯，唱歌的是馬文．蓋，他不久前才加入理查德所謂的「全是死人大樂團❷」。馬文．蓋唱著〈我聽見竊竊私語〉。

歐哦，你一定不曉得我怎麼會知道……

「還不壞。」理查德說，甚至微微笑了。情況很糟，而且殺得他措手不及，但他覺得自己會有辦法應付，別擔心。

他開始收拾東西準備回家。接下來那個小時，他弄著弄著忽然覺得現在這樣好像自己已經死了，卻得到允許能為自己的生意收尾……當然還包括安排後事，而且他覺得自己做得相當不錯。他試著聯絡認識的旅行社小姐，心想她可能已經下班在高速公路上，不過還是姑且一試，沒想到竟然接通了。他跟她說了他的需求，她請他稍候十五分鐘。

「我欠妳一次，卡蘿。」他說。過去三年他們雖然從未謀面，兩人的關係卻也從托齊爾先生和費妮小姐進展成了理查德和卡蘿。

「那好，你現在就還，」她說：「你能表演變態公事包給我聽嗎？」

理查德立刻（配音如果還要想，就永遠想不出來了）說：「我是變態公事包性會計師，前兩天有一個人來找我，想知道罹患愛滋病最慘的地方是什麼？」他微微壓低嗓子，但聲音變得更輕快，依然是很明顯的美國口音，卻會讓人感覺是有錢英國佬在說話，咬字不清讓人困惑又著迷。理查德壓根不曉得變態公事包是何許人也，但他敢說他一定穿白西裝，讀《君子》雜誌，用高腳杯喝東西，身上飄著椰子洗髮精的香味。「我立刻回答——怎麼向你母親解釋你從一個海地女孩身上染到的。我是變態公事包性會計師，不來不硬，來了就硬，我們下回見。」

卡蘿．費妮尖叫大笑。「太像了！一模一樣！我男友說他不相信你能弄出那麼多聲音，一定是靠變聲器之類的東西——」

「親愛的，這就叫天分，」理查德說。變態公事包退場了，換成頭戴高帽、肩扛高爾夫球袋的紅鼻子諧星費爾茲上台。「我身體裡都是天分，還得把毛細孔堵住免得噴出來呢，就像……呃，噴泉。」

費妮又尖叫大笑。理查德閉起眼睛，感覺頭要開始痛了。

「幫我想點辦法吧，拜託了。」他還是用費爾茲的聲音，接著沒等她笑完就掛了電話。現在，他又得做回自己。這實在很難，而且一年難過一年。不是自己的時候比較容易勇敢。他想挑一雙好穿的便鞋，最後還是決定穿球鞋。就在這時，電話又響了。是費妮打來的，她從來沒這麼快回電過。理查德當下有股衝動，很想裝成彪福．齊斯德萊佛的聲音，好不容易才忍住。她幫他訂到了一張美國航空的夜班頭等艙機票，從洛杉磯直飛波士頓，晚上九點半出發，隔天清晨五點左右抵達羅根機場。達美航空班機早上七點三十分從波士頓起飛，八點二十分將他送到緬因州的班格市。她已經向艾維斯租車公司訂了一輛轎車，從班格國際機場的租車櫃台到德利只要二十六英里。

❷Marvin Gaye於一九八四年四月遭父親槍殺。

只要二十六英里？理查德想，眞的嗎，卡蘿？嗯，可能吧，用英里算的話。其實妳根本不曉得到德利「究竟」有多遠，我也不曉得。不過，天哪，老天爺，我會搞清楚的。

「我還沒訂旅館，因為你沒說要在那裡待多久，」她說：「你要我——」

「不用了，我自己來吧，」理查德說，接著就讓彪福．齊斯德萊佛上校接手了：「妳真是小可愛，寶貝兒，嬌滴滴得很。」

他好好講完電話（永遠要讓對方笑著掛上話筒），接著播了緬因州查號台的號碼 207-555-1212，詢問德利旅館的電話。老天，那旅館還真是陳年往事。他已經多少年沒有想到它了，十年？二十年？還是二十五年？要不是麥可來電，他可能永遠不會想起那個名字。然而，他生命中曾有一段時間每天經過那棟紅磚樓房，甚至有幾次用跑的，跟亨利．鮑爾斯和貝奇．哈金斯一起，還有那個叫做維克多什麼的大塊頭。他們狂奔追逐，大聲喊著「你跑不掉的，臭爛臉！別想逃，你這個小鬼！別想逃，你這個四眼玻璃！」之類的玩笑話。他們那時到底追到他了沒？

理查德還沒記起來，接線生就答話了，問他旅館在哪個城市。

「在德利。先生——」

德利！老天，就連說出「德利」兩個字都覺得很陌生，好像親吻古董一樣。

「您能查到德利旅館的電話嗎？」

「請稍等。」

不可能，德利早該煙消雲散，被都市更新計畫夷爲平地，變成音樂廳、保齡球館或電玩店才對，不然就是某個皮鞋推銷員好運用完，喝醉酒在床上抽菸把整座城都燒了，清潔溜溜，就像亨利．鮑爾斯老是拿來揶揄他的那些玻璃杯。布魯斯．史普林斯汀的歌是怎麼唱的？美好時光……在少女眨眼間消逝無蹤。什麼少女？喔，貝芙，是啊，貝芙……

旅館可能變了，但顯然沒消失，因為話筒另一端傳來毫無起伏的語音答覆：號碼……是……九……四……一……八……二……八……二。重複，號碼……是……

理查德第一次就記下來了。能掛語音答錄機電話，感覺還不賴。他不禁想像地底深處埋著一個巨大的球形「查號」怪獸，幾千隻鉻質手臂抓著幾千條電線，忙得滿頭大汗，感覺就像電話版的八爪博士。理查德覺得自己所在的世界愈來愈像個巨大的電子鬼屋，所有數位鬼魂和害怕的人類不安共存著。

借用保羅．賽門的歌名來說，就是依然佇立，多年後依然佇立。

他打電話給旅館。當年他最後一次見到旅館時，還是戴著膠框眼鏡的小孩。那個號碼（1-207-941-8282）好撥得很。理查德將話筒拿到耳邊，朝遼闊的風景窗往外望。衝浪的人走了，一對情侶牽著手從他們剛才衝浪的地點緩緩往岸上走，感覺就像掛在卡蘿．費妮旅行社牆上的海報一樣完美。唯一的缺憾是兩人都戴了眼鏡。

別想逃，臭爛臉！我們要打爆你的眼鏡！

克里斯，他忽然靈光一閃，他的姓是克里斯。維克多．克里斯。

老天，他根本不想知道這些，尤其現在，不過似乎不重要了。記憶地窖出事了，理查德．托齊爾收藏美好往事的地方出問題了，門打開了。

只不過那裡有的不是唱片，對吧？你在那裡不是「金曲」老理，不是炙手可熱的電台ＤＪ，也不是擁有一千種聲音的男人，對吧？而正在打開的那些……那些其實也不是門，對吧？

他試著甩掉那些念頭。

記得我很好，我沒事。你沒事，理查德．托齊爾沒事。抽根菸就好了。

他四年前戒了菸，不過現在需要來一根。

那裡沒有唱片，只有屍體。你把屍體埋得很深，但一場瘋狂的地震將它們從地下全吐了出來。在那底下，你不是「金曲」老理。你只是「四眼田雞」，和你同伴在一起，嚇得懶蛋都快變成葡萄果醬了。那些不是門，也沒有打開。那是地窖，理查德，它們正在崩裂。你以爲吸血鬼都死了，這會兒全部飛了出來。

一根菸，一根就好。看在老天的份上，卡爾頓也好。

別想逃，四眼田雞！絕對要你把他媽的書包吃下去！

「德利旅館。」帶著北方腔的男人說。那個聲音旅經新英格蘭、中西部再鑽過拉斯維加斯的賭場底下，一路傳到他耳中。

理查德問對方能不能幫他在旅館預訂一個房間，明天入住。對方說可以，問他想停留多久。

「不曉得，我有——」他微微頓了一下。

他到底有什麼？他腦海中浮現一個背著格子呢書包的男孩，被惡少追趕。他看見男孩身材纖細戴著眼鏡，臉色蒼白，似乎用一種神秘莫測的方式對著過往的霸凌大喊：打我啊！來打我啊！打我嘴唇！把我牙齒上的嘴唇打爛！打我鼻子！有種就把它打到骨折流血！打我耳朵讓它腫得像花椰菜！把我眉毛劃開！打我下巴！把我擊倒啊！來打我眼睛！誰叫它們躲在討厭到極點的膠框眼鏡後頭，一邊鏡腳還用膠帶黏住，讓眼睛看起來又大又藍！把眼鏡打斷！讓碎鏡片戳穿一隻眼睛，讓它永遠看不見！搞什麼！

「我有事要到德利市出差。我不知道生意要談多久，不如先訂三天，保留延長的選項如何？」

「保留延長的選項？」櫃台接待人員遲疑地問，但理查德沒說什麼，耐心等對方自己搞懂。

「喔，我明白了！沒問題！」

「謝謝。還有我……呃……希望你十一月投咱們一票，」甘迺迪總統說：「賈姬想要……呃……重新裝潢……呃……白宮，而且我也幫……我弟弟羅伯特……呃……安排好工作了。」

「托齊爾先生？」

「是。」

「呃……線上還有另外一個人。」

肯定是DOP的老政客，理查德心想，對了，DOP是死老黨❸的意思。他忽然打了個冷顫，於是又急急對自己說，別擔心，理查德，沒事的。

「我也聽到了，」理查德說：「一定是跳線。房間怎麼樣？」

「喔，房間沒問題，」接待人員說：「德利這裡有生意，但從來沒大發展。」

「是嗎？」

「嗯哼。」接待人員說。理查德又打了個冷顫。這部分他也忘了——新英格蘭人答「是」的方式：嗯哼。

別想逃，討厭鬼！亨利．鮑爾斯鬼魅般的聲音朝他嘶吼，他覺得體內有更多地窖打開了。他聞到的不是屍體的腐臭，而是凋零回憶的惡臭，感覺更糟。

他將自己的美國運通卡號碼報給接待人員，掛上電話之後又打給史帝夫．寇瓦，KLAD電台的節目主任。

「什麼事，理查德？」史帝夫問。洛杉磯的調頻搖滾電台競爭激烈，不過KLAD在最新的收聽率調查排行第一，讓史帝夫心情大好——這時候最適合求他幫忙，謝天謝地。

❸Dead Old Party：美國共和黨簡稱為Grand Old Party。

「嘖，你會後悔問我這句話的，」他對史帝夫說：「我要閃人幾天。」

「閃人——」他可以想像史帝夫皺起眉頭：「我不太懂你的意思，理查德。」

「箭在弦上，我要閃了。」

「什麼叫你要閃了？班表就在我面前，你明天下午兩點到六點錄音，和之前一樣時間。事實上，你四點要訪問克拉倫斯．克雷蒙斯。你知道克拉倫斯．克雷蒙斯是誰吧，理查德？就是布魯斯．史普林斯汀要他『上台吹幾聲』的大塊頭。」

「麥克．奧哈拉訪問他和我訪問他一樣。」

「克拉倫斯不想跟麥克聊天，理查德。他不想接受巴比．羅素訪問，也不想和我哈啦。他是彪福．齊斯德萊佛和殺手袋子男的崇拜者啊，朋友，他只想跟你聊。我可不想見到體重兩百五十磅、差點當上職業美式足球員的薩克斯風手在我錄音室裡大發雷霆。」

「我可不記得他是那種人，」理查德說道：「我們講的是克拉倫斯．克雷蒙斯，又不是凱斯．蒙恩❹。」

電話那頭陷入沉默，理查德耐心等待。

「你不是認真的吧？」最後，史帝夫終於問他，感覺很悲傷。「我是說，除非你母親過世或腦袋長了腫瘤，否則這就叫放鴿子。」

「我非去不可，史帝夫。」

「真的是你母親生病了？她死了嗎？」

「我母親十年前就死了。」

「那是你長了腦瘤？」

「我連腸道瘜肉都沒有。」

「這不好笑，理查德。」

「我沒開玩笑。」

「你這麼做真他媽的遜，我討厭這樣。」

「我也不喜歡，但我非去不可。」

「去哪裡？為什麼要去？怎麼回事？你說啊，理查德！」

「有人打電話來，我很久以前認識的人。在另一個地方。當年出了一件事，我答應過，我們都答應過，只要再發生事情，我們都會回去。我想應該出事了。」

「你說的到底是什麼事，理查德？」

「我現在最好別說。」再說，你以為我瘋啦，會跟你說實話？說我不記得了？

「你哪時做了這麼偉大的承諾？」

「很久以前，一九五八年夏天。」

又是很長的沉默。他知道史帝夫正在想：這個擁有「金曲」老理、彪福・齊斯德萊佛上校、殺手袋子男等綽號的人是在整我，還是他精神崩潰了？

「你那時只是個孩子。」史帝夫的語氣毫無起伏。

「十一快十二歲。」

沉默再度降臨，理查德耐心等待。

「好吧，」史帝夫說：「我會幫你調度，讓麥克代班。我也可以打電話叫查克・佛斯特頂個幾次，只要我找得到他窩在哪家中國餐館的話。我這麼做是因為我們認識很久了，但我不會忘記

❹英國樂團The Who的鼓手。

你這回放我鴿子，理查德。」

「欸，你少來了，」理查德說，但他的頭愈來愈疼。他知道自己在做什麼，難道史帝夫真的以為他不曉得？「我只不過請幾天假，你卻說得好像我在電台執照上拉屎一樣。」

「請假幹嘛？去北達科塔州的狗屁瀑布參加幼童軍聚會，還是去西維吉尼亞州的雞巴城？」

「兄弟，狗屁瀑布應該在阿肯色州才對，」彪福．齊斯德萊佛用他有如大槍管的聲音說，但史帝夫不為所動。

「就為了你十一歲答應的事？拜託！十一歲小孩做的承諾哪能算數！而且還有，理查德，你應該很清楚，我們不是賣保險的，也不是律師事務所，而是娛樂業，雖然沒什麼了不起，但你應該他媽的很清楚。要是你早一星期通知我，我現在就不會一手拿話筒、一手拿胃藥了。你這是抓著我的懶蛋往牆上摔，你清楚得很，所以別再侮辱我的智商了！」

史帝夫講到後來簡直像在咆哮了。理查德閉上眼睛。我不會忘記的，史帝夫說，理查德知道他不會。但他又說十一歲小孩做的承諾不能當真，那就大錯特錯了。理查德不記得自己答應了什麼，也不確定自己想要記得，但絕對很認真。

「史帝夫，我非去不可。」

「我知道，我也說我會處理了，所以你就去吧，快去啊，你這個爛人。」

「史帝夫，你這麼說太荒——」

但史帝夫已經掛電話了。理查德放下電話，但才剛鬆手，電話又響了。他不用接就知道是史帝夫，而且氣到極點。現在跟他講什麼都沒有用，場面只會更難看。他將電話側面的開關往右撥，鈴聲戛然而止。

他上樓從衣櫃拿了兩只手提箱，隨手塞了一堆衣服，包括牛仔褲、襯衫、內衣和襪子，幾乎看都沒看，等到了旅館才發現自己帶的是童裝。

他拎著手提箱下樓。小房間牆上掛著安瑟・亞當斯拍的大蘇爾黑白相片，他拉動隱藏鉸鍊將相片移開，露出保險箱。理查德打開保險箱，裡面是一堆文件，包括這間房子（恰巧位於斷層線和森林火災區之間）的地契、愛達荷州一塊二十英畝林地的土地權狀和一疊股票。他當初買這些股票感覺很隨便，股票經紀人看到他就頭痛，但沒想到這些年來一直穩定上漲。他有時想到都覺得不可思議，他竟然快成為（還不是，但快了）有錢人了。這都要歸功於搖滾樂……當然還有配音。

他在文件堆裡翻找。地契、土地權狀、股票、保單，甚至還有一份最新的遺囑。全是將你和生活牢牢綁在一起的枷鎖，他心想。

理查德忽然有一股強烈的衝動，想掏出齊波打火機一把火燒了這些天殺的「茲因某故」、「據本文件」和「凡持有本證明者」。他真的可以。收在保險箱裡的這些文件突然變得不值一文。

這時，他才真正感覺到驚恐。和靈異無關，而是發覺一個人有多容易將生活銷毀棄置。真正可怕的是這個。只要拿出電風扇對著自己多年累積的一切，然後按下他媽的按鈕就可以。燒了它或吹散它，然後閃人。

文件只是小嘍囉，真正的傢伙在後頭。現金。十元、廿元和五十元的鈔票，總共四千美元。拿出來塞進牛仔褲口袋裡。他心想自己當初將錢放進保險箱時，是不是已經知道會有這一天。某個月五十元，下個月一百二十元，再下個月或許只放十元。沒用的錢，跑路費。

「靠，真可怕。」他心想，沒發現自己脫口而出。他隔著大窗戶茫然望著海灘。海灘上已經空無一人，衝浪的人走了，度蜜月的（是的話）也走了。

唉，是啊，大夫，一切都回來了。比方說，你還記得史丹利．尤里斯嗎？跟你賭我記得……還記得我們以前說了什麼，而且覺得很酷嗎？史丹利．魷魚絲，那些大小孩都這麼叫他。「嘿，魷魚絲！喂，他媽的膽小豬，你想跑去哪裡？找你的玻璃同志吹喇叭嗎？」

他猛力關上保險箱門，將相片轉回原位。他上一回想到史丹利是什麼時候？五年前嗎？還是十年、二十年前？理查德一九六〇年春天和家人搬離德利，那些死黨的臉消失得多快啊，那群可憐的窩囊廢。他們常到「荒原」的小屋廝混，那地方明明雜草叢生卻叫那個名字，還真好笑。他們戲稱自己是叢林探險家，想像自己是被日軍包圍的海軍工程隊，在太平洋一座珊瑚島開了降落跑道。他們還是水壩工人、牛仔和降落叢林星球的太空人，什麼角色都有，但無論扮演什麼，別忘了目的只有一個，就是躲藏。躲避那些大小孩，亨利．鮑爾斯、維克多．克里斯和貝奇．霍金斯那票流氓。他們真是一群窩囊廢：史丹利．尤里斯的猶太大鼻子，威廉．鄧布洛只有喊「唷喝，銀仔！」才不會結巴得讓你想跳樓，貝芙莉．馬許總是渾身瘀青，將菸捲在上衣袖子裡，班恩．漢斯康胖到不行，簡直像人類版的大白鯨，還有理查德．托齊爾的厚眼鏡、全部拿A的好成績、聰明的嘴巴和看了就想幫他改造改造的一張臉。有哪個詞可以形容他們呢？有的，當然有。法文的le mot juste（貼切的字），就是「軟腳蝦」。

回來了，一切全都回來了……這會兒他在自己的窩，卻像暴風雨中的流浪狗一樣瑟瑟發抖，因為他不只憶起當年一塊兒逃跑的夥伴，還有其他東西，他已經多年未曾想起的東西，在表面下顫動。

血淋淋的東西。

內波特街的房子，還有威廉尖叫：「你殺、殺了我弟弟，你這、這個混蛋！」

他都記得嗎？夠多了，夠他不想再記得這一切，這我敢跟你打賭。

垃圾、糞臭和某個東西的味道，比垃圾和糞臭都難聞。是獸臊味，是牠的惡臭，在德利市地底的黑暗裡，伴隨著機器轟隆作響。他記得喬治——

不行了，他轉身朝浴室跑去，途中絆到伊姆斯椅險些摔倒，差一點就來不及了。他跪著滑過浴室滑溜的地板，有如動作古怪的地板舞者滑到馬桶前，抓著馬桶邊將胃裡的東西全吐了出來，而且還不停。忽然間，喬治．鄧布洛出現在他眼前，彷彿昨天一樣。一九五七年秋天遇害的喬仔，事情就從他開始。那年洪水剛過，喬仔就死了，一邊手臂被人扯斷。理查德早將這一切從記憶中抹去，但有時仍會回來。是啊，那些事情會回來，有時候。

嘔吐完畢，理查德伸手去抓沖水把手，頓時水聲嘩啦，化成熱騰騰酸水的午晚餐就這麼香噴噴地沖走了。

流進下水道。

流進下水道的幽閉、惡臭和漆黑裡。

他拉下馬桶蓋，額頭貼著蓋面開始哭泣。從他母親一九七五年過世以來，這是他頭一回落淚。他下意識將手放在眼睛底下，隱形眼鏡從他眼裡滑出來，在他掌心閃閃發亮。

四十分鐘後，像被掏空又像被滌清的理查德將手提箱扔進名爵跑車，將車從車庫倒出來。天色漸暗，他看著剛種新樹的房子和沙灘，看著有如淺綠寶石嵌著一條金線的海水，心裡忽然有一個確信，他再也看不到這些了，他即將赴死。

「回家吧，」理查德．托齊爾輕輕對自己說：「回家吧。神啊，求祢幫我，讓我回家吧。」

他打檔開車，再次覺得人要從看似穩固的生活墜入突如其來的深淵——無來由地走進黑暗，邁向陰暗界——是多麼容易。

沒錯，就是無來由地走進黑暗。那裡什麼都可能遇上。

3

班恩．漢斯康喝酒

一九八五年五月二十八日晚上，如果想見見時代雜誌譽為「全美最具潛力新生代建築師」的那個人（時代雜誌〈都市節能與少壯先鋒〉，一九八四年十月十五日出版），就得開車離開奧哈馬市，沿著八十號州際公路往西開，在史威德霍爾姆下交流道，再經八十一號高速公路開進史威德霍爾姆市區（地方不大），在巴奇腳踏鈸吃到飽餐館（「炸雞排是本店招牌菜」）轉彎上九十二號高速公路，一出市界就右轉上六十三號高速公路，接著直行穿越荒蕪的蓋特林鎮，最後抵達海明佛德家鎮。和海明佛德家鎮中心比起來，史威德霍爾姆簡直就是紐約市。這裡的商業區只有八棟樓房，全都在同一條街，一邊五棟，一邊三棟，包括剪乾淨髮廊（窗上貼著十五年前的泛黃佈告，寫著：嬉皮請到別處理髮）、一間二輪戲院和低價雜貨店，還有內布拉斯加房貸銀行、七六加油站、雷氏藥局和一家全國農具五金行——鎮上只有這家店稍微算是生意興隆。

街的盡頭附近有一家小酒館，離其他樓房有一點距離，感覺像是被流放的，位於大空地旁邊，名字叫做紅車輪。要是順利開到那裡，就會在坑坑洞洞的停車場上看見一輛一九六八年出廠的老舊凱迪拉克敞篷車，車後插著兩根民用波段天線，車頭的裝飾車牌只寫著四個字：班恩的車。進了停車場朝酒吧走，就會看到那個傢伙：瘦瘦高高，皮膚曬得黝黑，穿著條紋襯衫、褪色牛仔褲和破爛的技師靴，臉上除了眼角外看不到半點細紋。他外表可能比實際年輕十歲。他三十八歲。

班恩在吧台邊坐下。「你好，漢斯康先生。」瑞奇．李一邊打招呼，一邊將紙巾放在吧台上。他聽起來有一點驚訝，事實也是。他從來沒有見過漢斯康在週間的晚上出現在紅車輪。他通常週五晚上來這裡點兩杯啤酒，週六再喝個四、五杯。他總會問起瑞奇．李的三個兒子，離開時也總會在杯下壓一張五元鈔票當小費。就交談能力和個人偏好而言，班恩絕不是瑞奇．李最喜歡的客人。每週十元小費（耶誕節變成五十元，五年來都是如此）是不賴，但要他陪班恩聊天，憑這點錢還差遠了。聊伴本來就不多見，在這種鄉村酒吧，聊天又不值錢，談得來的對象更是比母雞牙齒還稀罕。

雖然漢斯康在新英格蘭出生、加州上大學，卻有著誇張的德州人性格。瑞奇．李很仰賴他週五和週六的光臨，因為這些年來的經驗告訴他，他可以信賴這一點。漢斯康先生也許在紐約蓋摩天大樓（他已經在那裡蓋了三棟最受矚目的建築），在瑞唐多海灘興建新的藝廊，在鹽湖城蓋商業大樓，但每週五晚上八點到九點半之間，正對停車場的門就會打開，而漢斯康會走進來，彷彿就住在小鎮另一頭，因為沒什麼好看的電視所以決定過來晃晃似的。其實他有一架里爾噴射機，還有私人起降跑道在位於強欽斯的農場上。

兩年前他到倫敦設計英國廣播公司的通訊中心，並且擔任監造人。英國報紙至今仍然對那棟新大樓的好壞激辯不休（衛報：倫敦二十年來最美麗的建築。鏡報：史上最醜，和我丈母娘徹夜狂歡後的醜臉有拚）。漢斯康接下那份工作時，瑞奇心想，嗯，要一段時間才會見到他了，說不定他會完全忘了我們。的確，班恩．漢斯康前往英國那一週，週五果然不見他的蹤影。但八點到九點半之間只要有人開門，瑞奇．李就會匆匆抬頭瞥一眼。要一段時間才會見到他了。結果一段時間就是隔天晚上。隔天九點十五分，門開了，漢斯康穿著牛仔褲、「南方佬萬歲」T恤和那雙技師靴緩緩走了進來，彷彿剛從鎮上走來似的。瑞奇．李掩不住興奮喊著說：「嘿，漢斯康先生！天哪！你怎麼來了？」漢斯康先生似乎微感詫異，好像來這裡正常得很，一點問題也沒有。而且不只一次。接下來那兩年，他積極參與通訊中心興建工程，卻依然每週六出現。他說他週六早上十一點搭乘協和號離開倫敦，十點十五分抵達紐約甘迺迪機場，比他離開倫敦還早了四十五分鐘，至少鐘是這麼顯示的。瑞奇．李聽得嘖嘖稱奇，讚嘆地說：「老天，簡直像時光旅行一樣嘛，對吧？」禮車在機場待命，載他到紐澤西的泰特波洛機場，那趟路週六早上通常不需要一小時，中午前就能輕鬆坐上他的私人噴射機，兩點三十分抵達強欽斯。他告訴瑞奇，只要往西飛行速度夠快，一天彷彿永遠過不完。他會小睡兩小時，再和工頭談一小時，交代秘書半小時。下機後他會先吃晚餐，再到紅車輪打發一個半小時左右。他總是一個人來，總是坐吧台，也總是獨自離開，即使內布拉斯加這一帶不曉得有多少女人願意幫他脫襪子。回到農場，他會睡上六小時，然後所有流程倒過來一遍。瑞奇．李和不少客人說過這些事，沒有一個不聽得入神。說不定漢斯康是同志，曾經有個女的這麼告訴他，但瑞奇．李瞄了她一眼，看見她精心打理的髮型、精心剪裁的服裝（絕對是名牌）、鑽石耳環和眼神，他知道她是美東來的，可能是紐約，來這裡短暫拜訪親戚或老同學，一心只想趕快離開。不對，他說，漢斯康先生並不娘。在他說話時，那女人從皮包裡拿出一包多拉爾菸，叼了一根在晶亮的紅唇上，讓瑞奇幫她點菸。你怎麼知道，她問，臉上微微一笑。我就是知道，他說。他確實曉得。他很想告訴她，我覺得他是我這輩子遇過最孤獨的男人。但他不打算對這個紐約女人說這些。那個女的望著他，彷彿他是新品種的人類，很有趣。

這天晚上，漢斯康先生臉色有點蒼白，有點心不在焉。

「嗨，瑞奇．李。」他說著在吧台邊坐下，開始端詳自己的手。

瑞奇．李知道他接下來六到八個月得去科羅拉多泉市監工，在鑿切填平的山壁上興建六棟建築，打造山州文化中心。他告訴瑞奇．李，落成後一定有人會說那些建築就像小孩留在樓梯上的積木，起碼有一些人會，而且不無道理。但我想這個案子會成功的。我從來沒做過這麼大規模的建築，興建過程一定很恐怖，但我想會成功的。

瑞奇．李心想，漢斯康先生可能有一點怯場。這很正常，沒什麼好意外的，因為人有名到一個程度就會成為箭靶。或者只是感冒了，最近流感猖獗得很。

瑞奇．李從後架上拿了一個杯子，正要湊向奧林匹亞啤酒的龍頭。「瑞奇．李，別倒酒。」瑞奇．李驚訝地轉過頭來，看見班恩．漢斯康抬起頭，他忽然非常害怕。漢斯康看起來不像怯場，也不是感冒，都不是。他看起來像是被人莫名其妙揍了一拳，還搞不清楚怎麼回事。

有人死了。他沒結婚，不過誰沒家人？他家有人過世了。一定是這樣，就像滾下茅坑的大便一樣不會錯。

有人投了銅板到點唱機裡，芭芭拉．曼德芮兒開始哼唱一名醉漢和一個寂寞女人的故事。

「漢斯康先生，你還可以吧？」

班恩．漢斯康看著瑞奇．李，眼神忽然比臉上其他部分老了十……不對，廿歲。瑞奇．李發現漢斯康先生的頭髮花白了，讓他嚇一大跳。他以前從來沒注意他有白髮。

漢斯康笑了，笑得很可怕，令人毛骨悚然，感覺就像殭屍在笑。

「我想不太好，瑞奇．李。不好，今晚不行，一點也不好。」

瑞奇．李將杯子放回去，走回漢斯康面前。酒吧很空，和不是美式足球季的週一晚上一樣空，付錢喝酒的客人不到二十個。安妮坐在廚房門邊，和做快餐的廚師玩牌。

「是壞消息嗎？漢斯康先生？」

「的確是壞消息，故鄉傳來的。」他看著瑞奇．李，目光卻停在他身後。

「漢斯康先生，我很遺憾。」

「謝謝，瑞奇．李。」

漢斯康沒再多說。瑞奇正想問有沒有他能幫忙的地方，漢斯康突然說：「瑞奇．李，你店裡的威士忌是哪一種？」

「如果別人問，我會說四玫瑰，」瑞奇．李說：「不過您的話，就是野火雞。」

漢斯康聽了微微一笑。「謝了，瑞奇．李。我想你還是得用上那個杯子了，幫我倒一杯野火雞，倒滿。」

「倒滿？」瑞奇．李問，顯然很吃驚。「老天爺，那我等一下得抬你出去了！」或是叫救護車，他心裡想。

「今晚不會，」漢斯康說：「我想不用。」

瑞奇．李仔細打量漢斯康先生的眼神，想看他是不是在開玩笑，但立刻明白他是認真的。於是他從後架拿了原來那個杯子，再從底下架子拿出一瓶野火雞，接著開始倒酒。瓶頸撞擊杯緣發出聲音，威士忌咕咕流出，讓瑞奇不禁看得入了迷。他決定修正之前的想法，漢斯康先生不是只有一點德州人性格：這絕對是他有生以來倒過最大杯的威士忌，不僅空前，而且絕後。

叫什麼屁救護車，他要是喝光這玩意兒，我就得叫史威德霍爾姆的帕克和華特斯來收屍了。

不過，他還是將酒倒好拿到漢康斯面前。瑞奇．李的父親曾經告訴他，只要對方還清醒，管它毒藥或小便，他付錢叫你倒什麼你就倒給他。瑞奇．李不曉得這個建議是好是壞，但他曉得一件事：想賣酒維生，這麼做能救你一命，免得被良心給生吞活剝。

漢斯康若有所思望著眼前的特大號威士忌，接著問：「瑞奇．李，這麼一杯酒，我該付你多少錢？」

瑞奇．李緩緩搖頭，眼睛停在那杯威士忌上，不想抬頭面對那雙注視著他的深陷眼眸。「不用，」他說：「這杯本店招待。」

漢斯康又笑了，這回正常一點。「是嗎？謝了，瑞奇・李。我現在要示範我一九七八年在秘魯學到的招數給你看。我那時在一個叫做法蘭克・比林斯的傢伙手下做事，用你們的話來說，應該叫見習吧。我覺得法蘭克・比林斯是全球最頂尖的建築師。他在秘魯發高燒，醫師幫他打了幾十億種抗生素，全都沒用。他發燒了整整兩週，然後就過世了。我現在要示範的，是我向印第安工人學來的。那裡的私釀酒非常烈，剛灌下去覺得沒什麼，很溫和，但馬上就像有人拿火焰槍插進你嘴巴往喉嚨裡塞似的。然而，那些印第安人喝酒就像灌可樂一樣，我幾乎沒看過誰喝醉，更從來沒看過有人宿醉。我一直沒勇氣嘗試他們的喝法，不過我想今晚可以試試看。那邊有幾片檸檬，幫我拿來好嗎？」

瑞奇・李拿了四片檸檬，整整齊齊擺在酒杯旁新放的紙巾上。漢斯康拿了一片，頭像點眼藥水一樣往後仰，開始將檸檬汁擠進右邊鼻孔裡。

「天哪！」瑞奇・李嚇得大叫一聲。

漢斯康喉嚨收縮，滿臉通紅……瑞奇看著淚水順著平滑的臉頰流向耳朵。點唱機開始放編織者合唱團的歌，關於橡皮人那一首：「喔，天哪，我不知道自己還能忍受多少。」

漢斯康伸手在吧台上亂摸，抓起另一片檸檬將汁擠進左邊的鼻孔。

「這樣根本在自殺嘛。」瑞奇・李輕聲說。

漢斯康將擠乾的兩片檸檬扔到吧台上。他雙眼火紅，抽搐似的劇烈喘息，透明的檸檬汁從兩邊鼻孔流出來滴到嘴角。他伸手抓起啤酒杯，一口氣灌了三分之一。瑞奇・李看呆了，愣愣望著漢斯康的喉結上上下下。

漢斯康放下杯子，打了兩個冷顫，接著點點頭。他微微一笑看著瑞奇・李，眼睛不再那麼紅了。

「果然和他們說的一樣有效。當你全神貫注在鼻子上，就不會留意自己灌了什麼到喉嚨裡。」

「你瘋了，漢斯康先生。」瑞奇．李說。

「廢花，」漢斯康回答：「你還記得吧，瑞奇．李？我們小時候都說『廢花』。我有跟你提過我小時候很肥嗎？」

「沒有，先生，你沒說過。」瑞奇．李低聲說。他現在相信漢斯康先生一定聽到什麼天大的壞消息，所以真的瘋了……起碼暫時失去了理智。

「我是大肥豬，從來沒打過棒球或籃球，玩捉迷藏永遠第一個被抓，連我自己都受不了。我那時真的很胖。我老家有幾個傢伙時常找我麻煩，其中一個叫做瑞吉諾德．霍金斯，不過大家都叫他貝奇。另一個叫維克多．克里斯，還有其他人，但最壞的是一個叫做亨利．鮑爾斯的傢伙，比所有人加起來還要壞。瑞奇，如果世上真的有邪惡的小孩，那一定是亨利．鮑爾斯。他不只欺負我一個，但問題是我跑得沒有其他人快。」

漢斯康解開鈕釦，將襯衫拉開。瑞奇．李彎身向前，看見漢斯康先生腹部有一道扭曲滑稽的疤痕，就在肚臍上方。皺巴巴的，很白、很舊的疤痕。他發現是一個英文字母。有人在他腹部刺了一個H，可能早在漢斯康先生長大之前。

「亨利．鮑爾斯幹的，感覺像上輩子的事了。幸好他只刺了個字母，沒讓我帶著他的全名到處跑。」

「漢斯康先生——」

漢斯康又拿了兩片檸檬，一手一片，仰頭將檸檬汁像鼻藥一樣滴進鼻孔。他身體猛烈顫抖，將檸檬片放到一邊，拿起杯子灌了兩大口，打了個冷顫，之後又灌了一口，接著閉著眼睛伸手摸索，想找到加墊的吧台邊。他扶著吧台站了一會兒，有如遭遇巨浪緊握欄杆的水手，接著睜開眼睛，對瑞奇．李微微一笑。

「我可以這樣搞一整夜。」他說。

「漢斯康先生，我希望你別再喝了。」瑞奇．李緊張地說。

安妮拿著托盤回到侍者區，點了兩杯米勒啤酒。瑞奇．李倒了兩杯遞給她，覺得兩條腿有點發軟。

「漢斯康先生還好嗎，瑞奇．李？」安妮問。她眼睛看向瑞奇．李背後，他轉頭順著她的視線望去，發現漢斯康先生正倚著吧台，小心翼翼從瑞奇．李放配酒菜的小盒子裡挑出檸檬片。

「我不曉得，」他說：「我覺得不太好。」

「那就別杵在這裡，快去想點辦法啊。」安妮和其他女人一樣，特別偏袒班恩．漢斯康。

「不曉得耶。我老爸常說，只要客人還清醒——」

「你老爸的腦袋連地鼠都比不上，」安妮說：「別管你老爸了，瑞奇．李，你得阻止他才行，他這樣下去會喝掛的。」

瑞奇．李乖乖聽話走回班恩．漢斯康的座位前。「漢斯康先生，我真覺得您喝夠——」

班恩．漢斯康腦袋一仰，手指一擠，這回真的像吸古柯鹼一樣，用吸的把檸檬汁送進鼻子，接著喝水似的猛灌一口威士忌。他神情嚴肅看著瑞奇．李。「叮咚，我看見他們了，他們都在我家客廳的地毯上跳舞。」說完之後哈哈大笑。杯子裡的威士忌大概只剩兩吋高。

「夠了。」瑞奇．李說著伸手去拿酒杯。

漢斯康將杯子輕輕推開，讓瑞奇．李撲空。「傷害已經造成了，瑞奇．李，」他說：「傷害已經造成了，兄弟。」

「漢斯康先生，拜託——」

「該死！瑞奇．李，我差點忘了，我有東西要給你家三個小孩。」

漢斯康穿著褪色的牛仔背心。他伸手去掏口袋，瑞奇．李隱約聽見叮噹聲。

「我父親在我四歲時過世了，」漢斯康說，完全沒有口齒不清：「留下了一屁股債務和這個。我想送給你家的三個小鬼頭，瑞奇．李，」他說完將三枚銀幣放在吧台上，銀幣映著柔和的燈光閃閃發亮。瑞奇．李倒抽一口氣。

「漢斯康先生，謝謝你的好意，但我不能——」

「本來有四枚的，但有一枚被我送給結巴威他們了。他叫威廉．鄧布洛，但我們都喊他結巴威……只是以前的稱呼，就像我們說『廢花』一樣。我有一群死黨，他是其中之一。我還是有朋友的，你知道。我胖歸胖，還是交得到朋友。結巴威現在是作家了。」

瑞奇．李幾乎沒在聽，盯著那三枚銀幣看得入了迷。一九二一、二三、二四年。就算只看純銀含量，這三枚銀幣現在也不曉得值多少錢！

「我不能收。」他又說了一次。

「我堅持。」漢斯康先生說完拿起杯子一飲而盡。他早該躺平在地上了，但眼睛卻盯著瑞奇．李不放。那雙眼睛泛著淚光又充滿血絲，但瑞奇．李可以按著聖經發誓，注視他的這個人絕對清醒。

「你有點嚇壞我了，漢斯康先生，」瑞奇．李說。兩年前，鎮上有名的酒鬼葛雷斯罕．阿諾拿著一捲廿五美分硬幣走進紅車輪，帽帶上還插了一張二十元紙鈔。他將零錢拿給安妮，要她四枚四枚投進點唱機，接著將二十元鈔票放在吧台上，要瑞奇．李請所有客人喝酒。這個酒鬼阿諾從前是海明佛德公羊隊的明星球員，帶領球隊拿到學校第一座（可能也是最後一座）高中籃球聯賽冠軍杯。那是一九六一年的事了。當時這位年輕人的前途似乎不可限量，但他第一學期就被路易斯安那州立大學退學了，理由是喝酒、嗑藥和徹夜狂歡。他回到老家，撞爛父母親送給他當畢業禮物的黃色敞篷車，在老爸的農用機械行當首席業務。阿諾的父親眼看兒子突然變壞，而且再也不會浪子回頭，他怎麼也參不透個中緣由，一夕間蒼老許多。五年後，他不想開除自己的兒子，只好賣了機械行，搬到亞利桑納州去過退休生活。機械行還在父親名下時，阿諾有段時間至少還會假裝工作，但就已經酒不離手了，後來更完全被酒精控制。他常發酒瘋，但他帶著硬幣請所有人喝酒那天，表現得卻像苦薄荷糖一樣甜，而所有客人也都親切道謝。安妮不斷放摩伊·班弟的歌，因為阿諾喜歡他的鄉村樂。阿諾坐在吧台前——瑞奇·李發覺就是漢斯康先生現在坐的位子，讓他愈來愈不安——喝了三、四杯波本苦艾酒，跟著點唱機哼哼唱唱，完全沒惹麻煩，瑞奇·李關店時便乖乖回家，沒想到卻在二樓的衣櫃上吊自盡。葛雷斯罕·阿諾那天晚上的眼神，和班恩·漢斯康現在的眼神有一點像。

「有一點嚇到你了，對吧？」漢斯康問，眼睛依然盯著瑞奇·李。他推開酒杯，雙手俐落交疊在銀幣前。「應該是吧，但你絕對沒有我害怕，瑞奇·李，你最好祈禱永遠不會。」

「呃，到底出了什麼事？」瑞奇·李問：「也許——」他舔了舔嘴唇：「也許我能幫上忙？」

「出事？」班恩·漢斯康笑了：「欸，沒什麼事。我晚上接到老友的電話，一個叫麥可·漢倫的傢伙。我早就忘記他了，瑞奇·李，但可怕的不是這個。畢竟我認識他的時候還很小，而小孩都會忘記事情，對吧？絕對是。廢花。我真正怕的是來這裡途中，我忽然發覺自己不只忘了麥可，而是忘了童年的一切。」

瑞奇·李茫然望著漢斯康，完全不曉得他在講什麼。但漢斯康真的很害怕沒錯，肯定是。感覺很滑稽，但是千真萬確。

「我是說我完全忘了，」他說，一邊用指關節輕敲吧台強調。「瑞奇．李，你有聽過誰得了徹底的健忘症，連自己有健忘症都忘了嗎？」

瑞奇．李搖搖頭。

「我也沒聽過。但我現在就是這樣，前一秒還在飆車，下一秒忽然想到這件事。我記得麥可．漢倫，但那是因為他打電話給我。我記得德利市，但那是因為他從那裡打電話來。」

「德利？」

「可是就這樣。我發現自己連想都沒想過童年，從我……我也不曉得從哪時開始就沒想過。但突然間，就這樣啪的一下，一切都開始湧現了，就像我們對第四枚銀幣做的那樣。」

「你們對那枚銀幣做了什麼，漢斯康先生？」

漢斯康看了看錶，忽然溜下高腳凳。他微微晃了一下，但只有這樣。「我可不能錯過時間，」他說：「晚上的飛機。」

瑞奇．李立刻一臉警覺，漢斯康笑了。

「是搭飛機，不是開飛機。我這回搭聯合航空，瑞奇．李，不自己開。」

「喔，」他想自己鬆了一口氣的表情一定寫在臉上，但他不在乎。「你搭飛機要去哪裡？」

漢斯康的襯衫還開著。他低頭若有所思望著腹部皺巴巴的白色舊疤，接著將釦子扣好。

「我應該說過了，瑞奇．李，答案是回家，我要回家。記得把銀幣給你孩子。」說完他開始朝門口走去，但他走路的樣子，甚至他拉褲側的動作，都讓瑞奇．李嚇壞了。他忽然覺得漢斯康和葛雷斯罕．阿諾死前（雖然他的死幾乎沒人難過）的情景是那麼相似，彷彿見到阿諾的鬼魂似的。

「漢斯康先生！」他擔心大喊。

漢斯康轉身回頭，瑞奇猛然後退，臀部撞上後架，酒瓶碰在一起叮噹出聲，彷彿在竊竊私語。他後退是因為他忽然確定班恩．漢斯康死了。沒錯，班恩．漢斯康陳屍在某處，也許是水溝、閣樓或衣櫃裡，頸子纏著皮帶，身體離地一、兩英寸搖搖晃晃，而眼前站在點唱機旁回望著他的東西是鬼魂。那一瞬間，他確定自己穿透漢斯康的身體看到桌椅。就那一瞬間，但已經夠讓他的心臟霎時結凍了。

「怎麼了，瑞奇．李？」

「沒、沒、沒什麼。」

班恩．漢斯康望著瑞奇．李。他眼窩下方兩團黑紫，雙頰酒酣滾燙，鼻子看起來又紅又發炎。

「沒事。」瑞奇．李輕聲又說一次，但目光就是無法從那張臉上離開。那張死於罪惡、此刻卻直挺挺站在側門邊的人的臉。

「我那時很肥，家裡又窮，」班恩．漢斯康說：「我現在想起來了。我記得一個叫做貝芙莉的女孩或結巴威用銀幣救了我一命。我嚇得快要瘋了──被什麼嚇到我可能晚點會想起來。但我有多害怕不重要，反正遲早會來。牠就在那兒，在我心裡，像個大氣泡不斷膨脹。但我得走了，因為我之前得到的一切和現在擁有的全部，都來自我們當年做的事。有借有還，這世界就是這樣。或許這就是為什麼神讓我們從小孩子長起，讓我們靠近地面，因為祂知道我們必須摔很多次、流很多血才能學到一點教訓。有借有還，誰做就是誰的……而你所擁有的一切遲早會找上門來。」

「但你這個週末還是會來對吧？」瑞奇從麻木的雙唇間擠出這句話。不祥的感覺愈來愈強，他只抓得住這一絲希望。「你這週末還是會和平常一樣回來吧？」

「我不曉得，」漢斯康先生說完慘然微笑：「我這回要去的地方比倫敦遠多了，瑞奇．李。」

「漢斯康先生——！」

「記得把銀幣給你小孩。」他又說一次，接著便消失在夜色中了。

「這到底怎麼回事啊？」安妮問，但瑞奇．李沒理她。他翻起吧台隔板衝到向著停車場的窗戶旁邊，看見漢斯康先生的凱迪拉克車燈亮起，引擎加速轉動，車子離開泥土空地，捲起滾滾煙塵。車尾燈愈來愈暗，在六十三號高速公路彼端變成兩個紅點，內布拉斯加的晚風開始將煙塵吹散。

「他灌了一大杯威士忌，你竟然還讓他開著大車走人？」安妮說：「幹得好啊，瑞奇．李。」

「算了。」

「他會害死自己的。」

瑞奇．李五分鐘前也是這麼想的，但這會兒看著尾燈消失在視線外，卻轉頭對她搖搖頭說：「我想不會，但以他今晚的樣子，或許死了還好一點。」

「他跟你說了什麼？」

瑞奇．李搖搖頭。漢斯康說的話在他腦中攪成一片，湊在一起看不出任何意義。「無所謂了，但我想我們再也不會見到那小子了。」

4

艾迪．卡斯普布拉克吃藥

想認識二十世紀末的美國中產階級男人，只要看他們的藥櫃就行了，起碼大夥兒都這樣說。不過，老天，你真該瞧瞧艾迪．卡斯普布拉克的藥櫃。這天，艾迪．卡斯普布拉克拉開藥櫃，也拉掉鏡子裡他蒼白的臉色與茫然瞪大的眼睛（謝天謝地）。

櫃子最上層擺著安力神、益速得、益速得加強錠、康泰克、健胃仙、泰諾和一大罐藍色的維克斯軟膏，有如困在玻璃瓶裡的傍晚天色。另外還有一瓶咖啡因錠、一瓶然自瀉藥（艾迪很小的時候，電視廣告裡勞倫斯．威克常說「然自，自然倒著寫就是了」）和兩瓶菲利普氧化鎂制酸胃乳，一瓶原味，嚐起來像粉筆，一瓶是新款薄荷味，嚐起來像薄荷味的粉筆。一大罐羅雷茲親密貼著一大罐塔姆斯，塔姆斯又貼著一大罐柳橙迪潔藥片。三只罐子像三隻怪異的小豬撲滿排排站著，只是裡頭裝的是制酸藥片，不是銅板。

第二層是維他命層：維他命E、維他命C、玫瑰果維他命C、維他命B和B群和B12。再來是治療難堪的皮膚問題的離氨酸、治療難堪的膽固醇和心血管問題的卵磷脂、鐵、鈣、魚肝油、每日一錠綜合維他命、美益達綜合錠和善存。櫃子頂還有一大罐潔利妥，以備不時之需。

第三層，歡迎檢視成藥機動打擊部隊。這裡有伊克雷克斯和卡特小藥丸，任務是幫助艾迪．卡斯普布拉克的腸胃出清存貨。旁邊是考佩克泰特、派普托畢斯莫和普利佩瑞遜H，預防存貨離開得太快太痛。另外還有旋蓋裝的塔克斯，主要負責善後工作，例如勸離賴著不走的傢伙或處理特大號專送包裹。再來是對付咳嗽的四四號處方、打擊感冒的奈齊爾和特利通，還有一大瓶篦麻油、一盒蘇克雷以防艾迪喉嚨痛，外加四種漱口水：克羅拉塞普提克、思必樂、噴霧式思必樂和獨家配方無可模仿的必備老牌李施德林。樂敦和妙蓮負責眼睛，氫化可體松和尼歐斯波林藥膏專攻皮膚（要是離氨酸沒有發揮效力，這是第二道防線）。一條奧西五和一罐奧西洗面乳（因為艾迪寧可多花錢也不想多長青春痘），加上幾粒四環素藥片。

三瓶煤焦油洗髮精擠在一旁，有如憤恨的謀反者。

櫃子最底層很空，但都是狠角色，絕對能讓人飄飄欲仙，飛得比班恩．漢斯康的噴射機還高，摔得比瑟曼．孟森還慘。這裡有煩寧、佩可丹、艾拉維爾和達爾豐綜合錠，還有一盒蘇克雷，但打開來看不到喉糖，而是六顆安眠酮。

艾迪．卡斯普布拉克一向信守童子軍格言。

他一手甩著手提袋走進浴室，將袋子放在洗手台邊，拉開拉鍊，開始用顫抖的手將瓶瓶罐罐、條條管管扔進袋裡。平常他會小心翼翼一把一把拿，但現在沒那個閒工夫。艾迪覺得選擇既簡單又殘酷：要嘛立刻啟程不斷移動，要嘛在一個地方久待，待到開始思考一切有什麼意義，然後被自己嚇死。

「艾迪？」米拉在樓下高喊：「艾迪，你在做什麼——？」

艾迪將裝了安眠酮的喉糖盒扔進袋子裡。藥櫃幾乎一掃而空，只剩米拉的美多錠和一小支快用完的碧唇護唇膏。他遲疑片刻，接著將碧唇掃進袋子裡，正要拉上袋口封條時又內心交戰了一番，最後將美多錠也裝了進去。反正她可以再買。

「艾迪？」這回已經走到樓梯的一半了。

艾迪拉上封條，離開浴室，袋子在身側甩呀甩的。他個子矮小，一張兔子般易受驚嚇的臉，頭幾乎禿光了，只剩下幾撮黑白交雜、無精打采的殘髮。袋子很沉，讓他身體明顯歪向一邊。

一個胖得要命的女人吃力往二樓爬，艾迪聽見樓梯吱嘎作響，發出抗議。

「你在做什麼——？」

艾迪不用心理醫師說，也知道自己娶了有母親影子的女人。米拉很肥，五年前兩人結婚時她還只是胖而已，但他有時覺得自己心裡早就感覺她會有這麼一天。老天，他媽就已經是大胖子了。艾迪看米拉走上二樓轉角，感覺她從來沒這麼肥過。她穿著白睡袍，胸部和臀部非常突出，像兩道浪頭一樣。她脂粉未施，臉色又白又亮，神情極度驚恐。

「我得離開一下。」艾迪說。

「什麼叫你得離開一下？剛才那通電話怎麼回事？」

「沒事。」他說完忽然閃身衝過走廊跑到衣物間，放下手提袋，接著打開衣物間的折疊門，將六件一模一樣的黑西裝推到一邊。那六件黑西裝對照其他顏色較為鮮豔的衣服，感覺就像烏雲一樣顯眼。他上班都穿黑西裝。他彎身到衣物間裡，樟腦丸和羊毛的味道迎面而來。他從深處拿出一只手提箱，將手提箱打開，開始朝裡面扔衣服。

她的身影罩住他。

「怎麼回事，艾迪？你要去哪裡？告訴我！」

「我不能告訴妳。」

她盯著他，思考該說或該做什麼。她很想將他一把塞進衣物間，背抵著門不讓他出來，直到他不再發瘋為止。她可以這麼做，可是沒辦法。她比艾迪高三英寸，比他重一百磅，卻不知道該做和該說什麼，因為他太反常了。就算她走進電視室發現他們家新買的大螢幕電視飄在空中，她也不會這麼心驚膽戰。

「你不能走，」她聽見自己說：「你答應要幫我拿到艾爾．帕西諾的簽名的。」她在說什麼啊？真荒謬！但遇到這種事，荒謬總比沉默好。

「妳會拿到的，」艾迪說：「但妳得自己去當他的司機才行。」

天哪，她的腦袋已經被一堆恐懼弄得暈頭轉向，現在又多了一個。她輕聲尖叫：「不可能，我從來沒——」

「妳非做不可，」艾迪說，他已經開始挑鞋了。「就只剩妳了。」

「我的制服都不合身了！胸部太緊了！」

「叫德蘿莉絲幫妳改一件，」他冷冷地說，接著抓了兩雙鞋，找到一個空鞋盒，放了第三雙鞋進去。上等的黑皮鞋，還很耐穿，只是磨損多了點，不再適合穿去上班了。假如你的工作是在紐約幫有錢人開車，許多還是有名的有錢人，你非得穿得稱頭不可，而這幾雙鞋都不稱頭了……但就他這會兒要去的地方，以及到了那裡他可能得做的事情來說，它們應該還過得去。說不定理查德．托齊爾會——

想到這裡，他忽然眼前一黑，覺得喉嚨開始縮緊。他發現自己打包了一整間藥房的藥，卻獨獨把最要緊的東西——氣喘噴劑——漏在樓下音響櫃上。他嚇得冷汗直流。

艾迪猛力關上手提箱，將箱子鎖好，回頭看了看米拉。米拉站在走廊，一手按著粗短有如矮柱的脖子，彷彿有氣喘的人是她。她看著他，臉上充滿困惑與驚恐。艾迪很希望能同情她，但他自己也怕得要命，實在自顧不暇。

「到底怎麼了，艾迪？那通電話是誰打來的？你遇到麻煩了嗎？一定是，對吧？你惹上了什麼麻煩？」

艾迪一手拿著封口袋，一手拿著提箱朝她走去，因為重量比較平均了，所以身體不再那麼斜。她走到他面前擋住樓梯，艾迪以為她會死守陣地，但當他的臉就快撞到軟綿綿的乳房路障時，她卻讓開了……因為害怕。艾迪從她面前走過，腳步絲毫沒有放慢，她傷心得嚎啕哭了起來。

「我沒辦法幫艾爾·帕西諾開車！」她哭號著說：「我一定會撞到路標什麼的，我知道一定會！艾迪，我好怕——」

他看了看樓梯邊桌上的賽斯·湯瑪士時鐘。九點二十。那個講話像讀稿機的達美航空櫃員剛才說，最後一班往北到緬因州的班機已經飛走了，八點二十五分離開拉瓜地亞機場。他打給美國國鐵，得知十一點三十分還有一班車從賓州車站開往波士頓。他可以在南站下車，搭計程車到阿靈頓街的鱈魚角租車公司。這些年，鱈魚角和艾迪任職的皇家紋章公司簽了一個很有用的互惠協定，因此他只打了通電話給波士頓的巴奇·卡靈頓，就搞定了他的北上行程。巴奇說他們會準備一輛加滿油的凱迪拉克豪華轎車等他，讓他風光出發，沒有討人厭的客人坐在後座，叼著大雪茄把車裡弄得臭氣薰天，還問他哪裡能搞到馬子或白粉，甚至兩個都來更好。

風光出發，的確是，艾迪心想，大概只有搭靈車能比這風光吧。但別擔心，艾迪——你回程可能就是搭靈車了，假如找得到屍骨的話。

「艾迪？」

九點二十。還有很多時間和她談談，對她和顏悅色。不過，這天要是她的打牌日就好了。他就可以用磁鐵將字條貼在冰箱上（他總是將字條留在冰箱上，保證她不會漏看）然後一走了之。雖然像逃犯一樣連夜潛逃不太好，但現在這樣更糟，感覺就像必須重新出門，而且困難得必須重做三次。

有時候，家就是心的歸宿，艾迪胡亂想著，這我相信。老巴比·佛洛斯特說過，家是永遠會收留你的地方。只可惜，家也是進去容易出來難的地方。

他站在樓梯邊，往前的勢頭稍微停住。他心裡充滿恐懼，喉嚨縮得像針孔一樣，讓呼吸咻咻出聲。他看著啜泣的妻子。

「和我一起下樓，我盡量把事情告訴妳。」他說。

艾迪將兩件行李（一箱衣服和一袋藥物）放在玄關門邊，接著想起另一件事……應該說想起他過世多年的母親。她依然常在艾迪心裡對他說話，惦記著他。

知道嗎，艾迪，你腳濕了就會著涼——你和其他小孩不一樣，身體很脆弱，需要特別小心。所以，你下雨一定要穿雨鞋。

德利經常下雨。

艾迪打開玄關櫃子，從鉤子上取下整整齊齊裝在塑膠袋裡的膠鞋，放進裝衣服的手提箱。

乖，艾迪。

剛才屁事來的時候，他和米拉正在看電視。艾迪走進電視房，按下按鈕讓電視的投影幕降下去——那螢幕大得誇張，讓紐約噴射機隊的佛里曼．麥克尼爾看起來就像週日下午影集裡的巨人一樣。他拿起電話叫了一輛計程車，派車員說可能要十五分鐘，艾迪說沒問題。

艾迪掛上電話，從昂貴的新力CD音響上拿起氣喘噴劑。我花了一千五百元買了一套頂級音響設備，讓米拉把巴瑞．曼尼洛的唱片和「超級金曲」的每一個動人音符聽得清清楚楚。他心裡這麼想著，忽然湧起一絲罪惡感。這不公平，他當然曉得不公平。就算沒有四十五轉雷射光碟，原來那些刮痕累累的唱片也能讓米拉聽得很開心，就像她不在乎守著皇后區那一間四房小屋，住到兩人都老了，頭髮花白也無所謂（其實，艾迪．卡斯普布拉克頭上已經有幾撮花白了）。他會買下這套豪華音響，理由就和他買下這間位於長島的粗石別墅（讓他們常常在屋子裡像罐頭裡的兩顆豆子一樣晃來盪去）一樣：因為他買得起，因為可以安撫他母親在他心中溫柔、驚恐、時常困惑又陰魂不散的聲音，告訴他：媽咪，我做到了！妳看這一切！我做到了！現在妳可以稍微閉嘴了沒？

艾迪將噴劑放進嘴裡，有如吞槍自盡的人按下噴鈕。一股噁心的甘草味從他口中竄燒到喉嚨。他深吸一口氣，感覺原本快要閉上的呼吸道又暢通了，胸口的鬱塞也開始緩和。突然間，他聽見心裡有聲音，鬼魂的聲音。

您沒收到我的字條嗎？

有的，卡斯普布拉克太太，可是——

嗯，布雷克教練，要是您不識字，我現在告訴您字條寫了什麼。準備好了？

卡斯普布拉克太太——

很好，我要說了，請您豎起耳朵聽。好了沒？我家的艾迪不能上體育課。我重複一遍，他不能上體育課。艾迪很嬌弱，讓他跑……或跳的話……

卡斯普布拉克太太，我這裡有艾迪最新的體檢報告，這是州的規定。上頭說艾迪比同年齡孩子矮小了點，但其他部分完全正常。於是我又打了電話給您家的家庭醫師確定狀況，他也說——

您是說我騙人囉，布雷克教練？您是這個意思嗎？唔，他就在這裡！艾迪就站在我旁邊！您聽見他的呼吸聲了嗎？聽到沒？

媽……拜託……我很好……

艾迪，你懂什麼？我是怎麼教你的？大人講話不要插嘴。

我聽見了，卡斯普布拉克太太，可是——

你聽見了？很好！我還以爲您耳聾了呢！他聽起來就像低檔上坡的卡車，對吧？要是這還不算氣喘——

媽，我會——

安靜，艾迪，別再插嘴了。布雷克教練，要是這還不算氣喘，那我就是伊莉莎白女王！卡斯普布拉克太太，艾迪上體育課似乎玩得滿開心的，身體狀況也不錯。他喜歡玩遊戲，跑得也滿快的。我和貝恩斯醫師談過，他提到「身心失調症」，不知道您是否考慮過——

——考慮過我兒子瘋了？您是不是要說這個？您是不是要說我兒子瘋了？？

不是，但——

他很嬌弱。

卡斯普布拉克太太——

我兒子很嬌弱。

卡斯普布拉克太太，貝恩斯醫師說他找不到艾迪有任何——

「——身體毛病。」艾迪把話接完。真是難堪的回憶。他母親在德利小學體育館對布雷克教練咆哮，他瑟縮在母親身旁嚇得喘不過氣，其他小孩擠在籃球架旁邊看好戲。他已經好多年沒有想起這件事，直到今天。不過，麥可·漢倫那通電話喚起的回憶不會只有這個，他很清楚。他感覺到還有更多回憶，更多壞的和更糟的往事擠在一起，就像百貨公司門口等著搶購折價品的顧客一樣，很快就會突破封鎖一擁而上。他很確定。那些回憶會找到什麼特價品？他的理智嗎？有可能。半價出清、缺損品、跳樓大拍賣。

「身體沒有毛病。」他又說了一次，接著忽然深吸一口氣，將噴劑塞回口袋。

「艾迪，」米拉說：「拜託你告訴我到底怎麼回事！」

她豐潤的臉頰上兩道淚痕閃閃發亮，雙手不停扭絞，好像兩隻粉紅色的無毛動物在玩鬧。他向米拉求婚之前曾經幫她拍了一張相片，放在他母親的相片旁。他的母親六十四歲死於鬱血性心臟衰竭，當時體重已經破表，超過四百磅，精確的說是四百零六磅。她的身體似乎只剩乳房、屁股與小腹，安上一張永遠驚恐蒼白的臉龐，簡直像頭怪物。不過，他擺在米拉相片旁的那張相片是一九四四年拍的，艾迪兩年後才出生（你生下來很孱弱，母親的幽魂這會兒在他耳邊說道，好幾次我們都以爲你活不成了……），當時他母親還算苗條，只有一百八十磅。

他想他當年應該比較過兩張相片，希望在最後關頭阻止自己精神亂倫。他看了看母親，看看米拉，又看看母親。

兩人實在很像，簡直像一對姊妹。

艾迪看著兩張像到極點的相片，向自己保證絕對不會做傻事。他知道公司的同事已經在開他玩笑，說他是傑克．史普拉特，但事情沒他們想得那麼簡單。玩笑和挖苦他還能受得了，問題是他真的想演這場佛洛伊德鬧劇嗎？不，他不想。他想和米拉分手。他希望和平收場，因為米拉對他真的很好，男女關係的經驗也比他還少。等她離開他的生命，消失在地平線的彼端，他或許就能報名一直想去上的網球課……

（艾迪上體育課似乎玩得滿開心的）

或是參加尤恩大飯店的游泳俱樂部……

（艾迪喜歡玩遊戲）

更別說第三大道車庫對面新開的健身房了。

（艾迪跑得滿快的只要妳不在艾迪就跑得滿快的只要沒人在他旁邊一直提醒他很嬌弱卡斯普布拉克太太我看他的臉就知道即使他才九歲他就曉得他能爲自己做的最好的一件事就是朝您不讓他去的方向拚命跑卡斯普布拉克太太讓他跑吧）

但他還是娶了米拉，老方法和老習慣終究佔了上風。家就是回去會被永遠拴住的地方。喔，他真想痛扁母親的幽魂。雖然很難，但只要能解決問題，他覺得自己做得到。結果最後，是米拉讓艾迪難以獨立。她用掛念責備他、關懷釘死他、溫柔鎖住他。米拉和他母親一樣徹底摸清了他的個性，知道他的罩門：艾迪覺得自己身體很好，一點也不虛弱，結果反而使他更容易受傷。他需要被保護，免得被自己盲目的勇氣害死。

遇到下雨天，米拉會打開櫃子，從塑膠袋裡拿出雨鞋放在門邊的衣帽架旁。每天早晨，她會在他沒抹奶油的全麥吐司旁擺一盤點心，乍看像是無糖彩色燕麥片，其實是各式各樣的維他命（這會兒幾乎都在艾迪的封口袋裡）。米拉和母親一樣瞭解他，讓他毫無勝算。年輕時，未婚的艾迪曾經離家三次，但三次都回到母親身邊。四年後，母親死在皇后區公寓的玄關，肥碩的身體將門完全擋住，讓醫護人員（打電話的是樓下鄰居，因為他們聽見卡斯普布拉克太太倒地時發出的轟然巨響）不得不打破廚房和逃生梯之間上鎖的門才進得去。那是艾迪第四次回家，也是最後一次，起碼他那時覺得如此。回家囉，回家囉，滴哩滴哩啦！回家囉，回家囉，帶著肥豬胖米拉！她是肥豬，不過是可愛的肥豬。他愛她，而且他真的沒有勝算。她用洞悉一切、讓人迷魂、有如蛇蠍般致命的眼神望著他，將他引到她身邊。

這次是永遠回家了，他當時想。

但也許我錯了，艾迪想，也許這不是家，從來不是——也許我今晚要去的地方才是家。家是逼你面對黑暗中那個東西的地方。

他無助地打了個冷顫，彷彿沒穿雨鞋出門被冷到了一樣。

「艾迪，求求你！」

米拉又開始哭了。眼淚是她的最後防線，和他母親一樣。淚水是無法還擊的柔性武器，能將對方的溫柔與善良變成盔甲上的破洞。

這不表示他身上穿著盔甲。艾迪不是喜歡武裝自己的人。

對他母親來說，淚水不只是防衛，更是武器。米拉很少這麼惡劣……但無論淚水攻勢惡不惡劣，他都發覺米拉正在用這一招……而且很有效。

他不能讓她得逞。不難想像深夜獨自搭著火車奔向波士頓有多寂寞，手提箱放在置物架，裝滿靈丹妙藥的手提袋擺在腿間，恐懼像發臭的維克斯軟膏壓在胸口。何不讓米拉陪他上樓，吃幾顆阿斯匹靈，用酒精按摩身體，然後做愛？何不讓她送他上床，或許（或許不會）來一場放得更開的性愛？

但他答應過的。他答應了。

「米拉，妳聽我說。」他刻意壓平聲音，彷彿陳述事實一般。

她用水汪汪的眼睛真誠又驚惶地看著他。

他以為自己會開始解釋，盡可能解釋，告訴她麥可．漢倫打電話來，跟他說牠又開始了，對，他覺得其他人也會來。

但他說出來的卻是理智的話。

「明天一早立刻到公司找菲爾談，跟他說我得請幾天假，由妳幫我開車載帕西諾——」

「艾迪，我真的沒辦法！」她哭號著說：「他是大明星耶！我要是迷路一定會被他吼，我知道他會，他會吼我，他們都是那樣，司機一迷路就開罵……而且……而且我一定會哭……可能會出車禍……會出意外……艾迪……艾迪……你一定要留在家裡……」

「老天！拜託妳閉嘴！」

米拉被他的聲音嚇得縮了一下，露出受傷的表情。艾迪伸手握住噴劑，但不打算掏出來用。她會察覺這個弱點，拿來對付他。主啊，要是祢存在，請相信我沒有說謊，我不想傷害米拉，不想劃傷她，甚至不想讓她瘀青。但我做了承諾，我們都做了承諾，還發了血誓。神啊，求祢幫助我，我眞的非做不可……

「我很討厭你吼我，艾迪。」她低聲說。

「米拉，我也不喜歡吼妳，只是我不得不。」他說。米拉打了個哆嗦。又來了，艾迪，你又傷了她。你乾脆揍她幾拳算了，搞不好還仁慈一點，而且快得多。

忽然間——可能因為揍人的念頭讓往日影像浮現——他看見亨利．鮑爾斯的臉。他已經許多年沒想到這個人了，對他平復心情沒有幫助，一點也沒有。

艾迪閉上眼睛，隨即睜開說：「妳不會迷路的，他也不會吼妳。帕西諾先生人非常好，他會體諒妳的。」他從沒載過艾爾．帕西諾，但很慶幸過去的經驗大致站在他這一邊。一般人都認為名人喜歡找碴，但艾迪載過許多名人，他知道這個迷思通常是錯的。

當然，凡事總有例外，而且例外通常都很可怕。為了米拉好，他衷心希望帕西諾先生不是例外。

「是嗎？」米拉怯怯地問。

「是的，他人很好。」

「你怎麼知道？」

「狄米屈歐還在曼哈頓租車公司的時候，幫他開過兩、三次車，」艾迪想也不想就說：「他說帕西諾先生給小費都是五十美元起跳。」

「就算他只給我五毛錢小費也無所謂，只要他別吼我就好。」

「米拉，事情只要一二三就解決了。一，明天傍晚七點到聖瑞吉飯店接人，然後載他到美國廣播公司大樓，他們要重拍帕西諾主演的舞台劇的最後一幕，我記得劇名叫《美國野牛》。二，十一點左右，載他回聖瑞吉飯店；三，回車庫還車，然後簽退就行了。」

「就這樣？」

「就這樣。妳倒立都做得來，米米。」

她以前聽到這個小名都會咯咯笑，這會兒卻用孩子般痛苦嚴肅的表情看著他。

「要是他不想回飯店，想去吃飯、喝一杯還是跳舞呢？」

「我想他不會的，但如果他想，妳就載他去。如果妳覺得他打算混一整晚，過了十二點就用車上的無線電話打給菲爾．湯馬斯，那時他手下就會有空的司機可以來替妳。我要是空得出人，絕對不會讓妳跑這一趟，但公司裡有兩個人請病假，狄米屈歐去休假，其他人也都排滿班了。米米，我保證妳半夜一點之前就能躺回床上，絕對不會超過一點，我百分之六百確定。」

「百分之六百」也沒逗她笑。

他清了清喉嚨，手肘抵著膝蓋彎身向前。母親的幽魂馬上說：坐好，艾迪，這樣姿勢不良會擠壓你的肺。你的肺很虛弱。

艾迪坐直身子，但他自己幾乎沒察覺。

「這最好是我最後一次幫你開車，」米拉近乎嗚咽地說：「我這兩年腫了好多，制服穿起來好難看。」

「就這一次，我發誓。」

「艾迪，那通電話是誰打來的？」

這時，兩道燈光忽然掃過牆面，彷彿就在等這一刻似的。計程車彎進車道按了聲喇叭，讓他鬆了一口氣。他們花了十五分鐘討論艾爾帕西諾，完全沒提到德利、麥可．漢倫和亨利．鮑爾斯，真是不錯。對米拉好，對他也好。除非必要，否則他不想再想或談那些事了。

艾迪起身說：「計程車來了。」

米拉猛然起立，匆忙間踩到自己的睡袍邊，身體往前倒。艾迪抱住她，但整件事忽然變得非常可疑：她可是重了他一百磅啊。

她又開始嚎啕大哭。

「艾迪，你一定要告訴我！」

「不行，沒時間了。」

「你以前從來不瞞我的，艾迪。」她哭著說。

「我現在也沒瞞妳啊，不算有，因為我也不太記得了，起碼還沒想起來。打電話來的人曾經是，呃，現在還是我的老朋友，他——」

「你會生病的，」她絕望地說，一邊跟著他回到玄關：「我知道你會的。艾迪，求求你，讓我一起去。我會照顧你，帕西諾可以搭計程車什麼的，反正不會死。你覺得怎麼樣？好嗎？」她聲音愈來愈高，已經歇斯底里，而且愈來愈像艾迪的母親，和他母親死前幾個月一樣又老又肥又瘋狂，讓他膽顫心驚。「我可以幫你擦背，看著你吃藥……我……我會幫你……只要你叫我別說，我就不會說出去，但你什麼都可以跟我說……艾迪……艾迪，求求你別走！艾迪，求求你！求——求你！」

艾迪已經走到前門。他步履蹣跚，有如逆著強風低著頭走。他的呼吸又開始咻咻出聲。他拿起袋子和手提箱，感覺好像千斤重。他感覺米拉豐滿的雙手碰到他、試探著，想用關懷的溫柔淚水誘惑他、喚回他。她用無助的渴望挽留他，卻沒有足夠的力量。

*我辦不到！*艾迪絕望地想。他氣喘得更兇了，比小時候還糟。他伸手去抓門把，門把卻從他手邊退開，一路退到漆黑的外太空。

「只要你不走，我就做酸奶咖啡蛋糕給你吃，」米拉口齒不清地說：「我們可以弄爆米花……我做你最喜歡的火雞晚餐給你……你想明天早餐吃也行……我現在就開始做……還有火雞醬汁……艾迪，求求你！我好怕，你把我嚇壞了！」

她抓住艾迪的衣領往回拉，有如魁梧的警察逮住想溜走的可疑傢伙。他用僅存的力氣繼續走……就在他氣力耗盡，失去反抗的力量時，忽然感覺米拉鬆手了。

她又嚎啕大哭了起來。

艾迪一手握著門把——謝天謝地，門把真冰！他打開門，看見奇克計程車正等在門口，宛如理智世界派來的使者。夜色清朗，星星璀璨閃亮。

他回頭看著米拉，呼吸聲咻咻作響：「請妳瞭解我並不想這麼做，假如有選擇，只要有一絲選擇的餘地，我就不會去。請妳瞭解，米拉，我要去，但我會回來的。」

然而，這話聽起來像在撒謊。

「哪時候？去多久？」

「一星期，或許十天，絕對不會拖久。」

「一星期！」米拉尖叫，像三流歌劇裡的女伶抓著自己胸脯：「一星期！十天！求求你，艾迪！拜託——」

「米米，別這樣好嗎？別這樣。」

奇蹟發生了，米拉真的不再說話。她用哭腫的眼睛看著他，沒有生氣，只有對他和對自己的恐懼。兩人相識這麼多年，他頭一回覺得自己可以安全地愛她。因為他就要離開了嗎？他覺得是。不對……不是覺得，他知道是。他已經感覺自己是活在望遠鏡另一端的人了。

但也許沒關係。他是這個意思嗎？他終於覺得愛她沒關係？就算她長得像他母親年輕的時候也無所謂？就算她在床上看「跑車雙搭檔」和「鷹冠莊園」會一邊吃布朗尼而且碎屑會掉到他那邊也可以？就算她人不聰明，就算她瞭解並原諒他將自己的藥放在藥櫃而把她的藥擺在冰箱也沒關係？

還是……

會不會……

這些事情他都想過。在不同的時間點，在兒子、愛人與丈夫三個角色詭異交纏的這段歲月中，他都曾想過。而現在他就要離家遠去，而且感覺是最後一次，一個新的可能忽然出現，一個令他震驚的意外突然像大鳥的翅膀掃過了他。

難道米拉比他還害怕？

難道他母親也是？

又一個往日記憶從潛意識浮現，有如不懷好意的煙火竄了出來。德利市中央街上有一家名叫鞋船的鞋店。某天，他記得自己還不到五、六歲吧，母親帶他到店裡叫他乖乖坐好，讓她挑一雙婚禮穿的白色高跟鞋。於是他乖乖坐好，看著母親和擔任店員的加德納先生交談。但他只有五歲（或六歲），母親第三次否決加德納先生拿給她看的高跟鞋後，他就開始無聊了，便走到角落去看他注意到的東西。他起初以為那是立著的木箱，走近才發現是桌子，而且是他看過最古怪的書桌。桌子好窄！漆木桌面閃閃發亮，鑲了許多彎曲的線條和看不懂的雕刻。桌子前面還有三級小階梯，他從來沒看過有階梯的桌子。他走到桌前，發現那個像桌子的東西底部有一個凹槽，槽旁邊和頂端各有一個按鈕（真吸引人！），看起來就像影集《錄影帶隊長》裡的太空望遠鏡。

艾迪繞到另一邊，發現一個標語。他一定超過六歲了，因為他讀得懂。艾迪輕輕唸出那幾個字：

您的鞋合腳嗎？量量看！

他繞回桌子前，爬上三個階梯將腳放進量鞋器的凹槽裡。他的鞋子合腳嗎？艾迪不曉得，但他很想量量看。他將臉貼著橡膠面罩，按下按鈕，只見一道綠光閃過他眼前。艾迪喘息一聲，看見一隻充滿青煙的鞋子裡浮現一隻腳。他動動腳趾，裡頭的腳趾也動了。果然和他想的一樣，是他的腳沒錯。接著他發現自己不但能看到腳趾，還看得到骨頭！腳的骨頭！他將大拇趾壓到食趾上（彷彿想偷偷躲掉說謊的後果），只見望遠鏡裡的詭異骨頭彼此交叉，但不是白色，而是精靈似的綠色。他看見——

就在這時，他母親淒聲尖叫，尖銳驚慌的叫聲有如鐮刀劃破了安靜的鞋店，又像火球或騎馬捎來末日消息的使者。艾迪嚇得慌忙轉頭，只見母親穿著襪子衝過來，洋裝向後飄舞，途中撞倒一張椅子，撞飛一個總是讓艾迪腳底發癢的量鞋器。她胸脯上下晃動，嘴巴嚇得張成O形。店裡的客人都轉頭看她。

「艾迪！你下來！」她吼道：「下來！那些機器會讓你得癌症！快下來！艾迪！艾迪——」

艾迪猛然退開，彷彿機器忽然變得滾燙似的。驚慌失措之間，他完全忘了背後有階梯。他腳跟踩到階梯邊緣往下滑，身子慢慢後仰，雙手瘋狂甩動，想維持難以恢復的平衡。不過，他心裡難道沒帶著一點瘋狂的喜悅嗎？我要摔倒了！我就要發現摔倒撞到頭是什麼感覺了！幹得好！……他當時不是這麼想嗎？難道這只是成年人將想法強加在自己總是充滿模糊猜想與影像（明亮得失去意義的影像）的童年心靈上，蓋過當時想的……或想要想的事情嗎？

無論如何，這個問題都注定得不到答案，因為他沒摔倒。他母親及時趕到，將他抱住。他嚎啕大哭，但沒有摔倒。

所有人都在看他們。他還記得這一點。他記得加德納先生拿起量腳器，檢查滑尺還能不能運作，另一名店員將撞倒的椅子扶正，接著拍拍手臂，露出覺得有趣又厭惡的表情，之後才恢復客氣漠然的銷售員面孔。但他最記得母親淚濕的臉頰與炙熱的口臭，記得她不斷在他耳邊低語：「我絕對不准你再這麼做，絕對不准，絕對不准再這麼做。」他母親遇到麻煩就會反覆唸這一句。一年前某一個悶熱的夏日也是如此。那天，保母帶艾迪到德利公園的公立泳池玩水，當時五零年代的小兒痲痺大流行才剛緩和，他母親發現之後將他拖出游泳池，告訴他絕對、絕對不准再這麼做。所有小孩都在看，就像這會兒所有店員和顧客一樣，而她的呼吸仍然帶著同樣的臭味。

她一邊將艾迪拖出鞋店，一邊朝店員咆哮，警告他們要是她的孩子出了事，大家就法院見。那天早上，艾迪嚇得哭哭停停，氣喘也特別嚴重了一整天，晚上久久無法成眠，心想癌症到底是什麼，是不是比小兒痲痺症嚴重，會不會讓人死掉，多久會讓人死掉，死前有多難受，還有他死後會不會下地獄。

他只知道事情非同小可。

他只知道她很害怕。

非常害怕。

「米米，」他隔著多年的回憶說：「可以和我吻別嗎？」

米拉吻了他，將他緊緊抱住，弄得他脊椎都喀喀響了。艾迪忍不住想，要是我們在水裡，她一定會害我們溺死。

「別怕。」他在她耳邊輕聲說。

「我做不到！」她哭號著說。

「我知道，」他說，同時發現雖然她勒得他肋骨快斷了，氣喘卻減輕許多，呼吸也不再咻咻出聲了。「我知道，我知道，米米。」

計程車司機又按了一聲喇叭。

「你會打電話給我嗎？」她顫抖著問。

「可以的話。」

「艾迪，求求你告訴我怎麼回事好嗎？」

要是他真的說了呢？又能讓她安心多少？

米米，晚上麥可・漢倫打電話給我，我們談了一會兒，但重點只有兩件事，就是麥可說「牠又開始了」和「你要來嗎？」米米，我發燒了，但沒辦法靠阿斯匹靈治好。我喘不過氣來，但該死的噴劑沒有用，因爲問題不在我的肺或喉嚨，而在我心裡。只要可以，米米，我一定回來，但我感覺自己就像站在隨時就要崩塌的舊礦井前，站在那裡和陽光道別。

對啦，沒錯！她聽了一定會安心！

「不，」他說：「我恐怕不能跟妳說。」

說完，他就趁米拉還來不及開口，來不及舊態復萌（艾迪，快下計程車，你會得癌症！）之前大步離開，而且愈走愈快，最後幾乎是跑得坐上計程車。

計程車倒回馬路上，米拉依然站在門口，看著他們往市區出發。屋裡的燈光將她變成巨大的女性黑影。他揮揮手，似乎看到她也抬手道別。

「老兄，今晚要去哪裡？」計程車司機問。

「賓州車站。」艾迪說著鬆開握著噴劑的手。氣喘已經躲起來，等待下一次的支氣管攻擊。

他覺得自己……幾乎沒事了。

然而四小時後，噴劑又有用處了，他對它的需求更甚平日。艾迪正在打盹，忽然一陣抽搐讓他醒了過來。坐在對面的西裝男子放下報紙，臉上露出微帶憂慮又好奇的表情。

我回來了，艾迪！氣喘朝他歡呼，我回來了，呃，這一回說不定會殺了你！有何不可呢？反正遲早得動手，你知道！不可能他媽的一直陪你耗！

艾迪胸口劇烈起伏。他伸手慌忙找到噴劑，抓起它就朝喉嚨按下噴鈕，接著靠回椅背等待氣喘過去。他一邊顫抖，一邊回想讓他驚醒的那個夢。是夢嗎？是的話最好，因為他很怕那是回憶，而不是夢。他看見綠光，和他童年在鞋店X光機裡看到的光一樣，還有一個全身腐爛的痲瘋病患在地道裡追逐一個叫艾迪．卡斯普布拉克的十一歲男孩。男孩大聲尖叫，不停地跑……

（他跑得滿快的，布雷克教練對他母親說，要是後面有全身腐爛的東西在追他，他跑得更快。這是廢花沒錯，你最好相信）

接著他聞到時間死去的味道。有人點了火柴，他低頭看見一張腐爛的臉，是一個叫派崔克．霍克斯泰特的男孩。蛆群在這個一九五八年七月失蹤的男孩臉上鑽進鑽出，有如瓦斯的惡臭便是來自他體內。在那個更像回憶的夢裡，艾迪轉頭看向一邊，發現兩本教科書《英語讀本》和《認識美國》被地底的難聞濕氣弄得又鼓又脹，長滿青苔（〈我的暑假經歷〉，作者派崔克．霍克斯泰特，「我在地道裡死了！我的課本長出青苔，變得和席爾斯型錄一樣厚！」）。他正要放聲尖叫，脖子就被痲瘋病患的粗手攫住，插進他嘴裡，讓他背脊猛然抽搐，從夢中驚醒，發現自己不在德利市的下水道，而在靠近火車頭的豪華車廂裡。窗外的月亮又大又白，火車正急速駛過長島。

走道對面的男子欲言又止，猶豫片刻之後終於說了：「您還好吧，先生？」

「喔，沒事，」艾迪說：「我睡著了，作了個惡夢，結果氣喘就發作了。」

「原來如此。」男子又舉起報紙，艾迪發現是他母親有時戲稱為《猶太時報》的《紐約時報》。

艾迪望著窗外只有明月照亮的沉睡大地，不時見到幾棟屋舍或小村落，絕大多數漆黑一片，只有幾間亮著燈，但感覺很微弱，在鬼火般的月光下顯得飄渺虛幻。

他忽然想到，那個人覺得月亮會對他說話。亨利．鮑爾斯，老天，他眞是瘋子。他很好奇亨利．鮑爾斯目前人在何方。死了？在牢裡？還是在美國中部的遼闊平原上流浪，有如無藥可救的病毒東飄西蕩，在眾人沉睡的深夜時刻搶劫便利商店或在路邊豎起拇指招車，殺死好心停車的蠢蛋，將他們皮夾裡的現鈔佔為己有？

有可能，都有可能。

還是在某個州立療養院？正和他望著同一個將圓的月亮，對月亮說話，傾聽只有他能聽見的回答？

艾迪覺得這更可能。他打了個冷顫，心想，我終於想起童年了，想起一九五八年那死寂黯淡的暑假是如何過的。他覺得現在想憶起那年夏天的哪個時刻都能想得起來，只是他不想。喔，天哪，我眞希望能再忘得一乾二淨。

他額頭貼著骯髒的車窗，一手像拿著聖物一樣輕鬆握著噴劑，凝望飛速遠離火車的夜色。

往北走，艾迪心想，但他錯了。

不是往北，因爲這不是火車，而是時光機。不是往北，而是往回，回到過去。

他彷彿聽見月亮這麼對他說。

艾迪．卡斯普布拉克忽然頭暈目眩，他緊緊握著噴劑閉上了眼睛。

5

貝芙莉·羅根被修理

湯姆才剛睡著，電話就響了。他吃力支起身子伸手過去，忽然覺得貝芙莉用胸脯壓著他的肩膀，搶在他之前拿起話筒。他躺回枕頭上，昏昏沉沉心想誰會在三更半夜打電話來，尤其他們的號碼並沒有登錄在電話簿裡。他聽見貝芙莉說了喂，接著又開始昏沉。他晚上看棒球灌了快十八罐啤酒，而且還做了愛。

但貝芙莉一聲好奇又尖銳的「什麼？」有如冰錐刺進了他的耳朵，讓他再次睜開眼睛。他想坐起來，但電話線卡在他的粗脖子上。

「貝芙莉，把他媽的電話線拿開，」他說。貝芙莉匆忙起身，用手指勾著電話線繞過床邊，自然捲的深紅頭髮披垂在睡袍外，幾乎快到腰際。妓女的頭髮。她的目光沒有閃過他臉上，偷窺他心情的陰晴，讓他有點不爽。他坐起來，腦袋開始發疼。媽的，他可能早就頭痛了，只是睡著了所以沒發覺。

湯姆·羅根走進浴室撒了一大泡尿，感覺尿了三個小時。接著他想既然都醒了，何不再來一罐啤酒，把明天的宿醉趕走。

他經過臥房朝樓梯走，身上的白色四角褲有如船帆在他碩大的小腹下飛舞，兩隻胳膊彷彿石板（這種身材感覺更像碼頭搬運工，而不是貝芙莉時裝公司的總裁兼總經理）。他回頭咆哮：「如果是那個男人婆蕾絲莉打來的，叫她去找名模混，別打擾我們睡覺！」

貝芙莉抬頭瞄了一眼，搖搖頭表示不是蕾絲莉，接著又低頭講起電話。湯姆覺得頸背肌肉開始繃緊。這是打發嗎？被女人打發？欠幹的女人。看來問題嚴重了，貝芙莉可能需要複習一下誰才是老大。很有可能，她偶爾會這樣，她學東西一向很慢。

他下樓穿越走廊來到廚房，隨手拉了拉卡在股溝縫的四角褲，接著打開冰箱伸手進去，不料卻只摸到一個藍色保鮮盒，裡頭裝著吃剩的羅曼諾夫義大利麵，完全不見啤酒的蹤影，就連他藏在冰箱最裡面（就像他折好藏在駕照裡應急用的二十美元紙鈔）的啤酒也沒了。感覺就像棒球打到十四局結果前功盡棄一樣。白襪隊輸了，一群遜咖。

他瞟了瞟廚房吧台上方玻璃櫃裡的強力黃湯，忽然很想倒一杯金賓威士忌加一球冰塊，但最後還是走回樓梯，知道喝了只會給自己的腦袋找麻煩。到了樓梯口，瞄了一旁的古董扭擺鐘一眼，發現已經過了午夜。知道這點並未改善他的脾氣，因為他的脾氣從來沒好過。

他小心翼翼上樓，感覺（太清楚了）心臟跳得好厲害。砰砰、砰砰、砰砰。湯姆每回聽見心臟在耳朵、手腕和胸口狂跳都會緊張，有時甚至覺得它根本不是舒張收縮的泵浦，而是左胸裡的大轉速表，指針直逼紅色警戒區。他討厭那種感覺，也不需要。他需要的是好好睡一覺。

然而，他娶的那個臭屄還在講電話。

「我瞭解，麥可……對……對，我是……我知道……可是……」

冗長的沉默。

「威廉．鄧布洛？」她驚呼道，湯姆的耳朵又被冰錐刺了一次。

他站在臥房外等呼吸緩和下來。現在是噗—通、噗—通，不再砰砰響了。他腦中浮現指針離開紅色的景象，隨即將它揮開。拜託，他是個男人，而且是大男人，不是溫控器故障的火爐。他狀態好得很，像鐵一樣結實。如果她想要複習一下，他樂意奉陪。

他正要走進臥房，忽然決定多待一會兒，聽她說話。他不太在意她和誰講電話、講些什麼，只是聽她聲音高低起伏，同時感到一股熟悉的惱怒。

四年前，他在芝加哥市中心一家單身酒吧遇到她，兩人很快就聊開了，因為他們都在標準品牌大樓上班，又有幾個共同的熟人。湯姆在四十二樓的金恩蘭利公司公關部工作，貝芙莉・馬許（娘家的姓）是黛莉亞時裝公司的助理設計師，地點在十二樓。黛莉亞後來成為美國中西部小有名氣的服裝品牌，顧客群是青少年，生產的裙子、上衣、披肩和便褲主要批給店家零售。老闆黛莉亞・卡斯特曼稱呼這些店家為「潮店」，湯姆則叫它們「毒窟」。他一認識貝芙莉就看出兩件事：一、她很迷人，二、她很脆弱。不到一個月後，他又發現第三點：她很有才華，而且是非常有才華。湯姆在她繪製的便服（洋裝和上衣）設計圖中，看到了驚人的巨大商機。

不過，千萬別在毒窟賣，他心裡想，可是沒說出來（至少當時沒說），打光別再那麼爛，別再殺價，別再擺在店面最裡頭的爛位置，跟吸毒用具和搖滾樂團T恤放在一起。那些是輸家玩的把戲。

早在貝芙莉察覺湯姆對她感興趣之前，他就已經對她瞭解甚深了，而這正是湯姆希望的。他這輩子一直在等貝芙莉・馬許這樣的女人出現，因此立刻像餓虎撲羊殺了上去。她的脆弱其實沒有寫在臉上。從外表看，她就是一個漂亮女人，身材苗條又豐滿，也許臀部遜色了一點，但還是很棒，而且那對乳房更是他見過最美最棒的。湯姆・羅根從小就是「胸奴」，但高個子女人的乳房通常都令人失望。她們穿著微露乳尖的薄紗襯衫簡直令人瘋狂，但襯衫一脫就會發現她們有的只有乳頭，感覺就像五斗櫃抽屜裝了兩個球形把手一樣。他的大學室友老愛講「一手掌握就好」，但湯姆覺得那傢伙根本胡說八道，什麼都不懂。

嗯，貝芙莉長得是滿漂亮的，而且身材火辣又有一頭動人的紅色波浪鬈髮。但她又很脆弱……在某方面。彷彿她會發出一種無線電波，只有他接收得到。你可以從一些小地方看出來，例如菸抽得很兇（但幾乎被他治好了），眼神飄忽不定，和人交談從不正眼看人，偶爾瞄個一眼就立刻避開，緊張時常常輕搓手肘，還有她的指甲，剪得整整齊齊但短過了頭。湯姆頭一回見到她就注意到這一點。當時她拿起白酒杯，湯姆看著她的指甲心想：她剪那麼短是因爲她會咬指甲。

老虎也許不會思考，起碼和人類的方法不一樣……但牠洞悉一切。當羊群從水邊退開，察覺死亡那有如髒地毯的氣息不斷逼近時，咱們的大貓看得出哪一隻羊會落隊，或許那羊跛了一隻腳，還是生來就跑不快……或者警覺感不夠發達，甚至可能有些羊（有些女人也是）就是想要被抓。

忽然一個聲音將他從回憶中驚醒。喀嚓！是他的打火機。

惱怒再度浮現。他胃部滾燙，但不到無法忍受的地步。抽菸。她在抽菸。湯姆．羅根之前已經針對這個問題上了幾堂特別課，但她現在又犯了。好吧，她學東西很慢，不過好老師最會對付這種學生。

「嗯，」她說：「嗯哼，好吧，好……」她聽著聽著忽然發出奇怪的笑聲，湯姆從來沒聽過。「既然你問起，那就麻煩兩件事：幫我訂個房間，還有為我禱告。嗯，好……嗯哼……我也是。晚安。」

她掛上電話，湯姆走進臥房，原本打算逞點威風，用吼的叫她把香菸熄掉，現在就熄，馬上！但一看到她，所有的話都吞了回去。他見過這樣的表情，但只看過兩、三次。一次是在他們生平第一場服裝秀之前，一次是請全國買主出席的私人發表會，還有一次是他們去紐約參加國際設計師大獎。

她大步走過房間，白色蕾絲睡袍緊貼身軀，香菸叼在嘴邊（靠，他最討厭她嘴裡叼菸的模樣）拉出一縷白霧從左肩往後飄，有如火車頭冒出的煤煙。

然而，真正讓他愣住是她的臉，讓他的咆哮卡在喉嚨。他心臟猛力一跳，噗啪！同時打了個冷顫。他告訴自己不是因為害怕，而是沒想到她是這個表情。

貝芙莉只有在工作進入高峰時，整個人才會活力四射。剛才提到的三個場合當然都和工作有關。那時的她完全不同，和他平常熟悉的貝芙莉很不一樣，電力足以摧毀他的恐懼偵測雷達。每當壓力臨頭，貝芙莉總是堅強又緊張，既無懼又無法預測。

此刻的她氣色飽滿，兩頰潮紅，一雙大眼炯炯有神，頭髮放肆飄逸，絲毫看不出睡意。而且……喔，各位鄉親父老，您瞧，您瞧瞧這場面！她這會兒可是從衣櫃裡搬出手提箱來了嗎？真的是手提箱？老天，還真的是！

幫我訂個房間……爲我禱告。

呿，她才不需要在旅館訂什麼房間，未來幾天都不用，因為小貝芙莉要乖乖待在家裡，哪兒也不去，接下來三天還得站著吃飯，謝謝指教。

不過，禱告倒是可能有需要，看他怎麼修理她。

她將手提箱扔在床邊，走到五斗櫃打開最上層的抽屜拿出兩條牛仔褲和一條燈芯絨褲，將它們扔進手提箱，接著又走回五斗櫃，左肩依然飄著一道白煙。她抓了一件毛衣、兩件T恤和一件船岸牌的舊上衣。她穿那種上衣明明很蠢，卻怎麼也不肯丟掉。無論剛才是誰打電話給她，肯定不是有錢人。絕對很無趣，就像賈姬在漢尼斯港度週末一樣悶。

他並不在乎是誰打電話來，也不在乎她想去哪裡，因為她哪兒都不准去。喝太多啤酒加上睡眠不足讓他的腦袋又痛又鈍，但讓他煩心的不是這些。

是那根菸。

他以為她把香菸都扔了，但她顯然有所隱瞞，而證據就叼在她嘴邊。由於她還沒察覺湯姆站在門口，因此他也樂得把握機會，回味之前她乖乖聽話的那兩晚。

第一次是十月，他們到森湖市參加派對，回程途中他對她說，以後不准在我身邊抽菸。我在辦公室和派對上已經被別人嗆夠了，不想再被妳嗆。妳知道那是什麼感覺嗎？讓我告訴妳什麼感覺——聽起來很噁心，不過是實話，感覺就像吃別人的鼻涕！

他以為她起碼會稍微抗議幾句，不料她只是用平常那種害羞討好的眼神看著他，卑躬屈膝低聲說：好吧，湯姆。

那就把菸扔了。

貝芙莉乖乖照辦。那天，湯姆的心情好了一晚上。

幾週後，兩人看完電影走進戲院大廳，貝芙莉想也不想就點起菸，一路吞雲吐霧回到停車場。十一月的晚上冰寒刺骨，強風像瘋子拿刀一樣不放過任何一吋露出的肌膚。湯姆記得他聞到湖的味道。有時冷天就聞得到，帶著魚腥又有點空洞，很淡的味道。他讓她抽菸，甚至還幫她開車門。他坐進駕駛座，把門關上，然後對她說：貝貝？

貝芙莉將菸拿開嘴邊，轉頭看他想說什麼。湯姆狠狠甩了她一巴掌，結實的手掌大力掃過她的臉頰，打得他掌心隱隱刺痛，她的頭往後撞到椅背。她睜大眼睛，滿臉驚訝和痛苦……還有別的。她伸手摀住臉頰，感受那股滾燙和麻木的刺痛，同時大喊：喔！湯姆！

他瞇起眼睛看著她，嘴角露出微笑，整個人精神百倍，等著看後續發展，看她會如何反應。他的陰莖在褲襠裡硬了起來，但他沒去注意。那是之後的事，這會兒他正在上課。他在心裡重播剛才的畫面。她的表情。那稍縱即逝的第三個神情是什麼？先是驚訝，然後是痛苦，再來是

（回憶）

想起……想起某件事的表情。就那麼一瞬間。他覺得連她自己也沒察覺那個表情出現在她臉上和心裡。

現在，重點是現在。關鍵在她沒說什麼，這種事他清楚得很。

她沒說你這個混帳東西！

沒說再見了，死沙豬。

也沒說我們吹了，湯姆。

她只是帶著受傷的神情，用噙著淚水的棕色眼眸望著他說：你爲什麼打我？說完她欲言又止，隨即哭了出來。

扔掉。

什麼？扔掉什麼，湯姆？她的妝沿著臉頰滑下，形成兩道泥流。他不在乎。他還滿愛看她這個樣子的。很狼狽，但又很性感。很賤，但很刺激。

菸，把菸扔了。

她露出恍然大悟的神情，接著是歉疚。

我只是忘了嘛，她哭喊道，只是這樣而已！

把菸扔了，貝貝，不然就等著再挨巴掌。

她搖下車窗，將菸扔了，接著轉頭看他，臉色蒼白驚惶，卻又平靜。

你不能……你不應該打我，維繫感情不能……這樣不好。她試著穩住音調，找到成年人的語氣，可惜沒有成功。湯姆把她變小了，讓她在車裡變成了小孩。性感火辣到了極點，不過是個孩子。

不能和不會是兩回事，寶貝，他說。他雖然語氣平靜，心裡卻很亢奮。而且感情要怎麼維繫由我決定。妳要是能接受，那好，要是不能接受，妳就走人，我不會阻止妳，頂多踹妳屁股一腳當作分手禮物，但我不會攔著妳。這裡是自由國家，我沒什麼好說的。

你已經說很多了，貝芙莉低聲說。他又甩了她一巴掌，比之前更用力，因為沒有哪個娘們可以在湯姆．羅根面前耍嘴皮子。就算面對英國女王，他也照打不誤。

她的臉頰撞上了儀表板。她伸手去抓門把，但隨即鬆開，只是像隻兔子瞪大眼睛縮在角落，一手摀著嘴巴，帶淚的眼眸充滿驚恐。湯姆默默看她一眼，接著下車從車後繞到她的門外，將門打開。十一月的強風黑夜裡，他呼出陣陣白霧，湖水的味道非常明顯。

妳想下車是吧，貝貝？我剛才看妳去抓門把，想說妳一定想下車。好啊，也行。我叫妳不要抽菸，妳說好，結果又抽。所以妳想下車？來啊，下車啊。搞什麼，對吧？下車？妳想下車嗎？

不想，她囁嚅說。

妳說什麼？我聽不見。

我說我不想下車，她稍微大聲一點。

什麼？妳是抽菸抽到肺氣腫了是吧？妳要是沒辦法說話，我就去找個他媽的擴音器來。最後一次機會，貝芙莉。妳說話大聲一點，讓我聽得見。妳想下車？還是要和我回去？

和你回去，她說，雙手像小女孩捏著裙子。她不敢看他，眼淚簌簌滑落雙頰。

好吧，他說，很好。但妳要先跟我說，貝貝，說：「我忘記不能在你面前抽菸了，湯姆。」

她抬頭看他，受傷的眼神發出難言的懇求，彷彿在說：你是可以叫我說，但請你不要。別這樣，我愛你，難道不能算了嗎？

不行，辦不到。因為她要什麼不重要，而兩人都知道這一點。

說。

我忘記不能在你面前抽菸了，湯姆。

很好，再來說「對不起」。

對不起，她喏喏地說。

落在地上的菸還沒熄，有如剪斷的保險絲。散場觀眾瞄了瞄這裡，只見一個男人站在快要變成古董的舊款雪佛蘭薇加的右車門外，一個女人坐在車裡，低頭愣愣握著雙手，車內的燈光將她的一頭秀髮染成金色。

湯姆將菸踩熄，在柏油路上留下一塊黑漬。

現在說：「以後沒有你的准許，我絕對不抽菸。」

以後沒有……

她的聲音開始抽咽。

……沒有……沒、沒、沒——

快說，貝貝。

沒有你、你的准許，我絕對不、不抽菸。

他將車門甩上，繞回駕駛座坐好，開車返回他位於市區的公寓。路上兩人都沒有開口。關係的前半段在停車場維繫好了，剩下的一半，四十分鐘後在湯姆的床上搞定。

她說她不想做愛，但他從她眼神和敞開的雙腿中看到不一樣的答案。他扯掉她的上衣，發現她的乳頭早就硬了。他輕觸她的乳房，聽到她發出呻吟。他輪流親吻她的酥胸，同時不停搓揉，她更輕聲叫了出來，抓起他的手送到自己腿間。

妳不是說不想做嗎？他說。這時她已經將臉轉開了……但仍然抓著他的手，而且臀部的擺動還開始加快。

他將她推倒在床上……動作變得很溫柔，沒有用扯的，而是小心翼翼將她的內衣脫掉，甚至有點拘謹。

進入她就像滑入美妙的蜜油一樣。

湯姆隨著她律動，利用她也讓她利用，而她幾乎立刻就衝到了高潮，發出興奮的叫聲，手指掐著他的背。接著兩人緩緩擺動，動了很久、很久，他覺得她這中間又高潮了一次。湯姆只要快到高潮，就會回想白襪隊的打擊率或想削價搶他生意的人，然後就能忍住繼續衝刺。後來她動作開始加快，之後更拚命擺動。他望著她的臉，看著暈開的睫毛膏和抹糊的唇蜜，忽然覺得自己衝向了瘋狂的頂點。

她臀部擺得愈來愈用力。那時還沒有啤酒肚擋路，兩人腹部拍擊得愈來愈快。結束前，她尖叫一聲，用嬌小整齊的牙齒咬了他肩膀。

妳到了多少次？兩人沖完澡之後他問。

她撇開臉，答話時的聲音幾乎聽不見，這種事你不應該問的。

為什麼？誰告訴妳的？羅傑先生嗎？

他抓起她的臉，拇指用力摁著一邊臉頰，其餘四根手指摁著另一邊，掌心托住她下巴。

妳要告訴湯姆，他說，知道嗎，貝貝？跟老爸說。

三次，她勉強地說。

很好，他說，妳可以抽一根菸。

貝芙莉難以置信地望著他。她身上一絲不掛，只穿著包住臀部的內褲，紅髮披散在枕頭上。光是看她這副模樣，就讓他的馬達又蠢蠢欲動。他點點頭。

抽吧，他說，沒關係的。

三個月後，他們公證結婚了。婚禮當天他找了兩位朋友，而她只找了一個，就是凱依・麥考。湯姆都叫她「大奶女權賤貨」。

湯姆站在臥房門口看著她，這些回憶有如快放的電影在他心裡一閃而過。這會兒她已經走到她有時稱之為「週末櫃」的五斗櫃前，從最下層抽屜拿出內衣褲扔進手提箱裡。不是他喜歡的光滑絲緞薄紗，而是棉質內衣，小女孩穿的那種，幾乎都褪色了，鬆緊帶也鬆弛發皺了。她還拿了一件棉睡袍，活像是從小說《大草原之家》拿出來的。她伸手到抽屜最裡面，看還有沒有該帶的衣服。

湯姆．羅根走過絨毛地毯來到衣櫃前。他光著雙腳，走起路來就像微風一樣安靜無聲。是香菸，這才是他發火的原因。第一堂課上完太久，她已經忘了。他之後也有給她上課，而且上了不少，讓她有時大熱天也得穿長袖上衣，甚至還穿開襟毛衣，並且將釦子扣到最上面，或是陰天也戴墨鏡出門。不過，就只有第一堂課來得最突然、最基本——

他已經忘了有人打電話把他從昏昏欲睡中吵醒這件事，眼裡只看見香菸。她現在抽菸，就表示她忘了湯姆．羅根。當然，這是暫時的，只是暫時，但就算暫時也他媽太久了。她為什麼忘記不重要，這種事沒有任何理由可以發生。

衣櫃門後掛著一條黑色寬皮帶，沒有皮帶扣，很久以前就被他拆了，前端反折成圓圈當作握把。湯姆．羅根將手伸進握把裡。

湯姆，你眞惡劣！他母親有時會這麼說。說「有時」可能不太對，「時常」比較貼切。阿湯，你過來！看我怎麼修理你！他小時候三天兩頭被打，後來總算躲到威奇塔州立大學。但逃得了一時顯然逃不了一世，因為他在夢裡仍然聽到她說：阿湯，你過來，看我怎麼修理你！修理……

他們家有四個小孩，他是老大。老四出生後三個月，拉夫．羅根就過世了，呃，說「過世」可能不太對，「自殺」比較貼切，因為他做的最後一件事是坐在浴室馬桶上，將大量鹼液倒進一大杯琴酒裡一飲而盡。羅根太太在福特車廠找了一份差事，湯姆十一歲就成了家中的男主人。只要他搞砸了，例如保母回家後小嬰兒大便在尿布裡一直到老媽回來還沒清理……托兒所放學後他忘了去接梅根，結果被甘特太太看見……喬伊在廚房裡亂搞，他卻在看《美國音樂秀》……只要發生這些事或其他拉哩拉雜的事情……那麼等弟弟妹妹上床後，家法就會出動，母親就會拿著棍子搬出開場白：阿湯，你過來，看我怎麼修理你！

寧可修理人，也不要被修理。

他這輩子不敢說學到了什麼，但肯定學到了這一點。

他將皮帶尾端翻面，然後調好握把用手緊緊握住。感覺很好，讓他覺得自己是個大人。皮帶抓在他手中有如一條死蛇。他的頭痛沒了。

她終於在抽屜找到她要的東西，一件鋼絲棉布胸罩。他腦中閃過一個想法，剛才那通電話可能是情人打來的，但隨即一笑置之。太荒謬了。去見情郎的女人絕對不會帶褪色的平價上衣和已經起毛球的鬆垮大賣場內衣。再說，貝芙莉也沒那個膽子。

「貝芙莉。」他輕輕叫她，貝芙莉嚇得立刻轉頭，睜大眼睛，長髮飛甩。

皮帶遲疑了……微微垂下一點。他望著她，不安的感覺再度升起。沒錯，貝芙莉在大秀前就是這副神情，所以他不會動她，因為他知道她心裡混雜著恐懼和強烈好勝心，好像充滿照明氣一樣，只要一點火花就會爆炸。對她來說，時裝秀不是脫離黛莉亞自立門戶的機會，甚至不是為了賺錢。如果是那樣就好了，但若只是那樣，她就不算真的有天分。對她來說，時裝秀是一場由嚴師評分的超級考試。在那種場合，她看著的都是些面無表情的生物。沒有表情，只有權威。

此刻她臉上就是那種雙眼圓睜的神經質，但不只臉上如此，而是籠罩全身，幾乎看得見也摸得著，有如高壓電讓她突然變得更誘人，也更危險。湯姆已經許多年沒有見到這樣的她，讓他不由得心生恐懼。因為她在這裡，那個真正的她，而非湯姆．羅根一手打造、符合他要求的她。

貝芙莉一臉驚詫惶恐，卻又亢奮到極點。她雙頰灼熱發亮，但眼瞼下方卻有兩道濃白色的斑痕，有如另一雙眼睛，讓額頭也閃著奶油色的光芒。

她仍然叼著菸，角度微微上揚，好像她是小羅斯福總統一樣。香菸！光是看到菸就讓他又一肚子火，渾身惱怒。他心底深處隱約記起之前有一天晚上，她用單調冷漠的語氣對他說：湯姆，你知道嗎？我總有一天會被你打死。你會突然發火，打過了頭，造成無法挽回的後果。

他那時回答：只要妳乖乖聽話，貝貝，就永遠不會有那一天。

此刻，就在怒氣即將淹沒理性前，他心想那一天是不是來了。

香菸。別管電話、打包和她臉上的古怪神情了，他們要先解決香菸的問題，然後他會操她，然後兩人再好好談一談，說不定那時事情的重要性會突顯一點。

「湯姆，」她說：「湯姆，我非得——」

「妳在抽菸，」他說，聲音似乎來自遠處，來自很好的收音機。「看來妳忘了，寶貝，妳都把菸藏在哪裡？」

「聽著，我會把菸熄掉，」她邊說邊走向浴室，將菸彈進馬桶。即使站得很遠，他依然看見濾嘴上的齒痕很深。嘩——。她走出浴室說：「湯姆，是我一個老朋友打電話來，很老、很老的朋友。我必須——」

「閉嘴！妳要做的就是閉嘴！」他朝她大吼：「閉嘴！」但她臉上並未出現他想看到的恐懼，對他的恐懼。她是在怕，不過卻是因為那通電話，但她該怕的不該是那個。她好像完全沒看到皮帶，沒看到他一樣。湯姆心裡浮出一絲不安。他在這裡嗎？這問題很蠢，不過，他真的在嗎？

這問題實在太可怕、太基本，讓他一時像是被人連根拔起似的，成了強風擺布的滾草。但他很快穩住自己。他確實在臥房裡，今晚的迷糊顛倒也該結束了。他在這裡，他是湯姆．羅根，上帝親手創造的湯姆．羅根。這個發神經的臭娘們要是不在三十秒內給他正經一點，就等著被惡霸警探從快車上推下去吧。

「抱歉了，寶貝，」他說：「我非修理妳不可。」

沒錯，他看過這種表情，混雜著恐懼和挑釁。但這是第一次衝著他來。

「放下來，」她說：「我得快點趕到歐海爾機場。」

你在嗎，湯姆？你在嗎？

他拋開這個念頭。曾經是皮帶的鞭子在他身前有如單擺緩緩搖晃。他眼神一閃，隨即將皮帶朝她臉上抽去。

「聽著，湯姆，我老家出事了，很嚴重的大事。我有個老朋友，他本來會是我的男朋友，只可惜我們那時年紀太小。他才十一歲，而且口吃得很厲害。他現在是小說家，我記得你還讀過他的書……《暗流》吧？」

她注視他的臉，但他面無表情，只有皮帶晃來晃去、晃來晃去。他低下頭，結實的雙腳微微站開。她伸手不停搔頭髮，一副心煩意亂的樣子，彷彿她有許多大事必須思考，完全沒看到皮帶。那個惱人的可怕問題再度出現在他腦中：你在嗎？你確定？

「那本書擺在那兒幾星期了，但我壓根沒聯想到他。也許我該想到的，但我們倆都大了，我甚至已經很久很久沒想到德利市了。總之，威廉有一個弟弟叫喬治，在我還沒認識威廉之前就死了，被人殺死的。後來，隔年夏天——」

然而，湯姆從裡到外都聽夠了。他迅速往前，右手有如拋擲標槍高舉過頭，皮帶劃破空氣咻咻出聲，貝芙莉見狀想要閃躲，但右肩撞到浴室門框，皮帶結結實實打在她的左前臂，發出

「啪」的一聲，留下一道紅色鞭痕。

「非修理妳不可。」湯姆又說一次，語氣很清醒，甚至帶著遺憾，但卻齜牙露出森冷的微笑。他想見到那種眼神，看她面帶恐懼、驚惶與羞愧，露出你說得對，是我活該，你就在我面前，我感覺到了的神情。接著，愛會回來，一切都會恢復正常與美好，因為他真的愛她。不管她想談打電話來的是誰或為什麼打來，他們都可以談，但得先等一下。現在是上課時間，要溫習第一課和第二課：先打她，再幹她。

「抱歉了，寶貝。」

「湯姆，別那——」

他側手一揮，只見皮帶吻上她的臀部，打在肉上發出令人心滿意足的響聲。接著……

天哪，她竟然伸手去抓！她竟然伸手去抓皮帶！

這突如其來的反抗讓湯姆．羅根大吃一驚，差點鬆手放掉家法。幸好他牢牢抓著握把，皮帶才沒有脫手。

他將皮帶扯回來。

「不准妳搶走我手裡的東西，」他啞著嗓子說：「聽見沒有？妳要是敢再搶我的東西，就等著一個月小便都像紅莓汁吧！」

「湯姆，住手，」她說，但他聽見她的語氣就一肚子火，感覺就像遊樂場管理員對鬧脾氣的六歲小孩說話一樣。「這不是開玩笑，我非去不可。有人死了，而我很久以前曾經答應——」

湯姆幾乎沒聽進去，只是盲目揮舞皮帶，大吼一聲朝她撲去。他用皮帶打她，讓她從浴室門口一路貼著牆壁往後退。他揚手甩手、揚手甩手，不停抽打她。隔天早上他吞了三片可待因才能將手臂舉到額頭，但此刻的他心裡只有她反抗他這件事，完全不在乎手臂。她抽菸就算了，還想奪走他的皮帶。各位鄉親父老，這是她自找的，他一定會讓她如願以償，他對天發誓。

湯姆狂揮猛甩，皮帶有如雨點落在她身上，逼得她貼著牆壁不斷後退。她用雙手護著臉，但其他部位都袒露在他的攻擊範圍內。安靜的臥房裡充斥著皮帶抽打的爆裂聲，但貝芙莉不像之前偶爾會淒厲尖叫，也不像往常一樣求他住手。最糟的是，她甚至沒有哭，她以前一定會哭的。臥房裡只有皮帶和兩人的呼吸聲。他氣喘如牛，聲音沙啞，她喘得又急又輕。

貝芙莉朝她睡的那一邊的床和梳妝台跑去。她的肩膀被皮帶抽得發紅，頭髮火紅閃耀，湯姆在她背後奮力追趕，雖然步履緩慢，可是身影巨大，非常大。他以前常打壁球，兩年前弄斷阿奇里斯腱才沒再繼續，之後體重就有一點失控（「非常失控」可能比較貼切），但肌肉依然利索，只是埋沒在脂肪底下。不過，他發現自己竟然氣喘吁吁，還是有一點緊張。

貝芙莉跑到梳妝台，他以為她想躲在旁邊，甚至鑽到梳妝台底下。沒想到她伸手亂抓……接著轉身……忽然就是一陣砲火襲來。貝芙莉不停拿化妝品扔他，一罐香堤依化妝水正中他的胸膛中央，落在他腳邊碎了。嗆人的花香頓時湧了上來，將他團團包圍。

「住手！」他咆哮道：「住手！妳這個賤人！」

貝芙莉非但沒住手，反而雙手飛也似的掃過凌亂的梳妝台玻璃檯面，拿到什麼就扔什麼。他不敢相信她竟然拿東西丟他，愣愣摸著胸口被砸中的地方，完全無視於繼續飛來的化妝品。化妝水的玻璃瓶蓋劃傷了他，傷口不大，只是一個小小的三角形，不過看來某個紅髮女人得在醫院看到明天的太陽了。沒錯，就是這樣。那個女人——

一罐乳霜忽然猛力砸中他的右眉上方。湯姆聽到一聲悶響，感覺像是從腦袋裡頭發出的。他眼冒白光，踉蹌倒退一步，嘴巴不自覺張開。這時，一條妮維亞乳霜又擊中他的腹部，輕輕啪的一聲，而且她——是嗎？可能嗎？——沒錯，她正在對他大吼。

「你這個混帳，我要去機場，聽見沒有！我有事要辦，非走不可！我非去不可，所以快給我閃開！」

血流進他的右眼，感覺又辣又燙。他用手腕將血抹掉。

湯姆愣愣看著她，彷彿從來不曾見過她。事實上也是。她胸脯劇烈起伏，朝湯姆齜牙咧嘴，臉上一陣紅一陣白。不過，她已經彈盡援絕，將梳妝台上的東西全都扔光了。他看見她眼裡露出懼色……

「把衣服放回去，」他努力不讓自己喘氣，那樣聽起來不妙，感覺很弱。「接著把手提箱放回去，然後上床。要是妳照做，我或許可以稍微手下留情，讓妳兩天之後就出得了門，不用兩週。」

「你聽好，湯姆，」她目光堅定緩緩地說：「你要是再靠近，我就殺了你，聽懂沒有，你這隻肥豬？我就殺了你。」

或許是她臉上強烈的憎惡與輕蔑，也可能是她叫他肥豬，還是她胸脯傲然起伏的模樣，他忽然怕得無法呼吸。不是只有花苞或一朵花那麼小的恐懼，而是一整座花園。可怕的恐懼，感到自己不在場的恐懼。

湯姆．羅根朝老婆撲過去，這回沒有咆哮，而是像水底魚雷一樣安靜。此刻的他可能不只想揍她、逼她屈服，而是將她剛才貿然說出口的威脅還治其人。

他以為她會逃跑，或許躲到浴室，甚至樓梯，沒想到她文風不動，屁股頂著牆壁用盡全身的力氣將梳妝台朝他推過去，結果因為掌心冒汗讓她雙手一滑，弄斷了兩根指甲。

梳妝台搖晃了一下，但她隨即再度使力，讓梳妝台單腳立起搖擺前進，鏡子映著燈光在天花板上投射出有如水族館的光影。只見梳妝台向前向外一倒，前緣撞上湯姆的大腿，將他整個人撞翻了過去。抽屜裡的瓶瓶罐罐滑向一邊全部撞碎了，發出有如音樂般的聲音。他看見鏡子砸在他右邊地板上，立刻放開皮帶，用手臂遮住眼睛。玻璃四散飛落，有如水銀瀉地。他感覺碎片砸到他，劃出血痕。

這時她終於哭了，發出有如尖叫般的啜泣聲。她不只一次想像自己離開他，逃離湯姆的暴虐，就像她當年離開狠毒的父親，趁著黑夜將行囊扔進奧斯摩比短劍車裡遠走高飛。她不是笨女人，就算她此刻面對如此誇張的滿目瘡痍，也沒笨到否認自己愛過湯姆，而且依然愛他。然而，她還是怕他……恨他……瞧不起自己當初竟然為了早就忘了的爛理由選擇了他。她的心沒有碎，而是在胸腔裡沸騰融化。她怕自己的理智很快就會被她灼熱的心燒光。

然而，在她心底深處不斷有一個聲音喋喋不休。麥可．漢倫用那不疾不徐的乾啞嗓音對她說：牠回來了，貝芙莉……牠回來了……妳答應過……

梳妝台升起、降下，一次、兩次、三次，好像呼吸一樣。

貝芙莉嘴角下垂抽搐，彷彿快抽筋似的。她小心敏捷繞過梳妝台，踮著腳尖走過鏡子碎片，趁湯姆將梳妝台推到一邊時彎身撿起皮帶，接著直起身子，將手穿進握把，撥開遮住眼睛的頭髮，看他有什麼動靜。

湯姆緩緩站了起來，臉上多了不少玻璃割痕，還有一條細如絲線的傷口斜斜劃過眉毛。他瞇眼看著貝芙莉，她發現他的四角褲上沾了血。

「把皮帶給我。」他說。

貝芙莉沒那麼做，反倒將皮帶在手上繞了兩圈，倨傲地望著他。

「放下皮帶，貝貝，馬上放掉。」

「你要是再過來，我就抽得你屁滾尿流。」話是從她嘴裡出來的，但她不敢相信自己會這麼說。還有，這個穿著血內褲的臭男人是誰啊？丈夫？父親？還是大學時期的戀人，曾經一時興起打斷她鼻子的傢伙？老天哪，求你幫幫我，她心想，幫幫我。然而，她嘴巴可沒停下：「而且我說到做到。你又肥又慢，湯姆。我要走了，也許再也不會回來，我想我們結束了。」

「那個叫鄧布洛的男人是誰？」

「你別管了，我曾經——」

她差一點就被他的聲東擊西策略給騙了。他話還沒說完就撲了過來，貝芙莉揮動皮帶在空中劃出一道弧線，啪的甩在湯姆嘴上，發出有如很緊的軟木塞掙脫瓶口的聲音。

湯姆嚎叫一聲，雙手摀嘴瞪大眼睛，滿臉震驚與痛苦。鮮血從他指間滲出，流到手背上。

「臭婊子，妳弄破我的嘴了！」他口齒不清叫著：「天哪，妳弄破我的嘴了！」

他再度張牙舞爪朝她撲去，嘴邊滿是血跡，看起來像嘴巴咧到耳朵的小丑，門牙也少了一顆。她看著他將門牙吐掉，心裡一陣噁心，只想躲開這一切，閉上眼睛呻吟，但又覺得興奮莫名，有如被大地震拯救的死刑犯一樣欣喜，陶醉於眼前的一切，心想：可惜沒把牙齒吞下去！眞希望你被噎死！

貝芙莉再次甩動皮帶，剛才被他鞭打臀部、雙腿和胸部的皮帶，過去四年打了她無數次的皮帶。次數多少要看她表現多糟而定。湯姆回家發現飯菜是冷的？皮帶兩下。貝貝在公司忙到太晚忘記打電話回家？三下。嘿，你看看，貝芙莉又吃了一張停車罰單。一下……在胸部。他很高明，很少讓她瘀青，甚至不太痛，只會造成羞辱，那才真的傷人。更糟的是她知道自己渴望那樣的傷害，渴望被羞辱。

該是算總帳的時候了，她一邊想，一邊揮動皮帶。

她將皮帶放低，側手用力一甩打在他的睪丸上，發出結實輕快、有如婦人拿棍子拍打地毯的聲音。就這樣，只要一下就把湯姆．羅根打趴了。

湯姆虛弱無力叫了一聲，彷彿祈禱似的跪在地上，雙手抱著鼠蹊部，頭往後仰，脖子上青筋暴露，痛得面容扭曲。他左膝蓋正好壓在尖銳的香水瓶碎片上，讓他像鯨魚一樣默默倒向一邊。他的一隻手離開胯下，按上膝蓋。

血，貝芙莉心想，天哪，他渾身是血。

他會沒事的，彷彿被麥可．漢倫一通電話喚醒的新貝芙莉冷冷對她說。這種男人永遠不會死，妳最好趁他一時還不能玩下去，趁他決定到地下室拿溫契斯特獵槍之前趕快離開。

她往後退，不小心踩到梳妝台鏡子的碎片，感覺腳下一陣刺痛。她彎身抓起行李把手，眼睛一直緊盯著他。她倒著退到門口走進走廊，兩手抓著手提箱擋在身體前方，箱子不斷碰撞她的脛骨，割傷的那隻腳在地板留下一個個血印。到了樓梯她立刻轉身飛奔下樓，不讓自己多想，反正她覺得自己也沒剩下多少理智，起碼眼下如此。

她感覺有東西輕輕碰了她的腳一下，嚇得尖叫一聲。

她低頭一看，發現是皮帶尾，皮帶仍然纏在她手上，映著微弱的燈光非常像一條死蛇。她將皮帶扔出樓梯欄杆外，嫌惡地皺起臉，看皮帶落在一樓玄關的地毯上彎成S形。

下完樓梯，她雙手交叉抓住白色蕾絲睡袍的邊緣將它脫了。睡袍沾了血，她一秒也不想再穿，絕對不想。她隨手一扔，只見睡袍有如一道白浪，又像蕾絲降落傘飄到玄關靠近起居室的一株塑膠植物上。她光著身子彎腰湊向手提箱，乳頭又冰又冷，硬得像兩枚子彈。

「貝芙莉，給我滾上來！」

她喘息一聲打了個冷顫，接著又彎身去開手提箱。他有力氣喊這麼大聲，就表示她的時間緊迫，比她想得少得多。她打開手提箱翻出內衣、上衣和一條舊李維斯牛仔褲，靠著門穿上衣服，眼睛一直盯著樓梯，但湯姆始終沒有出現。他又吼了兩次她的名字，每回都讓她身體一縮，目光四處搜尋，不自覺地齜牙咧嘴，做出動物咆哮的動作。

她匆匆扣起上衣，最上面兩顆釦子不見了（她自己的衣服反而沒什麼縫補，感覺真諷刺），她想自己這個模樣應該很像趕著再做一回就收工（但又非做不可）的兼職流鶯。

「臭婊子，我要殺了妳！妳他媽的臭婊子！」

她猛力關上手提箱，將它鎖上。一件上衣的袖子露在外頭，像吐舌一樣。她匆匆環顧房子，心想自己再也不會見到它了。

她發現自己竟然只有鬆了一口氣的感覺，便打開門走了出去。

她走了三條街，不太清楚要往哪個方向，同時發覺自己沒穿鞋子，割傷的那隻腳（左腳）隱隱脈動。她得找雙鞋子穿，但當時將近半夜兩點，她的皮夾和信用卡都在家裡。她摸了摸牛仔褲的口袋，只找到幾塊棉絮。她身無分文，比一枚銅板還不如。她左右看了看自己住的社區：好房子、整齊的草坪和植物，還有黑漆漆的窗戶。

她突然哈哈大笑。

貝芙莉．羅根坐在矮石牆上大笑，手提箱擺在骯髒的兩腳間。星星出來了，真是亮啊！她仰頭對著星星發笑，狂喜的感覺再度流竄全身，有如海浪翻騰、捲走和滌清一切，強大得淹沒了所有意識，只剩血液在思考，帶著無法形容的慾望大聲對她說話，但她不知道也不在乎自己究竟渴望什麼，只要感覺到慾望那股堅定的溫暖就夠了。慾望，她心想，體內的狂喜似乎開始加速，帶著她衝向無可避免的毀滅。

她對著星星大笑，感覺恐懼又自由，心裡的驚惶和痛苦一樣尖銳，和成熟的十月蘋果一樣甜。當她看見石牆後方房子二樓臥房的燈光亮起，便抓著手提箱的把手遁入黑夜中，依然笑個不停。

6

威廉·鄧布洛蹺班

「你要走？」奧黛拉又說了一次。她看著他，臉上寫滿困惑和一點害怕，接著將兩隻光腳丫縮到身子底下。地板很冰。老實說，整間小屋都很冰。南英格蘭今年春天特別濕冷，威廉·鄧布洛每天早晨和傍晚出去散步時，不只一次發現自己想起緬因州……更驚訝自己隱約想起德利市。

小屋照理說應該有中央暖氣空調，至少廣告上是這麼寫的。整潔的小地下室裡也確實有暖氣爐，收在之前的煤炭箱裡。但他和奧黛拉剛到這裡就發現英國人對中央暖氣空調的理解和美國人不同。英國佬似乎認為只要早上起床不用小便把馬桶上的冰融掉，就叫有暖氣。現在是早上——八點十五分，威廉五分鐘前掛上電話。

「老威，你應該很清楚，你不能說走就走。」

「我非去不可。」他說。房間角落有一個儲藏櫃，他走過去從最上層拿了一瓶格蘭菲迪威士忌倒了一杯，不小心灑了一點在杯緣。「幹！」他嘟囔一聲。

「剛才是誰打電話來？你在害怕什麼，老威？」

「我沒害怕。」

「哦？你的手平常就那麼抖嗎？平常早餐前就喝酒？」

他走回來，睡袍下襬拍打著腳踝。他回到座位坐下，試著擠出笑容，卻怎麼也笑不出來，便放棄了。

電視上，英國國家廣播公司主播正準備結束晨間的壞消息集錦，好播報昨晚的足球比數。一個月前他們來到這個叫弗利特的郊區小鎮度假時，英國電視機的品質讓兩人印象深刻：一台功能正常的派伊彩色電視，畫質真的讓你覺得身歷其境。可能掃描線比較多吧，威廉說。我不知道，但看起來很棒，奧黛拉說。不過，他們很快就發現電視上除了「朱門恩怨」之類的美國影集之外，就只有體育節目，而且播個沒完，不是難懂又無聊（例如射飛鏢錦標賽，所有參賽者看起來都像罹患高血壓的相撲選手）就是徹底無聊（英國足球已經夠難看了，板球更糟）。

「我這幾天很想家。」威廉啜了口威士忌說。

「家？」她說，那一臉困惑的表情讓他忍不住笑了。

「可憐的奧黛拉！嫁給一個男人都快十一年了，竟然完全不瞭解他。這是怎麼回事啊？」說完他又笑了，仰頭把酒喝完。但他的笑和他一大清早手裡就拿著威士忌一樣讓她不由得擔心。那笑聲聽起來比較像痛苦的咆哮。「不曉得其他夫妻是不是也像這樣，幾乎不瞭解對方。我猜一定是。」

「老威，我知道我愛你，」她說：「愛了十一年，這就夠了。」

「我知道。」他對她微笑，笑容很甜、很疲憊又帶著害怕。

「拜託，拜託你告訴我怎麼回事。」

她坐在破舊的椅子上，雙腳縮在睡袍下，用美麗的灰色眼眸看著他。他愛這個女人，娶她為妻，至今依然愛她。他試著看穿她的眼神，想看出她知道多少。他試著將那段往事當成故事。他做得到，但他曉得不會賣座。

從前在緬因，有一個窮小孩靠獎學金上了大學。他從小一心想當作家，但選修寫作課後，卻發現自己踏進一個陌生又可怕的天地，沒有指引也找不到方向。班上有同學想當厄普代克，有人想成為新英格蘭的福克納，他卻只想寫小說，用淺白的文字描寫窮人的慘淡生活。班上有一個女同學很崇拜喬依絲．卡蘿．歐茨，但又覺得歐茨在性別歧視社會中長大，因此「文字輻射量」很高。她說歐茨寫不出純淨的作品，但她做得到。還有一個又矮又肥的研究生，講話總是像在喃喃自語，不曉得是不能還是不想好好說話。那傢伙寫過一個劇本，劇裡有十二個角色，每個人的台詞只有一個字，觀眾看到後來才會發現那十二個字湊起來是「戰爭是沙豬軍火販子的工具」。創意寫作研討課（課號Eh-141）的老師給了他一個A。那位老師除了碩士論文還寫了四本詩集，都是大學出版社出版的。他抽大麻，隨身掛著和平標誌。一九七〇年五月，反戰示威迫使校園關閉，胖研究生的劇本由一個游擊劇團擔綱演出，那位老師也軋了一角。

威廉．鄧布洛寫的東西完全不同。他寫了一則密室推理短篇、三篇科幻故事和幾篇深受愛倫坡、洛夫克萊夫特和理查•麥瑟森影響的驚悚小說。他後來常說那幾篇小說很像裝了增壓引擎、漆成螢光紅的十九世紀中葉殯葬車。

其中一篇科幻小說拿了個B。

「這篇好多了，」那位指導教授在作業封面寫道：「異形反擊象徵以暴制暴的惡性循環，而我特別喜歡『針鼻』太空船影射社會性別意識入侵的橋段。雖然小說的觀點始終有一點混亂，但很有意思。」

其他小說沒有一篇高於C。

有一次，他終於在課上發表意見。一位臉色發黃的女同學寫了一篇短文，描述一隻牛在荒原（可能是核戰後，也可能不是）審視一台廢棄引擎。全班討論了整整七十分鐘，那個女同學拿著雲斯頓菸一根接一根抽，不時擠一擠太陽穴的青春痘，一邊堅持她的短文是用歐威爾早期的風格寫的，目的在陳述社會政治現況。大多數同學（包括老師）都同意她的說法，但還是討論個沒完。

威廉站起來，全班都轉頭看他。他個子很高，很顯眼。

他小心翼翼開口，平順地說（他已經五年多沒結巴了）：「我實在不懂，一點也不瞭解，小說為什麼一定要和社會有關？政治……文化……歷史，這些元素不是只要把故事說好就自然會出現嗎？我是說……」他環顧四周，看見一雙雙閃著敵意的眼神，隱約察覺他們認為他是在批評。說不定真的是。他察覺他們在想：或許同學之中就有一位沙豬軍火販子。「我是說……難道就不能讓故事只是故事嗎？」

沒有人回答，教室鴉雀無聲。威廉站著注視一雙又一雙的冷酷眼神。黃臉女孩吐了一口煙，將菸摁熄在她從背包拿出來的菸灰缸裡。

最後，指導教授開口了。他像對著一個胡亂發脾氣的小孩解釋事情似的輕聲對威廉說：「所以你認為福克納寫小說只是為了說故事？莎士比亞寫劇本只是想賺錢？好吧，威廉，告訴我們你是怎麼想的。」

威廉認真思考了很久才回答：「我認為八九不離十。」但他得到的是同學非難的眼神。

「我看，」指導教授一邊玩筆，一邊半瞇著眼睛朝威廉微笑說：「你還有很多得學的。」

教室後方爆出掌聲。

威廉憤而離席……可是隔週又去上課，決心堅持到底。那七天他寫了一則短篇故事叫〈黑暗〉，描寫一個小男孩發現自己家地下室有怪物，於是挺身和怪物對抗，最後殺了牠。寫這個故事的時候，他有一種昇華的感覺，甚至覺得不是他在說故事，而是故事從他筆下流洩出來。寫作中途，他曾經放下筆，將又熱又疼的手掌放到零下十二度的臘月寒冬中，讓手差點冒煙。他四處閒繞，綠色短筒靴踩在雪上吱嘎作響，好像需要上油的門栓，而那個故事在他腦中鼓脹，彷彿就要爆炸一樣，急著想解脫成為實體，讓他覺得要是不讓它快快從他筆下宣洩出來，他的眼珠子就會爆開。「得把那狗屎弄出來才行。」他對著黝黑的冬夜吐露心事，同時微微一笑——笑得很勉強。他發覺自己終於發現應該如何辦到了。他摸索了十年，忽然找到了佔去他腦袋大量空間的推土機的啟動鈕。推土機發動了，而且不斷加速。這台龐然大物並不美，沒辦法載漂亮女孩參加畢業舞會，也象徵不了什麼地位，但卻能幹活，能把東西推倒。要是不小心，連他也會被推倒。

威廉衝回屋裡振筆疾書，一直寫到凌晨四點才趴在活頁本上睡著了。若是有人跟他說〈黑暗〉其實在描寫他弟弟喬治的遭遇，他一定會很驚訝，因為他已經多年沒有想起喬治了——起碼他真的這麼認為。

他將小說交給指導教授，教授在封面打了一個F發還給他，下面潦草寫了六個大字。前四個是「浪費紙漿」，後兩個是「垃圾」。

威廉拿著十五頁的手稿走到柴爐前，打開爐門正準備扔進去，忽然覺得這麼做荒謬到了極點。他坐在搖椅上望著死之華合唱團的海報，開始哈哈大笑。浪費紙漿？很好！浪費就浪費！反正樹木多得是！

「就讓他媽的樹全倒光吧！」威廉大喊，笑得流出淚來，順著臉頰滑落。

他重新打好封面，換掉有教授評語的那一張，將手稿寄給一家叫《白領結》的男性雜誌社（他覺得他們應該叫《嗑藥裸女》才對）。然而，他手上那本破破爛爛的《出版市場指南》卻說他們會買恐怖小說，而他在附近雜貨店買的兩本《白領結》也確實收錄了四篇恐怖小說，夾在裸女照、色情電影宣傳和壯陽藥廣告之間。其中一篇的作者是丹尼斯·艾奇森。老實講，他寫得還真不賴。

威廉將《黑暗》寄出時，其實不抱什麼希望。他之前投了許多稿子給出版社，得到的回函只有退稿信，因此當《白領結》的小說編輯開價兩百美元（出刊後付費）買下稿子，威廉簡直不敢置信。助理編輯還在回函裡補上一句：「真是雷伊．布雷德柏利《罐子》以來最棒的恐怖小說！」又說：「可惜全美國只有大約七十人會讀到。」但威廉．鄧布洛不在乎。兩百美元耶！

他拿了退選單去找導師，導師簽了名。威廉．鄧布洛將退選單和小說助理編輯的致賀信釘在一起，貼在創意寫作課教授研究室門上的佈告欄上。他在佈告欄角落看到一則反戰漫畫，手忽然像自行啟動一樣，從上衣口袋掏出筆在漫畫上寫下：要是哪一天小說和政治變成同一回事，我就自殺，因爲我只會寫小說。政治一直在變，故事卻始終如一。他頓了一下，覺得有點弱（卻又擋不住這種感覺），便又補上一句：我想你還有很多得學。

三天後，退選單寄回給他。那位教授簽了名，並且在「退選成績」一欄又狠狠賞了他一個F，而不是他應得的「成績未定」或C，還在底下寫道：你以爲錢能買到一切嗎，鄧布洛？

「沒錯，我就是。」威廉．鄧布洛對著空蕩蕩的公寓說，接著又捧腹大笑。

大四那年，他不知天高地厚，竟然寫起長篇小說，結果搞得遍體鱗傷，還嚇掉半條命……但總算安然脫困，完成了將近五百頁的鬼故事。他將稿子寄給維京出版社，心想這只是第一站，稿子還有漫漫的投稿長路要走……他會選擇維京是因為喜歡他們的海盜船商標，作為出發點感覺不錯，沒想到這第一站就成了最後一站。維京買下版權……童話故事也就此展開。當年的「結巴威」廿三歲就站上了成功的頂端。三年後，他在新英格蘭三千英里外的好萊塢松木園教堂和年長五歲的電影女星結婚，更一舉成了名人。

小報專欄喧騰了七個月之久，大家都猜結局不是兩人離婚，就是宣告婚姻自始無效。雙方的朋友（和敵人）都這麼認為。就算不看年齡差距，兩人也是天差地遠。威廉很高，已經開始禿頭，而且有發福的傾向。他和人說話很慢，有時甚至口齒不清。奧黛拉卻是一頭赭髮，有如雕像一樣美麗，感覺像女神下凡，而非市井小民。

他受邀將自己的第二本小說《暗流》改寫成劇本（其實是因為他堅持劇本方面，至少初稿要由他來寫，否則就不出售版權。經紀人嘀咕說他瘋了，但威廉不為所動），沒想到寫得很不錯，於是電影公司請他到環球影城修改劇本，並參與製作會議。

他的經紀人蘇珊·布朗是個身材嬌小的女人，身高正好五英尺，百分之百活力充沛，百分之兩百堅持己見。她對威廉說：「別去，老威，回絕他們吧。片商砸了很多錢在上頭，一定會找高手寫劇本，甚至請得到戈德曼。」

「誰？」

「威廉·戈德曼，唯一去了那裡還能都搞定的人。」

「妳在說什麼啊，阿蘇？」

「待在那裡，而且混得不錯，」她說：「能夠做到這兩點的機率就和擊敗肺癌一樣，不是不可能，但有誰敢試？絕對會被酒色財氣榨乾，不然就是讓人升天的新毒品。」蘇珊用迷人至極的棕眼熱切望著他：「而且就算那份工作被某個蠢蛋拿去，而不是戈德曼，那又怎樣？反正你的小說都上市了，他們也改不了半個字。」

「蘇珊——」

「聽著，老威！拿了錢就閃吧。你年輕力壯，他們最愛這種人。你一去那裡，他們會先扼殺你的自尊心，再來是寫作能力，讓你連一條直線都劃不好，最後更會割了你的卵蛋。你寫東西像大人，其實只是髮線很高的小孩而已。」

「我非去不可。」

「有人放屁嗎？」她說：「絕對有，因為臭死了。」

「但我要去，我非去不可。」

「老天！」

「我一定要離開新英格蘭，」他很怕說下一句，感覺像發毒咒，但他為了蘇珊不得不說：「我非得離開緬因不可。」

「到底爲什麼？你說啊！」

「我也不曉得，但就是得做。」

「你是說真的，老威，還是在寫小說？」

「我是說真的。」

兩人是在床上進行這番對話的。她的乳房小如蜜桃，也和蜜桃一樣甜美。他很愛她，但兩人都知道這份愛不夠好。她坐起來，棉被夾在腿間，點了一根菸。她在哭，但他不曉得她知不知道他看出來了。就只有眼裡一點淚光，不過最好別提，所以他什麼也沒說。他愛她的方式不夠好，但他非常在乎她。

「那你就去吧，」她轉身背對他，用公事公辦的語氣乾乾地說：「要是你回心轉意，而且還有力氣的話，再打電話給我。我願意重新來過，如果還能重新來的話。」

電影版的《黑暗》定名為《黑魔煉獄》，由奧黛拉．菲莉普斯領銜主演。片名很爛，但電影倒是拍得不錯，而他在好萊塢只失去一樣東西，就是他的心。

「老威。」奧黛拉又喊了一聲，將他從回憶中拉回現實。他發現她已經將電視關了。他朝窗外瞄了一眼，看見濃霧挨上了玻璃。

「我會盡可能向妳解釋，」他說：「妳有權知道，但請妳先幫我做兩件事。」

「好吧。」

「幫自己泡杯茶，然後說說妳對我知道多少，或妳覺得自己知道我多少。」

她一臉困惑望著他，接著便走向高腳櫃。

「我知道你來自緬因州，」奧黛拉一邊說著，一邊用早餐的水壺泡茶。她不是英國人，卻帶著一點清脆的英國腔，因為她正在拍攝電影《閣樓》，而這也是兩人來這裡的原因。《閣樓》是威廉第一部電影原創劇本，本來也屬意由他執導，幸好他婉拒了，否則他現在一走了之，整部電影就要砸鍋了。他知道劇組的人會怎麼說。威廉．鄧布洛終於顯露本性了，還不是又一個臭作家？比廁所裡的老鼠還瘋狂。

天曉得他感覺自己現在有多瘋。

「我知道你有一個弟弟，你很愛他，但他過世了，」奧黛拉接著說：「我知道你在一個叫做德利的地方長大，弟弟死後兩年左右搬到班格爾，十四歲再搬到波特蘭。我知道你父親在你十七歲那年死於肺癌，你靠著獎學金和在紡織工廠打工唸大學，還沒畢業就寫了一本暢銷小說。你一定覺得很怪……收入變了，未來也是。」

她走到床的這一邊，於是他在她臉上看見了。看見她察覺兩人之間有著看不見的距離。

「我知道你一年後寫了《暗流》，然後來到好萊塢，在開拍前一週遇到了一個日子過得一團糟的女人，她的名字叫做奧黛拉．菲莉普斯。她稍微知道你經歷過的一切，那種瘋狂的減壓過程，因為她五年前也還只是平凡的奧黛拉．菲兒波特，而且就快滅頂——」

「奧黛拉，別說了。」

她眼神堅定望著他。「哎，有什麼關係？我們就老實說了，讓魔鬼去慚愧吧。我當時快滅頂了。遇到你的兩年前，我先認識了波仔（亞硝酸戊酯），一年後又認識了古柯鹼，那玩意兒更棒。於是我早上波仔、下午古柯鹼、晚上喝酒、睡前吃煩寧，它們就是奧黛拉的維他命。誰叫我有太多重要的訪問要接、太多好角色要演？那時的我簡直就像賈桂琳·蘇珊某一本小說裡的某個角色一樣，感覺棒呆了。你知道我現在對當初那段時光有什麼感覺嗎，老威？」

「不知道。」

奧黛拉喝了口茶，眼睛一直望著他，同時咧嘴微笑。「感覺就像在洛杉磯國際機場的電動走道上跑步一樣，你懂嗎？」

「呃，不是很懂。」

「就是那種會動的履帶，」她說：「大概四百公尺長。」

「我知道什麼是電動走道，」他說：「但我不懂妳在比喻——」

「你只要站在上頭，它就會把你一路送到行李提領處。不過你也可以不要站著不動，而是往前走，甚至用跑的，就和你平常走路、慢跑、跑步或衝刺一樣，反正就是那個意思，因為你的身體會忘記你的速度其實是從電動走道原有的速度加總而來的。所以，機場的人才會在走道盡頭貼告示說：走道移動，減速慢行。我遇到你的時候，感覺就像跑到電動走道盡頭突然踩在完全不動的地板上一樣。當時的我就是那樣，身體比腳快了九英里，完全無法保持平衡，遲早摔個狗吃屎。但我沒有，因為你抓住了我。」

她將茶放到一邊，點了一根菸，眼睛還是望著他。威廉看見打火機的火焰微微搖晃，這才發現她的手在發抖。火焰先搖到菸的右邊，然後左邊，最後才順利點燃。

她深深吸了口菸，再匆匆將煙吐出來。

「你問我知道你多少。我知道一切似乎都在你的掌控中。我知道這個。你似乎從來不趕著喝下一杯酒、參加下一場會議或派對。你似乎很有自信，知道那些東西都會出現……只要你想，它們就會出現。你說話很慢，我猜一部分是由於緬因人說話本來就慢，但主要因為你就是這樣。你是我遇到第一個敢慢慢說話的人，讓我不得不慢下來聽。老威，我眼中的你是那種不會在電動走道上跑步的人，因為你知道它會帶你過去。你從不過度興奮，也不歇斯底里，似乎完全不為所動。你不會週六下午租一輛勞斯萊斯開到羅帝歐大道去炫耀，而且還用特製車牌。你沒有媒體經紀人幫你在《浮華世界》或《好萊塢報導》搞宣傳，也絕對不上強尼．卡森的脫口秀。」

「作家想上卡森秀得會變紙牌戲法或折彎湯匙才行，」他笑著說：「法律可能有規定。」

他以為奧黛拉會笑，但她沒有。「我知道在我需要你的時候，在我像赫茲租車廣告裡的美式足球明星辛普森一樣被電動走道甩出去的時候，你就在我身邊。也許是你救了我，讓我沒有灌太多酒又嗑錯藥，但也可能我會沒事，一切都是大驚小怪，可是……我感覺不是後者，起碼心裡不是。」

她將菸捻熄，前後只抽了兩口。

「我知道從那之後你一直在我身邊，而我也在你身邊。我們在床上很合，這點從前對我很重要，但我們出了臥房也很合，而這點現在對我來說似乎更重要。我覺得自己好像可以和你一起變老，而且無所畏懼。我知道你啤酒喝得太多，運動量不足。我還知道你晚上有時候會作惡夢——」

威廉嚇了一跳，應該說大吃一驚，幾乎害怕了起來。

「我不作夢的。」

奧黛拉笑了。「記者問你的時候，你是這麼回答的沒錯，但那不是事實。當然也有可能是你消化不良，所以晚上才會呻吟，但我不認為如此，老威。」

「我會說夢話嗎？」他小心翼翼地問。他記不起自己做過什麼夢，完全忘了，好夢或壞夢都不記得。

奧黛拉點點頭，說：「偶爾會，但我從來都聽不懂你在說什麼。還有幾次你還哭了。」

威廉一臉茫然看著她，嘴裡湧起一股異味，從舌頭一路蔓延到喉嚨，感覺很像溶解的阿斯匹靈。現在你知道恐懼的滋味了吧，他心想，也該知道了，畢竟你寫了那麼多恐懼。他想自己終究會習慣這個味道，只要活得夠久的話。

回憶忽然蜂擁而至，彷彿心裡有一個黑袋子不斷膨脹，隨時就要吐出有毒的

（夢境）

潛意識影像，吐到他清醒的理性心靈的視線範圍內。要是一次吐出來，他一定會發瘋。他試著將它們壓下去，也做到了，但還是聽見一個聲音——彷彿地下有人被活埋，正大聲呼喊。是艾迪．卡斯普布拉克的聲音。

你救了我一命，威廉。那些大男孩眞討厭，我有時覺得他們眞的想要把我殺了——

「你的手臂。」奧黛拉說。

威廉低頭一看，發現手臂上的雞皮疙瘩全冒了出來。不是小點，而是有如蟲卵的白色大顆粒。他們兩人望著雞皮疙瘩，誰都沒有說話，彷彿在欣賞博物館裡的有趣珍藏。雞皮疙瘩緩緩消退。

兩人沉默片刻，奧黛拉說道：「我還知道一件事，今天早上有人從美國打電話給你，說你必須離開我。」

威廉起身瞄了酒瓶一眼，接著便走進廚房拿了一杯柳橙汁回來，說：「妳知道我有一個弟弟，也知道他過世了，但妳不曉得他是被謀殺的。」

奧黛拉倒抽一口氣。

「謀殺！喔，威廉，你為什麼從來沒——」

「告訴妳？」他笑了，但又很像吠叫：「我不知道。」

「怎麼回事？」

「我們那時住在德利市，有一年發生水災，就在洪水快退完的時候，喬治在家很無聊，我感冒躺在床上，他要我幫他用報紙做一艘船。我前一年才在夏令營學過怎麼做。他說他要把船放到威奇漢街和傑克森街的水溝裡，因為那裡的水還是滿的。於是我幫他做了船，他跟我說了謝謝就出門了。等我再看到喬治，他已經死了。要不是我得了感冒，或許救得了他。」

威廉頓了一下，右手掌心摩挲左臉頰，彷彿在找鬍碴。他的眼睛被眼鏡的鏡片放大，一副沉思的模樣……但沒有看她。

「事情發生在威奇漢街，離傑克森街口不遠。兇手將喬仔的左手臂扯斷，感覺就像小二生扯斷蒼蠅翅膀一樣。法醫說他死於驚嚇或失血過多。但對我來說，喬仔怎麼死的沒有多大差別。」

「天哪，老威！」

「我猜妳一定會好奇我為什麼從來沒跟妳說。老實講，我也很好奇。我們結婚十一年了，但妳到現在才曉得喬仔出了什麼事。我認識妳全家人，連姑姑叔叔都認識。我知道妳祖父住在愛荷華市，有天晚上喝醉酒拿著電鋸在車庫亂走，就這樣過世了。我知道這些事，因為結了婚的人就算再忙，只要過一陣子就會知道對方的大小事，就算聽煩了，根本沒在聽，也會留存下來，像滲透一樣。我這樣說妳覺得有錯嗎？」

「沒有，」她淡淡地說：「你沒說錯，老威。」

「而且我們一向無話不談，對吧？我是說我們都不會覺得無聊，所以也不需要滲透，不是嗎？」

「嗯，」她說：「今天之前我是這麼想的。」

「別這樣，奧黛拉。過去十一年來，我經歷的事情妳全都知道。每一個案子、每一個想法、每一次感冒、每一個朋友、每一個對我不好或想對我不好的人，妳都清清楚楚。妳知道我和蘇珊·布朗睡過，也知道我喝醉酒有時會哭，唱片常常放得太大聲。」

「尤其是死之華合唱團。」她說。威廉笑了，這回她也跟著笑了。

「妳還知道最重要的事，就是我的夢想。」

「嗯，應該吧。但這……」她頓了一下，搖搖頭沉吟片刻。「這通電話和你的弟弟有什麼關係，老威？」

「讓我慢慢告訴妳，別催我一下就講重點，否則會害我瘋掉。那件事實在太大……太……太可怕……我希望能一點一點說。妳知道……我壓根沒想到要跟妳說喬仔的事。」

她皺著眉頭望著他，輕輕搖了搖頭，意思是：我不懂。

「我的意思是，奧黛拉，別說講起喬治，我已經二十多年沒有想到他了。」

「但你跟我說你有個弟弟叫——」

「當時我只是陳述事實，」他說：「就這樣，他的名字只是兩個字，不會在我心裡喚起任何陰影。」

「但我想你的夢也許有受影響，」奧黛拉說，聲音非常輕。

「妳說呻吟嗎？還有哭泣？」

她點點頭。

「我想妳說的可能沒錯，」威廉說：「事實上，應該就是那樣。但不記得的夢就不算夢了，對吧？」

「你真的從來沒想起他？沒開玩笑？」

「沒錯。」

她搖搖頭，顯然無法置信。「連他的死狀都沒想過？」

「除了今天，奧黛拉。」

她望著他，又搖搖頭。

「結婚前妳問我有沒有兄弟姊妹，我說我有一個弟弟，他在我小時候過世了。妳知道我父母親都走了，而妳家人一大堆，讓妳沒時間多想什麼。但事情不只如此。」

「什麼意思？」

「掉進黑洞裡的不只喬治，我也二十年沒有想起德利市，還有我那群玩伴了，像艾迪．卡斯普布拉克、賤嘴理查德、史丹利．尤里斯和貝芙莉．馬許……」他雙手撥弄頭髮，臉上露出笑容，笑得很勉強。「感覺就像得了嚴重失憶症，連自己失去記憶都不記得了。要不是麥可．漢倫打電話──」

「麥可．漢倫是誰？」

「他也是玩伴之一。我是喬仔死後才和他熟的。他當然不是小孩了，我們也都不是了。那通電話是他打的，越洋電話。他說：喂──請問是鄧布洛公館嗎？我說是，他說：老威？是你嗎？我說是。他說：我是麥可．漢倫。到這裡為止我完全沒感覺，奧黛拉，他可能想推銷百科全書或布勒．埃夫斯的唱片。但他接著說：我在德利。他這句話好像在我心裡打開一道門，可怕的光從裡頭竄了出來，我忽然想起他是誰，也想起喬仔和其他人，一切都是──」

威廉彈了彈手指。

「啪的一聲就出現了。我知道他接下來一定會叫我回去。」

「回德利。」

「對，」他摘下眼鏡揉揉眼睛，抬頭望著她。她這輩子還沒看過一個男人怕成這樣。「回德利。因為我們答應過，他說。他說得沒錯。我們是答應過。我們所有人，那幾個孩子。我們手牽手在流經『荒原』的小溪旁圍成一圈，用玻璃割破手掌，感覺像歃血結拜一樣，只不過是玩真的。」

威廉伸出手掌，只見他雙手掌心有幾條密密麻麻的白線，感覺像疤痕。她握過他的手（兩隻手都握過）千百次，卻從來沒注意到這些細紋。疤痕很淺沒錯，但她以為──

還有派對！那場派對！

不是他們初次見面的那場派對，是第二次。但有二多虧有一，因為這第二次是「黑魔煉獄」的殺青派對。現場很吵、喝得很醉，全塔培加峽谷都在瘋。或許沒有她在洛杉磯參加過的一些派對那麼討厭，因為電影拍得比預期好，所有人都知道，不過對奧黛拉．菲莉普斯來說，這場派對是好上加好，因為她愛上了威廉．鄧布洛。

那個自稱會看手相的女孩叫什麼？她已經記不得了，只記得她是化妝師的兩名助手之一。她記得那女孩玩到脫掉上衣（露出非常薄的胸罩）當成吉普賽頭巾綁在頭上，喝酒抽大麻搞得很茫，幫其他人看了一整晚手相……直到不省人事為止。

奧黛拉已經忘了那女孩的分析是好是壞，是睿智還是愚蠢了，因為她那天晚上也很茫。她只記得那女孩抓住威廉的手掌和自己的比較，宣稱她和威廉是天作之合，是生命共同體。她記得自己見到那一幕，看見那女孩用精心塗了指甲油的手指劃過威廉的掌紋，心裡頗為嫉妒──那還真蠢，因為在洛杉磯電影圈，男人摸女人屁股就和紐約男人吻女人的臉問安一樣平常。但她就是感覺女孩的動作裡帶著一絲親密與流連。

那時威廉的掌心還沒有小白疤。

她用情人般的嫉妒眼神望著那女孩讀手相。她很確定自己記得沒錯，確定那是事實。她把這件事告訴威廉。

威廉點點頭說：「妳說得對，當時還沒有疤。我雖然不敢保證，但我覺得疤痕昨晚還沒有，起碼在犁與推車酒吧的時候沒有。我和勞夫又在比腕力賭啤酒，如果有的話，我應該會發現。」

他朝她咧嘴微笑，但笑得很乾、很拘謹、很害怕。

「我想疤痕是在麥可．漢倫打電話來之後出現的，我想是這樣。」

「那是不可能的，老威。」但她卻伸手去拿菸。

威廉看著自己的手。「小史做的，」他說：「我現在記得很清楚，他用可樂瓶的碎片割我們的手。」他抬頭看著奧黛拉，眼鏡下的眼神顯得既受傷又困惑。「我記得碎片在陽光下發亮。是新款的透明玻璃瓶。之前的可樂瓶是綠色的，妳還記得嗎？」她搖搖頭，但他沒有看她，繼續低頭望著手掌。「我記得小史最後才割自己的手，但他假裝要割腕，而不只是在掌心劃一小道。我知道他在唬人，但差點就要撲過去……阻止他，因為那一剎那他感覺很認真。」

「老威，別再說了，」奧黛拉低聲說。她右手抓著打火機，但這回必須用左手抓住右手腕才能穩住它，姿勢就和警察預備開槍一樣。「疤痕有就有，沒有就沒有，不會消失了又出現。」

「所以妳之前有看到嗎，嗯？妳的意思是這樣？」

「疤痕很淡。」奧黛拉說，沒想到語氣那麼尖銳。

「我們都在流血，」威廉說：「我們站在水裡，離我、艾迪．卡斯普布拉克和班恩．漢斯康蓋的水壩不遠——」

「你說的該不會是那位建築師吧？」

「有人也叫這個名字？」

「天哪，老威，新的ＢＢＣ通訊中心就是他蓋的！他們還在吵那棟建築到底是美夢成真，還是失敗品呢！」

「呃，我不曉得他們是不是同一個人。雖然不太可能，但我想說不定是，因為我認識的班恩很會蓋東西。我們在帳篷聚會，之後圍成一圈站在水裡，我右手牽著貝芙莉．馬許的左手，左手牽著理查德．托齊爾的右手，有如美國南方的浸信禮。我記得看見遠方的德利儲水塔，顏色就和想像中的大天使袍一樣白。我們承諾、我們發誓，萬一還沒結束，萬一牠又出現……我們就會回去，從頭再做一次，阻止牠，讓牠永遠消失。」

「阻止什麼？」奧黛拉忽然火冒三丈，大聲吼說：「阻止什麼？你他媽的到底在說什麼東西？」

「我本來希望妳不、不會問，」威廉說到一半就停了。她看見他臉上閃過一絲困惑的驚恐，有如一塊污漬。「給我一根菸。」

她將整包菸遞給他，威廉點了一根。她從來沒看過他抽菸。

「我以前還會口吃。」

「你會口吃？」

「嗯，那時候。妳說我是全洛杉磯唯一敢放慢速度說話的人，但事實上是因為我不敢說快。不是謹言慎行，也不是深思熟慮，更不是智慧。所有口吃矯正者說話都很慢。這是一種後天學會的技巧，例如自我介紹前先想想自己的中名，因為比起其他詞彙，口吃的人最難應付的就是名詞，而所有名詞裡頭最麻煩的就是自己的名字。」

「口吃。」她微微笑了，彷彿他說了個笑話，而她現在才聽懂。

「喬仔遇害之前，我只是輕度口吃，」威廉嘴裡說著，心裡已經聽見自己的話在重複，彷彿隔了幾毫秒。他講出來的話很順，緩慢抑揚一如往常，但心裡的「喬仔」和「輕度」卻出現疊音，變成「喬、喬仔」和「輕、輕度」。「我的意思是，我曾經很悽慘——通常是老師點到我，尤其我知道答案又想答的時候更嚴重——但也都撐過去了。喬治死後，我的口吃嚴重惡化，接著到了十四或十五歲時，情況又稍微好轉。我在波特蘭唸契夫魯斯高中，那裡有個女的語言治療師，湯馬斯太太，她真的很厲害，教了我幾個很棒的技巧，例如說話之前先想自己的中名，然後再大聲說『嗨，我是威廉．鄧布洛』。我在修法文一，她教我有字卡住就換講法文，因此每當我覺得自己像個超級大蠢蛋，跳針似的這這這、本本本個沒完，我就改講法文，ce livre（這本書）便脫口而出，屢試不爽。而法文一說出口，我就換回英文，立刻講得很順，毫無問題。要是卡在ㄙ音，例如三、傘或散，我就唸成捲舌音：山、閃、善，就不會口吃。」

「這些都很有用，但關鍵是我開始遺忘德利和那裡發生的一切。記憶就是當時消失的，在我們住在波特蘭，我唸契夫魯斯高中那幾年。我不是一下子就忘了所有事情，但現在回想起來，我得說時間短得驚人，也許不超過四個月。我的口吃和記憶一起慢慢消失，好像有人洗了黑板，將所有等式清掉一樣。」

他將果汁喝完。「我剛剛不、不了一下，是我這麼多年來第一次口吃，可能有二十一年了吧。」

他看著奧黛拉。

「先是傷疤，然後是口、口吃，妳聽、聽到了嗎？」

「你是故意的！」她說。威廉把她嚇壞了。

「沒有，我想我的說法說服不了任何人，不過卻是千真萬確。口吃很有意思，奧黛拉，會讓人毛骨悚然，因為你常常沒發覺自己在結巴。可是……你在心裡又會聽見，感覺就像腦袋比嘴巴快了一步，或是一九五〇年代的小孩經常放進老爺車裡的殘舊音響，後座喇叭的聲音就是比前、前座快了一、一秒。」

他起身在房裡焦躁地走來走去，滿臉倦容。奧黛拉想起十三年來他賣力工作的模樣，就覺得很不安，彷彿只要拚命做事，幾乎不眠不休，就能證明自己有點天分似的。她察覺自己內心的不安，想將它甩掉，卻揮之不去。要是那通電話其實是勞夫．佛斯特打的，邀威廉再到酒吧比腕力或雙陸棋，或是《閣樓》的製作人佛雷迪．費爾史東打來商量事情呢？甚至套用醫師太太的英式說法，是某人「誤撥電話」呢？

這些想法有什麼意義？

唔，意義就是德利市和麥可．漢倫什麼的全是幻覺，神經崩潰前的幻覺。

但那些疤痕呢，奧黛拉？妳怎麼解釋？他說得沒錯，疤痕之前沒有……現在卻出現了。事實就是如此，妳很清楚。

「把所有事情告訴我，」她說：「誰殺了你弟弟喬治？你和其他那些小孩做了什麼？又答應了什麼？」

他走到她身邊，像老派求婚儀式一樣跪在她面前牽起她的手。

「我想我可以告訴妳，」他柔聲說：「我想只要我想說，我就能告訴妳。大部分的細節我都不記得了，但只要開口就會回來。我可以感覺那些回憶……等著出生，就像蓄滿雨水的烏雲一樣。只是這場雨非常髒，被雨水養大的東西都會變成怪物。也許有其他人我就能面對——」

「他們都知道嗎？」

「麥可說他會打給所有人，他覺得他們都會出現……可能除了小史之外。他說小史在電話裡聽起來怪怪的。」

「對我來說，你講的全部都很怪。你嚇壞我了，老威。」

「對不起，」他向她道歉，然後吻了她，感覺就像被陌生人吻了一樣。她發現自己恨起麥可．漢倫來。「我想我應該盡量解釋清楚，我想這麼做比半夜偷偷溜走好，我猜他們有幾個可能會這麼做。但我非去不可。我覺得小史也會去，就算他語氣再怪也會出現。也許我只是無法想像自己不去。」

「因為你弟弟？」

威廉緩緩搖頭。「我可以說是，但那就是撒謊了。我愛喬治，我知道妳聽我說我二十年沒想起他一定覺得很怪，但我真的愛死他了。」他微微一笑：「喬治很瘋，但我愛他，妳懂嗎？」

奧黛拉有一個妹妹。她點點頭說：「我懂。」

「但不是因為喬治。我沒辦法解釋，我……」

他走到窗邊，望著窗外的晨霧。

「我覺得自己就像一隻候鳥，能夠察覺秋天到了……知道自己必須回家。那是本能，親愛的……我想我相信自由意志其實受本能支配，除非開煤氣、吞槍管或跳碼頭自殺，否則有些事就是非做不可。你無法排拒那些，做出自己的選擇，因為選擇根本就不存在。你無法阻止它，就像你不會呆呆站在本壘板上被快速球砸一樣。我非去不可，那個承諾……就像一根魚、魚鉤在我心裡。」

她起身小心翼翼朝他走去。她覺得很脆弱，彷彿就要崩潰了。她伸手搭在他的肩上，將他轉過來。

「那帶我一起去。」

他臉上閃過驚恐的神情，不是怕她，而是爲她感到害怕。那赤裸裸的恐懼讓她忍不住後退，心裡頭一回真的害怕起來。

「不行，」他說：「不可能，奧黛拉，妳想都別想。我不准妳靠近德利，三千英里內都不行。我想，接下來幾週德利會變得很可怕。妳待在這裡繼續拍戲，必要時盡量幫我找藉口。答應我！」

「我該答應嗎？」她盯著威廉說：「我該答應嗎，老威？」

「奧黛拉——」

「我該答應嗎？你做了承諾，結果你看你現在被搞成什麼樣子？還有我，因為我是你太太，而且我愛你。」

他的大手緊緊抓住她的肩膀，讓她隱隱作痛。「答應我！妳答應我！求、求、求求——」

奧黛拉看著威廉張嘴結舌，有如離水拚命呼吸的魚，她終於受不了了。

「我答應你，好了吧？我答應你！」她淚水決堤，說：「你高興了吧？老天！你瘋了，這整件事都瘋了！但我答應你！」

他摟著她的肩膀將她帶到沙發坐下，幫她倒了一杯白蘭地。她小口喝著，慢慢讓自己鎮定下來。

「那你打算什麼時候走？」

「今天，」他說：「我搭協和號。假如開車去希斯洛機場而不是搭火車，應該剛好來得及。佛雷迪要我吃完午飯去拍戲現場，妳九點就到了，所以什麼都不曉得，懂嗎？」

奧黛拉勉強點點頭。

「等劇組發現，我已經到紐約了。假如轉、轉機順利，日落前就會到德利。」

「我什麼時候才會再見到你？」她輕聲問。

他伸出一隻手緊緊摟住她，什麼也沒回答。

德利市：
插曲之一

這些年來，有多少雙人類的眼睛……
瞥見了他們的秘密解剖？
——克里夫・巴克《血之書》

以下段落和其他〈插曲〉引文皆出自麥可．漢倫的《德利：城市野史》。該書由活頁筆記本裝訂而成，於德利市立圖書館書庫中被人發現，內容爲未出版的筆記與零散手稿（感覺很像日記），書名就寫在活頁本上。但作者本人在書中多次提到自己的作品，用的名稱卻是《德利：由地獄後門觀之》。

有人推論，漢倫先生應該認眞考慮過出版事宜。

一九八五年一月二日

整個城市鬧鬼，這有可能嗎？

就像屋子鬧鬼一樣？

不是某棟屋子、某個街角或某個小公園裡的籃球場（沒有籃網的籃框映著夕陽有如某種血腥罕見的刑具），也不是某一區，而是全部，所有地方。

有可能嗎？

你看：

鬧鬼（haunted）：經常有鬼魂或幽靈出沒。芳克瓦格諾斯新世界百科全書。

難以忘懷（haunting）：不斷浮現心中，很難忘記。同上引書。

縈繞（to haunt）：經常出現或重現，尤指鬼魂。不過，聽好了，也指經常造訪之處，同義詞為resort、den和hangout……粗體當然是我加的。

還有一個定義，這個定義和上一個相同，都將haunt視為名詞。我真正害怕的是這一個：動物獵食之處。

就像痛揍艾德里安．梅倫，將他扔下橋的那些野獸嗎？

就像在橋下等待的野獸嗎？

動物獵食之處。

什麼東西在德利市獵食？什麼東西以德利市為食？

你知道，這滿有趣的：我不曉得像我被艾德里安．梅倫的意外嚇成這樣，為何還能存活，甚至維持正常作息，感覺好像掉進一則故事，所有人都知道你應該到故事結尾才察覺到害怕。黑暗的糾纏者終於從木板中出來，吞食……當然是吞食你。

吞食你。

不過就算是故事，也不是恐怖大師洛夫克拉夫特、布雷德柏利或愛倫坡等人的作品。你瞧，我知道——呃不算是全部的事，但很接近了。我不是去年九月打開德利《新聞報》讀到昂溫那小子的初審消息，才明白殺死喬治．鄧布洛的小丑可能又回來了，而是一九八〇年左右——我想一部分的我就是那時甦醒的……我就知道牠可能又有機會現身了。

哪一部分的我？我想是隨時警覺的那部分吧。

也可能是烏龜的聲音。沒錯……我寧可那樣想。我知道威廉．鄧布洛也會這麼認為。

我在舊書籍裡挖出往昔的恐怖新聞，在舊報刊裡讀到過去的殘暴事故。我每天都在心底深處聽見一個不斷增強和滙聚的力量發出聲音，有如貝殼嗡鳴，而且愈來愈響。我彷彿聞到閃電將至的強烈臭氧味。於是，我在生活之餘開始撰寫筆記，寫一本我幾乎確定此生無法完成的書。我的心一部分一直活在最怪誕、最騷動不安的驚恐中，一部分卻繼續過著小城圖書館員的平淡生活。我將書本上架，幫讀者辦理借書證，關掉粗心讀者忘了關的微縮膠卷閱讀機，和凱蘿．丹納調笑，說我有多想和她上床，她也笑說很想和我上床，而我們都知道她在開玩笑，但我沒有，就像我們都知道她不會在德利這種小地方久留，而我會在這裡終老，用膠帶黏貼破頁的《商業週刊》，一手抓著菸斗一手拿著《圖書館期刊》參加每月採購會議……在半夜驚醒，雙手握拳抵著嘴巴不讓自己尖叫。

哥德式小說裡的那一套都是錯的。我頭髮沒有變白，也不會夢遊。我講話還沒開始神秘難解，也不會在運動外套口袋放心形占卜板。我想我笑得有一點多，僅此而已，有時一定讓人覺得有一點誇張和詭異，因為我笑的時候，身邊的人偶爾會看我。

一部分的我說（威廉會說那是烏龜的聲音）我應該打電話給他們所有人，今晚就打，但我（即使是此刻）真的確定嗎？我想要完全確定嗎？不，當然不想。但老天，發生在艾德里安．梅倫身上的事和一九五七年秋天結巴威的弟弟喬治遇到的事有太多雷同之處了。

要是牠又開始活動，我會打給他們，非打不可。但不是現在，反正也還太早。上回牠動作很慢，直到一九五八年夏天才真正出動，因此……我先等著，一邊撰寫這份筆記，一邊久久凝視鏡子，看當年的男孩變成了怎樣的陌生人。

男孩一臉羞怯，像個書呆子，男人的臉則像西部片裡的銀行出納員，那種從來沒有台詞，只要在搶匪進來時面露驚恐、高舉雙手的角色。要是劇本安排有人被壞蛋打死，那人肯定是他。

麥可還是麥可。眼睛有點鬥雞，加上睡不好而有點恍惚，但不近看是很難察覺到的……多近呢？接吻那麼近，但我已經很久沒有那麼靠近人了。各位若只是匆匆瞄我一眼，可能覺得「他書看太多了」，但也就如此而已。我不認為各位能看出這個有著出納員溫和臉孔的人正在努力掙扎，拚了命才勉強撐住自己的理智……

要是我非打電話給他們，其中幾個人可能會喪命。

每一個失眠的漫漫長夜，我就得面對這些思緒。我穿著式樣保守的藍睡衣躺在床上，眼鏡整齊折好放在床頭桌，旁邊永遠擺著一杯水以防半夜口渴。我躺在黑夜裡小口喝水，心想他們還記得什麼，是多或少。我就是覺得他們一點也不記得了，因為沒有必要。聽見烏龜說話的只有我，記得一切的也只有我，因為只有我待在德利，而他們四散各地，根本察覺不出他們的生活其實循著同一個模式。找他們回來，讓他們看見模式……沒錯，可能會讓其中幾人遇害，甚至無一倖免。

因此我反覆思量，在心裡回想，回想他們，拼湊他們過去的長相和現在可能的模樣，判斷他們哪一個最脆弱。我有時覺得是「垃圾嘴」理查德．托齊爾——雖然班恩非常胖，但小理似乎最常被克里斯、霍金斯和鮑爾斯追到。小理最怕鮑爾斯（我們都是），但其他人也讓他怕得要命。要是我打電話到加州給他，他會不會覺得可怕的霸凌又回來了，兩個從墓裡、一個從朱尼柏丘（他到現在依然痛罵的地方）的瘋人院重出江湖？我有時又覺得艾迪最脆弱，因為他嚴重氣喘，還有一個專橫的母親。貝芙莉呢？她老是嘴上不饒人，其實和我們一樣害怕。結巴威？萬一恐怖不是罩上打字機就能趕走的呢？

還是史丹利．尤里斯？

他們頭上都懸著一把鋒利的斷頭刀，但我愈想就愈覺得他們渾然不知，而我是握著開關的人。只要翻開電話本，一個個打電話給他們就行了。

也許我不必如此。我抱著一絲渺茫的希望，希望自己搞錯了，呼喊其實來自我膽小如兔的心，而非聲音更低沉而真實的烏龜。畢竟我手上有什麼證據？梅倫七月遇害，十月一個小孩陳屍在內波特街，十二月初又一個小孩被人發現死在紀念公園，就在初雪前。也許如報紙所言是流浪漢幹的，也可能是某個瘋子，犯案後已經離開德利，或像某些書裡提到的開膛手傑克一樣羞愧自責，結束了自己的性命。

也許。

但艾柏瑞希特家的女孩就死在內波特街那間該死的老房子對面……而且和二十七年前遇害的喬治．鄧布洛同一天。還有詹森家的男孩死在紀念公園，一條腿從膝蓋以下都不見了。當然，德利儲水塔正位於紀念公園，而男孩陳屍在塔基附近，離「荒原」不遠。史丹利．尤里斯就是在儲水塔看見那些男孩的。

死去的男孩。

不過，一切也可能只是無中生有，捕風捉影。可能。或者是巧合，或介於兩者之間——是某種邪惡的回應。有可能嗎？我覺得可能。這裡是德利，什麼都有可能。

我想，從前在的如今還在——那東西一九五七和五八年在，一九二九和三○年緬因州白禮軍團焚毀「黑點」時也在，還有一九○四、○五到○六年初，至少在基勤納鐵工廠爆炸前都在。那東西一八七六和七七年在，之後大約二十七年現身一次，有時早一些，有時晚一點……但一定會來。愈往回溯，就愈難查到發生差錯的時間，因為紀錄愈來愈不詳盡，口述歷史的缺漏也愈大。不過只要知道往哪裡找，找什麼時間，就能朝解決問題邁進一大步。因為你瞧，牠一定會回來。

牠。

所以——對，我想我得打那幾通電話。我想這是注定好的。我們出於某種原因被選中，負責永遠阻止牠。是宿命？是機運？或者又是那該死的烏龜？難道牠不只會說話，還會發號施令？我不知道，我也覺得不重要。威廉許多年前說，烏龜幫不了我們。假若當時如此，現在一定還是如此。

我想到我們手牽手站在水中，承諾要是牠再出現，我們就回來——我們像德魯伊人圍成一圈，雙手流著承諾之血，掌心貼著掌心。那個儀式可能和人類歷史一樣久遠，有如無人察覺的水龍頭插進矗立在已知和未知之間的力量之樹裡。

因為那些雷同之處——

但這下我把自己搞成威廉．鄧布洛了，結結巴巴說著同一件事，不停重複少數事實和一堆令人不悅（而且虛幻）的假設，愈寫愈偏執。這不好。沒有用處，甚至危險。然而，等待事情發生實在不好受。

寫筆記應該讓我放寬視野，擺脫偏執才對。畢竟這不只是六個男孩和一個女孩的故事。這些孩子沒有一個快樂、沒有一個被同學們接受，全都在艾森豪總統任職期間的一個炎炎夏日遇上夢魘。這本筆記可以說是將鏡頭拉遠一點，看見整座城市，一個將近三萬五千人在此工作、吃飯、睡覺、性交、購物、開車、散步、上學、入獄和偶爾被黑暗吞噬的城市。

我真心認為要瞭解一個地方的現在，就得認識它的過去。若各位問我哪一天確定事情又開始了的，我會說一九八〇年初春我去造訪艾伯特．卡森那一天。卡森去年過世了，九十一歲的他不只年歲多，榮銜也多。他於一九一四年到六〇年擔任圖書館長，時間長得不可思議（不過他本身就是一個不可思議的人）。我覺得要瞭解這一帶的歷史，艾伯特．卡森絕對是最佳人選。那天，我們坐在他家的門廊上，我提問題，他用嘶啞的嗓子回答——卡森當時已經罹患喉癌，最後也死於喉癌。

「那些書沒一本能看，你應該很清楚才對。」

「那我該從哪裡開始？」

「嗄？你說開始什麼？」

「研究這裡的歷史，德利市發展史。」

「喔，那個啊，那你從傅里克和米喬德開始，他們應該是最好的。」

「讀完之後——」

「讀?拜託,讀他們幹什麼!直接扔進垃圾桶就好!那只是第一步,接著要讀巴丁格。要是我聽說的傳言有一半是真的,那布蘭森.巴丁格這個死傢伙不僅研究做得隨便,還犯了致命大錯。不過,牠來德利的時候,他倒是預感正確。巴丁格把大部分事實都搞錯了,但錯得很有感情,漢倫。」

我微微一笑,卡森也咧開老皮革似的嘴唇笑了。雖然是笑,卻有點恐怖,感覺就像開心守著新鮮動物屍體,等它腐爛到恰到好處再大快朵頤的禿鷹。

「讀完巴丁格之後,去讀艾福斯,記下他提到的所有人物。山迪.艾福斯還在緬因大學做民俗研究,讀過他的作品之後,去見他一面,請他吃頓晚餐。我會帶他去奧林諾卡,因為那裡上菜慢得好像永遠上不完。挖他消息,帶著筆記本記下人名和地址,然後去找這些人談——還活著的傢伙,應該還剩幾個,哈——哈——哈!從他們那裡再問出一些人名,這樣一來你需要的線索就湊齊了。假如你有我想的一半聰明,又找到夠多的人,就會發現一些沒記在歷史裡的事情,說不定會讓你睡不著覺呢。」

「德利……」

「德利怎樣?」

「德利不太對勁,是吧?」

「對勁?」他用氣若游絲的沙啞嗓音說:「對勁什麼?什麼叫對勁?某某人用柯達底片以某某快門拍的坎都斯齊格河日落嗎?如果是的話,那德利對得很,因為德利有一堆美麗照片。還是某個陳年老處女委員會想保留州長官邸,或在儲水塔懸掛紀念牌?如果是的話,那德利還是對得很,因為我們有太多老處女什麼事都管。或者在市中心樹立一個醜死的塑膠保羅.班揚雕像叫對勁?喔,要是我的齊波打火機還在,又有一卡車凝固汽油彈,我告訴你,我一定會親自解決那個死玩意兒……但要是有人認為塑膠雕像很美，那德利對勁得很。所以問題是你覺得什麼叫對勁，漢倫？嗄？更重要的是，什麼不叫對勁？」

我只能搖搖頭。他要嘛知道，要嘛不知道；要嘛會說，要嘛不會說。

「你指的是你可能聽過的悲慘故事？還是你已經知道的悲慘故事？世界上永遠有悲慘故事。城市的歷史就像雜亂的老別墅，裡頭有太多房間、隔間、髒衣物滑槽、閣樓和稀奇古怪的藏匿處……更別說秘密通道了。你要是探索『德利』別墅，也會發現這些東西。沒錯，你事後可能會後悔，但你一定會有所發現，而東西一旦被找到就不可能找不到了，對吧？某些房間上了鎖，但有鑰匙……有鑰匙。」

他看著我，雙眼炯炯有神，閃著老人的精明。

「你可能以為找到了德利最黑暗的秘密……但永遠有新的秘密，找到一個又有另一個。」

「你是說——」

「抱歉，我想我得告退了。我的喉嚨今天狀況很糟，該去吃藥小睡片刻。」

意思是，師父領進門，修行在個人。

我從傅里克和米喬德開始，也照卡森的建議將他們的作品扔進垃圾桶，但有先讀完。他們果然和卡森說的一樣糟糕。我又讀了巴丁格，抄下註釋逐一追查。這條線索好一點，但各位也曉得註釋這東西很特別，有點像無人荒野上的曲折小徑，不停分岔再分岔，只要轉錯一個彎就會讓人走到滿是荊棘的死路或沼澤流沙裡。我在大學時的圖書館教授就曾說：「只要看見註釋，就立刻踩住它的腦袋將它殺了，免得它開枝散葉。」

註釋真的會開枝散葉，雖然有時還不錯，但我想多半沒好事。巴丁格的《舊日德利市史》（一九五〇年由緬因大學出版社發行）寫得很生硬，書中的註釋橫跨百年，涵蓋了歷史書、民俗研究論文、雜誌文章和市政報告與會計帳目。這些資料不是被人遺忘、塵封多時，就是早已停刊或看了令人頭昏腦脹。

我和山迪．艾福斯的談話就有趣多了。他的資料來源不時和巴丁格重疊，但也僅止於此。艾福斯花費了大量時間蒐集口述歷史（其實就是故事），幾乎逐字抄錄。換作布蘭森．巴丁格，肯定覺得這麼做不入流。

一九六三年到六六年間，艾福斯寫了一系列關於德利的文章。我開始調查事件始末時，他訪談過的老人幾乎都過世了，不過他們的兒子、女兒、姪子和表親還在。當然還有天下第一真理，那就是舊的老人去了，會有新的老人來，而好故事從不消失，只會代代相傳。我坐過許多人家的門廊和台階，喝了一堆茶、黑標啤酒、自釀啤酒、自釀沙士、自來水和泉水，聽了很多話，錄音機的齒輪轉個不停。

巴丁格和艾福斯都同意一件事，最初來德利定居的白人大約三百人，全數來自英國，擁有皇家許可狀，對外以德里公司為名。英國皇室劃給他們的土地包括現在的德利、新港大部分區域和一小塊周邊城鎮。但在一七四一年，德利鎮的居民全都消失了。六月還在——當時還有大約三百四十人——十月就不見了，鎮上的木屋全數荒廢，其中一間位於現在的威奇漢街和傑克森街口附近，則是被火焚毀。米喬德堅稱鎮民是被印第安人殺光的，但除了那間焚毀的屋子之外沒有任何證據，而真正的失火原因比較像是爐灶過熱，結果把房子燒了。

印地安人血洗德利？很可疑，因為既沒骸骨也沒屍體。洪水？那年沒有。還是瘟疫？但周邊城鎮都沒記載。

那些人就那樣消失了。所有人，三百四十個，沒有一點痕跡。

就我所知，美國歷史上沒有這種例子，唯一差堪比擬的只有維吉尼亞羅諾克島殖民消失事件。但全美小學生都知道羅諾克島，有誰聽過德利？就連德利居民也顯然一無所知。我問了幾個正在上緬因州史必修課的高中生，沒有一個知道那件事。我又查了《緬因州今昔》，裡面有四十多則關於德利的條目，但多半講的是伐木業興盛當時，隻字未提最早的殖民者……然而，這樣的——我該用什麼形容詞？——這樣的「沉默」也符合我察覺的模式。

德利有一道「沉默之幕」將發生過的許多事遮了起來……但止不了傳言。我想人們就是會說，攔阻不了的，然而必須用心去聽才行，可惜懂得這個技巧的人很少。我自認過去四年養成了這項技巧，如果技巧還是不算好，就代表我天分不夠吧，因為我練了很久。之前一個老人告訴我，他妻子在他們女兒死前三週一直聽見廚房水槽的排水孔裡有人跟她說話。那是一九五七年底、五八年初的冬天。當時發生連續殺人事件，直到翌年夏天才結束。喬治・鄧布洛第一個遇害，那老人的女兒是早期受害者之一。

「一大堆聲音，七嘴八舌的，」老人告訴我。他在堪薩斯街經營「海灣」連鎖加油站，訪談期間不時離座，緩緩跛行到加油槍旁幫人加油、檢查機油存量和擦擋風玻璃。「她說她很驚訝，但回話過一次。她湊向排水孔，不蓋你，朝裡頭大喊：『你到底是哪位？叫什麼名字？』她說所有聲音一起回答，有的嘟囔，有的口齒不清，還有的咆哮、尖叫、狂吠和大笑，你都不曉得。她說他們說的是魔鬼附身者對耶穌講的話：『我名叫群』。她有兩年不敢靠近水槽。那兩年我每天在這兒幹活十二小時，幫人加油，回家還得洗碗盤！」

他從辦公室門外的販賣機弄了一罐百事可樂喝。工作操勞讓這位七十二、三歲的老先生頭髮灰白，眼角和嘴角爬滿皺紋，有如一條條長河。

「聽到這裡，你大概以為我瘋了，」他說：「但只要你把那個吱嘎轉的玩意兒關掉，我就告訴你別件事。」

我關掉錄音機，朝他微笑說：「就我過去兩年聽到的事情，你得花上很大工夫才能說服我相信你瘋了。」

他也對我微笑，但臉上沒有笑意。「有天晚上我和平常一樣在洗碗──五八年秋天吧，事件平息之後。我老婆在樓上睡覺。上天只賜給我們貝蒂一個孩子，從她死後，我老婆就常常在睡覺。總之，我拔掉水槽的塞子，水開始往下流。你聽過肥皂水流出排水孔的聲音吧？很像在吸東西。水槽發出那種聲音，我沒注意聽，心裡只想著出去到棚子砍點柴火回來，不料排水聲突然小了，我聽見女兒在底下。我聽見貝蒂在那些該死的水管裡笑著，但稍微認真聽，就會覺得比較像尖叫，甚至兩者都有，在水管裡又叫又笑。我就只聽過那麼一次。或許是幻覺，但……我不覺得是。」

我和他四目相對。光線穿透骯髒的厚玻璃窗照在他臉上，讓他充滿歲月滄桑的痕跡，看上去和聖經裡的麥修撒拉❺一樣老。我記得我那時感覺好冷，非常冷。

「你覺得我在編故事？」老人問我。一九五七年他才四十五歲，上天只給了他一個女兒，貝蒂．李普森。那年耶誕節剛過不久，貝蒂被人發現凍死在外傑克森街，整個身體被撕裂開來。

「沒有，」我說：「我不認為你在編故事，李普森先生。」

「你沒有說謊話，」他有些好奇地說：「我從你臉上看得出來。」

我想他正打算多說一點，但我們背後忽然傳來尖銳的鈴聲，只見一輛車子壓過柏油路上的管子，開到加油槍邊。鈴響讓我們兩個都嚇了一跳，我忍不住輕輕叫了一聲。李普森起身跛著腳走向車子，一邊用廢紙團擦拭雙手。但等他回來看到我，卻好像當我是剛從街上跑來的不速之客，於是我便告辭離開了。

巴丁格和艾福斯還有個共識，就是德利真的不對勁，這地方從來不對勁。

艾伯特．卡森過世前不到一個月，我去見了他最後一次。他的喉嚨惡化許多，只能低聲嘶嘶說話：「還想寫德利的歷史嗎，漢倫？」

「我還在考慮。」我說，但我當然不打算寫德利的歷史，壓根沒想過，而我想他也知道。

「你得花上二十年，」他低聲說：「而且沒有人會讀，也沒人想讀。放棄吧，漢倫。」

他頓了一會兒，接著又說：

「你知道巴丁格後來自殺了吧？」

我當然知道，但那只是因為人就愛說話，而我學會了聽。《新聞報》報導那是一起摔倒意外，而布蘭森．巴丁格也確實摔倒了，但報導沒提他是從衣櫃裡的凳子上摔下來的，而且脖子上還套了個繩圈。

「你知道週期的事嗎？」

我一臉驚詫望著他。

「沒錯，」他低聲說：「我知道。每二十六或二十七年一次。巴丁格也曉得，很多老一輩的人都知道，只是絕口不提，就算灌他們再多酒也沒轍。放棄吧，漢倫。」

他伸出鳥爪般的手抓住我的手腕，我可以感覺熱騰騰的癌細胞在他體內流竄、狂歡，吞噬一切，啃蝕所剩的好東西，不過不多了。艾伯特．卡森這個儲藏櫃快被掏空了。

「麥可，你不會想蹚這渾水的。德利有東西會吃人。放手吧，放棄吧。」

「我沒辦法。」

「那就小心一點，」卡森說，垂死臉龐上的雙眼忽然睜得像孩子一樣大、一樣害怕。「小心

❺Methuselah：傳說中他活到九百六十九歲才死去。

點。」

德利。

我的故鄉，以愛爾蘭的一個郡命名。

德利。

我是德利人，在德利醫院出生，就讀德利小學、第九街中學和德利高中，之後進了緬因大學——老一輩的人常說那裡「不在德利，但就在路底。」——畢業之後回到德利，在德利市立圖書館工作。我來自小城，活在小城，和千百萬人沒有兩樣。

可是。

可是：

一八七九年，一群伐木工人發現幾名夥伴的屍體。這幾名夥伴在坎都斯齊格河上游被雪困住，就在荒原（德利市的孩子現在仍然這麼稱呼那裡）邊緣。罹難工人共有九名，全都碎屍萬段。腦袋滾到一旁……更別說手臂……一、兩條腿……還有一個人的陰莖被釘在小木屋的牆上。

可是：

一八五一年，約翰．馬克森毒殺全家，將屍體圍成一圈坐在中央，吞下一整顆白龍葵蘑菇暴斃身亡。他死前一定非常痛苦。保安官發現他的屍體，在報告中表示他乍看以為屍體在對他咧嘴微笑，馬克森「臉上的蒼白笑容恐怖至極」。蒼白笑容指的是滿嘴毒蘑菇。但馬克森死前即使痙攣發作，肌肉抽搐，垂死的身軀宛如遭受酷刑，還是不停將蘑菇往嘴裡塞。

可是：

一九〇六年復活節，基勤納鐵工廠的老闆為「德利市的乖孩子」舉辦了復活節尋蛋遊戲，地點在大廠房（最近開幕的德利購物中心就坐落在此）。危險區域全數封閉，工廠員工自願擔任警衛，確保愛冒險的小孩不會從柵欄底下鑽進去探險。五百枚巧克力彩蛋用鮮豔的緞帶綁好，藏在封閉區外的廠房各處。根據巴丁格記載，找到一個彩蛋就能領取獎品了。週日的廠房安靜無聲，孩子們笑著鬧著叫著在廠裡奔跑，在大傾卸桶底下、領班辦公桌的抽屜裡、生鏽的齒輪齒上和三樓的鑄鐵模裡（這些模子在老相片中看起來就像巨人廚房裡的杯子蛋糕模）找到彩蛋。基勤納家族三代成員都出席活動，看孩子歡笑嬉鬧，等著遊戲結束頒發獎品。活動預計到四點，就算彩蛋沒有全數找出也照樣結束。不過，遊戲提前四十五分鐘就結束了，因為工廠三點十五分發生爆炸。日落前，救難人員從廢墟中拖出七十二具屍體，最後有一百零二人罹難，其中八十八人是小孩。星期三，德利市還沉浸在悲劇所帶來的震驚與愕然時，一名婦女在自家後院的蘋果樹上發現一個男孩的頭顱，牙齒沾著巧克力，頭髮黏著血。他叫羅伯特・朵黑，九歲，是最後確認的罹難者，還有八名孩童和一名大人的屍體始終沒有尋獲。這是德利市史上最嚴重的悲劇，比一九三〇年的黑點酒吧大火還慘厲，而且發生原因至今無人能知。鐵工廠的四個熔爐當時都沒開，不僅移到角落，而且完全關閉。

可是：

德利市的謀殺率是新英格蘭同級城市的六倍。對於這樣的初步統計結果，連我自己都難以置信，便將數據拿給一名常來圖書館打電玩的高中駭客，讓他利用空檔時間跑資料，沒想到他大幅加碼（駭客外衣下藏著一個絕世高手），另外加了十幾個小型城市到他口中的「數據庫」裡，最後弄出一個柱狀圖給我看，只見德利鶴立雞群，有如豎起來的大拇指。對此他只說了一句：「漢倫先生，這裡的人一定脾氣壞，人又邪惡。」我沒說什麼。要是開口，我可能會告訴他不是德利居民，是某個東西脾氣壞又邪惡吧。

德利每年有四十到六十名孩童無故失蹤而且下落不明，大部分是青少年，一般認為他們都逃家了。我想有一些確實是。

而在卡森絕對會稱之為「週期」的時期，失蹤率更是高到破表。比方說，一九三〇年，也就是黑點焚毀的那一年，德利的失蹤孩童超過一百七十人。別忘了這還是有報案和紀錄的數字。但我將數據拿給現任警長看，他卻說：這沒什麼好意外的，那時是大蕭條，那些小孩可能喝膩了馬鈴薯湯或在家裡餓得發荒，決定跳上火車一走了之。

德利市一九五八年據報有一百廿七名孩童失蹤，年齡從三到十九歲不等。我問拉德馬赫警長，一九五八年還在大蕭條嗎？他說，沒有，漢倫，不過人就喜歡四處跑，尤其是小孩，他們腳特別癢，可能約會耽擱了聚會，和死黨大吵一架就閃人了。

我拿出一九五八年四月的《新聞報》，指著查德·羅威的相片問他說，你覺得這孩子離家是因為遲到和死黨吵架嗎，拉德馬赫警長？他失蹤時才三歲半。

拉德馬赫恨恨瞪我一眼，說很高興和我談話，如果沒別的事，他還有事要忙，於是我就離開了。

鬧鬼、縈繞、獵食。

這裡經常有鬼魂或幽靈出沒，例如水槽下方的水管裡；問題經常出現或重現，例如每二十五、二十六或二十七年。這裡也是動物獵食之處，對喬治·鄧布洛、艾德里安·梅倫、貝蒂·李普森、艾柏瑞希特家的女兒以及強森家的兒子來說。

動物獵食之處。沒錯，讓我難以釋懷的就是這個。

只要再出事，無論大小，我就會打電話，非打不可。而我也有我的推測、逝去的內心安寧與記憶——該死的記憶。喔，還有一個東西——我還有這本筆記，對吧？我的哭牆。此刻我坐在桌前，雙手抖得幾乎無法動筆。我坐在關門後的圖書館裡，傾聽從漆黑書架傳來的微弱聲響，注視昏黃燈光造成的影子，確定影子沒有移動……沒有改變。

我坐在電話旁。

我伸手按著電話……往下滑……碰到轉盤。它能讓我聯絡他們，我的老友。

我們曾經一起深入。

一起踏進黑暗。

要是再進去一次，我們能全身而退嗎？

我想沒辦法。

神哪，求求祢別讓我打電話給他們。

神哪，求求祢。

PART TWO

一九五八年六月

表面，我是自己。
底下可見青春埋藏，
是根嗎？
人人都有根。
——威廉．卡羅士．威廉斯，〈派特森〉

有時我會不知該做什麼，
夏日憂鬱無藥可醫。
——艾迪．柯克蘭

第四章　班恩·漢斯康摔一跤

1

晚間十一點四十五分左右，從奧馬哈飛往芝加哥的聯合航空四十一號班機上，一名頭等艙空服員嚇了一大跳。她以爲坐在A-1的男乘客死了。

這位乘客在奧馬哈登機時，她就在心裡想：「慘了，麻煩來了。這傢伙看起來醉翻了。」他腦袋冒著濃濃的威士忌味，讓她想起《史努比》漫畫裡背後總是拖著一道灰塵的髒小孩——那個叫「乒乓」的小男生。她很擔心第一輪服務，因爲是供酒，她敢說這傢伙肯定會叫杯什麼來喝，甚至點雙份，逼她非得決定要不要送酒給他。更慘的是今晚的飛行一直遇到暴風雨，她相信這個身穿牛仔褲和條紋襯衫的高個兒遲早會吐。

但到了第一輪服務時間，他只點了一杯蘇打水，而且客氣到極點。服務燈一次也沒亮，空服員很快便忘了他的存在，因爲她很忙。有時機上就是這樣，忙到連擔心自己撐不撐得下去的時間都沒有，結束後只想立刻忘掉。那趟航程就是如此。

聯合航空四十一號班機有如高明的滑雪選手，在險惡的雷電間左右穿梭。空中狀況很糟，乘客看見高聳入天的烏雲包著飛機，不時閃著電光，忍不住驚呼，同時不安地開起雷電的玩笑。一個小男孩問：「媽咪，神在幫天使拍照嗎？」他母親臉色發青，笑得很勉強。結果，四十一號班機那晚只提供了一次服務。起飛二十分鐘後安全帶燈就亮了，之後一直亮著。但空服員仍然待在走道上，因爲服務燈像文明社會的爆竹一樣閃個不停，讓她疲於奔命。

座艙長又去拿了一疊嘔吐袋準備分給乘客。他在走道上遇見空服員說：「今晚可有兔子抓了。」這句話半是暗語，半是開玩笑。只要飛行不穩，兔子一定抓不完。這時飛機突然傾斜，一名乘客輕聲尖叫，空服員微微側身伸出一手維持平衡，目光正好射向眼神茫然的A-1乘客。

天哪，他死了，她心想，**他上機前喝的酒……加上亂流……他的心臟……嚇得麻痺了。**

高個男眼睛對著她，但卻沒有看她。他眼神凝固，完全呆滯，只有死人才會有這種眼神。

空服員轉頭避開不舒服的凝視，感覺心臟逃命似的在喉頭猛跳，不知道該如何是好，可以怎麼處置。幸好那人身旁沒有乘客，不會尖叫或驚慌，謝天謝地。她決定先通知座艙長，再跟前面的男少說。他們或許可以幫他蓋條毯子，將他眼睛闔上。就算氣流穩定了，機長還是會讓安全帶燈亮著，因此不會有人使用洗手間。這樣其他乘客下機時，只會以爲他睡著了——

這些想法在她腦中匆匆閃過，她轉頭再確認一次，只見那雙茫然的死魚眼正望著她……接著，那屍體拿起蘇打水喝了一口。

這時，飛機又是一陣搖晃傾斜，空服員低低尖叫一聲，但隨即被乘客更眞切的驚惶叫聲淹沒。那人的眼睛動了，雖然很輕微，但已經夠讓她明白他還活著，而且在看她。她心想：**嘿，他上飛機時，我以為他已經五十多歲，沒想到差得遠了，只是有點白髮而已。**

雖然不耐的呼叫鈴聲不停從背後傳來，她還是朝他走去（兔子果然很多：三十分鐘後，他們平平穩穩安全降落在歐海爾機場，所有空服員一共扔了七十多個嘔吐袋）。

「先生，您還好嗎？」她笑著問，但笑得很假、很不眞實。

「我很好，沒事，」高個男回答。她瞄了一眼放在他椅背上小凹槽裡的頭等艙票根，看見他姓漢斯康。「好得很。不過今晚有一點顛簸，對吧？但我覺得妳做得很稱職。別招呼我，我很——」他說著露出陰森的微笑，讓她想起十一月立在死寂田野中的稻草人。「我很好。」

「您剛才看起來

（好像死了）

有一點不舒服。」

「我只是在緬懷往日時光，」他回答：「因爲我一直到稍早前才發現有所謂的往日時光，至少對我來講是這樣。」

呼叫鈴聲響個不停。「小姐，不好意思。」某人緊張喊道。

「好吧，既然您說您眞的沒事——」

「我在想我和我朋友蓋的水壩，」班恩．漢斯康說：「他們算是我最早認識的朋友吧。那天他們在蓋水壩，正好——」他一臉驚詫停下來，隨即笑了。這回笑得很眞誠，幾乎像孩子般無憂無慮，在顛簸搖晃的飛機上感覺很怪。「正好被我撞上。眞的是差點撞上。總之，他們的水壩蓋得糟透了，這我記得。」

「小姐？」

「先生，對不起，我得去幹活了。」

「沒問題。」

空服員匆匆離開，慶幸擺脫了他的凝視，逃離那死氣沉沉、近乎催眠的眼神。

班恩．漢斯康轉頭望向機窗外。右邊機翼九英里外有一片巨大積雨雲，裡頭閃電忽明忽暗，口吃似的斷斷續續照著雲層，看起來就像充滿邪念的透明大腦。

他摸索背心，但銀幣已經沒了，從他的口袋進到瑞奇．李的口袋裡了。他忽然好希望自己有留一枚銀幣下來，或許會有用處。當然，只要到銀行（至少當你不在兩萬七千英尺的高空中顛簸的時候，你隨時都能去銀行）就能拿到一堆銀幣，但政府做的夾心銅板什麼也幹不了，就算要我們當成眞錢也沒辦法。要想對付狼人、吸血鬼和那些夜裡蠢蠢欲動的妖魔鬼怪，你非用銀幣不可，純銀的銀幣。只有純銀才能阻止怪物。你需要——

他閉起眼睛，鈴聲在他四周此起彼落。飛機顛簸震動，又搖又晃，機艙裡鈴聲大作。鈴聲？不對……是鐘聲。

是鐘聲，那個鐘聲。新鮮感退去之後（永遠發生在開學第一週結束）讓你期待一整年的鐘聲。象徵重獲自由，足以代表所有校鐘的鐘聲。

班恩．漢斯康困在兩萬七千英尺高的雷電之間，坐在頭等艙裡看著窗外，感覺時間之牆忽然變薄了，還有一種既可怕又美好的蠕動。他心想，**天哪，我正在被自己的過去吞食**。

閃電在漢斯康臉上忽明忽暗。就在他不知不覺間，一天過去了，從一九八五年五月廿八日變成了廿九日。飛機經過西伊利諾州上空，底下的鄉間風雨交加，一片漆黑，耕種一天腰酸背痛的農人沉睡著，做著飄忽的夢。閃電疾行，雷聲隆隆對話，誰知道有沒有什麼東西在他們的倉庫、地窖和田地裡蠢動？沒有人知道這些，他們只曉得夜裡有力量流竄，空中雷電大作，有如瘋狂一般。

然而，是鐘聲。當飛機在兩萬七千英尺的高空擺脫風暴恢復平穩，漢斯康沉沉睡去，在他耳邊迴盪的就是鐘聲。當他墜入夢鄉，隔開過去與現在的高牆忽然消失無蹤，讓他有如墜落深井一般跌回過去——有點像科幻作家威爾斯筆下的時光旅人，一手箍著破鐵環朝莫洛克族墜落，而機器不停在夜之甬道裡東跌西撞。一九八一年、七七年、六九年，接著忽然回到了一九五八年六月。陽光普照，班恩．漢斯康眼皮下的瞳孔受到作夢中的大腦指示而收縮。不是西伊利諾州此刻的黑暗，而是廿七年前緬因州德利市六月的豔陽天。

鐘聲。

那個鐘。

學校。
是學校。
是學校。

2

下課了！

德利小學位於傑克森街，是一棟磚造樓房。當鐘聲在走廊響起，班恩．漢斯康五年級班上的同學立刻歡聲雷動。道格拉斯太太平常是最嚴厲的老師，這會兒卻沒有制止他們，也許她知道說了也沒有用。

歡呼聲停止後，她高聲說：「同學們！最後一件事。」

班上同學興奮地交頭接耳，夾雜著幾聲哀號。道格拉斯太太手裡抱著成績單。

「真希望我能及格！」莎莉．穆勒對隔壁排的貝貝．馬許說，語氣像鳥兒一樣輕快。莎莉聰明、漂亮又活潑，貝貝雖然也很漂亮，但這天下午卻無精打采，即使是結業日也讓她提不起勁來。她低頭悶悶看著自己的帆船鞋，一邊臉頰上有一道淺黃色瘀青，就快消了。

「我才不管自己及不及格呢。」貝貝說。

莎莉哼了一聲，意思是：淑女才不會這樣說話呢，接著便轉頭找葛瑞塔．波伊聊天了。班恩心想，可能是鐘聲代表學年結束讓莎莉一時興奮過了頭，才會找貝芙莉說話吧。莎莉．穆勒和葛瑞塔．波伊都是有錢人家的孩子，住在西百老匯街上，貝芙莉則是來自下大街，住在看來很像貧民窟的公寓裡。西百老匯街和下大街相隔僅僅一英里半，但就連班恩這樣的孩子也知道，兩者的距離就像地球和冥王星一樣遠。這種事只要看貝芙莉．馬許身上的廉價毛衣、可能來自救世軍舊貨店的過大裙子和磨損的帆船鞋就曉得了。然而，班恩還是比較喜歡貝芙莉，喜歡很多。莎莉和葛瑞塔一身好衣服，而且他猜她們可能每個月都去燙頭髮或把頭髮弄捲，但他的感覺依然沒變。她們就算每天燙頭髮，還是自大的討厭鬼。

他覺得貝芙莉人比較善良……而且漂亮得多，但他絕對不敢當面對她說。儘管如此，偶爾在隆冬時節，當窗外燈光一片昏沉暈黃，有如蜷縮在沙發上的貓，而道格拉斯太太正絮絮講解數學（如何做長除法或找出兩個分數的公分母以便相加）、唸出《光橋》裡的問題或談論巴拉圭的錫礦時，當放學鐘聲彷彿永遠不會響起，就算響了也無所謂因為外頭都是雪泥的時候……班恩就會斜眼看向貝芙莉，偷瞄她的臉，一顆心既絕望痛苦又閃閃發亮。他覺得自己應該是迷上她了，甚至愛上了她，所以才會每回聽見收音機播放企鵝樂團的〈地球天使〉——親親我的達令／我永遠愛著妳——就想起她。沒錯，這樣很蠢，和用過的面紙一樣噁心，但無所謂，反正他永遠不會說。他以為胖男孩只能在心裡暗戀漂亮女孩。要是他向別人透露內心的感覺（其實他沒有人可說），那人可能會笑到心臟病發。就算他告訴貝芙莉，她也會笑出來（很慘）或發出嫌惡想吐的聲音（更慘）。

「叫到名字的同學立刻到前面來。保羅．安德森……卡拉．博多……葛瑞塔．波伊……凱爾文．克拉克……西希．克拉克……」

道格拉斯太太唸出名字，同學逐一上前（除了克拉克家的雙胞胎，他們到哪裡都手牽手一起行動。兩人除了金髮長度不同，還有一個穿洋裝、一個穿牛仔褲之外，長得完全一樣）接過淺黃色的成績單（正面印有美國國旗和忠誠誓詞，背面是主禱文）靜靜走出教室……隨即大步跑過走廊，衝向敞開的正門，一溜煙地奔進夏天裡，有的騎自行車，有的蹦蹦跳跳，有的騎著隱形馬，拍打大腿當作蹄聲，還有的勾肩搭背，隨著〈共和國戰歌〉的旋律哼唱「我的雙眼目睹焚燒學校的火光」。

「馬西亞．法登……法蘭克．佛里克……班恩．漢斯康……」

他站起來，偷偷瞥了貝芙莉．馬許最後一眼（他當時以為那年夏天不會再見到她了），接著走到道格拉斯太太桌前。十一歲的他屁股有新墨西哥州那麼大，藏在可怕的新牛仔褲裡，銅製鉚釘發出點點光芒，隨著他的肥腿移動發出沙沙聲響。他的臀部像女孩子一樣左搖右擺，小腹左搖右晃。雖然天很暖，他還是套著鬆垮垮的長袖運動衫，因為他覺得自己的胸部很丟臉，因為耶誕假期過後第一天上課，他穿著母親送的全新常春藤襯衫，六年級的貝奇．哈金斯大喊：「嘿，你們看！瞧聖誕老公公送了什麼禮物給班恩．漢斯康！一對大乳房！」貝奇覺得自己太機智了，笑到差點暈倒。其他人也笑了，包括幾個女孩。要是地上有洞，班恩一定會悄悄鑽進去……說不定還會低聲感謝有洞吧。

從那天起，他上學一定穿長袖運動衫。他有四件，一件棕的、一件綠的和兩件藍的，全都又鬆又垮。他很少堅持己見，違抗母親，這是其中之一。在他幾乎事事順從的童年時代，這是他少數覺得非堅持不可的事情。要是那天貝芙莉．馬許也和別人一起笑他，他肯定活不下去。

「班恩，很高興能教到你。」道格拉斯太太一邊將成績單遞給他，一邊說道。

「謝謝您，道格拉斯太太。」

教室後排有人故意尖著嗓子說：「謝謝林，道格拉屎太太。」

想也知道，說話的是亨利．鮑爾斯。他和班恩．漢斯康一起唸五年級，而不是跟死黨貝奇．哈金斯和維克多．克里斯唸六年級，因為他留級了。班恩有預感他還會待在五年級，因為道格拉斯太太發成績單時沒有唸到他的名字，這表示麻煩大了。班恩有點不安。要是亨利又留級，他就得負一些責任……而亨利也知道這一點。

一週前的期末考，道格拉斯太太在桌上擺了一頂帽子，用抽籤的方式隨機重新調整座位，結果班恩和亨利．鮑爾斯抽到最後一排。班恩照例一手遮著試卷，同時彎身向前，感覺腹部抵著桌子很舒服，還不時舔一舔畢寶鉛筆的筆尖尋求靈感。

那天是週二，考到中間正好是數學。班恩聽見隔壁排有人低聲喊他，聲音輕得恰到好處，完全不著痕跡，簡直像監獄運動場上的老練騙徒在傳話：「讓我抄答案。」

班恩往左邊看，正好對上亨利．鮑爾斯憤怒的黑色眼眸。就算以十二歲的標準來看，亨利也是大塊頭，手臂和雙腿都是務農鍛鍊出來的肌肉。他父親是出了名的瘋子，在堪薩斯街底快到新港鎮的地方有一小塊田。亨利每週至少有三十小時在那裡鋤草、播種、挖石頭、砍樹和收割——如果種得出東西的話。

亨利蓄著一頭怒氣沖天的短髮，短得連頭皮都看得見。他的牛仔褲後口袋隨時塞著一條髮蠟，不時拿出來抹個幾下，把頭髮前端弄得像割草機的鋸齒一樣。他身上永遠帶著汗臭和黃箭口香糖的味道，粉紅色的機車外套是他的上學服，背後還繡著一隻老鷹。曾經有一個不知天高地厚的小四生嘲笑這件外套，亨利立刻握起被農活弄得髒兮兮的雙手朝他撲去，對準那個小白目臉上就是一拳，動作敏捷得像一條蛇，柔軟得像一隻鼬鼠。小白目掉了三顆牙，亨利被學校放了兩週的假。班恩身為常被欺負和恐嚇的對象，心裡隱隱希望亨利被開除，而不是停學，可惜天不從人願，壞蛋總是佔上風。兩週後，亨利大搖大擺走進校園，身上故意穿著那件招搖的粉紅機車外套，髮蠟抹得頭髮像在吶喊一樣。他兩眼浮腫掛彩，全是瘋子父親懲罰他「在校打架」的結果。疤痕後來消了，但對德利小學的學生而言，那一課留下的教訓卻永遠存在。就班恩記憶所及，此後再也沒有人敢對那件粉紅老鷹機車外套說一句話。

當班恩聽見亨利惡狠狠要他把答案給他抄，心裡立刻閃過三個念頭——他人有多肥，那三個念頭閃過的速度就有多快。一，要是道格拉斯太太逮到亨利抄他的答案，他們兩個都會拿鴨蛋。二、要是他不讓亨利抄，亨利放學後八成不會饒過他，除了賞他有名的快拳，甚至還會叫哈金斯和克里斯抓住他的手。

這兩個想法都很小孩，沒什麼特別，因為他確實是小孩。但第三個念頭就複雜得多了，甚至很大人。

這麼做可能會被發現，但也許我能撐過最後這一個星期，不被他逮到。我敢說我只要努力一定做得到，而他過完暑假就會忘了這件事。沒錯。他很笨。要是他被當，可能又會留級，到時我就比他高一年級了，不用和他同一班……我會比他早進初中，到時我……我也許就自由了。

「給我抄。」亨利又低聲說了一次，黑色眼眸閃著命令的火光。

班恩搖搖頭，用手將考卷遮得更密不透風。

「死肥豬，我不會放過你的，」亨利低聲威脅，聲音稍微高了一點。他的考卷除了名字以外一片空白。他很著急，因為要是考試不及格又被留級，肯定會被他父親打得屁滾尿流。「給我抄，否則你就慘了。」

班恩又搖搖頭，雙下巴跟著擺動。他很怕，但也抱定了主意。他發現這是自己頭一回幫自己做決定。這讓他有一點恐懼，可是說不出為什麼。多年後，他才明白那是因為他發現自己在冷血算計，在仔細衡量利害得失，表示他就快變成大人了。這比亨利更讓他害怕。他躲得掉亨利，卻注定躲不掉成年（也就是他可能永遠會這樣算計）。

「誰在講話？」這時，道格拉斯太太朗聲說：「有的話，馬上給我安靜。」

接下來十分鐘，教室一片沉寂，孩子們低頭認真回答試卷，空氣中飄著淡淡的紫色油墨香。之後，亨利的低聲恐嚇再度從隔壁傳來，聲音小得幾乎聽不見，卻斬釘截鐵得令人膽寒。

「你死定了，肥豬。」

3

班恩拿到成績單立刻溜之大吉，心裡很感謝神明眷顧十一歲的胖小孩，讓道格拉斯太太按字母順序發成績單，沒讓亨利．鮑爾斯有機會先離開教室，在外頭守株待兔。

其他同學都跑著離開走廊，但班恩沒有。他可以用跑的，而且以他的身材算是跑得不慢，但他很清楚自己跑步的樣子有多好笑。他走，但走得很急，從飄著書香的蔭涼走廊踏進明亮的六月豔陽下。他仰頭對著太陽站了半晌，默默感謝陽光的溫暖與自己的自由。九月還久得很。雖然月曆不是這麼說的，但月曆是騙子。夏天會比月曆標示的日期還長，而且完全屬於他。那一刻，他覺得自己就和儲水塔一樣高，和德利市一樣大。

忽然間，他被人狠狠撞了一下，那些夏日美夢頓時飛出他的腦袋，讓他在石頭台階前一個踉蹌。他手忙腳亂想恢復平衡，幸好及時抓住鐵扶手，才沒有摔得很難看。

「閃開，你這個死胖子！」撞他的人是維克多．克里斯。他頭髮往後梳成貓王的飛機頭，百利髮乳油亮亮的。他雙手插在牛仔褲口袋裡，襯衫領子豎起來，跑下樓梯沿著走道衝向正門，工程靴底的鞋釘隨著腳步喀喀作響。

班恩的心臟依然嚇得猛跳。他看見貝奇．霍金斯叼了根菸站在對街，朝維克多揮手示意。維克多跑過去，貝奇將菸遞給他，維克多吸了一口還給貝奇，隨即指著樓梯一半的地方，班恩就站在那裡。維克多朝貝奇嘀咕了幾句，兩人哈哈大笑。班恩臉頰發燙。他們總是能逮到你，感覺就像宿命一樣。

「你有這麼喜歡這裡，打算站上一整天嗎？」背後有人說話。

班恩回頭一看，雙頰變得更燙了。是貝芙莉・馬許。她的赭髮有如耀眼的雲彩繞著她的頭披垂在肩上，眼睛是迷人的灰綠色，毛衣袖子拉到手肘，領子有點脫線，幾乎和班恩的運動衫一樣鬆垮。顯然太鬆垮了，讓人無法判斷她的胸部發育了沒，但班恩一點也不在乎。當愛在青春期之前出現，感覺就像波濤一樣明白而強烈，沒有人能抵擋，而班恩也沒那麼做。他徹底屈服。他覺得既愚蠢又欣喜，覺得難堪到了極點，卻又如此真切地蒙福。這些無可救藥的念頭在他腦中翻騰，讓他既難受又歡喜。

「沒有，」他聲音啞了：「應該不是。」說完露出大大的微笑。他知道這樣子很白痴，但就是克制不住。

「嗯，那就好。因為學期結束了，謝天謝地。」

「暑……」他嗓子又啞了，只好清清喉嚨，臉也紅得更厲害了。「暑假快樂，貝芙莉。」

「你也是，班恩，下學期見。」

她快步跑下樓梯，班恩以懷抱愛情的眼神將一切盡收眼底：她裙子的鮮豔格紋、紅髮在背後拍打著毛衣、白皙的臉龐、小腿上快痊癒的小傷疤，還有她右腳帆船鞋上方的那條金腳鍊。班恩看著腳鍊映著陽光一閃一閃，心裡不曉得為什麼忽然被一股強烈的感覺所淹沒，讓他不得不再次抓緊鐵扶手穩住身子。那感覺巨大而無法表達，幸好非常短暫。或許是性慾的前兆，但對他的身體還沒有意義，雖然性激素已經和夏天一樣熱得發燙，不過還沒有覺醒。

他輕嘆一聲，發出不成嘆息的嘆息，接著像個虛弱的老人走下台階，站在樓梯底下看著她，直到貝芙莉左轉消失在學校和人行道之間的樹籬後方。

4

他愣愣站了一會兒，學生成群叫著從他身邊跑過。接著他忽然想起亨利，於是急忙繞過校舍，穿越低年級的操場，經過鞦韆時用手指撥弄鐵鏈發出叮叮聲，接著又踩過蹺蹺板。他走出通往查特街的小門朝左走，看也不看他平常最愛的石頭堆。過去九個月，他幾乎每天放學後都泡在石頭堆裡。班恩將成績單塞進後口袋，開始吹起口哨。他穿著凱茲帆布鞋，但他覺得輕飄飄的，走了八條街鞋底都沒碰到地面。

學校中午剛過就放學了。他母親六點以後才會回家，因為她週五下班後會先去「買就省」超市買東西。換句話說，整個下午都是他的。

他走到麥卡倫公園在樹下坐了一會兒，什麼也沒做，只偶爾輕聲說句：「我愛貝芙莉．馬許。」每說一次，就覺得更飄然、更浪漫了一點。後來一群小男孩跑進公園，開始分邊準備打棒球，他低聲唸了「貝芙莉．漢斯康」兩次，接著不得不將臉埋進草裡，好讓滾燙的雙頰涼下來。

不久，他起身穿越公園朝卡斯特羅大道走。再五條街就到市立圖書館了，他想自己一開始就打算去那裡。正當他要走出公園時，一個叫彼得．戈登的小六生看見他，朝他大喊：「嘿，大奶，要一起玩嗎？我們缺一個右外野手！」其他孩子哄然大笑。班恩低著脖子，像隻縮頭烏龜似的急忙跑開。

不過，總的來說，他還是覺得自己很幸運。換作其他日子，那群男孩子可能會追他、說話羞辱他，或許把他推到地上看他會不會哭。但今天他們只想打球，只在乎能不能用手指、選不選得到最厲害的隊友、哪一隊後攻之類的事。班恩讓他們去打暑假的第一場球賽，自己繼續開心上路。

他沿著卡斯特羅大道走了三個街口，忽然發現一個好東西，說不定是能賺錢的玩意兒，就落在某戶人家的前院籬笆下。他看見一個側邊裂開的舊紙袋，裡面有玻璃閃著光。班恩用腳將袋子勾到人行道上。看來他真的走運了。袋子裡是四只啤酒瓶和四只大汽水瓶。汽水瓶每只可以退五分錢，萊恩歌德啤酒瓶能退兩分錢。二十八分錢就這麼大剌剌擺在籬笆底下，等著某個小孩來拿。幸運的小孩。

「就是我。」班恩高興地說，完全不曉得厄運正在等著他。他再度出發，用手捧著袋子底部免得破掉。他走到下一個街口，彎進卡斯特羅大道超市，用瓶子換了錢再拿去買糖果，幾乎把錢花光了。

他站在便士糖果舖的櫥窗前東指西點，老闆推動滑門，滑門摩擦軌道裡的滾珠軸承嘎嘎響，班恩每回聽到都很開心。他買了五根紅甘草條、五根黑甘草條、十顆薑汁汽水糖（一分錢兩顆）、一片鈕釦糖（五顆一排，五排一片，直接從紙上咬下來吃）、一包萊肯艾德和一包佩茲子彈糖，因為家裡的佩茲手槍沒有子彈了。

班恩捧著一小紙袋的糖果走出店舖，剩下的四分錢塞在新牛仔褲的右前口袋。他看著裝滿糖果的棕色紙袋，心裡忽然浮現一個念頭

（你再這樣吃下去，貝芙莉．馬許永遠不會看上你）

但這個念頭令人不悅，於是他便將它拋開了。做起來不難，因為他不是第一次趕走這個念頭。

若是有人問他：「班恩，你寂寞嗎？」他一定會滿臉驚訝望著對方。這個問題從來不曾出現在他的腦海。他沒有朋友，但他有書，有夢想，有瑞維爾模型，還有一大套林肯木屋組。他用那套積木做過各種東西，讓他母親不只一次稱讚他做的房子比某些照圖蓋成的真正的房子還好。他

還有一套很好的建築積木，但他希望今年十月生日能拿到超級積木組，這樣就能做出會報時的鐘和會跑的車了。寂寞？他可能會這麼反問，一臉茫然。啊？什麼意思？

天生眼盲的小孩除非有人告訴他，否則不會知道自己瞎了。就算知道了，他對眼盲頂多只有概念上的理解。唯有之前看得見的人才知道失明的滋味。班恩．漢斯康不知寂寞為何物，因為他從小就孤單一人。假如這是最近才發生的事，或不是從小如此，那他也許能懂，但寂寞從他出生就如影隨形，就連未來也不例外。事實就是如此，就像他大拇指的雙關節或門牙上的可笑小缺口。他只要緊張就會用舌頭去舔它。

貝芙莉是甜美的夢，糖果則是甜美的現實，是他的好朋友，因此他叫那個不請自來的念頭滾開，而它也默默地走了，沒有大聲嚷嚷。班恩一邊離開卡斯特羅大道超市朝圖書館走，一邊狼吞虎嚥吃著袋子裡的糖果。他是真的想把子彈糖留到晚上看電視吃——他喜歡將子彈糖一顆一顆放進塑膠手槍裡，喜歡聽槍裡的小彈簧收納子彈的喀噠聲，更喜歡將糖一顆一顆射進嘴裡，像個吞糖自殺的小孩——今天晚上有影集《飛鳥》，由肯尼斯．托比飾演勇敢的直升機駕駛，還有依據真實事件改編、人物都用化名的《法網恢恢》。不過，最棒的是今晚有他最愛的警探影集《高速公路巡警》，由布羅德里克．克勞佛飾演高速公路巡警丹．麥修斯。布羅德里克．克勞佛是他的偶像。他很快、很壞，完全不甩任何人……更讚的是，他很胖。

他走到卡斯特羅大道和堪薩斯街口，過馬路到市立圖書館。圖書館其實有兩棟建築，前面是舊的石造樓房，一八九〇年由木材大王捐款興建，後面是新蓋的低矮砂岩建築，用作兒童圖書館。兩棟建築由一條玻璃走道連接起來。

這裡離市中心很近，而堪薩斯街又是單行道，因此班恩只往右瞄了一眼就穿越馬路。要是他有往左看，肯定會嚇得半死，因為就在一條街外，德利社區中心草坪上的大橡樹蔭影下站著三個人：貝奇．哈金斯、維克多．克里斯和亨利．鮑爾斯。

5

「我們去抓他。」維克多幾乎喘著氣說。

亨利遠遠望著那個死小胖跑過馬路，小腹上下晃動，後腦勺的亂髮有如該死的彈簧狗前後擺盪，包裹在新牛仔褲裡的屁股扭呀扭的，像個小姑娘。他在心裡估計草坪到漢斯康和漢斯康到圖書館（逃過一劫）的距離。他想他們應該能在他跑進圖書館之前追到他，但漢斯康可能會尖叫。那個娘娘腔很可能這麼做，到時或許會有大人插手，而亨利不希望這樣。道格拉斯太太那隻母狗已經說過他的英語和數學都考砸了。她說她會讓他過關，條件是他得上四週的暑期班。但亨利寧可留級。留級只會被他父親打一頓，但在農作最忙碌的盛夏每天上學四小時，而且連續四星期，肯定會被揍個六、七回，甚至更多。他之所以嚥下如此慘淡的未來，全是因為他打算今天下午將氣出在那個死肥豬身上。

而且連本帶利。

「沒錯，我們上吧。」貝奇說。

「我們等他出來。」

他們目送班恩推開大門走進圖書館，接著便坐下來抽菸、講黃色笑話，等班恩出來。

亨利知道班恩一定會出來，到時他一定讓那個胖子後悔來到這世界上。

6

班恩很愛圖書館。

他喜歡圖書館永遠很涼爽，就算酷暑也不例外。他喜歡館裡的安靜，偶爾才有低語聲打破沉默。他喜歡圖書館員在書上或借書卡上輕輕蓋章的喀嚓聲，喜歡期刊室裡紙頁翻動的沙沙聲。老人經常在期刊室打發時間，閱讀用木條夾好的報紙。他喜歡圖書館的光線，午後陽光從高處的窄窗斜射進來，冬天館外狂風呼嘯，館內的鍊掛球形燈綻放慵懶的光芒。他喜歡書的味道，嗆鼻，但又微微出眾。他有時會在放大人看的書的書架間走動，看著幾千本書想像每本書中的人物世界，就像他偶爾在十月下旬傍晚漫步街上，看著夕陽在地平線只剩一條暗橙色的光線，空氣中煙霧瀰漫，天色猶明似暗，他也會想像窗子裡的景象──歡笑、爭吵、插花、餵孩子吃飯、餵寵物吃飯或一邊看電視一邊用餐。他喜歡連結舊館和兒童圖書館的玻璃走廊總是很溫暖，連冬天也是，只有連續陰天例外。兒童圖書館館長史塔瑞特太太告訴他，那是一種叫做溫室效應的東西造成的。班恩很喜歡這個概念。多年後，他受託興建英國國家廣播公司通訊中心，結果引起激辯。但就算外界爭執一千年，也不會曉得（只有班恩自己知道）通訊中心其實就是立起來的德利市立圖書館玻璃走廊。

他也喜歡兒童圖書館，只是沒有舊館那種陰暗迷人的韻味，不像舊館還用球形燈泡，彎曲的鐵樓梯窄得無法兩人交會，永遠得有一人後退。兒童圖書館陽光充足，光線明亮，雖然隨處可見「讓我們一起保持安靜吧」的標語，還是有點嘈雜，主要來自「維尼角落」，也就是幼兒看圖畫書的地方。班恩走進去時，說故事時間才剛開始，戴維斯小姐正在朗讀〈三隻山羊〉。她是這裡的館員，很年輕也很漂亮。

「是誰踢踢踏踏踩上我的橋啊？」

戴維斯小姐模仿故事中的巨人用低沉的嗓音吼道。幾個小孩摀嘴咯咯笑，不過大多數小孩都認真看著戴維斯小姐，就像接受夢裡的聲音一樣接受那是巨人在說話，認真的眼神散發著孩子對童話永遠不滅的著迷：怪獸會被打敗……還是會飽餐一頓？

館裡到處貼著鮮豔的海報。這張漫畫海報裡的乖小孩刷牙刷得像瘋狗一樣滿嘴泡沫，那張漫畫海報裡的壞小孩在抽菸（底下寫著：我長大以後會像爸爸一樣經常生病）。還有一張很棒的攝影海報，幾十億個光點在黑暗中閃耀，底下的格言寫道：

一個想法能點亮一千支蠟燭

——愛默生

牆上有邀請孩子「體驗童軍生活」的海報，還有一張「未來女性養成營」宣傳海報。有壘球隊和社區中心兒童劇院的報名表，當然還有一張邀請孩童「參與暑假閱讀計畫」的海報。班恩很愛暑假閱讀計畫，只要報名就能拿到一張美國地圖，讀完一本書或交一篇心得還可以拿到某一州的貼紙，讓你貼在地圖上。貼紙附有該州的詳細訊息，例如州鳥、州花、加入聯邦的時間和歷來有哪幾任總統來自該州。集滿四十八州貼紙就能獲贈一本書，真是棒呆了。海報寫著：別猶豫，立刻報名吧。班恩就打算這麼做。

在這些鮮豔奪目、語氣親切的海報裡，有一張特別顯眼。那張樸實無華的海報貼在借閱櫃台邊，沒有漫畫，也沒有很炫的相片，只用白紙黑字印著：

宵禁時間：每晚七時起

德利市警察局

光是看到那張海報就讓班恩脊骨一涼。興奮拿到成績單、擔心亨利．鮑爾斯、和貝芙莉說到話、暑假開始，接二連三的事讓他完全忘了宵禁和謀殺案。

德利市民對有多少人遇害沒有定論，但都同意去年冬天到現在至少發生了四起謀殺案。如果加上喬治．鄧布洛，就是五個（許多人認為鄧布洛家小男孩的死是一樁恐怖詭異的意外）。所有人一致同意的第一個受害者是貝蒂．李普森，她在耶誕節後被人發現陳屍在外傑克森街的高速公路工地，死時只有十三歲，遺體四肢不全，凍在泥土中。這些事沒有見報，大人也不會跟班恩說，是他們交談時被他不小心聽到的。

大約三個半月後，鱒魚季開始不久，一名釣客在德利東方二十英里外的河岸邊釣到一個東西。他起初以為是棍子，後來發現是一隻斷手，包括手掌、手腕和四英寸的上臂。他的魚鉤勾到拇指和食指之間的虎口，將這個可怕的獎品釣了起來。

州警在下游七十碼處發現雪柔．拉莫尼卡的遺體，就卡在去年冬天橫倒在河面的樹上。屍體沒有在初春時被沖進佩諾布斯克河流向大海，純粹是運氣。

拉莫尼卡家的女兒死時十六歲，德利人，沒有上學，三年前生了一個女兒取名安德麗亞，母女和爸媽同住。她父親向警方哭訴：「雪柔雖然野了點，但心地很好。安德麗亞一直問媽咪在哪裡，我都不曉得該怎麼回答。」

屍體尋獲前，雪柔的家人已經報警五週了。警方的偵辦方向很合理，雪柔可能是她某位男友殺的。她男友很多，許多都來自德利往班格爾路上的空軍基地。她母親說：「他們都是好孩子，幾乎每個都是。」其中一個「好孩子」是一名四十歲的空軍上校，他的妻子和三個小孩住在新墨西哥。還有一個正在蕭山克監獄服刑，罪名是持械搶劫。

警方推測是男友幹的，也可能是陌生人、性變態。

如果是性變態，那他顯然也對男孩有性趣。四月下旬，一名初中老師帶著初二學生到野外健行，在梅里特街發現一雙紅球鞋和一條藍色燈芯絨褲突出在涵洞口外。梅里特街這一頭用鋸木架封鎖住，柏油也在去年秋天被推土機刨掉了，因為這裡同樣是北上通往班格爾的高速公路預定地。

死者是三歲的馬修·克雷門茲，他父母親前一天才報警說他失蹤了（他的相片刊登在《新聞報》頭版，一頭黑髮的他對著鏡頭傻笑，頭上戴了一頂紅襪隊的棒球帽）。克雷門茲一家住在堪薩斯街，在市區另一頭。馬修的母親震驚悲傷到了極點，反而異常沉靜，跟警方說小馬修失蹤當天在家門外的人行道上來回騎著三輪車，也就是堪薩斯街和科索巷口。她將洗好的衣服送進烘乾機，但等她回到窗邊一看，卻發現小馬修不見了，只剩三輪車翻倒在人行道和馬路間的草坪上，一隻後輪兀自懶懶轉動著。她看著那輪子，輪子停了。

波頓警長忍無可忍，隔晚就在市議會召開的臨時會上提議實施宵禁，得到議員全數支持，翌日立即生效。據《新聞報》報導，宵禁晚上七點開始，所有小孩都必須有「合適的成年人」看管。班恩的學校一個月前舉行過一次全校集會，由警長親自上台。他雙手拇指插在槍帶裡，向孩童保證只要遵守幾個很簡單的原則就不用擔心：別和陌生人交談，別搭便車，除非你和駕駛很熟，永遠記得警察是人民保母……還有遵守宵禁。

兩週前，一個班恩不熟的男孩（他也唸德利小學五年級，不過是另一班）經過內波特街，發現排水溝裡漂著一大撮很像是頭髮的東西。這個叫法蘭奇·羅斯或佛瑞迪·羅斯（或羅士）的男孩那天拿著自己發明的器材（他稱之為「神奇黏膠棒」）尋找好東西。聽他講起那玩意兒，你會發現他真的認為它很神奇，甚至有超能力。神奇黏膠棒是用樺樹枝做成的棍子，前端黏著一大坨口香糖，佛瑞迪（或法蘭奇）只要有空就會拿著它在德利四處晃，窺探水溝和排水道。他有時會發現錢，通常是一分錢硬幣，但偶爾會找到十分錢甚至二十五分錢。他幫後者取了一個名字（理由只有他自己知道）叫做「碼頭怪物」。只要看到銅板，法蘭奇（或佛瑞迪）就會出動，拿起神奇黏膠棒朝格孔裡一戳，錢幣就輕輕鬆鬆進了他的口袋。

發現維若妮卡．葛洛根的屍體，讓法蘭奇（或佛瑞迪）一舉成為鎂光燈追逐的焦點，但班恩早就聽過這號人物和他的黏膠棒。之前有一天上活動課，一個叫理查德．托齊爾的小孩偷偷告訴他：「那小子真的很噁。」托齊爾瘦巴巴的，戴著眼鏡，班恩覺得他要是拿下眼鏡，視力可能和馬古先生一樣爛。他的眼睛被厚厚的鏡片放大，左右游移，好像永遠都很驚訝似的。他還有兩顆大門牙，讓他贏得了「暴牙海狸」的綽號。他和佛瑞迪（或法蘭奇）同一班。「他整天拿著那根黏膠棒在水溝裡戳來戳去，晚上再把口香糖拿下來放進嘴裡。」

「天哪，好噁心！」班恩驚呼道。

「沒錯，兔崽子。」托齊爾說完就離開了。

那天，法蘭奇（或佛瑞迪）又拿著神奇黏膠棒在排水溝裡來回撈動，相信自己找到了一頂假髮。他心想可以把假髮弄乾，送他母親當生日禮物。他又戳又刺弄了幾分鐘，正打算放棄時，堵塞排水溝裡的混濁水面忽然浮現一張臉，慘白臉頰上黏滿枯葉，瞪大的眼裡抹著泥土。

佛瑞迪（或法蘭奇）一路尖叫跑回家。

維若妮卡．葛洛根是內波特街教會小學的四年級生，班恩的母親常說那間學校是由「耶穌幫」辦的。葛洛根在她十歲生日那天下葬。

這起恐怖的兇殺案發生後，艾琳．漢斯康有天晚上將兒子叫到起居室，要他在沙發上坐好，坐她旁邊。她牽起班恩的手，直直望著他。班恩看著母親，覺得有一點不安。

「班恩，」她隨即開口：「你是笨蛋嗎？」

「不是，媽。」班恩說，壓根不曉得怎麼回事，心裡不安到了極點。他不記得母親有這麼嚴肅過。

「嗯，」她贊同道：「我也認為你不是。」

說完她沉默了很久，沒有看著班恩，而是若有所思盯著窗外，讓班恩心想母親是不是忘了他了。她那時依然年輕，只有三十二歲，但獨力拉拔一個男孩長大還是在她身上留下了痕跡。她在新港史塔克紡織廠工作，負責捲線軸和捆棉，每週工作四十小時。每回廠裡灰塵和絨毛飄得特別厲害，她回家之後都會咳嗽很久，咳得很厲害，讓班恩非常害怕，夜裡躺在床上無法入睡，只能望著床邊漆黑的窗外，心想要是母親死了他怎麼辦。他想他到時就變成孤兒了，也許會成為「州兒」（他想那表示他得去住在農夫家，每天從日出工作到日落）或被送到班格爾孤兒院。他試著安撫自己，告訴自己這只是窮擔心，但完全沒用。而且他不只擔心自己，還擔心母親。他母親很強勢，幾乎所有事情都得照她的意思做，但她是個好媽咪。他很愛她。

後來，她終於回頭看著他，說：「你知道那些謀殺案吧？」

班恩點點頭。

「起初大夥兒都以為是……」她遲疑片刻，不曉得該不該往下說，因為她從來沒在兒子面前說過這個字。但此事非同小可，她強迫自己說出來：「性犯罪。也許是，也許不是，現在這種情況誰也沒把握，只曉得有某個瘋子專門找小孩下手。你明白嗎，班恩？」

他點點頭。

「還有我剛才說可能是性犯罪，你懂我的意思嗎？」

他不懂，起碼一知半解，但還是點點頭。要是他母親決定來一堂生理教育課，他覺得自己一定會窘死。

「我很擔心你，班恩。我很擔心沒有把你照顧好。」

班恩侷促地扭了扭身子，沒有說話。

「你有很多事情都藏在心裡，太多了，我想。你——」

「媽——」

「我說話的時候不要出聲，」她說，班恩乖乖閉嘴。「你得小心一點，班恩。夏天到了，我不想破壞你的暑假，但你必須留意。我要你每天晚飯前回到家。我們每天幾點吃晚飯？」

「六點。」

「完全正確！所以你聽好了，要是我擺好桌子、倒好牛奶，卻還沒看到你洗手準備吃飯，我就會立刻打電話給警察說你失蹤了，聽懂了嗎？」

「聽懂了，媽咪。」

「你相信我說到做到，對吧？」

「對。」

「雖然我一定會那麼做，但可能只是虛驚一場。我不是不瞭解男孩子。我知道他們暑假常常玩遊戲、搞活動，例如跟蹤蜜蜂回蜂窩、打球或踢罐子之類的，玩到什麼都忘了。瞧，我很清楚你和你的朋友都在做些什麼。」

班恩默默點頭，心想要是他母親連他沒有朋友都不曉得，恐怕對他身為男孩的感受也沒多少概念。但他絕對不敢這麼跟她說，就算再過一萬年也不敢。

她從家居服的口袋裡掏出一樣東西遞給他，一個小塑膠盒。班恩打開盒子看見裡面的東西，驚訝得闔不攏嘴，輕呼一聲「哇！」完全藏不住內心的敬愛。「謝了！」

盒子裡裝著一支天美時手錶，仿皮錶帶，錶面刻了銀色的小數字。她已經設好時間、上好發條，班恩聽得見滴答聲。

「天哪，眞是太酷了！」他熱情擁抱她，在她臉上啵的吻了一下。

艾琳笑著點點頭，很高興兒子很開心，但隨即正色道：「把錶戴上，記得要上發條。戴它，上發條，愛惜它，別搞丟了。」

「好的。」

「現在你有了手錶，就沒有理由晚回家了。牢記我說過的話：要是你沒有準時回來，警察就會為了我四處找你。你最好連一分鐘也不要晚回家，至少在那個專殺小孩的混蛋被捕之前給我做到，否則我一定打電話。」

「是，媽咪。」

「還有一件事。我不希望你單獨行動。你知道不能拿陌生人的糖果或搭他們的便車，我們都同意你不是笨蛋，你的身材在這個年紀也算壯碩的，但任何一個大人，尤其是瘋子，絕對有辦法制住小孩。無論你去公園或圖書館，都要找個朋友一起去。」

「我會的，媽咪。」

艾琳再度望向窗外，發出心事重重的嘆息。「再這樣下去，什麼事情都沒辦法做了。反正這座城市本來就不乾淨，我一直這麼覺得。」她回頭望著他，皺起眉頭說：「班恩，你很喜歡四處跑，一定幾乎把德利市的所有角落摸熟了吧？至少市區應該瞭若指掌。」

班恩覺得自己還差得遠呢，但他確實去過不少地方，而且意外的禮物讓他心裡太震撼了，就算他母親說約翰·韋恩應該在描述第二次世界大戰的音樂喜劇中飾演希特勒，他也會欣然贊同。

「你沒遇過什麼壞東西，對吧？」她問道：「看起來……呃……很可疑的人或事情？或什麼不尋常的事？還是讓你害怕的東西？」

班恩沉浸在手錶帶來的喜悅、對母親的愛和母親對他的關懷（但如此毫不隱藏與害臊的強烈關懷卻也讓他有一點害怕）之中，差一點就要告訴她一月發生的那件事。

他正要開口，忽然一個東西（強有力的直覺）讓他閉上了嘴巴。

那東西是什麼？直覺。不少……也不多。就算是小孩子，偶爾也能直覺感應到「愛」這種感情涉及的複雜責任，知道有時最好保持沉默。班恩沒有開口，一部分是這個原因，但還有另一個因素，而這個因素就沒那麼偉大了。他母親有時非常嚴厲，很像做老闆的。她從來不說他「肥」，只說他「壯」（偶爾會多講幾個字：在這個年紀算是壯的）。要是晚餐有剩，她常會在他看電視或寫作業時將食物端過來給他。雖然他心裡有一點討厭自己這麼做（但絕不會討厭端剩菜來的媽媽——班恩．漢斯康絕對不敢憎恨媽咪。他要是這麼野蠻、這麼不知感激，神一定會立刻殺了他），甚至在最幽暗的心底（像西藏一樣偏僻的地方）懷疑她老這麼餵他的動機，但他仍會乖乖吃完。這是愛嗎？還是別的東西？當然不是。然而……班恩還是會想。更重要的是，他母親不曉得他沒有朋友，這一點讓他無法信任她，不知道要是說出他一月遇到的事情——假如真有其事的話——她會有什麼反應。也許六點回家沒什麼不好，他可以讀書、看電視。

（吃東西）

用木屋組和建築積木蓋東西。可是，整天待在家裡又很不好……要是他跟她說他一月看見了（或以為自己看見了）什麼，他母親很可能會這麼要求。

因此，基於這些理由，班恩決定保留不說。

「沒有，」他說：「只有麥奇彭先生在別人家的垃圾裡東翻西找。」

這話讓艾琳笑了出來——她不喜歡麥奇彭先生。他不只是共和黨員，還是耶穌幫的。笑聲讓這個話題到此結束。那天晚上，班恩拖了很久才睡，但失去母親和孤苦無依的念頭一次也沒有出現。他躺在床上望著窗外灑進床鋪和地板上的月光，覺得自己被人愛著，感覺很安全。他一會兒將手錶放到耳邊，聽它滴答作響，一會兒又拿到眼睛前面，細細欣賞塗鐳指針發出的朦朧光芒。

後來，他終於睡著了，夢見自己和一群男孩在拖拉客兄弟卡車倉庫後面的空地打棒球。他猛轉腳跟，正中球的紅心，打了一支滿貫全壘打。隊友在本壘歡呼迎接他跑回來，將他扛在肩上走到裝備散落一地的休息區。在夢裡，他心裡洋溢著驕傲與喜悅……但當他望向中外野，在一道鐵鍊籬笆隔開灰渣空地和雜草坡的地方，卻發現一個人影站在通往「荒原」的雜草和樹叢間，遠得幾乎看不見。牠雙手戴著白手套，一手抓了一把氣球，紅黃藍綠都有。他看不清那人的臉，但看得見對方的鬆垮西裝、橘色絨毛大鈕釦和軟趴趴的黃領結。

是小丑。

沒錯，兔崽子，他心裡一個飄忽的聲音附和道。

隔天早上醒來，班恩發現他已經忘了那個夢，但枕頭摸起來卻是濕的……好像他夜裡哭過似的。

7

班恩輕輕鬆鬆就甩掉宵禁海報勾起的龐雜思緒，像游完泳的狗甩水那樣。他走到兒童圖書館的主櫃台了。

「哈囉，小班，」史塔瑞特太太說。她和道格拉斯太太一樣，都很喜歡班恩。成年人，尤其是工作上需要管教小孩的大人，通常都會喜歡他，因為他乖巧、體貼、講話輕聲細語，偶爾甚至有一種冷面笑匠的喜感。但在其他小孩眼中，這些特色只代表噁心。「暑假已經過膩了嗎？」

班恩笑了，他和史塔瑞特太太經常玩這種機智對話。「還沒，」他說：「因為暑假才開始

──」他看了看錶：「一小時十七分鐘，再過一小時看看吧。」

史塔瑞特太太哈哈笑了，遮住嘴巴免得太大聲。她問班恩要不要報名暑假閱讀計畫，班恩說要，於是她拿了一張美國地圖給他，班恩說謝謝。

他走進藏書區，隨手拿幾本書下來翻閱，然後放回去。選書是一門學問，必須小心謹慎。大人想借幾本書都可以，但小孩一次只能外借三本，選錯了就沒戲唱了。

最後他總算挑了三本書，分別是《推土機》、《黑神駒》和一本碰運氣選的書，書名叫《街頭酷車》，作者是亨利．葛瑞格．費爾森。

史塔瑞特太太幫那本書蓋借閱章時，說：「你可能不會喜歡這一本，因為故事很血腥。我通常建議青少年看，尤其剛考上駕照的小夥子，讓他們好好思考。我想他們有一些人看完書之後，起碼有一週不敢開快車吧。」

「嗯，我讀讀看好了，」班恩說完拿著書走到維尼角落，挑了一張桌子坐下。三隻山羊正在大鬧橋下的巨人。

他讀了一會兒《街頭酷車》，發現還不難看，甚至滿有意思的，內容在講一個非常會開車的小孩，老是被一名掃興的警察要求開慢一點。故事場景設在愛荷華州，班恩讀了才知道該州沒有速限，感覺滿酷的。

讀完三章，他抬頭發現一個全新的佈告區，最上頭的海報（圖書館果然是海報大本營）畫著一名開心的郵差將信交給一個快樂的小孩，標語寫道：在圖書館也能寫信，現在就寫封信給朋友吧？保證贏得笑容喔！

海報底下有幾個插槽，擺滿了郵資已付的明信片、信封和印有藍色市圖徽章的信紙。郵資已付的信封每個五分錢、明信片三分錢，信紙兩張一分錢。

班恩摸摸口袋，用空瓶換來的四分錢還在。他記下《街頭酷車》讀到的頁數，接著走回櫃台說：「我能買一張明信片嗎？謝謝。」

「當然可以囉，班恩。」史塔瑞特太太再度於他的彬彬有禮，但也為他的身材感到一點點難過。要是她母親看到班恩，一定會說他在用刀叉自掘墳墓。她將明信片遞給班恩，看他走回座位。那張桌子可以坐六個人，但只坐了班恩一個人。她從來沒見過他和其他小孩一起。真可惜，因為她相信班恩的內心裡有許多寶藏，只待一個和善又有耐心的勘探者……如果真有這樣一個人的話。

8

班恩掏出原子筆按出筆尖，在明信片上簡單寫下地址：貝芙莉·馬許小姐收，緬因州德利市二區下主大街。他不知道她家的門牌號碼，但媽咪曾經跟他說，大多數郵差只要在一個區域服務夠久，通常都知道誰住在哪裡。要是負責下主大街的郵差能將這張明信片送達，那就太好了。就算沒有，頂多也只是被送回退件中心，讓他損失三分錢而已。明信片絕對不會回到他手裡，因為他不打算寫下自己的姓名和住址。

他將明信片寫有地址的那一面朝內拿著（雖然他沒看到認識的人，但還是不想冒險），走到卡片盒從旁邊的木盒裡抽了幾張方形紙，接著走回座位開始匆匆寫著，不時劃掉幾個字，邊改邊寫。

期末考前最後一週的英語課，他們上了俳句閱讀與寫作。俳句是一種日本詩的體裁，簡短而嚴謹。道格拉斯太太解釋道，俳句只能有十七個音節，不能多也不能少，通常只用一個鮮明的意象來描繪某個情感，例如悲傷、喜悅、懷舊、快樂……還有愛。

俳句的概念讓班恩非常著迷。他喜歡上英語課，只是通常樂趣有限。他還是能認真上課，但這就表示從來沒有哪個主題讓他覺得有意思。然而，俳句裡卻有某種東西激發了他的想像力，讓他覺得開心，就像史塔瑞特太太解釋溫室效應也讓他感到開心一樣。班恩覺得俳句是很好的詩體，因為它有結構，沒有隱而不顯的規矩。用十七個音節組成一個意象描繪一個情感，就這樣。賓果！它很簡單、很實際，完全仰賴和自足於內在的規律。就連「俳句」這兩個字都讓他覺得很喜歡，讀起來有一種餘韻猶存的感覺。

她的頭髮，他想著，心裡隨即浮現她走下樓梯，頭髮在肩上飛舞的模樣。陽光彷彿不是灑在她的髮上，而是藏在她髮絲裡的火光。

他細細斟酌了二十分鐘（包括起身一次去拿更多草稿紙），刪掉太長的句子、改動順序、砍字，最後終於完成了底下這首詩：

汝髮如冬火，化正月時節餘燼，引我心燃燒。

他不是十分滿意，但已經盡力了。他很怕要是寫得太久、想得太多，最後只會把自己弄得神經過敏，寫出更差的句子來，甚至乾脆放棄，而他不希望那樣。對班恩來說，貝芙莉和他交談是歷史性的一刻，他想留在回憶裡。貝芙莉或許已經有喜歡的對象，是大一點的男生，例如小六甚至初一。她收到俳句可能會以為是那個男生寫的，因此會很開心，而俳句就會留存在她的回憶裡。雖然她永遠不會曉得作者是班恩．漢斯康，但沒關係。他知道就好。

他將整首詩抄到明信片背面（字母全部大寫，感覺像勒索信，而不是情書），將筆收回口袋，明信片塞進《街頭酷車》的最後幾頁。

他站起來，向史塔瑞特太太道別。

「再見，班恩，」史塔瑞特太太說：「好好享受暑假，但別忘了宵禁喔。」

「我知道。」

他輕快走過兩棟圖書館之間的玻璃走道，享受那份溫暖（一邊開心想著：溫室效應）和成人圖書館的涼爽。閱覽室裡，一名老人正坐在老舊舒服的軟墊椅上讀著《新聞報》，報頭正下方的頭條寫著：國務卿杜勒斯保證，必要時將出兵援助黎巴嫩！報導附了一張相片，艾森豪總統在白宮玫瑰園裡和某個阿拉伯人握手。班恩的母親說，這個國家可能要等一九六〇年韓福瑞當選總統之後才會有起色了。班恩隱約聽說美國正在經濟衰退，他母親很擔心會被裁員。

頭版下半頁有一則小頭條寫著：警方持續追緝變態殺手。

班恩推開大門走出圖書館。

人行道旁有一個郵筒，班恩將明信片從書裡抽出來扔了進去。明信片脫手時，他覺得心跳微微加速。萬一她知道是我寫的怎麼辦？

別傻了，他回答，有一點察覺自己被這個想法弄得太興奮了。

班恩走到堪薩斯街，幾乎沒留意自己往哪裡走，也毫不在意。他心裡開始浮現幻想。貝芙莉．馬許走到他面前，灰綠色眼睛睜得大大的，赤褐色的頭髮紮成馬尾。班恩，我有一件事問你，他想像出來的女孩說，你發誓一定要說實話。她舉起明信片。這是你寫的嗎？

這個幻想太可怕、太美好了。他希望幻想停止，又希望永遠不要停。他的臉頰又開始發燙了。

班恩邊走邊幻想，不時將書從左手換到右手，右手換到左手，還吹起了口哨。你可能覺得我很討厭，貝芙莉說，但我只想吻你。說完她雙唇微微分開。

班恩的嘴唇突然乾得吹不動口哨。

「我想我希望妳吻我。」他自言自語，臉上露出無比美麗而沉醉的微笑。

要是他有看一眼人行道，就會察覺三個人影朝他走來，要是有豎起耳朵，就會聽見維克多的鞋釘聲，發現他、貝奇和亨利愈來愈近。但他既沒注意看，也沒用心聽。班恩正在九霄雲外，感受貝芙莉的唇軟軟貼在他的嘴上，舉起膽怯的雙手撫摸她有如微火的秀髮。

9

德利和許多大小城市一樣，都不是按著計畫，而是隨意發展成形的。要是有做規劃，就絕對不會選在這地方建立城鎮。德利市區位於坎都斯齊格河鑿出來的山谷中，河水從西南往東北貫穿商業區，其他區域則散布在周圍丘陵之間。

首批移民來到這座山谷時，谷裡還是沼澤遍地，荒煙漫草。坎都斯齊格河在此分成佩諾布斯克河與另一條溪流，對做生意的人是好事，對在河邊種植作物或興建房舍的居民卻是壞事。尤其是坎都斯齊格河，因為它每三、四年就會氾濫成災。過去五十年，市府雖然耗費巨資，卻還是免不了鬧水患。假如洪水只是溪流惹的禍，那只要修築水壩就行了，但問題沒這麼簡單。坎都斯齊格河河岸低矮是一個因素，排水系統欠佳是另一個麻煩。從二十世紀開始，德利經歷過不少次嚴重的洪災，一九三一年那回尤其死傷慘重。更糟的是，德利市所在的眾多丘陵也是溪流遍佈，雪柔．拉莫尼卡陳屍的托洛特溪便是其中之一。只要下大雨，這些溪流就可能氾濫。結巴威的父親曾經說：「雨下個兩週，德利市就鼻竇炎氾濫啦！」

坎都斯齊格河流經市區那一段，被兩英里長的運河道限制著，在主大街和運河街口潛入地下，成為地底河流，大約半英里後再從貝西公園重回地面。運河街是德利市的酒吧區，所有店家一字排開，從街口延伸到市郊，感覺就像警局裡站著供人指認的嫌犯似的。雖然河水已經被污水和工廠廢棄物污染到足以斃命的程度，但警方每隔幾週還是得下水打撈某個醉漢的車。運河裡仍釣得到魚，但都是些不能吃的變種。

德利市東北區的河水（即運河街一帶）算是控制得不錯，儘管偶爾淹水，不過店家還是櫛比鱗次，生意興隆。民眾常沿著運河漫步，有時還能見到手牽手的情侶（但只有在風向對的時候，因為要是風向不對，臭味就會將浪漫薰得煙消雲散）。貝西公園和德利高中隔著運河遙遙相望，童子軍露營或幼童軍烤香腸都會選在這裡。一九六九年，公園成了嬉皮吸食大麻和販毒的聚集地，讓市民大吃一驚，其中一名嬉皮（死左派玻璃）還將美國國旗縫在褲子臀部上，結果還沒來得及嚷嚷就被捕了。到了一九六九年，貝西公園已經成了露天販毒場。民眾常說，等著瞧吧，這叫不見棺材不掉淚。後來果真有人死了。一名十七歲青年被人發現死在運河旁，血管裡幾乎全是海洛因（小鬼都叫它白粉）。之後毒蟲開始淡出公園，甚至有傳言說那青年的鬼魂會在那裡出沒。這當然是子虛烏有，但只要能讓不好種和癮君子遠離，就算傳言很假，也假得很有用。

德利市西南區的河水問題比較大。這裡的丘陵被大冰河深深劃開，加上坎都斯齊格河和它星羅棋布的支流反覆侵蝕，早就傷痕累累，多處岩床裸露，看起來就像出土一半的恐龍骨骸。德利市公共工程局的老員工都知道，每年秋天只要首次大霜，西南區的人行道就修不完了。混凝土會收縮變脆，然後突然被岩床戳碎，彷彿地底有東西想破殼而出一樣。

這裡土壤很淺，因此只有根淺又頑強的植物長得最好。換句話說，就是雜草和垃圾植物，例如枝幹雜亂的樹木和又矮又密的樹叢，而毒藤及毒橡木更是有如蝗蟲過境，不放過任何一吋能生長的土地。西南區邊緣地勢陡降，連接到德利市民口中的「荒原」。不過，荒原一點也不荒涼，而是長三英里、寬兩英里的雜亂土地，一頭是上堪薩斯街，另一頭是老岬社區。老岬社區是低收入戶集合住宅，排水系統非常糟糕，常有廁所和污水管爆裂的傳聞。

坎都斯齊格河流經荒原中央，城市朝東北方及河的兩岸擴張，荒原的發展遺跡只剩德利三號抽水站（市立污水抽水站）和垃圾掩埋場。從空中鳥瞰，荒原就像一把指著市區的綠色大匕首。

如此奇特的地理和地質環境，在班恩心中卻只留下模糊的印象。他只感覺右邊沒有房子，土地消失了。人行道旁的刷白欄杆搖搖晃晃，大約與腰齊高，應該是做做樣子用的。班恩隱約聽見水流聲，成了搭配他的遐想的背景音樂。

他停下腳步瞭望荒原，心裡依然幻想著她的眼睛與清香的秀髮。

從這裡望去，坎都斯齊格河躲在濃密的枝葉後方，只剩點點波光。班恩聽一些小孩說，這時節林子裡的蚊子和麻雀一樣大，還有些小孩說河邊有流沙。班恩不相信蚊子的事，但流沙讓他很害怕。

往左一點，他看見一群海鷗在盤旋、俯衝。是垃圾場。他聽得見海鷗叫，但很小聲。從這個方向看得見德利高地，還有老岬社區最靠近荒原的那一群房子的屋頂。老岬社區右邊，德利儲水塔有如一根粗壯的白手指直插天際。他腳前方有一管生鏽的涵洞穿出地面，不停吐出變色的水，形成一條閃閃發光的小溪，順著山坡而下消失在蔓生的樹叢裡。

班恩的白日夢戛然而止，因為他想到一件很恐怖的事：涵洞裡會不會流出一隻死人的手，當著他的面冒出來？萬一他轉身想去找電話報警，會不會看到一個小丑就在眼前？穿著鬆垮的西裝，還有橘色的絨毛大釦子？要是——

一隻手忽然按在他肩上，讓他尖叫一聲。

有人大笑。班恩轉過頭，身體縮成一團靠著隔開安全理智的堪薩斯街人行道和雜亂荒原的白色欄杆，讓欄杆吱嘎作響。他看見亨利·鮑爾斯、貝奇·哈金斯和維克多·克里斯站在面前。

「嗨，大奶。」亨利說。

「你要幹什麼？」班恩問，試著裝作很勇敢。

「我要好好扁你一頓，」亨利說。他似乎是當真的，而且很嚴肅。可是你瞧，他的黑眼珠閃閃發亮。「我要給你上一課，大奶。我想你不會介意的，對吧？你不是最愛學新東西嗎？」

他向前一步，班恩閃身躲開。

「你們兩個，架住他！」

貝奇和維克多抓住他的胳膊，班恩哀鳴一聲，叫得很膽怯，像小白兔一樣軟弱無力，但就是忍不住。他心慌意亂地想：老天爺，求求你別讓他們把我弄哭，更不要弄壞手錶。他不敢說他們會不會打爛他的錶，但有把握自己一定會哭，而且哭得很厲害。

「天哪，他的叫聲跟豬一樣！」維克多說著扭了班恩的胳膊一下：「你們覺得像不像？」

「那還用說？」貝奇呵呵笑說。

班恩左衝右撞想要掙脫，貝奇和維克多先不使力讓他去衝，然後再將班恩一把拉回來。

亨利抓住班恩運動衫的前襟往上一拉，讓班恩的肚子露了出來。只見他的小腹像凋萎的花垂在腰帶上。

「你們看這肚子！」亨利厭惡地大聲驚呼：「天老爺啊！」

維克多和貝奇又笑了。班恩左顧右盼急著求助，但附近沒半個人。在他背後的荒原上，蟋蟀昏昏欲睡，海鷗盤旋尖叫。

「你最好住手！」他說，雖然還不到哽咽，但也快了。「現在就住手！」

「不然咧？」亨利問，一副好像真想知道的模樣：「不然咧，大奶？你說啊，啊？」

班恩忽然想起布羅德迪克．克勞佛，就是「高速公路巡警」裡的丹．麥修斯。那傢伙很兇悍、很壞，誰也別想惹他。班恩想著想著就哭了。丹．麥修斯一定能將這些壞蛋打到欄杆外面，讓他們滾下堤防摔進樹叢裡。他會用肚子把他們頂出去。

「喔，你們瞧這個寶貝蛋！」維克多高聲笑道，貝奇也跟著大笑，但亨利只是微微笑著，臉上依然掛著若有所思的神情，甚至有點哀傷。班恩覺得很害怕，因為那表示亨利想的可能不只是揍他一頓那麼簡單。

亨利彷彿聽見他的想法似的，從牛仔褲口袋裡掏出一把巴克折疊刀來。

班恩心裡的恐懼暴增。他剛才身體左衝右撞，現在突然往前。他以為自己就要脫身了。他汗流浹背，胳膊很滑溜，讓貝奇和維克多很難抓牢。貝奇攫住他的手腕，但很勉強，而維克多完全抓不住他。只要再衝一次——

但他還來不及衝刺，亨利就站到他面前撞了他一下。班恩人往後彈，欄杆發出更大的聲響。他覺得欄杆被他撞歪了一點。貝奇和維克多再次抓住他。

「你們把他抓好，」亨利說：「聽見沒有？」

「沒問題，亨利，」貝奇說，語氣有一絲不安。「你放心，他逃不掉的。」

亨利湊到班恩面前，平坦的小腹幾乎快碰到班恩的肚子。班恩瞪大眼睛看他，淚水不受控制地噴了出來。*被抓了，我被抓了！*他心裡啜泣道。他想制止它，因為啜泣讓他無法思考，但就是停不下來。*被抓了！被抓了！被抓了！*

亨利扳開折刀，刀身又長又寬，上頭刻著他的名字，刀尖映著午後的陽光閃閃發亮。

「我現在要考考你，」亨利用那若有所思的語氣說：「考試時間到了，大奶，你最好是準備好了。」

班恩哭了。他的心臟在胸口狂跳，鼻涕從鼻子裡流出來停在上唇。圖書館借來的書散落腳邊。亨利一腳踩到《推土機》。他低頭瞄了一眼，接著便抬起黑色工程靴將它踢進水溝裡。

「第一題來了，大奶。期末考的時候，如果有人對你說『讓我抄』，你該怎麼回答？」

「好！」班恩立刻大喊：「我會說好！當然、沒問題、儘管抄！」

折刀的刀尖往前兩吋，刺到了班恩的肚子，感覺和剛從富及第冰箱裡拿出來的冰塊一樣冷。班恩猛縮小腹，世界突然一片灰暗。亨利的嘴巴動個不停，班恩卻聽不見他說什麼。亨利就像關掉聲音的電視，而世界不停搖晃……搖晃……

千萬別暈倒！一個驚慌的聲音尖叫道，你要是暈倒，他可能會氣得把你殺了！

世界稍微恢復清晰。班恩看見貝奇和維克多的笑容消失了，變得有些緊張……甚至驚惶。他們的表情讓班恩頓時清醒過來，彷彿被人打了一巴掌。他們忽然不曉得他要做什麼，打算做到什麼程度。你想像情況會有多糟，結果就有多糟……甚至更糟。你最好趕快思考。就算從前沒想過，以後也不會想，現在非想不可。因爲他的眼神。他們是該緊張，因爲他的眼神和瘋子一樣。

「答錯了，大奶，」亨利說：「其他人叫你讓他抄，我才不在乎你他媽的怎麼回答，懂嗎？」

「懂，」班恩說，肚子因為啜泣而起起伏伏：「我懂了。」

「很好。第一題你答錯了，不過關鍵在後面。你準備好了嗎？」

「我……應該吧。」

這時，一輛車朝他們緩緩駛近。一九五一年的福特轎車，很髒，前座坐著一對男女，年紀很大，感覺好像沒人注意的百貨公司人體模型。班恩看見老人的頭緩緩轉向這裡，亨利湊向班恩將刀遮住，班恩感覺刀尖刺進了他的肚臍上方。刀還是很冰，他不曉得為什麼，但事實就是如此。

「你叫啊，放聲叫，」亨利說：「你要是敢叫，就等著腸子流到球鞋上吧。」兩人距離近得可以接吻，班恩聞到亨利呼吸裡帶著黃箭口香糖的甜味。

車子經過他們，有如玫瑰花車遊行車隊緩慢優雅沿著堪薩斯街往前開去。

「好了，大奶，第二題。期末考時，如果我說『讓我抄』，你該怎麼回答？」

「好，我會說好，馬上說。」

亨利笑了。「很好，這一題答對了，大奶。再來是第三題：我要怎麼讓你永遠記得這件事？」

「我……我不知道。」班恩囁嚅。

亨利露出微笑，臉龐亮了起來，幾乎算得上英俊。「我知道！」他的語氣彷彿發現了偉大的真理：「我知道，大奶！我要把我的名字刻在你的肥肚皮上！」

維克多和貝奇突然哈哈大笑。班恩頓時覺得困惑，卻又鬆了一口氣，心想亨利只是在唬人。他們三個聯手捉弄他，想嚇得他魂飛魄散。可是，亨利．鮑爾斯沒有笑。班恩忽然明白維克多和貝奇會笑，是因為他們鬆了一口氣。他們顯然以為亨利不是認真的，然而他是。

折刀往上劃，像切牛油一樣順。鮮血在班恩蒼白的肚皮上形成一道紅線。

「嘿！」維克多大叫一聲，但很含混，因為他嚇得倒抽一口氣。

「抓住他！」亨利咆哮道：「你們兩個把他抓好，聽到沒？」亨利的臉龐不再嚴肅、不再若有所思，而是像魔鬼一樣扭曲猙獰。

「天哪，亨利，別眞的弄傷他！」貝奇大叫，聲音尖得像個小女孩。

接下來的一切發生得很快，但班恩．漢斯康卻覺得慢，有如慢鏡頭閃動，又像《生活》雜誌攝影集的定格影像。他忽然不再驚慌，發現自己體內有個東西。因為驚慌無濟於事，而那東西一口吃掉了他的驚慌。

第一格影像，亨利將他的運動衫扯到脖子底下，鮮血從他肚臍上方的垂直刀痕汩汩滲出。第二格影像，亨利再度往下劃了一刀，動作很快，有如槍林彈雨中的瘋狂戰場醫師。流血的地方又多了一個。

班恩看著鮮血往下流，積在牛仔褲腰和肚皮之間，心裡冷冷地想，後退，我得後退，我只能往後逃，那是唯一的路。貝奇和維克多已經鬆開他了，雖然亨利命令他們，但兩人還是退縮了，因為害怕。然而，要是他逃跑，鮑爾斯一定會追上他。

第三格影像，亨利橫劃一刀，將兩條直的刀痕連結起來。班恩感覺血已經流到他的內褲，順著他的左腿留下一道有如蝸牛爬痕的黏稠血痕。

亨利稍微退後，像個風景畫家皺眉審視成果。班恩想，H刻完就是E了。這個念頭讓他決定行動。班恩傾身往前，立刻被亨利推了回去。他借力使力，順勢雙腳一蹬，身體撞上隔開堪薩斯街和斜坡的刷白欄杆，同時揚起右腳朝亨利的肚子踹了一下。他不是報復，他只想增加後撞的力量。但當亨利臉上露出難以置信的神情，他忽然感到強烈而原始的喜悅，興奮得頭頂像要爆開一樣。

欄杆發出斷裂聲。班恩看見維克多和貝奇衝上前去，在亨利一屁股坐進水溝前將他抓住。《推土機》的殘骸散落在水溝邊。班恩往後墜了下去。他發出一聲帶笑的尖叫。

班恩的背撞上斜坡，臀部摔在剛才看見的涵洞正下方。幸好他跌在那裡，否則背可能就斷了。他整個人摔進濃密的蕨和雜草裡，幾乎沒有感覺。他往後翻滾，雙腳越過腦袋後坐起身子，一路倒退滑下斜坡，好像在玩綠色大滑水道的小孩。他的運動衫翻到脖子上，雙手亂抓想讓自己停下來，卻只是拔掉一把又一把的雜草和蕨類。

班恩看見提防頂端（很難想像他剛才還站在那上頭）以卡通般的驚人速度離他而去。他看見維克多和貝奇，看見他們的臉像兩個白色的O朝下望著他。班恩想起他借的書，心裡正難過著，忽然猛力撞上某個東西，讓他痛得要命，差點沒把舌頭咬成兩半。

他撞上一棵倒下的樹，左腿被它卡住差點弄斷，讓他停止下滑。班恩沿著斜坡稍微往上爬，呻吟著將腿抽出來。那棵樹讓他停在斜坡將近一半的地方，底下樹叢更濃密，涵洞排出的污水涓涓流過他的手。

他上方傳來尖叫。班恩抬頭一看，只見亨利．鮑爾斯將刀咬在嘴裡，抓著欄杆一躍而過。他雙腳著地，身體猛往後仰以免翻倒，接著幾個大步讓自己穩住，隨即開始像袋鼠似的一跳一跳躍下堤防。

「我要窄了尼，打奶！」亨利咬著刀大叫。班恩不需要聯合國口譯員告訴他，也知道亨利的意思是：我要宰了你，大奶！

「我要塔馬的窄了尼！」

剛才在人行道上，班恩找到了冷血將軍般的鎮定。這會兒，這份鎮定讓他看見自己該怎麼做。亨利已經將刀拿在手上，匕首似的直直橫在胸前。班恩在亨利趕到之前及時站起來，隱約察覺左腿牛仔褲破了，血流得比他腹部還嚴重……但他還站得起來，表示腿沒有斷。至少他是這麼希望的。

班恩微微蹲低保持平衡，趁亨利一手抓住他、另一手揚起刀子劃出一道弧線時往旁邊跳開。他失去平衡，但在跌倒之前伸出褲破血流的左腳，朝亨利的腿脛用力一絆。亨利雙腳猛然離地，班恩目瞪口呆望著他像超人一樣飛過剛才絆住他的枯樹，心中充滿讚嘆，渾然忘了害怕。亨利雙手伸直，和影集裡的喬治．瑞佛斯一樣。只是喬治．瑞佛斯飛得很自然，感覺就像沖澡或在後院吃中餐，亨利的表情卻像被人用火鉗戳進屁眼似的，嘴巴開開闔闔，嘴角飛出一道口水打在耳垂上。

亨利摔回地上，刀子脫手而出。他單肩著地滾了一圈，整個人仰面朝天，雙腳張開呈V字形一路滑進樹叢裡。他尖叫一聲，接著砰的一響，之後就再也沒有聲音了。

班恩頭暈目眩坐在原地，望著被亨利撞得亂糟糟的樹叢。這時，大小石塊忽然從天而降，落在他的身旁。他抬頭一看，只見維克多和貝奇正跑下堤防。他們小心翼翼，動作比亨利謹慎，因此也比較慢，但如果他繼續坐著，三十秒以內就會被他們追上。

他嘀咕一聲。他們要瘋到哪時才肯罷手？

他一邊盯著他們，一邊吃力翻過倒下的樹幹，開始氣喘吁吁爬下堤防。他身體有傷，舌頭痛得要命。失控亂長的樹叢已經和他差不多高，他鼻子裡都是枝葉的腥臭味。他聽見不遠處有流水濺石的潺潺聲。

班恩雙腳一滑，整個人又摔倒在地，連滾帶溜衝下堤防。他一手手背打在突出的石塊上，身體滑過一片荊棘，將運動衫刮出一大堆灰藍毛球，還勾掉他手掌和臉頰上的幾塊肉。

他雙腳衝進水裡，整個人猛然剎住。他坐起來，眼前是一條蜿蜒的小溪，往右流進再生林中，林子裡和洞穴一樣黑。他往左邊看，發現亨利·鮑爾斯仰躺在溪水中，眼睛半開，只看得到眼白。鮮血從他耳朵汨汨流出，在水裡形成幾道血絲朝他流來。

喔，天哪，我殺了他！天哪，我是殺人兇手！喔，天哪！

班恩忘了貝奇和維克多在後面追趕（也可能因為他知道那兩人發現勇敢的老大死了之後，就不會想痛扁他了），站起來就往上游走，弄得水花四濺。他走了二十英尺衝到亨利身邊，運動衫撕裂，牛仔褲浸成黑色，一支鞋也沒了。班恩隱約察覺自己衣不蔽體，渾身又疼又痛。最慘的是左腳踝，卡在浸濕的球鞋裡腫得厲害，而他又愛用左腳，因此根本不像在走路，反而像首次長途航行回來上岸的水手一樣顛顛倒倒。

他彎身檢查亨利．鮑爾斯，沒想到亨利忽然睜開眼睛，用滿是擦傷和鮮血的手抓住班恩的小腿。亨利蠕動嘴巴，雖然只發出呼哨聲，但班恩還是聽懂他在說什麼：宰了你這隻肥豬。

亨利撐住班恩的腿，掙扎著想爬起來。班恩慌忙抽腿，亨利的手往下滑，接著鬆開。班恩拚命後退，雙手亂揮，短短四分鐘內屁股第三次著地，而且又咬到舌頭。溪水被他坐得水花四濺，讓他眼前出現一道彩虹。班恩才不在乎彩虹，也不想找到他媽的金礦，他只想過自己的肥胖生活。

亨利翻了個身想站起來，結果又摔回溪裡。他用手和膝蓋撐起身子，最後總算蹣跚站了起來，一雙黑色眼眸盯著班恩，短短的頭髮分成左右兩邊，有如狂風掃過的玉米田。

班恩突然很氣。不，不只是生氣，而是盛怒。他胳臂夾著圖書館借來的書走得好好的，一邊小小幻想自己和貝芙莉．馬許接吻，誰也沒招惹，結果你看弄成這個樣子。你看看。褲子破了，左腳踝可能斷了，起碼一定有扭傷，腳和舌頭傷痕累累，肚皮上還刻了天殺的亨利．鮑爾斯的名字。那些嬉鬧丟臉的球迷們算什麼？不過，真正讓他火大的是那些書，他必須賠給圖書館。想到弄丟的書和史塔瑞特太太得知後的責備眼神，他就火冒三丈。不管出於什麼理由，割傷也好，扭到或圖書館的書也罷，甚至是他放在後口袋的借書卡泡水膨脹，可能已經無法辨讀，總之他一氣之下就朝亨利．鮑爾斯撲去，穿著凱茲帆布鞋的腳踩出陣陣水花。他跑回亨利面前，對準他的鼠蹊就是一腳。

亨利沙啞慘叫一聲，嚇得鳥群都從樹上飛了起來。他雙腳張開，兩手摀著胯下望著班恩，滿臉驚詫，氣若游絲喊了一個「你」。

「沒錯。」班恩說。

「你。」亨利又說了一次，聲音更微弱。

「沒錯。」班恩又說一次。

亨利緩緩跪下，但不像摔倒，而是弓起身子。他一雙黑眼依然望著班恩，臉上仍是難以置信的神情。

「你。」

「就是我！」班恩說。

亨利側身摔倒，雙手依然抓著褲襠，開始左右翻滾。

「你！」亨利呻吟道：「我的鳥蛋！你！你踢破我的鳥蛋了！呃啊！」他力氣逐漸恢復，班恩開始一步步往後退。他很討厭自己的反擊，心裡卻又充滿正義伸張的興奮，令人著迷。「啊！我他媽的鳥蛋！呃啊！我他媽的鳥蛋！」

若不是一塊石頭擊中班恩的右耳，他可能會一直站在那裡，待到亨利復原可以起身追他為止。石頭擊中他的右耳，讓他感到一股錐心的刺痛，要不是他感覺血又開始流了，可能以為是黃蜂咬人。

他轉身發現貝奇和維克多已經踏進溪裡，大步朝他走來，兩人手上都抓著一把鵝卵石。維克多使勁一丟，班恩聽見石頭從他耳邊呼嘯而過。他低身閃躲時，另一顆石頭正中他的右膝，讓他痛得大叫一聲。第三顆石頭打在他臉上，讓他眼淚直流。

他手忙腳亂走到對岸，抓著突出的樹根與樹叢拚命往上爬，踩到頂端（翻上去的時候，屁股又撞了一下）回頭匆匆瞄了一眼。

貝奇跪在亨利身旁，維克多站在六英尺外的地方朝他扔石頭。一塊棒球大小的石塊砸中班恩身後和人齊高的樹叢裡。他看夠了，事實上，他看太多了。更糟的是，亨利又再度試圖起身。他和班恩的天美時手錶一樣，就算受到重創也能運作。班恩轉身衝進樹叢，吃力地朝他認為的西方前進。只要穿越荒原到老岬社區，他就能要到一角硬幣搭公車回家，將門牢牢鎖上，把沾了血的破爛衣服扔進垃圾桶，到時惡夢就會結束了。班恩想像自己洗完澡，穿著紅色絨毛浴袍坐在起居室看達菲鴨卡通，用草莓口味的吸管喝牛奶。*記住這個念頭*，他嚴厲告訴自己，繼續往前。

樹枝掃在他臉上，班恩將枝葉推開，試著不去理會有如爪子撲來的刺。他走到一塊又黑又髒的空地，密密麻麻長滿有如竹子的植物，惡臭從地表撲鼻而來。他低頭望著竹子狀植物蔓生的死水潭，看著它發出的光澤。不好的預感

（流沙）

有如暗影閃過他的心頭。他不想走過去，就算不是流沙，泥巴也會把他的鞋子吸走。於是他轉而往右，沿著竹林跑到一片真正的樹林前。

林子裡多半是樅樹，長得非常茂密，爭相搶奪一丁點的空間與陽光，但矮樹叢不多，可以跑得快一點。班恩已經不曉得自己的方位，但自認應該還保持些微領先。荒原三面被德利市包圍，一面是半完工的高速公路擴建工程，他遲早會走到其中一面。

班恩腸胃翻攪，隱隱作痛。他撩起扯破的上衣檢查傷勢，痛得身體一縮，倒抽一口氣。他的肚子看起來像一顆詭異的耶誕球，紅色的是血痕，綠色的是剛才滑下堤防抹到的草綠。他放下上衣。看到自己肚皮一團亂讓他只想嘔吐。

忽然間，他聽見頭上傳來嗡嗚聲。聲音很低、很穩定，幾乎快聽不見。換成是只想趕快逃離現場的大人（蚊子已經找上班恩了，雖然沒麻雀那麼大，但體型不小）一定會不理它，甚至根本沒聽見。但班恩還是個孩子，而且已經不那麼害怕了。他轉身向左，推開低矮的月桂樹叢往前走。樹叢後方，一根四英尺寬左右的水泥管從土裡突出三英尺，上頭還罩著一個人孔鐵蓋。蓋子

上刻了幾個大字：德利市污水處理局。走到這麼近，班恩才聽出聲音來自水泥管裡，而且不是嗡嗚，而是低語聲。

班恩一隻眼睛湊到蓋孔上，但什麼也沒看見。他聽得見低語聲和水流聲，不過僅此而已。他吸了一口氣，聞到淡淡的酸臭味，既潮濕又噁心，讓他身體一縮將臉退開。是臭水溝，沒別的了。也可能是臭水溝加下水道，這在飽經洪患的德利市並不少見，沒什麼。但班恩還是不寒而慄。他想一是因為在雜草蔓生的荒郊野外竟然看到人造的東西，二是因為那東西的形狀：突出地面的水泥管。班恩去年讀過威爾斯的《時間機器》。他先讀完漫畫版，然後讀了小說。這根人孔蓋水泥管讓他想起小說裡的那幾口井。從井裡進去，就能抵達破敗可怕的莫洛克國。

班恩匆匆離開水泥管，試著重新找到西邊。他走到一小塊空地，轉動身子直到影子在他正後方，接著便直直往前。

五分鐘後，他聽見水流聲更強了，還有小孩在說話。

他停下來豎起耳朵，忽然聽見後方傳來樹枝折斷和另外的說話聲。那聲音非常好認，是維克多、貝奇和如假包換的亨利·鮑爾斯。

看來惡夢還沒結束。

班恩四下張望，找了個地方躲了起來。

10

兩小時後，班恩從藏身處出來，身體比之前更髒，但精神振作了一點。他覺得很不可思議，自己剛才竟然睡著了。

之前聽見亨利他們步步進逼，班恩就像被卡車車燈照到的小動物一樣，差點沒僵住。他覺得昏昏欲睡，很不想動，只想躺下來像隻刺蝟縮成一團，讓那三人為所欲為。這想法很瘋狂、很奇怪，卻又很不賴。

但班恩沒這麼做，而是繼續朝水聲和小孩的方向走。他想認出他們是誰，聽出他們在說什麼——只要能甩脫睏倦感就好。計畫，他們在討論計畫。班恩甚至覺得其中一、兩人的聲音有一點熟悉。有東西噗通掉進水裡，小孩開懷大笑。班恩忽然有一股愚蠢的渴望，卻也讓他更加察覺自己的處境有多危險。

如果他會被抓，那最好別連累他們，於是班恩繼續往右走。他腳步很輕，許多胖子腳步都很輕。他走到離他們很近的地方，看見那幾個男孩在他和明亮溪水之間前後走動。不過他們沒看見他，也沒聽見他。班恩繼續往前，他們的聲音漸漸遠去。

他遇到一條人踩出來的狹長小徑，考慮片刻之後搖了搖頭，越過小徑重新鑽入樹叢裡。他速度變慢了，不再踩著枝葉前進，而是邊撥邊走，但方向還是大致和小溪平行。雖然被枝葉遮著，他還是看出這條溪流比他和亨利摔進去的小溪寬闊許多。

班恩又發現一根水泥管隱藏在蔓生的黑莓之間，同樣潺潺作響。管後方是一道堤防，往下直抵溪流，一棵長滿節瘤的老榆樹斜斜伸出水面，堤岸沖刷讓它的根部露出一半，看起來像一團亂髮。

班恩不想遇到蟲子或蛇，但已經累得、怕得不在乎了。他走過樹根來到下方的淺洞裡，身體想往後靠，結果撞到樹根，感覺就像有人氣得用手指戳他一樣。他稍微移動位置，原本的樹根立刻變成很好的倚靠。

亨利、貝奇和維克多出現了。他以為他們會受騙，會走那條小徑，但運氣顯然不在他這邊。他們在他附近逗留了一會兒，近得他一伸手就能摸到他們。

「我敢說剛才那群笨蛋一定有看到他。」貝奇說。

「唔，那就去問個究竟吧，」亨利說完三人便往回走，不久班恩就聽見他大吼大叫：「你們幾個他媽的在這裡做什麼？」

有人答話，但班恩聽不清楚。距離太遠了，而且他離河很近（這顯然是坎都斯齊格河），水聲太大，但他感覺那群孩子很害怕。他可以理解。

維克多．克里斯忽然咆哮一句：「這是什麼幼稚攔河壩？」攔河壩？爛噁巴？還是維克多罵他們幼稚，而班恩聽錯了？

「我們把它砸了吧！」貝奇提議道。

幾個人大聲抗議，接著是一聲哀號。有人哭了。是啊，班恩可以理解。那三個傢伙雖然抓不到他，但這會兒又有一群小孩任他們宰割。

「沒錯，把它砸了。」亨利說。

飛濺聲、驚恐大叫、貝奇和維克多哈哈蠢笑，還有一個小孩在哭，哭得既傷心又氣憤。

「少在那裡哭哭啼啼的，你這個結巴怪胎，」亨利．鮑爾斯說：「我今天受夠你們這群狗屎了！」

有東西碎了。流水聲忽然變大、變猛，隨即恢復原本的平緩。班恩頓時懂了。攔河壩，維克多說的是攔河壩。那幾個小孩（他之前經過時覺得是兩、三個）剛才在搭水壩，結果被亨利他們踢爛了。班恩甚至曉得那幾個小孩是誰。就他所知，德利小學只有一個「結巴怪胎」，就是威廉．鄧布洛。他也是五年級，不過在另一班。

「你們何必這樣子！」一個微弱害怕的聲音哭喊道，班恩立刻認了出來，只是一時記不起長相。「你們為什麼要這樣？」

「因為我高興，你這個雜碎！」亨利吼了回去，接著是一聲悶響，然後是哀號和哭泣。有人被打了。

「閉嘴！」維克多說：「小鬼，你要是再不閉嘴，我就把你的耳朵扯下來黏到下巴上。」哭聲變成一陣陣的哽咽。

「我們要走了，」亨利說：「但離開之前，我想問你們一件事。你們十分鐘前有看到一個胖小孩經過嗎？長得很肥，渾身都是傷口和血的小孩？」

回答很短，肯定是「沒有」。

「你確定？」貝奇問：「你最好搞清楚，口吃鬼。」

「我、我、我確、確定。」威廉．鄧布洛說。

「走吧，」亨利說：「那小子可能從那裡渡河回去了。」

「各位掰囉。」維克多．克里斯說：「相信我，那個攔河壩真的很遜，還不如不要蓋。」

飛濺聲。貝奇又說了幾句，但距離比剛才遠，班恩聽不清楚，事實上也不想聽清楚。近一點，剛才在哭的男孩又開始哭了，另一個男孩在安慰他。班恩判斷外頭只有兩個人，結巴威和啜泣的男孩。

他半坐半躺，傾聽河邊兩個小孩的交談，還有亨利和他那一對狐群狗黨朝荒原另一頭揚長而去的聲響。陽光在他眼前閃爍，灑在他頭上和四周的樹根上有如發光的銅板。這裡很髒，但也很舒服……又安全，流水聲讓人平靜，就連那個男孩的哭聲也讓人平靜。他的疼痛緩和了，只剩微微的抽痛，狐群狗黨的聲音也完全消失了。他可以再等一下，確定他們不會回來，然後他就能上路了。

班恩聽見地底排水系統的運作聲，甚至感覺得到。低緩穩定的震動從地下傳到他靠著的樹根，再傳到他背部。班恩又想起莫洛克人，想起他們裸裎的軀體，心想他們身上的味道應該和人孔蓋飄出的臭味一樣，潮濕又帶著屎味。他想起那些深入地心的幽井，內壁釘著生鏽的階梯。他覺得昏昏欲睡，不久幻想便換成了夢境。

11

班恩沒有夢到莫洛克人，而是夢到一月遇見的事。就是那件不知該如何向母親解釋的事。

那天，耶誕長假剛結束，道格拉斯太太問班上有沒有人志願留下來，幫忙計算假期前收到的書。班恩立刻舉手。

「班恩，謝謝你。」道格拉斯太太說完對他燦爛一笑，讓他從心底一路溫暖到腳趾。

「馬屁精。」亨利．鮑爾斯低聲說。

那天是很典型的緬因州冬天，天氣好到不行，又壞到了極點：萬里無雲、陽光明豔，可是冷到有一點怕人。氣溫只有零下十度就算了，還加上強風，更讓人覺得凜冽刺骨。

班恩一邊數書一邊報數，讓道格拉斯太太做紀錄。他發現她完全不驗算，心裡很驕傲。每點完一批，他們就將書拿到儲藏室。走廊上，電熱器發出夢囈般的隆隆聲。校園裡嘈嘈嚷嚷，置物櫃砰的關上，湯馮士太太在辦公室噠噠打字，樓上的合唱團唱得有些走音，體育館裡籃球啪啪觸地，聽了令人緊張，球員在打蠟地板上奔跑轉身，弄得球鞋吱吱嘎嘎。

這些聲音漸漸消失，等最後一批書點完（少了一本，但也無所謂了，道格拉斯太太嘆著氣說，反正這些書本來老態龍鍾了），校園裡就只剩電熱器、屋外的強風和法奇歐先生揮動掃把為走廊地板鋪上木屑的沙沙聲。

班恩從儲藏室的窄窗望出去，發現天色暗得很快。四點了，就快黃昏了。薄薄的乾雪在方格鐵架四周飛舞，在蹺蹺板之間盤旋。蹺蹺板牢牢凍在地上，得等四月春暖雪融才能解脫。傑克森街上空無一人。他又注視了一會兒，希望有車經過傑克森街和威奇漢街口，可是沒有。除了他自己和道格拉斯太太，德利市的人可能都死了或逃走了，起碼從他的角度看來如此。

他看了道格拉斯太太一眼，發現她也有幾乎一樣的感覺，讓他有點害怕。班恩從她眼裡就看得出來。深沉、悠遠、若有所思，不是四十歲老師，而是孩子的眼神。她雙手抱胸，彷彿在祈禱。

我很害怕，班恩心想，她也很害怕，但我們到底在怕什麼？

他不曉得。這時，道格拉斯太太轉頭看他，有點難為情地淺笑一聲。「對不起把你留到這麼晚，」她說：「真是不好意思，班恩。」

「沒關係，」班恩低頭看著自己的鞋。他有一點喜歡她，不是他對一年級老師提波多小姐的那種全然的愛……不過依然是愛。

「可惜我沒開車，」她說：「不然我就送你回家。我先生五點十五分左右會來接我，你如果不介意等，我們可以——」

「沒關係，謝謝，」班恩回答：「我得在那之前到家。」其實不然，但他就是不想見到道格拉斯太太的先生，他也說不上來為什麼。

「你可以請你母親——」

「她也不會開車，」班恩說：「我不會有事的，我家離學校只有一英里。」

「天氣好的時候，一英里無所謂，但現在這種天氣就辛苦了。要是外頭太冷，你會自己找地方躲一下，對吧？」

「喔，當然哪，我會去卡斯特羅大道超市烤個火之類的，我想葛德洛先生不會介意。而且我有雪褲，還有新的耶誕圍巾。」

道格拉斯太太似乎放心了一點……接著又看了看窗外。「外面看起來好冷，」她說：「好……好毒辣。」

他不曉得「毒辣」是什麼意思，但很清楚她想說什麼。有東西不對，是什麼？

忽然間，他明白了。他剛才將她看成一個「人」，而非老師。就是這個。班恩剛才突然用不同的眼光看她的臉，於是她的臉變了，成了疲憊詩人的臉。班恩想像她和丈夫一起回家，她雙手交疊坐在前座，暖氣嘶嘶作響，他聊著一天的工作。他想像她料理晚餐，一個怪念頭忽然閃過心中，一個聚會寒暄時常問的問題，讓他差點脫口而出：道格拉斯太太，您有小孩嗎？

「我常常想，每年這個時候，其實沒人想住在北方，」她說：「至少不想待在這麼北。」說完她微微一笑，而陌生的感覺也從她臉上或他眼裡消失了。班恩再度看到原本的她，起碼恢復了一部分。但你再也不會看到那樣的她了，不會那麼完整，他難過地想。

「每到冬天我就覺得自己很老，要到春天才會重拾年輕。每年都這樣。你真的確定很安全，班恩？」

「我確定。」

「好，我想也是。你是個好孩子，班恩。」

他又低頭看著腳趾，滿臉通紅，心裡更愛她了。

在走廊鋪撒紅色木屑的法奇歐先生頭也不抬地說：「小心寒霜咬人，孩子。」

「我會的。」

班恩伸手打開置物櫃，將雪褲穿上。他之前很討厭母親在特別冷的日子強迫他穿雪褲上學，覺得小孩子才會穿雪褲，但這會兒很慶幸今天有穿。他緩緩走向門口，拉上外套拉鍊，將帽子拉緊戴上手套。他走出校舍，在積滿雪的台階上站了一會兒，聽門慢慢關好，喀噠鎖上。

天空青紫一片，籠罩著德利小學，強風陣陣，吹得繩勾敲打旗竿，發出寂寞的鏗鏗聲。冷風刺進班恩毫無防備的溫暖臉龐，讓他臉頰發麻。

小心寒霜咬人，孩子。

班恩匆匆拉高圍巾，把自己弄成小胖子版的紅騎士。漸暗的天空帶著一種奇幻的美，但班恩沒有駐足欣賞。天氣太冷了，他得趕快走人。

起初風在他背後吹，感覺還不太糟，甚至推著人前進。但他到了運河街不得不右轉，結果變成完全逆風，幾乎無法邁步……彷彿強風和他有仇似的。圍巾是有一點作用，但幫助不大。班恩兩眼顫抖，鼻子裡的濕氣凍成了冰膜，兩隻腳愈來愈麻。他不時將戴著手套的雙手放到腋下取暖。寒風怒吼，偶爾甚至像是人在咆哮。

班恩又害怕又興奮。害怕，因為他終於瞭解自己讀過的那些故事，例如傑克·倫敦在《生火》裡說人會凍死。現在這種天氣，氣溫可能降到零下二十六度，凍死一點也不意外。興奮就難解釋了。那是一種孤單，甚至憂鬱的感覺。他在外頭，乘著風的翅膀前進，待在明亮方窗裡的人看不到他。他們在裡面，在溫暖有光的地方，完全不曉得他經過，只有他知道。這是秘密。

寒風刺骨，但也新鮮而乾淨。班恩鼻子呼出一道道白霧。

夕陽西下，在地平線上只剩一道橘黃的冷光，星星有如粗糙的碎鑽在頭頂上的天空閃閃發亮。班恩走到了運河街。離家只剩三條街，他只想讓臉和雙腳重拾溫暖，讓血液重新流動、激盪。

然而，他還是停下了腳步。

運河凍在水泥閘門前，有如結冰的玫瑰奶河。河面隆起龜裂，顏色混濁，文風不動，但在清冽的冬光下卻栩栩如生，有著獨特而隱晦的美。

班恩轉個方向改朝西南邊的荒原走。他放眼望去，發現自己又變成順風，雪褲被風吹得起伏飛舞。運河夾在水泥堤防中間直行大約半英里，之後堤防消失，河水湧入荒原。每年冬天，荒原上只有結冰的野薔薇和光禿禿的枝幹。

有個人影站在冰雪中。

班恩看著那個人影，心想：那裡可能眞的站著一個人，但他眞的穿成那樣子？不可能吧？

那人似乎穿著銀白色的小丑服，被極地風吹得像波浪一樣起伏，腳下一雙太大的橘色鞋子，和襯衫的絨毛釦子顏色相同。他手裡抓著一把五彩繽紛的氣球，班恩發現氣球正朝他飄來，忽然感覺很不眞實。他閉上眼睛用手揉了揉，然後張開。氣球依然朝他飄來。

他腦海中浮現法奇歐先生的叮嚀：小心寒霜咬人，孩子。

一定是天氣搞的鬼，讓他產生了幻覺。人是可能站在冰上，穿著小丑服也不是不可能，但氣球不可能朝他飄來，不可能逆風，但看起來就是那樣。

班恩！冰上的小丑大喊。聲音雖然從耳朵傳進來，班恩卻覺得來自心裡。你想要一顆氣球嗎？

那聲音邪惡可怕到了極點，班恩只想拔腿就跑，但雙腳卻像操場的蹺蹺板一樣焊在地上，動也不能動。

氣球在飄，班恩！全都會飄！你拿一顆試試看！

班恩站在運河橋上，小丑開始朝他走來。班恩愣愣地看著牠前進，有如注視毒蛇逼近的小鳥。天氣這麼冷，氣球早就該破了，可是沒有。它們不應該直直浮在小丑的頭頂上方，而是應該飄在小丑後方，急著返回荒原……也就是（班恩在心裡告訴自己）小丑原來在的地方。

班恩發現另一件事。

落日餘暉為運河的冰灑上一抹瑰紅，但小丑卻沒有影子。完全沒有。

班恩，你會喜歡這裡的，小丑說。牠這會兒已經近得讓班恩聽得見牠鞋子踩在崎嶇冰面上的沙沙聲了。我向你保證，你一定會喜歡這裡。我遇見的男孩女孩都喜歡這裡，因爲這兒就像《小木偶》裡的快樂島和《小飛俠》裡的夢幻島。他們在這裡永遠不需要長大，而所有小孩都不想長大！所以來吧！看看風景，挑一顆氣球，餵大象，玩溜滑梯！喔，你一定會喜歡的，班恩，你會飄——

雖然心裡害怕，但班恩發現自己很想要一顆氣球。這個世界上有誰的氣球能夠逆著風飛？有誰聽過這種事？沒錯……他想要一顆氣球，還想看看小丑的臉，因為牠頭低低的，彷彿要躲開致命的強風。

要不是德利市政廳的時鐘敲了五響，班恩真不曉得……他也不想知道。重點是鐘確實響了，有如一支冰鑽劃破了嚴寒。小丑似乎嚇了一跳抬起頭來，班恩看到了牠的臉。

他心裡第一個念頭是：木乃伊！喔，天哪！是木乃伊！他嚇得暈頭轉向，雙手牢牢抓著橋欄杆才沒厥過去。牠當然不是木乃伊，不可能是。埃及有木乃伊，很多木乃伊，這個他知道。但班恩最先想到的卻是那個木乃伊，就是他上個月熬夜觀賞「驚悚劇場」，在一部老電影裡看到的那個怪物，波里斯．卡爾洛夫飾演的殭屍。

不對，牠不是那個木乃伊，不可能。電影裡的怪物不是真的，所有人都曉得，連小孩都知道。可是——

那人不是化妝出來的，也不是用繃帶把自己纏成這樣。牠身上是有繃帶，大半纏在頸部和手腕，被風吹得往後飛，但班恩可以清楚看到小丑的臉。牠臉上的線條很深，皮膚有如羊皮紙地圖滿是皺摺，雙頰凹陷，皮膚乾枯，前額龜裂又毫無血色。牠張開暗沉的雙唇咧嘴微笑，露出有如墓碑一般寥寥可數的牙齒，牙齦發黑，而且坑坑洞洞。班恩看不見牠的眼睛，但看得見牠有如焦炭的深陷眼窩裡，有東西在閃著，很像埃及聖甲蟲森冷的寶石眼。雖然班恩在上風處，卻還是聞得到肉桂、香料、古怪藥物處理過的裹屍布、沙子和已經乾涸碎裂的血的味道……

「我們都在飄。」木乃伊小丑嘶啞地說，班恩發現小丑已經來到橋邊，就在他正下方，伸出乾燥扭曲的手，讓他又嚇了一跳。小丑手上的皮膚被風吹得有如飛揚的旗幟，發黃象牙般的骨頭隱約可見。

小丑伸出幾乎沒有肉的手指碰了碰班恩的鞋尖，班恩忽然能動了。他轉身拔腿就跑，五點的鐘聲依然在耳邊迴盪。他跑到橋的另一頭，鐘聲正好停止。那是幻覺，一定是。小丑不可能在短短十到十五秒之內從那麼遠的地方到他身邊。

然而，他的恐懼不是幻覺，奪眶而出隨即凝結在臉頰的滾燙淚水也不是。班恩拚命奔跑，鞋子啪啪踩在人行道上。他聽見穿小丑服的木乃伊在他背後，正從運河爬上來，石頭般的指甲刮過鐵條，衰老肌腱有如沒上油的鉸鍊吱嘎作響。他聽見小丑用鼻子呼吸發出乾巴巴的聲音，感覺就和大金字塔底下的甬道一樣毫無濕氣。他聞到裹屍布的沙塵和香料味，知道小丑的手（和他用積木搭成的骨架一樣沒有血肉的手）很快就要摸上他的肩膀，逼他轉身直視那張爬滿皺紋的笑臉，呼吸到死水般的氣息，看著黑眼窩深處的微光湊到他面前，沒有牙齒的嘴巴大打呵欠。他會拿到氣球，沒錯，要多少有多少。

班恩邊哭邊喘跑到他家的那條街口，耳朵裡聽見心臟狂跳。他回頭一看，發現街上空空蕩蕩，有著低矮水泥護欄和老式石頭路面的拱橋上也不見人影。班恩看不見運河，但他覺得就算看得見，也不會看到東西。不對，假如木乃伊不是幻覺，是真有奇事，那他一定會躲在橋下，就像〈三隻山羊〉裡的怪獸一樣。

底下，躲在橋底下。

班恩快跑回家，不時回頭留意背後的動靜，最後終於進門將門鎖上。他向母親解釋，說他幫道格拉斯太太數書，所以晚回來了。但他母親那天工作特別忙、特別累，其實不怎麼擔心他。之後他坐在餐桌前，對著一桌麵條和週日剩下的火雞肉，吃了整整三人份。吃著吃著，剛才遇見的木乃伊似乎愈來愈遠，愈來愈像一場夢。小丑不是真的，那些東西都不是真的，只存在於深夜電視電影或週六下午場。運氣好的話，二十五分錢就能看到兩種怪物。要是還有多的二十五分錢，還能買一大堆爆米花。

不，牠們不是真的，電視、電影和漫畫裡的怪物都是假的，只有當你輾轉難眠才會成真。只有當你將用面紙包好藏在枕頭下的四顆糖果吃完了，當床舖變成發臭的夢魘，強風在屋外咆哮，當你不敢看出窗外，生怕見到一張獰笑的臉，當你發現那張臉雖然沒有腐敗，卻像枯葉一樣乾，眼睛像深陷在眼窩裡的兩顆鑽石，當你看見一隻傷痕累累的爪子手裡抓著一把氣球說：過來瞧瞧，拿一顆氣球，餵大象和玩溜滑梯吧。班恩，喔，班恩，你會飄的時候，牠們才會成爲眞實。

12

班恩驚呼一聲醒來，木乃伊的惡夢尚未離去，震顫的黑暗依然緊包住他，讓他餘悸猶存。他打了個哆嗦，樹根不再撐住他，而是像之前一樣戳他的背，彷彿生氣似的。

他看見光線，便急忙爬了出去，回到午後的陽光下。河水潺潺，一切再度回到現實。現在是夏天，不是冬天。木乃伊沒有將他帶到沙漠的地窖，他只是窩在半被拔起的樹下的沙坑裡，躲避那幾個小惡霸。他在荒原，亨利和死黨拿兩個在下游玩的小孩出氣，因為他們找不到班恩，沒辦法痛打他一頓。各位翫囉！相信我，那個攔河壩眞的很遜，還不如不要蓋。

班恩悶悶不樂看著自己被扯爛的衣服，他回去一定會被母親唸死。

他睡得夠久，讓體力恢復了不少。他滑下堤防，開始沿著溪走，每走一步就打一個哆嗦。他渾身又疼又痛，感覺就像史派克．瓊斯在他肌肉裡用碎玻璃彈奏快歌一樣。他身上沒有衣服遮蔽的地方，幾乎每一吋都有乾掉或未乾的血跡。反正蓋水壩的小孩應該也走了，他這麼安慰自己。他不曉得睡了多久，但就算只有半小時，鄧布洛和他朋友遇到亨利他們之後，應該也覺得換個地方（例如外太空）比較好。

班恩埋頭前進。他知道那幾個小惡霸要是回頭找他，他一定跑不過他們，但就隨他們去吧，他不在乎。

他繞過河彎，在岸邊站著注視了一會兒。蓋水壩的小孩還在，其中一個果真是結巴威。他跪在另一個男孩身邊，男孩背靠河岸坐著，頭往後仰，喉結像三角插頭一樣突了出來，鼻子和下巴四周都是乾掉的血，脖子上也有幾道。他手裡握著一個白色的東西。

結巴威猛然轉頭，看見班恩站在那裡。班恩發現背靠河岸的男孩狀況很不妙，心裡非常驚慌。鄧布洛顯然嚇得半死。班恩絕望地想：這天到底有完沒完啊！

「你、你、你能不、能不能幫、幫我，」威廉．鄧布洛說：「他、他的、噴、噴劑、沒、沒了，我怕他、他會——」

威廉表情僵硬，臉愈來愈紅，那個字怎麼也擠不出來。他像支機關槍ㄙㄙㄙ個沒完，口水亂噴，過了將近三十秒，班恩才明白他想說的是「死掉」。

第五章　威廉·鄧布洛打擊魔鬼（一）

1

威廉·鄧布洛心想，我他媽的好像在做太空旅行，說不定就坐在槍管打出去的子彈裡。

這個想法雖然千真萬確，卻沒有讓他好過一點。事實上，協和號從希斯洛機場起飛（用發射可能還比較貼切）之後的頭一個小時，他一直在適應輕微的幽閉恐懼症。機艙很窄，窄得很不舒服，餐點還不賴，但空服員必須又扭又彎又蹲才能把餐點送上，感覺就像體操選手一樣。看他們賣力演出，讓威廉稍微忘了好好品嘗食物，不過坐在他隔壁的那位先生倒是無動於衷。

那位先生是這趟旅程的第二個缺點。他長得很胖，又不是特別乾淨，雖然身上飄著狄納仕香水味，但威廉很清楚聞到一絲汗臭和土味。他也不是很注意自己的左手肘，不時就會輕輕碰威廉一下。

威廉的目光不停飄向機艙前方的數位螢幕。畫面顯示這枚英國子彈的現在飛行時速。協和號已經來到巡航速度，也就是兩馬赫出頭。威廉從襯衫掏出筆來，用筆尖按了電腦錶的按鈕。這支錶是奧黛拉去年送他的耶誕禮物。如果馬赫計是對的（威廉沒有理由懷疑它會出錯），那麼他們目前正以每分鐘十八英里的速度前進。他不曉得自己是不是真的想知道這件事。

飛機的窗子又小又厚，和水星號太空艙一樣。雖然接近中午，但威廉看見天空不是藍的，而是向晚的紫色，海天交會處的地平線微微彎曲。我坐在飛機裡，威廉心想，手裡拿著一杯血腥瑪麗，右邊一個髒兮兮的胖子不停用手肘戳我的二頭肌，而我在看地球的弧線。

他微微笑了，心想連這種事都能面對，就沒什麼好怕的了。但他很害怕，並且理由不只是坐在窄小的薄殼機艙裡以每分鐘十八英里的速度飛行而已。他幾乎可以感覺到德利正朝他衝來，這麼形容絲毫不誇張。無論速度是不是每分鐘十八英里，他都感覺自己靜止不動，而德利市有如巨大的肉食動物，蟄伏許久之後終於現身，朝他俯衝而來。德利啊，德利！我們該寫歌讚頌它嗎？讚頌工廠和河流的惡臭味、寧靜莊嚴的林蔭街道、圖書館、德利儲水塔、貝西公園和德利小學嗎？

還是荒原？

威廉忽然靈光一閃，彷彿幾道弧光燈照進他的腦袋。他像是坐在漆黑電影院裡等待開映的觀眾，一等就是二十七年，但總算等到了。不過，對威廉．鄧布洛來說，弧光燈打亮的場景，卻不是《毒藥與老婦》之類的純喜劇，而是《卡里加利博士的小屋》那樣的驚悚片。

他心裡傻呼呼地覺得有趣，心想：我寫過的那些故事，寫過的那些小說，全都來自德利。那裡是源頭，一切都來自那年夏天發生的事，以及前一年喬治遇到的意外。所有問我「那個問題」的採訪者……我都給了他們錯誤的答案。

那個胖子的手肘又頂了他一次，讓他的酒灑了一點出來。威廉差點脫口罵人，但忍了下來。不用說，那個問題就是「你的靈感都來自哪裡？」威廉覺得，所有小說家都得回答（或假裝回答）這個問題，至少每週兩次，但像他這種靠寫子虛烏有之物維生的作家，必須回答（或假裝回答）的次數更多。

「作家都有一條直通潛意識的管道，」他對訪問者說，刻意不提他愈來愈懷疑人是不是真的有潛意識。「不過，恐怖小說家的管道可能更深入……你要說它是潛潛意識也行。」

很優雅的回答，但他從來不是真的相信。潛意識？是有某種東西沒錯，但威廉覺得大家對

「意識」這個功能太言過其實了。就像沙子跑進眼睛會流淚或飽餐一頓之後會放屁，誰曉得意識是不是同樣的東西？用放屁來比喻可能比較好，但你不太可能這麼回答訪問者，跟他們說夢境、模糊的渴望和「既視」這類的感覺其實都只是心靈在放屁。但他們好像真的需要一個答案，那些拿著筆記本和日製小型錄音機的記者，而威廉很想幫助他們。他知道寫作很難，難斃了，沒有必要給他們添麻煩，跟他們說「朋友，你還不如問我『乳酪是誰切的？』比較快。」

他心想，早在麥可來電之前，你就知道他們老是問錯問題，但你現在終於知道怎麼問才是對的。不是你的靈感從「哪裡」來，而是「為什麼」有靈感？管道確實存在，但不是通往佛洛伊德或榮格所謂的潛意識。人的心裡沒有排水道，也沒有住滿莫洛克人的洞穴。管道彼端只有德利，此外無他。只有德利，還有——

還有那個誰？那個踢踏在我橋上的傢伙？

威廉忽然坐直起來。這回輪他手肘一甩，深深撞進鄰座胖子的腰間。

「朋友，注意點，」胖子說：「你也知道座位很窄。」

「你別用手肘頂我，我就不、不用手肘撞、撞你。」胖子一臉慍怒詫異，露出你有沒有搞錯的神情。威廉一直盯著他，最後那胖子終於將頭撇開，嘴裡唸個不停。

是誰？

是誰踢踢踏踏上我的橋？

威廉又望向窗外，心想：我們在打擊魔鬼。

他的手臂和頸背一陣刺痛。他一口將剩下的血腥瑪麗喝光，另一組弧光燈跟著亮起。

銀仔，他的腳踏車。那是他取的名字，和《獨行俠》的那匹馬一樣。史溫牌的單車，很大一輛，二十八吋高。「威廉，你騎那輛車會把自己害死。」他父親這麼對他說，但語氣不是真的很擔心。喬治死後，他對任何事都不太在乎了。從前他很嚴厲。雖然公正，但很嚴厲。喬治死後，你做什麼他都隨便。他動作像父親、行為像父親，但僅此而已。他好像永遠豎著耳朵，等著聽見喬治回家的聲音。

威廉是在中央街的二輪車店櫥窗裡看見銀仔的。它悶悶斜倚著腳架站著，車身比其他單車都大。人家亮的地方它暗，彎的地方它直，直的地方它亮，前輪上立著一張牌子，寫著：

二手車，議價出售

於是威廉走進店裡，但出價的卻是老闆，二十四美元，威廉也接受了。因為他覺得那輛車就是他的生命，他不曉得該怎麼討價還價，而且他覺得那個價錢還滿公道的，甚至夠便宜。威廉用自己存了七、八個月的錢（生日、耶誕節和除草拿到的錢）買下銀仔。他從感恩節就看中櫥窗裡的它了。他付了錢，一等雪融而且不會再下雪了就騎回家。他去年根本沒想到自己會有一輛車，想想還真有趣。買車的念頭似乎是突然冒出來的，或許就在喬治（被殺）死後那段漫漫長日裡。

剛買車那陣子，威廉有幾次差點害死自己。他頭一天騎新車出門，就被迫跳車逃命，免得撞上柯素斯巷底的木板圍牆（他怕的不是撞到牆，而是撞穿它跌落六十英尺摔到荒原上），結果就是左手多了一道五英寸長的傷口，從手腕劃到手肘。不到一星期，他又煞車過慢，以將近三十五英里的時速衝過威奇漢街和傑克森街口，輪輻上的紙牌機關槍似的答答作響。幸好路上沒車，否則他這個騎著髒灰色大單車（只有色盲才會說銀仔是銀色的）的小鬼肯定被撞成肉泥，和喬治同個下場。

春日荏苒，威廉愈來愈懂得駕馭銀仔，但無論是他父親或母親，都沒發現兒子在用單車找死。他覺得除了剛買車的那幾天，他們根本就沒注意過銀仔。銀仔在他們眼中只是下雨天就會靠在車庫牆邊的破銅爛鐵。

不過，銀仔才不是破銅爛鐵，雖然外表不起眼，跑起來卻像風一樣快。威廉的朋友（真正的朋友）艾迪．卡斯普布拉克對機械很在行，他告訴威廉該怎麼讓銀仔發揮實力，例如哪些螺絲該拴緊和定期檢查、齒輪哪裡該上油、怎麼調緊鏈條和輪胎破了怎麼補胎等等。

「你應該重新上漆。」他記得艾迪曾經跟他說，但威廉不想。他說不出理由，但就是想讓那輛史溫牌單車維持原貌。它看起來真的很遜，很像不愛惜東西的小孩的車，經常被放在草坪上淋雨，騎起來應該吱吱嘎嘎，又搖又晃。它外表很遜，跑起來卻像風一樣快。它能——

「打倒魔鬼❻。」他脫口而出，忍不住笑了。隔壁的胖子狠狠瞪他一眼。那笑聲和他之前讓奧黛拉不寒而慄的笑聲一樣，很像吠叫。

沒錯，銀仔看起來很破，漆很老了，後輪還裝了老氣的置物架，喇叭也是黑色橡膠球那種，而且拴在把手上，生鏽的螺絲和嬰兒的拳頭一樣大。真的很破。

但它能跑嗎？能嗎？拜託！

銀仔可能跑的呢！威廉．鄧布洛的命就是它救的。事情發生在一九五八年六月第四週——一星期前，他才認識班恩．漢斯康，和他、艾迪一起搭了攔河壩。而那週的週六下午看完電影之後，班恩、「賤嘴」理查德．托齊爾和貝芙莉．馬許一起到荒原來。銀仔救了他的那一天，理查德就坐在銀仔的置物架上……因此，他想銀仔也救了小理一命。威廉還記得他們從某間屋子逃出來，他記得很清楚。內波特街上那間該死的房子。

❻beat the devil：有「勝過一切」的意思。

他那天飆車打敗了魔鬼。沒錯，對極了。那魔鬼眼睛有如古錢一樣閃耀，渾身毛茸茸的，張著血盆大口。不過，那是後來的事了。銀仔救了他和小理一命，而在那之前，艾迪・卡斯普布拉克的命或許也是它救的。就在威廉和艾迪遇到班恩那一天，也就是他們的攔河壩被踢爛那一天。亨利・鮑爾斯（他那天看來就像被廚餘攪碎機攪過一樣）揍了艾迪鼻子一拳，讓艾迪氣喘發作，而噴劑又正好用完了。所以是銀仔的功勞，是銀仔救了他們。

威廉・鄧布洛已經將近十七年沒騎過單車了。這會兒，他坐在一架一九五八年當時沒人會相信（除了科幻小說雜誌之外也沒人能想像）的飛機裡望著窗外，心想：唷喝，銀仔，衝吧！刺痛的淚水突然湧上眼眶，逼得他閉上了眼睛。

銀仔後來怎麼了？他想不起來了。那部分的回憶仍然一片漆黑，弧光燈還沒有打亮。或許這樣比較好，或許這是老天慈悲。

唷喝！

唷喝，銀仔！

唷喝，銀仔！

2

「衝吧！」他大喊一聲。風將他的叫聲撕裂，吹向他的肩後，有如一條皺紋紙彩帶。他的叫聲又大又強，是勝利的高呼。他只有這句話喊得最順。

他沿著堪薩斯街騎向市區，起初速度不快。要讓銀仔跑很難，但它一旦跑起來就快了。看著銀仔加速，感覺就像欣賞跑道上的灰色大飛機，一開始很難相信這麼大的機器有辦法離開地面，感覺很荒謬。但當你見到機身底下出現影子，心裡還來不及搞清楚是不是幻覺，那影子便已經落在後頭，而飛機昂然升空，有如心滿意足的夢想一樣，優雅地破空而去。

銀仔就像這樣。

威廉遇到一段緩下坡，開始加快踩踏速度。他站起身子往前傾，雙腳不停上上下下。他學得很快。自從重要部位被撞了兩次，他就知道上車前要盡量將內褲拉高。後來艾迪看到他那樣做，就說，威廉那樣做，因爲他覺得以後可能要生小孩。我覺得最好不要，但誰曉得？說不定他的小孩長得像他太太，對吧？

他和艾迪已經將座位放到最低了，但當他踩動踏板時，坐墊還是不停撞摩他的腰背。一名婦女在花園裡除草，她用手遮著眼睛看威廉騎車經過，忍不住微微一笑。男孩騎這麼大的車，讓她想起自己在巴努貝利馬戲團看到的騎獨輪車的猴子。這孩子會害死自己的，她低頭繼續除草，心想，那車對他來說太大了。不過，那不關她的事。

3

那三個大孩子從樹叢冒出來，威廉一眼就知道最好別和他們起衝突，因為他們看來就像同伴被野獸打傷，正怒氣沖沖追趕兇手的獵人。但艾迪卻貿然開口，結果被亨利．鮑爾斯當成了出氣筒。

他知道他們是誰。亨利、貝奇和維克多是德利小學最壞的三個學生。他們之前打過小理。他和小理有時會一起玩，算是好朋友。威廉覺得小理被揍是活該，他會被同學叫做「賤嘴」不是沒有原因的。

事情發生在四月。那天亨利他們在操場和小理擦身而過，小理講了他們的領子幾句。那三人的衣領全都豎直，就像電影《黑板叢林》裡的維克．莫洛一樣。威廉當時坐在校舍旁邊漫不經心玩著彈珠，沒聽清楚小理講了什麼，亨利他們也一樣……但他們回頭朝小理走去，顯然是聽到了什麼。威廉猜小理只是喃喃自語，但問題是他向來嗓門不小。

「四眼田雞，你剛才說什麼？」維克多．克里斯問。

「我什麼都沒說。」小理說，而且臉上明明白白寫著驚慌和害怕，原本應該能逃過一劫的，只是他的嘴巴不太聽使喚，忽然像隻野馬脫韁而出，補了一句：「大個兒，我看你該清一清耳屎了。需要黑色火藥嗎？」

亨利三人不可置信看了他半晌，接著開始追他。威廉從頭到尾靠牆不動，看著這場不公平的賽跑走向早就注定好的結局。沒必要插手。那三個笨蛋有兩個人可以打，只會更開心。

理查德斜角跑過操場，跳過蹺蹺板在鞦韆之間左閃右躲，最後撞上隔開校園和公園的鐵鍊圍牆，這才發現自己跑進死路裡了。他試著翻過鐵鍊，手指和鞋子拚命往縫隙裡鑽，眼看只剩三分之一左右就要翻過去了，卻被亨利和維克多．克里斯逮個正著。亨利抓著他的外套，維克多扯住他的牛仔褲，將不停尖叫的小理揪了下來。小理摔在柏油地面上，眼鏡飛了出去。他伸手去抓，但貝奇．霍金斯一腳將眼鏡踢開。那年夏天，他眼鏡的一支鏡腳會纏著膠帶，就是這個原因。

威廉打了個哆嗦走到校舍正面，看見四年級老師茉朗太太已經衝過去要把他們分開。但他曉得在她趕到之前，他們一定會狠狠修理他一頓。等她到了那裡，只會見到哭哭啼啼的小理。愛哭鬼，羞羞臉！愛哭鬼！

亨利他們很少找威廉麻煩。他們當然會取笑他的口吃，偶爾欺負他一下。有次下雨天，大夥兒正要去體育館吃中餐，貝奇．霍金斯將威廉的餐包踢飛，再用穿著工程靴的大腳猛踩，把裡面的食物踩得稀巴爛。

「喔，天、天哪！」貝奇假裝驚慌失措，雙手在面前揮舞：「對、對不、起，把你、你的午餐弄、弄爛了，賤、賤胚！」說完便大步朝走廊走去，去找靠在男生廁所門外飲水機笑到脫腸的維克多．克里斯。不過，事情沒有想像得糟。威廉吃了艾迪．卡斯普布拉克半片花生醬果醬吐司，小理也很樂意將自己沾了芥末的蛋送給他吃。小理的母親每兩天就讓小理帶一顆蛋當午餐，但小理說他看了就想吐。

然而，你得少惹他們。要是做不到，就得想辦法隱形。

艾迪忘了規矩，所以就被教訓了。

那三個惡少放過他，稀哩嘩啦過河朝對岸走去時，艾迪其實還不算太慘，只是鼻血像噴泉流個不停。他的手帕濕透之後，威廉把自己的手帕給他，讓他一手撐著自己的頸背，頭往後仰。威廉記得他母親這樣做過，因為喬仔有時候會流鼻血——

唉，想到喬治就令人心痛。

三個大孩子像野牛一樣走進荒原，窸窣聲逐漸消失，艾迪的鼻血也停了，氣喘卻在這時開始發作。他吃力呼吸，雙手像脆弱的陷阱開開闔闔，喉間發出既像笛聲又像口哨的哮喘。

「可惡！」艾迪喘著氣說：「氣喘！該死！」

他伸手想找噴劑，最後總算在口袋裡撈到。那瓶子看起來像穩潔一樣，頂端有一個噴嘴。艾迪將噴劑塞到嘴裡，用力摁下按鈕。

「有沒有好一點？」威廉緊張地問。

「沒有，噴劑用完了，」艾迪看著威廉說，驚慌的眼神寫著：我完了，小威，我毀了！用完的噴劑從他手中滑落。小溪依然潺潺奔流，毫不關心艾迪．卡斯普布拉克就快不能呼吸了。威廉心慌意亂，心想那三個大孩子說對了一件事：那個水壩真的很幼稚。但他們玩得很開心，媽的。他突然很生氣下場變成這樣。

「別、別緊、緊張，艾、艾迪。」他說。

接下來四十分鐘左右，威廉坐在艾迪身邊，心想他的氣喘很快就會停，但這份期望不久便成了不安。班恩．漢斯康出現在兩人眼前時，不安已經變成真正的恐懼。艾迪的噴劑要在中央街藥局補充，而那兒離這裡有三英里遠。要是他去幫艾迪拿噴劑，回來卻發現艾迪已經不省人事了呢？不省人事，甚至

（可惡，千萬別想這個）

（但他心裡還是這麼想）死了呢？

（就像喬治一樣，像喬仔那樣）

別說傻話！他不會死的！

對，艾迪也許不會死。但要是他回來發現艾迪變成植物人了呢？他知道植物人是什麼。他甚至推論過，那個詞❼是用夏威夷衝浪客最愛的大浪命名的。以浪為名感覺很有道理，畢竟植物人其實就是大腦被浪捲走了。例如電視影集《凱西大夫》便常有人變成植物人，就算凱西大夫大吼大叫，他們依然昏迷不醒。

於是威廉坐在艾迪身邊，知道自己該去拿藥，待在這裡對艾迪沒好處，但就是不想留下他一個人。他心裡有個不理性的、迷信的聲音告訴他，只要他一走，艾迪就會陷入昏迷。威廉往上游看，發現班恩．漢斯康站在那裡。他當然認識班恩。無論哪一所學校，最胖的學生肯定人人皆知，只是這種有名不讓人開心罷了。班恩是五年級另一班的學生，威廉有時下課會看到他一個人。通常站在角落，不是看書就是吃東西。他的午餐盒和洗衣袋一樣大。

威廉看著班恩，心想他看起來比亨利．鮑爾斯還狼狽。雖然很難相信，但事實就是如此。威廉無法想像兩人打架打得有多激烈。班恩怒髮衝冠，沾滿泥土，毛衣（或運動衫？威廉看不出來

它原本是什麼樣子，反正也無所謂了）全毀，滿是血跡和雜草，看起來亂七八糟，褲子也破得只剩膝蓋以上。

他看見威廉在看他，忍不住身體一縮，眼神提防。

「別、別、別走！」威廉大喊，同時高舉雙手張開手掌用力揮舞，讓班恩知道他沒有惡意。「我、我們需、需要、幫、幫助。」

班恩上前一點，眼神依然充滿提防。感覺他每走一步好像就要了他的命似的。「他們走了嗎？鮑爾斯他們？」

「對、對，」威廉說：「聽著，你、你可以、在、在這裡陪、陪我朋、朋友，讓我、我去拿、拿他的、的藥嗎？他氣、氣——」

「氣喘？」

威廉點點頭。

班恩匆匆橫過水壩殘骸，忍著痛一腳跪在艾迪身旁。艾迪躺在地上，眼睛幾乎睜不開了，胸口劇烈起伏。

「揍他的是誰？」過了一會兒，班恩抬頭問道。威廉在眼前的胖小孩臉上看到和自己一樣的挫折與憤怒。「亨利．鮑爾斯嗎？」

威廉點點頭。

「想也知道。沒問題，你去吧，我會在這裡陪他。」

「謝、謝謝。」

❼comber：有「捲浪」之意。

「嘿，別謝我，」班恩說：「是我害你們被揍的。去吧，動作快。我得趕回家吃晚餐。」

威廉立刻動身。他應該告訴班恩別介意的。發生這種事不是班恩的錯，也不是艾迪的錯，即使艾迪不該傻得開口。亨利和他的死黨是意外，是孩童世界中的洪水、颶風和膽結石。他應該這麼對班恩說，但他現在人太緊繃，可能要二十分鐘才講得完，到時艾迪可能陷入昏迷了（這一點他也是向凱西大夫和齊戴爾大夫學來的。人不是進入昏迷，而是陷入昏迷）。

威廉匆匆往下游跑，途中回頭望了一眼。他看見班恩．漢斯康認真地在河邊揀石頭。他起初不曉得班恩想做什麼，後來忽然明白了。班恩在收集彈藥，以防他們回來。

4

威廉對「荒原」瞭若指掌。他春天常來這兒玩，有時和小理一起，不過更常和艾迪作伴，偶爾自己單獨來。雖然不是每一吋土地都摸熟了，但起碼知道怎麼從坎都斯齊格河回到堪薩斯街，沒有問題。他來到一座木橋，堪薩斯街在這裡橫過一條無名小溪。小溪來自德利市的下水道系統，匯入坎都斯齊格河。銀仔就藏在橋下，把手用繩子拴在橋柱上，這樣車輪便不會浸到水裡。

威廉解開繩子塞進襯衫裡，使勁將銀仔拖上人行道。他汗流浹背，氣喘吁吁，途中幾次失去平衡，一屁股摔在地上。

最後，他終於把車弄上去了。威廉抬起腳，跨過高高的橫杆。和往常一樣，威廉一騎上銀仔，就立刻變了個人。

5

「唷喝，銀仔！衝吧！」

這聲吆喝比他平常的聲音還低沉，幾乎就是他長大後的聲音。銀仔緩緩加速，夾在輪輻上的單車牌紙牌的答答聲也愈來愈快。威廉直起身子踩動踏板，手腕向上抓著握把，看起來就像一個想要舉起超大槓鈴的人。他的脖子青筋暴露，太陽穴脈搏不停跳動，抿著嘴角像是冷笑，其實是用力對抗重量與慣性，使盡渾身解數讓銀仔向前飛奔。

和往常一樣，努力是值得的。

銀仔的步伐愈來愈輕快，兩旁的屋子不再緩緩遠離，而是呼嘯而過。到了堪薩斯街和傑克森街口，左邊的無拘無束的坎都斯齊格河變成了運河。過了街口，堪薩斯街一路下坡，朝中央街和主大街（也就是德利市的商業區）而去。

這一段十字路口很多，但都有「停」字標誌，而且威廉騎的是主要道路，因此他壓根沒有想到駕駛可能擅闖路口將他壓成肉泥。就算有，他也不在乎，反正他遲早會這麼做。只是，那年春天和初夏對他來說是一段詭異而險惡的時光。就像有人問班恩寂不寂寞，他會覺得莫名其妙，如果你問威廉是不是在尋死，他也會一頭霧水，立刻回答（而且忿忿不平）說：當、當然不、不是！但這都不能改變一個事實，就是他這會兒從堪薩斯街騎向市區時，感覺愈來愈像衝鋒敢死隊。

這一段的堪薩斯街人稱一里坡。威廉全速前進，身體弓向握把減低風阻，一手抓著龜裂的橡膠喇叭，準備警告不當心的行人。他的紅髮有如海浪甩在腦後，抿嘴用力的表情變成瘋狂的獰笑，輪上的紙牌發出沉穩的嘶吼。他飛快前進，感覺既恐怖又痛快。左邊的房子從住家變成了商業建築，大部分是倉庫和肉類包裝廠，全都因為速度變得面目模糊，而右邊的運河則是像火苗般閃爍。

「唷喝，銀仔！衝吧！」他得意大喊。

銀仔飛過第一道邊石，威廉雙腳離開踏板。他幾乎每次都這樣。他讓銀仔自由滑行，將自己完全交到神指派的庇護天使手中。他猛然轉向騎上馬路，這裡的速限是二十五英里，但他可能快了十五英里。

他的口吃、父親在車庫裡茫然難過的眼神、樓上鋼琴罩布上的可怕灰塵（因為他母親再也不彈琴了），一切都被甩到腦後了。母親最後一次彈琴是在喬治的葬禮上，彈了三首循道會的聖歌。喬治穿上黃雨衣，手裡拿著抹了石蠟的紙船跑向雨中。二十分鐘後，加德納先生抱著他的屍體前來。喬治裹在沾滿鮮血的毛毯裡，母親淒聲尖叫。一切都被拋到了腦後。他是獨行俠，是約翰·韋恩，是波·狄德利。他想當誰就當誰，再也不是那個怕得哭著找媽、媽媽的小孩。

銀仔向前飛奔，結巴威也跟著飛翔，他們的影子有如發射台緊隨在後，一塊兒衝下一里坡，紙牌答答狂響。他的雙腳再度踩上踏板開始踩踏，希望銀仔再快一點，衝到想像中的極速——不是音速，而是記憶的速度——一舉衝破痛苦的屏障。

威廉向前衝刺，身體弓向握把。他向前衝刺，為了打擊魔鬼。

堪薩斯街、中央街和主大街的三岔口一下就到了。這裡是單行道，交通標誌和燈號亂成一團，該有的行控完全沒有，搞得《新聞報》一年前公開埋怨，這個路口根本是撒旦設計的俄羅斯輪盤。

和往常一樣，威廉匆匆環顧左右，留意來車和地面的坑洞，稍有誤判（就好像說話結巴一樣）便是非死即傷。

他衝進壅塞的車陣中，闖過紅燈向右一偏，閃過一輛慢吞吞的別克轎車，回頭瞥上一眼，確定中間車道沒有車。他再往前看，發現自己五秒內就會撞上停在路口正中央的一輛皮卡車。車裡的駕駛長得一副山姆大叔樣，拉長了脖子研究號誌，免得轉錯彎一路開到邁阿密海灘。

威廉右邊的車道被一輛德利開往班格爾的巴士佔著。他向右微切，從皮卡車和巴士中間的縫隙鑽了過去，時速依然保持四十英里。眼看皮卡車右後照鏡就要撞得他滿地找牙，威廉猛然將頭一偏，像軍人行注目禮一樣，在千鈞一髮之際逃過一劫。巴士排出的熱辣柴油臭氣有如烈酒刮過他的喉嚨，他聽見車的握把劃過巴士的鋁製車身，發出輕微尖銳的摩擦聲。巴士司機戴著赫德遜客運公司的鴨舌帽，威廉正巧瞄到他的神情，只見他臉色像紙一樣白，一手握拳朝威廉大呼小叫。威廉心想肯定不是祝他生日快樂吧。

三名老太太正在過馬路，從新英格蘭銀行穿越主大街到鞋船鞋店那一邊。她們聽見紙牌的答答聲，抬頭發現一個男孩騎著大車像幽魂似的衝了過來，離她們不到半英尺，全嚇得張大了嘴巴。

最糟（也是最好）的一段已經過去了。威廉三番兩次面對死亡關卡，發現自己順利脫了身。他沒有撞上巴士，也沒害死自己和拿著福利市超商購物袋及老人年金支票的三名老太太，更沒有撞上山姆大叔的老道奇皮卡車的後擋板，血濺五步。他現在又得上坡了。速度開始流失，而那東西——喔，就叫它慾望吧，感覺很不賴，對吧？——也隨著消退。思緒和回憶追了上來——天哪，威廉，我們剛才差點追丟了，幸好這會兒又趕上了——攀上他的襯衫和耳邊，像滑下溜滑梯的小孩在他腦中歡呼。威廉感覺它們又回到了原位，興奮地推來推去。哇！天哪！我們又回到威廉的腦袋裡了耶！讓我們來回憶喬治吧！好了！誰先開始？

你想太多了，威廉。

不對——問題不在這裡。他不是想太多，是想像太多。

他彎進理查德巷，不久便來到中央街。他緩緩踩動踏板，感覺背部和頭髮滿是汗水。到了中央街藥局門口，他下車走了進去。

6

喬治遇害前，威廉如果有事想告訴藥師基恩先生，他會用說的。基恩先生不是很親切（起碼威廉覺得不是），但很有耐心，而且不會逗他或取笑他。然而，喬治過世後，他的口吃惡化了，而且他很怕自己要是拖太久，艾迪會出事。

因此，當基恩先生說：「嗨，威廉．鄧布洛，我能為你效勞嗎？」威廉便直接拿起一張維他命廣告，翻過來在背面寫下：*我和艾迪在荒原玩，他氣喘發作得很厲害，幾乎不能呼吸了。可以請您給我一個噴劑補充罐嗎？*

他將廣告單放到玻璃櫃台上遞給基恩先生，基恩讀了之後看著威廉焦慮的藍色眼眸說：「沒問題。在這裡等著，別亂碰東西。」

基恩先生走到後方的櫃台，威廉雙腳動來動去，侷促不安地等待著。雖然基恩先生只去了不到五分鐘，感覺卻像幾世紀。他拿著艾迪要的塑膠噴劑罐回來，笑著交給威廉說：「有了這個應該就沒問題了。」

「謝、謝謝，」威廉說：「我、我身上沒、沒有——」

「沒關係，孩子。卡斯普布拉克太太在我這裡有登記，我會記在帳上的。我想她一定會很感謝你這麼好心。」

威廉如釋重負，謝了基恩先生便匆忙告辭。基恩先生走出櫃台目送威廉離開。他看著威廉將噴劑扔進車籃，笨拙跨上單車，心想：*他眞的能騎這麼大的車？我很懷疑，實在懷疑。*但鄧布洛家的小孩真的騎上去了，緩緩踩動踏板離開，沒有摔破頭。基恩看著單車瘋狂左右搖晃，噴劑在籃子裡滾來滾去，覺得真是滑稽。

他微微一笑。威廉若是看到了，可能會覺得自己想得沒錯，基恩先生果然不是世上第一的大好人。因為那笑容帶著酸味，只有覺得人無法克服悲慘命運的人才會這麼笑。沒錯，他會把艾迪的氣喘藥記在桑妮亞．卡斯普布拉克的帳上，而她一定會和往常一樣吃驚（同時深感懷疑，而非感激），艾迪的藥竟然這麼便宜。其他的藥都那麼貴，她說。基恩先生知道卡斯普布拉克太太是那種相信便宜沒好貨的人。他其實大可以用「氫氧噴霧」好好敲她一筆……但那個女人笨就算了，他何必與她一般見識？反正他又還沒餓肚子。

便宜？是啊，便宜極了。氫氧噴霧（他用膠水為每罐噴劑貼上標籤，上頭整整齊齊印著「必要時使用」幾個字）便宜得不可思議。但就連卡斯普布拉克太太也不得不承認，雖然它很便宜，但抑制她兒子的氣喘還真有效。這東西會那麼便宜，因為它只是氫氧化合物，再加上一點樟腦油，讓噴霧帶著微微的藥味。

換句話說，艾迪的氣喘藥其實就是自來水。

7

回程比去程久，因為是上坡。有幾處威廉必須下車用牽的。除了緩坡，他再也沒有力氣讓銀仔奮力往上爬了。

等他藏好單車走回河邊，已經四點十分了。他心裡閃過各種不祥的念頭。班恩那小子可能走了，讓艾迪自生自滅。或是那群小惡霸回來了，將他們兩人痛揍一頓。甚至……最糟的是……那個專門殺害小孩的傢伙逮到了他們其中一個或兩個都抓到了，就像他之前逮到喬治一樣。

威廉知道大夥兒都在說這件事，傳聞和揣測很多。他雖然口吃得很厲害，但是並不聾。不過，大家有時似乎認為他一定聽不見，因為他只有必要時才會開口說話。有些人認為他弟弟的死跟貝蒂・李普森、雪柔・拉莫尼卡、馬修・克雷門茲和維若妮卡・葛洛根的死無關。有些人則說喬治、李普森和拉莫尼卡是被同一個男人所殺，另外兩個小孩則是「模仿犯」下的手。還有人說殺死男孩的是同一個人，殺死女孩的又是另一個。

威廉認為這些孩子都是同一人殺的……但他不確定那傢伙是人。他有時會思索這件事，就像他偶爾會思索自己對這年夏天的德利的感覺一樣。一切都是喬治遇害的影響嗎？威廉的爸媽似乎完全沉浸在失去么兒的痛苦中，徹底忘了他的存在，看不見他們還有威廉，而這個兒子很可能自戕。這些事和其他命案都是因為喬治過世而起的嗎？還有，最近他腦中偶爾會有聲音對他說悄悄話（而且顯然不是他自己的聲音，因為沒有結巴。這些聲音雖然輕，語氣都很肯定），建議他做這個，別做那個。這也是嗎？是這些事讓德利似乎變了一個樣？變得充滿威脅，街道陌生而拒人於千里之外，帶著風雨欲來的寧靜？讓某些臉變得隱密而驚惶？

他不曉得，但就像他認為所有孩童命案都是出自一人之手，他也相信德利真的變了，而他弟弟的死標誌著改變的開始。他腦中的不祥預感來自一個揮之不去的感覺，就是德利現在什麼事都可能發生。任何事情。

但當他繞過最後一個彎，卻發現一切安然無恙。班恩・漢斯康還在，坐在艾迪身旁，而艾迪也坐起來了，雙手垂在腿間，頭低低的，還是在氣喘。太陽已經很低了，在河面留下長長的綠色光影。

「天哪，你真快，」班恩站起來說：「我以為還要半個小時。」

「我的腳、腳踏車、車很快，」班恩帶著幾分驕傲說。兩人小心提防地互望了一會兒，接著班恩試探地笑了笑，威廉也報以微笑。這小孩是滿胖的，但應該沒問題，再說他沒有走開，這得有點勇氣才行，因為亨利和他的死黨可能還在附近遊蕩。

威廉朝艾迪眨眨眼睛，艾迪愣愣地用感激的眼神看著他。「拿、拿去吧，艾、艾迪。」他將噴劑扔給艾迪。艾迪將噴劑塞進嘴裡摁了一下，猛力吸一口氣，接著閉上眼睛往後躺。班恩一臉關切望著他。

「天哪，他真的很嚴重，對吧？」

威廉點點頭。

「我擔心害怕了一會兒，」班恩低聲說：「心想他萬一痙攣了還是怎樣，我該怎麼辦？我一直回想四月參加紅十字會活動的時候他們是怎麼說的，但只記得塞一根棍子到他嘴裡，免得他把舌頭咬斷。」

「我以為癲、癲癇才、才要那、那麼做。」

「喔，嗯，我想你說得對。」

「反正他、他不會痙、痙攣，」威廉說：「那、那藥會馬、馬上治好、好他，你、你看。」

艾迪不再呼不過氣。他睜開眼睛看著班恩和威廉。

「謝了，小威，」他說：「這回真是有夠難受。」

「我猜是他們揍你鼻子的關係，對吧？」班恩問。

艾迪懊悔地笑了笑，站起來將噴劑塞進褲子的後口袋。「我完全沒想到鼻子，只想著我媽。」

「是喔？」班恩似乎很驚訝，卻忍不住伸手去摸運動衫的破洞，不安地摸著。

「她只要看到我襯衫上有血，一定馬上把我送到德利家庭醫院的急診室。」

「為什麼？」班恩問：「血已經停了，不是嗎？我記得唸幼稚園的時候，有個同學叫速克達．摩根，他從方格鐵架上摔下來，撞得鼻子流血。學校把他送到急診室，但那是因為他的血一直在流。」

「是喔？」威廉很感興趣地問：「他死、死了嗎？」

「沒有，但他缺課了一星期。」

「不管血有沒有停，」艾迪悶悶地說：「她都會把我送進急診室。她會認為我骨折了，骨頭碎片插在腦袋裡之類的。」

「骨、骨頭能進、進到大、大腦裡嗎？」威廉問。他已經好幾週沒有遇到這麼有趣的話題了。

「我不曉得，但什麼事被我媽一說都變成有可能，」艾迪又對班恩說：「我媽每個月都會送我到急診室一兩次。我討厭那個地方。那裡有一個男醫護人員，你認識嗎？他對我媽說她應該付租金給醫院才對，把她氣炸了。」

「哇！」班恩說，心想艾迪的母親一定很怪，完全沒發覺自己現在兩手都在摸運動衫。「那你為什麼不拒絕？跟她說，媽，我覺得很好，我只想待在家裡看《獵捕大海》之類的？」

艾迪不安地「噢」了一聲，就沒再說話了。

「你是班恩．漢、漢斯康，對、對吧？」威廉問。

「沒錯，你是威廉．鄧布洛。」

「沒、沒錯，他、他是艾、艾、艾、艾——」

「艾迪．卡普斯布拉克，」艾迪說：「小威，我最討厭你唸我名字口吃，感覺好像艾默．法德在說話一樣。」

「對、對不起。」

「呃，很高興認識你們兩個。」班恩說，但語氣有一點弱，不是很有說服力。三人陷入沉默，但不是令人難受的安靜。他們就這樣成了朋友。

「那幾個傢伙為什麼要追你？」過了一會兒，艾迪問。

「他們老、老是在、在追人，」威廉說：「我討、討厭那、那幾個混蛋。」

班恩的母親有時會說那個詞是髒話。班恩聽見威廉說出那個詞之後沉默半晌，主要是因為崇拜。他從來沒有說過那個詞，只寫過一次，前年萬聖節的時候，寫在一根電線杆上，字還非常小。

「考試的時候，鮑爾斯坐在我旁邊，」班恩說：「他想抄我的答案，但我不讓他抄。」

「小子，你還真不怕死。」艾迪崇拜地說。

結巴威哈哈大笑，班恩狠狠瞪他一眼，發現威廉不是在笑他（很難解釋他怎麼知道，但他就是曉得），便咧嘴笑了。

「應該吧，」班恩說：「總之，鮑爾斯得上暑期班，他很不爽，就和另外兩個小孩埋伏等我，就這樣。」

「你、你看起、起來就像死，死過一回。」威廉說。

班恩說：「我從堪薩斯街摔到這兒，從山坡滾下來，」接著對艾迪說：「話說回來，我們等一下可能會在急診室碰面。我媽看到我衣服變成這樣子，一定會送我過去。」

這回，威廉和艾迪一起大笑，班恩也跟著笑了。他一笑肚子就隱隱作痛，但他還是尖聲大笑，有點歇斯底里。後來，他不得不坐在岸邊。但他屁股一著地，就聽見褲子「啪」的一聲，於是他又一陣狂笑。班恩喜歡自己的笑聲和他們的笑聲混在一起的感覺。他從來沒聽過這樣的聲音。不是一般的哄堂大笑，那種他聽過很多，而是有他的笑聲在裡面的笑。

他抬頭看著威廉．鄧布洛，兩人四目相對，結果又是一陣哄笑。

威廉拉拉褲頭，豎起衣領，彷彿穿著帶帽運動衫似的，開始一臉鬱悶拖著腳步兜圈。他壓低嗓音說：「我要宰了你，小鬼。別糊弄我。我腦袋很笨，但塊頭很大，可以用額頭敲碎胡桃。我小便酸得像醋，大便硬得像水泥。我叫哼哈．鮑爾斯，是德利這一帶的頭號混帳。」

艾迪笑得捧著肚子倒在河邊滾來滾去。班恩笑得低頭彎腰，笑聲像狗吠一樣，眼淚都流出來了，還拖著兩道白色長長的鼻涕。

威廉在他們身旁坐下，三人慢慢安靜下來。

「這樣至少有個好處，」艾迪馬上說：「鮑爾斯如果要上暑期班，我們在這裡就不會經常見到他。」

「你們常到荒原玩嗎？」班恩問。荒原惡名昭彰，他從來沒有想過到這裡玩。但他現在來到這裡，發現似乎還好。事實上，這一片低矮的河岸感覺很舒服，尤其是午後到黃昏這段漫漫時光。

「當、當然，這裡很、很好，幾、幾乎沒有人來、來這裡。我們經、經常在、在這裡混，鮑、鮑爾斯和、和他的死、死黨都不會、會來。」

「你和艾迪？」

「還有小、小、小——」威廉搖搖頭。只要口吃，威廉的臉就會像濕抹布一樣糾成一團。班恩看著他，心裡忽然浮現一個怪念頭：威廉模仿亨利．鮑爾斯的時候完全沒結巴。「小理！」威廉大聲說出來，接著頓了一下說：「小理通、通常也會、會來，但他和他爸、爸爸正在清閣、閣——」

「閣樓。」艾迪把話補完，扔了一塊石頭到河裡。噗通。

「嗯，我認識他，」班恩說：「你們常來這裡是吧？」來這裡玩一定很有趣，讓他心癢癢的，感覺有點蠢。

「滿、滿常、常來的，」威廉說：「你明、明天要、要不要來？我、我和艾、艾迪想要、要蓋水、水壩。」

班恩愣住了。他沒想到他們竟然邀他來，而且說得那麼輕鬆自然，好像沒什麼一樣。

「也許我們該做點別的，」艾迪說：「反正水壩也不怎麼管用。」

班恩起身拍掉碩大臀部上的泥土，走到河邊。他們剛才做的東西都被沖走了，只剩一些小枝幹雜亂堆在河的兩岸。

「你們應該找幾塊木板，」班恩說：「拿幾塊板子擺成兩排……彼此相對……像三明治一樣。」

威廉和艾迪滿臉困惑望著他。班恩單膝跪地說：「板子放在這裡和那裡。你們把板子插進河床，面對面擺好，懂嗎？然後在板子被河水沖走之前，用石頭和沙子把中間的空隙填滿。」

「我、我、我們。」威廉說。

「什麼？」

「我、我們一起。」

「喔，」班恩說，覺得自己很蠢（他們一定也這麼覺得）。但他不在乎，因為他很開心。他已經想不起自己上回這麼開心是哪時候了。「嗯，我們。總之，你們——我們——只要用石頭之類的東西把空隙填滿，它就會固定住。等河水增高，上游這邊的板子會擠壓石頭和沙子，下游的板子就會傾斜流走，但只要我們再用一塊板子……呃，你們看。」

他用樹枝在地上畫了一個圖。威廉和艾迪．卡斯普布拉克立刻湊上前認真研究起來。

「你有蓋過水壩？」艾迪問，語氣充滿敬意，甚至有一點敬畏。

「沒有。」
「那、那你怎、怎麼知道會有、有用？」
班恩一臉困惑望著威廉。「當然有用，」他說：「怎麼會沒用？」
「但你、你怎麼知、知道？」威廉問。班恩聽出威廉不是挖苦或懷疑他，而是真的感興趣。「你、你怎麼曉、曉得？」
「我就是知道，」班恩說完又低頭看了看圖，彷彿想確認似的。他從來沒看過攔水壩，實物或圖片都沒有，也不曉得自己畫的其實有模有樣。
「好、好的，」威廉說完朝班恩的背一拍：「明、明天見。」
「幾點？」
「我、我和艾、艾迪八、八點半左、左右會、會到。」
「如果我和我媽沒有在急診室的話。」艾迪嘆了口氣說。
「我會帶幾塊板子來，」班恩說：「隔壁街有個老先生，他有一堆木板，我去偷個幾片。」
「還有補給品，」艾迪說：「你知道，就是吃的東西，三明治或甜甜圈之類的點心。」

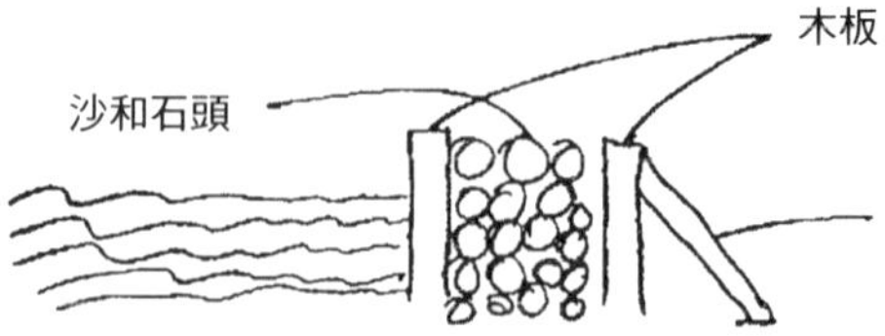

「好。」
「你、你有、有槍嗎？」
「我有一把戴西空氣槍，」班恩說：「是我媽媽給我的耶誕禮物。但我如果在家裡玩，她會瘋掉。」
「那、那你帶、帶來，」威廉說：「我們可、可能也、也會玩槍、槍戰。」

「好，」班恩開心地說。「嘿，兩位，我得趕回家了。」

「我、我們也、也是。」威廉說。

他們一起離開荒原。班恩幫威廉將銀仔推上堤防，艾迪又開始氣喘，悶悶看著沾血的襯衫，跟在兩人後頭。

威廉向他們道別，踩著踏板離開，一邊使勁大喊：「嗬喝，銀仔！衝吧！」

「那台車好大。」班恩說。

「廢花！」艾迪說。他剛才又吸了噴劑，所以呼吸又正常了。「他偶爾會載我，速度快得把我嚇死了。小威人很好，真的，」最後一句說得漫不經心，眼神卻很認真，近乎虔誠。「你知道他弟弟的事吧？」

「不知道——他弟弟怎麼了？」

「去年秋天死了，被人殺死的。一隻手被扯斷，就像蒼蠅翅膀被扯掉一樣。」

「天，老，爺啊！」

「小威之前只有一點點口吃，現在變得很嚴重。你有發現他講話結巴嗎？」

「呃……有一點。」

「但他腦袋沒口吃——你懂我的意思嗎？」

「懂。」

「總之，我會告訴你是因為假如你想和他做朋友，最好不要提到他弟弟。什麼都別問，什麼都別說。他對這件事很感冒。」

「天哪，換成我也一樣。」班恩說。他現在記得一點點了，去年秋天那個小孩遇害的事。他心想母親給他手錶時，心裡想的會不會就是喬治·鄧布洛，還是最近這幾件命案。「那件事是不是發生在大洪水剛結束後？」

「對。」

這時，他們已經走到堪薩斯街和傑克森街口。兩人要在這裡分道揚鑣。小孩們跑來跑去，有的在玩捉鬼遊戲，有的在扔棒球。一個穿著寬大藍短褲的呆小孩得意洋洋走過班恩和艾迪面前。他頭上的戴克浣熊帽故意反著戴，尾巴耷垂在兩眼中間。他一邊搖著呼拉圈，一邊大喊：「呼拉環唷，各位，呼拉環，要買一個嗎？」

班恩和艾迪興味盎然看著他走過。艾迪說：「呃，我得走了。」

「等一下，」班恩說：「我有一個辦法讓你不用進急診室。」

「哦，是嗎？」艾迪看著班恩說。他雖然有點懷疑，但很想給自己一線希望。

「你身上有五分錢嗎？」

「我有十分錢，怎麼樣？」

班恩看著艾迪襯衫上快要乾的褐色斑點，說：「你去店裡買一瓶巧克力牛奶，潑半瓶左右在身上，然後回家跟你媽媽說你把牛奶灑出來了。」

艾迪眼睛一亮。他父親過世這四年來，母親的視力愈來愈差。但出於愛面子，而且又不會開車，因此她一直沒去找驗光師配眼鏡。乾掉的血跡和巧克力奶的顏色差不多，也許……

「說不定有用。」他說。

「萬一被她識破，別說是我的點子。」

「沒問題，」艾迪說：「回頭見囉，鱷魚一號。」

「好。」

「不對，」艾迪很有耐心地說：「你聽到我說那一句，應該回答：回頭見了，鱷魚二號。」

「喔。回頭見了，鱷魚二號。」

「沒錯。」艾迪微笑說。

「你知道嗎？」班恩說：「你們兩個真的很酷。」

艾迪一臉難為情，甚至有點緊張。他說：「小威才酷。」說完就走了。

班恩看著他朝傑克森街走去。他注視半晌，接著轉身回家。三條街後，他發現三個熟悉得不能再熟悉的身影站在傑克森街和主大街口的公車站旁。他們幾乎背對著他，真是好險。班恩立刻躲到樹籬後面，心臟怦怦狂跳。過了五分鐘，從德利開往新港的公車到了。亨利和兩名死黨將菸扔到街上，跳上公車。

班恩等到公車消失在視線之外，這才匆匆跑回家。

8

那天晚上，威廉．鄧布洛遇到一件很可怕的事。那是他第二次遇到。

他爸媽在一樓看電視，兩人像書檔一樣坐在沙發兩端，沒什麼交談。才在不久之前，廚房通往起居室的門只要沒關，就一定聽得到說笑聲，有時甚至會蓋過電視的聲音。威廉會大吼：「喬仔，閉嘴！」喬治會吼回去：「誰叫你一個人把爆米花吃完了！麻，叫威廉分一點爆米花給我吃。」「威廉，分一點爆米花給弟弟。喬治，別叫我麻，只有羊才會麻麻叫。」有時他爸爸會說笑話，逗得兄弟倆哈哈大笑，連媽媽也會笑。威廉知道有些笑話喬治其實聽不懂，但因為大家都在笑，所以他也跟著笑。

那時候，他爸媽也是像書檔一樣坐在沙發兩端，但中間有他和喬治當書。喬治死後，威廉試過繼續當書，和爸媽一起看電視，但感覺好冷。寒氣從沙發兩端傳來，威廉的解凍功能實在無法應付，只好離開，因為那種寒氣總會凍結他的臉頰，讓他眼眶泛淚。

幾個月前，他曾經試過一次：「你、你們想聽、聽我今天在學、學校聽到的、的笑話嗎？」爸媽沒有說話。電視裡，一名罪犯正在懇求當牧師的哥哥藏匿他。

威廉的父親正在看《真相》雜誌。他抬頭瞥了兒子一眼，表情有些驚訝，接著又低頭讀起雜誌。他看的那一頁有張相片，一名獵人趴在雪坡上仰頭望著一隻咆哮的大北極熊。文章標題是〈白雪荒地遇襲記〉。威廉心想，我也知道一塊白雪荒地，就在我爸媽坐的沙發中間。

他母親連頭都沒抬。

「你們知、知道多少法、法國人才、才能旋好一盞燈、燈泡？」威廉決定照說不誤。他覺得額頭冒出薄薄一層汗水，就像他在學校裡知道老師其實不想叫他但最後還是得叫他答題一樣。他聲音有一點大，但好像降不下來。剛才說的話在他腦中瘋狂迴盪、迴盪，擠成一團然後再度脫口而出。

「你、你們知、知道要多少、少法國人嗎？」

「一個人握住燈泡，四個轉動房子。」札克．鄧布洛一邊翻閱雜誌，一邊漫不經心地說。

「小乖，你說什麼？」他母親問。影集《四星劇場》裡的牧師哥哥勸流氓弟弟自首，祈求原諒。

威廉呆坐原地，滿頭是汗卻全身發冷——冷到了骨髓裡。因為沙發上其實不只有他一本書，還有喬治。只是換成了他看不見的喬仔，不會討爆米花，也不會大聲嚷嚷威廉捏他的喬仔。這個喬治不討價還價。這個喬治只有一隻手，臉色蒼白，若有所思默默對著摩托羅拉電視機發出的藍白閃光。也許寒氣不是來自他的爸媽，而是喬治。也許白色荒原殺手其實是喬仔。最後，威廉不得不逃離他森冷、隱形的弟弟，躲進自己房裡。他躺在床上，將頭埋在枕頭裡哭泣。

喬治的房間依然和他生前一模一樣。葬禮後兩週左右，札克將喬治的一些玩具裝進紙箱，威廉覺得應該是想捐給善意商店或救世軍之類的團體吧。但夏倫・鄧布洛一看到丈夫抱著紙箱走出房間，兩隻手立刻像受驚的白鳥一樣鑽進她的頭髮裡，緊緊握拳。威廉目睹這一幕，忽然雙腿無力，身體跌靠牆上。他母親看起來就和《科學怪人的新娘》裡的艾爾莎・蘭契斯特一樣瘋狂。

「你別想拿走他的東西！」她尖叫道。

札克打了個哆嗦，一言不發將那箱玩具放回喬治房間，甚至還將所有玩具擺回原位。威廉走進房間看見父親跪在喬治床邊（母親依然會換洗床單，只不過從每週兩次改為一次），兩隻毛茸茸的粗壯手臂抱著頭。他看見父親在哭，內心更加驚惶。他腦海中突然閃過一個可怕的念頭：也許壞事不是發生了就結束，而是愈來愈糟，直到一切都完蛋為止。

「爸、爸爸——」

「走吧，小威，」他父親說，聲音模糊而顫抖。札克的背上下起伏，威廉很想伸手去摸，看能不能讓撫平那無止盡的抽搐，但他不太敢。「走吧，走開。」

威廉離開房間，悄悄走過二樓走廊。他聽見母親在一樓廚房。她也在哭，聲音尖銳而無助。威廉心想，他們爲什麼分開來哭？但隨即將這個念頭拋開。

9

暑假第一天晚上，威廉走進喬仔的房間。他覺得心臟在胸膛裡猛跳，雙腿僵硬緊繃，很不靈活。他常到喬治房間，但不表示他喜歡那裡。房裡隨處可見喬治的影子，讓人感覺陰魂不散。他每回進去都覺得衣櫃的門可能突然打開，喬仔會像襯衫和褲子一樣掛在杆上，穿著血紅斑斑的黃色雨衣，但只有一隻手臂，而他的眼神就像恐怖電影裡的殭屍一樣空洞駭人。喬仔會走出衣櫃，踩著吱嘎作響的橡膠雨鞋走過房間，朝嚇僵在他床上的威廉走來。

偶爾他會遇到停電。這時不管他坐在喬治床上、在看牆上的圖片或梳妝台上的模型，他都覺得自己十秒內一定會心臟病發，甚至一命嗚呼。但他還是常去。他怕遇到喬治的鬼魂，但對抗這份恐懼是一種無言又執著的需要，甚至是一種渴望。唯有如此才能克服喬治的死帶來的傷痛，找到活下去的路。讓他既不必忘記弟弟，又能他媽的不讓喬仔在他心中顯得這麼可怕。威廉知道他爸媽做得不是很成功，他只能自己拯救自己。

但他這麼做不只為了自己，也為了喬仔。他愛喬治。以兄弟來說，他們倆處得很好。沒錯，他們有時會很討厭對方，例如威廉用雙手扭喬治的手臂，喬治向爸媽告密，說威廉晚上熄燈之後溜下樓把剩的檸檬奶油糖霜吃光。但兩人通常相處愉快。對威廉來說，喬治遇害就夠糟了，把他看成妖魔鬼怪……更是糟到極點。

是啊，他很想念那個小鬼。想念他的聲音、他的笑容，還有他仰頭看他的自信眼神，相信哥哥一定能回答他的問題。不過，最怪的是他偶爾會有一種感覺，覺得他的恐懼最能展現他對喬治的愛。因為就算他怕得要命（覺得喬治的殭屍可能躲在衣櫥或床底下），還是記得自己深愛喬治，而喬治也愛他。威廉覺得努力化解這份矛盾的情感（他對弟弟的愛和恐懼），將能帶他接納事實，走向最終的和解。

這些想法他說不出口。對他的腦袋而言，這些念頭只是胡言亂語。但他溫暖而渴求的心卻能理解，這就夠了。

他偶爾會翻閱喬治的書，偶爾會把玩喬治的玩具。

但從去年十二月到現在，他一次也沒看過喬治的相簿。

這天，在他遇見班恩．漢斯康的這天晚上，威廉打開喬治的衣櫥（和往常一樣振作自己，以防遇見喬仔，看見他穿著血雨衣站在衣服之間。和往常一樣心想會有一隻蒼白的手，伸著炸魚條般的手指從暗處冒出來抓住他的胳膊）將相簿從上層架子拿了出來。

相簿封面的燙金字寫著：我的相片。下方用膠帶（已經有點泛黃剝落了）貼住小心印上的幾個字：喬治．艾默．鄧布洛，六歲。威廉將相簿拿到床邊，心臟跳得比往常都要劇烈。十二月才出了那件事，他不曉得自己為什麼會再次拿出相簿……

再看一眼，如此而已。只是要確定自己上一回看錯了，是腦袋的錯覺而已。

唔，要這麼說也行。

說不定真的是這樣。但威廉覺得應該是相簿的問題。是相簿對他有一種瘋狂的吸引力。因為他上回看到的東西，或者說他以為自己看到的東西——

威廉翻開相簿。相簿裡都是喬治向媽媽、爸爸、叔叔、阿姨要來的相片。喬治不在乎相片裡的人和地方他認不認識，他就是喜歡相片。要是他找不到人給他新相片，就會蹺著二郎腿坐在威廉此刻坐著的床邊翻閱舊相片。他會小心翼翼翻頁，審視一張張黑白的柯達相片。這張是媽媽年輕的時候，美得不可方物。這張是爸爸十八歲左右拍的，和另外兩個年輕人扛著槍站在一隻睜著眼的死鹿旁邊。這張是霍伊特叔叔抓著一隻梭魚站在岩石上。這張是德利市農產品展，佛圖娜姑姑驕傲跪在自己種的一籃番茄旁。這張是一輛老別克轎車、是教堂、是房子、是甲地到乙地的馬路。這些相片都是別人拍的，理由早就忘了，全都封存在一個死去的孩子的相簿裡。

威廉看見一張自己的相片。三歲的他在醫院裡，頭上纏滿繃帶，臉頰和骨折的下巴也纏著繃帶。他在中央街的艾匹超市停車場被車撞了。他不太記得住院的經歷了，只記得有人給他一杯插了吸管的冰淇淋奶昔，還有他劇烈頭痛了整整三天。

再來這張相片是全家人在房前草坪上。威廉站在母親身邊牽著她的手，小喬治還是嬰兒，在札克懷裡熟睡著。這張——

相簿還沒完，但重點在這最後一頁，因為其餘都是空白。最後一張相片是喬治在學校裡拍的，去年十月，離他遇害不到十天。喬治穿著圓領衫，蓬亂的頭髮因為沾濕了而披垂著。他咧嘴微笑，讓人看見少了兩顆牙。新牙沒機會長了，除非死後還能發育。威廉想到這裡，不禁打了個哆嗦。

他對著那張相片看了好一會兒，正準備闔上相簿時，去年十二月發生的那件事忽然又發生了。

相片裡，喬治轉動眼珠望向威廉，臉上的罐頭微笑變成了可怕的邪笑。他閉起右眼向威廉一眨：晚點見，小威。或許今晚就在衣櫥見！

威廉將相簿扔了出去，雙手摀住嘴巴。

相簿砸到牆壁落在地板上翻開來。雖然沒風，相簿卻沙沙翻頁，再度翻到那張可怕的相片。相片底下寫著：學校的朋友，一九五七到五八年。

血開始從相片汩汩滲出。

威廉嚇呆了。他寒毛直豎，渾身雞皮疙瘩，舌頭在嘴裡腫得不能動彈。他開口想要尖叫，卻只能發出微弱的抽噎聲。

血流過相簿開始滴到地板上。

威廉逃出房間，砰的將門甩上。

第六章　失蹤者之一：一九五八年夏天記事

1

不是每個人都被找到了。沒錯，不是每個人都被找到了。期間，不時有人錯認兇手。

2

一九五八年六月廿一日的德利《新聞報》頭版：

男童失蹤，市民再陷恐慌

艾德華．寇克蘭，家住德利市憲章街七十三號。昨夜，其母莫妮卡．麥克林和繼父理查德．麥克林向警方報案，表示兒子失蹤未歸。這起失蹤案件再度引發民眾恐慌，擔心德利市有兇手專門跟蹤青少年。

麥克林太太表示，十九日是暑假前最後一天上課，其子放學後沒有返家，下落不明。當被問及為何延遲二十四小時報案，麥克林夫婦拒絕回答，警長理查德．波頓也不願透露細節。但據警方消息人士指出，艾德華和繼父關係不佳，之前曾有離家數日的紀錄。該人士推測艾德華失蹤可能和期末成績有關。德利小學校長哈洛德．梅特卡夫拒絕透露男童成績，強調並非公開資料。

波頓警長昨夜表示：「我希望男童失蹤不會造成不必要的恐慌。民眾心情不安可以理解，但我必須強調，每年的未成年失蹤人口為三十到五十人，大多數於報案後一週內便會安然尋獲。願神保佑艾德華·寇克蘭也是如此。」

此外，波頓再次重申喬治·鄧布洛、貝蒂·李普森、雪柔·拉莫尼卡、馬修·克雷門茲和維若妮卡·葛洛根之死非一人所為。他表示「這幾起命案差異相當明顯」，但拒絕說明細節。他指出市警局正和緬因州檢方密切合作，持續追查幾條線索。本報昨夜電話訪問警長偵查進展，他表示：「非常好。」但被問及是否很快會鎖定嫌犯時，警長不願評論。

一九五八年六月廿二日的德利《新聞報》頭版

法院意外下令開棺驗屍

艾德華·寇克蘭失蹤案出現詭異轉折。德利地方法院法官艾爾哈特·莫頓昨日核准郡檢察官和郡法醫要求，下令開棺相驗艾德華之弟多爾希的遺體。

多爾希·寇克蘭同樣住在憲章街七十三號，於去年五月意外身亡。男童被送到德利家庭醫院時，身上多處骨折，顱骨碎裂。將男童送醫急救的繼父理查德·麥克林表示，多爾希當時在車庫玩耍，應該是從四腳梯上墜落受傷。男童昏迷三天後死亡。

警方週三晚接獲報案，十歲的艾德華·寇克蘭下落不明。當被問及麥克林夫婦是否涉及意外身亡案或失蹤案時，波頓警長拒絕發表評論。

一九五八年六月廿四日的德利《新聞報》頭版：

麥克林因虐童被捕，另涉及孩童失蹤案

德利市警局理查德·波頓警長昨日召開記者會，宣佈警方已經以謀殺繼子罪嫌逮捕理查德·麥克林。麥克林家住憲章街七十三號，繼子多爾希·寇克蘭去年五月三十一日死於德利家庭醫院，死因為「意外」。

波頓表示：「法醫報告指出男童遭受嚴重毆打。」儘管麥克林宣稱男童在車庫玩耍時從四腳梯上墜落受傷，警長卻說驗屍報告指出男童遭到鈍器數次重擊。記者詢問何種鈍器，波頓表示：「可能是鐵鎚，但目前重點在於法醫認為男童遭到硬物重擊多次，導致骨頭碎裂。部分傷口，尤其是顱部骨折，和墜落傷的型態不符。多爾希．寇克蘭先被毆打至性命垂危，再被棄置於家庭醫院急診室不治死亡。」

被問及男童的主治醫師是否怠忽職守，並未通報虐童或確切死因時，波頓警長表示：「麥克林先生受審時，醫師也將面對質詢。」

四天前，理查德．麥克林和莫妮卡．麥克林向警方報案，稱男童的哥哥艾德華離家失蹤。記者問多爾希一案的發展是否會影響失蹤案的偵查方向，警長波頓回答：「我認為事態比起先認為的嚴重，不是嗎？」

一九五八年六月廿五日的德利《新聞報》二版：

導師表示艾德華「身上常有瘀青」

海莉耶塔．杜蒙特於傑克森街的德利小學擔任五年級導師。她表示失蹤近一週的艾德華．寇克蘭身上經常「滿是瘀青」。德利小學共有兩班五年級，杜蒙特女士自二次世界大戰結束後便任教至今。據她表示，艾德華失蹤前三週左右，有一天來學校時「眼睛腫得幾乎睜不開。我問他出了什麼事，他說他沒吃晚餐被父親『修理了一頓』。」

記者詢問杜蒙特女士，男童受到毒打，她為何沒有通報。杜蒙特表示：「擔任老師這些年來，同樣的事我遇多了。剛進學校時，我有一名學生家長錯把體罰當成管教。我試著勸阻，但當時的副校長葛溫朵琳．瑞本要我別管閒事。她說教職員只要插手可能的虐童事件，日後稅款補助一定會被刁難。我去找校長，他也叫我別碰，否則就等著記申誡。我問校長申誡銷不銷得掉，他說看情況，我就明白了。」

記者問德利小學對於這類事件的處理態度有沒有變，杜蒙特女士表示：「根據目前的發展來看，你們覺得有變嗎？而且，若非我這學年教完就退休了，我才不會接受訪問。」

杜蒙特女士又說：「事情發生後，我每晚都跪地禱告，希望艾德華．寇克蘭是因為受不了他的禽獸繼父而逃家的。我還祈禱他從報紙或新聞得知麥克林被捕之後，能夠趕快回家。」

莫妮卡．麥克林接受簡短電話訪問時，強烈否認杜蒙特女士的指控。「理查德從來沒打過多爾希，也沒打過艾德華，」她說：「這話是我說的。就算我死後接受最後審判，也會看著神的眼睛這麼對祂說，一字不改。」

一九五八年六月廿八日的德利《新聞報》二版：

男童死前告訴托兒所老師：爸爸修理我，因為我很壞。

昨日，一名不願透露姓名的托兒所教師向本報表示，據稱死於車庫意外的男童多爾希．寇克蘭，右手拇指和三根手指於死前一週曾出現嚴重扭傷。據瞭解，男童就讀於該幼稚園，每週上課兩次。

該名教師表示：「那個小可憐沒辦法幫安全海報著色，因為實在太痛了。他的手指腫得跟香腸一樣。我問多爾希怎麼了，他說爸爸（繼父理查德．麥克林）扳他的手指，因為媽媽才剛洗過地板、上好蠟，就被他踩髒了。他說：『爸爸修理我，因為我很壞。』我看著他可憐的手指，眼淚差點掉下來。多爾希真的很想和其他小朋友一樣幫海報著色，所以我就給他吃了低劑量阿斯匹靈，讓他在其他小朋友上故事課時幫海報著色。他很喜歡著色，是他最愛上的課。事後回想起來，我很慶幸自己當時給了他一點快樂。

「得知他的死訊時，我完全沒想到不是意外。我想我起初以為那孩子一定是從梯子上摔下來的，因為他右手抓不牢。我到現在還是無法想像一個成年人竟然會對孩子做這種事。我現在知道了，但我真希望不知道。」

多爾希·寇克蘭的十歲哥哥艾德華依然行蹤不明。理查德·麥克林目前囚禁在德利郡立監獄，依然堅稱他和繼子之死無關，也未涉及艾德華的失蹤案。

一九五八年六月三十日的德利《新聞報》五版：

麥克林就葛洛根和克雷門茲兩起命案接受偵訊

消息來源稱，麥克林有堅實不在場證明。

一九五八年七月六日的德利《新聞報》頭版：

警長表示，麥克林將只被控謀殺繼子多爾希一項罪名

艾德華·寇克蘭依然下落不明。

一九五八年七月廿四日的德利《新聞報》頭版：

繼父哭泣承認將繼子棒打致死

理查德·麥克林被控謀殺繼子多爾希·寇克蘭一案，於德利地方法院出現驚人發展。麥克林在郡檢察官布雷德利·威特森嚴厲訊問下情緒崩潰，坦承用無後座力鐵鎚將四歲的繼子擊斃，隨

後將兇器埋在妻子的菜園邊緣，再將男童送往德利家庭醫院急診室。

麥克林先前僅承認「偶爾會體罰」兩名繼子，並且是「為了他們好」。他此番應訊和盤托出，當場震驚四座，法庭內鴉雀無聲。

「我也不曉得自己發什麼神經。我看見他又去爬那把該死的梯子，便從凳子上抓起鐵鎚開始打他。我不是有意的，老天為證，我不是有意要殺他的。」

威特森檢察官問道：「他陷入昏迷前說了什麼？」

麥克林回答：「他說：『爸爸，不要再打了。對不起，我愛你。』」

「你有停手嗎？」

「後來有。」麥克林說完嚎啕大哭，哭得歇斯底里。艾爾哈特·莫頓法官宣佈休庭再審。

一九五八年九月十八日的德利《新聞報》十六版：

艾德華·寇克蘭下落何處？

艾德華的繼父理查德·麥克林因謀殺其四歲胞弟多爾希，將於蕭山克監獄服刑二到十年，但仍堅稱不知艾德華的下落。艾德華的母親目前正訴請離婚。她向本報表示她的準前夫說謊。

是嗎？

監獄神父艾胥利·歐布萊恩表示：「我不認為他在說謊。」麥克林入獄服刑後不久，便開始接受天主教信仰，歐布萊恩曾多次與他深談。神父表示：「他對自己的所作所為深感懊悔。」兩人相識之初，他問麥克林為何想當天主教徒，麥克林回答：「我聽說天主教有悔罪，我很需要悔罪，否則等我死後一定會下地獄。」

「他知道自己對幼子的犯行，」歐布萊恩神父說：「但他實在記不得對艾德華做了什麼。對這個大兒子，他相信自己是清白的。」

麥克林和繼子艾德華的失蹤到底有多少關聯，德利市民仍舊沒有定論，但警方已經明確排除他涉及其他孩童謀殺案。頭三起命案，他有堅實的不在場證明，而六月底到八月的七起命案發生時，他則人在獄中。

這十起命案至今懸而未破。

麥克林上週接受本報獨家專訪，再次強調不清楚艾德華的下落。他向記者痛苦道白，不時因哭泣而中斷。「兩個孩子我都打過。我愛他們，但也會打他們。我不曉得為什麼，也不曉得莫妮卡為何不阻止，就連我打死多爾希，她也替我掩飾。我想我要殺死艾仔並不難，就像害死多爾希一樣簡單。但我敢對上帝和所有聖者發誓，我沒有殺害他。我知道看來像是我做的，但我沒有。我猜艾仔只是逃家了。假如真是那樣，一定是上帝保佑。」

記者問他可不可能有記憶空白，殺了艾德華但刻意遺忘。麥克林說：「我沒有記憶空白。我很清楚自己做了什麼。我已經將生命交託給神，我會用餘生彌補自己犯下的一切。」

一九六〇年一月廿七日的德利《新聞報》頭版：

警長表示屍體非艾德華．寇克蘭

德利市警察局長理查德．波頓稍早向記者表示，日前尋獲的少年屍體絕非失蹤多時的艾德華．寇克蘭。艾德華自一九五八年六月離家後至今下落不明。屍體於麻州安斯佛德一處墳場被人發現，年紀和艾德華相當，已經嚴重腐爛。麻州和緬因州警方原先研判死者可能是艾德華．寇克蘭，逃家後搭上兒童性侵犯的便車因而遇害。艾德華家住德利市憲章街，弟弟在家遭到毆打死亡。

月。

然而，齒印明確顯示安斯佛德市發現的屍體並非艾德華。艾德華・寇克蘭已經失蹤十九個月。

一九六七年七月十九日的波特蘭《新聞前鋒報》三版：

謀殺犯於法爾茅斯自殺

昨日午後，理查德・麥克林被人發現陳屍在法爾茅斯一棟公寓的三樓，應該是自殺。麥克林九年前因殺害四歲繼子而入獄，一九六四年自蕭山克監獄獲釋後搬至法爾茅斯低調工作度日。法爾茅斯副警長說：「死者留下的字條顯示他當時神智極度錯亂。」但他拒絕說明遺言內容。不過，據警方消息人士透露，字條上只有兩句話：「昨天晚上我看見艾仔，他死了。」遺言中的「艾仔」指的可能是死者的繼子，亦即死者一九五八年殺害的幼童的哥哥。艾德華・寇克蘭失蹤導致麥克林的犯行敗露，最後因毆打艾德華的弟弟多爾希致死而定罪。艾德華已經失蹤九年。一九六六年，男童的母親申請依法宣告死亡獲准，取得兒子的帳戶所有權。帳戶內存款總額為十六美元。

3

艾德華・寇克蘭的確死了。

他一九五八年六月十九日晚上就死了，和他繼父一點關係也沒有。艾德華遇害當時，班恩・漢斯康正和母親看電視，艾迪・卡斯普布拉克的母親正焦慮摸著艾迪的額頭，尋找「不存在的發燒」，貝芙莉・馬許的繼父（一個至少脾氣和艾德華兄弟的繼父像到極點的傢伙）猛踹女兒的屁股，要她「聽媽媽的話去擦該死的碗盤」，麥可・漢倫在自家旁邊（他家很小，在威奇漢路上，離亨利・鮑爾斯的瘋子父親的田不遠）的花園拔草，被開著舊道奇車經過的幾名高中生（其中一個後來生了個好兒子，就是有恐同症的「威比」約翰・卡頓）謾罵，理查德・托齊爾正在偷看他從父親藏在放襪子和內衣褲的抽屜裡拿來的《絕代嬌娃》雜誌，硬著老二欣賞穿著清涼的女人，威廉・鄧布洛則是嚇得將弟弟的相簿扔了出去。

雖然他們日後都不記得了，但六個孩子在艾德華・寇克蘭遇害的那瞬間，全都抬起頭來……彷彿聽見遠處有人大喊似的。

德利《新聞報》說對了一件事。艾德華成績很糟，很怕回家面對繼父。更糟糕的是那傢伙和他母親那個月常吵架，只要吵到興起，母親就會開始胡亂數落。繼父先是嘀咕抱怨，接著大吼要她住嘴，最後像鼻子被針刺到的野豬一樣憤怒咆哮。不過，艾德華從來沒看過那老頭對她動粗。他覺得他不敢。他把氣出在艾仔和多爾希身上。自從多爾希死後，艾德華連弟弟的份也得一起挨。

大人的咆哮對罵總是定期就來一次，尤其月底，因為帳單都是那時候來。要是吵得太厲害，就會有鄰居報警叫他們小聲一點，通常很有用。他母親會朝警察比中指，要對方有種就逮捕她，但他繼父很少出言不遜。

艾德華覺得繼父很怕警察。

每回他們吵架，他都很低調，這麼做比較聰明。不信的話，瞧瞧多爾希是什麼下場？艾仔不曉得細節，也不想知道，但他對弟弟的事有自己的看法。他認為多爾希是在錯的時間（月底最後一天）跑到錯的地點（車庫）。他們跟艾仔說弟弟是從四腳梯上摔下來的——他繼父說：「我說了六十次，不是一次，要他別靠近梯子。」——但他母親卻不敢看著他……就算不小心目光交會，她眼裡閃爍的恐懼也讓他不舒服。而他繼父只是拿著藍哥啤酒愣愣坐在餐桌旁，低垂著眼，表情茫然。艾德華離他遠遠的。繼父咆哮時通常（不是每次，但通常）還好，是他停下來時才需要小心。

弟弟出事前兩天，他才朝艾仔扔了椅子。那天晚上，艾仔只不過走到電視機前想換台，他就抓起廚房裡的鋁製折椅，高舉過頭用力扔了過來。椅子打到艾仔屁股，讓他摔倒在地。被打到的地方還在痛，但艾仔知道自己夠好運了。椅子很可能砸中他的腦袋。

後來有一天晚上，那老頭莫名其妙忽然站起來，抓了一把馬鈴薯泥就抹在艾仔頭髮上。去年九月，艾迪有天放學回家不小心，讓紗門發出砰的一聲，把正在打盹的繼父吵醒了。麥克林挺著鼓脹的四角褲從臥房出來。他鬈髮直豎，滿臉週末兩天沒修的鬍碴，滿嘴週末兩天沒停的酒味。他說：「沒辦法了，艾迪，我得好好修理你，誰叫你關門他媽這麼大聲。」在理查德．麥克林的字典裡，修理就是痛扁的意思，而他也真的痛扁了艾仔一頓。那老頭一把抓起他扔到前廳，讓他昏迷過去。他母親在前廳釘了兩個比較低的掛鉤，讓他和多爾希掛外套。艾仔感覺彎鉤有如堅硬的鐵手指戳進自己的腰，之後便不省人事了。他昏迷了十分鐘，醒來只聽見母親吼著說要帶艾仔去醫院，他休想阻止她。

「妳難道忘了多爾希出了什麼事？」他繼父回答：「妳想坐牢嗎，女人？」

她閉上嘴巴，扶著兒子回房間。艾德華躺在床上發抖，額頭都是汗珠。接下來三天，他只有大人都不在家才敢離開房間。他會搖搖晃晃走進廚房，取出繼父藏在水槽底下的威士忌，喝個幾口減緩疼痛。到了第五天，疼痛幾乎消失了，但他血尿了將近兩週。

而那把鐵鎚從車庫裡消失了。

各位鄉親父老，這代表什麼？你們說說看啊？

喔，那把克雷夫茲曼鐵鎚（就是普通的那把）還在。不見的是史考提無後座力鐵鎚。那是繼父的專用鎚，他和多爾希都不准碰。繼父買下鐵鎚那天，對他們兩個說：「你們要是敢碰這寶貝，我就把你們的腸子挖出來當耳罩。」多爾希怯生生問鐵鎚是不是很貴，老頭說那還用問。他說鐵鎚裡有滾珠軸承，再用力敲東西也不會彈回來。

但它不見了。

艾仔的成績不是很好，因為母親再婚後他漏了許多堂課，但他並不笨。他認為自己知道史考提無後座力鐵鎚怎麼了。他認為繼父可能拿它對付多爾希，之後埋在花園或扔到運河裡。這種事在艾仔看過的恐怖漫畫裡經常出現。那些漫畫他都藏在衣櫃的最上層。

他走近運河。河水有如上了油的波浪絲綢，靜靜流過水泥堤防，一弧彎月映在漆黑的河面上閃閃發亮。艾德華坐下來，雙腳在堤防上隨意亂畫，彷彿用球鞋塗鴉。過去六週很乾燥，水面離他磨破的鞋底可能有九英尺。但只要仔細觀察兩岸，就會見到不少水位線，顯示河水很容易上漲。此刻水位上方的混凝土是髒兮兮的深棕色，往上緩緩變淺成為黃色，到了接近艾仔腳跟的地方就幾乎是白色了。

河水悄悄緩緩，從鋪滿鵝卵石的水泥拱門下流出來，經過艾仔面前，流向橫跨貝西公園和德利高中的有頂木橋下。橋的兩側和木板橋面刻滿人名、電話號碼和各種留言，連屋頂橫樑上都有。有些留言在示愛，有些留言說誰想「吹」或「吸」，有些說再吹包皮就會不見或屁眼會被灌焦油，還有一些離經叛道無法歸類的留言。其中一個艾仔想了一整個春天還是搞不懂：拯救俄羅斯猶太人！換取高價獎品！

這句話到底是什麼意思？它真的有意思嗎？有沒有意思重要嗎？

艾德華今晚沒有走上吻橋，他不想過到高中那一邊。他想他晚上可能待在貝西公園，也許睡在音樂台下的枯葉堆裡。但這會兒坐在運河邊感覺很不錯。艾仔喜歡待在公園，每回需要想事情就會到這裡來。樹叢裡偶爾有人接吻，但艾仔不理他們，他們也不理艾仔。他在學校聽過一些可怕的傳言，說太陽下山之後貝西公園會有同志流連。他想也不想就當真了，但從來沒被騷擾過。公園非常寧靜，而他覺得公園裡最棒的地方，就是他現在坐的這裡。尤其是夏天，河水流得非常慢，經常被石頭切成許多蜿蜒的小溪，偶爾匯集在一起。艾仔還喜歡三月底、四月初的這裡，雪才剛剛融盡。他有時會在運河邊站上（因為太冷了沒辦法坐）一個多小時，舊大衣（已經太小了，是兩年前合身的尺寸）的帽子罩住頭，雙手插在口袋裡，渾然不覺自己瘦小的身體在發抖。運河在雪融後的那一兩週，有一種難以抗拒的恐怖魅力。河水冒著白煙從鋪石拱門奔騰而出，夾帶著樹枝和各式各樣的人類垃圾從他面前流過，讓他看得如癡如醉。艾仔不只一次幻想自己和繼父走在三月的運河邊，趁機將那個混帳推進水裡。那老頭會大聲尖叫，雙手亂揮想恢復平衡，而艾仔會站在水泥擋牆上看繼父被水沖走，腦袋在滿是白色流冰的激流中載沉載浮，有如一個黑點。沒錯，他會站在河邊，雙手圍著嘴巴大喊：你這個大混蛋，這是爲了多爾希做的！下地獄之後記得跟惡魔說，你在世上聽到的最後一句話，就是別欺負個子比你小的人！這件事當然不會發生，但幻想起來感覺真棒。坐在運河邊最適合做這種白日夢了，就像——

這時，一隻手忽然摸上他的腳。

艾仔正望向運河對岸的校園，想像繼父被洶湧的河水帶走，從此遠離他，臉上露出夢幻般的美麗微笑。那隻手抓得很輕，卻牢牢不放，讓他大吃一驚，差點失去平衡摔進運河裡。

艾仔心想，一定是大小孩說的同志。他低頭一看，忍不住張大嘴巴，熱騰騰的尿液從他腿間流下，沾濕了牛仔褲，讓褲子在月光下變成了黑色。抓他的不是同志。

是多爾希。

下葬時的多爾希。穿著藍西裝上衣和灰褲子的他。只是他的上衣沾滿泥巴又破又爛，襯衫發黃支離破碎，褲子濕淋淋掛在瘦得像竹竿的兩條腿上，腦袋更是低垂著，感覺很可怕，好像後腦勺陷進去，所以臉凸了出來。

多爾希在笑。

「艾仔——」他死去的弟弟啞著嗓子喊他，就像恐怖漫畫中從墳墓裡復活的人一樣。多爾希笑得更開心了。發黃的牙齒閃著微光，在他漆黑的喉嚨裡似乎有東西在蠕動。

「艾仔……我來看你了，艾仔……」

艾仔想要尖叫，驚恐有如巨浪朝他襲來。他忽然有一種奇特的感覺，覺得自己在飄。但他不是作夢，他很清醒。抓住他球鞋的手和鱒魚腹部一樣白。弟弟的赤腳踩上水泥，其中一隻腳跟不知道被什麼東西咬掉了。

「下來吧，艾仔……」

艾德華叫不出來。他肺裡空氣不夠，叫不出聲，只發出詭異尖細的呻吟，想再大聲似乎沒辦法。沒關係，因為再過一兩秒鐘，他就會失去神智，一切再也不重要。多爾希的手很小，但很頑強。艾仔的屁股翻過水泥滑到運河邊。

艾仔一邊呻吟，一邊伸手抓住水泥邊緣往上拉。他感覺那隻手稍微鬆脫，發出憤怒的嘶聲。他心想：這不是多爾希。我不曉得它是什麼，但絕不是多爾希。這時，他體內的腎上腺素猛然分泌。艾仔掙扎爬開，還沒有站起來就開始跑，試圖逃走。他呼吸急促，發出有如尖叫的呼哨聲。

運河的混凝土牆邊出現一雙白手，還有濕答答的拍擊聲。水滴從死白的皮膚上甩脫，映著月光向上飛舞。多爾希的臉出現在牆邊，凹陷的眼窩裡閃著紅色的微光，頭髮濕淋淋地貼著頭顱，泥巴像顏料抹在臉上。

艾德華的胸腔終於自由了。他深吸一口氣放聲尖叫，站起來拔腿就跑。他回頭想看多爾希在哪裡，結果撞上一棵大榆樹。

那感覺就像有人（例如他繼父）在他左肩點燃炸藥，炸得他滿頭金星。他彷彿身中斧頭似的跌在樹根上，左邊太陽穴流出血來。他半昏迷了大約九十秒鐘，好不容易重新站了起來。他想舉起左臂，卻忍不住呻吟一聲。左臂不想移動，感覺麻木而遙遠。於是他只好舉起右手，按摩劇烈疼痛的頭部。

忽然間，他想起自己撞上榆樹前為什麼狂奔，立刻轉頭一看。

月光下，運河邊像骨頭一樣白，像線一樣直。沒有那東西的蹤影……假如剛才真有那東西的話。他緩緩轉身，看了三百六十度。貝西公園靜悄悄的，和黑白相片一樣凝結不動。柳樹擺著細瘦幽暗的手臂，所有東西，無論是低垂或失去理智的，都可能躲到了暗處。

艾仔開始往前走，試著眼觀四方。他心臟每跳一下，扭傷的肩膀就一陣抽痛。

艾仔，微風撫動枝葉呼喚著，你不想見我嗎，艾仔？艾仔感覺殭屍鬆弛的手指摸上他的脖子。他高舉雙手猛然轉身，兩腳絆了一下摔倒在地，結果發現只是隨風搖擺的柳條。

他再站起來試著逃跑，但左肩又是一陣爆裂劇痛，讓他不得不停下來。艾德華知道自己不該再害怕了。他罵自己笨，竟然被倒影嚇到，還是不知不覺睡著了作了個惡夢。但恐懼沒有結束，恰好相反。他心臟狂跳，快得連跳動聲都連在一起分不清楚，感覺隨時要爆炸了。他跑不動，但離開柳樹後勉強自己跛著腳慢慢走。

艾仔眼睛盯著公園大門外的街燈，朝那裡走去。他稍微加速，心想：我一定能走到街燈那裡，到時就沒事了。我一定能走到街燈那裡，到時就沒事了。燈火通明，整個晚上都是亮的，眞壯觀，不用再害怕——

有東西跟著他。

艾仔聽見那東西穿越柳樹林，只要轉身就會看到。那東西在加速。他聽見牠的腳步窸窸窣窣，踩在地上格吱作響。但他不會回頭。他要看著前面的燈。街燈很好，他只要繼續朝它飛奔就好。他已經快到了，就快——

但一股怪味讓他忍不住回頭。味道很重，很像成堆的死魚放在夏日豔陽下腐爛流汁發出的惡臭。是海洋死掉的味道。

追趕他的不是多爾希，而是來自黑沼的怪物。那東西的口鼻又長又皺，漆黑的傷口有如垂直的嘴巴，流出綠色的液體，眼睛像果凍一樣白，帶蹼的手指前端長著剃刀般的利爪。牠發出低沉的呼吸聲，和氣泡一樣咕嚕作響，聽起來很像呼吸器不良的潛水夫。牠看見艾仔在看他，便咧開青黑色的嘴唇，露出巨大的尖牙，朝艾仔空洞而死氣沉沉地笑了笑。

那東西踉踉蹌蹌跟著艾仔，液體滴了滿地。艾仔忽然明白了。牠想把艾仔帶回運河，帶他到運河地底通道的濕冷黝黑裡。再吃了他。

艾仔全力衝刺，大門邊的鈉氣弧光燈愈來愈近，他已經能看見燈光四周的蟲和飛蛾了。一輛卡車經過，司機換檔加速朝二號公路呼嘯而去。艾仔焦急害怕的心裡忽然閃過一個念頭。司機可能正用紙杯喝著咖啡，一邊聽收音機播放巴弟哈利的歌，完全沒發覺就在兩百碼不到的地方，有個小男孩可能不到二十秒鐘就要一命嗚呼了。

那臭味不斷逼近，強烈撲鼻的臭味，將他團團包圍。

艾仔撞到公園的長椅。那天傍晚快宵禁時，幾個小孩在趕回家之前隨手將長椅推倒了，從草叢露出了一、兩英寸，很像兩個綠色疊在一起，加上月光昏暗，所以幾乎看不見。艾仔的脛骨撞上長椅邊緣，痛得有如玻璃撞碎一樣。他雙腿往後飛起，整個人趴到草叢中。

艾仔回頭一看，只見那東西壓了過來，水煮蛋般的眼睛閃閃發光，鱗片上沾滿海藻色的黏液，腮幫子起起伏伏，腫脹的脖子和臉頰一開一閉。

「啊！」艾仔乾叫一聲。他似乎只能發出這樣的聲音了。「啊！啊！啊！」

他開始在地上爬，手指緊緊抓著草皮，舌頭伸了出來。

在那東西用充滿魚腥味的角質手掌掐住他的脖子前，艾德華腦中閃過一個令人安心的念頭：

我在作夢，一定是這樣。那東西不是眞的，黑沼澤也不是眞的。就算眞的有，也是在南美或佛羅里達大沼澤之類的地方。我只是在作夢，晚點就會醒來，也許發現自己還在音樂台下的枯葉裡，而且

——

兩棲怪物的雙手握住他的脖子，掐斷了艾仔的乾吼。牠將艾仔翻過來，手上的鉤爪在他頸子上留下有如書法一般的血痕。艾仔望著那東西發亮的白色眼眸，感覺掐住他脖子上的指蹼很像活海藻纏著他。恐懼讓他睜大眼睛，看見那東西長滿鱗片和肉突的頭上有一塊鰭，感覺既像雞冠又像角鯰的毒鰭。那東西收緊雙手，讓艾仔無法呼吸，卻看得更清楚。他看見鈉氣弧光燈的白光照在薄膜狀的鰭上，轉成了霧濛濛的灰綠。

「你……不是……真的。」艾仔啞著嗓子說。但他眼前的灰濛愈來愈近，艾仔隱約明白一切都是真的。那東西是真的，畢竟牠正在謀殺他。

然而，他始終保持著一絲理性，直到生命最後。當那東西將爪子刺入他柔軟的脖子裡，讓頸動脈噴出一道溫暖而無痛的血柱，濺在牠有如爬蟲動物般的麟角上時，艾仔依然伸手在牠背後摸索，想找拉鍊。直到那東西將他的腦袋扭斷，發出滿足的低吼，艾仔的手才垂了下來。

那東西的身影在艾仔眼中逐漸模糊。這時，牠忽然變成另一樣東西。

4

暑假第一天，被惡夢搞得徹夜未眠的麥可．漢倫天剛亮就起床了。天色微白，大地罩著低矮的濃霧，有如一層薄膜，到了八點就會揭開，露出完美的夏日。

但現在還早，世界仍然灰濛一片，帶著玫瑰色澤，有如走過地毯的貓一樣安靜無聲。

麥可換上燈芯絨褲、T恤和高筒凱茲帆布鞋，下樓吃了碗惠提燕麥片（他其實不喜歡惠提，只是想要裡面的免費贈品：午夜上校的魔術解碼指環），接著便跳上單車朝市區騎去。由於霧濃，所以他騎人行道。霧讓一切都變了。再平凡的東西（如消防栓或停止標誌）都變得充滿神秘，變得既陌生又有一點邪惡。聽得見車聲，但看不到車子，加上霧有一種奇怪的音屏效果，讓人分不清車子是遠是近，得等它亮著恍如兩團鬼影的車燈衝出濃霧時，你才知道車來了。

麥可在傑克森街右轉，穿過市中心，從帕莫巷切到主大街。在這條一條街長的小巷裡，有一棟他長大後會住的房子。但他經過時並沒有看它，沒有注意這棟有著車庫和小草坪的兩層樓小房子。麥可後來成了那房子的主人，也是唯一的住戶。但在當時，那房子並未在男孩心中留下任何悸動。

到了主大街，麥可右轉騎進貝西公園。他依然隨意亂逛，只是騎車享受早晨的寧靜。進了公園大門，他下車立起撐腳架，接著朝運河走去。他感覺自己還是信步而行，沒有受到什麼力量牽引，完全沒想到昨夜的惡夢和他現在走的路線有什麼關係。他甚至已經不太記得自己作了什麼夢了，只記得不停作夢，讓他凌晨五點滿身大汗醒來，不停發抖，心裡只想著下樓匆匆吃點東西，然後騎車到市區。

這裡的霧有一種味道，他不喜歡。海的味道，感覺很鹹、很古老。他當然聞過這種味道。雖然德利市離海岸有四十英里遠，但早晨經常能聞到海味。不過，今天早上的海味似乎更濃、更鮮活，甚至有一點危險。

他看見一個東西，便彎腰將它撿起來。是一把廉價的雙刃折刀，側面刻了兩個英文字母：E.C.。麥可若有所思看了一會兒，接著將小刀收進口袋裡。誰撿到誰作主，誰掉了誰倒楣。

他四下環顧一眼。在他發現小刀的地點附近，有一張翻倒的長椅。麥可將鐵椅扶正，椅腳插回數月或數年下來形成的洞裡。長椅後方，他看見草叢裡有一塊地方被踐踏得很厲害……還有兩條凹痕從那裡離開。草已經蓋了回去，但凹痕還是很明顯，一路朝運河走。

而且有血。

（那隻鳥記得嗎那隻鳥記得嗎那隻）

但他不想記起那隻鳥，於是將腦中的念頭甩開。是狗打架，就這樣。其中一隻肯定把對手傷得很重。這個推論很有道理，但麥可卻不怎麼信服。那隻鳥一直在他心裡浮現。他在基勤納鐵工廠看到的。史丹利．尤里斯在他的鳥類圖鑑裡怎麼也找不到的鳥。

停下來，立刻離開這裡。

但他不僅沒有離開，反而沿著凹痕往前，邊走邊在心裡編故事。殺人的故事。有一個小孩晚上在外遊蕩，過了宵禁時間，結果被兇手盯上。兇手要怎麼毀屍滅跡？當然是把屍體拖到運河扔了囉！就像《希區考克劇場》演的一樣。

麥可心想，他現在跟蹤的凹痕很可能是皮鞋或球鞋拖行留下的。

他打了個哆嗦，猶疑不安地四下看了一眼。他編的故事有點太真實了。

說不定兇手不是人類，而是怪物。就像恐怖漫畫、驚悚小說、恐怖電影或

（惡夢）

童話故事裡的妖怪一樣。

他決定了。他不喜歡這個故事。這個故事太笨了。他想忘掉這個故事，卻怎麼也忘不了。那又怎樣？就讓它留著吧。真蠢。大清早騎車進城很蠢，跟著草裡兩道凹痕走也很蠢。他父親今天一定有很多雜事要交代他做。他最好趕快回家開始幹活，否則就得在下午最熱的時候到穀倉二樓耙草了。沒錯，他應該掉頭回家。他就要這麼做。

你一定會掉頭的，他心想，敢打賭嗎？

然而，麥可沒有掉頭騎車回家開始幹活，而是繼續跟蹤凹痕。乾涸的血跡愈來愈多了，但數量還是很少，沒有長椅附近那塊地方多。

他已經聽得見水流聲了。水流得很輕緩。不久後，他看見水泥堤岸從霧裡悄悄浮現。草叢裡出現另一樣東西。天哪！今天眞是你的幸運日！麥可心裡響起一個有點可疑的親切聲音。

忽然間，一隻海鷗高聲尖叫，讓他身體一震，再次想起那天看到的那隻鳥。就在今年春天。不管草裡有什麼，我都不會看。說得對極了。但他這麼想的時候，人已經彎腰躬身，雙手放在大腿上想看個究竟。

是衣服碎片，上頭沾了一滴血。

海鷗再度尖叫。麥可看著那塊破布，想起春天發生的事情。

5

每年到了四、五月，漢倫家的田就會從冬眠中甦醒過來。

對麥可來說，春天重回大地的信號不是廚房窗外出現的第一朵報春花，也不是孩子們開始帶彈珠和青蛙到學校，更不是華盛頓參議員隊開始新的球季（通常沒過多久就被打得落花流水），而是父親吼著要他幫忙，將拼裝卡車從穀倉裡推出來。卡車前半部是舊的福特A型車，後半部是皮卡車，後擋板則是用雞舍的門改裝的。要是前一年冬天不太冷，兩人通常推到車道就可以發動了。卡車沒有車門，也沒有擋風玻璃，座椅是半張舊沙發，是威爾．漢倫從德利市垃圾掩埋場挖來的。排檔桿頭是玻璃門把。

他們會將卡車推上車道，一人推一邊，等車開始滑動，威爾就會跳上車，啟動開關，點火，踩下離合器，用大手抓著門把打入一檔。接著他會大吼：「最後衝刺！」說完鬆開離合器，老舊的福特引擎便會咳個幾聲、噎住、吱吱軋軋、逆火……有時真的就發動了，起初頓個幾下，然後愈來愈順。威爾會先轟隆隆開向魯林農場，在那裡的車道轉彎（要是他開往另一個方向，亨利．鮑爾斯的瘋子老爸巴奇可能會一槍轟掉他的腦袋），然後轟隆隆開回來，引擎張狂發出刺耳的嘶吼。麥可會興奮地跳上跳下，高聲歡呼，而他母親則會站在廚房門口用擦碗布擦手，裝出一臉嫌惡的樣子。

偶爾卡車不會順利發動，麥可就得等父親回穀倉去拿曲柄扳手。他父親會一邊嘀咕，一邊去拿工具。麥可敢說他父親一定在罵髒話，讓他有一點害怕（直到後來父親住院，他三天兩頭跑醫院，這才發現父親喃喃自語是因為害怕，因為有一回扳手從承窩裡彈出來，狠狠扯裂了他的嘴角）。

「退後，麥仔。」父親會這麼說，一邊將扳手插進散熱器底部的承窩裡。每回車子終於發動之後，父親都會說明年要把車賣了，換一輛雪佛蘭，但始終沒有兌現。那輛老福特A型車仍然在他老家的後院裡，雜草長到跟車軸和雞舍的門做成的後擋板一樣高。

車子一開始跑，麥可就會坐上前座，聞著熱煤油和青色廢氣的味道，享受迎面而來的凜冽微風（因為沒有擋風玻璃），心想：春天又來了，我們全都醒了。他的靈魂會輕輕歡呼，震得快樂的心情也跟著搖晃。他會覺得自己好愛身邊的一切，尤其愛他父親。而他父親則會轉頭對他咧嘴微笑，大吼道：「抓好了，麥仔！咱們要讓這傢伙衝刺一下，把鳥兒嚇得到處躲藏！」

說完他便開車輾過車道，後輪濺起黑泥和一塊塊灰色的黏土，兩人在沒有車門也沒車窗的駕駛座裡彈上彈下，笑得像一對傻子。威爾會駕著A型車駛過屋子後方雜草高高的空地（存放乾草）開向南邊（馬鈴薯）、西邊（玉米和豆類）或東邊的田（豌豆、櫛瓜和南瓜）。卡車開到哪裡，鳥就會從前方的草裡振翅而飛，嚇得吱喳亂叫。有一回他們還遇見一隻大鳥。一隻顏色和晚秋橡樹一樣棕黑的山鶉從草裡竄出來，翅膀猛揮發出既像爆炸又像咳嗽的聲響，比引擎的轟鳴還大聲。

對小麥可．漢倫來說，坐上卡車就是坐上通往春天的列車。

每年的農活都是從清除石塊開始。一整個星期，他們每天都會將車開來，裝滿田裡清出的石塊。這些石塊要是沒有清除，等他們翻土和除草的時候，就可能將耙齒弄斷。有時，卡車會陷進春泥裡，威爾就會悶悶嘀咕……又是罵髒話，麥可心想。他知道其中一些的意思，但像「妓女」之類的說法就讓他搞不懂。他在聖經裡看過這個詞，就他所知，妓女是來自巴比倫的女人。麥可曾經想問父親，但他正想開口，A型車卻掉進泥巴裡，連線圈彈簧都陷了進去。他看見父親臉上烏雲密佈，決定還是改次再說。但麥可那年最後還是沒問父親，而是去問理查德．托齊爾。小理說他父親告訴他妓女是拿錢和男人性交的人。麥可問道：「什麼是性交？」但小理已經抱著頭走開了。

有一次麥可問父親，他們每年四月都把石塊清掉了，為什麼隔年又會有？

那天是清除石塊的最後一天。夕陽西斜，兩人站在傾倒石塊的地方，一條還不夠格稱為馬路的泥土小徑從西邊的田尾一路通到這個小峽谷，就在坎都斯齊格河邊不遠。峽谷裡荒蕪一片，佈滿威爾多年來從田裡清除的石塊。

威爾低頭望著荒地，這塊起初他一手打造，後來有了兒子幫忙的地方（他知道這些石塊底下有許多腐爛的草莖，是他為了讓田能耕種，一株一株拔起來運到這裡扔棄的）。他點了一根菸說：「我老爸過去常跟我說，神愛石頭，蒼蠅、雜草和窮人勝於祂所造的其他東西，所以才造了那麼多石頭。」

「但石頭好像每年都會自己跑回來一樣。」

「是啊，我想也是，」威爾說：「我猜也只能這麼解釋了。」

河對岸，一隻潛鳥嘶鳴一聲。夕陽餘暉將河水變成了暗橙紅色。鳥的叫聲如此寂寞，讓麥可疲憊的手臂起了雞皮疙瘩。

「爸爸，我愛你。」他忽然脫口而出，覺得自己的愛是那麼強烈，忍不住眼眶泛淚。

「嘿，我也愛你，麥仔。」他父親說完用強壯的胳膊將他緊緊抱在懷裡。麥可感覺父親的法蘭絨襯衫粗粗地磨著他的臉頰。「我們是不是應該回去了？這樣在你媽媽弄好晚餐上桌之前，我們還能沖個澡。」

「行。」麥可說。

「你行我也行。」威爾．漢倫說，說完父子倆都笑了。兩人累歸累，可是感覺很好。手腳有勞動，但沒有過度。雙手被石頭磨得很粗，但不太痛。

那天晚上，爸爸媽媽在另外一個房間看影集《新婚夢想家》，麥可在自己房裡昏昏欲睡，心想：春天來了。春天又來了。神哪，謝謝祢，非常感謝。他慢慢沉入夢鄉，再次聽見潛鳥的那聲嘶鳴，遙遠沼澤融入了他夢境的渴望裡。春天很忙碌，但很美好。

清完石塊，威爾會將A型車停在屋後的草地上，將曳引機開出穀倉。接下來是犁地。父親駕駛曳引機，麥可要嘛抓著鐵椅一起前進，要嘛用走的跟在後頭，將遺漏的石塊撿起來扔到一旁。再來是栽種，然後是夏天的活：鋤耕、鋤耕、鋤耕……母親會重新打扮賴瑞、莫伊和寇利，他們家的三個稻草人，麥可則會幫父親在每個稻草人頭上裝一個鹿鳴器。鹿鳴器是罐子做的，先把兩端切掉，再將一條上了厚蠟和樹脂的繩子緊緊綁在罐子中央，這樣風吹過罐子就會發出陰森的聲響，很像沙啞的哀鳴。嗜吃穀物的鳥兒很快就發現賴瑞、莫伊和寇利沒什麼威脅，但鹿鳴器總是能將牠們嚇走。

七月起，除了鋤耕之外還要採收。先是豌豆和小蘿蔔，再來是從木箱裡種起的萵苣和番茄，八月是玉米和豆子，九月還是玉米和豆子，之後是櫛瓜和南瓜。在這段期間內，馬鈴薯也會長成。最後當白天愈來愈短，空氣愈來愈冷，麥可和他父親就會收回鹿鳴器（但鹿鳴器有時到了冬天會不見蹤影，感覺好像每年春天都得重做）。隔天威爾會打電話給諾曼·薩德勒（諾曼和他兒子穆斯一樣愚蠢，但心腸絕對好上一百倍），要他開馬鈴薯挖掘機過來。

接下來三週，所有人忙著挖馬鈴薯。除了家人，威爾還會僱用三、四名高中生幫忙，每桶二十五美分。福特A型車會在南邊的田畦裡（最大的一塊田）緩緩駛前駛後，永遠打在低速檔，後擋板放下，車斗擺滿木桶，桶上寫著採收人的名字。每天工作結束，威爾會打開皺巴巴的老皮夾，付現金給採收工人。麥可也有薪水，他母親也是，兩人愛怎麼花就怎麼花，威爾·漢倫從來不過問他們把錢用到哪裡去了。麥可五歲那年，父親給了他百分之五的分紅，對他說五歲已經夠大了，可以拿得動鋤頭，也能分辨匍匐草和豌豆莖的不同。每大一歲，麥可的分紅就多百分之一。每年感恩節的隔天，威爾會計算農場的營收，然後扣除兒子的那一份……但麥可從來沒看過那筆錢。錢直接充當他的大學基金，絕對不准移作他用。

採收完成，諾曼·薩德勒開著挖掘機回去之後，天氣通常就會變得又灰又冷，堆在穀倉旁的南瓜也抹上一層薄霜。麥可會站在前院，挺著發紅的鼻子，雙手插在牛仔褲口袋裡，一邊看著父親先將曳引機開回穀倉，然後是福特A型車，一邊想：我們已經準備要再次入眠了。春天……消失了，夏天……走了，收成……也結束了，只剩秋天的尾巴：葉子落光的樹木、霜凍的地面和坎都斯齊格河岸邊的薄冰。烏鴉偶爾會停在莫伊、賴瑞和寇利肩上，想待多久就待多久。三個稻草人沒了聲音，也沒了威脅。

想到又是一年逝去，麥可不是特別傷心。九、十歲的小孩還不懂死亡，因為有太多事情可以期盼，像是到麥卡倫公園滑雪橇（膽子夠大可以到魯林丘，不過會去那裡的主要是大一點的小孩）、滑雪、打雪仗和堆雪堡，還可以穿著雪鞋和父親一起去買耶誕樹，在心裡盤算耶誕禮物會不會收到諾迪卡滑雪杖。冬天很好玩……但看見父親將A型車開回穀倉

（春天消失了夏天走了收成結束了）

總是讓他覺得難過，就像看到鳥兒成群南飛過冬一樣，而陽光斜斜的有時也會讓他沒來由地想哭。我們已經準備要再次入眠了……

生活不只是上學和農活，農活和上學。威爾．漢倫不只一次告訴妻子，小男孩要有時間去釣魚，就算他跑去做別的事情也一樣。麥可放學回家後，第一件事就是將課本放在起居室的電視上，然後弄一小份點心（他特別喜歡花生醬洋蔥三明治，但母親聞到那味道總是嚇得花容失色），接著讀父親留給他的字條，看父親人在哪裡，需要幫忙什麼雜務，例如哪幾畦田要拔草或採收、哪些籃子要搬、哪些作物必須輪栽或穀倉需要打掃等等。但每週都有一天（有時兩天）沒有字條。這時麥可就能去釣魚，即使不釣魚也行。放假的感覺很棒……因為沒什麼地方非去不可，所以也就不用急著去哪裡。

麥可不時會在字條上讀到「今天沒雜務」或「去老岬區看看電車軌道吧」之類的話。他會真

的跑去老岬區，找到依然有軌道的街道仔細打量，想像電車跑在馬路中央，心裡覺得不可思議。晚上他和父親可能會聊到這件事，父親會拿出收藏德利市照片的相冊，給他看電車在街上跑的樣子。電車頂上有一條滑稽的橫桿黏著電線，車身兩側都是香菸廣告。還有一回他叫麥可去紀念公園，就是德利儲水塔的所在地，去看供鳥喝水的水盤。另外，父子倆也一起到過法院，去見識波頓警長在閣樓裡找到的可怕機器。這個叫做「遊民椅」的刑具由鑄鐵製成，上下分別有手銬與腳鐐，椅墊和椅背都有球形突把。麥可看著它，想起他在某本書上看到的一張相片：欣欣監獄的電椅。警長不僅讓麥可試坐椅子，還讓他戴上手銬和腳鐐。

試戴手銬腳鐐的新鮮感消退之後，麥可一臉困惑望著父親和波頓警長，不曉得這東西為何能讓一九二〇和三〇年代湧入德利的「流民」（波頓警長的用詞）聞風喪膽。的確，突把坐起來是有點不舒服，手銬和腳鐐也讓人不容易調整成好坐的姿勢，可是——

波頓警長笑著說：「哎呀，那是因為你還小。你體重多少？七十磅？八十磅？蘇利警長當年放上那張椅子的流民通常是你體重的兩倍。他們坐一小時會有點不舒服，兩、三小時會很不舒服，四、五小時會非常難受，七、八小時會呼天搶地，十六、七小時就會嚎啕大哭，幾乎沒有例外。等他們坐上二十四小時，就算要他們在神面前發誓下回搭便車經過新英格蘭一定會避開德利，那些流民也會一口答應。就我所知，幾乎沒有人挺得過。在蕩婦椅坐二十四小時比什麼說服技巧都有用。」

麥可忽然覺得椅子上的突把變多了，在他臀部、脊椎和背部扎得更深，連頸背也有同樣的感覺。他很有禮貌地說：「我可以下來了嗎？」波頓警長又笑了。麥可忽然驚慌了起來，以為警長會拿著手銬腳鐐的鑰匙在他面前晃，對他說：我當然會放你下來……等你坐滿二十四小時以後。

回家的路上，他問父親：「爸爸，你為什麼要帶我去那裡？」

「等你長大一點就會知道了。」威爾回答。

「你不喜歡波頓警長，是嗎？」

「對。」父親的回答非常冷漠，讓麥可不敢再問下去。

不過，父親叫他或帶他去的地方，麥可大多很喜歡。到他十歲那年，威爾終於成功地將自己對德利市歷史的興趣傳給了兒子。無論是撫摸紀念公園水盤基座有些粗糙的鋪石表面，或是蹲著細細檢視老岬區蒙特街的電車軌道遺跡，麥可偶爾會深深感受到時間……感覺時間是真實的，擁有看不見的重量，就像陽光一樣（葛林古斯太太說陽光有重量時，不少學生都笑了，但麥可卻驚訝得笑不出來。他腦中最先浮現的想法是：光有重量？天哪，好可怕！）……感覺時間終究會將他掩埋。

一九五八年春天，父親留給他的第一張字條寫在信封背面，用鹽罐壓著。那天很溫暖，很有春天的感覺，非常甜美，母親將所有窗戶都打開了。字條寫道：今天沒有雜務。有興趣的話，你可以騎車去牧場路。到了那裡往左看，會見到許多倒塌的磚房和舊機器。你可以四處瞧瞧，拿個紀念品回家，但絕不准靠近地窖！還有記得天黑前回家，你應該知道爲什麼。

麥可知道。

他跟母親說他要去牧場路，母親皺著眉頭說：「你要不要問問藍迪．羅賓森，看他想不想和你一起去？」

「喔，好，我會繞過去問他。」麥可說。

他真的去了，但藍迪和父親到班格爾去買播種用的馬鈴薯，於是他便獨自騎車前往牧場路。路程還不短，四英里多一點，到的時候已經三點了。麥可將單車靠在牧場路左側的薄板籬笆上，翻過籬笆走進田裡。他大概只有一個小時可以探險，之後就得回家了。通常他只要在六點晚飯上桌前回到家，他母親就不會擔心。但之前發生一件難忘的事，讓他知道今年不一樣。那天他過了晚飯時間才回家，母親幾乎歇斯底里，衝過來用擦碗布抽打他，讓他嚇得張大嘴巴站在廚房門口，裝著紅鱒的柳編魚簍掉在地上。

「不准你這樣嚇我！」母親尖叫道：「永遠不准！不准！永遠永遠！」

她每說一次「永遠」就抽他一下。麥可以為父親會插手制止，結果卻沒有……也許他怕一開口，她就會將滿腔怒火轉到他身上。麥可學到教訓了。被擦碗布抽一下就夠了。天黑前回家。是，媽媽，瞭解了。

他走向田野中央的巨大廢墟。不用說，這就是基勤納鐵工廠的遺址。麥可之前騎車經過幾次，但從來沒想過一探究竟，也沒聽其他小孩說他們來過。他彎腰檢視堆得有如石塚的坍塌磚塊，覺得可以理解。田野被春天的陽光洗得雪白，偶爾有雲從太陽下方飄過，在田野留下緩緩移動的巨大雲影。但雖然四周一片明亮，感覺卻陰森森的。除了風聲，這裡靜得出奇。麥可覺得自己彷彿找到了失落之城的最後遺跡。

右前方雜草漫天，他發現一截巨大的磁磚圓柱突了出來，便跑過去看。原來是基勤納鐵工廠的主煙囪。麥可從破洞往裡頭看，忽然覺得一股寒意竄上脊背。破洞很大，他鑽得進去，但他並不想。誰曉得裡面是不是有什麼怪物攀在被煙燻黑的磁磚內壁上，還是住著可怕的蟲子或野獸。強風襲來，吹過破洞時發出聲響，聽起來就像鹿鳴器裡的上蠟絲線被風吹動的聲音，令人毛骨悚然。麥可緊張收回身子，突然想起他和父親昨晚在「早間秀」看到的那部電影，片名叫《拉頓》。父親只要見到拉頓出場就會笑著大叫：「麥仔，打死那隻笨鳥！」而麥可便會舉起手指開槍。父子倆就這樣大吵大鬧，直到母親探頭進來要他們安靜點，別弄得她頭疼，他們才稍微收斂。

昨天看的時候很好玩，現在卻一點也不好玩了。電影裡，日本礦工在全球最深的坑道幹活，不料卻把拉頓從地心放了出來。麥可望著煙囪的黝黑破洞，立刻想像那隻怪鳥藏在煙囪深處，皮革似的蝙蝠翅膀收在身後，盯著探進黑洞裡的男孩臉孔，用鑲著一圈金黃的眼眸盯著他，盯著他……

麥可打了個冷顫，微微後退。

他沿著煙囪外圍走。煙囪已經半陷在土裡，將地表稍稍抬起，麥可一個衝動便往上爬。從外面看，煙囪顯得可親許多，磁磚表面被太陽照得很溫暖。爬上去之後，麥可站起來往前走。他張開雙臂（煙囪表面其實很寬，不怕會摔下去，但他假裝自己是馬戲團裡的走鋼索大師），享受風吹過髮際的感覺。

走到盡頭他往下一躍，開始東看西看。他發現更多磚塊、扭曲的鑄模、厚木板和生鏽的機器。拿個紀念品回家，父親的字條寫著。他要找一個特別好的。

地窖敞開著，有如打著呵欠的嘴巴。麥可慢慢走近，一邊檢視殘骸，一邊留意別被碎玻璃割傷。附近很多碎玻璃。

他不是沒發現地窖或忘了父親的警告，也不是沒想到五十多年前發生在這裡的死亡意外。他覺得德利市如果真有地方鬧鬼，肯定非這裡莫屬。但即使如此，甚至說就是因為如此，讓他決定待著這裡，直到找到能夠拿回去向父親炫耀的好東西為止。

他緩慢鎮定地朝地窖前進，隨著它的殘破邊緣調整路線。他心裡聽見一個輕微的聲音，警告他太靠近了，他腳下的土方可能春雨打軟了，隨時可能讓他摔進洞裡。誰曉得裡面是不是有什麼尖銳的鏽鐵條，等著像蟲子一樣刺穿他，讓他抽搐而死。

他撿起一根窗框扔了進去。他看見一把長柄勺，大得可以當巨人的湯匙，握把被難以想像的烈焰燒得彎曲變形。還有一個活塞，大得他根本推不動，更別說舉起來的。他跨過活塞。他跨過去，然後——

他忽然想，我會不會找到骷髏頭？一九多少年在這裡找復活節巧克力蛋被炸死的小孩的頭骨？

麥可看了看陽光普照的田野，覺得很害怕。風吹過他耳邊發出海螺般的聲音，一片雲影悄悄飄過田野，有如巨型蝙蝠……或某種鳥的影子。他再次察覺四周有多麼安靜，頹圮的磚房和鐵皮七零八落散佈在田野上，有如擱淺似的，感覺又是多麼詭異，彷彿很久以前發生過戰役一般。

別傻了，麥可不安地對自己說，要是能找到什麼，五十年前都找完了，在事發之後。就算沒找完，後來也會被其他小孩或大人找到……剩下的。你難道認爲只有你會來這裡找紀念品？

不是……我沒那麼想，但萬一……

萬一什麼？他的理智問。麥可覺得它說得有點太大聲、太急了。就算還有東西留著，也早就風化了。所以……萬一什麼？

麥可在雜草裡找到一個碎掉的書桌抽屜，但只瞧了一眼就扔到旁邊，接著又朝地窖走近一點。那裡東西最多，他一定能找到什麼。

但要是那裡有鬼呢？我說的萬一就是鬼。要是地窖邊緣有手伸出來，那些小孩穿著當時的復活節裝扮出現了，衣服被五十年來的春泥、秋雨和冬雪弄得破破爛爛呢？沒有頭（他在學校聽人家說過，爆炸後一名婦人在自家後院樹上看見一名罹難者的頭顱）、沒有腿、像鱈魚一樣皮開肉綻，或和我一樣只是來這裡玩的小孩……到下面很黑的地方……在傾倒的鐵樑和老舊生鏽的大嵌齒下……

去！別再想了，拜託！

但他背部還是猛然顫慄，於是他決定趕快拿一樣東西就走，什麼都好。他伸手往下隨意一抓，拿起一個直徑大約七吋的齒輪。他從口袋掏出鉛筆，匆匆摳掉卡在齒輪上的泥土，將紀念品收進口袋。他可以走了。沒錯，他要走了——

但他的腳卻走錯了方向，緩緩朝地窖前進。他忽然絕望而驚恐地發現，他必須看看底下，他不得不看。

麥可抓著一根穿出地面的鬆軟的支承樑，身體向前搖擺，希望看見底下的裡面有些什麼。可是他看不太到。他已經離地窖不到十五英尺了，但仍然遠了點，沒辦法看見地窖的底部。

我才不在乎看不看得到底部呢。我現在就要回去了。我已經拿到紀念品，不用再瞧什麼破爛的地洞。而且爸爸的字條也叫我離它遠一點。

然而，那股悶悶不樂、近乎狂熱的好奇心抓住了他，不讓他走。麥可慢慢接近地窖，每走一步就愈想吐。他知道只要離開那根木樑，就不再有東西可抓了，也知道這裡的地面確實很軟，走起來吱嘎作響。他看見地窖邊緣有幾處凹陷，很像塌陷的墓穴。他曉得那是之前坍塌的遺跡。

他的心臟有如軍靴，在胸膛裡用力踏著整齊的步伐。他走到地窖邊緣往下望。

那隻鳥在地窖裡抬頭望著他。

麥可起初不確定自己見到了什麼。他體內的神經和血管似乎都凍結了，連掌管思想的通路也不例外。讓他震驚的不是看見怪鳥，不是這隻胸羽和知更鳥一樣橙黃、翅膀和麻雀一樣灰撲撲不起眼的鳥，而是事情完全出乎他意料。他以為會見到機器像石碑一樣半陷在死水和黑泥裡，沒想到卻是一個大鳥巢，佔據了整個地窖。築巢用的貓尾草多得可以綑成十二團乾草，但很老舊，發著銀光。鳥就坐在巢的中央，眼睛和新鮮溫熱的焦油一樣黑，周圍閃著光芒。在那荒誕的瞬間，僵住了的麥可在鳥眼裡看見了自己的倒影。

接著，地面突然開始移動，從他腳下跑開。他聽見薄屋頂的撕裂聲，知道自己正在往下滑。他尖叫一聲，整個人往後彈，揮動雙手想保持平衡，但卻站立不穩，重重摔在滿地雜物的地上。他的背壓到一塊又硬又鈍的金屬，痛得讓他想起了遊民椅。就在這時，他聽見怪鳥鼓動翅膀，發出爆炸般的巨響。

他跪起來往前爬，回頭只見怪鳥飛出地窖，張著長滿鱗片的暗橘色爪子，十呎有餘的翅膀上下拍動，和直升機旋轉翼一樣吹得乾枯的貓尾草滿天亂飛，嘴裡發出尖銳的唧唧聲。幾根羽毛從翅膀脫落，旋轉著掉回地窖裡。

麥可站起來，拔腿就跑。

他大步飛越田野，頭也不回，不敢回頭看。那隻鳥看起來不像拉頓，但他知道牠是拉頓的靈魂。那隻鳥像魔術箱內的鳥兒一樣從基勤納鐵工廠的地窖裡飛了出來。麥可絆了一下，單膝著地，但立刻站起來繼續跑。

奇怪的唧叫聲又來了。一道影子罩住他，麥可抬頭一看，發現那東西從他頭上飛過，距離不到五英尺，鳥喙是髒黃色，開開閉閉露出粉紅色的嘴。那鳥掉頭朝麥可飛來，翅膀掃出來的風拂過他的臉龐，帶來一股乾燥難聞的味道，有如閣樓的灰塵、毫無生氣的古董和腐爛的坐墊。

麥可往左跑，再度看見那根倒下的煙囪。他全力朝它衝去，手臂有如戳刺似的在身體兩側前後揮舞。那鳥尖叫一聲，麥可聽見牠鼓動翅膀，感覺就像鼓風的船帆。有東西掃到他的後腦勺。麥可感覺一道溫熱的火焰竄上後頸慢慢散開，血液汩汩流向衣領。

那鳥再度掉頭，打算像老鷹捉老鼠一樣用爪子將他抓走，帶回巢穴吃了他。

牠朝麥可俯衝而來，恐怖的黑眼睛活靈活現，緊盯著他。麥可猛然向右，讓鳥撲了個空。就差一點。牠的翅膀發出濃烈的灰塵味，讓人無法承受。

麥可沿著倒下的煙囪狂奔，磁磚成了模糊的影子。他已經看見煙囪尾了。只要他跑到那裡向左一閃鑽進煙囪，就可能安全了。他想那隻鳥很大，擠不進來。他差點就前功盡棄了。那鳥再度朝麥可飛來，快到時忽然拉高，拍動翅膀形成一道颶風，長滿鱗片的爪子對準他抓了過來。牠再度發出尖叫，麥可覺得牠的叫聲裡帶著勝利的味道。

他雙手抱頭，低著腦袋往前衝。那鳥爪子一抓，攫住他的前臂，感覺像被力大無窮的手指扣住，尖銳的指甲宛如利齒咬住了他。振翅聲響若雷鳴，麥可隱約察覺羽毛落在他四周，彷彿虛幻的吻拂過他的雙頰。那鳥再度飛高，麥可頓時覺得自己被往前拖，先是拉直，然後剩腳尖著地……接下來的一瞬間，他覺得凱茲帆布鞋尖離開了地面，讓他嚇僵了。

「放開我！」他朝怪鳥大吼，拚命扭動手臂。爪子還是抓著，但他襯衫的袖子斷了，麥可砰的摔回地面。那鳥嘶鳴一聲，麥可再度拔腿就跑，從牠尾翼底下衝過去。那股乾燥的惡臭讓他作嘔。感覺就像穿過羽毛形成的浴簾。

麥可不停咳嗽，眼睛被淚水和那鳥羽毛上的骯髒粉塵弄得又刺又痛，跌跌撞撞鑽進倒下的煙囪裡。他已經沒有心思去想裡面可能躲著什麼了。他直接朝黑暗跑去，喘息和啜泣聲在煙囪裡迴盪，發出單調的回音。他跑了大約二十英尺，接著回頭望向那一圈明亮的日光。麥可胸口劇烈起伏，忽然想到自己要是誤判怪鳥或煙囪口的大小，那就和拿起父親的獵槍朝腦袋扣下扳機一樣必死無疑。前方沒有出路。這不是水管，而是死巷，煙囪的另一端埋在土裡。

怪鳥又嘶鳴一聲。外頭的光線忽然一暗，那鳥降落在煙囪口外。他看見牠長滿鱗片的黃色雙足，和人的小腿一樣粗。那鳥低頭朝裡面看。麥可發現自己再度望著那雙烏黑油亮的恐怖眼睛和鑲著金邊的虹膜。鳥喙一張一閉、一張一閉，每回閉上都發出喀的一聲，就像牙齒猛力碰撞一樣。很利，麥可心想，*牠的嘴很利。我想我向來知道鳥喙很利，卻從來沒認真想過。*

那鳥又叫了一聲。聲音在煙囪裡如雷貫耳，逼得麥可用雙手摀住耳朵。

怪鳥開始強行鑽進煙囪裡。

「不行！」麥可大喊：「不行，你不能進來！」

那鳥不斷朝煙囪裡擠，光線也愈來愈暗（天哪！我怎麼忘了鳥的身體大部分是羽毛？怎麼忘了鳥很會鑽？）、越來愈暗……最後終於沒了。煙囪裡只剩濃郁如墨的黑暗、那鳥身上令人窒息的閣樓味和羽毛的窸窣聲。

麥可跪在地上，張大手掌開始在內壁摸索。他找到一塊破磁磚，尖端好像長了青苔。他手臂一揮，將磁磚扔了出去。砰。那鳥又發出尖銳的唧叫聲。

「滾出去！」麥可大吼。

煙囪裡沉寂片刻……接著劈啪窸窣聲再度響起，那鳥又開始朝煙囪裡鑽。麥可摸索地面，只要找到磁磚就往鳥身上扔。磁磚一塊塊打在鳥的身上彈開，撞到煙囪內壁發出鏗鏗鏘鏘的聲音。

神哪，求求祢，麥可心慌意亂想著，神哪，求求祢！神哪，求求祢——

他忽然想到自己應該繼續往裡退。他是從煙囪底座進來的，因此應該愈往裡面愈窄。沒錯，他可以往裡退，一邊注意怪鳥擠進來發出的低沉窸窣聲。他可以往裡退。要是運氣好，說不定退到一個地方，那鳥就進不來了。

但萬一那鳥卡住了呢？

那樣的話，他和鳥都要死在這裡了。他們會一起死、一起腐爛，在黑暗裡。

「神哪，求求祢！」麥可大吼一聲，完全沒察覺自己叫了出來。他又扔了一塊磁磚。這回力氣大得多（他事後告訴別人，他感覺好像有人在背後幫他一把，猛力推了他手臂一下），而且不是砰的一聲，而是啪的一聲，很像小孩用手掌拍打半凝固的傑洛果凍的聲音。怪鳥唧唧尖叫，不是憤怒，而是疼痛。煙囪裡都是翅膀揮動的悶響。旋風夾帶惡臭朝麥可襲來，吹得他衣服起伏擺動，塵土和青苔亂飛，讓他咳嗽想吐，不停後退。

光線再度出現。起先灰灰暗暗，之後隨著怪鳥退出煙囪而愈來愈亮。麥可嚎啕大哭，重新跪在地上瘋狂尋找磁磚碎片，隨即想也不想，兩手抓滿磁磚（就著微光，他看見磁磚表面和石碑一樣長著斑斑點點的青灰色苔蘚）往前衝，直到煙囪口附近。他打算盡量不讓怪鳥再次闖進來。

那鳥彎身側頭，動作很像受過訓練的鳥兒。麥可看見他剛才擊中了哪裡。鳥的右眼幾乎沒了。漆黑油亮的眼球不見了，取而代之的是噴血的火山口。白灰色的黏液從眼角汩汩而出，順著鳥喙側邊流了下來，黏液裡爬滿小寄生蟲，不停扭擺蠕動。

怪鳥看見麥可，立刻向前猛衝。麥可立刻拿磁磚扔牠，擊中牠的頭和嘴。怪鳥微微退後，接著再度衝刺，張大鳥喙露出粉紅色的嘴巴。但麥可還看見另一樣東西，讓他也張大嘴巴愣了半秒。那隻鳥的舌頭是銀色的，表面宛如岩漿烤過結渣的地表佈滿裂痕。

舌頭上，幾顆柳橙泡芙黏著不動，就像臨時落地生根的風滾草一樣。

麥可將最後一塊磁磚扔進鳥嘴裡。怪鳥再度尖叫退後，叫聲裡充滿挫折、憤怒和痛苦。麥可看見牠有如爬蟲類的爪子……之後是翅膀沙沙揮動。鳥走了。

不久後，麥可抬起被怪鳥揮翅弄得沾滿泥土、灰塵和苔蘚的臉，傾聽爪子踩在磁磚上的窸窣聲。他臉上只有一處是乾淨的，就是淚水流過的地方。

怪鳥在他上方走來走去：嚓、嚓、嚓。

麥可稍微退後，又收集了一些磁磚堆在煙囪口，愈靠近愈好。這樣那傢伙回來他才能就近攻擊。外頭還很亮。現在是五月，天還要很久才黑。但要是那隻鳥決定守株待兔呢？

麥可嚥了嚥口水，感覺乾涸的喉管好像黏在一起了。

在他上方：嚓、嚓、嚓。

他現在有一大堆彈藥了。陽光斜斜照進來，形成螺旋狀的光影。微光下，那堆磁磚看來就像家庭主婦掃在一起的陶器碎片一樣。麥可將手掌放在牛仔褲側邊擦了擦，靜觀其變。

過了好一陣子，不曉得是五分鐘或廿五分鐘，總算才有動靜。這段時間，麥可只聽見怪鳥在他上方走來走去，有如凌晨三點睡不著的失眠患者。

接著，他聽見振翅聲。那鳥再次停在煙囪口。麥可就跪在磁磚後方，怪鳥還沒低頭往裡頭看，他已經開始發射飛彈。一塊磁磚正中牠包著鱗片的黃腳，霎時血流如注，幾乎和鳥的眼睛一樣黑。麥可高聲歡呼，但幾乎被怪鳥的憤怒唧叫蓋了過去。

「滾出去！」麥可大喊：「滾出去！否則我會一直攻擊你。我發誓一定會！」

怪鳥飛回煙囪頂上，又開始來回踱步。

麥可靜靜等待。

後來，怪鳥再度振翅起飛。麥可等著那雙雞爪般的黃腳出現，但卻沒有。麥可又等了一會兒，認為那隻鳥在玩把戲，但很快明白這不是他繼續待著的理由。他之所以繼續等，是因為他不敢出去，不敢離開這個安全的避難所。

別擔心！別擔心這種事！我又不是兔子！

麥可伸手去拿磁磚，能拿多少就拿多少，然後又塞了一些到襯衫裡，接著走出煙囪。他拚命眼觀四面、耳聽八方，恨不得腦袋後面也有長眼睛。不過，他只看見一望無際的田野，身旁都是基勤納鐵工廠爆炸之後留下的生鏽殘骸。麥可轉身回頭，覺得怪鳥一定像兀鷹（現在變成單眼鷹了）似的站在煙囪上，等著小男孩看見牠，然後發動致命一擊，用尖利的鳥嘴又刺又撕又剝。

但鳥不在那裡。

牠真的走了。

麥可神經崩潰了。

他嚇得大聲尖叫，衝向隔開田野和馬路的老舊籬笆，扔掉剩下的磁磚。大部分磁磚早就掉了，在襯衫下襬掙脫皮帶時就掉光了。他一手撐住籬笆翻了過去，動作就像洛伊·羅傑斯帶著跟班派特·布瑞迪和其他牛仔從畜欄回來時炫耀給妻子黛兒·伊凡斯看一樣。他抓著單車握把跑了四十英尺才跳上車，拚命踩動踏板，不敢回頭，也不敢減速，一直衝到車來車往的牧場路和外大街口才稍微喘口氣。

回到家時，他父親正在換曳引機的火星塞。威爾發現兒子全身都是霉味，髒得要命。麥可遲疑半秒，接著跟父親說他回家路上為了閃避坑洞摔了一跤。

「有骨折嗎？麥仔？」威爾問道，比剛才更認真地打量了他一眼。

「沒有，爸。」

「有扭傷嗎？」

「還好。」

「確定？」

麥可點點頭。

「有找到紀念品嗎？」

麥可從口袋裡撈出齒輪，拿給父親看。威爾看了一眼，隨即從麥可拇指尾端的肉裡摳出一小塊磁磚碎片。他似乎對碎片更感興趣。

「舊煙囪的磁磚？」

麥可點點頭。

「你跑進去了？」

麥可又點點頭。

「有看到什麼嗎？」威爾問，接著像開玩笑似的（只是聽起來一點也不像在開玩笑）補上一句：「寶藏之類的？」

麥可擠出微笑，搖了搖頭。

「好吧，別跟你媽說你跑進去胡搞了，」威爾說：「否則她會先一槍斃了我，然後斃了你。」說完他湊到兒子面前：「麥仔，你真的還好嗎？」

「什麼？」

「你眼睛周圍有一點腫。」

「我想可能是累了吧，」麥可說：「別忘了，來回差不多要八到十英里。需要我幫忙弄曳引機嗎，爸？」

「不用了，我已經換得差不多，夠這星期用了。你進去洗澡吧。」

麥可走了幾步，父親叫住他，麥可回頭看著父親。

「我不准你再去那個地方了，」他說：「至少在事件過去、幹下這事的人被抓之前不准再去……你在那裡沒遇到什麼人，對吧？沒有人追你或吼你吧？」

「我沒看到半個人。」麥可說。

威爾點點頭，點了一根菸。「我想我不該叫你去那裡的。那種老地方……有時很危險。」

兩人目光短暫交會了一下。

「沒問題，爸，」麥可說：「反正我也不想再去了，感覺有點陰森。」

威爾又點點頭。「少說為妙，我想。你趕快去洗乾淨吧。記得叫你媽多弄三、四根香腸。」

麥可離開了。

6

別想那個了，麥可·漢倫心想。他看著終止在運河水泥堤岸邊緣的拖痕。別想那個了，反正那可能只是白日夢，而且——

運河邊有幾塊乾涸的血跡。

麥可看著血跡，接著低頭注視運河。黑水緩緩流過，骯髒的黃色浮沫聚在運河兩岸，偶爾被河水沖走，慵懶地轉著圓圈。忽然間，兩團浮沫湊在一起，似乎形成一張臉，小孩的臉，眼睛在深陷的眼窩裡閃著痛苦與恐懼。

麥可像是被針刺了一樣，倒抽一口氣。

浮沫分開了，再次變得毫無意義。這時他右邊突然噗通一聲，聲音很大。麥可轉頭一看，身體往後一縮，以為自己看見某個東西，就在運河從地底回到地面的陰暗甬道裡。

那東西不見了。

忽然間，他冷得發抖。他伸手到口袋裡拿出他在草叢發現的那把小刀，扔進了運河裡。河面濺起小小的水花，漣漪一圈圈向外擴散，隨即被河水拉成箭頭的形狀……然後消失無蹤。

四周一片沉寂，只剩忽然掐住他的恐懼與確信。他知道有東西就在附近，注視著他，評估出手的時機，耐心等待。

他轉身正準備走回去牽車——用跑的只會讓恐懼得逞，讓自己丟臉——忽然又聽見水花聲，比剛才更大聲。管他丟不丟臉，麥可開始全速狂奔，死命朝大門和單車跑去。他一腳踢起撐腳架，使勁朝街上騎。海味突然變濃……太濃了，感覺到處都是。從濕樹枝上落下的水滴也太大聲了。

有東西來了。他聽見有人拖著腳步蹣跚走在草地上。

麥可站起來踩著踏板，使出所有力量頭也不回衝到主大街，全速騎回家，心想自己發什麼神經竟然跑到這裡來……是什麼吸引他來的？

他強迫自己專心想著農活，想著所有雜務，其餘都不想。過了一會兒，他真的成功了。

隔天早上，麥可讀到報紙頭條（男童失蹤，市民再陷恐慌），立刻想起他扔進河裡的那把折刀——刀身刻了兩個英文字母：E.C.——想到他在草地上看到的血跡。還有終止在運河邊的兩條拖痕。

第七章　荒原的水壩

1

凌晨四點四十五分，從高速公路望過去，波士頓看起來就像一座正在緬懷過去災難的死城——也許是瘟疫，也許是詛咒。濃郁難聞的鹹味從海邊飄來，城市就算有什麼動靜，也多半被晨霧掩蓋了。

艾迪．卡斯普布拉克坐在鱈魚岬租車公司的巴奇．卡林頓交給他的八四年黑色卡迪拉克轎車裡，沿著史托洛大道往北開。他一邊開車一邊想，你可以感覺到這座城市的蒼老，全美國或許只有在這地方能有這種感覺。比起倫敦，波士頓還是小孩，在羅馬面前則像個嬰兒，但起碼以美國的標準來看，他已經很老、很老了。三百多年前，茶稅和印花稅還不存在，保羅．瑞維爾和派屈克．亨利還沒出生時，波士頓就已經在這片低矮的丘陵地扎根了。

波士頓的古老、沉默和帶著霧氣的海水味，全都讓艾迪感到緊張，而他一緊張就想拿氣喘噴劑。艾迪將噴劑塞進嘴巴摁了一團振奮精神的噴霧到喉嚨裡。

他經過的街上是有幾個人，陸橋上也有一兩名行人，讓他產生一種錯覺，以爲自己闖進了洛夫克拉夫特小說裡的滅亡之城，有著遠古的罪惡和唸不出名字的怪物。他經過一個寫著「坎摩爾廣場市區中心」的公車站，看見幾名女侍者、護士和公務員，脂粉未施的臉上寫滿了睡意。

他看見寫著「托賓橋」的標誌，心想，沒錯，守著巴士就對了。忘了地鐵吧。地鐵不好，要是我就不會下去搭，絕對不進地道。

這個想法不好。若不趕緊拋開，他很快又要用噴劑了。艾迪很高興托賓橋上的車流比較多。他經過一處紀念碑工地。磚牆上漆著有點令人不安的告誡：放慢速度！我們可以等！

前方出現一個綠色反光標誌，寫著「九十五號公路，通往緬因州、新罕普夏州和新英格蘭北部各地」。艾迪看著標誌，忽然從頭到腳打了個哆嗦，雙手僵在凱迪拉克的方向盤上。他很想相信這是某種疾病、病毒或他母親的「不存在的發燒」即將發作的徵兆，但他心裡明白得很。是他後方的城市，那座靜靜橫在白天與黑夜之間的城市，還有標誌所揭示的前方。他是病了沒錯，毫無疑問，但毒害他的不是病毒，也不是不存在的發燒。是他的回憶。

我在害怕，艾迪想。**說穿了永遠是這回事。害怕，如此而已。但我想我們最後扭轉了局面，我們利用了牠。但我們是怎麼辦到的？**

他想不起來，他很好奇其他人有誰想得起來。他衷心希望有這麼一個人。

一輛卡車從他左方呼嘯而過。艾迪依然開著車燈。卡車安全超前後，他閃了閃遠燈。艾迪想都沒想就做了。這已經成了下意識的動作，是開車討生活的人的習慣。他看不見卡車司機，但對方閃了兩下日行燈回禮，謝謝艾迪讓車。**要是所有事情都這麼簡單明白就好了**，他想。

他跟著指標開上九十五號國道。北上的車流量不多，但他看見南下進城的車道已經開始壅塞。明明還這麼早。艾迪開著大車向前滑行。他不僅事先猜到所有指標，並提前換到正確的車道。他已經很多年（眞的很多年）沒有猜測錯誤，搞得自己下錯交流道了。他選擇車道就像方才閃燈示意卡車駕駛「可以超車」一樣自然，就像他在小徑錯綜複雜的「荒原」行走一樣不用思考。雖然他從來不曾開出波士頓市區，離開這個全美外來遊客開車最容易迷路的城市，卻絲毫無損於他的游刃有餘。

他忽然想起那年夏天的另一件事。威廉有一天對他說：「艾、艾、艾迪，你、你腦袋裡裝、裝了一、一個指、指南針。」

他聽了多開心哪！現在想到還是很愉快。艾迪將一九八四年出廠的大禮車重新開上高速公路，時速加到警察不會管的五十七英里，收音機轉到播放輕音樂的電台。他心想自己當時眞的願意爲威廉而死。只要情況需要，只要威廉開口，他一定二話不說：「沒問題，威老大……你覺得哪時候好呢？」

想到這裡，艾迪笑了。不是眞的笑，只是哼了一聲，但他被這聲音嚇到，反而眞的笑了出來。這陣子他很少笑，而這一趟黑色之旅顯然也不用期望會有太多呵呵（這是小理的用詞，意思是笑，例如：小艾，你今天有呵呵嗎？）。但他心想，既然神那麼惡毒，連信徒最渴望的東西都下了詛咒，那祂可能也很難以預料，說不定這一路上會賞他們幾個呵呵。

「最近有呵呵嗎，小艾？」小理大聲說道，說完又笑了。天哪，他眞的很討厭小理叫他小艾……卻又有一點喜歡。他想應該和班恩．漢斯康聽到理查德叫他害死康的感覺一樣。就好像……某種暗名、秘密的身分，變成和他們父母親的恐懼、希望及無止盡的要求無關的人。小理很愛胡亂模仿聲音，但他或許知道對他們這樣的怪胎而言，偶爾成爲另一個人有多重要。

艾迪瞄了一眼儀表板上整整齊齊排成一排的硬幣。這是幹這行的另一個無意識習慣。收費站到的時候，你可不想四處找零錢或開進自動收費車道才發現準備的金額不對。

那一排零錢裡有兩或三枚刻有蘇珊．安東尼肖像的一元銀幣。艾迪心想，現在可能只有紐約的司機或計程車駕駛身上有這種硬幣了，就像目前只有在賽馬場領取賭金的窗口才能見到大量二元紙鈔一樣。他手邊總會留著幾枚這種銀幣，因爲華盛頓橋和三區大橋的自動收費籃收它。

他腦中忽然又靈光一閃：銀幣。不是一元銀幣這種假的夾銅硬幣，而是眞正的銀幣，刻有自由女神像的銀幣。班恩．漢斯康的銀幣。沒錯。不過當年威廉或班恩還是貝芙莉是否便是用它救了大家一命？艾迪不太確定。事實上，他什麼都不太確定……抑或只是他不願意想起來？

那裡很黑，他忽然想，我只記得這麼多。那裡很黑。

波士頓已經離他遠去，濃霧也漸漸淡了。前方是緬因州、新罕普夏和新英格蘭北部各地。德利也在前方。那裡有一樣東西二十七年前就該死了，但卻沒有。那東西和隆恩．錢尼一樣面目萬千，但牠到底是什麼？他們後來不是見到牠的眞面目了？看到牠摘下了所有面具？

啊，他記得好多事情……但還不夠。

他記得他愛威廉．鄧布洛，記得很清楚。威廉從來不曾取笑他的氣喘，也從不叫他小娘娘腔。他就像愛著哥哥……或父親那樣愛威廉。威廉知道該做什麼，該去哪裡，該看什麼。威廉從來不反抗。和威廉一起跑，你會擊敗魔鬼，哈哈大笑……但很少跑到喘不過氣來。而艾迪會告訴全世界，不會跑到喘不過氣來感覺很好，他媽的好。只要和威老大一起跑，每天都能呵呵笑。

「沒錯，小鬼，就是每天。」他學理查德．托齊爾的聲音說，說完又笑了。

在荒原蓋水壩是威廉的主意，而他們會聚在一起，可以說是水壩的功勞。告訴他們水壩怎麼蓋的是班恩．漢斯康。沒想到他們蓋得太好了，結果反倒惹毛了管區員警涅爾先生。但想到這個點子的人是威廉。雖然那一年他們所有人除了小理之外都在德利看見了怪東西，很可怕的東西，但最先鼓起勇氣說點什麼的卻是威廉。

那座水壩。

該死的水壩。

他想起維克多．克里斯說的話：「各位掰囉！相信我，那個水壩眞的很幼稚，還不如不要蓋。」

隔天，班恩．漢斯康笑著對他們說：

「我們可以
我們可以讓水淹沒
我們可以讓水淹沒

2

荒原，隨時都可以。」

威廉和艾迪一臉狐疑望著班恩，又看了看班恩帶來的東西。幾塊木板（從麥克奇彭先生家的後院拿的。不過沒關係，因為麥克奇彭先生可能也是從別人那兒拿來的）、一把大鐵鎚和一把鏟子。

「不曉得耶，」艾迪瞄了威廉一眼說：「我們昨天試過了，效果不太好。河水一直把樹枝沖走。」

「這次一定成。」班恩說完同樣看了威廉一眼，請他定奪。

「呃，那我、我們就試、試試看吧，」威廉說：「我早、早上打、打電話給、給理查德．托齊爾，他、他說他會晚、晚點來。他和史、史丹利或、或許也、也想幫忙。」

「誰是史丹利？」班恩問。

「史丹利．尤里斯。」艾迪說。他還是小心翼翼看著威廉。威廉今天感覺不太一樣，比平常更安靜，對蓋水壩的點子沒那麼熱中。他看起來很蒼白、疏離。

「史丹利．尤里斯？我想我不認識他。他也上德利小學嗎？」

「他和我們一樣大，但是剛唸完四年級，」艾迪說：「他晚了一年入學，因為小時候經常生病。你以為你昨天挨的那一頓夠慘了是吧？那你應該瞧瞧小史，老是有人把他整得七葷八素。」

「史、史丹利是、是猶太、太人，」威廉說：「很、很多小孩因、因為這點、不、不喜歡、歡他。」

「是喔？」班恩一副難以置信的樣子，問：「因為是猶太人？」他停頓片刻，接著謹慎地說：「所以像土耳其人，還是像埃及人那樣？」

「我猜比、比較像、像是土耳其、其人一樣，」威廉說完拿起一片班恩帶來的木板，左右端詳。木板大約六英尺長、三英尺寬。「我、我爸說、大部、部分猶太人鼻、鼻子都很大，很有、有錢，但史、史、史——」

「但史丹利的爸爸鼻子很正常，而且老是沒錢。」艾迪說。

「對。」威廉說，說完咧嘴笑了。這是他今天頭一回露出笑容。

班恩笑了。

艾迪笑了。

威廉將木板扔到一旁，起身拍掉牛仔褲臀部的泥土，走到溪邊。另外兩個男孩跟著他。威廉雙手插在後口袋裡，深深嘆了一口氣。艾迪敢說威廉一定打算說什麼正經事。威廉看看艾迪、看看班恩，又看看艾迪，臉上的笑消失了。艾迪忽然害怕起來。

但威廉只說了一句：「你、你有帶、帶噴、噴劑嗎？」

艾迪拍拍口袋說：「裝得滿滿的。」

「告訴我，巧克力牛奶有沒有用？」班恩問。

艾迪笑了。「太有用了！」說完他和班恩哈哈大笑，威廉看著他們倆，也跟著微笑，但表情很困惑。艾迪說給威廉聽，他聽完又咧嘴笑了。

「艾、艾迪的媽、媽媽擔心他、他會壞掉，而她、她找不、不到地方退貨還款。」

艾迪哼了一聲，作勢要將威廉推進水裡。

「等著瞧吧，蠢貨，」威廉說，聲音聽起來就像亨利・鮑爾斯：「我會把你的腦袋扭一大圈，讓你看見自己擦屁股。」

班恩笑倒在地，尖聲狂笑。威廉看了他一眼，臉上依然掛著笑容，雙手還插在後口袋裡，那是沒錯，但再次顯得有一點疏離，有點難以捉摸。他看著艾迪，用頭比了比班恩。

「那傢伙很、很蠢。」他說。

「沒錯，」艾迪附和道，但他覺得他們只是表現得很開心。威廉心裡有事情。他想時候到了威廉就會說出來，但問題是艾迪想知道嗎？「是智障。」

「白痴。」班恩說，依然笑個不停。

「你是、是要教我、我們怎麼蓋、蓋水壩，還是打、打算屁股黏、黏在地上、一整、整天？」

班恩再次起身，先看了看河水。河水不疾不徐流著。荒原位於坎都斯齊格河的很上游，這裡河面不是很寬，但他們昨天還是搞不定。艾迪和威廉都想不出來如何在河裡將東西固定住。然而，班恩臉上那種笑容，表示他打算來點新鮮的……有趣又不會太難的事。艾迪心想：他知道，我想他眞的知道怎麼做。

「好了，」班恩說：「你們最好把鞋子脫了，因為待會兒腳一定會弄濕。」

艾迪心裡的「保母媽媽」立刻說話了，語氣和交通警察一樣堅決，不可違抗：你敢下水試試看，艾迪！你試試看！人有幾千種狀況會得感冒，把腳弄濕就是一種。感冒會引發肺炎，所以不准下水！

威廉和班恩坐在河邊，開始脫鞋和襪子。班恩小心翼翼將牛仔褲管捲高。威廉抬頭看著艾迪，眼神清澈而溫暖，充滿了諒解。艾迪忽然覺得威老大一定知道他在想什麼，頓時羞愧得無地自容。

「你、要一起、起來嗎？」

「當然啊。」艾迪說。他坐在河邊開始脫鞋襪，任憑母親在他腦袋裡怒吼……但他感覺她的聲音愈來愈遠，愈來愈像回音，彷彿有人用大魚鉤勾住她的上衣後背，將她拖離他身邊，讓他鬆了一口氣。

3

那天是個完美的夏日，一切是那麼順心順利，讓人永難忘懷。微風趕走惡毒的蚊蚋，天空藍得清爽燦爛，氣溫二十度出頭，鳥兒在矮樹叢和再生林裡啼唱，忙忙碌碌。那天早上，艾迪只用了噴劑一次。他的胸口鬆開了，喉嚨也神奇地通了，感覺和高速公路一樣寬。在那之後，噴劑一直塞在他後口袋，艾迪完全忘了它。

前一天還那麼膽小躊躇的班恩．漢斯康，一旦開始建水壩，就成了自信滿滿的指揮官。他會不時回到岸邊，泥濘的雙手插在腰上，看著正在進行的工程喃喃自語，偶爾撥一撥頭髮。到了十一點左右，他已經「怒髮衝冠」，感覺既瘋狂又滑稽。

艾迪起初猶疑不決，接著很開心，最後卻得到一種前所未有的感覺，令人興奮害怕又覺得詭異。那種狀態是如此陌生，他一直到夜裡躺在床上，看著天花板回想那一天時，才找到貼切的詞彙。力量，他感受到的就是這個。力量。這次會成功，謝天謝地，而且比他和威廉（甚至班恩）想像的還成功。

他感覺得出來，威廉也很投入。起初只有一點點，還被那樁心事困著，但慢慢愈來愈認真，甚至有一、兩次輕拍班恩肥嘟嘟的肩膀，說他真是了不起。班恩每次都開心得滿臉通紅。

班恩叫艾迪和威廉抓著一塊木板橫在河中央，他再用鐵鎚將它敲入河床。他對艾迪說：「好了，木板插進去了。但你必須扶著它，否則很快就會被河水沖得鬆動了。」於是艾迪繼續站在河裡抓著木板。河水掃過木板頂端，讓他的手指像海星觸手一樣抖來抖去。

班恩和威廉拿了第二塊木板，插在第一塊木板下游兩英尺處。接下來班恩再用鐵鎚將木板固定，讓威廉扶著，然後他開始從河岸搬沙土填到兩塊木板之間。起初沙土一下就被沖走了，繞著木板兩端形成混濁的流雲。艾迪心想完蛋了，但班恩開始從河岸搬來石塊和黏土，流失的沙土便愈來愈少。不到二十分鐘，班恩已經在河中央的兩塊木板之間堆起一道土石堤，看在艾迪眼裡，簡直就像海市蜃樓。

最後，班恩將鏟子一扔，氣喘吁吁坐岸邊休息說：「要是有水泥……而不只是……泥巴和石頭，到了下週三，他們就得將德利……整個遷到老岬區去了。」威廉和艾迪聽了笑了出來，班恩也笑了。他笑的時候，隱約能看見他長大後的俊俏輪廓。水開始在上游的木板那側不斷漲高。

艾迪問從旁邊流走的水怎麼辦？

「就讓它流吧，無所謂。」

「真的？」

「對。」

「為什麼？」

「我沒辦法解釋清楚，但就是得讓一些水流走。」

「你怎麼會知道？」

班恩聳聳肩，意思是：我就是知道。艾迪不再說話。

休息過後，班恩拿起第三塊木板（他辛辛苦苦從市區搬了四、五塊木板過來，就屬這塊最厚），小心翼翼抵住第二塊木板，一端牢牢插進河床，另一端用力壓在威廉扶住的木板的側面，做成他前一天在小藍圖上畫的支板。

「好啦，」他退後一步，朝兩人咧嘴微笑說：「你們倆現在應該可以放手了。兩塊木板之間的黏土砂石能抵擋大部分水壓，剩下的由支柱分攤。」

「不會被水沖走嗎？」艾迪問。

「不會，水只會把板子壓得更深。」

「要是你、你錯、錯了，我們就、就宰了、了你。」威廉說。

「行啊。」班恩溫和地說。

威廉和艾迪往後退，構成水壩的兩塊木板吱嘎一聲，微微傾斜……就這樣。

「帥斃了！」艾迪興奮大叫。

「真、真棒。」威廉咧嘴笑著說。

「嗯，」班恩說：「來吃午餐吧。」

4

他們坐在岸邊用餐，沒什麼交談，注視著河水被水壩擋住，繞個彎從木板兩端流過。艾迪發現河畔的地貌已經變了。轉向的水流吞沒了幾塊扇形凹地，切開對岸一小段河岸，造成小小的崩塌。

水壩上游處，河水兜著圈子，甚至溢出了河岸。細流映著陽光閃閃發亮，衝上草地和矮樹叢。艾迪逐漸明白班恩一開始就知道的事：水壩已經蓋好了。板子和河岸間的空隙是洩水道。班恩沒辦法向艾迪解釋，因為他還不曉得這個詞。坎都斯齊格河從木板上方流過，感覺像腫了一塊。之前流過石頭和砂礫的淺水潺潺聲不見了，水壩上游的石頭全都被漲高的河水給淹沒。不時有草皮和泥土被變寬的河道侵蝕，落進河裡濺起水花。

水壩下游的河道幾乎乾了，只剩中央幾條涓涓細流依然活絡，僅此而已。不知在水裡待了多久的石頭在陽光下慢慢烘乾。艾迪看著變乾的石頭，內心充滿了驚奇，還有那個說不上來的奇怪感覺。他們做到了。他們。艾迪看見一隻青蛙跳呀跳的，心想蛙先生或許正在好奇水都跑哪裡去了。想到這裡，艾迪忍不住哈哈大笑。

班恩將包裝紙整整齊齊收進自己帶來的午餐袋裡。他剛才三兩下就擺出一大堆食物，簡直和餐廳一樣，看得艾迪和威廉目瞪口呆。他的午餐包括兩個花生醬夾果醬三明治、一個波隆納三明治、一顆全熟的水煮蛋（外加收在小蠟紙包裡的鹽巴）、兩條無花果夾心餅、三大塊巧克力餅乾和一塊巧克力夾心餅。

「昨天你媽看到你那麼狼狽，她說了什麼？」艾迪問他。

「啊？」班恩說著抬起頭，將目光從水壩擋出來的大水塘移開，手背摀著嘴巴輕輕打了個嗝。「哦！呃，我知道她昨天下午會去超市買東西，所以我會比她早到家。我沖了澡，洗了頭，然後把牛仔褲和運動衫扔掉。我不曉得她有沒有發現衣服不見了。可能沒注意到運動衫，因為我有很多件，但我想我最好在她開始翻我抽屜之前買一條新的牛仔褲。」

班恩想到把錢花在這麼不必要的東西上，臉上閃過一絲沮喪。

「那、那你身、身上的瘀、瘀青怎麼、麼辦？」

「我跟她說我放學太興奮了，跑出教室之後從樓梯上摔下來。」班恩說。但他沒想到艾迪和威廉竟然笑了，讓他有點難過。威廉正在吃母親做的魔鬼蛋糕，嗆得把食物吐了出來，接著一陣猛咳。還在大笑的艾迪趕緊拍他的背。

「那個，我是真的差一點從樓梯上摔下來，」班恩說：「但那是因為維克多．克里斯推我，不是因為我用跑的。」

「我要、要是穿著運、運動衫，肯定熱、熱得和墨、墨西哥粽子一、一樣。」威廉說完將剩下的蛋糕塞進嘴裡。

班恩遲疑片刻，似乎不打算開口了，但最後還是說：「你如果是胖子的話穿這樣比較好，我是說穿運動衫。」

「因為你有小腹？」艾迪問。

威廉哼了一聲，說：「因為你有奶、奶——」

「對，因為我有奶奶，那又怎樣？」

「沒錯，」威廉柔聲說：「那、那又怎樣？」

三人陷入尷尬的沉默。接著艾迪說：「你們看，河水流過水壩兩邊的時候變得好黑喔！」

「哎呀，可惡！」班恩猛然起身：「河水把填充物沖走了！天哪，真希望我們有水泥！」

災情很快便平定了，但連艾迪都看得出來，要是不一直鏟土和石頭填補，水壩的下場會是如何。沖蝕最後會將上游的木板推倒，撞到下游的木板，然後水壩就全垮了。

「我們可以擋住兩側，」班恩說：「雖然無法阻止沖蝕，但能延緩它。」

「要是繼續用沙子和泥巴，不會一直被沖掉嗎？」艾迪問。

「我們改用草皮。」

威廉點頭微笑，用右手拇指和食指比成圓圈，說：「我、我們走、走吧。我來挖草、草皮，大班，你告訴、訴我填在哪、哪裡。」

這時，他們後方傳來喧鬧的歡呼聲。「老天！有人在荒原蓋起游泳池啦！真是了不起加了不起啊！」

艾迪轉頭看去。他發現陌生的聲音讓班恩身體緊繃，抿起嘴唇。就在班恩昨天過河的上游處站著兩個人，理查德．托齊爾和史丹利．尤里斯。

小理蹦蹦跳跳跑進河裡，有點好奇地瞄了班恩一眼，然後捏了艾迪臉頰一下。

「別這樣！我最討厭你捏我了，小理！」

「才怪，你才愛呢，小艾，」理查德綻開笑容對他說：「怎麼樣？你們有沒有呵呵啊？」

5

他們四點左右收工，五人坐在比先前更高的河岸邊（威廉、班恩和艾迪用餐的地方已經被水淹沒了）俯瞰成果。連班恩都感到難以置信。他覺得又疲憊又有成就感，還夾雜一絲不安的恐懼。他發現自己想起迪士尼電影《幻想曲》裡的米老鼠。米老鼠知道怎麼讓掃帚動……卻不曉得如何讓它們停下來。

「真他媽的不可思議。」理查德．托齊爾輕聲說道，推了推鼻梁上的眼鏡。

艾迪轉頭看了他一眼，但小理不是在搞笑。他臉上帶著沉思的表情，甚至有點嚴肅。

河對岸先高後低、向下微微傾斜的地方出現了一片新的沼澤。蕨類和聖誕灌木泡在一英尺深的水裡。即使坐在對岸，他們仍看得見沼澤不斷擴張，生出新的小沼澤，穩穩地向西推進。水壩後方，坎都斯齊格河成了遼闊的深潭，不再是早晨淺緩無害的模樣。

下午兩點，持續擴張的深潭已經吞噬了大量河岸，不少溢流幾乎和原本的河道一樣寬。大家都跑去垃圾掩埋場出緊急任務，尋找更多建材，只有班恩留守，按部就班用草皮填補缺口。其他人不只拿了木板回來，還有四個磨光的輪胎、一扇四九年賀德森黃蜂轎車的生鏽車門和一大片鐵皮浪板。在班恩的指揮下，他們在原本的水壩兩旁做了側翼，防止河水從兩端繞過，而且側翼順流向後斜一個角度，使得水壩更加牢固。

「河水完全給堵死了，」小理說：「老兄，你真是天才！」

班恩微笑說：「還好。」

「我有幾根雲斯頓菸，」小理說：「誰想來一口？」

他從褲口袋裡掏出一個壓扁的紅白色紙盒，遞給他們。艾迪想到香菸會讓氣喘惡化，所以拒絕了。小史也拒絕了。威廉拿了一根，班恩猶豫片刻之後也拿了一根。小理拿出一盒火柴，盒面寫著「洛伊丹」。他先幫班恩點菸，再幫威廉點菸。他正要替自己點菸時，威廉卻把火柴吹熄了。

「謝了，鄧布洛，你這個混小子。」小理說。

威廉歉然微笑，說：「一根火、火柴三、三支菸，會倒、倒楣。」

「你們這些傢伙生下來才叫倒楣咧，」小理說。他用另一根火柴點了菸，兩隻胳膊枕著頭躺在地上，菸直直對著天空。「雲斯頓，香菸就該是這個味道，」他唸完這句廣告詞，微微轉頭朝艾迪眨了眨眼睛說：「對吧，小艾？」

艾迪發現班恩看著小理，眼神既崇敬又有一些提防。艾迪認識理查德·托齊爾四年了，還是搞不清楚小理是怎樣的人。他知道小理成績不是A就是B，但也曉得他的操行常常拿C或D。小理每次拿著糟糕的操行成績回去，總是讓父親傷透腦筋，母親掉眼淚。小理每次都會發誓痛改前非，甚至也真的有努力……個一陣子。小理的問題就在於他坐不住，而且完全控制不了自己的嘴巴。這些毛病在荒原不會有什麼問題，但荒原不是彼得潘的永無鄉，能當野男孩也只有幾個小時

（想到自己是後口袋裡塞著氣喘噴劑的野男孩，艾迪就覺得好笑）。荒原很好，但終究得離開。回到現實世界，小理的胡說八道總讓他惹上麻煩。惹到大人就已經夠糟了，惹到亨利．鮑爾斯那種小孩更是雪上加霜。

他出現在荒原的那一幕就是最好的例子。班恩．漢斯康還沒打招呼，小理已經跪在他腳跟前張開雙臂，誇張地頂禮膜拜。他每磕一次頭，雙手就啪地在泥巴河岸上打一下，並且開始模仿聲音。

小理會模仿十幾種聲音。之前某個下雨的午後，他和艾迪在艾迪家車庫樓上的椽木房間看《小露露》漫畫，對艾迪說他以後要當全世界最偉大的腹語術者，甚至比艾德加．柏根還了不起，每星期都上「蘇利文秀」。艾迪很佩服好友的雄心壯志，但一眼就看出了問題。首先，他模仿的每一個聲音都很像理查德．托齊爾。這不表示他的模仿不有趣，他有時確實很好笑。小理提到插科打諢和響屁時，用的是同一個詞，都用「放炮」來形容。而不管是插科打諢或響屁，他都常常放……而且往往不得體。其次，小理說腹語嘴唇會動。不是偶爾動，像發p或b音時，而是常常動，每個音都動。第三，小理說他要說腹語，通常撐不久。他的大多數朋友都太善良（或被小理那種迷人又累人的魅力吸引），沒有告訴他這些小毛病。

小理跪在又驚又窘的班恩．漢斯康面前瘋狂膜拜，用他稱之為「黑鬼吉姆」的聲音開始說話。

「求求您啦，害死康老大！」小理大叫：「別壓在俺身上啊，害死康大爺大！您要是壓在俺身上，俺就變成肉泥啦！求求您啦！求求您！三百磅的大肥肉，奶子和奶子隔了八十又八吋，害死康聞起來就像豹子的大便！俺會尿褲子的，害死康大爺啊！俺一定會尿褲子！千萬別壓在我這個小黑仔身上啊！」

「別、別理、理他，」威廉說：「小、小理就、就是這樣，他是瘋、瘋子。」

理查德跳起來說：「我聽見了，鄧布洛。你最好少管閒事，否則我就叫害死康壓死你。」

「你老、老爸最好、好的種都沒、沒留、留下來。」威廉說。

「沒錯，」小理說：「但你瞧瞧，我這個種也夠好了。你好啊，害死康？我叫理查德．托齊爾，興趣是模仿聲音。」說完他伸出手，班恩也愣愣伸手，結果理查德突然把手收回去，嚇了他一跳。理查德玩夠了，乖乖和班恩握手。

「我叫班恩．漢斯康，請多指教。」班恩說。

「我在學校看過你，」小理說。他伸手朝氾濫的河水一揮。「這玩意兒肯定是你的傑作，這幾個蠢蛋連用火焰槍點鞭炮都不會。」

「那是你啦，小理。」艾迪說。

「哦，所以這是你的主意囉，小艾？天哪，失敬失敬。」說完他跪在艾迪面前又開始瘋狂膜拜。

「別鬧了，起來，你弄得我滿身都是泥巴了啦！」艾迪大叫。

小理跳起來，又捏了艾迪的臉頰一下，喊說：「可愛、可愛、可愛唷！」

「住手，我討厭這樣！」

「從實招來，小艾——水壩誰蓋的？」

「班、班恩教、教我們、們的。」威廉說。

「幹得好，」小理轉身，發現史丹利．尤里斯手插口袋站在他後面，默默看他耍猴戲。「這位是小史，史丹利．尤里斯，」他對班恩說：「小史是猶太人，基督就是他殺的，起碼維克多．克里斯是這麼告訴我的。從那之後，我就一直跟著小史。我心想他年紀這麼大，應該能去幫我們買啤酒。對吧，小史？」

「我想你搞錯人了，那是我爸才對。」史丹利低著聲音愉快地說。所有人聽了都笑了，連班恩也笑了，艾迪更是笑到氣喘，眼淚直流。

「放得好！」小理大喊，雙手高舉過頭大步繞圈，像示意進球有效的美式足球裁判一樣。「小史放了一個好炮！真是歷史性的一刻！萬歲！萬歲！」

「嗨。」史丹利對班恩說，似乎把小理當空氣。

「哈囉，」班恩回答：「我們二年級同班，你是那個──」

「不說話的小孩。」史丹利把話接完，露出微笑。

「對。」

「小史就算滿嘴是屎，也說不出個屁來，」理查德說：「而他常常滿嘴大便，哇哈哈──」

「閉、閉、閉嘴，小理。」威廉說。

「好吧，但我還有一件事要說。雖然我很不想說，不過你們的水壩快完蛋了。峽谷就要淹大水了，弟兄們，趕快疏散婦女和孩童吧。」

說完小理鞋子沒脫、褲管沒捲，就跳進河裡開始將草皮掃到離他比較近的水壩側翼中，因為頑強的河水又開始將填充物沖走，形成泥濘的細流。他眼鏡一邊鏡腳用紅十字會的膠帶黏著。他一邊工作，膠帶尾端不停拍打他的臉頰。威廉和艾迪四目交會，微微一笑聳了聳肩。小理就是這樣。雖然滿口屁話……不過有他在感覺還是很棒。

他們接下來工作了大約一個小時。理查德乖乖聽從班恩指揮（多了兩個人可以使喚，感覺更吸引人了），而且以瘋狂的速度執行。只要任務一完成，他就會回報班恩，請他下達新的指令，聽完還併攏濕透的鞋跟，向班恩行英國軍人的反手禮。他一邊工作，一邊模仿聲音和其他夥伴聊天。一會兒是德軍指揮官，一會兒是英國佬巴特勒、南方參議員（聽起來很像卡通裡的萊亨雞，後來變成他有名的角色彪福．齊斯德萊佛）和電影腔新聞播報員。

工程不只有進展，而且進展神速。到了快五點，大家坐在岸邊休息時，理查德之前說的話似乎應驗了。他們真的把河水堵死了。車門、鐵皮和舊輪胎構成了第二道水壩，被大量石塊與泥土支撐著。威廉、班恩和理查德抽著菸，史丹利躺在地上。外人可能以為他在看天空，但艾迪很清楚，小史在看河對岸的樹，留意有沒有晚上可以記進他的鳥類筆記本裡的鳥。艾迪自己蹺著二郎腿，感覺疲憊又愉快，有種微醺的心情。那一刻，他覺得這些同伴真是太棒了，是人生夢寐以求的好搭檔。他們在一起感覺很對，搭配得天衣無縫。他找不出更好的解釋，而且好像也不需要解釋，因此他決定不管它。

他轉頭看著班恩。班恩姿勢笨拙地拿著抽了一半的菸，不停吐口水，好像不太喜歡那味道似的。艾迪看他摁熄香菸，用土埋起來。

班恩抬頭發現艾迪正在看他，難為情地將頭撇開。

艾迪瞄了威廉一眼，發現好友臉上浮現他不想看到的表情。威廉望著河對岸的樹林和灌木叢，眼神灰濛，若有所思。憂愁再度出現在他臉上。艾迪覺得威廉好像著了魔似的。

威廉似乎讀到了艾迪的心思，轉頭看著他。艾迪露出微笑，但威廉沒有，而是將菸弄熄，轉頭看其他夥伴。就連理查德都是一副沉浸在自己思緒裡的神情，這種事簡直和月蝕一樣稀奇。

艾迪知道威廉如果有大事想講，總會等到絕對安靜才開口，因為說話對他而言很吃力。他忽然好希望自己有事可說，或小理又開始玩腹語。他覺得威廉只要打破沉默，一定會講出很可怕的事，讓一切從此改變。艾迪想都沒想，就自動伸手到後口袋裡，將噴劑掏出來握在手中。

「我、我可以告、告訴你們一件、件事嗎？」威廉問。

四個人都轉頭看他。小理，說個笑話吧，艾迪心裡想，說個笑話，或是很誇張的話，讓他難堪，說什麼都無所謂，只要讓他閉嘴就好。管他想說什麼，我都不想聽。我不想改變任何事情，我不想害怕。

他心裡一個陰森沙啞的聲音說：十分錢我就做。

那聲音突然勾起一個影像：內波特街的房子。前院長滿雜草，側邊的花園無人照料，幾朵大向日葵垂頭喪氣。艾迪打了個冷顫，想把那聲音和影像從腦海中甩掉。

「當然行，威老大，」小理說：「什麼事？」

威廉張開嘴（艾迪更焦慮了）、閉上（艾迪鬆了一大口氣），又張開（艾迪又開始焦慮了）。

「你、你們要是敢、敢笑，我就再、再也不跟你、你們玩、玩了，」威廉說：「這件事很、很離譜，但我發、發誓這、這事千真萬、萬確，不是我、我編、編造的。」

「我們不會笑的，」班恩說完看了其他同伴一眼：「對吧？」

史丹利搖搖頭，小理也是。

艾迪很想說，才怪，老威，我們會笑掉大牙，說你是大白痴，所以你還是現在閉嘴吧！但他當然說不出口。講話的人是威老大啊。他可憐地搖搖頭。不會，他不會笑，他從小到大從來不像現在這麼不想笑過。

他們坐在班恩指導他們做成的水壩上方，目光順著威廉的臉龐滑向不斷蔓延的河水和沼澤，又回到威廉的臉上，默默聽他訴說他打開喬治相簿後發生的事：相片裡的喬仔轉頭朝他眨眼，他嚇得扔掉相簿，相簿竟然流出血來。威廉講了很久、很痛苦，說到最後更是滿臉通紅，全身是汗。艾迪從來沒聽他口吃這麼嚴重過。

不過，威廉還是說完了。他看著他們，神情倨傲又害怕。艾迪發現班恩、小理和小史也是同樣的表情。他們臉上全都寫著真實的畏懼，感覺不到半點懷疑或不相信。他忽然有股衝動，想站起來大喊：太扯了吧！這麼扯的事，連你自己也不信，對吧？就算你信，你不會以爲我們也信，對吧？相片裡頭的人才不會眨眼！相簿才不會流血！你瘋了，威老大！

但艾迪不太可能這麼做，因為真實的畏懼也寫在他臉上。他雖然看不見，可是感覺得到。

回來啊，孩子，沙啞的聲音輕輕說道，我免費幫你吹，回來呀！

不要，艾迪呻吟道，拜託你走開，我不要想起那件事。

回來啊，孩子。

這時，他看見另外一樣東西。理查德臉上沒有，起碼他不覺得有，但史丹利和班恩臉上絕對有。他知道那是什麼東西。他知道，因為那東西也在他臉上。

他看見「認得」的表情。

我免費幫你吹。

內波特街二十九號那棟房子就在德利火車站旁，十分古老破舊，門窗都用木板封住，一部分門廊已經塌陷到地面，前院雜草蔓生，一台生鏽的三輪車翻倒在長草叢中，一個輪子斜斜向著天空。

然而，門廊左邊卻有一大塊空地，看得見幾扇骯髒的地窖窗戶，嵌在屋子已經傾圮的磚造地基上。六週前，艾迪·卡斯普布拉克就是從其中一扇窗看見一個痲瘋病患的臉。

6

每到週六，艾迪如果找不到朋友玩，就常常去火車站的調車場。沒什麼特別的理由，他就是喜歡那裡。

他會騎著單車，從威奇漢街轉西北沿著二號公路騎一英里左右，就會抵達二號公路和內波特街口的內波特街教堂小學。這棟簡陋乾淨的木構建築，屋頂立著大十字架，前門上方是兩英尺高的燙金經文：讓小孩子到我這裡來。艾迪週六經過時，偶爾會聽見教堂裡傳來音樂和歌聲。雖然是福音詩歌，但彈奏者感覺更像搖滾樂手傑利·李·路易斯，而不是一般的司琴。另外，雖然歌詞大多和「美麗的錫安」、「是否靠羔羊的寶血洗潔淨」和「神是知心友」有關，但艾迪仍然覺得沒什麼宗教味。那些人似乎唱得太開心了，反而不太神聖，但他還是很喜歡，就像他也喜歡傑利·李·路易斯大唱〈到處有人扭扭扭〉一樣。艾迪有時會在對街停一下子，單車靠著樹假裝研究草地，其實是跟著音樂搖擺。

假如教堂小學大門深鎖，一片安靜，他就會直接騎到調車場。內波特街在這裡到了盡頭，停車場鋪的柏油龜裂處處，縫隙長滿雜草。艾迪會將單車靠在木頭籬笆上，看火車經過。週六火車很多，他母親說之前內波特車站還在的時候，大夥兒可以到這裡搭大南方和西緬因線火車，但韓戰爆發後就停駛了。她說：「北上列車到布朗斯維爾，從那裡可以搭火車橫越加拿大直達太平洋岸。南下列車先到波特蘭，再到波士頓，從南方車站可以到全美各地。不過，我想火車和電車一樣過氣了。人人都有汽車開，誰還搭火車？你還不能開火車呢。」

不過，長列貨車依然會經過德利市，往南運送紙漿用木材、紙和馬鈴薯，往北將製成品運到緬因人口中的「大北部」，例如班格爾、米利諾奇特、馬齊亞、普雷斯克島和霍爾頓。艾迪特別愛看運送閃閃發亮的福特和雪佛蘭轎車的北上貨車。我以後也要有一輛那樣的車，他暗自承諾，像那樣或比那更好的車子，說不定買輛凱迪拉克！

鐵道路線共有六條，有如蜘蛛網向中心聚攏。北方是班格爾和大北方線，西方是大南方和西緬因線，南方是波士頓和緬因線，東方是南海岸線。

兩年前，艾迪在南海岸線附近看火車經過時，車上一名喝醉的車務員拿起一個板條箱朝他扔來，雖然落在十英尺外的煤渣地上，艾迪還是往後閃躲。箱子裡有東西，活的，還在窸窣鑽動。喝醉的車務員大吼：「小子，最後一趟了！」說完從牛仔外套口袋掏出一個扁平的棕色瓶子，仰頭喝了一口，再將空瓶扔到煤渣地上摔得粉碎，指著板條箱大喊：「拿回家孝敬老媽吧！跟她說是他媽的南方線往威費爾列車送的！」他邊說邊顛顛倒倒往前走，火車加速遠去，艾迪很擔心他會摔下來。

火車離去後，艾迪走到板條箱旁，小心翼翼彎下身子。他很怕靠太近。箱裡的東西很滑，又有爪子。要是車務員說東西是給他的，那他一定不會拿，但那人叫他拿回去給媽媽。而艾迪和班恩一樣，只要說到老媽就唯命是從。

他從一座半圓筒形空庫房拿了一條繩子，將板條箱綁在單車的置物架上。回到家裡，他母親湊近箱子瞄了一眼，動作比兒子還小心。她尖叫一聲，但是出於驚喜，而非恐懼。箱子裡是四隻大龍蝦，每隻重達兩磅，蝦螯被挾住。他母親那晚煮了龍蝦大餐，結果艾迪不肯吃，讓她非常不高興。

「你以為洛克菲勒家族在巴港吃的是什麼？」他母親憤憤地說：「紐約市那些名人在廿一餐廳和沙迪小館又吃些什麼？花生醬加果醬三明治嗎？他們吃的是龍蝦，艾迪，就是這個！快點，試試看。」

但艾迪就是不吃，起碼他母親是這麼說的。也許她說得沒錯，但感覺上艾迪是不敢吃，而非不肯吃。他一直想起龍蝦在箱子裡滑動的模樣和蝦螯碰撞發出的喀喀聲。他母親一直告訴他龍蝦有多好吃，說他錯過了一頓佳餚，直到他開始喘氣，不得不拿出噴劑，母親才放棄。

艾迪回到房間讀書。他母親打電話給朋友艾蓮娜．丹頓。艾蓮娜來了，和母親一起看過期的《電影劇本》和《銀幕秘辛》，邊讀八卦專欄邊笑，大啖冰涼的龍蝦沙拉。隔天早上，艾迪起床準備上學，母親還躺在床上打呼，不時放長長的屁，聲音和短號一樣渾厚（小理一定會說她在放炮）。龍蝦沙拉被吃得乾乾淨淨，碗裡只剩幾滴美奶滋。

艾迪之後再也沒有看到南海岸線的貨車。後來，他遇到德利市的車務段長布拉多克先生，便害羞地問他是怎麼回事。「公司倒了，就這樣，」布拉多克先生回答：「你都沒在看報紙嗎？全美國都是這副慘樣。好了，快走開，這裡不是小孩子玩的地方。」

之後，艾迪有時會沿著四號鐵道走，也就是南海岸線，腦中聽見火車車掌高聲唱名，用可愛的下東腔喊出那些充滿魔力的站名：坎登、洛克蘭、巴港（讀成靶港）、威斯卡塞、巴斯、波特蘭、歐古齊和伯威克。他會沿著四號鐵道往東漫步，一直走到累了或枕木間的雜草太多讓他感傷為止。有一回，他抬頭看見海鷗（其實可能是根本不在乎看不看得到海的垃圾場鷗，但艾迪當時沒想到）在空中盤旋鳴叫，讓他忍不住哭了一會兒。

調車場入口從前有一扇大門，但被暴風吹跑了，之後也懶得換。艾迪通常進出自如，但要是被布拉多克先生看到，就會被他掃地出門（所有小孩都一樣）。卡車司機偶爾會追人，但不會追很遠，因為他們懷疑你是來叫賣東西的。有些小孩確實是如此。

但大部分時候，那裡都很安靜。雖然有哨亭，但裡面沒有人，玻璃窗都被石頭砸破了。調車場自一九五〇年左右便不再僱用全職警衛，白天由布拉多克先生趕小孩，晚上由看守員開著老史都德巴克轎車出勤四、五趟，用架在通風窗的探照燈巡邏，就這樣。

不過，這裡有時會出現遊民和流浪漢。調車場只有一樣東西讓艾迪害怕，就是他們。那些人鬍子沒刮，皮膚龜裂，雙手長滿水泡，嘴唇生著皰疹，搭一段路就下車休息幾天，到德利市晃晃，然後再搭上火車去別的地方。有些人還少了幾根手指。他們通常醉醺醺的，見到人就問有沒有菸。

那天，一名流浪漢從內波特街二十九號那棟房子的門廊底下鑽出來，說他只要兩毛五就幫艾迪吹喇叭。艾迪後退幾步，皮膚像冰一樣冷，嘴和毛球一樣乾。那傢伙的鼻子少了半邊，露出結痂的紅色鼻道。

「我沒有兩毛五。」艾迪一邊說，一邊後退朝單車走。

「十分錢我就做。」遊民朝艾迪走來，啞著嗓子說。他穿著舊法蘭絨褲，腿間沾著硬掉的黃色嘔吐物。他拉下拉鍊伸手進去，臉上試著擠出微笑，鼻子紅得很恐怖。

「我……我也沒有十分錢。」艾迪說完忽然想到：喔，天哪，這人有痲瘋病！被他碰到就會染病。他再也控制不住，立刻拔腿就跑。艾迪聽見遊民拖著腳步跟在後面，舊鞋帶打在蔓生的雜草上啪啪飛舞。草地後方，那棟鹽盒型的房子空無一人。

「回來啊，孩子！我免費幫你吹，回來呀！」

艾迪跳上單車。他已經開始氣喘了，覺得喉嚨縮得和針孔一樣小，胸膛彷彿有千斤重。他踩動踏板正要加速時，那傢伙一手抓到了置物架。單車晃了一下。艾迪回頭一看，發現遊民跑在後輪後方（愈來愈近！），咧開嘴唇露出殘缺的髒黑牙齒，表情可能是絕望，也可能是暴怒。

儘管胸口壓著石頭，艾迪還是踩得更快，心想那傢伙滿是痂疤的手隨時會抓到他的胳膊，把他拉下萊禮單車，甩進水溝裡，誰曉得接下來會怎樣？艾迪一直騎到過了教堂小學和二號公路口才敢回頭。那個流浪漢已經不見了。

艾迪將這件事藏在心裡，壓了將近一週才跟一起在車庫樓上看漫畫的理查德．托齊爾和威廉．鄧布洛說。

「你白痴啊，他得的才不是痲瘋病，」理查德說：「是霉毒。」

艾迪看了看威廉，想知道小理是不是在唬他。他從來沒聽過叫「霉毒」的病，感覺像是小理瞎掰的。

「威廉，真的有霉毒這種東西嗎？」

威廉認真點點頭說：「只不過不、不是霉毒，而是梅、梅毒，一種由梅、梅毒螺旋體引、引起的疾病。」

「那是什麼？」

「就是幹炮會得的病，」小理說：「你知道幹炮是什麼吧，小艾？」

「當然知道，」艾迪說。他希望自己沒臉紅。他知道男生長大以後，陰莖變硬會跑出東西來。有一天在學校，「鼻涕蟲」文森·塔里言朵又幫他上了一課。根據鼻涕蟲的說法，幹炮就是男生用雞雞摩擦女生的肚子，變硬後（是雞雞，不是肚子）繼續摩擦，直到「感覺來了」為止。艾迪問什麼是感覺來了，文森只是神秘地搖搖頭，說那種感覺沒辦法形容，但來了就會感覺到。他說你可以自己練習，躺在浴缸裡用象牙肥皂摩擦雞雞（艾迪試過了，但只發現弄個幾下會想小便）。鼻涕蟲繼續說，總之「感覺來了」之後，陰莖就會流東西。他說大部分小孩都說那叫「來了」，但他哥哥告訴他正式名稱是「射了」。「感覺來了」的時候，必須趕快抓著雞雞，在東西出來之前射進女生的肚臍。那東西會進到女生肚子裡，變成小孩。

*女生喜歡那樣嗎？*艾迪問鼻涕蟲。他自己覺得有點恐怖。

*我猜她們一定喜歡，*鼻涕蟲回答，但表情也很困惑。

「聽好了，小艾，」理查德說：「免得等一下你又發問。有些女人有這種病，有些男人也有，但主要是女人，男人可能從女人身上染到這種病——」

「也可能從、從男人身、身上染到，如果是、是同志的話。」威廉補充道。
「沒錯，重點是跟有梅毒的人幹炮就會染病。」
「得了梅毒會怎樣？」艾迪問。
「讓你身體爛掉。」理查德只答了這麼一句。
艾迪一臉驚恐看著他。
「我知道很糟，但事實就是如此，」理查德說：「鼻子最先爛。有些梅毒患者的鼻子直接掉下來。再來是雞雞。」
「拜、拜託，」威廉說：「我、我才剛、剛吃飽。」
「嘿，老兄，我在講解科學。」理查德說。
「所以，痲瘋病和梅毒有什麼差別？」艾迪問。
「幹炮不會得痲瘋病，」理查德冒出一句，隨即哈哈大笑，讓威廉和艾迪一頭霧水。

7

自從那天的遭遇以後，內波特街二十九號的房子在艾迪的想像裡就添上了一絲色彩。只要見到那雜草院子、塌陷的門廊和封住窗戶的木板，他就會感到某種病態的著迷。六週前，他將單車停在馬路的碎石邊緣（人行道在四棟房子前就沒了），橫過草坪走向門廊。
他的心臟在胸腔裡猛跳，嘴巴又出現那乾乾的味道。他聽威廉說起恐怖相片的故事，知道他接近那棟房子時的感覺就和威廉走進喬治的房間時一樣。他感覺自己不受控制，被人推著往前。
他的雙腳似乎沒有移動，是那棟令人不安的寂靜房子朝他靠近。
他隱約聽見調車場的柴油引擎聲，還有聯軸器耦合時的液態金屬碰撞聲。他們正在將車廂導入旁軌，和其他車廂結合成列車。

艾迪一手抓著噴劑，但怪的是氣喘並未出現，不像他逃離爛鼻遊民那天。他只感覺自己靜靜站著，屋子彷彿走在隱形軌道上悄悄朝他移來。

艾迪看了看門廊底下，沒有人。這其實沒什麼。現在是春天，遊民最常出現在九月底到十一月初之間。那六週左右的時間，只要儀容過得去，就能在外圍的農場找到一日的差事。他們可以採馬鈴薯和蘋果、做防雪牆、在十二月來臨前修補穀倉和棚屋的屋頂，以便過冬。

門廊下沒有遊民，但許多跡象顯示他們曾到此一遊。除了空的啤酒罐、啤酒瓶和酒瓶之外，還有一條沾滿塵土的毯子像隻死狗貼著磚造地基、幾張皺巴巴的報紙、一隻舊鞋、垃圾味和厚厚一層枯葉。

艾迪並不想做，卻不由自主鑽到門廊下。他感覺心臟好像衝到腦袋頂了，讓他眼前出現許多白色光點。

底下味道更糟，瀰漫著酒味、汗臭和深棕色落葉的腐香。那些葉子踩在他腳下並未發出剝裂聲，和舊報紙一樣只是輕輕嘆息。

我是遊民，艾迪胡思亂想，是白搭火車的流浪漢。這就是我。我沒錢、沒家，只有一瓶酒、一美元和一個睡覺的地方。我這星期摘蘋果，下星期採馬鈴薯，等霜凍像銀行金庫裡的鈔票一樣鋪滿大地，我就要跳上飄著甜菜味的大南方和西緬因線火車，坐在角落用乾草蓋住自己，喝點小酒，嚼點菸草，最後就會到波特蘭或比恩鎮。假如沒被該死的火車維安人員逮到，我就跳上巴馬之星朝南出發，下車之後就採檸檬、萊姆或橘子。要是被抓了，我就幫遊客修橋鋪路。拜託，這種事我又不是沒幹過，是吧？我只是個孤獨的老遊民，沒錢、沒家，但我有一樣東西，一種不斷吞噬我的病，讓我皮裂齒落。你知道嗎？我能感覺自己正在敗壞，就像蘋果變軟一樣。我能感覺那正在發生，從裡向外吞噬我，不停吞吃、吞吃。

艾迪用拇指和食指拈起發硬的毯子將它扔開，那毛茸茸的觸感讓他忍不住皺起眉頭。剛才毯子正好遮住一扇低矮的地窖窗，一面玻璃破了，另一面沾滿灰塵模糊不清。艾迪身子往前，像被催眠似的湊到窗邊，靠近漆黑的地窖，呼吸著充滿歲月、霉臭和乾燥腐敗物味道的空氣，不斷朝黑暗前進。要不是氣喘及時發作，他一定會被那個痲瘋病患逮到。氣喘沉沉壓著他的肺，感覺不痛但令人害怕。他的呼吸立刻開始發出熟悉又討厭的嘶嘶聲。

氣喘讓他往後退。就在這時，那張臉出現了。牠出現得太突然、太嚇人（卻又完全在意料之中），就算氣喘沒發作，艾迪也喊不出聲來。牠眼睛腫大，嘴巴呀一聲張開。這不是鼻子缺一邊的遊民，但有幾分相似。恐怖的相似。然而……這東西不可能是人。人不可能被吞噬了那麼多還活著。

那東西的額頭皮膚裂了，白骨包在一層黃色黏液裡，有如穿出污濁鏡面的探照燈光。鼻子只剩鼻梁骨，下面兩條紅通通的鼻管。一隻藍眼笑咪咪的，另一個眼窩裡是一團棕黑色有如海綿的東西。這個痲瘋病患的下唇腫得和肝臟一樣，沒有上唇，牙齒齙出像在冷笑。

牠從窗戶破洞伸出一隻手，另一手落在髒玻璃左方，將玻璃打得粉碎。兩隻手張牙舞爪，皮膚上長滿爛瘡，還有蟲子忙碌地爬上爬下。

艾迪邊哭邊喘，弓起身子往後退。他幾乎無法呼吸，心臟在胸腔裡宛如失控的引擎瘋狂運轉。痲瘋病患身上破破爛爛，似乎是一件銀色西裝。牠披頭散髮，許多小東西在牠的棕髮裡鑽進鑽出。

「想不想找人幫你吹喇叭啊，艾迪？」那怪物沙啞地說，咧開嘴不像嘴的口部對他笑，接著輕快唱起了歌：「巴比十分吹一次，隨時都能來一下，多給五分再一發。」唱完牠眨了眨眼說：

「巴比就是我，艾迪。我叫鮑伯．葛雷。現在自我介紹完了……」他一手搭上艾迪的右肩，艾迪發出虛弱的叫聲。

「別怕。」那痲瘋病患說。艾迪害怕地看牠往窗外爬，感覺像惡夢一場。怪物龜裂額頭裡的顱骨撞斷了木頭窗格，雙手抓著佈滿落葉的地面，銀西裝（還是戲服？管他的）的肩部開始往外擠，晶亮的藍眼一直盯著艾迪。

「我來了，艾迪，別害怕，」牠啞著嗓子說：「你會喜歡下來和我們一起的，下面有你的朋友。」

怪物的手再度伸了過來。艾迪在心裡尖叫，簡直就要瘋了，但腦袋忽然冷靜地想起一件事。要是那東西碰到他皮膚，他也會開始腐爛。這個想法破解了他的癱瘓狀態。艾迪手和膝蓋並用，飛快後退，接著轉身朝門廊另一頭衝去。陽光穿越門廊地板的縫隙，形成一道道灰塵飛舞的細長光束，讓他的臉時隱時現。他的腦袋不停撞破沾滿灰塵的蜘蛛網，蜘蛛絲黏了滿頭。他回頭看，發現痲瘋病患已經鑽出了半個身子。

「跑也沒用的，艾迪。」牠喊道。

艾迪衝到門廊另一頭，一道格子圍欄擋在面前。陽光照進來，在艾迪的臉頰和額上形成菱形的光影。他低下頭，毫不遲疑朝圍欄撞去，將它整個撞裂，生鏽鐵釘脫出木柱劈啪作響。外頭是薔薇樹叢，艾迪往外擠，一邊掙扎著站起來，絲毫沒有察覺薔薇的刺在他手臂、臉頰和脖子上劃出一道道淺淺的傷口。

他轉身彎著腳往後退，從口袋拿出噴劑摁了一下。剛才的事肯定沒有發生過，對吧？他只是想起那個遊民，然後他的腦袋就……呃，就

（演了一齣戲）

給他看了一場電影，恐怖電影，就像畢朱、寶石或阿拉丁戲院週六下午偶爾會放映的科學怪人或狼人電影。絕對是這樣。他只是自己嚇自己！真是混帳！

艾迪笑了。他的想像竟然如此鮮明，讓他顫巍巍地笑了。這時，那雙爛手突然從門廊下冒出來，在薔薇樹叢裡無情狂掃，亂扯亂拔枝葉，留下滴滴血珠。

艾迪淒聲尖叫。

痲瘋病患就要爬出來了。艾迪看見牠穿著小丑服，胸前有橘色大鈕釦。牠看見艾迪，對他咧嘴微笑。上唇不見的嘴大開著，舌頭掉了出來。艾迪再次尖叫，但調車場的柴油引擎聲太吵，沒有人聽見男孩喘不過氣來的呼喊。痲瘋病患的舌頭足足有三英尺長，不僅垂出嘴外，還像捲笛一樣伸展開來。舌頭上爬滿了蟲子，箭頭狀的舌尖在地上拖行，留下又黃又稠的泡沫。

艾迪剛才經過時，薔薇樹叢還長著春天的綠芽，這會兒卻是焦黑蜷曲。

「吹喇叭。」怪物輕聲說道，搖搖晃晃站了起來。

艾迪朝單車衝去，和上回一樣死命飛奔，只是這回更像夢魘，無論再怎麼努力加速，感覺就是慢得可憐……而在惡夢中，你難道不是總會聽見什麼，感覺到某個東西，某個「牠」在逼近？不是總會聞到牠的惡臭，就像艾迪現在聞到的一樣？

艾迪忽然異想天開：也許這真的是一場惡夢。也許他會在床上醒來，發現自己滿身是汗，不停顫抖，甚至在哭……但活著。安然無事。他將這個念頭拋開。這麼想只會害死你，安慰你但讓你喪命。

他沒有立刻跳上車，而是推著握把低頭往前跑。他覺得自己快溺水了。只不過不是在水中，而是在自己的胸膛裡。

「吹喇叭，」那痲瘋病患又低聲說道：「隨時歡迎，艾迪，記得帶朋友來。」

艾迪感覺怪物的腐爛手指碰到了他的脖子，但或許只是剛才在門廊底下沾到的蜘蛛絲，從他髮梢垂下來拂過顫抖的肌膚。艾迪跳上單車猛踩踏板，不吸噴劑也不回頭，毫不理會自己的喉嚨又緊得要命。直到快到家了他才敢回頭，不過當然什麼都沒看見。到了家門口，兩個小孩正要去公園玩球。

那天夜裡，艾迪像根火鉗似的直挺挺躺在床上，一手緊緊握著噴劑，兩眼看著房裡的暗影，耳中聽見怪物低聲說：跑也沒用的，艾迪。

8

威廉．鄧布洛說完之後，理查德是第一個有反應的。「哇！」他敬佩地說。

「小、小理，你還、還有菸、菸嗎？」

菸是小理從父親書桌抽屜裡偷來的。他將最後一根給了威廉，還幫他點煙。

「你不是在作夢對吧，威廉？」史丹利忽然問。

威廉搖搖頭。「不、不是作、作夢。」

「真的。」艾迪低聲說。

威廉緊緊盯住他說：「你、你說什、什麼？」

「我說真的，」艾迪看著他說，眼神近乎憤慨。「事情是真的，千眞萬確。」接著他來不及克制自己（他完全沒想到自己會開口），就開始說起痲瘋病怪物爬出內波特二十九號房子地下室的事。他說到一半氣喘來了，用了一次噴劑，說完他嚎啕大哭，細瘦的身軀不停發抖。

所有人不自在地看著他。史丹利伸手摸摸他的背，威廉給他一個笨拙的擁抱，其他孩子則是尷尬地撇過頭去。

「沒、沒關係，艾、艾迪，沒、沒事了。」

「我也看到了。」班恩．漢斯康忽然說。聲音很平、很衝，充滿恐懼。艾迪抬起頭來，臉上依然爬滿淚水。他瞪著紅通通的雙眼，直率看著班恩說：「你說什麼？」

「我也看見小丑了，」班恩說：「只是和你形容的不一樣。至少我看到的不是那樣。牠一點也不濕濕黏黏，而是很……很乾。」他頓了一下，低頭看著放在自己象腿上的蒼白雙手。「我覺得牠是木乃伊。」

「你說電影裡的木乃伊？」艾迪問。

「有點像又不太像，」班恩緩緩地說：「電影裡的木乃伊感覺很假。雖然非常可怕，但看得出來是人扮的，你知道，例如繃帶太整齊之類的。但那個人……我想他看起來就像真的木乃伊，就是在金字塔底下找到的那種，只有穿的衣服不一樣。」

「什、什麼衣、衣服？」

班恩看著艾迪。「銀色小丑服，胸前有橘色大鈕釦。」

艾迪張大嘴巴。過了一會兒，他閉上嘴巴說：「你要是在開玩笑，最好明說。我現在……現在還會夢到門廊下的那個人。」

「我沒開玩笑。」班恩說完開始交代來龍去脈。他講得很長，從他志願幫道格拉斯太太數書、放書說起，一路講到他夜裡作的惡夢。他說得很慢，沒有看著其他人，彷彿深深感到羞愧似的，直到講完了才抬起頭來。

過了半晌，理查德說：「你一定是在作夢。」但他看見班恩身體一縮，便急忙補上一句：「我不是想找碴，大班，但你也曉得氣球不可能，呃，逆著強風飄——」

「相片裡的人也不可能眨眼哪。」班恩說。

理查德看看班恩又看看威廉，一臉困惑。說班恩作白日夢還無所謂，說威廉在作夢可是非同小可。威廉是老大，是他們敬重的人。沒有人公開說過，但也沒必要說。威廉是點子王，總是能在無聊的時候想出事情做，記得別人都忘了的遊戲。而且說來奇怪，但他們都覺得威廉像個令人放心的大人。或許是他負責的態度，只要得扛責任，他一定當仁不讓。老實說，理查德相信威廉的遭遇，雖然離譜，但他就是相信。或許他只是不想相信班恩……或艾迪說的事。

「你都沒遇過這種事嗎？」艾迪問理查德。

理查德遲疑片刻，開口想說什麼，但搖搖頭又沉默片刻，接著才說：「我最近看過最嚇人的東西，就是在麥卡倫公園看見馬克·普倫德里斯特尿尿。我從來沒見過那麼醜的鳥。」

班恩說：「那你呢，史丹利？」

「我沒有。」史丹利匆匆回答，隨即撇開目光。他小小的臉龐毫無血色，雙唇抿得發白。

「是、是不是有、有什麼、麼事，小、小史？」威廉問。

「沒有，我都說沒有了！」史丹利站起來，手插口袋走向岸邊，望著河水越過第一道水壩，在第二道水門前不斷漲高。

「快點說，史丹利！」理查德尖著嗓子說。這又是另一個模仿：嘮叨老太婆。只要用嘮叨老太婆的聲音說話，他就會腳步蹣跚兜圈子，一手握拳插在腰上，嘴裡不停嘀咕。不過他再怎麼模仿，聲音聽起來還是像理查德·托齊爾。

「史丹利，快點從實招來，告訴老太婆我那個壞——小丑的事，我就賞你一塊巧克力餅乾。只要告訴——」

「閉嘴！」史丹利忽然大吼一聲撲向理查德，讓他嚇得倒退一兩步。「我叫你閉嘴！」

「遵命，老大。」理查德說完坐下來，一臉狐疑看著史丹利。史丹利的臉紅得發亮，但感覺依然像恐懼，而非暴怒。

「沒關係，」艾迪輕聲說：「算了，小史。」

「不是小丑，」史丹利說。他的目光逐一掃過其他人，似乎非常掙扎。

「你、你沒看出、出來，」威廉說，聲音也很輕：「但我、我們有。」

「牠不是小丑，是——」

就在這時，奈爾先生喝了威士忌的沙啞宏亮嗓音傳了過來，打斷史丹利的話，將他們嚇得雞飛狗跳，像是中彈一樣。「天老爺啊！你們這群狗屁小王八蛋，瞧你們把這裡搞成什麼樣子？天哪！」

第八章　喬仔的房間和內波特街的房子

1

電台大聲放著瑪丹娜的〈宛如處女〉。理查德．托齊爾關掉收音機（那個電台的台呼是「班格爾調幅搖滾之王」，發瘋似的一直廣播），將艾維士租車公司在班格爾機場租給他的福特野馬停到路旁，熄火下車。他聽見自己的呼吸聲。剛才的路標讓他背部猛然起了雞皮疙瘩。

他走到車前一手按著引擎蓋，傾聽引擎緩緩冷卻下來。引擎發出歡愉的尖叫，隨即悄然無聲。附近有蟋蟀，唧唧聲是唯一的背景音樂。

他方才看見路標，從路標旁呼嘯而過。忽然間，他就回到德利市了。離開二十五年，「賤嘴」理查德．托齊爾終於回家了，終於——

他眼睛突然一陣灼痛，打斷了思緒。他發出窒息般的輕微尖叫，急忙伸手想要遮臉。他上回感到類似的痛苦已經是大學時的事了。那回隱形眼鏡卡到睫毛，而且只卡到一隻眼睛，這回的劇痛卻是雙眼。

他的手才伸到一半，痛苦就消失了。

理查德緩緩垂下手，望向七號公路的前方。他不曉得爲什麼就是不想從交流道直接進德利市，因此在艾特納—哈芬就下了高速公路。當年他和家人拍拍屁股離開這個詭異小城前往中西部時，交流道還沒蓋好。沒錯，走交流道比較快，卻是錯誤的做法。

於是他沿著九號公路開，經過哈芬村裡沉睡的房舍，然後彎進七號公路。車子往前奔馳，天色也愈來愈亮。

接著他看到路標。緬因州六百多個市界路標都是這個樣子，但只有這一個讓他心頭糾結！

佩諾布斯克郡
德利市
緬因州

過了路標後是連續三個立牌，分別是麋鹿旅館、扶輪社和寫著「德利獅爲聯合基金而吼！」的標誌，之後筆直的馬路兩旁又是空空蕩蕩，只有成排的松樹和雲杉夾道。清晨緩緩降臨，樹木沉浸在寂靜的光線中，感覺就和密室裡懸浮著的青灰煙霧一樣夢幻。

德利，理查德心想，**德利。神哪，幫助我。德利。天殺的。**

他在七號公路上開了五英里。假如這些年時間和颶風沒有破壞什麼，那麼此處就是魯林農場。他家的雞蛋和大部分蔬菜都是母親來這裡買的。再走兩英里，七號公路就會變成威奇漢路，之後當然接到威奇漢街，沒完沒了。從魯林農場到市區這一段路，他會先經過鮑爾斯家，然後是漢倫家。從漢倫家再開一英里左右，就能瞥見坎都斯齊格河的波光和一塊雜亂的惡草地。德利人不曉得出於什麼原因，把那塊青草蔓生的低地叫做「荒原」。

我真的不曉得自己能不能面對，理查德心想，**我是說，大家就講白了，我真的不曉得能不能面對。**

前晚的經歷宛如一場夢。只要他繼續旅行、繼續前進，累積里程，夢就會延續下去。但他現在停住了（應該說那個路標讓他停住了），於是他從夢裡醒來，發現一個事實：之前的夢是眞的，現在的德利也是眞的。

他似乎就是停不了回憶。他想自己最後一定會被回憶逼瘋。他咬著下唇，雙掌交握，彷彿不讓自己爆開。他感覺自己就要爆炸了，很快。他心裡有一絲瘋狂的期待，但主要還是擔心接下來幾天會是如何。他——

他的思緒再度被打斷。

一頭鹿走到馬路上。理查德可以聽見鹿蹄有如彈簧輕輕踏在柏油上的聲響。

他忘了呼吸，過了幾秒才緩緩恢復。他愣愣望著那頭鹿，心想自己從來不曾在羅迪歐路上看到這種東西。沒錯，他得回故鄉才看得到。

那是一頭母鹿（他腦中響起快樂的歌聲：Doe, a deer, a female deer）。牠從右邊的林子出來，停在七號公路中央，前腳踩著一邊白線，後腳踩著另一邊，烏黑的眼睛溫和地看著理查德．托齊爾。他發現那雙眼睛裡有的是好奇，而非恐懼。

他讚嘆地望著母鹿，心想牠是預兆、跡象或神明顯靈之類的。這時，他腦中忽然浮現一段奈爾先生的往事。那天大夥兒正沉浸在威廉、班恩和艾迪的故事裡，結果被奈爾先生嚇了一大跳，差點魂飛魄散。

理查德望著母鹿，發現自己深呼吸一口氣，開始模仿聲音……不過卻是愛爾蘭警察的聲音。他已經二十五年沒用這個角色了。自從那一天發生了那麼難忘的事情後，他便將這個角色納入了表演項目裡。說話聲劃破了清晨的寂靜，有如滾動的巨大保齡球。理查德沒想到會這麼嘹喨、這麼大聲。

「天老爺啊！小鹿兒，像妳這麼可愛的姑娘跑到野外來做什麼？天哪！妳最好趁我告訴妳老爸之前快點回家！」

回聲還沒消退，被驚起的橿鳥還來不及責備理查德，那母鹿已經像舉白旗似的朝他揮了揮尾巴，消失在馬路左邊煙霧般的樅木林中，留下一小堆冒著熱氣的糞丸，讓理查德．托齊爾知道他雖然年過三十七，依然能放好砲。

理查德笑了出來。起初只是淺笑，後來察覺自己的滑稽——站在離家三千四百英里的緬因州晨曦中，用愛爾蘭警察的怪腔怪調對著一頭母鹿大叫——便開始呵呵笑，接著哈哈大笑，最後像咆哮一樣，扶著車子笑得淚流滿面，甚至擔心自己是不是尿褲子了。他試著克制自己，但只要看到那一小堆糞便，就又開始狂笑。

等他喘完、笑完了，理查德回到野馬駕駛座發動引擎。一輛歐林戈化學肥料車鼾鳴而過，颳起一陣風。肥料車經過後，理查德開出路肩，繼續朝德利出發。他感覺好一些了，控制得了自己……但也可能只是因爲他又開始移動了，累積里程，再度進入夢中。

他又想起奈爾先生。奈爾先生和蓋水壩那一天。奈爾先生問他們是誰想到這個餿主意的。他記得他們五人不安地面面相覷，最後班恩向前一步，雙頰蒼白，目光低低的，整張臉都在顫抖，努力不讓自己胡言亂語。理查德想，那可憐蟲可能以爲自己讓威奇漢街下水道淹水，會在蕭山克監獄蹲個五到十年吧。但他終究還是挺身而出了。而他這麼做，逼得他們剩下幾個也不得不站出來，互相支援，否則就是壞小孩、是懦夫，電視劇裡的英雄絕不會這麼幹。就是這一點讓他們團結起來，禍福與共，而且顯然一團結就團結了二十七年。事情有時候就像骨牌，一個推著一個，將人推到了現在。

理查德想，事情是哪時候變得無法轉圜的？是他和史丹利出現，一起幫忙搭建水壩的時候？還是威廉跟他們說他弟弟在學校拍的相片會轉頭和眨眼？可能吧……但對理查德．托齊爾來說，第一張骨牌其實是班恩．漢斯康往前一步說：「是我教

2

他們怎麼蓋水壩的，是我的錯。」

奈爾先生緊抿雙唇看著班恩，雙手插在吱嘎響的黑皮帶上，目光掃向水壩後方的水潭，又回頭看了看班恩，一臉難以置信的神情。他是個魁梧的愛爾蘭佬，早白的頭髮整齊往後梳成波浪，收在藍色尖頂帽下。他的眼睛是亮藍色，鼻子紅通通的，雙頰有幾小塊微血管爆裂。他的身高不過中等，但對站在他面前的五個孩子來說，卻起碼有八英尺高。

奈爾先生開口正想說話，威廉．鄧布洛已經站到班恩身旁。

「是、是我出、出的主、主意。」他好不容易才說出一句。奈爾先生木然看著威廉說得上氣不接下氣，陽光照在他的警徽上發出權威的光芒。威廉勉強擠出他要說的話：錯不在班恩，他只是碰巧經過，告訴他們該怎麼做得更好，因為他們做得很糟。

「我也是。」艾迪忽然迸出一句，也站到班恩身旁。

「什麼叫我也是？」奈爾先生問：「這是你的名字還是地址，小子？」

艾迪滿臉通紅，一直紅到髮根。「我是說，」他回答：「班恩還沒來的時候，我就和威廉在一起了。」

理查德走到班恩身旁，心裡忽然想：模仿聲音或許能逗樂奈爾先生，讓他想到一些開心事。但他又想一想（「又想一想」這種事對理查德來說，簡直是百年難得一見），那麼做或許只會雪上加霜。奈爾先生此刻的心情，看起來不太像理查德有時稱之為「呵呵」的狀態。事實上，呵呵笑應該是他現在最不可能做的事。因此，理查德只低聲說了一句：「我也是。」說完就閉起嘴巴。

「還有我。」史丹利站到威廉身旁說。

五個孩子在奈爾先生面前站成一排。班恩從左到右看了大家一眼，被夥伴們的支持感動得說不出話來。理查德覺得害死康就要哭了。

「老天，」奈爾先生又說了一次。雖然他語氣充滿嫌惡，臉上卻忽然出現類似微笑的表情。「俺沒見過這麼可悲的一群小鬼。要是家人知道你們窩在這裡，我看晚上肯定有人要紅屁股了，應該是這樣沒錯。」

理查德忍不住了。他張開嘴巴（像極了薑餅人）和往常一樣開始劈哩啪啦。

「老家那兒怎麼樣啊，奈爾先生？」他開砲了：「唉，看了真是眼睛疼，實在天老爺啊，您真可愛，讓家族添光彩——」

奈爾先生冷冷地說：「小傢伙，你再講下去，我就讓你的屁股添光彩。」

威廉轉頭喝斥理查德：「小、小理，拜、拜託你閉、閉嘴！」

「說得好，威廉．鄧布洛先生，」奈爾先生說：「我猜札克應該不曉得你跑來荒原玩泥巴，對吧？」

威廉垂下眼睛搖搖頭，臉頰開了兩朵紅玫瑰。

奈爾先生看著班恩說：「我忘記你叫什麼名字了，孩子。」

「我叫班恩．漢斯康。」班恩低聲說。

奈爾先生點點頭，又轉頭看了看水壩。「這是你出的主意？」

「蓋的方法，對。」班恩的聲音幾乎低不可聞。

「嘖，你還真是會蓋東西，大塊頭，但你對荒原這裡和德利的下水道系統一無所知，對吧？」

班恩搖搖頭。

奈爾先生滿好心地告訴他：「這裡的下水道系統分成兩部分，一部分處理固體排遺，說得粗俗一點就是大便，另一部分處理污水，就是馬桶、水槽、沖澡或洗衣機用的水，水溝的水也是流到這部分。

「你們這樣做是沒破壞固體排遺系統，謝天謝地。那玩意兒在比較下游的地方排進坎都斯齊格河。多虧你們幹的事，我看下游半英里的地方現在肯定有一堆大便在那裡曬太陽，但至少絕對不用擔心糞便會淹到某人家的天花板。

「至於污水嘛……污水就沒有泵浦了，全都往下流到工程師口中的重力排水道裡頭。我猜你應該知道重力排水道的出口在哪裡，對吧，大塊頭？」

「那裡。」班恩指著水壩後方已經大部分沉入水裡的區域說。他說的時候完全沒有抬頭，斗大的淚珠開始緩緩從他雙頰滑落。奈爾先生假裝沒看到。

「沒錯，小朋友。所有重力排水道的水都排進荒原上半部的溪流裡。事實上，這裡有許多小溪的水都是污水。下水道埋在灌木叢裡埋得很深，看都看不見。糞便一個系統，其餘的廢水另一個系統。感謝神，人真是聰明。你有沒有想到自己一整天都泡在德利市民的小便和污水裡？」

艾迪忽然開始喘氣，不得不用噴劑。

「你們這樣做，等於把水灌回市區八個大貯水池的其中六個。威奇漢街、傑克森街、堪薩斯街和這三條街之間的四、五條小街都牽連在內，」奈爾先生冷冷看了威廉·鄧布洛一眼說：「其中一個貯水池就連著你家，鄧布洛先生。所以這下好了，水槽的水排不掉、洗衣機不能用、水管裡的水灌進地窖——」

班恩發出一聲乾啞的啜泣。其他小孩看了他一眼，又撇過頭去。奈爾先生伸出大手按著班恩的肩膀。他的手又硬又粗，卻很溫柔。

「好了，好了，別難過，大塊頭。也許沒那麼糟，起碼現在還沒。我可能說得稍微誇張了一點，讓你們知道問題嚴重。他們要俺來這裡瞧瞧，是不是樹倒了擋住河水。這種事偶爾會發生。我們沒必要讓我和你們之外的人知道其實不是這麼回事。咱們最近有比積點小水更重要的事情要煩心。我會回報說我找到了擋住河水的東西，幾個小孩幫我把它移走。我不會提到你們的名字，也不會說你們在荒原蓋水壩。」

他看了看那五個孩子。班恩用手帕拚命擦眼淚，威廉一臉沉思望著水壩，艾迪手裡握著噴劑，史丹利站在理查德身旁，一手抓著理查德的胳膊。要是理查德敢說「謝謝」之外的話，就立刻捏他一把。

「你們這些小鬼最好別來這種骯髒地方玩，」奈爾先生接著說：「這裡可能有六十種疾病在滋生。」他把滋生（breeding）唸成了紮辮子（braiding），就是小女生早上常做的事。「垃圾啦，河裡都是小便和污水，再加上餿水、蟲子、薔薇和流沙……你們最好別在這種骯髒地方胡混。市區有四個乾淨的公園可以打球一整天，你們卻跑來這兒，天老爺！」

「我、我們喜、喜歡這、這裡，」威廉忽然倨傲地說：「在、在這、這裡沒、沒有人會、會給我、我們難、難坎。」

「他說什麼？」奈爾先生問艾迪。

「他說在這裡沒有人會給我們難堪。」艾迪說。他聲音很弱，帶著吁聲，但也很堅決：「他說得沒錯。我們這種小孩去公園跟別人說想打棒球，他們只會說好啊，你們想當二壘壘包還是三壘？」

理查德笑了。「艾迪放了好砲！真是……幹得好！」

奈爾先生轉頭瞪著他。

理查德聳聳肩。「對不起，但他說得沒錯，威廉也是，我們喜歡這裡。」

理查德以為奈爾先生又會生氣，沒想到這位白髮警察讓他（讓所有小孩）大吃一驚，因為他竟然笑了。「也對，」他說：「我小時候也很喜歡這裡是沒錯，我不會禁止你們來，但記得我剛才告訴你們的。」他伸出手指指著他們，五個孩子都認真望著他。「如果你們要來，就像現在一樣成群來，結伴來，聽懂了沒有？」

孩子們點點頭。

「這表示你們必須時時在一起，不准玩會一個個分開的遊戲，像捉迷藏。你們都知道最近出了什麼事，不過我還是不會禁止你們來，反正你們都已經來了。但為了你們自己好，不管在這裡或到哪裡都要結伴。」他看著威廉：「你覺得我說得不對嗎，鄧布洛先生？」

「沒、沒有，」威廉說：「我、我們會、會待、待在一起。」

「很好，」奈爾先生說：「我們握手為定。」

威廉和奈爾先生握了手。

理查德甩掉史丹利的手，向前幾步用愛爾蘭腔說：

「天哪，奈爾先生，您真是人中翹楚，真的就是！好人一個！大好人一個！」他伸手握住那位愛爾蘭警察的大手猛力甩動，滿臉堆笑。這孩子為了討好奈爾先生，把自己搞得像恐怖版的羅斯福總統。

「謝了，小子，」奈爾先生將手抽回來說：「我看你最好再練練，現在這樣子比諧星咕嚕·馬克思還不像愛爾蘭人。」

其他孩子都笑了，多半是鬆了一口氣。史丹利雖然在笑，還是恨恨瞪了理查德一眼：小理，拜託你成熟點！

奈爾先生和他們逐一握手，最後一個是班恩。

「你只是判斷力差了點，大塊頭，沒什麼好慚愧的。至於那玩意兒……你是從書裡看到怎麼蓋的嗎？」

班恩搖搖頭。

「自己想出來的？」

「對。」

「乖乖不得了！我敢說你以後一定很了不起，只是荒原不適合你發揮。」奈爾先生若有所思地環顧四周。「這裡沒什麼了不起的事可做，只是個爛地方，」他嘆了口氣。「把水壩拆了吧，孩子們，現在就拆。我想我就坐在這片樹蔭下歇一會兒，撒泡尿，看你們動手。」說完他嘲諷地看著理查德，彷彿等他再次耍寶似的。

但理查德只客氣答了一聲「是」，就沒再開口了。奈爾先生心滿意足點點頭，五個孩子便開始動工。他們再次聽從班恩指揮，只不過這回是聽他說明如何用最快的方法拆掉剛才蓋好的東西。奈爾先生從上衣掏出一個棕色瓶子，豪飲了一口，咳嗽幾聲，噴出一聲有如爆炸的嘆息，用水汪汪的善良眼神望著孩子們幹活。

「警察先生，敢問您瓶子裡裝的是什麼？」理查德站在及溪的水裡問道。

「小理，你就不能閉上嘴巴嗎？」艾迪噓斥他。

「你說這個？」奈爾先生微微驚訝望著理查德，接著又看了看瓶子。瓶上沒有任何標籤。

「這是神喝的咳嗽糖漿，孩子。好了，幹活吧，讓咱們瞧瞧你彎腰是不是和耍嘴皮子一樣快。」

3

後來，威廉和理查德走在威奇漢街上。威廉牽著銀仔，剛才那一番折騰（蓋好水壩又把它拆了）把他的力氣都用完了，沒辦法讓銀仔騎快。兩個孩子都又髒又亂，筋疲力竭。

分道揚鑣前，史丹利問他們想不想到他家玩大富翁或印度雙骰遊戲，可惜沒人感興趣。已經晚了。班恩疲憊沮喪地說他想回家，看有沒有人撿到圖書館的書還給他。他還抱著一絲希望，因為德利圖書館規定借書卡上必須寫下借閱人的姓名和地址。艾迪說他要回家看「搖滾秀」，因為尼爾·塞達卡今天會現身，他想看尼爾是不是黑人。史丹利叫艾迪別傻了，尼爾·塞達卡是白人，光聽他說話就曉得了。艾迪說用聽的不準，像他去年就以為查克·貝瑞是白人，結果看「舞台秀」才發現他是黑人。

「我母親依舊認為他是白人，所以還好，」艾迪說：「要是她發現他是黑人，可能就不會再讓我聽他的歌了。」

史丹利和艾迪打賭四本漫畫書，賭尼爾·塞達卡是白人。打完賭後，兩人便回艾迪家去瞧個究竟了。

於是，威廉和理查德走在街上，朝威廉家前進，兩人都不太開口。理查德發現自己一直在想威廉說的事，就是相片裡的人會轉頭眨眼。雖然他很累，卻還是想到一個點子。很瘋狂的點子……但又很吸引人。

「我說老威啊，」他說：「我們先停一下，休息會兒，我累死了。」

「門、門都沒、沒有。」威廉這麼說，但還是停下腳步，將銀仔小心翼翼放在神學院青翠的草坪邊。神學院是紅色維多利亞式建築，攀滿了植物，兩個孩子在建築前的寬石台階坐了下來。

「今、今天真、真夠受的、的了。」威廉悶悶地說。他眼睛底下有幾塊青紫，臉色蒼白疲倦。「到、到我家的、的時候，你最、最好打、打電話回、回家，免得你、你家人抓狂。」

「嗯，那是一定要的。聽著，威廉——」

理查德遲疑片刻，想起班恩說的木乃伊、艾迪的痲瘋病怪物和史丹利差點告訴他們的事情。他心裡忽然湧現某一個東西，和市中心的保羅·班揚雕像有關。但那只是夢，拜託。

他把那個不相干的念頭拋開，張口就說。

「我們到你家去吧，你覺得怎麼樣？去看喬治的房間，我想看那張相片。」

威廉一臉震驚望著理查德。他想說什麼但說不出來，壓力太大了。他只能猛烈搖頭。

理查德說：「你聽了艾迪的故事，還有班恩的遭遇。你相信他們說的嗎？」

「我、我不曉、曉得。我想他、他們一定、定看到了什、什麼。」

「嗯，我也這麼想。所有被殺的小孩，我猜他們可能都遇到同樣的事。唯一的差別在於班恩和艾迪沒被逮到，而那些孩子被抓了。」

威廉揚起眉毛，但不是很吃驚。理查德心想威廉應該也注意到了。他雖然話講不好，但並不笨。

「所以我們再往下追，威老大，」理查德說：「那個傢伙穿著小丑裝到處殺死小孩。我不曉得他為什麼要那樣幹，但誰知道瘋子的想法，對吧？」

「沒、沒、沒——」

「沒錯，那個人和《蝙蝠俠》裡的小丑差不多。」理查德講得連自己都興奮了起來。他不曉得自己是認真的，或只是花言巧語好去看那張房間和相片一眼。或許其實都無所謂，只要看到威廉眼神浮出興奮就夠了。

「但、但那和、和那張相、相片有什麼、麼關係？」

「你覺得呢，威廉？」

威廉不敢正視理查德，低聲說他認為相片和命案無關。「我覺、覺得那、那只是喬、喬治的鬼魂。」

「相片裡有鬼？」

威廉點點頭。

理查德想了想。他幼小的心靈一點也不排斥，他相信世界上一定有鬼。他爸媽是循道會的信徒，理查德每週日都會上教堂，週四晚上去青年團契。他很瞭解聖經，知道聖經相信很多怪事情。根據聖經，神本身就起碼有三分之一是鬼，而且好戲還在後頭。你讀聖經就會發現他們還相信惡魔，因為耶穌就從那個人體內抓了一堆惡魔出來。真是有夠呵呵。耶穌問那個被附身的人叫什麼名字，結果是惡魔回答，叫耶穌滾去外籍兵團之類的。聖經也相信巫術，否則怎麼會說「行邪術的女人，不可容她從活」？聖經有些故事比恐怖漫畫還精彩。有人被活活煮死或像猶大被吊死，還有亞哈斯王墜塔身亡，餓犬湧上來吸他的血。摩西和耶穌基督出生時，都發生了大規模的屠嬰。有人從墓裡復生飛到天上，還有士兵施巫術弄倒牆壁，先知看見未來，和怪物搏鬥。這些全記在聖經裡，而聖經裡每一句話都是事實。克雷格牧師這麼說，理查德的家人這麼說，所以他也這麼說。他非常願意相信威廉的解釋，問題是背後的邏輯。

「但你說你很害怕，喬治的鬼魂怎麼會想嚇你，威廉？」

威廉伸手抹了抹嘴巴。他的手微微顫抖。「他、他可能氣、氣我害他、他被人殺害、害了。是我、我的錯，讓他出、出去玩、玩、玩——」他擠不出「船」那個字，只好用手比劃。理查德點點頭表示懂了⋯⋯但不表示他同意。

「我覺得不是，」他說：「如果是你拿刀從背後捅他或開槍打他，或是把你爸裝了子彈的槍拿給他玩，結果他誤殺自己，那就另當別論。可是你給他的又不是槍，只是條船。你並不想傷害他。其實——」理查德伸出手指，像律師一樣在威廉面前揮了揮：「你只是想讓他出去開心一下，對吧？」

威廉回想當時，努力回想。幾個月來，理查德這一番話頭一回讓他對喬治的死感到好過一點，但他心裡仍然有一個聲音默默堅稱他不應該覺得好過。那聲音告訴他，當然是你的錯，就算不是全部，也有一部分責任。

不然的話，你父親和母親之間的沙發怎麼會有一塊冰涼處？晚餐時間怎麼再也聽不見談話聲？只剩下刀叉鏗鏘，直到你受不了，問說「我、我可以下、下桌了嗎？」為止？

威廉感覺自己好像才是鬼魂，會說話和移動，卻不被看見和聽到，被人們隱約察覺卻不被當真。

他也不喜歡把錯攬在自己身上。但如此一來，他對父母親的行為就只能有一個解釋，而且更糟，那就是父母親過去給他的關愛和注意，其實都是因為喬治的存在。喬治走了，關愛也就消失了……而這一切都發生得很隨機，沒有理由。要是你將耳朵貼著那扇門，就能聽見瘋狂在外頭呼嘯。

於是，威廉回想喬治遇害當天自己所做、所感覺和所說的種種，隱隱希望小理說得沒錯，但又希望他說得不對。他不是喬治的滿分哥哥，這一點是肯定的。他們會吵架，而且常吵。他們那天一定也吵過架，對吧？

沒有。他們沒有。別的不提，威廉當時身體還太虛弱，沒辦法真和喬治吵架。他一直在睡覺、作夢，夢見一隻

（烏龜）

滑稽的小動物，但他不記得是什麼了。醒來只聽見屋外雨勢小了，喬治獨自在飯廳悶悶不樂自言自語。他問喬治怎麼了。喬治到他房間來，說他想照《活動最佳指南》的說明做一艘紙船，但始終做不好。威廉要喬治把書拿來。這會兒和理查德並肩坐在通往神學院的台階上，威廉依然記得紙船做好後，喬仔眼睛一亮，那副神情讓他看了多麼愉快，讓他感覺喬治認為他真的很行、很厲害，做什麼都能搞定，總之，是真正的大哥。

那艘船害死了喬治，但理查德說得沒錯，給他一艘船和給他一把槍不同。威廉不曉得接下來會發生那樣的事。他不可能知道。

他顫抖著深呼吸一口氣，覺得胸口卸下了一塊巨石，忽然發現自己一直沒察覺扛著這麼重的負擔。他忽然覺得好多了，一切都好多了。

他開口想跟理查德說，沒想到眼淚先掉了下來。

理查德嚇了一跳。他先左右瞄了一眼，確定沒人會誤認他們是一對玻璃同志，這才伸手攬住威廉的肩膀。

「沒事的，」他說：「沒事的，威廉，對吧？好了，把水龍頭關掉吧。」

「我、我不想、想要他死、死掉！」威廉哽咽著說：「我腦、腦袋裡、根本就沒有、有想那樣！」

「老天，威廉，我知道沒有，」理查德說：「要是你想殺他，直接把他推下樓就行了，」他笨拙地拍拍威廉的肩膀，給了他輕輕一個擁抱。「好了，別哭哭啼啼的好嗎？感覺像小娃娃一樣。」

威廉慢慢不哭了。他還是很受傷，但似乎乾淨了一些，彷彿他劃開自己的傷口挑出了裡面的腐爛物。那如釋重負的感覺還在。

「我、我不想、想要他死、死掉，」威廉又說了一次：「你、你要、要是告、告訴別人我、我哭了，我就、就打斷你、你的鼻、鼻子。」

「放心吧，」理查德說：「我不會講出去的。他是你弟弟啊，拜託。要是我弟被殺了，我也會哭得死去活來。」

「你、你又沒、沒有弟、弟弟。」

「沒錯，我是說如果。」

「真、真的？」

「當然，」理查德說。他謹慎望著威廉，想知道事情是不是過去了。威廉還在用手帕擦哭紅的眼睛，但理查德覺得他應該沒事了。「我是說，我只是搞不懂喬治為什麼要嚇你，所以我才覺得相片可能和……呃，和別人有關。就是那個小丑。」

「也、也許喬、喬治不曉、曉得，也、也許他、他覺得——」

理查德知道威廉想說什麼，立刻揮手反駁。「等你嗝屁了，就會知道別人怎麼看你了，威老大，」他帶著一絲寬容的語氣說，就像偉大的老師糾正鄉巴佬的蠢想法似的。「聖經裡都有。聖經說：沒錯，雖然我們現在像鏡子一樣看不到多少東西，但等我們死後就會變成玻璃看得一清二楚。這是在帖撒羅尼迦前書還是巴比倫後書，我忘記了。意思是——」

「我、我知、知道那句、句話的意、意思。」威廉說。

「所以咧？」

「啊？」

「所以我們就去喬治的房間瞧瞧。說不定能找到什麼線索，知道是誰殺了那些小孩。」

「我、我很、很怕。」

「我也是。」理查德說。他以為自己只是應和一句，讓威廉決定上樓，但一個念頭突然重重落在他頭上，讓他發現自己說的是真的：他怕得要命。

4

兩個男孩幽靈似的溜進鄧布洛家。

威廉的父親還在工作。雪倫．鄧布洛在廚房桌旁讀平裝小說，晚餐（鱈魚）的味道飄進門廳。理查德打電話回家，讓家人知道他還活著，和威廉一樣。

理查德才剛放下電話，就聽見鄧布洛太太喊道：「誰啊？」兩人嚇呆了，做賊心虛地對看一眼。威廉說：「是、是我，媽，還有理、理、理——」

「理查德．托齊爾，夫人。」理查德高喊。

「哈囉，理查德，」鄧布洛太太回答，聲音支離破碎，彷彿不在似的。「你要留下來吃晚飯嗎？」

「謝謝您，夫人，但我母親半小時後會來接我。」

「替我問候她，好嗎？」

「是，夫人，沒問題。」

「走、走了，」威廉低聲說：「聊、聊夠了、了吧。」

兩人上樓經過走廊來到威廉的房間。以男孩來說，他的房間算整齊了。意思是做母親的看到只會有一點頭疼。書架雜亂堆滿書籍和漫畫，書桌上也有漫畫，外加幾個模型、玩具、一疊四十五轉唱片和一台盎德伍辦公型打字機。打字機是爸媽兩年前給他的耶誕節禮物，威廉有時會用它寫故事。喬治死後，他變得更常寫故事。假裝似乎能安撫他的心。

床對角的地板上有一台留聲機，機蓋上擺著一疊折好的衣服。威廉將衣服收回抽屜裡，從桌上拿起那疊唱片翻了翻，挑出六張放到粗轉盤上，啟動留聲機。佛利伍麥克合唱團開始唱起〈親愛的輕輕來〉。

理查德捏住鼻子。

威廉雖然心臟猛跳，還是露出了微笑。「他、他們不喜、喜歡搖、搖滾樂，」他說：「這、這張是他、他們給我、我的生日禮、禮物，還有兩、兩張派特．波、波恩和湯、湯米．沙茲。他、他們不在、在的時候，我會、會放小理查和薛、薛溫．傑．霍、霍金斯。她只、只要聽見、見音樂，就會以為、為我們、在房、房間。走、走吧。」

喬治的房間在對面，門是關著的。理查德看著房門，舔了舔嘴唇。

「他們沒有鎖門？」他低聲問威廉，心裡忽然發現自己希望門是鎖上的，忽然不敢相信自己竟然提議去一探究竟。

威廉搖搖頭，臉色蒼白轉開門把走進房裡，回頭看著理查德。理查德愣了一下才跟了進去。威廉將門關上，佛利伍麥克合唱團的聲音頓時變小。門鎖扣上時輕喀一聲，讓理查德嚇了一跳。

理查德環顧房間，既害怕又非常好奇。他最先察覺的是空氣中的乾霉味。窗戶已經很久沒開了，他心想，去，應該說已經很久沒人在這裡呼吸了。這個念頭讓他打了個哆嗦，又舔了舔嘴唇。

他的目光落在喬治床上，想到喬治此刻安眠在霍普山墓園，在地下腐爛，那兒的土比這裡的床更舒服。喬治的手沒有交疊，因為那需要兩隻手，但喬治死時只有一隻手。

理查德忍不住發出聲音。威廉轉頭疑惑地看著他。

「你說得對，」理查德沙啞地說：「這裡很陰森，我無法想像你怎麼敢一個人來這裡。」

「他、他是我、我弟弟，」威廉淡然地說：「我有、有時就、就是想來。」

牆上貼著海報，小孩喜歡的那種。一張是好棒湯姆，電視影集「袋鼠隊長」裡的卡通人物。湯姆飛過嘮叨鬼艾波頓的頭上，抓著他的手。艾波頓當然「爛到骨子裡」了。另一張是唐老鴨的姪子輝兒、杜兒和路兒，三隻小鴨戴著伍查克小學的浣熊皮帽走到野外。第三張是喬治自己著色的，杜先生指揮交通，好讓上學的小孩過馬路，底下一行字寫著：杜先生說，等交通導護帶我們過街。

這小子常畫到線外，理查德心想，打了個冷顫。他也永遠不會進步了。理查德看著窗邊的桌子。鄧布洛太太將喬治的成績單全都立在桌上。看著它們，知道它們再也不會增加，喬治還沒學會畫在線內就遇害了，永遠失去了生命，再也無法挽回，只剩下這些幼稚園和一年級的成績單，讓理查德頭一回強烈感受到死亡。感覺就像一只大保險箱掉進他的腦中，埋在那裡。我可能會死！他的心忽然背叛了他，朝他驚惶尖叫，誰都可能會死！誰都可能！

「天哪！」他抖著聲音說了一句，就再也講不出話來了。

「嗯，」威廉近乎呢喃地說，接著坐在喬治的床邊。「你看。」

理查德順著威廉的手指望去，發現相簿還闔著躺在地板上。我的相簿，理查德唸道，喬治．艾默．鄧布洛，六歲。

六歲！他心裡發出和剛才一樣的尖叫，永遠六歲！這種事誰都會遇到！該死！他媽的誰都可能！

「之、之前是打、打開的。」威廉說。

「現在是闔上的，」理查德不安地說。他坐到威廉身旁，看著相簿。「很多書會自己闔起來。」

「內、內頁有、有可能，但封面不、不會。它是自、自己闔上的，」威廉認真看著理查德，臉色蒼白疲憊，一雙眼眸又深又黑。「我、我想它、它要你再、再去、去打開它。」

理查德起身緩緩走向相簿。它就躺在掛著淺色窗簾的窗下。理查德望向窗外，看見鄧布洛家後院的那棵蘋果樹，鞦韆掛在長滿樹瘤的黑色樹幹上，慢慢前後擺盪。

他又低頭注視喬治的相簿。

相簿側邊有塊乾掉的茶色污漬。可能是番茄醬。鐵定是。他不難想像喬治一邊看相簿，一邊吃熱狗或滑溜溜的大漢堡，咬的時候番茄醬噴到相簿上。小孩子就愛做這種蠢事。可能是番茄醬。但理查德知道不是。

他輕輕碰了一下相簿，隨即收手。相簿感覺很冰。它就擺在夏日豔陽下，只被淺色窗簾稍稍擋去一些光線，應該已經照了一整天，摸起來卻是冰的。

唔，我應該別動它，理查德心想，反正我才不想翻開這本蠢相簿，看一些我不認識的人。我想我應該告訴威廉，跟他說我改變主意了，我們可以到他房間看漫畫，然後我回家吃晚餐，早點上床，因為我很累了。這樣我敢說我明天早上起床的時候，一定會覺得那污漬是番茄醬。就這麼辦，呼哈！

他翻開相簿，感覺兩隻手彷彿離自己有一千英里遠，像塑膠手臂一樣。他看著相簿裡的人和地，叔叔阿姨、小嬰兒、房子、老福特和斯圖貝克車、電話線、信箱、柵欄、積著泥水的車轍、艾茲郡遊園會的摩天輪、德利儲水塔、基勤納鐵工廠——

他手指愈翻愈快，內頁忽然空白了。他不由自主往回翻。最後一張相片是一九三〇年左右的德利市區，主大街和運河街一帶，之後就沒了。

「裡面沒有喬治在學校的相片，」理查德說。他看著威廉，表情既如釋重負又有點憤怒。

「你葫蘆裡裝的是什麼藥，威老大？」

「什、什麼？」

「這張很久以前的市區相片是最後一張，之後全是空白。」

威廉從床邊起身走到理查德身旁，注視那張三十年前的德利市區相片。他看見老汽車、老卡車和燈罩有如白色大葡萄的老街燈，還有運河街上的行人，全都被拍照者瞬間捕捉下來。他翻到下一頁，果然和理查德說的一樣空空如也。

等一下。不對，不是什麼都沒有。有一個相片夾，就是用來固定相片的東西。

「相、相片原、原本在這裡，」他手指輕敲相片夾說：「你、你看。」

「哇靠，你覺得那張相片怎麼了？」

「我、我不知、知道。」

威廉從理查德手中拿過相簿，擺在腿上往回翻找喬治的相片。他翻了沒一會兒就放棄了，可是相簿沒有。它開始自己翻頁，雖然很慢但沒有停，發出從容的沙沙聲。威廉和理查德瞪大眼睛面面相覷，接著又低頭望著相簿。

相簿翻到最後一張相片停了下來，不再翻動。泛黃的德利市區，一段遠在威廉和理查德出生前的時光。

「嘿！」理查德忽然喊了一聲，接著從威廉手中拿走相簿。他聲音不再恐懼，臉上忽然寫滿驚奇。「天老爺啊！」

「什、什麼？怎、怎麼回、回事？」

「是我們！沒錯！我的天老爺啊，你看！」

威廉抓著相簿一角，和理查德一起彎身湊到相片前，感覺像詩班成員拿著樂譜練歌一樣。威廉倒抽一口氣，理查德知道他也看到了。

在這張陽光燦爛的黑白相片裡，有兩個男孩正沿著主大街往中央街口走，就是運河潛入地下一英里半的起點。兩個男孩走在運河的水泥矮牆邊，非常顯眼。其中一個穿著燈籠褲，另一個穿著很像水手裝的衣服，頭上戴著粗呢帽。兩人的臉有四分之三轉向鏡頭，看著對街的某個東西。穿燈籠褲的小孩是理查德．托齊爾，絕對不會錯。穿著水手服和粗呢帽的則是結巴威。

兩個孩子像被催眠了一般，愣愣看著幾乎是他們三倍年紀的相片，注視相片裡的自己。理查德忽然覺得嘴裡像玻璃一樣又乾又髒又滑。男孩前方幾步有一名男子拈著菲多拉帽的帽簷，被強風吹起的外套衣襬永遠停格。街上有幾輛福特T型車、一輛皮爾斯艾洛和幾輛裝了車身側踏板的雪佛蘭。

「我、我不相、相信——」威廉才剛開口，相片裡的東西就動了起來。

應該永遠停在十字路口（至少直到相片的化學藥劑完全分解後）的福特T型車駛過路口，排氣管冒出一陣輕煙，朝一里坡開去，一隻白色小手伸出駕駛窗外示意左轉。車子彎進法院街，一路開出相片的白色邊緣消失無蹤。

皮爾斯艾洛、雪佛蘭和帕卡德全都開始移動，經過路口朝四面八方離開。二十八年後，那名男子的衣襬終於垂下了。他伸手將帽子摁緊，繼續往前走。

兩個男孩的臉完全轉了過來。過了一會兒，理查德發現他們剛才看到快步橫過中央街的那東西，原來是隻癩皮狗。穿著水手服的男孩（威廉）舉起兩根手指放進嘴裡吹了聲口哨。理查德驚訝得無法思考和動彈，他發現自己竟然聽得見口哨聲，聽得見車子有如紡織機運轉的不規則引擎聲。聲音很微弱，彷彿隔著厚玻璃，但就是聽得見。

狗瞄了男孩一眼，又繼續快步往前。男孩四目交會，笑得像兩隻花栗鼠。兩人往前走了幾步，穿著短褲的理查德抓住威廉的胳膊，伸手指著運河，兩人轉頭朝那裡走去。

不要，理查德心想，不要去，不要——

他們走到水泥矮牆邊，那小丑突然像恐怖箱裡的人偶冒了出來，赫然是喬治．鄧布洛的臉。牠頭髮後梳，張開塗滿油彩的血盆大口露出惡毒的笑，眼睛有如兩個黑洞。牠一手抓著一根繩子綁著三個氣球，另一手伸向穿水手服的男孩，掐住他的喉嚨。

「不、不要！」威廉大喊，伸手去碰相片。

他的手伸進了相片裡。

「住手，威廉！」理查德吼道，馬上抓住威廉。

他差點慢了一步。他看見威廉的指尖穿過相片表面進到另一個世界，看見指尖從活的溫暖粉紅變成有如木乃伊的乳白，因為相片老了，白色變質了。威廉的手指不僅變了顏色，還變小、變得支離破碎，感覺就像將手伸進水缽裡看到的幻覺。水面下的手掌似乎在漂，和水面上的部分斷開了，相隔幾英寸。

威廉的手指出現斜斜的傷口，就在手指不再是他的手指而變成相片裡的手指的部位，彷彿他的手不是伸進相片，而是風扇裡。

理查德抓住威廉的上臂猛力一扯，兩人同時往後倒。喬治的相簿摔在地板上，乾乾地啪的一聲闔了起來。威廉將手指伸進嘴裡，痛得眼眶泛淚。理查德看見血像細流從威廉的手掌流向手腕。

「讓我瞧瞧。」他說。

「好、好痛！」威廉說著將手伸到理查德面前，掌心向下。只見他食指、中指和無名指都有橫條傷口，像梯子一樣。小指只沾到相片的表面（如果相片真有表面的話），因此沒有受傷，但威廉後來告訴理查德，小指的指甲被切斷了，切得整整齊齊，彷彿用理髮師的剪刀剪的。

「天哪，威廉，」理查德說。ＯＫ繃。他的腦袋只能想到這個。老天，他們真是幸運。要是他沒及時拉威廉的手臂一把，威廉的手指可能就被切斷，而不是受傷了。「我們要處理傷口，你母親可以──」

「別、別管我、我母親、親了。」威廉說著再度拿起相簿，鮮血滴在地上。

「別打開！」理查德大喊一聲，慌忙抓住威廉的肩膀。「老天哪，威廉，你的手指剛才差點沒了！」

威廉甩脫理查德的手，開始翻閱相簿，臉上的堅決讓他嚇得魂飛魄散。威廉的眼神近乎瘋狂，受傷的手指在喬治的相簿留下新的血跡。看來還不像番茄醬，但只要乾一點就像了。當然會。

市區的景象再度出現。

福特Ｔ型車停在十字路口，其他車輛都凍結在原本的位置。朝路口走去的男子抓著菲多拉帽的帽簷，外套下襬再度揚起。

兩個男孩消失了。

相片裡看不到半個男孩，可是──

「你看。」理查德指著相片低聲說，小心不讓手指碰到相片。只見運河的水泥矮牆邊有一道弧線，是某個圓形物體的頂端。

例如氣球。

5

兩人及時走出喬治的房間。威廉的母親的聲音從樓梯底傳來，牆上看得見她的影子。「你們在樓上摔角啊？」她厲聲問道：「我聽見砰的一聲。」

「沒、沒有很、很用力，媽。」威廉狠狠瞪著理查德，意思是：別說話。

「嘖，我要你們別再玩了，感覺天花板就要掉在我頭上了。」

「知、知道了。」

兩人聽見她朝屋子前半走去。威廉剛才用手帕抹了流血的手。手帕變紅，而且開始滴血。兩個男孩走向浴室，威廉將手放在水龍頭下沖水，直到血停為止。清好的傷口看起來很細，但深得嚇人。理查德看見傷口的白色邊緣和紅色皮肉就覺得噁心想吐，便匆忙用OK繃將傷口處理好。

「痛、痛斃、斃了。」威廉說。

「你是怎麼想的，怎麼會把手伸進去呢？白痴。」

威廉認真望著纏著他手指的OK繃，接著抬頭看著理查德說：「是、是那小、小丑，是牠假、假裝成喬、喬治。」

「沒錯，」理查德說：「我猜班恩看到的時候，小丑假裝是木乃伊。艾迪看到的時候，又假裝成病癆鬼。」

「痲瘋病患。」

「沒錯。」

「但、但牠其、其實是小、小丑？」

「是怪物，」理查德淡淡地說：「某種怪物，就在德利，專門殺小孩子。」

水壩、奈爾先生和相片會動事件之後不久，理查德、班恩和貝芙莉．馬許又和怪物面對面接觸了。而且不是一個，是兩個。他們是付錢去看的，起碼理查德有付。兩個怪物很可怕，但不危險。牠們在阿拉丁戲院的螢幕上追人、害人。理查德．班恩和貝芙莉在看台上。

其中一個怪物是狼人，由麥可．蘭登飾演。他很酷，因為他雖然是狼人，可是髮型很像鴨屁股。另外一個怪物是被撞爛的賽車手，由蓋瑞．康威飾演。科學怪人的後代讓他起死回生。那傢伙把不要的身體部位全都扔到地下室餵鱷魚。那天還有另一場電影，是新聞報導，包括最新的巴黎時裝、卡納維爾角先鋒號火箭爆炸事件的最新消息、兩部華納兄弟卡通、一部大力水手卡通和一部企鵝卡通（理查德每次看到奇利威利戴的帽子就會笑，他也不曉得為什麼），還有電影預告。有兩部新片子立刻被理查德列入必看名單，分別是《我娶了外太空怪物》和《斑點》。

看電影時，班恩很安靜。害死康剛才差點被亨利、貝奇和維克多看到，理查德以為他很安靜是這個原因。但班恩早就忘了那幾個混蛋（那三個傢伙坐在樓下啃爆米花，不停喧鬧），貝芙莉才是他沉默的原因。她這麼靠近，讓他差一點病了，全身起雞皮疙瘩。要是她在座位上動了，他的皮膚就會發燙，好像得了熱帶膽病一樣。她伸手去拿爆米花時碰到他的手，他就會興奮得發抖。他後來覺得待在黑漆漆的電影院裡的那三個小時，是他人生最長也最短的時光

理查德絲毫沒有察覺班恩被愛沖昏了頭，感覺好得很。在他印象中，除了連看兩場《會說話的騾子法蘭西斯》之外，就數連看兩場恐怖電影最棒了。戲院裡坐滿小孩子，看到血腥場面時全都高聲尖叫。他當然沒有將這兩部低成本美國國際電影的片子和德利市的事件連結起來，起碼當時還沒。

他週五早上在《新聞報》看到戲院週六午後要連放兩場恐怖片，幾乎立刻忘了自己前一晚睡得有多糟，不得不起身點開衣櫃的燈（小時候常做的事），之後才有辦法睡著。但到隔天早上，一切似乎又恢復正常了……呃，幾乎。他開始覺得自己和威廉前一晚只是看到幻象。威廉手上的傷痕當然不是幻覺，但或許只是被相簿的邊緣刮傷。相簿紙很厚，有可能。也許。再說，有哪條法律規定未來十年都得想這件事？沒有嘛！

因此，雖然前一晚的經驗可能會讓大人跑去看心理醫師，理查德．托齊爾卻還是照樣起床吃了一大份鬆餅早餐，在報紙娛樂版讀到下午有兩場恐怖電影，檢查一下零用錢，發現有一點少（呃……應該說一毛不剩），便纏著父親要他給他事情做。

他父親已經穿著白色牙醫袍坐在桌前用餐。他放下體育版，幫自己又倒了一杯咖啡。他的臉有點長，但很好看，戴著金框眼鏡，腦後的頭髮開始禿了，一九七三年將會死於喉癌。他看了看理查德指的廣告。

「恐怖電影。」溫特沃斯．托齊爾說。

「對。」理查德咧嘴微笑說。

「看來你非去不可囉。」溫特沃斯．托齊爾說。

「沒錯！」

「要是看不成那兩部垃圾電影，你可能會失望而死。」

「沒錯，一定會！我知道我會！啊——」他從椅子跌到地板上，雙手抓住喉嚨吐著舌頭。這是理查德表現魅力的方法。

「喔，天哪，理查德，可以拜託你住手嗎？」他母親站在爐邊說。她正在幫他煎兩顆蛋，放在鬆餅上。

理查德坐回椅子上，他父親說：「哎呀，理查德，我想我星期一應該忘了給你零用錢吧，否則我想不出你為什麼星期五還需要錢。」

「呃……」

「花光了？」

「呃……」

「對一個腦袋不靈光的小孩來說，這個問題太難了，」溫特沃斯．托齊爾說完用手肘支著桌子，手掌托著下巴，用讚嘆的神情望著獨生子。「錢都用到哪裡去了？」

理查德立刻變成英國僕役長開始說話：「哎呀，我不是花掉了嗎，長官？東花西用，三兩下就清潔溜溜啦！我可都是為了戰爭呢。為了擊退血腥的匈奴人，不是嗎？走投無路啦，東奔西跑啦，還有——」

「還有聽你在胡扯。」溫特沃斯親切地說，伸手去拿草莓果醬。

「用餐的時候請不要說粗話，謝謝。」瑪姬．托齊爾將蛋端上桌，一邊對丈夫說道，接著又對理查德說：「我真搞不懂你為什麼要在腦袋裡塞那麼多可怕的垃圾。」

「喔，媽。」理查德說。他看起來一臉沮喪，心裡卻很高興。他對父母親瞭若指掌，就像兩本百翻不厭的舊書一樣。他有把握能得到自己要的：零工和週六下午去看電影。

溫特沃斯湊到理查德面前，露出大大的笑容說：「我想我有地方用得上你。」

「是嗎，爸？」理查德笑著說……有一點不安。

「是啊，理查德。你知道我們家的草坪吧？你和草坪熟嗎？」

「熟得很，長官，」理查德又變成了英國僕役長，起碼試著變成他。「草生得有點長了，是吧？」

「是的，」溫特沃斯贊同道：「而你必須負責解決它，理查德。」

「我？」

「沒錯，就是你。你要除草，理查德。」

「好的，爸爸，沒問題。」理查德說，但他心裡忽然竄起一絲恐懼。父親說的可能不只前草坪而已。

溫特沃斯張大嘴巴，露出鯊魚般的笑容。「全部，你這個小笨蛋，前院、後院和兩側。做完之後，我會在你手上放兩張綠色的紙，一面是華盛頓，另一面是頂端長著一隻眼睛的金字塔。」

「我不懂，爸。」理查德說，但他很怕自己其實懂。

「兩美元。」

「所有草坪兩美元？」理查德高喊一聲，心裡真的很挫折。「我們家的草坪是這一區最大的，天哪，爸！」

溫特沃斯嘆了口氣，重新拿起報紙。理查德看見頭版的標題：男童失蹤，市民再陷恐慌。他忽然想起喬治．鄧布洛的相簿。但那一定是幻覺……就算不是，那也是昨天的事了。今天是今天。

「看來你不是真的那麼想看那兩部電影。」溫特沃斯隔著報紙說。不久，他從報紙上方探出眼睛打量理查德，有一點沾沾自喜的味道，就像拿著撲克牌研究對手的神情一樣。

「克拉克家的雙胞胎來除草的時候，你每人都給兩美元！」

「也對，」溫特沃斯說：「但就我所知。他們明天不想去看電影。就算要去，他們的錢也一定夠，因為他們最近沒有過來檢查我們家的植物生長狀況。可是你不一樣。你想去看電影，而且發現自己沒錢。理查德，你現在胸口悶是因為早餐吃了五塊鬆餅和兩顆蛋，還是因為我叫你除草？」說完，溫特沃斯的眼睛又藏到報紙後方。

「媽，爸爸在勒索我，」理查德對母親說。他母親正在吃乾吐司。她最近又在減肥了。「這是勒索，我希望妳知道這一點。」

「是，親愛的，我知道，」他母親說：「你下巴沾到蛋了。」

理查德把蛋抹掉。「要是我在你晚上回家之前做完，就給我三美元？」他對著報紙問。

他父親的眼睛再度出現在報紙上方。「兩美元半。」

「喔，拜託，」理查德說：「你怎麼跟傑克・班尼一樣。」

「他是我的偶像，」溫特沃斯隔著報紙說：「下定決心吧，理查德。我還想看比賽成績呢。」

「一言為定。」理查德嘆了口氣說。被家人逮到把柄，就只能任他們宰割了。想起來還真可笑。

理查德一邊除草，一邊練習他的模仿。

7

週五下午三點，他把前院、後院和兩側的草都除完了，於是週六牛仔褲口袋裡就多了兩美元五十美分，簡直像發財了。他打電話給威廉，威廉悶悶地說他得去班格爾接受語言治療檢驗。

理查德安慰朋友幾句，接著就開始用結巴威的聲音說：「給、給他、他們好、好看，威、威老、老大。」

「去、去你、你的，托、托齊、齊爾。」威廉說完就掛斷了。

理查德又打給艾迪・卡斯普布拉克，但艾迪聽起來比威廉還喪氣。他說他母親買了兩張一日公車票，要去哈芬、班格爾和漢普頓拜訪阿姨。那三個阿姨都和卡斯普布拉克太太一樣胖，都沒有結婚。

「她們會捏我的臉，說我長得好大了。」艾迪說。

「那是因為她們知道你很可愛，小艾，和我一樣。我頭一回見到你，就覺得你很可愛。」

「你有時真的很討人厭，小理。」

「一個巴掌拍不響，小艾，你清楚得很。你下星期會去荒原嗎？」

「會吧，如果你們會去的話。玩槍戰嗎？」

「可能吧。但……我想威老大和我有事要跟你說。」

「什麼事？」

「其實算威廉的事吧，我想。改天見囉，好好陪阿姨玩。」

「謝謝你喔。」

他第三通電話打給史丹利，但史丹利打破家裡的眺望窗被罰了。他把派盤當成飛碟玩，結果彎錯了方向，哐啷！他週末都得在家幫忙，說不定下週末還不能出門。理查德慰問幾句，接著就問史丹利下星期能不能到荒原。史丹利說應該可以，除非他父親罰他禁足之類的。

「拜託，小史，不過是一扇窗嘛。」理查德說。

「是啊，可是窗子很大。」史丹利說完就掛上電話。

理查德正要走出客廳，忽然想到班恩·漢斯康。他翻閱電話簿，找到一個名叫艾琳·漢斯康的女人。姓漢斯康的登記用戶有四個，只有她一個女的，理查德心想她一定是班恩的母親，便撥了號碼。

「我很想去，但我把零用錢花光了。」班恩答道。他聽起來很沮喪、很慚愧，因為他把錢都拿去買糖果、汽水、洋芋片和牛肉條了。

理查德荷包滿滿，而且不喜歡一個人看電影，便說：「我錢很多，我可以先幫你出。」

「真的嗎？你願意？」

「當然，」理查德說，顯得很困惑：「為什麼不願意？」

「好啊！」班恩開心地說：「太好了！兩場恐怖電影！你說一部是狼人？」

「對。」

「天哪，我好愛狼人電影。」

「拜託，害死康，你看了別尿褲子。」

班恩笑了。「那就阿拉丁戲院門口見囉？」

「嗯，好啊。」

理查德掛上話筒，一臉沉思望著電話。他忽然發覺班恩．漢斯康很寂寞。這點讓他感覺自己很像英雄。他吹著口哨跑回樓上，看漫畫等下午電影開場。

8

那天陽光普照，微風徐徐很涼爽。理查德蹦蹦跳跳走在中央街，朝阿拉丁戲院前進，一邊彈手指一邊低聲哼著〈搖滾知更〉。他感覺很愉快。去看電影總是很開心，他喜歡電影裡的神奇世界與夢想。他為那些今天有無聊事得做而不能來的人感到遺憾。威廉去做語言治療，艾迪去拜訪阿姨，可憐的史丹利要擦拭門廊台階或掃車庫，因為他扔出去的派盤應該往左飛，結果往右轉。

理查德將溜溜球塞在褲子後口袋。他拿出溜溜球，試著讓它停在底端。他一直很想學會這一招，可惜到現在都沒成功。這個「混球」就是不聽話，一到底端不是立刻往上，就是停止不轉。

走到半路，他看見一個女孩坐在舒克藥房外的長條椅上。女孩穿著嗶嘰百褶裙和無袖白上衣正在吃甜筒，看起來是開心果口味。一頭紅褐色秀髮閃閃發亮，發出銅一般的光澤，有時又變成金黃色，垂到肩膀下。理查德只認識一個女孩有這種顏色的頭髮，那就是貝芙莉·馬許。

理查德很喜歡貝芙莉。呃，他是喜歡她，但不是那種喜歡。他喜歡她的長相，而且知道不只他一個人這麼想，例如莎莉·穆勒和葛瑞塔·鮑伊就恨透了她。她們年紀太小，無法理解自己什麼東西都能輕鬆到手，為何還是贏不過下大街貧民區出身的女孩子。理查德喜歡貝芙莉的長相，但更喜歡她的倔強和絕佳的幽默感。而且，她身上常常有菸。總之他喜歡她，因為她是好兄弟，但他還是有一兩次發現自己會好奇，想知道她在褪色的裙子底下穿著什麼顏色的內褲。兄弟之間不會想這種事，對吧？

還有，理查德必須老實說，他這位好兄弟長得還真美。

理查德朝長條椅走去，束緊想像中的大衣腰帶，摘下想像中的垂邊軟帽，假裝自己是亨弗萊·鮑嘉。再加上正確的聲音，他就成了亨弗萊·鮑嘉，起碼他自己這麼覺得。但在旁人聽起來，他比較像有點著涼的理查德·托齊爾。

「嗨，甜心，」他一個滑步來到長條椅前，向坐著看車流的她打招呼。「不用等了，公車不會來的。納粹已經切斷我們的退路了。最後一班飛機午夜出發。妳會在那飛機上，他需要妳，甜心。我也是……但我會撐過去的。」

「嗨，小理。」貝芙莉說著轉頭看他。他發現她右頰有一塊黑紫色瘀青，像被烏鴉翅膀掃過一樣。她的美貌再度讓他屏息……這是他頭一回真的覺得她美。他之前從來沒意識到這一點。除了電影裡，真實世界也有美麗的女孩子，而他很可能就認識一個。或許是瘀青讓他看到了她的美。一種必要的對比、特別的缺陷，雖然會讓人第一眼先注意到，卻突顯了其他：灰藍的眼眸、鮮紅雙唇、嬰兒般白皙無瑕的肌膚，還有鼻子上一小撮雀斑。

「夠黑青吧？」她問，倨傲地將頭一仰。

「是啊，親愛的，」理查德說：「妳的臉比林堡乳酪還要青。不過，我對老天發誓，等妳離開卡薩布蘭加，我們會把妳送進最貴最好的醫院，讓妳再度白皙動人。」

貝芙莉說：「你真是混蛋，小理。你聽起來一點也不像亨弗萊·鮑嘉。」但她是帶著微笑說的。

理查德在她身旁坐了下來。「妳要去看電影嗎？」

「我沒有錢，」她說：「你的溜溜球可以借我看嗎？」

他把溜溜球遞給她，說：「我要它退回去。它應該要停在底端睡覺才對，可是都沒有。我被騙了。」

貝芙莉食指伸進繩圈，理查德推高鼻梁上的眼鏡，好看清楚一點。貝芙莉手掌朝天空一翻，溜溜球乾淨俐落地掉進她的掌心。她將溜溜球往下一甩，溜溜球滑到底端便停在那裡「睡覺」。接著她手指一勾，做出類似「過來」的動作，溜溜球立刻醒了，往上爬回她的掌心。

「哇哦！好樣的。」理查德說。

「剛才是幼稚園等級，」貝芙莉說：「你再看。」說完她又將溜溜球往下甩，讓它停在底端轉動，接著像遛狗一樣將它放在地上滾，然後再一抖手讓溜溜球回到掌心。

「喂，別玩了，」理查德說：「我最討厭有人愛現。」

「那這個呢？」貝芙莉甜甜地笑著問。她讓紅色溜溜球前後擺動，看起來就像理查德以前玩過的拍球板一樣，最後用兩次「環遊世界」作結（差點打到一位蹣跚路過的老太太，老太太狠狠瞪了他們一眼）。她將溜溜球收回掌心，繩子整整齊齊纏著球身，接著將它還給理查德，坐回長椅上。理查德張大嘴巴坐在貝芙莉身旁，毫不掩飾內心的崇拜。貝芙莉看到他這副模樣，忍不住呵呵笑了出來。

「嘴巴閉上啦，蒼蠅都飛進去了。」

理查德立刻閉上嘴巴。

「再說，最後一招其實是運氣好。我頭一回連做兩次環遊世界沒有卡住。」

開始有小孩從兩人面前走過，都是去看電影的。彼得・戈登和瑪莎・法登並肩走著。他們本來就該一起去的，但理查德心想他們兩個都住在西百老匯，而且是鄰居，又是一對混球，因此很需要彼此支持與關注。彼得・戈登才十二歲，但已經滿臉青春痘了。他有時會跟鮑爾斯、克里斯和哈金斯混在一起，但膽子不夠大，不敢一個人使壞。

他瞄了坐在長椅上的理查德和貝芙莉一眼，嘴裡開始哼：「理查德和貝芙莉，兩人一起玩親親！先有愛情再結婚——」

「生個娃娃出來混！」瑪莎把歌接完，哈哈大笑。

「去死吧，小姑娘，」貝芙莉比著手指說。瑪莎一臉嫌惡撇過頭去，彷彿不敢相信竟然有人如此粗魯。戈登伸手摟住瑪莎，轉頭對理查德說：「晚點見囉，四眼田雞。」

「先去看你媽的束腹吧。」理查德伶牙俐齒地說（雖然有點沒必要）。貝芙莉捧腹大笑，靠在理查德的肩上。理查德感覺到她的觸碰和她身體的重量，不過還滿舒服的。但她只靠了一會兒，就又坐直起來。

「真是一對混蛋。」她說。

「沒錯，我猜瑪莎・法登的小便一定很香吧。」理查德說。貝芙莉聽了又開始咯咯笑。

「香奈兒五號。」她說，但聲音很模糊，因為她雙手摀著嘴巴。

「沒錯，」理查德說，其實根本不曉得香奈兒五號❽是什麼。「貝貝？」

「什麼事？」

「妳可以教我怎麼讓溜溜球睡覺嗎？」

「應該可以吧，但我沒教過人。」

「那妳是怎麼學會的？誰教妳的？」

她嫌惡地看了他一眼。「沒有人教我，我自己想出來的，就像轉指揮棒一樣，我很會——」

「還真敢說啊。」理查德翻了翻白眼。

「我是敢說，」貝芙莉說：「但我沒上課，什麼都沒有。」

「妳真的會轉指揮棒？」

「當然。」

「國中想當啦啦隊是吧？」

她笑了。理查德從來沒見過那樣的笑，混合著聰明、嘲諷與悲傷。那股陌生的力量讓他身體一縮，就像他看見喬仔相簿裡那張市區相片開始移動時一樣。

「那是瑪莎．法登才會做的事，」她說：「還有莎莉．穆勒和葛瑞塔．鮑伊，那些小便香噴噴的女孩子。她們有爸爸幫她們買運動器材和制服，又有門路，我永遠當不了啦啦隊。」

「天哪，貝貝，妳這樣的想法不對——」

「事實就是如此，沒什麼對不對，」她聳聳肩說：「反正我無所謂。誰想要在幾百萬人面前翻筋斗露內褲給大家看哪？好了，理查德，你看好囉！」

❽香奈兒發行的第一款香水，顏色是黃的。

她開始教理查德怎麼讓溜溜球停在底端睡覺。過了將近十分鐘，理查德還真的抓到了一點訣竅，只是他把溜溜球「叫醒」之後，往往只能讓它爬到一半。

「你手指扯得不夠用力，就這樣。」貝芙莉說。

理查德看了看對街梅里爾信託基金的時鐘，忽然跳了起來，將溜溜球收進褲子後口袋說：「哎唷喂呀，我該走了，貝貝。我約了害死康，他可能以為我改變主意還是怎麼了。」

「害死康是誰？」

「喔，班恩·漢斯康啦，但我都叫他害死康。妳知道，就是摔角選手害死康·卡洪的害死康。」

貝芙莉聽了皺起眉頭。「你這樣不太好，我滿喜歡班恩的。」

「別抽我，夫人！」理查德拍手翻眼，用黑人小孩的聲音尖叫道：「別抽我，我會乖乖當個小黑奴的，夫人，我會——」

「小理。」貝芙莉漠然地說。

理查德停止模仿。「我也喜歡他，」他說：「我們前兩天一起在荒原蓋了一座水壩，而且——」

「你們去荒原了？你和班恩去荒原？」

「對啊，我們幾個人一起去的，那裡還滿酷的。」理查德說著又看了看時鐘。「我真的得閃人了，班恩在等我。」

「好吧。」

理查德頓了一下，沉思片刻，接著說：「妳如果沒事做，可以和我一起去。」

「我已經說了，我沒有錢。」

「錢我幫妳出，我身上有兩美元。」

貝芙莉將剩下的甜筒扔進附近的垃圾桶裡，細緻澄淨的灰藍眼眸看著理查德，透露出冷靜又好奇的神色。她假裝整理頭髮，一邊問：「嘿，親愛的，你這是在約我嗎？」

理查德一陣心慌意亂，完全不像平常的自己。他甚至感覺到臉紅了。他提議時完全沒有多想，就和他約班恩一樣……只不過，對，他跟班恩說是先借給他，但對貝芙莉卻沒這麼說。

理查德忽然有一點侷促。他垂下眼睛，不敢直視她好奇的眼神，卻發現她剛才身子往前去丟甜筒的時候，裙子稍微撩高了一點，露出了膝蓋。他趕緊抬頭，但沒有用，因為他的目光正巧落在她剛開始發育的胸脯上。

通常遇到這種手足無措的狀況，理查德就會開始胡說八道，這時也不例外。

「沒錯！就是約會！」他高聲大叫，跪在她面前雙手交握說：「求求妳來吧！求求妳來吧！要是妳拒絕，我就活不下去了！好嗎？拜託啦！」

「噯，小理，你真是神經病，」她咯咯笑著說……但她雙頰是不是有一點紅？是的話，她看起來更漂亮了。「快點趁被捕之前站起來吧。」

理查德站起來，啪的坐回她身邊。他感覺自己又復原了。他覺得迷惘的時候，裝瘋賣傻總是很有用。「妳要去嗎？」

「當然要，」她說：「謝謝你！想想這是我第一次約會呢！我晚上一定要寫在日記裡。」她雙手交握擺在剛發育的胸脯前，匆匆眨動睫毛，然後笑了。

「妳可以不要再說這是約會了嗎？」理查德說。

貝芙莉嘆了口氣。「你這個人真是沒什麼情調。」

「那還用說。」

但他卻有一點沾沾自喜，世界忽然一片清明、一片和善。他發現自己不時斜眼瞄她。貝芙莉看著店家的櫥窗，瀏覽康乃爾霍普利時裝行的洋裝與睡袍、巴恩折扣商店的毛巾和鍋子。他偷瞄了幾眼她的頭髮和上顎的曲線，觀察她的胳膊從圓袖口露出來的樣子，看見她肩帶的邊緣。一切都讓他喜上眉梢。他說不出原因，但那一刻，喬治．鄧布洛房裡發生的事情似乎無比遙遠。該走了，該去和班恩碰面了，但他寧可在這裡多坐一會兒，欣賞她瀏覽櫥窗。因為看著她、和她在一起，感覺真好。

9

小孩魚貫走到阿拉丁戲院的售票口付錢，然後進入大廳。隔著成排的玻璃門，理查德看見糖果櫃台擠了一群小孩，爆米花機拚命運轉，噴出一堆堆爆米花，油膩膩的鉸鍊頂蓋開開闔闔。他四處都沒看到班恩。他問貝芙莉有沒有看到，她搖搖頭。

「說不定他已經入場了。」

「他說他沒錢，而且那個科學怪人的女兒不可能讓他沒有票進去的。」理查德說著用拇指比了比柯爾太太。早在有聲電影面世之前，她就已經在阿拉丁戲院當收票員了。她頭髮染成亮紅色，稀疏得都能看見頭皮。她嘴唇很厚，塗滿了梅子色的唇膏，雙頰腮紅抹得誇張，眉毛是用黑色鉛筆畫的。科爾太太是最棒的民主黨員，因為所有小孩她都一視同仁地討厭。

「嘖，我不想拋下班恩先進場，但電影就要開始了，」理查德說：「他到底跑哪兒去了？」

「你可以先幫他買好票，留在售票口，」貝芙莉實事求是地說：「這樣他到的時候——」

她話還沒說完，班恩就從中央街和麥克林街口出現了。他上氣不接下氣，小腹在運動衫裡輕輕搖晃。他先看見理查德，立刻舉手打招呼，接著看見貝芙莉，手霎時停住了。他眼睛瞪大了半秒鐘，隨即把手揮完，緩緩走到阿拉丁戲院的門簷下，和兩人會合。

「嗨，小理。」他說，接著匆匆瞄了貝芙莉一眼，好像怕看太久會被閃光燒傷似的。「嗨，貝貝。」

「哈囉，班恩。」貝芙莉說，兩人莫名沉默了半晌。理查德感覺那兩人之間的安靜不像是難堪，反而非常強大。他忽然覺得一絲嫉妒，因為他們之間發生了什麼，而他卻被排除在外。

「你好呀，害死康！」他說：「還以為你膽子小不敢來了呢。這兩部電影肯定會把你的肥豬身體嚇掉十磅，而且，而且還會把你頭髮嚇白，兄弟，讓你怕得拚命發抖，需要接待員扶你離開戲院。」

理查德開始朝售票口走。班恩碰了碰他胳膊，開口想說什麼，同時看了貝芙莉一眼，發現她對他微笑，讓他一時傻了，過了一會兒才說：「我之前就到了，只是看見那些傢伙，所以就跑到街角去了。」

「哪些傢伙？」理查德問，但覺得他已經知道答案了。

「亨利．鮑爾斯、維克多．克里斯、貝奇．哈金斯，還有其他人。」

理查德吹了聲口哨。「他們一定已經進戲院了，我沒看到他們買糖果。」

「嗯，應該是吧。」

「假如我是他們，才不會花錢看恐怖電影，」理查德說：「只要待在家裡對著鏡子看就行了，還比較省錢。」

貝芙莉開心笑了，但班恩只勉強擠出微笑。上星期那一天，亨利．鮑爾斯原本或許只想教訓他一下，最後卻打算殺了他。班恩覺得一定是這樣。

「我跟你說，」理查德說：「我們到二樓，他們都會坐在一樓的前兩、三排，把腳跨在椅子上。」

「你確定？」班恩問。他不太確定理查德知道那些小孩有多恐怖……最可怕的當然是亨利。理查德三個月前才差點被亨利．鮑爾斯和他的狐群狗黨痛打一頓（他在佛里斯百貨公司的玩具部躲過他們），因此很瞭解亨利那一票小孩，比班恩以為的還清楚。

「如果不是百分之百肯定，我才不會進去，」他說：「我很想看那兩部電影，害死康，但我可不想為了電影丟了小命。」

「再說，他們要是惹我們，我們就叫福老把他們攆出去，」貝芙莉說。福老是福克斯沃斯先生，阿拉丁戲院的經理，長得面黃肌瘦，常常一臉鬱悶，這會兒正在賣糖果和爆米花，一邊唸經似的說：「照順序、照順序、照順序。」他的晚禮服脫了線，漿煮過的襯衫已經發黃，看起來就像落難的企業家。

班恩不太確定地看了看貝芙莉、福老和理查德。

「兄弟，你不能讓他們吃定你，」理查德柔聲說：「瞭解嗎？」

「我想也是。」班恩說完嘆了一口氣。其實他根本不瞭解……但貝芙莉的存在讓他完全失了分寸。要是她不在場，他一定會試著說服理查德改天再看。萬一理查德非看不可，那他可能選擇放棄。但貝芙莉就在這裡。他不想在她的面前顯得懦弱，而且想到和她在一起，在漆黑的二樓看台（不過理查德應該會坐在他們中間）就讓他難以抗拒。

「那我們等電影開始了再進去，」理查德說著咧嘴微笑，搥了班恩手臂一拳。「拜託，害死康，你是想考慮一輩子喔？」

班恩皺起眉頭，接著笑了出來。理查德也笑了。貝芙莉看著他們兩人，也跟著露出笑容。理查德再次走向售票口。豬肝唇柯爾太太酸溜溜地看著他。

「午安，夫人，」理查德盡力使出「屁眼公爵」的聲音說：「勞煩您給我三張出席證，我們想進去欣賞美國影戲。」

「小鬼，廢話少說，要什麼快講！」豬肝唇對著玻璃窗的圓孔大吼。她塗黑的眉毛上下挑動，讓理查德膽顫心驚，趕緊將壓皺的一美元鈔票放進溝槽裡推到她面前說：「三張票，謝謝。」

三張票從溝槽裡送出來，理查德拿起電影票，豬肝唇扔了廿五美分給他，同時說道：「不准胡鬧，不准丟爆米花盒，不准大吼大叫，不准在大廳和走道跑來跑去。」

「是，夫人，」理查德說完連忙回到班恩和貝芙莉身邊。「遇到這麼喜歡小孩的老姑婆，總是讓我心頭一陣溫暖。」

他們又在外頭待了一會兒，等電影開始。豬肝唇坐在玻璃牢籠裡，一臉狐疑地瞪著他們。理查德告訴貝芙莉他們在荒原蓋水壩的事，用他新發明的「愛爾蘭警察」腔調模仿奈爾先生。貝芙莉沒聽幾句就笑了，後來更是哈哈大笑。就連班恩也露出微笑，但他的眼睛還是不停看著戲院的玻璃門，不時飄向貝芙莉的臉龐。

10

看台很好。播放第一部電影《少年科學怪人》時，理查德發現亨利．鮑爾斯和他的死黨就坐在樓下第二排，和他料想的一樣。他們有五、六個人，五年級、六年級和七年級都有，全都將靴子跨在前面的座椅上。福老會過去叫他們把腳放下去，他們會乖乖聽話，福老一離開，他們又會立刻把腳抬上去。過了五到十分鐘，福老會再度出現，整場鬧劇又重新再來一次。福老沒那個膽子踢他們出去，那幾個小孩也知道。

電影很棒。《少年科學怪人》果然夠噁心，不過《少年狼人》更恐怖……可能因為他看起來還有一點悲傷吧。事情發生不是他的錯，是那個催眠師害他的。不過，催眠師能夠得逞，也是因為那個變成狼人的小孩內心充滿憤怒和負面的情感。理查德發現自己開始好奇，這世界上有多少人像那孩子一樣隱藏了負面情緒？亨利．鮑爾斯有一堆那種情感，但他顯然毫不隱藏。

貝芙莉坐在兩個男孩中間，從他們的盒子裡拿爆米花吃，偶爾尖叫遮住眼睛，偶爾放聲大笑。她看見狼人跟蹤女主角放學到體育館運動，嚇得將臉貼在班恩胳膊上。理查德聽見班恩驚喘一聲，比樓下兩百個小孩尖叫還清楚。

狼人最後被殺了。落幕時，一名警察告訴另一名警察說，這件事應該讓人學到一個教訓，人最好不要僭越神的事。簾幕放下，燈光打亮，有人鼓掌。理查德心滿意足，只是有點頭疼。他可能很快就得去看眼科醫師，更換眼鏡度數了。他悶悶地想，等他上高中，眼鏡可能和可口可樂瓶一樣厚了。

班恩拉拉他的袖子，用乾啞驚慌的聲音說：「小理，他們看見我們了。」

「啊？」

「鮑爾斯和克里斯，他們離場時抬頭瞄了一下。他們看見我們了！」

「好啦，好啦，」理查德說：「冷靜一點，害死康，冷靜。我們從側門出去，別擔心。」

他們走下樓梯，理查德帶頭，貝芙莉走中間，班恩最後，每走兩步就回頭張望一眼。

「那些小鬼真的嚇壞你了，對吧，班恩？」貝芙莉問。

「嗯，算是吧，」班恩說：「學期最後一天我和亨利．鮑爾斯打了一架。」

「他有打你嗎？」

「打得還不夠，」班恩說：「所以他還是很生氣，我想。」

「那個死傢伙也掉了一層皮，」理查德呢喃道：「起碼別人是這麼告訴我的。我想這點應該也讓他不太爽。」他推開出口大門，三人走進阿拉丁戲院和南氏簡餐館之間的小巷，趴在垃圾桶上的貓嘶叫一聲，從他們面前跑過。小巷盡頭被木板圍籬封住，貓抓了幾下翻了過去，垃圾桶蓋哐啷一聲。貝芙莉嚇一跳，抓住理查德的手臂，接著緊張笑了笑，說：「我想剛才的電影還是讓我有一點害怕。」

「才怪——」理查德說。

「哈囉，賤胚。」亨利．鮑爾斯的聲音從後面傳來。

三人嚇得猛然回頭，只見亨利、維克多和貝奇站在巷口，後面還站著兩個人。

「可惡，我就知道會這樣。」班恩呻吟道。

理查德匆忙轉身朝阿拉丁戲院走，但出口已經關上了，沒辦法從外頭開。

「說再見吧，賤胚。」亨利說完忽然衝向班恩。

接下來發生的事，在理查德當時和事後看來，感覺都像演電影，真實世界根本不應該發生。在真實世界裡，小孩挨打、撿起牙齒，然後回家。

但這回不是這樣。

貝芙莉往右前方一站，彷彿想和亨利面對面握手一樣。理查德聽見他靴底嵌的鐵片咯咯響。維克多和貝奇朝他撲來，另外兩個男孩守在巷口。

「放開他，」貝芙莉大叫：「要打就找身材一樣的人打！」

「賤女人，他的塊頭就跟他媽的麥克卡車一樣大，」亨利不是什麼紳士，破口大罵：「趕快給我滾——」

理查德伸出一隻腳。他沒想到自己會這麼做。他的腳就和插科打諢一樣，有時完全不受控制，老是惹危險。亨利踢到他的腳，整個人往前撲倒。小巷的磚頭地面很滑，都是垃圾桶裡溢出來的垃圾。亨利像冰上圓盤一樣往前溜。

他試著站起來，襯衫沾到了咖啡、泥巴和幾片萵苣。他大吼：「你們這些傢伙死定了！」

班恩原本一直很害怕，這時突然爆發了。他怒吼一聲抓起垃圾桶，而且還高高舉著，任垃圾撒了一地，看起來真的很像害死康．卡洪。他臉色蒼白又憤怒，將垃圾桶扔了出去，正中亨利的後腰，再度將他打趴在地上。

「我們快走！」理查德大喊。

三人衝向巷口。維克多．克里斯跳到他們面前，班恩咆哮一聲，低頭朝維克多肚子撞了過去。「啊！」維克多哀號一聲，坐到地上。

貝奇一把抓住貝芙莉的馬尾，唰的將她甩到戲院牆上。貝芙莉撞牆反彈，一邊揉著胳膊，一邊朝巷口跑。理查德緊跟在後，順手抄起了一個垃圾桶蓋。貝奇握起近乎雛菊火腿大的拳頭朝他揮來，理查德舉起電鍍鐵蓋，正好擋住貝奇的拳頭。拳頭打在蓋上發出轟然巨響，又低又沉。理查德感覺震動從他手臂一路傳到肩膀。只聽見貝奇嚎叫一聲，握著腫起來的手跳上跳下。

「讓你倒在我父的帳中。」理查德悄悄地說。他用的是東尼．寇蒂斯的聲音，模仿得差強人意。說完就跟著班恩和貝芙莉繼續往外跑。

站在巷口的男孩抓住貝芙莉，班恩正在和他糾纏。另一個男孩開始像兔子踢腳似的搥打班恩的腰。理查德抬腿一甩，正中那傢伙的屁股，讓對方痛得大叫。理查德一手抓住貝芙莉的胳膊，一手抓著班恩的手臂。

「快跑！」他大喊。

和班恩糾纏的男孩鬆開了貝芙莉，朝理查德猛揮一拳。理查德耳朵爆痛，感覺又麻又燙，腦袋裡迴盪著呼哨聲，聽起來就像學校護士用耳機測試聽力時你會聽見的那種聲音。

他們跑到中央街，行人紛紛回頭觀望。班恩的大肚子上下晃動，貝芙莉的馬尾跳呀跳的。理查德鬆開抓住班恩的手，用左手拇指將眼鏡抵在額頭免得掉了。他的腦袋還在嗡嗡響，他覺得耳朵一定腫了，但感覺真棒。他開始笑，貝芙莉跟著笑了，不久連班恩也笑了。

他們跑到法院街，跌坐在警察局前的長椅上。這時候，全德利市似乎只有這個地方是安全的。貝芙莉伸手勾住班恩和理查德的脖子，用力抱了他們一下。

「真是太帥了！」她眼睛閃閃發亮。「你們有看到他們的樣子嗎？有嗎？」

「我有看到，」班恩喘著氣說：「但我再也不想看到他們了。」

這句話又讓三人歇斯底里大笑起來。理查德一直覺得亨利那一票人會追到法院街來，再度追殺他們，管他旁邊是不是警察局。但他還是忍不住大笑。貝芙莉說得對極了，感覺真是太帥了。

「窩囊廢俱樂部發射了一發好砲！」理查德亢奮高喊：「嗚哇！嗚哇！」他雙手包著嘴巴用班恩．伯尼的聲音說：「呼啦、呼啦，孩子們！」

一名警察從二樓窗戶探出頭來大喊：「你們這些小鬼快點滾開！馬上滾！閃遠一點！」

理查德開口正想回幾句俏皮話（應該會用「愛爾蘭警察」的腔調），不過班恩踢他一腳，說：「閉嘴，小理。」說完不敢相信自己竟然敢這麼說。

「沒錯，小理，」貝芙莉說，一邊柔情望著他：「噓！」

「好吧，」理查德說：「你們現在想做什麼？去找亨利．鮑爾斯，問他想不想和我們玩大富翁嗎？」

「你去咬舌自盡吧。」貝芙莉說。

「啊？什麼意思？」

「算了，」貝芙莉說：「有些人就是不識相。」

班恩滿臉通紅，吞吞吐吐地說：「貝芙莉，那個人有沒有拉傷妳的頭髮？」

她對他溫柔微笑，忽然確定之前的懷疑是對的。是班恩用明信片寫了一首美麗的俳句給她。

「沒有，我還好。」她說。

「我們去荒原吧。」理查德提議道。

於是他們就去了荒原……或者該說逃去那裡。理查德事後回想，發現那年夏天都是如此。荒原成了他們的地盤。貝芙莉沒去過那裡，班恩被那群惡少追殺前其實也沒去過。她走在班恩和理查德中間，三人沿著小徑走成一排。班恩看著她的裙子美麗搖擺，心中的感覺像海浪襲來，感覺和胃痙攣一樣強烈。她戴著踝鍊，在午後陽光下閃閃發亮。

他們踩著男孩們堆的河臂橫越坎都斯齊格河（河水在上游七十碼左右分成東西兩支，往下兩百碼後又匯聚在一起），用之前水壩殘留的石塊踏腳，找到另外一條小徑，最後抵達河水東支流的岸邊。東支流比西支流更寬，在午後豔陽下熠熠生輝。班恩看見左手邊有兩根混凝土涵管，罩著人孔蓋，涵管下方有幾根大水泥管伸出河面，泥水從管口涓涓而出，流入坎都斯齊格河中。污水屎尿從市區進，從這裡出，班恩想起奈爾先生向他解釋的德利市排水系統，心中升起無助又鬱悶的憤怒。這條河從前可能有魚，但現在抓到鱒魚的機會微乎其微，釣到用過的衛生紙還比較可能。

「這裡真美。」貝芙莉嘆息一聲說。

「是啊，還不賴，」理查德附和道：「這裡沒有黑蒼蠅肆虐，又有微風把蚊子都趕走了。」

他轉頭看著她，期盼地說：「妳有菸嗎？」

「沒有，」她說：「我有兩根，但昨天抽完了。」

「真可惜。」理查德說。

汽笛響起，三人望著長列貨車轟隆經過荒原對岸，朝調車場駛去。天哪，要是有客車經過，乘客可有景色看了，理查德心想。先是老岬區的窮人房子，然後是坎都斯齊格河對岸的竹子沼澤，最後在離開荒原前，還有冒煙燜燒、看起來像砂礫堆的垃圾掩埋場。

他忽然想起艾迪的故事，想起躲在內波特街廢棄房子下的痲瘋病患。他將念頭從腦中拋開，轉頭看著班恩。

「所以你覺得哪裡最棒，害死康？」

「啊？」班恩一臉做壞事被抓到的樣子。貝芙莉望著河水陷入沉思，班恩一直在偷看她的側臉……還有顴骨上的瘀青。

「我說電影啦，蠢豬，你最喜歡哪一幕？」

「我喜歡科學怪人把屍體扔給屋子底下的鱷魚那一段，」班恩說：「那是我的第一名。」

「那一段好噁心，」貝芙莉說著打了個寒顫：「我最討厭那種東西了。鱷魚、食人魚和鯊魚都討厭。」

「是喔？食人魚長得什麼樣子？」理查德的興趣馬上來了。

「一種小魚，」貝芙莉說：「牙齒很小很小，但非常利，只要踏進有食人魚的河裡，就會被吃得只剩下骨頭。」

「哇！」

「我看過一部電影，一群原住民想要過河，但步橋垮了，」她說：「於是他們就用繩子牽著牛過河，讓食人魚吃那頭牛。等他們過完河把牛牽上岸，牛已經變成白骨了。我作惡夢作了一個星期。」

「天哪，真希望我也有幾隻食人魚，」理查德開心地說：「那就能把牠們放到亨利．鮑爾斯的浴缸裡了。」

班恩呵呵笑了。「我不認為他有在洗澡。」

「這我不曉得，但我知道我們最好留意那些傢伙，」貝芙莉伸手摸了摸臉上的瘀青說：「我前大打破一堆碗盤，結果被老爸推去撞牆，這種事一週遇到一次就夠了。」

三人一陣沉默，但感覺並不難堪。過了一會兒，理查德打破沉默，說他最愛的情節是狼人逮到邪惡催眠師那一段。他們聊了一個多小時電影，包括今天看的兩部，還有之前看過的其他恐怖片和電視影集《希區考克劇》。貝芙莉看見河邊長了一些雛菊，便摘了一朵來，先放在理查德的下巴下，然後放在班恩的下巴下，看他們愛不愛甜言蜜語。被她拿著花放在下巴下，兩個男孩都感覺到她碰到了他們的肩膀，聞到她頭髮的清香。她的臉只靠近了班恩的臉半秒鐘，卻已經足以讓他當晚夢見她的眼眸，和那短暫卻永恆的凝視。

三人聽見有人沿小徑走來，立刻打住談話，猛然轉頭朝聲音的來向看。理查德忽然清楚意識到他們背後就是河，無路可逃。

聲音愈來愈近，三人站了起來，理查德和班恩主動往前站了一步，擋在貝芙莉前面。兩人都沒察覺自己這樣做。

小徑底的矮樹動了動，威廉．鄧布洛探出頭來，後面跟著另一個小孩。理查德知道他，但不怎麼認識，好像叫布雷德利什麼的，口吃得非常厲害，早上可能和威廉一起去班格爾做語言治療吧，他想。

「威老大！」他喊了一聲，隨即化身成英國僕役長：「真高興見到您，鄧布洛先生。」

威廉看著他們，臉上露出微笑，目光從理查德移向班恩、貝芙莉，再回到那個叫布雷德利什麼的小孩。理查德心中忽然有一種奇特的確定，貝芙莉和他們是一夥的，但布雷德利什麼的不是。威廉的眼神說明了一切。那小孩可能今天和他們一起玩，甚至還會再來荒原，不會有人跟他說「抱歉，請你不要來，窩囊廢俱樂部已經額滿了」，但他不是同伴，不是他們一夥的。

理查德突然莫名恐懼了起來，就像在水裡游著，忽然發現自己游得太遠，而水已經淹過腦袋一樣。那是一種本能的直覺：我們正被吸向某個東西，我們都是被選中的人，一切全非偶然，這就是所有人了嗎？

直覺很快變成了胡思亂想，和砸在地上的玻璃一樣支離破碎。但沒關係，威廉在這裡。他會搞定，不會讓情況失控。他個頭最高，顯然也是最帥的，理查德光看貝芙莉目光緊緊黏著威廉，而班恩一副瞭解情勢但不開心的模樣看著貝芙莉，他就曉得了。威廉還是他們當中最強大的，不單是身體方面，遠遠超過。只是理查德還不曉得「魅力」這個詞，也不完全瞭解「魔力」的意思，因此只覺得威廉的力量很深沉，能在許多方面展現出來，甚至以眾人都意想不到的方式。他覺得貝芙莉如果愛上威廉，或者像其他人講的「煞到他」，班恩不會嫉妒，會覺得理所當然，但要是貝芙莉喜歡的是他，班恩就會妒火中燒。還有一點，那就是威廉很善良。想這種事很蠢，他其實也不是用想的，而是感覺到，不過事實就是如此。威廉身上似乎散發著力量與善良，就像老電影裡的騎士，雖然老套，但看到結局依然會讓人落淚和鼓掌叫好。強大而善良。五年後，理查德成了青少年，那年夏天和之前發生在德利的事開始在心中迅速淡忘，但他看到甘迺迪總統時，還是想起了結巴威。

誰？五年後的他心裡會這麼說。

他會有點困惑地抬起頭，然後搖搖頭，心想：是我之前認識的人，接下來便將那個令人微微不安的念頭拋開，抬抬鼻梁上的眼鏡，繼續寫作業。我很久以前認識的人。

威廉・鄧布洛雙手扠腰，露出陽光般的笑容，說：「呃、嗯，大、大家都到、到齊了……那要來做、做什麼、麼呢？」

「你有菸嗎？」理查德滿懷期望地問。

11

五天後，六月底到了，威廉對理查德說他想去內波特街，到艾迪遇見痲瘋怪物的門廊底下瞧個究竟。

說這話時，兩人剛回到理查德家。威廉牽著銀仔。剛才他幾乎一路載著理查德在德利市區瘋狂馳騁，不過他很小心，沒忘了提早一條街讓理查德下車。要是理查德的母親看到威廉載她兒子，肯定會火冒三丈。

銀仔的鐵絲籃子裝滿了左輪假槍，三支是威廉的，兩支是理查德的。那天下午他們差不多都在荒原玩槍。貝芙莉・馬許三點左右出現。她穿著褪色牛仔褲，扛著一把非常老舊的戴西空氣槍和他們會合。那把槍已經沒什麼推力了，摁下纏著膠帶的扳機只會發出咻咻聲，聽在理查德耳朵裡比較像坐到放屁軟墊上，而不像槍聲。貝芙莉的頭銜是日本狙擊手，擅長爬到樹上攻擊底下馬虎大意的過客。她臉上的瘀青已經褪成了淺黃色。

「你說什麼？」理查德問。他很驚訝……但也有一點好奇。

「我、我說我想、想去看、看門廊底、底下。」威廉說。他語氣堅決，但不敢直視理查德的眼睛，雙頰脹成豔紅色。他們已經走到理查德家門口了，瑪姬・托齊爾正坐在門廊上讀書。她朝他們揮揮手，喊道：「嗨，孩子們！想喝一點冰茶嗎？」

「媽，我們馬上好。」理查德回答，接著對威廉說：「那裡什麼都不會有的。拜託，艾迪可能只是看到流浪漢，結果就被嚇傻了。你也知道他那個傢伙。」

「嗯、嗯，我知、知道，但你還記、記得相簿裡、裡的照片、片嗎？」

理查德侷促不安地動了動。威廉舉起右手，ＯＫ繃已經拆掉了，但理查德依然看得見威廉前三指上的那幾圈傷疤。

「記得啊，可是——」

「聽、聽我、我說，」威廉說完望著理查德的眼睛開始緩緩道來。他再次提起班恩和艾迪兩人遭遇的相似處……並且和他們在會動的相片裡看到的景象做出關聯，同時再度推斷德利去年十二月起陸續遇害的小孩都是小丑幹的。「而、而且可、可能不只他、他們，」威廉最後說：「那、那些失蹤、蹤的小孩呢？還、還有艾、艾迪．寇克、克蘭？」

「去，那小孩是被繼父嚇跑的。」理查德說。

「嗯、嗯，也、也許是，也、也許不、不是，」威廉回答：「我稍、稍微認、認識他，也知、知道他爸、爸爸打他，還知、知道他有、有時夜裡會、會窩在外頭躲、躲他爸、爸爸。」

「所以可能是他在外頭的時候，被小丑逮到了，」理查德沉思道：「你是這個意思嗎？」

威廉點點頭。

「那你想幹嘛？要牠的簽名？」

「假如那、那些小孩是、是小丑殺、殺的，喬、喬仔就是牠、牠殺的，」威廉說完盯住理查德的眼睛，眼神有如石板一樣堅硬頑強、毫不妥協。「那、那我要殺、殺了牠。」

「老天哪，」理查德嚇壞了，他說：「你要怎麼殺死牠？」

「我、我爸有、有一把手、手槍，」威廉說。他講話時噴了點唾沫，但理查德幾乎沒察覺。

「他不、不曉得我、我知道有、有那、那把槍，但我、我知道。就在他、他衣櫥的最、最上、上層。」

「最好牠是人類，」理查德說：「甚至就坐在一堆小孩子的骨頭上被我們看到——」

「我茶已經倒好了，孩子們！」理查德的母親開心喊道：「快進來喝囉！」

「馬上來，媽！」理查德又喊了一聲，裝出大大的笑容，但一回頭面對威廉，笑容就消失了。「因為我不會單憑一個人穿小丑裝就開槍打死他，老威。你是我的死黨，但我不會那麼做，而且如果可以，我也不會讓你那麼做。」

「但、但要是真、真有一堆、堆骨頭、頭呢？」

理查德舔了舔嘴唇，沉默半晌，接著問威廉：「萬一牠不是人呢，威廉？萬一牠其實是某種怪獸呢？要是真的有怪獸怎麼辦？班恩．漢斯康說牠是木乃伊，氣球逆風前進，而且沒有影子。喬仔相簿裡的照片……要嘛是我們自己幻想，要嘛就是魔術。但我得告訴你，老兄，我不認為那是幻想。你手指上的傷顯然不是幻想，對吧？」

威廉搖搖頭。

「那萬一牠不是人類的話，我們怎麼辦，威廉？」

「那我、我們就得另、另外想、想辦法。」

「是啦，」理查德說：「等你連開四、五槍，牠還是像我、班恩和貝芙莉看的電影裡的少年狼人一樣朝我們撲過來，再另外想辦法，說不定試試彈弓。要是彈弓也不行，我就拿噴嚏粉扔牠。萬一牠還不放棄，我們就喊暫停，跟牠說：『嘿，等一下，怪物先生，這樣不行。聽著，我得回去了，要到圖書館用功，告辭了。』你的意思是這樣嗎？威老大？」

理查德看著他的朋友，太陽穴劇烈跳動。他很希望威廉堅持己見，非去老房子門廊底下一探究竟不可，又希望（非常希望）威廉放棄。那種感覺就像星期六下午到阿拉丁看恐怖片一樣，但又完全不一樣，而這點很重要。因為探訪老屋不像看電影那麼安全，你知道最後不會有事，就算有事也不關你屁事。但喬仔房間裡的相片不是電影。他以為自己已經忘了那件事，但顯然是在自欺欺人，因為他這會兒就看見威廉手指上的傷痕。要是他沒有拉住威廉——

沒想到威廉竟然咧嘴笑了，真的在笑。他說：「你、你要我帶、帶你去看相、相片，現在我、我要帶你去、去看房、房子，這、這就扯、扯平了。」

「這才不叫扯平呢。」理查德反唇相譏，說完兩人都笑了。

「明、明天早、早上見。」威廉說，好像事情已經決定了。

「萬一牠是怪物呢？」理查德盯著威廉的眼睛問：「萬一你爸的槍擋不了牠，牠一直逼過來呢，威老大？」

「我、我們就另、另外想、想辦法，」威廉又重申一次：「不得、得不想。」說完像瘋子一樣仰頭大笑。過了一會兒，理查德也哈哈大笑。沒辦法，不可能忍得住。

兩人一起走過磁磚拼鋪小徑，上了門廊。瑪姬已經擺好幾大杯冰茶和一盤香草威化餅，茶裡放了薄荷枝。

「你、你想去、去嗎？」

「呃，不想去，」理查德說：「但我會去。」

威廉在理查德的背上用力拍了一下，恐懼頓時變得似乎沒那麼可怕了。不過，理查德忽然知道自己今晚一定會很難睡，結果真是如此。

「你們兩個看來在討論很嚴肅的事情。」托齊爾太太說。她一手拿著書，一手拿著冰茶，滿臉好奇看著兩個男孩。

「喔，鄧布洛在發神經，說紅襪隊今年會打進前百分之五十。」理查德說。

「我、我和我爸、爸認為他們有、有機會拿到、第三、三名。」威廉說著喝了一口冰茶：「茶很、很好喝，托、托齊爾太、太。」

「謝謝你，威廉。」

「我看紅襪隊要打進前百分之五十，除非你先不口吃，先生。」理查德說。

「理查德！」托齊爾太太大吼，嚇得冰茶差點抓不住。但理查德和威廉都笑得前仰後合，像是瘋了似的。她看了看兒子，看看威廉，又看看兒子，心裡簡直難以置信。除了全然的困惑，還有一絲尖銳的恐懼，有如冰做成的音叉在心底深處震盪。

我不瞭解這兩個孩子，她心想，我不曉得他們會去哪裡，會做什麼，想要什麼……也不曉得他們會變成什麼樣子。有時，喔，有時他們的眼神那麼野，眞讓我爲他們恐懼，甚至害怕他們……

她發覺那個念頭又在心裡浮現。要是溫特和她當初能生個女兒就好了。漂亮的金髮女孩，可以讓她在週日為她穿上裙子、蝴蝶結和黑色漆皮鞋，會在放學後要她烤杯子蛋糕，想要洋娃娃，而不是腹語術的書或跑得飛快的汽車模型。

一個她可以瞭解的小孩。

12

「你拿到了嗎？」理查德緊張地問。

隔天早上十點，兩人牽著單車走在堪薩斯街上。旁邊就是荒原，天空是陰鬱的深灰，氣象預報下午會降雨。理查德前一晚直到半夜才睡著，他覺得威廉看來也是一夜難眠，因為他老大兩眼底下各吊著一個大眼袋，簡直和新秀麗行李袋差不多。

「拿、拿到了。」威廉拍了拍身上那件綠色厚粗呢外套說。

「讓我瞧一眼。」理查德興奮地說。

「現在不行，」威廉說，接著露出笑容：「可、可能會被、被別人看、看到。不過，你、你看我還、還帶了什、什麼。」他伸手到背後，從外套底下的褲子後口袋拿出一把牛眼彈弓。

「媽的，這下慘了。」理查德說完開始哈哈笑。

威廉裝出受傷的表情。「是、是你叫我、我帶的，小、小理。」

這把定做的鋁製彈弓是他去年的生日禮物。他父親札克原本想送他一把點二二手槍，但母親堅決反對送槍給威廉這樣年紀的小孩當禮物。說明書說只要學會使用，彈弓其實是非常好的狩獵武器，還說：「牛眼彈弓只要使用得當，就和弓箭或強力手槍一樣有效，足以致命。」由於說明書把彈弓捧得這麼高，因此自然提出警告，表示這東西很危險，使用者不應用附贈的二十枚子彈攻擊人，否則就像以手槍射擊對方一樣。

威廉還不是很會用彈弓（而且心想自己應該永遠使不好），但他覺得說明書的警告很有道理，因為彈弓的厚橡皮筋彈力很強，而且子彈打到錫罐會穿出好大一個洞。

「你的技術有進步嗎，威老大？」理查德問。

「嗯，有、有一些。」威廉說。不過他沒有明講，雖然他研究了說明書的圖片很久（稱為圖一、圖二，依此類推），也在德利公園練習到手臂痠軟，但射擊同是彈弓附贈的紙靶時，十次可能有三次命中。他曾有一次擊中紅心，只差了一點點。

理查德將橡皮筋往後一拉放開，橡皮筋嗡嗡作響。他默默將彈弓還給威廉，什麼話都沒有說，心裡暗自懷疑到時如果遇見怪物，這把彈弓真的有札克．鄧布洛的手槍那麼可靠？

「是喔？」他說：「你帶了彈弓很了不起是嗎？那根本不算什麼。瞧瞧我帶的東西，鄧布洛。」說完便從外套掏出一個印有卡通圖案的包裹，上頭畫著一個禿頭男，像爵士小號樂手迪吉．吉爾斯比一樣鼓著腮幫子喊著「哈啾」，底下寫道：威奇博士噴嚏粉，令人捧腹大笑。

兩人面面相覷，過了好一會兒才爆笑出來，又笑又叫拍對方的背。

「我、我們什、什麼都準備、備好了。」威廉總算擠出一句。他用外套的袖子揩了揩眼睛，依然咯咯笑著。

「準備好個屁啦，結巴威。」理查德說。

「要屁也、也是你先、先屁。」威廉說：「聽著，我們把、把你的腳、腳踏車藏在、在荒原，就是我、我放銀仔的、的地方。我騎、騎車載、載你，以防、防到時候必、必須快、快速脫身。」

理查德點點頭，不打算反駁。他那輛廿二吋來禮自行車（他騎快的時候，膝蓋偶爾會撞到握把）和銀仔比起來，感覺就像小黑人站在宏偉的火箭發射架旁邊一樣。他知道威廉比他更強壯，銀仔也比他的單車快。

他們走到小橋邊，威廉幫理查德將單車藏到橋下。兩人坐下來，聽著車子不時從他們頭上轟隆經過。威廉拉開粗呢外套，取出父親的手槍。

「你千、千萬要、要小心，」威廉說。理查德呼哨一聲表示同意後，威廉將槍遞給他：「這、這種槍沒、沒有保、保險。」

「裡面有子彈嗎？」理查德敬畏地問。這把札克於佔領期間拿到的瓦爾特手槍拿在手裡，感覺意外地沉。

「還、還沒，」威廉拍拍口袋說：「我拿、拿了一些子、子彈來，但我、我爸說有、有時你看、看著它，要是它覺、覺得你、你不夠小心，就會、會自己、己上膛，讓你打、打到自己。」

他臉上露出詭異的笑容，意思是雖然他不相信這麼蠢的事，其實一點也不懷疑那是真的。

理查德明白了。這把槍封存著致命的力量。這是他在他父親的點二二和點三零手槍上感覺不到的，甚至就連獵槍也比不上。雖然獵槍也很可怕（對吧？），上了油靜靜靠在他家車庫櫃子角落裡，彷彿在說：別逼我耍狠，否則絕對讓你好看，但這把瓦爾特手槍……彷彿做來就是為了殺人用的。理查德知道這就是它的目的，不禁打了個寒顫。不然你拿手槍要做什麼？點菸嗎？

他將槍口朝向自己，小心地讓手指離扳機遠遠的。瓦爾特手槍的槍口有如沒有眼皮的黑色眼眸。理查德只看了一眼，就曉得威廉的笑容是什麼意思。他想起他父親曾對他說，小理，你只要記得世界上沒有沒裝子彈的槍，這輩子就不用怕槍了。他將槍還給威廉，感覺鬆了一口氣。

威廉將槍收回粗呢外套裡。理查德忽然覺得內波特街的那棟房子沒那麼可怕了……但見血的可能性卻大大提高。

他看了看威廉，或許想再次確定威廉是不是認真的。但他看著威廉的臉，打量半晌之後只說：「好了嗎？」

13

和之前一樣，威廉雙腳離地的那一瞬間，理查德感覺他們一定會摔車，讓兩顆蠢腦袋瓜撞在硬梆梆的水泥上。銀仔劇烈地左右搖擺，夾在擋泥板的紙牌不再單發射擊，開始像機關槍答答作響。車身不再像喝醉了似的，變得比較平穩。理查德閉上眼睛，等著接下來一定會發生的事。

威廉大吼：「唷喝，銀仔，衝吧！」

單車開始加速，最後完全不再搖擺、不再暈船。理查德鬆開死抓著威廉腰間的雙手，改扶後置物架的前端。威廉傾斜車身穿越堪薩斯街，開始沿著小街不斷加速朝威奇漢街奔去，彷彿下坡俯衝似的。兩人有如子彈一般，以誇張的速度從史特拉普漢街衝進威奇漢街。威廉將車身推向一側，又高聲大喊：「唷喝，銀仔！」

「衝吧，威老大！」理查德大叫，害怕得差點尿褲子，但又笑到不行。「站到車上騎吧！」

威廉聽到做到。他直起身子靠向握把，開始瘋狂踩動踏板。理查德看著威廉的背部。就一個快要十二歲的男孩來說，威廉的背很寬。他看著好友的背在外套底下擺動，肩膀隨著身體重心在兩個踏板間交換而忽高忽低。理查德忽然覺得他們絕對是刀槍不入……兩人永遠不會死。呃，可能不是他們，是威廉。威廉根本不曉得自己有多強，有多充滿自信和完美。

他們繼續往前，房子開始變少了一些，街與街的距離也變長了。

「唷喝，銀仔！」威廉嘶吼一聲，理查德也用黑鬼吉姆的聲音大吼：「唷哈，銀阿仔，衝啊，殺啊！你騎這輛車真是太帥了！天老爺爺啊！唷喝，銀阿仔，衝啊！」

他們已經騎到草原區了。天色灰暗，大片草地顯得單調，沒有立體感。理查德看見磚造舊車站出現在遠方，車站右邊是一排半圓形倉庫。銀仔經過鐵軌跳了一下，然後又跳了一下。

內波特街到了，就在右手邊。街名標誌下有一個歪一邊的生鏽藍色標誌，寫著德利調車場，下方是一個大得多的黃底黑字標誌，上頭的字感覺就像專門形容調車場似的：此路不通。

威廉彎進內波特街，將車靠向人行道邊伸腳停住。「我、我們從、從這裡走、走過去吧。」

理查德滑下置物架，感覺鬆了一口氣，又有點遺憾。「好的。」

他們沿著龜裂長滿雜草的人行道走。前方的調車場，一輛柴油引擎正緩緩加速運轉，然後放慢，然後又加快。他們聽見聯結器發出一兩次碰撞聲，很像金屬敲擊的樂音。

「你會怕嗎？」理查德問威廉。

威廉牽著銀仔匆匆瞥了理查德一點，然後點點頭說：「會、會啊，你呢？」

「我當然會怕。」理查德說。

威廉告訴理查德，他昨晚向父親問起內波特街的事。他父親說，二次大戰結束之前，許多火車職員都住在那條街上，包括司機、車掌、信號員、車場工人和行李處理員。調車場沒落後，內波特街也隨之蕭條。理查德和威廉愈往前走，房子愈來愈稀疏、愈破舊，也愈骯髒。街道兩旁的最後三、四棟房子更是空空蕩蕩，封了木條，院子長滿雜草。其中一棟房子的門廊掛著「出售」的牌子，淒涼地隨風搖蕩。理查德覺得那塊牌子好像掛了一千年了。人行道沒了，兩人開始走在人踩出來的小徑上。雜草漫不經心地生長著。

威廉停下來指著前方，輕聲說：「到、到了。」

內波特街廿九號的房子過去是一棟精緻的紅色鱈魚岬木屋。理查德心想，這裡當年可能住著火車司機，單身漢一個，永遠只穿牛仔褲，有許多那種腕口又大又硬的手套，還有四、五個枕頭套，每個月只會回家一、兩次，每次待個三、四天，坐在院子裡聽收音機發呆，幾乎只吃油炸食物（雖然會種菜送給朋友，自己卻完全不吃），在風大的夜晚想起那個〈他拋下的女孩〉。

如今，紅漆已經褪成淺粉紅色，剝落得七零八落，看起來和腫瘡一樣醜，窗子封上木條有如瞎了的眼睛，外牆的薄木板幾乎掉得不剩。屋子兩側雜草叢生，草坪滿是當季盛開的蒲公英。屋子左邊是一道木板高牆，過去可能潔白無瑕，現在卻褪成了暗灰色。陰霾的天空在潮濕的灌木叢間有如醉酒一般忽隱忽現，和牆面幾乎一個顏色。理查德順著高牆望去，發現快到一半的地方長了一大群向日葵，最高的可能有五英尺，甚至更高，張牙舞爪的模樣讓他很討厭。微風吹過，向日葵迎風點頭，似乎在說：*孩子來了，眞好，又有孩子來了，咱們的孩子*。理查德忍不住打了個寒顫。

威廉小心翼翼將銀仔靠在榆樹上，理查德審視那間房子。他看見門廊邊的濃密草叢裡有一個輪子冒出來，便指給威廉看。威廉點點頭。那應該就是艾迪說的翻倒的三輪車。

他們左右看了一眼內波特街。柴油火車頭的軋軋聲時起時落，不停反覆，街上完全看不到人。理查德聽得見車子在二號公路上奔馳，但看不見它們。

柴油火車頭吱嘎、吱嘎響著。

巨大的向日葵有如一群智者一齊點頭：新鮮的孩子、好孩子，咱們的孩子。

「準、準備好、好了、了嗎？」威廉問，讓理查德嚇了一跳。

「你知道嗎，我跟圖書館借的書好像是今天到期，」理查德說：「也許我最好——」

「少、少來、來了，小、小理。你到、到底準、準備好沒、沒有？」

「應該吧。」理查德回答，心裡明白自己根本沒準備好——這種事永遠不可能準備好。

他們穿越茂密的草叢往門廊走。

「你、你看那、那裡。」威廉說。

門廊左端的格子圍欄從灌木叢裡冒出來，理查德發現生鏽的鐵釘鬆脫了，威廉也看到了。那裡原本是玫瑰花圃，只見格子圍欄左右兩邊的玫瑰依然無精打采綻放著，但圍欄邊緣和前方的玫瑰卻光禿禿的，死了一片。

威廉和理查德嚴肅地互看一眼。艾迪說的似乎都是真的，雖然已經相隔七週，證據依然完好如初。

「你該不是真的想鑽到底下吧？」理查德問，感覺幾乎在求威廉了。

「不、不想，」威廉說：「但、但我會下、下去。」

理查德心頭一沉，發現威廉是認真的，因為他眼中又出現那道灰色的光，炯炯閃爍著，臉上那股堅決的急切讓他看起來年紀更大了一點。理查德心想，要是那傢伙還在那裡，他是眞的打算殺了牠。不只殺了牠，說不定還會砍下怪物的腦袋，帶回去對父親說：「看吧，這就是殺死喬仔的兇手。你以後晚上是不是能重新跟我說話，跟我說你一天過得怎麼樣，或者誰抛硬幣輸了，早上的咖啡由他請客？」

「威廉——」他說，但威廉已經走了，朝門廊的右端前進。艾迪之前一定是從那裡爬進門廊下的。理查德只好追了過去，結果差點絆到雜草叢裡慢慢鏽蝕的三輪車摔倒。

等他追上威廉，威廉已經蹲下來窺探門廊下方了。這一端沒有圍欄，有人——應該是遊民——很久以前將它撬開，鑽到底下躲避一月的雪、十一月的寒雨或夏天的雷雨。

理查德在威廉身旁蹲了下來，心跳像鼓聲一樣。門廊下除了腐爛的枯葉、發黃的報紙和陰影之外空無一物。陰影太多了。

「威廉。」他又說了一次。

「幹、幹嘛？」威廉說著再度掏出他父親的瓦爾特手槍，小心翼翼從槍把取出彈匣，再從褲口袋拿了四顆子彈，一個個裝進去。理查德著迷地看著他動作，接著又看了一眼門廊底下。這回，他看到另一樣東西。碎玻璃。微微閃著光的玻璃碎片。他的胃痛得痙攣。他不笨，他很清楚這幾乎可以證明艾迪說的千真萬確。門廊底下的腐爛枯葉上有碎玻璃，這就表示窗子是從內側被打破的。被當時待在地下室的東西打破的。

「幹、幹嘛？」威廉抬頭看著理查德又問了一次，臉色嚴肅蒼白。理查德見到那副固執的神情，就在心裡舉白旗投降了。

「沒事。」他說。

「你、你要一起來、來嗎？」

「嗯。」

他們鑽到門廊底下。

理查德通常很喜歡腐葉的味道，但門廊下的氣味一點也不好聞。葉子在他手下和膝下感覺很像海綿，彷彿一壓就下陷了兩、三英尺。他忽然心想，要是有手或爪子從枯葉裡冒出來抓住他，他該怎麼辦。

威廉檢視破掉的窗戶。玻璃散落四處，窗格木條在門廊台階下裂成兩截，窗框頂端有如斷骨突出著。

「看來是被什麼狠狠撞斷的。」理查德低聲說。威廉看著地窖裡面（起碼試著看個仔細）點了點頭。

理查德用手肘將威廉頂開一點，好讓自己也看一眼。地下室很暗，到處是紙箱和板條箱，泥土地面和枯葉一樣散發著濕氣和潮味。左邊有一個大暖爐，幾根圓管直插低矮的天花板。暖爐後方，地下室盡頭，理查德見到一個用木板隔開的隔間，他立刻想到是馬廄，但誰會把馬放在地窖裡？於是他想到這麼老舊的房子，暖爐應該燒的是煤炭，而非煤油。沒有人改裝暖爐，因為這棟房子根本沒人要。那個木板隔間是煤倉。地窖右邊盡頭，理查德隱約看見一截樓梯通往一樓。

威廉坐了下來……彎身向前……理查德還來不及相信好友會這麼做，威廉的腳已經消失在窗後了。

「天哪！威廉！」他噓斥道：「你在做什麼？趕快出來！」

威廉沒有回答。他搖搖晃晃滑進去，粗呢外套撩了起來，差點讓他背部被一塊玻璃狠狠劃了一道。不久，理查德聽見威廉的網球鞋猛然落在硬土地上。

「去你媽的，」理查德急得自言自語，一邊低頭看著好友跳進去的方形暗處。「威廉，你瘋啦？」

威廉的聲音飄了上來。「你想、想的話就、就待在、在上面，小、小理，幫、幫我把、把風。」

但理查德沒那麼做。他翻身趴在地上，趁自己怕得退縮之前趕緊將腳伸過地窖窗戶，暗中祈禱手和肚子不要被碎玻璃割傷。

有東西抓住他的腳，理查德嚇得尖叫。

「是、是我、我啦，」威廉噓斥一聲。不一會兒，理查德已經站在威廉身旁，拉直襯衫和夾克。「你、你以、以為是誰、誰拉你？」

「妖魔鬼怪。」理查德說，勉強擠出笑聲。

「你往、往那邊，我、我往——」

「去你的，」理查德說。他聽見自己的聲音帶著心跳聲，感覺很抖，很不穩，先高後低。「我跟定你了，威老大。」

兩人先朝煤倉走。威廉手裡拿著槍稍微走在前頭，理查德緊跟在後，努力眼觀八方。威廉在煤倉突出來的木板旁站了一會兒，接著突然繞過它，雙手舉起槍對準木板。理查德眼睛一閉，準備迎接爆炸聲響，卻遲遲沒聽見聲音。他小心翼翼睜開眼睛。

「除、除了煤、煤炭什麼都、都沒有。」威廉說完緊張地笑了笑。

理查德站到威廉身旁瞧了一眼。煤倉裡還有許多舊煤炭，最裡面的幾乎堆到了天花板，前面只剩一兩堆，顏色和烏鴉翅膀一樣黑。

「我們——」理查德正開口說，地下室樓梯頂端的門忽然打開，狠狠撞在牆上發出砰然巨響，微弱的日光從樓梯灑了下來。

兩個男孩都大聲尖叫。

理查德聽見咆哮聲。聲音很大，很像困獸的怒吼。他看見兩隻懶人鞋走下來，然後是褪色的牛仔褲，前後擺盪的雙手——

但不是手……是爪子，巨大畸形的爪子。

「爬、爬到煤、煤堆上！」威廉大吼道，但理查德呆若木雞，忽然明白是什麼朝他們撲來，是什麼會殺了他們，在這個潮濕土味瀰漫、角落飄著廉價酒臭的地下室裡。他知道，但他非得親眼目睹。「煤、煤堆上、上面有窗、窗户！」

那一雙爪子覆著濃密的棕毛，像鐵絲一樣捲，指甲又粗又尖。理查德看見一件絲質外套，黑底橘色滾邊，德利高中的顏色。

「快、快、快點！」威廉大叫一聲，狠狠推了理查德一把。理查德整個人趴在煤炭上，被尖角刺得發疼，頓時清醒過來。煤炭有如雪崩落在他手上。瘋狂的咆哮聲還在繼續。

理查德心頭閃過一絲驚慌。

他手忙腳亂往上爬，幾乎不曉得自己在做什麼。他一會兒踩實，一會兒踩空，不停往上衝，一邊大聲尖叫。煤堆頂端的窗戶被煤渣弄得很暗，幾乎不透光。理查德抓住窗把，是那種轉動式的，用全身重量使勁一扳，但窗把文風不動。咆哮聲更近了。

下方傳來槍響，在密閉空間裡震耳欲聾。辛辣刺鼻的硝煙讓他稍微恢復冷靜，發現自己扳錯了方向。於是他反向用力，生鏽的窗把發出長長的吱嘎聲，煤渣有如胡椒飄落在他手上。

震耳欲聾的槍聲再度響起。威廉．鄧布洛大吼：「混球！你殺了我弟弟！」

從樓梯下來、穿著高中外套的那東西似乎笑了，好像說了什麼，有如惡犬忽然開始口齒不清地說出人話，讓理查德一時以為牠在咆哮：我也要殺了你！

「小理！」威廉大喊，隨即往上攀爬。理查德聽見煤堆再度隆隆滑落。咆哮和怒吼還在繼續。木頭崩裂，夾雜著嗥叫與狂吠，完全是夢魘般的聲音。

理查德猛推窗戶，不管玻璃會不會破，會不會讓手血流如注。他不在乎。結果窗戶不但沒破，還打開了。鏽屑從老舊的鐵樞滑落，有如雪花片片。更多煤渣飄落，這回落在理查德的臉上。他扭動身體擠出窗外，像鰻魚一樣滑到側院，聞到甜美的新鮮空氣，感覺長草鞭打他的臉。他隱約感覺下雨了。他看見巨大向日葵的翠綠粗莖，毛茸茸的。

瓦爾特手槍第三次響起，地窖裡的怪物尖叫一聲，聲音充滿原始徹底的憤怒。威廉大喊：「牠抓、抓到我、我了，小理！救命！牠抓、抓到我、我了！」

理查德趴跪著轉過身來，透著地窖大方窗的微光，看見好友仰望他的臉龐寫滿驚恐。每年十月，一整個冬天的煤炭就從那窗子送進地窖。

威廉四肢張開趴在煤堆上，不停伸手想抓住窗框，卻徒勞無功，就是搆不著。他的襯衫和外套都幾乎撩到了肋骨，而且他整個人正在往下滑……不對，他是被某個東西往下拖。理查德看不清那東西，只看見一個巨大的身影在威廉背後移動，咆哮怒吼，唧唧喳喳說著什麼，感覺很像人類。

理查德不需要親眼看見，他上週六才見過牠，就在阿拉丁戲院的螢幕上。這很荒謬，非常離譜，但理查德毫不懷疑自己的清醒與結論。

少年狼人抓住了威廉。鄧布洛，只是那東西不是臉上化了濃妝、黏了一堆假毛的麥可．蘭登。牠是貨眞價實的狼人。

威廉又尖叫一聲，彷彿要證明理查德的判斷似的。

理查德伸手抓住威廉的手。瓦爾特手槍還在威廉手裡，理查德再次凝望漆黑的槍眼……只是這回槍裡裝了子彈。

兩人搶奪威廉。理查德抓住他的手，狼人抓住他的腳踝。

「快、快走，小理！」威廉大喊：「快離、離——」

狼人的臉忽然從暗處浮現。牠的額頭又低又突，覆著稀疏的毛髮，臉頰凹陷，毛茸茸的，深棕色眼眸充滿了駭人的靈性、可怕的洞察，張著嘴巴準備嘶吼，白沫順著肥厚的下唇兩側流到下巴，不停滴落，頭髮後梳，很像噁心版的少年毒蟲。牠仰頭嚎叫，眼睛一直盯著理查德。

威廉跌跌撞撞往上爬，理查德抓住他的上臂猛拉。有那麼幾秒鐘，他以為自己贏了，但狼人再度攫住威廉的雙腿，將他再度拖向黑暗。牠力量更大，抓住了威廉，抱定主意要佔據他。

理查德想也不想就開始用愛爾蘭警察（奈爾先生）的聲音說話，連他自己都不曉得為什麼。但他這回模仿得並不差，一點也不像理查德．托齊爾，甚至不像奈爾先生，而是道道地地的愛爾蘭警察，午夜之後抓著生皮繩甩動警棍，敲打歇息店家大門的愛爾蘭警察：

「放開他，小子，否則我就敲爛你的腦袋！我對天發誓，你現在就放手，否則我一定打得你屁股開花！」

地窖怪物發出震耳欲聾的怒吼……但理查德感覺那聲音裡有其他東西，或許是恐懼，甚至痛苦。

他又猛力一拉，威廉頓時飛出窗戶摔在草地上，抬頭用充滿驚恐的黑色眼眸看著他，外套前襟被煤渣抹得發黑。

「快、快點！」威廉喘著氣說，聲音近乎呻吟。他抓住理查德的襯衫。「我、我們得、得——」

理查德又聽見煤炭崩落的聲響。過了不久，狼人的臉出現在地窖窗口，朝他們咆哮，爪子抓著凋萎的雜草。

槍還在威廉手上，他從頭到尾一直緊抓著它。他雙手握槍，眼睛瞇成一線扣動扳機。又是一聲轟天巨響。理查德看見狼人的頭顱飛掉了一塊，鮮血從牠半邊臉頰噴了出來，弄擰了獸毛，沾濕了牠身上那件高中外套的領子。

那怪物怒吼一聲，開始往窗外爬。

理查德像作夢一樣緩緩伸手到外套底下，從褲子後口袋拿出那個畫著噴嚏男的小包裹，將它撕開。那怪物流血嚎叫，奮力想從窗子擠出來，爪子在土裡劃出一道道深溝。理查德撕開包裹用力一壓，用愛爾蘭警察的聲音命令道：「滾回你的老巢吧，小子！」只見一團白色粉末朝狼人臉上飛去。那東西的吼叫忽然停了。牠一臉驚訝望著理查德，表情近乎滑稽，發出嗆到的喘息聲，眼睛又紅又迷濛，直直看著理查德，似乎想再看他一眼，將他永遠記住。

接著牠開始打噴嚏。

牠不停打噴嚏，打了又打，一條條唾液從牠嘴裡飛濺出來，像繩子一般，鼻子則是噴出烏青色的鼻涕。理查德的皮膚沾到鼻涕，立刻像觸碰到酸液一樣又灼又燙。他痛得尖叫一聲將鼻涕抹掉，聲音充滿嫌惡。

那東西臉上依然寫滿憤怒，但還有痛苦，絕對是。牠可能被威廉用父親的手槍傷了，但理查德傷牠傷得更重……先是愛爾蘭警察的聲音，然後是噴嚏粉。

天哪，要是我還帶了發癢粉和掌中雷，搞不好就能解決牠。理查德正這麼想，威廉已經抓住他外套領子，將他往後拉。

幸好威廉拉了他，因為狼人忽然不再打噴嚏了，開始朝理查德衝來，而且動作很快，快得不可思議。

要不是威廉，理查德可能手裡拿著空的威奇博士噴嚏粉，像嗑藥一樣愣愣看著狼人朝他撲來，心想牠的毛好棕、血好紅，現實生活的一切是那麼黑白不分。他可能就這樣呆呆坐著，直到那東西的爪子圈住他的脖子，用長指甲挖出他的喉管。但威廉又抓了他一把，讓他整個人站起來。

理查德跌跌撞撞跟在威廉後面。兩人繞到屋前，他想，牠不敢追過來的，我們已經到街上了。牠不敢追過來的。牠不敢，不會敢的——

但那東西竟然追來了。理查德聽得見牠就在他們後方，一邊咆哮，一邊嘀咕和流口水。

銀仔還在，就靠在樹旁。威廉跳上坐墊，將父親的手槍扔進裝了許多空氣槍的置物籃裡。理查德跳上置物架，趁機回頭瞄了一眼，發現狼人正穿越草坪直奔而來，離他們不到二十英尺遠，身上的高中外套沾滿血和唾液，白骨穿透右邊太陽穴的毛皮突了出來，閃閃發亮，鼻子兩側黏著幾抹白噴嚏粉。理查德發現另外兩件事，讓他更加驚恐。首先那傢伙的外套沒有拉鍊，而是毛球狀的橘色大鈕釦。另一件事更可怕，讓他覺得自己就要昏倒了或放棄抵抗，任牠宰割。外套上用金線繡了名字，你到馬亨裁縫店花一美元就能繡的字。

狼人外套左胸繡了一個名字，雖然沾滿血跡，但依稀可見。那名字是理查德·托齊爾。

狼人朝他們撲來。

「快走，威廉！」理查德尖叫。

銀仔開始動了，但很緩慢，太慢了。威廉花了很久才讓它動。

威廉剛騎上內波特街，牠已經橫過車轍小徑追了上來。理查德回頭一望，只見鮮血灑在狼人褪色的牛仔褲上，褲縫線有幾處撐破了，露出又粗又密的棕毛。理查德看得如癡如醉，彷彿被催眠了一樣。

銀仔前後晃動，搖得很劇烈。威廉站直身子，反握握把，仰頭朝向陰霾多雲的天空，脖子上青筋暴露，但車輪也才稍微轉動，使紙牌響了一聲。

一隻爪子摸上了理查德，他慘叫一聲，側身閃躲，狼人咆哮獰笑。牠已經近得不能再近，理查德連牠發黃的眼角都看得清楚，還聞得到牠飄著甜膩腐肉味的口臭。牠的獠牙又彎又尖。

狼人朝他揮爪，理查德又放聲尖叫，心想那傢伙一定會把他的頭砍掉。但爪子只從他眼前掃過，差了不到一英寸。狼人揮爪力量之大，連理查德被汗水沾濕黏在額頭上的頭髮都飛了起來。

「唷喝！銀仔，衝吧！」威廉使勁高呼。

他已經騎到短坡的頂端。雖然坡度很平緩，但已經夠讓銀仔起跑了。紙牌開始加速，啪啪作響，威廉瘋狂踩動踏板。銀仔不再搖晃，筆直沿著內波特街奔向二號公路。

*謝天謝地，謝天謝地，謝天謝地，*理查德心慌意亂地想，*謝天*——

狼人再度嗥叫。*天哪，聽起來好像就在我背後！*理查德的襯衫和外套被人往後拉扯，壓著他的喉嚨讓他呼吸不過來，只能發出漱口嗆到的聲音。他雙手勉強抓住威廉的腰間，才沒有被拉下單車。威廉也跟著後仰，但依然緊抓著銀仔的握把。理查德覺得單車會翹孤輪，讓他們兩人摔出去。不過就在這時，他那件已經爛得差不多的外套後背被扯破了，發出巨大的撕裂聲，不曉得為什麼很像放屁。理查德又能呼吸了。

他環顧四周，那雙充滿殺氣的迷濛眼眸就在他面前。

「*威廉！*」他想用吼的，卻使不出力，沒有聲音。

但威廉好像還是聽見了。他踩得更用力，從來沒這麼用力過，似乎將渾身力量都使出來了，而且愈來愈強。他感覺喉頭一股濃濃的血腥味，很像金屬，眼珠就要彈出來了。他張大嘴巴拚命吸氣，心中充滿無法遏制的狂喜，原始、自由而奔放。他心中充滿一種渴望。他站在踏板上，制伏它、重踩它。

銀仔不斷加速。它開始熟悉道路，開始飛了，威廉感覺得到。

「唷喝，銀仔！」他再度大叫：「唷喝！銀仔，衝吧！」

理查德聽見懶人鞋踩在碎石路上的沙沙聲，便轉頭望去。狼人的爪子以驚人的力道掃過他眼睛上方，讓他以為自己的頭肯定被削去一半。一切似乎變得模糊不清，不重要了。聲音忽隱忽現，世界褪去了顏色。他回過頭來，拚了命抓住威廉，溫熱的鮮血流進他的右眼，讓他一陣刺痛。

利爪再度揮來，這回掃到了後擋泥板。理查德感覺單車瘋狂搖擺，似乎就快要翻了，但總算重新回正。威廉又喊了一聲「唷喝，銀仔！衝吧！」但聲音感覺很遠，有如回聲一下就消逝了。

理查德抓著威廉閉上眼睛，等待結局到來。

14

威廉也聽見奔跑聲，知道小丑還沒有放棄，但他不敢回頭看。反正牠要是追上他們，將他們摺倒，他一定會知道。他只要曉得這一點就好。

快啊，伙計，他心想，使出全力來！發揮全部力氣！衝啊，銀仔！衝啊！

於是，威廉．鄧布洛發現自己再度拚命打擊魔鬼，全速衝刺。只是這回的魔鬼是猙獰狂笑的小丑，臉上塗著白色油彩，揚起嘴角露出吸血鬼一般的血紅惡毒微笑，眼睛彷彿銀幣閃閃發亮，不知道為了什麼瘋狂原因穿著德利高中的制服外套，蓋住有著橘色襞襟、橘色毛球鈕釦的銀色小丑服。

衝啊，伙計，衝啊——銀仔，你覺得如何？

銀仔已經讓內波特街變得模糊了。它開始開心哼鳴。奔跑的足聲是不是變弱了一點？威廉依然不敢回頭。理查德死命抓著他，讓他快要喘不過氣來了。威廉很想叫理查德稍微鬆手，但他連說話的力氣都不敢浪費。

前方就是內波特街和二號公路口的停車再開標誌，有如美夢出現在眼前。車子在威奇街上來來去去，看在又累又怕的威廉眼裡，簡直就像奇蹟。

因為他很快就得煞車（不然就是得想出什麼天才辦法），於是便回頭一望。

才看了一眼，他就反踩踏板讓銀仔滑行，煞住的後輪在地面留下胎痕。理查德的腦袋狠狠撞上他的右肩，讓他痛得厲害。

內波特街空空蕩蕩。

廢棄的房舍有如葬禮隊伍延伸到調車場。但就在二十五英尺外的地方，第一棟廢棄房舍附近，有一個亮橘色的東西倒在路邊的下水道口旁。

「啊——」

千鈞一髮之際，威廉發現理查德就要摔下銀仔了。他兩眼上翻，威廉只見得到他眼皮下的一點點眼白，用膠帶纏住的眼鏡鏡腳也歪了，鮮血緩緩從他的額頭往下流。

威廉抓住理查德的胳膊，兩人一起往右倒。銀仔失去平衡，兩人手腳交纏跌到馬路上。威廉手肘的麻穴被狠狠撞到，讓他痛得大叫。理查德聽見聲音，眼皮動了一下。

「我會告訴你怎麼拿到寶藏，先生，但這個叫多布斯的傢伙很危險。」理查德打鼾似的喘著氣說。是「香草胖球先生」的聲音，但聽起來很飄，斷斷續續，把威廉嚇壞了。他發現好友額頭有個淺淺的傷口，沾著幾根粗糙的棕色毛髮，有一點蜷曲，很像他父親的陰毛，讓他更加害怕，便朝理查德的腦袋上側狠狠拍了一巴掌。

「哎唷！」理查德大喊一聲，眼皮抖了一下，忽然睜開眼睛。「你幹嘛打我，威老大？你會把我眼鏡打破啦。難道你沒發現它已經快不行了？」

「我、我還以、以為你快、快死了咧。」威廉說。

理查德一手按著頭緩緩坐了起來，嘴裡呻吟道：「這是怎麼回——」接著忽然想了起來。他驚惶地瞪大眼睛，跪在地上亂爬，拚命喘氣。

「別、別怕，」威廉說：「牠已、已經不見、見了，小、小理，走、走了。」

理查德看著靜悄悄的空蕩街道，突然嚎啕大哭。威廉看了他一會兒，接著伸出雙臂抱住理查德。理查德緊緊抓著威廉的脖子回抱他，心裡很想說點俏皮話，例如威廉應該用彈弓對付狼人之類的，但什麼也講不出來。除了哽咽，他什麼也說不出來。

「別、別怕，小、小理，」威廉說：「別、別、別——」說完他也哭了起來。兩人跪在馬路上緊緊擁抱，單車倒在一旁，淚水在他們沾滿煤渣的臉龐上劃出乾淨的淚痕。

第九章　清洗

1

一九八五年五月廿九日下午，貝芙莉．馬許在紐約州上空又笑了出來。她趕緊用雙手摀住嘴巴，生怕別人覺得她瘋了，但就是停不下來。

我們那時也很常笑，她想。這又是一個回憶，一道黑暗中的光。**儘管我們一直處在害怕中，卻依然止不住笑，就像現在一樣。**

坐在她旁邊靠走道座位的是一名年輕長髮男，長得很好看。班機兩點半從密爾瓦基起飛之後（到現在已經快兩個半小時了，中途在克里夫蘭和費城停留），他已經向她投來好幾次愛慕的眼神，但很尊重她，知道她顯然不想說話。兩人曾經交談過幾句，但她的回答總是客氣而簡短，於是年輕男人便打開手提袋，拿出一本勞勃．勒德倫的小說讀了起來。

這會兒他闔上書，手指卡在讀到的地方，語帶關切地問：「妳還好吧？」

貝芙莉點點頭，試著擺出嚴肅的表情，但又忍不住笑了起來。男子微微一笑，顯得困惑而好奇。

「沒事。」她說，再次想讓自己嚴肅起來，卻還是沒用。她愈想正經，臉就愈不受控制，就像從前一樣。「我只是忽然想到自己連搭的是哪一家航空公司的班機都不曉得，只記得機、機側有一隻大鴨、鴨子——」但這念頭太荒唐了，讓她開始哈哈大笑。周圍乘客紛紛轉頭看她，有些人還皺起了眉頭。

「共和。」年輕男子說。

「什麼？」

「妳現在人在天空，以時速四百七十英里騰雲駕霧，這都是共和航空的功勞。椅背置物袋裡的KYAG手冊是這麼寫的。」

「什麼是KYAG？」

年輕男子從置物袋抽出手冊（封面確實有共和航空的商標），裡面有逃生門的位置、飄浮設備的位置、氧氣罩使用說明和墜機滑梯逃生姿勢。「Kiss-your-ass-goodbye，等死手冊。」他說，這回兩人都哈哈大笑。

貝芙莉忽然想，他眞的很好看。這是個新想法，有恍然大悟的味道。人在睡醒之際開始有一點意識時，常常會察覺這種事。他穿著套頭毛衣和褪色牛仔褲，深金色的頭髮用皮繩繫在腦後，讓她想起自己童年紮的馬尾。她心想：**我敢說他的老二肯定和大學生一樣清新溫柔，長度夠用，又不會粗得傲慢**。

她又笑了，完全克制不住。她發現自己連手帕都沒有，沒辦法擦拭笑到流淚的眼睛。想到這一點讓她笑得更厲害。

「妳最好節制一點，不然空服員就會把妳扔下去了。」年輕男子正色道，但她只是搖頭大笑，笑得腰際和肚子都痛了。

他遞了一條乾淨的白手帕給她。貝芙莉接過來用了。不曉得爲什麼，但這麼做總算讓她找回自制，但還是無法立刻停止，只是變成微弱抽搐的喘笑。她不時想起機身上的大鴨子，立刻又是一陣淺笑。

過了一會兒，她將手帕還給對方說：「謝謝。」

「天哪，女士，妳的手怎麼呢？」他握著她的手關切地問。

她低頭看見自己指甲斷了，是她將梳妝台推倒在湯姆身上時弄斷的。想起這事讓她心中一痛，比指甲的傷還嚴重。她立刻止住笑容，將手從對方手中抽走，不過動作很輕。

「我在機場被車門夾到了。」她說，腦中想起自己如何爲了湯姆對她所做的事而撒謊，爲了父親讓她瘀青處處而撒謊。這是最後一次嗎？是她最後的謊言？是的話該有多好……簡直好得不可思議。她心中浮現一名醫師走進病房對癌末病人說X光顯示腫瘤在縮小，我們也不曉得原因，但就是這樣。

「那一定疼得要命。」年輕男子說。

「我吃了阿斯匹靈。」她說著又翻開機上雜誌，但對方可能發現她已經翻閱過兩次了。

「妳的目的地是哪裡？」

她闔起雜誌，微笑看著他說：「你人眞的很好，但我不想聊天，可以嗎？」

「好吧，」他報以微笑：「不過，我們到了波士頓之後，妳要是想爲了機側的大鴨子喝一杯，我請客。」

「謝謝你，但我要趕另一班飛機。」

「老天，我早上讀的星座運勢有這麼不準嗎？」他重新翻開小說說：「不過，妳笑起來很好聽，很容易讓男人愛上妳。」

她又翻開雜誌，但發現自己盯著殘缺不全的指甲看，而不是介紹紐奧良景點的文章。有兩根指甲底下浮現紫色的瘀血。貝芙莉心裡聽見湯姆站在樓梯井對她大吼：「我要殺了妳，賤人！妳他媽的賤人！」她打了個冷顫。在湯姆眼中，她是賤人。在那群女裁縫眼中，她是賤人。她們在大秀之前犯下大錯，搞砸了貝芙莉的織工。但在湯姆和可惡的女裁縫闖進她生命之前，她在父親眼中早就是賤人了。

賤人。

妳這個賤人。

他媽的賤人。

貝芙莉閉上眼睛。

之前逃離臥室時，她一隻腳被香水瓶碎片割傷了，這會兒比手指還要痛。凱伊給了她一個OK繃、一雙鞋和一張一千美元支票。她早上九點一到就立刻去沃特陶爾廣場的芝加哥第一銀行兌現了。

儘管凱伊再三反對，她還是在空白打字紙上畫了一張千元支票。「我曾經讀到銀行只要是支票都得收，不管寫在什麼上頭，」她對凱伊說，但聲音似乎來自別處，可能是其他房間的收音機吧。「有人就曾兌現過一張支票，是寫在砲彈上頭的。我想我是在《百科事典》讀到的吧。」她頓了一下，露出不安的笑。凱伊認眞望著她，甚至有些嚴肅。「如果我是妳，就盡早兌現，免得湯姆想到要凍結帳户。」

雖然她不覺得累（但她知道自己現在還能清醒，完全是靠意志力和凱伊準備的黑咖啡），但昨晚的經歷卻好像夢境一般。

她還記得三名青少年跟在後頭喊她、大吹口哨，但不太敢靠近。她記得在路口看見7-11便利商店招牌的燈光灑在人行道上時，那份如釋重負的感受。她走進便利商店，讓那個滿臉青春痘的店員盯著她舊上衣裡頭看，說服他借了她四十美分打電話。這不難，反正她本來就穿成那樣。

她先打給凱伊．麥卡，憑記憶撥的號碼。電話響了十幾聲，讓她開始擔心凱伊跑去紐約了。就在她打算掛掉時，凱伊終於接起電話，用想睡的聲音呢喃道：「我不管你是誰，最好是有要緊事才打這通電話。」

「凱伊，我是貝貝，」她說，接著遲疑片刻才決定不管了：「我需要幫忙。」

電話那端沉默半晌，之後凱伊再度開口，語氣完全清醒：「妳人在哪裡？出了什麼事？」

「我在史崔蘭大道和某條街口的7-11。我……凱伊，我離開湯姆了。」

凱伊立刻興奮激動地回答：「太好了！妳總算離開他了！耶！我去接妳！那個混球！狗屁蛋！我會開他媽的賓士車去接妳！還要請四十人大樂隊慶祝！還有——」

「我會搭計程車，」貝芙莉說，汗濕的掌心裡握著另外兩枚十分硬幣。她看了店後頭的圓鏡子一眼，發現青春痘店員正全神貫注，帶著如癡如醉的表情盯著她的屁股看。「但我到了之後，妳得幫我付錢。我身上沒錢，一毛都沒有。」

「我會給司機五美元當小費，」凱伊高聲說：「這眞是尼克森下台之後最棒的消息了！小姑娘，妳馬上給我過來。還有——」她頓了一下，等她再開口時，語氣變得很嚴肅，而且充滿關愛，讓貝芙莉差點掉下淚來。「謝天謝地妳終於做到了，貝貝。我是說眞的，謝天謝地。」

凱伊．麥卡之前是設計師，嫁了個有錢人，離婚後錢更多了。她在一九七二年發現了女性主義運動，大約三年後認識了貝芙莉。當時讓她最受愛戴、也最受爭議的一點，就是打著女性主義旗幟，卻靠著充滿沙豬思想的陳腐法律榨乾了她那從事製造業的丈夫，搞得他一毛不剩。

「聽他們在放屁！」凱伊有一回這麼對貝芙莉說：「說那些話的人沒一個要和山姆．查柯維茲上床。老山姆的口頭禪就是衝個兩下爽爽射一發。他只有一次超過七十秒，就是在浴缸裡打手槍那一回。我又沒有紅杏出牆，只是請他事後買單而已。」

她寫了三本書，一本講女性主義和職業婦女，一本講女性主義和家庭，另一本講女性主義和靈性。前兩本還滿暢銷的，但第三本書出版三年後，她就有一點走下坡了。不過，貝芙莉覺得她其實鬆了一口氣。她的投資收穫頗豐（她有次對貝芙莉說：「幸好女性主義和資本主義不是死對頭。」），如今是個有錢的女人，擁有一間獨棟公寓、一棟鄉間寓所和兩、三個男寵。那幾名壯漢在床上和她旗鼓相當，但打起網球可就不是對手。「只要他們球技一進步，我就甩了他們，」她說。凱伊顯然在開玩笑，但貝芙莉一直覺得搞不好是眞的。

貝芙莉叫了輛計程車。車到之後，她提著行李箱擠進後座，將凱伊的地址交給司機，慶幸終於擺脫超商店員的目光。

凱伊就站在車道底等她。她身上穿著法蘭絨睡袍，罩著貂皮外套，粉紅色絨毛拖鞋上綴著大毛球。不是橘色毛球，謝天謝地，否則貝芙莉可能又要對著暗夜尖叫。到凱伊家的這一趟路很怪：往事不斷回到她的腦中，回憶湧入得又迅速又清楚，感覺有點嚇人，彷彿有人駕駛巨型推土機開始在她腦中挖掘連她自己也不曉得存在的墓園，只不過挖出來的不是屍體，是人名，她多年未曾想起的人名，例如班恩．漢斯康、理查德．托齊爾、葛瑞塔．鮑伊、亨利．鮑爾斯、艾迪．卡斯普布拉克……還有威廉．鄧布洛。尤其是威廉，他們那時都和其他孩子一樣叫他結巴威，這是小孩間的直率，也是殘忍。貝芙莉當時覺得他長得好高、好完美（在他還沒開口說話之前）。

人名……地點……發生過的事。

回憶時冷時熱，她想起排水道裡的聲音……還有血。她尖叫，他父親揍了她。她父親——湯姆

她快哭了……凱伊正在付錢給司機，給的小費多得讓對方驚呼：「女士，眞是謝謝您！哇喔！」

凱伊帶她進房，讓她沖澡，洗完後給她一件浴袍，幫她泡咖啡，檢查她身上的傷勢，用紅藥水塗抹她腳上的割傷，然後貼上ＯＫ繃。她在貝芙莉第二杯咖啡裡倒了很多白蘭地，並且逼她喝得一

滴不剩。之後，她爲自己和好友各弄了一塊稀有的長牛排，還煎了新鮮蘑菇當配菜。

「好了，」她說：「到底出了什麼事？我們需要叫警察，還是把妳送到雷諾蹲鐵牢？」

「我沒辦法多說，」貝芙莉說：「講起來太荒謬了，但主要是我的錯——」

凱伊重重一拍漆木餐桌，讓桃花心木發出有如小口徑手槍的槍聲，嚇了貝芙莉一跳。

「我不准妳這麼說，」凱伊說。她雙頰泛紅，棕色眼眸閃閃發亮。「我們認識幾年了？九年？十年？我要是再聽到妳說是妳的錯，我就要吐了。這一回不是妳的錯，上回不是，再上一回也不是，從來不是妳的錯。妳知道嗎？妳的朋友幾乎都認爲他遲早會讓妳全身石膏，或是殺了妳。」

貝芙莉瞪大眼睛望著好友。

「如果發生那種事，那應該算妳的錯，竟然任由它發生。不過妳終於離開了，謝天謝地。妳現在指甲都斷了一半，腳也割傷了，還有皮帶的抽痕，別跟我說是妳的錯。」

「他沒有用皮帶。」貝芙莉說。她又不自覺撒謊了……臉頰忍不住因爲羞愧而紅了起來。

「既然離開湯姆，就不必說謊了，」凱伊柔聲說。她直直凝視貝芙莉，眼神裡充滿關愛，讓貝芙莉垂下眼睛，感覺喉嚨嚐到淚水的鹹味。「妳想騙誰啊？」凱伊問，語氣依然溫柔。她伸手隔著桌子握住貝芙莉的雙手。「墨鏡、高領衫和長袖……妳可能騙得了一、兩個買家，但可騙不了朋友，貝貝，騙不了愛妳的人。」

聽到這裡，貝芙莉哭了，哭得又長又傷心。凱伊握著她的手。上床前，貝芙莉將能說的經過告訴了凱伊。她童年在緬因州德利市長大，那裡一名朋友打電話給她，提醒她很久之前許下的承諾。他說實現諾言的時候到了，她會回來嗎？她說會，接著湯姆就開始惹麻煩了。

「什麼承諾？」凱伊問。

貝芙莉緩緩搖頭。「我不能說，凱伊，雖然我很想。」

凱伊思忖片刻，點點頭說：「好吧，也對。等妳從緬因州回來，打算怎麼處置湯姆？」

貝芙莉愈來愈覺得自己去了德利就回不來了，因此只回答：「我會先來找妳，我們一起商量對策，如何？」

「當然好，」凱伊說：「這是承諾嗎？」

「只要我回來，」貝芙莉心平氣和說：「就會做到。」說完她緊緊抱住凱伊。

她拿著凱伊支票兌來的錢，腳下踩著凱伊的鞋，搭乘灰狗巴士北上密爾瓦基的班車，因爲她想湯姆可能會去奧哈拉機場找她。凱伊陪她去銀行和車站，途中不停勸阻她。

「奧哈拉到處都是安檢人員，」她說：「妳不用擔心他。只要他靠近妳，妳就放聲尖叫，叫到腦袋掉下來爲止。」

貝芙莉搖搖頭。「我想徹底避開他，所以只能這麼辦。」

凱伊眼神銳利望著她：「妳怕自己會被他說動，對吧？」

貝芙莉想起他們七個人站在河中央，想起史丹利手裡那塊可樂瓶碎片映著陽光閃閃發亮。她想起史丹利用碎片輕輕劃破她掌心的微微刺痛，想起他們手牽手圍成一圈許下承諾，要是牠再出現，他們都會回來……回來永遠殺了牠。

「不是，」她說：「這件事我不會讓他說服，但他可能會傷害我，不管有沒有安全人員。妳沒看到他昨晚的樣子，凱伊。」

「我已經看膩他了，」凱伊皺著眉頭說：「那混球一副死男人樣。」

「他瘋了，」貝芙莉說：「安全人員可能攔不住他。搭車比較好，相信我。」

「好吧。」凱伊勉強說了一句。貝芙莉覺得很有趣，凱伊顯然對不會有衝突，也不會有大吵大鬧感到很失望。

「支票記得快點兌現，」貝芙莉又叮嚀一次：「免得他想到凍結帳戶。妳知道他一定會的。」

「沒問題，」凱伊說：「要是他敢這麼做，我就拿著馬鞭去找那混帳，叫他給老娘爽一下。」

「離他遠一點，」貝芙莉厲聲說：「他很危險，凱伊，相信我。他就像——」像我父親，她顫抖的雙唇原本要這麼說，結果卻只吐出：「就像野人。」

「好吧，」凱伊說：「放輕鬆，親愛的，去實現諾言吧，不過記得想一想妳的未來。」

「我會的。」貝芙莉說，但她撒了謊。她有太多事情要想，例如她十一歲那年夏天發生的一切、示範怎麼讓溜溜球睡覺給理查德．托齊爾看、下水道傳來的聲音，還有她看見的那個東西，那個可怕至極的東西。就算她站在隆隆作響的灰狗巴士的銀色長車身旁最後一次和凱伊擁抱，她的心靈還是不太想讓她看見那個東西。

機身畫著大鴨子的飛機開始在波士頓地區緩緩下降，她的心思再度轉向那件事……轉向史丹利．尤里斯……那張明信片上的匿名詩……那些聲音……以及她和那東西對看的那幾秒，感覺沒有止盡的那幾秒。

她低頭望向窗外，心想德利有一個惡魔在等她，湯姆的壞和那東西比起來根本不算什麼。唯一的好消息是威廉．鄧布洛也會在……很久很久以前，一個名叫貝芙莉．馬許的十一歲女孩曾經愛著威廉．鄧布洛。她還記得那一張背面寫著情詩的明信片，記得她曾經知道作者是誰。她現在不記得了，也不記得那首詩寫了什麼……但她想應該是威廉寫的。沒錯，可能是結巴威。

她忽然想起跟理查德和班恩去看恐怖電影的那一天。那是她第一次約會。她是和理查德開玩笑的，那時她在街上都用這招保護自己。但她心裡其實很感動、興奮，又有一點害怕。那真的是她第一次約會，雖然對象有兩個，不是一個。理查德付了錢等等，就像眞正的約會一樣。之後他們被那幾個混混追……下午他們在荒原玩……威廉．鄧布洛帶了另一個孩子來，她忘了他的名字，但記得威廉看著她的眼神，還有她內心的悸動……有如一道電擊和閃光溫暖了她整個身軀。

她記得自己穿上睡袍到浴室洗臉刷牙時，正在回想這些事情。她記得自己心想晚上一定會很難睡，因爲有太多事情要想……而且要用好的方式想，因爲他們看起來是好孩子，可以一起廝混、甚至值得信任的孩子。那眞好。那眞的……呃，像是天堂。

她一邊想著這些事情，一邊拿起毛巾湊向洗手台準備拿水。那聲音

2

忽然從排水管裡傳了出來：

「救命……」

貝芙莉嚇得後退幾步，乾毛巾掉在地上。她微微搖頭，彷彿想清掉聲音，接著再度湊向洗手台，好奇窺探排水管。她家是四房公寓，浴室在最裡面。她隱約聽見電視在播西部電影。播完之後，她父親通常會轉到棒球台或摔角台，然後在安樂椅上呼呼大睡。

浴室壁紙是青蛙在蓮花上，畫得很醜。底下的灰泥鼓鼓脹脹，搞得圖案也凸起歪斜。牆上到處是水漬，有幾處甚至剝落了。浴缸爬滿鏽斑，馬桶座龜裂了，洗手台上方一盞四十瓦燈泡插在陶瓷座上。貝芙莉還記得（但印象很模糊了）那裡之前有燈罩，但幾年前破了之後就沒再換過。塑膠地板的圖案已經褪了，只有洗臉盆下方的還看得見。

這浴室不是什麼令人開心的地方，但貝芙莉從小到大用習慣了，根本不會注意它的模樣。

洗手台也是沾滿水漬，排水管口是簡單的交叉圓形，直徑兩英寸。之前本來有鍍鉻粉飾，但也早就消失了。橡皮塞子用鍊子拴著，纏在冷淡的弧形龍頭上。排水口和水管一樣黑不見底。貝芙莉湊過去，頭一回聞到底下傳來一股淡臭，有點像魚腥味，讓她嫌惡地微微皺起鼻子。

「救命——」

她倒抽一口氣。是聲音沒錯。她之前以為是管子震動……或她自己的想像……或是電影的後遺症。

「救命，貝芙莉……」

貝芙莉覺得忽冷忽熱。她剛才把頭髮上的橡皮筋拿下來了，此刻頭髮有如閃亮瀑布披垂在肩上。她感覺髮梢似乎僵硬了起來。

貝芙莉還沒發覺自己打算開口，就湊到洗手台邊稍微壓低聲音說：「哈囉，裡面有人嗎？」排水管裡的聲音感覺很稚嫩，可能是剛學會說話的小嬰孩。貝芙莉雖然手臂起了雞皮疙瘩，腦中卻在尋求合理的解釋。她家是集合公寓，有五棟樓房，他們住在一樓的後棟。也許某一家的小孩在玩，對著排水管說話，聲音走調了……

「有人在嗎？」她對著浴室的排水管問，稍微加大一點聲音。她忽然想到父親要是這時走進來，肯定會覺得她瘋了。

排水管裡沒有人回應，但難聞的味道似乎變重了，讓她想起荒原的竹林和竹林後方的沼澤，想起凝滯辛辣的煙氣和想讓你鞋子和腳分家的黑泥。

重點是，公寓裡沒有小嬰孩。崔蒙特家有一個五歲小男孩和兩個女兒，分別是三歲和六個月大。崔蒙特先生原本在崔克大道的鞋店工作，但前陣子失業了繳不出房租，於是就在暑假前不久，他們全家坐上崔蒙特先生老舊生鏽的別克轎車，從此消失無蹤。史奇普．波爾頓住在前棟二樓，但他十四歲了。

「我們大家都很想見妳，貝芙莉……」

貝芙莉伸手按著嘴巴，嚇得睜大眼睛。那一瞬間，就那麼一瞬間，她感覺自己看見裡頭有東西在動。她忽然發現自己的頭髮分成兩大綹垂在兩邊肩上，髮梢很靠近（非常靠近）排水口。她本能地直起身子，將頭髮拉遠。

她看了看左右。浴室的門緊閉著，電視聲隱約可聞，夏延．博迪正在警告壞人棄械投降，免得自找苦吃。浴室裡只有她一個人。當然，還有那個聲音。

「你是誰？」她壓低聲音對著洗手台說。

「我是馬修．克雷門茲，」那聲音輕輕說：「小丑把我抓到水管裡，我死了，牠很快就會來抓妳了，貝芙莉。還有班恩．漢斯康，還有威廉．鄧布洛，還有艾迪——」

她舉起雙手摀住臉頰，眼睛不停睜大、睜大。她覺得身體愈來愈冷。那個聲音開始變得喑啞而古老……不過依然帶著腐敗的歡愉。

「妳會和好朋友一起在這裡飄，貝芙莉，我們都在這裡飄。跟威廉說喬仔向他問好，跟威廉說喬仔很想他，但很快就會見到他了。跟他說喬仔某天晚上會在衣櫃裡，眼睛纏著一條鋼琴線，跟他說——」

那聲音忽然開始打嗝，一個亮紅色的泡泡從排水管裡冒出來破了，濺得骯髒的陶瓷洗手台都是血滴。

沙啞的聲音愈說愈急，而且不斷變化。一會兒是小孩子說話，一會兒是少女的聲音，接著又變成（真可怕！）貝芙莉認識的女孩子……維若妮卡．葛洛根。但維若妮卡已經死了，被人發現陳屍在水溝裡——

「我是馬修……我是貝蒂……我是維若妮卡……我們都在這裡……跟小丑一起……還有怪物……還有木乃伊……還有狼人……還有妳，貝芙莉，我們在這裡和妳作伴，大家一起飄，一起變形……」

排水管突然嗝出一道鮮血，灑在洗臉盆、鏡子和青蛙蓮花壁紙上。貝芙莉嚇得大叫，聲音又急又尖。她人往後退，撞到門又往前彈。她抓住門把將門打開，衝到起居室，她父親正要起身。

「妳他媽的是怎麼回事？」他皺著眉頭問。家裡今晚只有他們兩個，貝芙莉的母親在葛林餐館工作，下午三點到晚上十一點的班。葛林餐館是德利市最好的餐廳。

「浴室！」她歇斯底里大喊：「浴室，爸爸，浴室裡——」

「有人在偷窺妳是嗎，貝芙莉？」他伸長手臂用力抓住女兒的胳膊，手指深深掐進肉裡。他面露關切，但卻像要吃人一樣可怕，一點也不安撫人。

「不是……洗臉盆……洗臉盆裡……那個……那個……」她話還沒說完就歇斯底里哭了出來。她的心臟在胸膛裡劇烈跳動，讓她感覺就要窒息了。

艾爾．馬許露出「天哪，現在是怎樣」的表情，將女兒甩到一旁走進浴室裡。他在裡頭待了好久，貝芙莉又開始怕了起來。

接著就聽見她父親咆哮：「貝芙莉，妳這個小鬼，給我過來！」

她不可能抗命。就算站在懸崖邊，父親要她跳下去（馬上跳，小姐），她也會下意識照做，在理智還來不及阻止她之前就跨出那一步。

浴室的門開著。她父親站在裡面，身材魁梧，遺傳給貝芙莉的赤褐色頭髮已經開始稀疏了。他還穿著灰色工作褲和灰襯衫（他在德利家庭醫院當清潔工），兩眼狠狠瞪著貝芙莉。他不菸不酒，也不尋花問柳。我有家裡的女人就夠了，他曾經這麼說，臉上閃過一絲神秘的笑。但那笑沒有讓他神采飛揚，反而更加陰森。見到那抹微笑就像看見浮雲匆匆飛越，在石礫地面留下一道陰影。她們照顧我，當她們有需要，我就照顧她們。

他看見貝芙莉走進浴室，便問：「這裡面他媽的是怎麼搞的？」

貝芙莉覺得喉嚨像被石板劃了一刀，心臟狂跳。她覺得自己就要吐了。鏡子上有血跡，幾道長長的血痕。洗臉盆上方的燈也有血。她聞得到血被四十瓦燈泡煮熟的味道。血從陶瓷洗臉盆側邊流下來，落在塑膠地板上形成大圓點。

「爸爸……」她啞著嗓子低聲說。

他滿臉嫌惡（他經常如此）轉過頭去，開始在血跡斑斑的洗臉盆裡洗手，洗得輕鬆自在。「拜託，小姑娘，妳說話啊！妳剛才把我嚇死了。拜託妳解釋一下行嗎？」

他在洗手台洗手，貝芙莉看見他的灰褲子貼著洗臉盆緣沾到了血。要是他的頭碰到鏡子（現在很近），血就會沾到他身上了。她喉嚨裡噎了一聲。

她父親關上水龍頭，抓了一條沾了兩滴血的毛巾開始擦手。她看著父親，看他將血抹到粗大的指關節和掌紋裡，覺得自己就快暈倒了。她看見他指甲沾血，有如罪惡的印記。

「怎麼樣？我還在等妳開口耶。」他將沾了血的毛巾扔回橫桿上說。

浴室裡有血……到處都是……但她父親卻看不見。

「爸爸——」她不曉得接下來會發生什麼，但父親打斷了她。

「我很擔心妳，貝芙莉，」艾爾．馬許說：「我感覺妳好像永遠長不大，成天跑來跑去，卻也沒見到妳做家事。妳不會煮飯，也不會縫紉，不是埋在書本的飄飄世界裡，就是作白日夢，胡思亂想。我真的很擔心。」

他說完忽然大手一揮，狠狠打在她屁股上。貝芙莉痛得大叫，眼睛盯著父親。他粗濃的右眉毛上沾了一小滴血。*我要是再看下去一定會瘋掉，就無所謂了*，她心裡隱隱想道。

「我真的很擔心。」他說完又打了她，力道更重，打在胳膊上。貝芙莉大叫一聲之後似乎就不省人事了，明天那裡一定會出現黃紫色的瘀青。

「非常擔心。」他說著朝她腹部揮了一拳，但在最後一秒鐘收手。她只差一點就斷氣了。貝芙莉彎腰喘息，眼眶浮出淚水。父親冷冷看著她，將沾血的雙手插進褲口袋裡。

「妳該長大了，貝芙莉，」他說，語氣變得慈祥而寬容：「不是嗎？」

她點點頭，腦袋陣陣抽痛。她默默叫了一聲。要是她大聲啜泣，像她父親說的又開始「哭得像個小娃兒」，他可能就要痛下毒手了。艾爾．馬許一輩子住在德利，只要有人問起，他都說自己死也要葬在這裡。有時就算沒人問起，他也照說不誤。他說他想活到一百一十歲。「我一點不良嗜好都沒有，」他有一回對每個月替他理髮的羅傑．奧雷特說：「沒有理由不長命百歲。」

「好了，解釋清楚吧，」他說：「快點。」

「我看到——」她嚥了口氣，但感覺很痛，因為她喉嚨很乾，沒有半點水分。「我看到一隻蜘蛛，又大又黑。牠……從排水管裡爬出來，我……我想牠可能爬回去了。」

「哦！」他對她微笑，彷彿很滿意似的。「是嗎？該死！妳要是早點告訴我，貝芙莉，我就不會打妳了。女孩子都怕蜘蛛。他媽的，妳幹嘛不早說？」

他彎身湊向排水管。貝芙莉咬緊下唇才沒讓自己出聲警告……她心裡有個聲音說話了。很可怕的聲音，不可能是她自己，一定是惡魔。只要牠想，就讓他被逮住吧，把他抓下去，永遠不要回來。

她嚇得躲開那聲音。這種念頭就算只在心中閃過半秒鐘，也會讓她下地獄。

艾爾瞄了管口一眼，雙手壓在洗手台邊緣的血跡上。貝芙莉拚命鎮住喉嚨，不讓自己吐出來。她腹部被父親毆打的部位隱隱作痛。

「我什麼都沒瞧見，」父親說：「這幾棟公寓很老了，貝貝，排水管就跟高速公路一樣寬，知道嗎？我當年在那所老高中當工友，馬桶三不五時就會有老鼠死在裡頭，把女學生嚇死了。」

想到那些小女生的大驚小怪，他就覺得好笑。「通常發生在坎都斯齊格河上漲的時候。不過，自從新的排水系統做好之後，水管裡就很少有野生動物了。」

他伸手摟住女兒，抱了抱她。

「好了，現在上床睡覺去，別再想了，好嗎？」

她覺得自己好愛他。*我絕對不會無緣無故打妳，貝芙莉。*她有一回被打了大喊不公平，父親這麼告訴她。這麼說當然沒錯，因為他心裡是有愛的。他偶爾會整天陪她，教她做事情、跟她談天說地或在市區散步。每回他這麼慈祥，貝貝都覺得自己的一顆心幾乎都要被幸福淹沒了。她愛他，也很努力瞭解他有必要時時管教她，因為（就像他說的）那是他的天職。艾爾．馬許說，女兒比兒子更需要管教。他沒有兒子，貝芙莉隱約覺得是她的錯。

「好的，爸爸，」她說：「我不會再想了。」

兩人一起走進她的小臥房。她的右臂剛才被打了一下，現在痛得厲害。她回頭望了一眼，看著沾了血的洗臉盆、鏡子、牆壁和地板。她父親用過的沾血毛巾歪七扭八掛在橫桿上。貝芙莉想：*我怎麼可能再踏進浴室一步？神哪，親愛的神哪，求求祢。我錯了，我不該對爸爸有不好的想法，祢可以懲罰我，我應該被懲罰。讓我跌倒受傷吧，或是像去年一樣感冒拚命咳嗽，甚至還吐了。但是求求祢，神哪，明天早上請讓那些血消失，拜託拜託，好嗎？神哪，好嗎？*

父親和往常一樣幫她蓋好被子，輕吻她的額頭。他在床邊站了一會兒，貝芙莉覺得那就是他的站姿，甚至可以說是他存在的樣子：身體微微前傾，兩手深深插在褲口袋裡（直到手腕）低頭看著她，藍色眼眸閃閃發亮，有如巴吉度獵犬的臉龐寫滿憂鬱。多年後，就算她早已不再想起德利，心中依然不時浮現一個男人坐在公車上，或是手裡拿著晚餐籃站在角落。她會看見身影，喔，男人的身影，有時出現在天色將暗之際，有時在晴朗風大的秋夜月光下，在沃特陶爾廣場。

男人的身影、男人的規矩和慾望。還有湯姆，當他脫去襯衫，站在浴室鏡子前微微彎身刮鬍子時，是多麼像她父親。男人的身影。

「我有時真的很擔心妳，貝貝。」他說，但語氣已經不再困惑或憤怒。他溫柔撫摸她的頭髮，將她額頭上的頭髮往後撥。

浴室裡都是血，爸爸！她差點尖叫著說，你難道沒看見？到處都是！甚至滴到洗臉盆上方的燈上煮熟了！你難道沒看見？

但她沒有開口，默默看著父親走出臥房關上門，讓房間一片漆黑。她睡不著，到她母親十一點半回來，電視都關了，她依然醒著，凝望著黑暗。她聽見爸媽走進他們的房間，開始做愛做的事，讓彈簧床發出規律聲響。貝芙莉曾經聽見葛瑞塔．鮑伊對莎莉．穆勒說做愛做的事跟火燒一樣痛，好人家的女孩子絕對不會做（「男人最後會尿在妳的小貝殼裡。」葛瑞塔說。莎莉大叫：「好噁，我絕不會讓男生對我這樣。」）。要是真的像葛瑞塔說的那麼痛，那貝芙莉的母親很會忍。她聽過母親低聲叫過一、兩次，但聽起來一點也不痛的樣子。

彈簧吱嘎聲由緩而急，最後快得接近瘋狂，然後停止。房間安靜了半晌，接著是低語聲，然後是母親走進浴室的腳步聲。貝芙莉屏住呼吸，想聽母親會不會慘叫。

結果沒有慘叫，只有水流進洗手台的聲響，還有輕輕的潑水聲，然後是水流出洗手台的咕嚕聲。很熟悉的聲音。她母親正在刷牙。不久，爸媽房間的彈簧床又吱嘎一聲，她母親躺回床上。

過了五分鐘左右，她父親開始打呼。

陰沉的恐懼奪走了她的心跳，扣住她的喉嚨。她發現自己不敢向右翻身，雖然那是她最愛的睡姿，因為她怕會有東西隔著窗戶看著她。於是她只好仰躺著，僵直得像支火鉗，眼睛盯著錫天花板。最後（不曉得過了幾分鐘或幾小時），她終於勉強睡著了。

3

只要爸媽房間的鬧鐘一響，貝芙莉就會醒來，但動作要快才行，因為鬧鐘剛響就會被父親敲停。父親用浴室的時候，她會匆匆更衣，在鏡子前看一眼自己的胸部（她現在幾乎每天都會這麼做），看乳房是不是又長大了。她去年底開始發育，起初有一點痛，不過之後就沒了。她的乳房非常小，不比春天的蘋果大多少，但確實發育了，千眞萬確。童年即將結束，她就要成為女人了。

她對著鏡子裡的自己笑了笑，一手伸到後腦將頭髮撩高，挺起胸膛，隨即像個小女孩似的天真地笑了……忽然間，她記起前一晚浴室排水管裡噴出來的血，臉上的笑容頓時消失無蹤。她看了看手臂，發現瘀青已經出現了，就在她的肩膀和手肘之間，很醜的一個斑痕，看得出變色的指印。

馬桶喀啦一響，接著是沖水聲。

貝芙莉加快速度，不想一早就惹父親生氣（甚至不想讓他察覺到她），便急忙套上一條牛仔褲和德利高中的運動衫。眼看無法再拖，她只好離開房間朝浴室走去。父親正要回臥房更衣，兩人在起居室遇到。他身上的藍色睡衣鬆垮垮地甩動著。他朝她嘀咕了幾句，但她聽不懂。

不過，她還是回答：「是的，爸爸。」

她在關上的浴室門前站了一會兒，想做好心理準備迎接門後的景象。至少現在是白天，她想，心裡稍微寬慰一點，不多，但起碼有一點。她抓著門把一轉，開門走了進去。

4

那天早上貝芙莉很忙碌。她幫父親準備早餐（柳橙汁、煎蛋和艾爾．馬許式的烤吐司——麵包很熱，但不算有烤），父親坐在桌前，整個人藏在《新聞報》後頭，將早餐吃得一乾二淨。

「培根呢？」

「培根沒有了，爸爸，昨天就吃完了。」

「那幫我弄個漢堡。」

「漢堡也只剩一點點，那個——」

報紙沙沙作響，接著垂了下來。父親的藍色眼眸有如千金錘落在她身上。

「妳說什麼？」他柔聲問。

「我說馬上好，爸爸。」

他又看了她一會兒，接著再度舉起報紙。貝芙莉趕緊去冰箱拿肉。

她幫父親弄了一個漢堡，還不忘將冷凍盒取出來的絞肉盡量搗爛，讓肉看起來大一點。父親邊看體育版邊吃，貝芙莉開始幫他準備午餐——兩塊花生醬果醬三明治、一大塊母親昨晚從葛林餐館帶回來的蛋糕和一保溫瓶的熱咖啡，加了很多糖。

「妳跟妳媽說，今天要把這地方弄乾淨，」他拿起午餐籃說：「老天爺，這裡看起來和豬圈一樣髒得要命！我整天在醫院裡清東清西，可不想回到豬圈一樣的家，聽到沒有，貝芙莉？」

「是，爸爸，我會跟她說。」

他吻了吻她的臉頰，匆匆抱她一下就出門了。貝芙莉和往常一樣回到房間窗邊目送他離開，見他繞過街角便和往常一樣鬆了一口氣……隨即憎惡自己有這種感覺。

她洗好碗盤，拿著正在讀的書到後院台階上坐了一會兒。剛學會走路的拉斯．瑟拉門尼爾司從隔壁公寓走來，給她看他的通卡卡車和膝蓋上的新擦傷，金色長髮閃著沉靜的光芒。不久，母親在屋裡喊她。

兩人換被單、洗地板，幫廚房塑膠地板打蠟。母親還清了浴室地板，讓貝芙莉好生感激。艾芙瑞妲．馬許個頭嬌小，頭髮灰白，總是一臉嚴厲，滿是皺紋的臉龐告訴世人她已經來這世上好一陣子，而且打算再待一會兒……還告訴世人生活不易，而她也不期望短期內有所改善。

「妳可以幫我擦起居室的窗戶嗎，貝貝？」已經換上侍者制服的母親回到廚房問她：「我得到班格爾一趟，去聖喬伊醫院看雪柔．塔倫特，她昨天晚上摔斷腿了。」

「沒問題，我會擦，」貝芙莉說：「塔倫特太太怎麼了？是摔倒還是什麼？」雪柔．塔倫特是艾芙瑞妲的餐館同事。

「她和她那個沒用的老公出車禍了，」她母親冷冷地說：「那傢伙喜歡喝酒。妳每天晚上禱告的時候應該感謝神，貝貝，謝謝祂沒讓妳父親貪杯。」

「我有。」貝芙莉說。她真的有。

「我猜她很可能會丟了飯碗，而他又老是留不住工作，」艾芙瑞妲的語氣開始透著一絲陰鬱的驚恐：「我看他們得搬到鄉下去了。」

艾芙瑞妲．馬許最怕的就是這個，失去小孩或發現自己得了癌症根本沒得比。窮沒關係，做她所謂的「散工」也無妨。但一搬到鄉下，從此只能仰人鼻息，那是最糟的，比掉進水溝還慘。而她知道雪柔．塔倫特即將面對這樣的命運。

「妳洗完窗戶、倒完垃圾之後就能出去玩。妳爸爸今天晚上要打保齡球，所以妳不用幫他準備晚餐，但我希望妳天黑之前回家。妳知道為什麼。」

「好的，媽媽。」

「天哪，妳長得真快，」艾芙瑞妲說。她看了看貝芙莉運動衫上的微微隆起，眼神親切又嚴厲：「等妳嫁人成家之後，我真不曉得該怎麼辦。」

「我會一直待在家裡的。」貝芙莉微笑著說。

母親匆匆抱了她一下，用溫暖乾燥的雙唇吻了她的嘴角。「那是不可能的，」她說：「但我還是愛妳，貝貝。」

「我也愛妳，媽咪。」

「洗完窗戶之後，要確定沒有污漬，」她拿起皮包走到門邊說：「否則妳爸爸就要大發雷霆了。」

「我會小心。」她母親開門準備離開，她刻意裝得很輕鬆的樣子問：「妳剛才在浴室有看到什麼奇怪的東西嗎，媽媽？」

艾芙瑞妲看著她，微微皺眉說：「奇怪的東西？」

「呃……我昨天晚上看到一隻蜘蛛從排水管裡爬出來。爸爸沒跟妳說嗎？」

「沒有。」

「喔，那沒關係，我只是想知道妳有沒有看到牠。」

「我沒看到蜘蛛。我真希望我們能幫浴室換新的塑膠地板，」她看了一眼萬里無雲的藍天，說：「大家都說殺死蜘蛛會下雨，妳應該沒有弄死牠吧？」

「沒有，」貝芙莉說：「我沒有殺死牠。」

母親回頭看她，嘴唇抿得幾乎看不見。她說：「妳確定昨天晚上沒有惹妳爸爸生氣？」

「沒有！」

「貝貝，他有沒有碰妳？」

「什麼？」貝芙莉滿臉困惑看著母親。老天，父親每天都有碰她啊。「我不懂妳的意——」

「算了，」艾芙瑞妲匆匆說道：「別忘了倒垃圾。還有，要是窗戶沒擦乾淨，教訓妳的可不會只有妳爸爸。」

「我不會忘記的。」

（他有沒有碰妳）

「記得天黑之前回家。」

「是。」

（他有沒有）

（非常擔心）

艾芙瑞妲出門了。貝芙莉又走回房間看母親繞過街角不見蹤影，就像方才目送父親一樣。等她確信母親正在朝公車站走去，便拿起水桶和穩潔，再從洗手台下方拿了幾條抹布，走進起居室開始擦窗戶。公寓似乎安靜過了頭，只要地板吱嘎作響或有門關上，都會讓她嚇一跳。波爾頓家的馬桶沖水時，她差點叫了出來。

打掃期間，她一直斜眼打量浴室關上的門。

後來她走向浴室將門打開，往裡面看。母親早上才清過浴室，洗手台底下的血幾乎都不見了，洗手台邊緣的血也是，但洗臉盆裡還有幾滴未乾的茶色斑痕，鏡子和壁紙上也是斑斑點點。

貝芙莉看著鏡中臉色蒼白的自己，忽然產生迷信般的恐懼，覺得鏡子上的斑痕讓她看起來在流血。她又心想：我該怎麼辦？我瘋了嗎？是我自己的想像嗎？

排水管突然嗝了一聲。

貝芙莉大聲尖叫，將門甩上。五分鐘後，她的手依然抖得厲害，差點將她用來擦拭起居室窗戶的穩潔掉在地上。

5

下午三點左右，貝芙莉．馬許鎖上公寓，將備份鑰匙塞進牛仔褲口袋。她剛走到理查茲巷，就看見班恩．漢斯康、艾迪．卡斯普布拉克和一個叫布雷德利．唐納凡的小孩。他們在這條連接主大街和中央街的小巷裡丟銅板。

「嗨，貝貝！」艾迪說：「那兩部電影有沒有讓妳作惡夢啊？」

「沒有，」貝芙莉一邊回答，一邊蹲下來看他們玩。「你怎麼會知道？」

「害死康告訴我的，」艾迪豎起大拇指朝班恩比了比。班恩面紅耳赤，貝芙莉不曉得他幹嘛要臉紅。

「什麼電引？」布雷德利問。貝芙莉認出他了，他就是一週前被威廉．鄧布洛帶去荒原的小孩。她幾乎忘了他這個人。如果你問她，她可能會說那小孩似乎沒有班恩和艾迪那麼重要，也沒那麼有存在感。

「兩部妖怪片，」她回答，接著像鴨子一樣蹲著走到班恩和艾迪之間。「換你扔嗎？」

「對。」班恩說。他匆匆瞄她一眼，立刻將頭轉開。

「現在誰贏？」

「艾迪，」班恩說：「艾迪很厲害。」

她看了看艾迪。艾迪用襯衫前襟認真擦拭指甲，接著咯咯笑了。

「我可以參加嗎？」

「我沒問題，」艾迪說：「妳有一毛錢硬幣嗎？」

她摸了摸口袋，撈出三枚銅板。

「天哪，妳怎麼敢帶這麼多錢出門？」艾迪問：「我一定會提心吊膽。」

班恩和布雷德利．唐納凡都笑了。

「女生也是很勇敢的，」貝芙莉嚴肅地說。過了一會兒，四人都笑了。

布雷德利先扔，再來是班恩，然後是貝芙莉。艾迪贏最多，所以他殿後。他們朝中央街藥局的後牆扔銅板，有時太近，有時太遠撞到牆壁彈回來。投完一輪之後，銅板最靠近牆壁的人拿到四枚硬幣。五分鐘後，貝芙莉已經贏了二十四毛錢。她只輸過一輪。

「女生錯弊！」布雷德利嫌惡地說，起身準備要走。他的好心情沒了，用憤怒而受辱的眼神瞪著貝芙莉。「女生不硬該——」

班恩跳起來了，他能跳起來真是令人嘆為觀止。「收回去！」

布雷德利目瞪口呆看著他。「什麼？」

「把你的話收回去！她沒有作弊！」

布雷德利看看班恩、看看艾迪，又看看貝芙莉。貝芙莉還跪在地上。接著他又看了看班恩。

「你想讓自己的嘴唇腫起來，好搭配你的身材是吧，混球？」

「對。」班恩說，臉上突然露出微笑。他笑的模樣讓布雷德利嚇到了，不安地後退一步。布雷德利可能發現一個簡單的道理。班恩．漢斯康自從對上亨利．鮑爾斯安然脫身（而且是兩次）之後，已經不可能被他這種（除了超級結巴，手上還長滿瘡疤的）瘦皮猴恐嚇了。

「好啊，你們聯合起來欺負我，」布雷德利說著又退後一步，聲音帶著遲疑的顫抖，淚水奪眶而出：「一群作屁鬼！」

「你把剛才對她說的話收回去。」班恩說。

「算了啦，班恩，」貝芙莉說著遞了一把銅板給布雷德利：「把你的硬幣拿回去吧，反正我不喜歡和小氣鬼玩。」

羞辱的淚水沾濕了布雷德利的下睫毛。他從貝芙莉手中搶過銅板，從理查茲巷跑向中央街。剩下的孩子目瞪口呆看著他。眼看自己安全了，布雷德利轉過頭大吼：「你們都是賤倫，全部都是！作屁鬼！作屁鬼！媽媽是妓呂！」

貝芙莉倒抽一口氣。班恩朝布雷德利衝去，他差點就成功了，只可惜絆到一個空箱子跌了一跤。布雷德利逃掉了，班恩知道自己不可能追上他。他回頭去看貝芙莉還好嗎。剛才那句咒罵對他的震撼，不下於貝芙莉。

她看見他臉上的關切。她開口想說自己沒事，別擔心，棍棒斷得了我的骨頭，幾句話傷不了我……而她母親問的那個怪問題

（他有沒有碰妳）

再度浮上心頭。那問題真怪，簡單又荒謬，充滿不祥感，和好咖啡一樣混沌。貝芙莉沒有說幾句話傷不了她，而是哭了出來。

艾迪不自在地看著她，從褲口袋掏出噴劑吸了一口，接著彎腰開始撿拾散落的銅板，臉上帶著敏感、謹慎的神情。

班恩下意識朝她走去，想要抱她、安慰她，但沒再往前。她太美了，面對美麗只會讓他手足無措。

「別難過，」他說。他知道這麼講一定很蠢，但想不出其他更好的話。他輕輕碰了碰她的肩

膀（她雙手摀臉，遮住淚濕的眼和長滿雀斑的臉頰），隨即像是燙到似的將手拿開，臉紅得像做了什麼錯事一樣。「別難過，貝芙莉。」

她放下雙手，發出淒厲憤怒的叫聲：「我媽才不是妓女！她……她是侍者！」

沒有人說話。班恩下顎微張望著貝芙莉，艾迪坐在小巷的碎石路面抬頭看她，手裡都是銅板。

「侍者！」艾迪說話了。他不太曉得妓女是什麼，但這個對比還是讓他覺得很新鮮。「真的是侍者？」

「對！沒錯，她就是。」貝芙莉又哭又笑喘著說。

班恩笑到站不起來，一屁股坐到垃圾桶上。蓋子被他壓進桶裡，讓他身子一斜摔到地上。艾迪指著他哈哈大笑，貝芙莉扶他站起來。

樓上一扇窗戶打開，一名婦人大喊：「你們這群小鬼快給我滾！這裡有人得上晚班知道沒有！快滾吧！」

三人想也不想，便牽著手跑向中央街。貝芙莉在中間，三人依然笑個不停。

6

他們算了算銅板，發現總共四十毛錢，夠他們在藥局買兩個冰砂。但基恩先生很囉唆，不讓十二歲以下的小孩在冷飲區吃東西（他說後房間的彈珠台可能會腐化小孩），他們只好將冰砂放在兩個特大的蠟盒子裡，拿到貝西公園裡坐在草地上喝。班恩買的是咖啡口味，艾迪是草莓口味，貝芙莉拿著吸管坐在兩人中間，像蜜蜂似的左右採蜜。從排水管咳血事件到現在，她總算覺得放鬆了。雖然身心俱疲，但沒事了，心情恢復了平靜。至少現在。

「真不曉得布雷德利在發什麼神經？」過了一會兒，艾迪說，語氣帶著笨拙的歉意。「他之前從來沒這個樣子。」

「你為我挺身而出，」貝芙莉說，忽然在班恩臉頰輕輕一吻：「謝謝你。」

班恩再度面紅耳赤。「妳沒作弊，」他喃喃回答，接著突然連喝三大口，灌了半杯咖啡冰砂到肚子裡，隨即發出有如獵槍轟隆的嗝聲。

「老爹，現在是怎樣？」艾迪問，貝芙莉又忍不住笑了，捧腹大笑。

「別再鬧了，」她咯咯笑著說：「我的肚子好痛，拜託，別再鬧了。」

班恩面帶微笑。那天晚上，他睡前在腦中反覆播放她親吻他的畫面，播了一遍又一遍。

「妳真的沒事了嗎？」他問。

貝芙莉點點頭。「不是他的關係，甚至和他講我媽怎麼樣無關，是昨天晚上的事情。」她遲疑片刻，看看班恩，看看艾迪，又看了看班恩。「我……我非得跟人說說不可，或是找人去看之類的。我想我剛才會尖叫，是因為我很怕自己瘋了。」

「妳在說什麼，瘋子？」又一個人的聲音。

說話的人是史丹利．尤里斯。他看起來還是那麼瘦、那麼小，而且乾淨整潔得太不自然。對一個十一歲小孩來說太奇怪了。潔白襯衫紮進新牛仔褲裡，沒有露出任何衣角，頭髮梳理整齊，高筒凱茲帆布鞋的鞋尖乾淨無瑕，看起來就像全世界最小的成年人。但他一露出微笑，成人的形象就破滅了。

她不會說出心裡想說的話了，艾迪心想，因爲布雷德利罵她母親的時候，他不在場。

但貝芙莉遲疑片刻之後，還是說了。因為史丹利和布雷德利不一樣。他有布雷德利沒有的存在感。

史丹利是和我們一夥的，貝芙莉心想，同時搞不懂這為什麼會讓她的手臂忽然起了疹子。我說出來對他們沒有半點好處，她心想，對他們沒好處，對我自己也沒有。

但太遲了，她已經開口了。史丹利坐到他們身邊，表情靜定嚴肅。艾迪將剩的草莓冰砂給他，但他只是搖搖頭，眼睛一直盯著貝芙莉。其他男孩都沒說話。

她告訴他們聲音的事，說她認出那是維若妮卡．葛洛根。她知道維若妮卡已經死了，但確實是她的聲音沒錯。她還告訴他們血的事，說她父親沒看見，母親今天早上也沒看見。

說完之後，她看著他們，很怕看到他們的表情……但她在他們臉上看不到絲毫懷疑。只有恐懼，但沒有懷疑。

過了一會兒，班恩說：「我們去看看。」

7

他們從後門走進屋裡，不光因為貝芙莉手上的鑰匙只能開後門，更因為要是被波爾頓太太看見她趁家人不在帶男孩子回家，肯定會被她爸爸打死。

「為什麼？」艾迪問。

「你不會懂的，白痴，」史丹利說：「乖乖安靜就好。」

艾迪正想回嘴，但看見史丹利臉色發白緊繃，便決定閉上嘴巴。

後門進去是廚房，裡頭是滿滿的午後陽光與夏日靜謐，早餐的碗盤在瀝水架上閃閃發亮。四個孩子站在餐桌邊，擠成一團。這時樓上忽然傳來關門聲，他們全都嚇了一跳，露出緊張的微笑。

「在哪裡？」班恩問，聲音很低。

貝芙莉感覺心臟在太陽穴噗噗直跳。她帶著他們踏上狹小的走廊，經過爸媽的臥房來到盡頭的浴室。她將門推開，匆匆走了進去，將洗臉盆的鍊子拉起來，接著退回班恩和艾迪之間。鏡子、洗手台和壁紙上的血已經乾成茶色。貝芙莉盯著血看，因為她忽然發現看著血比看著同伴容易。

她聽見一個小小的聲音說：「看到了嗎？你們有誰看到了？有沒有？」她幾乎不敢相信是自己在說話。

班恩往前一步。這麼胖的一個孩子，動作竟然如此輕盈，再次讓她驚訝。班恩摸了摸其中一個血跡，接著摸了第二個，然後是鏡子上的血痕。「這裡、這裡和這裡。」他語氣淡然，卻充滿權威。

「天哪！感覺好像有人在這裡殺了一頭豬似的。」史丹利說，語氣帶著微微的敬畏。

「都是從排水管噴出來的？」艾迪問。看見血讓他想吐。他呼吸變急了，手裡緊抓著噴劑。貝芙莉咬著牙才沒讓眼淚流出來。她不想哭，她怕要是哭了，他們會覺得她和其他女生沒兩樣。如釋重負的感覺有如驚濤駭浪掃過她全身，逼得她抓住門把才穩住自己。直到這一刻，她才發現自己一直覺得自己快瘋了，心裡出現幻覺之類的。

「但妳爸爸和媽媽都沒看見，」班恩不可置信地說。他碰了碰洗手台上乾涸的血跡，接著收手將血抹在自己襯衫下襬上。「天哪，真扯。」

「我都不知道以後要怎麼再進這間浴室了，」貝芙莉說：「洗臉、刷牙和……你知道的。」

「嘿，那我們乾脆把這裡清一下吧？」史丹利忽然問。

貝芙莉看著他說：「清一下？」

「對啊，也許壁紙上的洗不掉，那些看起來已經，呃，乾得差不多了。但我們可以把剩下的血跡清乾淨。妳家有抹布吧？」

「在廚房水槽底下，」貝芙莉說：「但如果我們用抹布，我媽會懷疑用在什麼地方了。」

「我有五十分錢，」史丹利默默說，眼睛一直盯著灑在浴室洗手台周圍的血。「我們盡量清理，然後把抹布拿到投幣式洗衣店去洗，讓它們恢復原貌。我們會洗抹布、烘乾，在妳家人回家之前擺回水槽底下。」

「我媽說血沾到布上是洗不掉的，」艾迪反駁道：「她說血會滲進去。」

班恩發出歇斯底里的輕笑聲。「就算洗不掉也沒關係，」他說：「反正他們又看不到。」

其他人都不需要問「他們」指的是誰。

「好吧，」貝芙莉說：「那我們就試試看。」

8

接下來半小時，四個孩子努力打掃，有如勤奮的小精靈。牆壁上、鏡子和陶瓷洗手台的血跡不見了，貝芙莉覺得心情愈來愈輕鬆。班恩和艾迪負責洗臉盆和鏡子，她擦地板，史丹利刷壁紙。他用近乎全乾的抹布，擦得小心翼翼。最後他們幾乎把血都清乾淨了。班恩取下洗臉盆上方的燈泡，到儲藏室拿了個新的換上。儲藏室裡燈泡很多，艾芙瑞妲·馬許趁著去年秋天特賣，一口氣在德利獅子超商買了兩年份的燈泡。

他們用了艾芙瑞妲的水桶、艾傑克斯清潔劑和很多熱水。他們動不動就換水，因為誰也不想把手放進變成粉紅色的水裡。

最後，史丹利後退幾步，用專家的眼光打量浴室。對他來說，整潔和秩序不是習慣，而是天性。他四下審視，對其他孩子說：「我想我們已經盡力了。」

洗手台左方牆上還有幾塊淡淡的血跡。那個角落壁紙太薄、太破，史丹利只敢輕輕揩拭。不過就算如此，殘存的血跡也已經失去了之前的不祥感，和不小心劃到的蠟筆痕差不多。

「謝謝，」貝芙莉說。她已經不記得上回這麼真心感謝是什麼時候了。「謝謝你們大家。」

「不客氣。」班恩喃喃說道，臉當然又紅了。

「這沒什麼。」艾迪附和道。

「我們來處理抹布吧。」史丹利說。他神情堅決，近乎頑固。貝芙莉事後覺得他們當中或許只有史丹利意識到他們又向前邁了一步，更加接近那意想不到的對決。

9

他們量了一杯馬許太太的汰漬洗衣粉，倒進空的美乃滋罐裡。貝芙莉找了一個紙購物袋，將抹布收好，四個孩子便出發到主大街和康尼街口的克林克洛自助洗衣店。兩條街外，運河在午後陽光下是一條燦爛的藍色。

自助洗衣店門可羅雀，只有一名身穿護士服的女士在烘衣服。她一臉狐疑地瞄了四個孩子一眼，接著又回頭讀起平裝本的《小城風雨》。

「用冷水，」班恩低聲說：「我媽說血跡要用冷水才洗得掉。」

他們將抹布扔進洗衣機，史丹利將手上的兩枚二十五美分硬幣換成四個十美分銅板和兩個五美分硬幣。換好錢後，他看著貝芙莉將洗衣粉撒在抹布上，關起洗衣機的門。他將兩枚十美分銅板放進投幣孔，轉動啟動鈕。

貝芙莉之前玩遊戲贏的錢，幾乎都拿來買冰砂了，但她還是在牛仔褲的左口袋找到四枚倖存者。她將銅板撈出來遞給史丹利，史丹利一臉受傷。「天哪，」他說：「我頭一回帶女孩子到洗衣店約會，她竟然馬上想各付各的。」

貝芙莉笑了笑。「你確定嗎？」

「當然，」史丹利以他一貫的淡然語氣說：「我是說，放棄那四毛錢真的讓我心都碎了，貝芙莉，但我很堅持。」

他們走到煤渣磚牆邊，在一排塑膠花瓣椅上坐了下來，四人都沒有說話，聽著美泰克洗衣機攪動抹布唰啦唰啦，嘎吱作響。肥皂泡不停甩到洗衣機門的圓形厚玻璃上。起初泡沫是紅的，讓貝芙莉看了有一點想吐，但她又沒辦法不看。帶血的泡沫有一種令人毛骨悚然的魔力。身穿護士服的女士愈來愈常隔著小說偷瞄他們，可能擔心他們是不良少年。他們都不開口好像讓她很害怕。烘衣機停止後，她拿出衣服，折好放進藍色塑膠袋就離開了，臨走前又投給他們一個困惑的目光。

她一離開，班恩便突然開口說：「不是只有妳。」語氣甚至有點不客氣。

「你說什麼？」貝芙莉問。

「不是只有妳，」班恩又說了一次：「妳知道——」

他停下來看了看艾迪，艾迪對他點點頭。他又看了看史丹利，史丹利似乎不太高興……但過了一會兒還是聳聳肩，點了點頭。

「你們到底在說什麼？」貝芙莉問。今天一直有人跟她說一些莫名其妙的事，她實在受夠了。她抓著班恩的上臂說：「你知道什麼事情的話，就告訴我！」

「你真的想做嗎？」班恩問艾迪。

艾迪搖搖頭，從口袋拿出噴劑猛力吸了一口。

於是班恩小心揀選詞彙，開始向貝芙莉娓娓道來。他說了學期結束那天在荒原遇到威廉・鄧布洛和艾迪・卡斯普布拉克的經過——真難相信那是快一週前的事了。他說他們隔天在荒原蓋水壩，說威廉告訴他們死去的弟弟在校拍的相片會轉頭眨眼，說他自己遇見木乃伊，看到它拿著逆風飄浮的氣球走在寒冬結冰的運河上。貝芙莉愈聽愈驚，愈聽愈怕。她感覺自己的眼睛愈睜愈大，手和腳開始發冷。

說完後，班恩看著艾迪。艾迪又嘶地吸了一口噴劑，接著便說起遇見痲瘋鬼的經過。班恩講得有多慢，他就講得有多快，字和字幾乎疊在一起，彷彿急著想脫口而出，逃之夭夭。說到最後，他輕輕哽咽一聲，但這回沒有哭。

「那你呢？」貝芙莉看著史丹利問。

「我——」

四個人忽然沉默下來，感覺就像大爆炸之後一樣。

「抹布洗好了，」史丹利說。

他們看他起身，看著他優雅俐落的瘦小身軀。他打開洗衣機，拿出糾成一團的抹布，細細檢視。

「還有一點痕跡，」他說：「但還可以，看起來很像蔓越莓汁。」

他拿給他們看。其他孩子嚴肅點頭，彷彿審核重要文件一般。貝芙莉心裡鬆了一口氣，就像浴室清理完畢時那樣。她可以忍受剝落壁紙上的褪色蠟筆痕跡，也能忍受她母親抹布上的淺紅印子。重點是他們做了處置，這似乎才是關係。也許不夠完美，但她覺得已經夠讓她心情平靜了。拜託，能做到這樣對艾爾・馬許的女兒來說，已經夠好了。

史丹利將抹布扔進筒形烘衣機裡，投了兩枚五毛硬幣。機器開始運轉，史丹利走回來坐在艾迪和班恩中間。

四個人又沉默了一會兒，看著抹布翻來落去、翻來落去。燒瓦斯的烘衣機嗡嗡作響，聽起來很舒服，甚至讓人昏昏欲睡。洗衣店的門用木楔擋住，一名推著購物車的婦人從開著的門前走過，瞥了他們一眼。

「我有看到東西，」史丹利突然開口：「我本來不想說，只想把它當成一場夢之類的，甚至是發羊癲瘋，就像史塔維耶家的小孩一樣。你們認識他嗎？」

班恩和貝芙莉搖搖頭，艾迪說：「你說那個得了癲癇的小孩？」

「對，沒錯。我的感覺就是那麼糟。我寧可相信自己發羊癲瘋，也不希望自己看到的……是真的。」

「你看到什麼？」貝芙莉問，但她不確定自己真的想知道。這可不像圍著營火聽鬼故事，一邊吃烤麵包夾維也納香腸，一邊把棉花軟糖烤到又黑又皺。他們四人坐在窒悶的洗衣店裡，她看見洗衣機底下有好幾團棉絮（她父親管它們叫鬼大便），灰塵從骯髒的玻璃窗飄進來，在炙熱的陽光下飛舞。她看見舊雜誌的封面不見了。一切都很正常。正常、安好而無聊。但她心裡卻很恐懼，害怕極了，因為（她感覺到）剛才聽到的遭遇都不是編出來的故事或怪物。班恩的木乃伊、艾迪的痲瘋鬼……這些怪物入夜後都可能現身。還有威廉·鄧布洛的弟弟，只剩一隻手卻不死心，睜著銀幣般的眼睛在德利市漆黑的地下排水道裡遊走。

然而，她看史丹利遲遲不答，還是又問了一次：「你看到什麼？」

史丹利小心翼翼地說：「我在那個有儲水塔的小公園——」

「喔，天哪，我不喜歡那裡，」艾迪陰鬱地說：「如果德利真的有鬧鬼的地方，肯定就是那裡了。」

「什麼？」史丹利激動地說：「你說什麼？」

「你都沒聽說過那裡的事情嗎？」艾迪問：「小孩兇殺案還沒開始之前，我媽就已經不准我去了。她……她真的很關心我，」他說完露出不安的微笑，將噴劑緊緊握在腿上。「你們知道嗎？曾經有小孩淹死在那裡，三個或四個。他們——小史？小史，你還好吧？」

史丹利．尤里斯臉色鐵青，嘴巴無聲蠕動著，翻起白眼只剩瞳孔下緣。他伸手往上，虛弱地想抓住什麼，隨即落在腿上。

艾迪想也不想就彎身向前，用纖細的手臂摟住史丹利無力的肩膀，將噴劑塞進他嘴裡，用力摁了一下。

史丹利開始咳嗽，又像哽咽又像嗆到。他坐起身子，眼睛回過神來，雙手摀著嘴巴咳嗽，最後發出大大的打嗝聲，身體再度癱靠在椅子上。

「那是什麼？」他好不容易擠出一句。

「我的氣喘藥。」艾迪帶著歉意說。

「老天，味道真像臭狗屎。」

他們全都笑了，但笑得很緊張。其他孩子焦躁地望著史丹利，他雙頰微微泛出血色。

「味道是很差沒錯。」艾迪帶著一絲驕傲回答。

「是啦，但那玩意兒符合猶太戒律嗎？」史丹利說。所有人又笑了，雖然他們全都不曉得「戒律」是什麼，史丹利自己也不知道。

史丹利先止住笑，緊緊盯著艾迪說：「跟我說你對儲水塔認識多少？」

艾迪先說，班恩和貝芙莉也跟著說了一些。德利儲水塔位於堪薩斯街，在市區以西一英里半左右的地方，靠近荒原南端。十九世紀末，它曾經是德利的唯一水源，蓄水量高達一百七十五萬加侖。由於儲水塔頂端的露天觀景台可以俯瞰全市和郊區，景緻絕佳，因此向來是熱門景點，一直維持到一九三〇年左右。週六或週日早上只要天氣不錯，許多民眾都會帶家人到紀念公園來，走完一百六十級台階登上觀景台，欣賞景色，並且常常攤開地布，在上頭野餐。

儲水塔表面鋪滿石棉瓦，白得刺眼，中央塔是巨大的不鏽鋼圓柱，有一百零六英尺高。狹窄的螺旋台階就位於外側和中央塔之間，直通塔頂。

觀景台正下方有一道厚木門，進去是儲水槽平台，底下就是水，外表有如一池黑潭，潭水微微翻騰。反光錫罩上栓了幾盞鎂光燈，照著蓄積的水。滿水位時正好是一百英尺深。

「水是從哪裡來的？」班恩問。

貝芙莉、艾迪、史丹利面面相覷，沒有半個人曉得。

「嗯，那溺死的小孩又是怎麼回事？」

這件事他們知道的稍微多一點。那時候（這段歷史由班恩主述，他很嚴肅用了「當年」兩個字）通往平台的門從來不上鎖，於是某一天晚上有兩個孩子……或一個孩子……甚至三個孩子……發現一樓的門也沒鎖，就大膽往上爬，結果誤闖到儲水平台，而不是觀景台。黑暗中，他們還來不及察覺自己人在哪裡，就摔了下去。

「我聽一個叫做維克．克朗利的小孩說過，他說是他爸爸告訴他的，」貝芙莉說道：「所以可能真有其事。維克說他爸爸說那些小孩一掉進水裡就沒命了，因為沒有東西可抓，根本搆不到平台。他說他們在水裡游來游去，大聲呼救，可能叫了一整夜，但沒有人聽見。他們愈來愈累，最後——」

貝芙莉沉默了，感覺恐懼滲入心裡。她彷彿看見那些男孩，真的男孩、她自己想像的男孩，有如落水狗在水裡轉圈，沉入水中又拚命浮出水面，心裡愈來愈驚慌，動作從游泳變成了掙扎，濕透的球鞋不斷踢水，手指想在光滑的不鏽鋼內壁找到施力點，卻徒勞無功。她彷彿嚐到他們吃的水，聽見他們呼救的單調回音。他們撐了多久？十五分鐘？半小時？叫聲多久才停？他們過了多久才像死魚一樣趴著浮在水面，隔天早上被看守員發現？

「天哪！」史丹利乾著嗓子說。

「我聽說還有一個媽媽失去了她的寶寶，」艾迪忽然說：「之後他們就將那個地方永遠關閉了，至少我聽到的是這樣。他們從前會讓人爬上去，這我知道，但後來出了那個媽媽和寶寶的事。我不曉得寶寶多大，但那個平台應該是伸到水面上的。那個媽媽走到扶手邊，懷裡抱著寶寶。要嘛媽媽不小心手滑，要嘛就是寶寶亂動，總之寶寶摔了下去。我聽說有一個男的企圖救那個寶寶，想要逞英雄，你知道。他馬上跳進水裡，但寶寶已經不見了。他可能穿著夾克還是什麼，衣服只要濕了就會將人拖下水。」

艾迪突然伸手到口袋裡拿出一個棕色小瓶子，打開倒出兩顆白藥丸，沒有喝水就直接吞進肚子裡。

「你吃的是什麼？」貝芙莉問。

「阿斯匹靈，我頭痛。」他辯駁似的看著貝芙莉，但她沒有再說什麼。

班恩把故事說完。寶寶事件後（就他聽到的說法，摔下去的其實是小孩，年約三歲的小女生），市議會決議封閉儲水塔，底部和頂端都上鎖，禁止民眾白天登塔或到觀景台野餐，一直延續到現在。喔，看守員會去巡邏，維修人員不時會去檢查，每一季會有導覽，有興趣的民眾可以跟著一名歷史學會的女士沿著螺旋台階上到觀景台，讚嘆塔頂的景致，殺殺底片到時炫耀給朋友看，但通往儲水槽的門永遠不開。

「現在裡面還都是水嗎？」史丹利問。

「應該吧，」班恩說：「野火季節的時候，我看過消防車到那裡加水，用一根管子接在儲水塔底部。」

史丹利又瞄了烘衣機一眼，看抹布轉圈。原本糾成一團的抹布已經散了，其中幾塊像降落傘一樣飄呀飄的。

「你在那裡看到了什麼？」貝芙莉輕聲問他。

有那麼一會兒，他們以為他不可能回答了。但他顫抖著深吸一口氣，開始說起自己的遭遇。不過，他們一開始以為他根本在講別的事情。「那裡命名為紀念公園，是為了紀念南北戰爭時的緬因州二十三志願步兵聯隊，綽號德利藍軍。之前有雕像，但一九四〇年代被暴風雨吹垮了。市政府沒有經費修復，就改成讓鳥喝水的石頭大水盤。」

其他孩子看著史丹利，他吞了吞口水，喉嚨的吞嚥聲清晰可聞。

「我喜歡賞鳥。我有一本圖鑑、一副蔡斯望遠鏡和所有必備品，」他說完看著艾迪：「你還有阿斯匹靈嗎？」

艾迪將整個瓶子遞給他。史丹利倒了兩顆，遲疑片刻後又倒了一顆。他將瓶子還給艾迪，一顆顆將藥吞下去，露出痛苦的表情。吃完藥後，他繼續往下說。

10

史丹利的遭遇發生在兩個月前的四月陰雨傍晚。那天他穿上雨衣，將望遠鏡和鳥類圖鑑裝進抽繩防水袋裡，出發到紀念公園。他通常會和父親同行，但父親那天晚上必須「加班」，不過晚餐時特地打了一通電話給兒子。

他告訴史丹利，他有一名客戶是賞鳥愛好者，前幾天在紀念公園看見一隻公的紅雀在水盤喝水，他想應該是 Fringillidae Richmondena。那種鳥喜歡在傍晚覓食、喝水和洗澡。要在麻州這麼北部的地方看見紅雀很難，史丹利你要不要去那裡試試運氣？我知道天氣很糟，可是……

史丹利答應了。母親要他保證會一直戴著雨衣的帽子，但他本來就會那麼做。他是個規矩的孩子。只要是冬天，他從來不會吵著不想穿膠鞋或雪褲。

他走了一英里半到紀念公園。雨水又細又緩，連毛毛雨都不算是，比較像持續不散的濃霧。四下靜寂，但仍然充滿了興奮感。雖然灌木叢下和樹林間還留著殘雪（史丹利覺得很像被人扔棄的一堆髒枕頭套），空中卻飄著新芽的味道。他看著鉛灰天空下的榆樹、楓樹和橡樹的枝幹，感覺它們的剪影不曉得為什麼變粗了。它們在一、兩週就會發芽，長出細緻近乎透明的綠葉。

今晚飄著綠香，他心想，不禁微微笑了。

他走得很急，因為天色再過不到一小時就要黑了。他對視線的要求就跟服裝和研究習慣一樣講究。除非光線夠他做出絕對肯定的判斷，否則就算他知道自己真的看見那隻紅雀了，他也不會說自己「採集」到了。

他斜角穿過紀念公園，儲水塔有如白色巨影矗立在他左邊。史丹利幾乎瞄也沒瞄過它。他對儲水塔裡的東西毫無興趣。

紀念公園約略成長方形，一邊是下坡。夏天青草（現在是一片白色死寂）修葺整齊，還有幾處圓形花床，但沒有遊樂設施，因為大家認為這裡是給大人用的公園。

公園盡頭坡度變緩，然後突然朝堪薩斯街和荒原直墜。他父親提到的水盤就在這塊緩坡上。石頭做的水盤很淺，底下的泥瓦基座很大，感覺大材小用。父親告訴史丹利，經費用罄前，市政府曾經考慮重新安放一個士兵雕像上去。

「我比較喜歡水盤，爸爸。」史丹利說。

尤里斯先生搔搔頭說：「兒子，我也是。多洗澡、少開槍，這是我的信條。」

底座頂端刻了一句格言，可是史丹利看不懂。他只看得懂鳥類圖鑑裡的拉丁文鳥類名稱。格言寫著：

老人的魂影出現了

——蒲林尼

史丹利坐在長椅上，從防水袋拿出鳥類圖鑑，再次翻到紅雀那一頁重看一遍，複習牠的特徵。公的紅雀很難錯認，雖然沒有消防車那麼大，卻和它一樣紅。但史丹利是習慣的動物，重看這些特徵讓他平靜，加強了他的在地和歸屬感。因此，他仔細看了圖片三分鐘才闔上書（空中的濕氣已經讓頁角微微翹起），收回防水袋裡。他打開盒子拿出望遠鏡，放到眼前。他不必調焦距，因為上回他就是坐在這張長椅上，觀察的就是水盤。

規矩、有耐心，史丹利一點也不焦躁。他沒有起身走來走去，也沒有用望遠鏡東張西望，看有沒有其他東西冒出來。他只是靜靜坐著，望遠鏡焦距對準石頭水盤，任憑濃霧在他的黃色雨衣上凝結成肥大的水珠。

他不覺得無聊，眼前的鳥兒好像在開大會，四隻棕麻雀在水盤小坐片刻，用嘴啄水，不時將水滴甩過肩頭，落在背上。接著一隻藍腳鰹鳥呼嘯而至，有如警察突破一群閒蕩者。在望遠鏡裡，那鳥看起來和房子一樣大，氣沖沖的嘶鳴卻又尖細得離譜（隔著望遠鏡注視被放大的鳥類一會兒，就會覺得毫不奇怪，正常得很）。麻雀飛走了，藍腳鰹鳥成了老大。牠昂首闊步，潑水洗澡，無聊後就又離開了。麻雀飛了回來。之後來了一對知更鳥到水盤洗澡，並且（好像）在和三鳥組討論大事似的。史丹利曾經怯生生表示鳥可能會說話，結果被父親笑。但他深信父親說得沒錯，鳥沒聰明到會說話，牠們的腦部太小了。但老實講，他們真的好像在說話。又一隻鳥加入。紅色的。史丹利立刻稍微調整望遠鏡的焦距。是嗎……？不是，是猩紅比藍雀。這種鳥很棒，但不是他要找的。一隻金翼啄木鳥加入聚會。牠是紀念公園的常客，史丹利認得牠，因為牠右翼殘缺不全。他一如往常開始好奇事情的緣由：差點被貓逮到是最可能的答案。其他鳥兒來來去去。史丹利看見一隻鶉哥，飛在天上跟貨車車廂一樣笨拙而醜陋。他還看見一隻藍鳥和另一隻金翼啄木鳥。他的等待最後終於得到回報——不是紅雀，而是燕八哥，在望遠鏡裡看起來巨大又笨重。他放下望遠鏡，讓它垂在胸前，手忙腳亂從防水袋裡拿出圖鑑，希望那隻燕八哥不要飛走，讓他來不及確認。這樣他至少有成果可以向父親交代。該回家了，天色暗得很快，他覺得又濕又冷。他看了圖鑑，然後拿起望遠鏡再看一次。燕八哥還在，已經洗完澡站在水盤邊緣，神情呆滯。他幾乎可以確定是燕八哥。雖然沒有明顯特徵——起碼這麼遠他看不見——而且天色漸暗，很難絕對肯定，但他可能還有足夠的時間與光線再檢查一次。他皺起眉頭，全神貫注盯著圖鑑裡的相片，接著再度拿起望遠鏡。他才剛對準水盤，就聽見砰的一聲巨響，讓那隻燕八哥（假設牠真的是燕八哥的話）振翅而飛。史丹利用望遠鏡試著追蹤牠，但知道機率微乎其微。他失去了對方的蹤影，恨恨地斷了一聲。算了，反正來過一次就會再來第二次，真希望牠是燕八哥。

（可能是燕八哥）

反正不是金鵰或大海雀。

史丹利將望遠鏡裝回盒中，收好圖鑑，接著起身環顧四周，看能不能找出剛才那聲巨響的來源。聽起來不像槍聲或汽車逆火，比較像驚悚電影裡城堡或地窖門被打開的聲響……加上很假的回音。

他什麼都沒看見。

他起身開始下坡朝堪薩斯街走。粉白圓柱狀的儲水塔位於右邊，在昏暗天色和迷霧中有如一道幻影，感覺好像……在飄一樣。

這想法很怪。他覺得一定是自己腦袋浮出來的念頭，不然會從哪裡？但那想法感覺就是不像他的。

他稍微仔細看了一眼，接著想都沒想就朝儲水塔走去。塔身每隔一段就有一圈窗戶，有如螺旋不斷向上，讓他想起奧雷特理髮店外的旋轉燈。他和父親都在那裡剪頭髮。骨白色的石棉瓦有如眼睛上方的眉毛，突出於窗戶之上。眞好奇他們是怎麼辦到的，史丹利心想，雖然不像班恩·漢斯康那麼感興趣，但多少有一點。這時，他看見儲水塔底座有一塊極大的黑影，有如圓形底座上的一個橢圓大洞。

他停下腳步，皺著眉心想那裡裝窗戶很好笑，和其他部分完全不對稱，但隨即發現那不是窗戶，是門。

剛才的聲音，他想，是那扇門被吹開了。

他左右張望。黃昏微微，天色漸暗，潔白的天空褪成單調的暗紫色，細雨霏霏讓霧氣更濃了一點。雨應該會下一整夜。黃昏、迷霧，可是沒風。

所以……難道門不是風吹的，而是被人打開的？為什麼？那扇門看來重得很，關上它要發出那麼大聲響，肯定得非常用力才行。他想對方個頭應該不小……可能是……

史丹利很好奇，便往前想看得更仔細一點。

那扇門比他想像得大，足足有六英尺高、兩英尺厚，門板四周用黃銅條固定。史丹利將門關上一半。門動得很慢，雖然很大，但活動很靈活，而且沒聲音，連半個吱嘎聲都沒有。他推門是想看門被這樣猛力推開，石棉瓦受損了多少，結果只有一道刮痕。如果理查德見到這情景，一定會說「這就奇了」。

所以剛才聽到的不是門的聲音，就這樣，史丹利心想，說不定是噴射機從洛林橫越德利上空之類的。門可能一直都開、開——

他的腳踢到東西。史丹利低頭發現是扣鎖……更正，是扣鎖的殘骸。鎖已經被撬開了。事實上，應該說好像有人在鎖孔裡塞了火藥，然後點火炸了它似的。鎖身上全是尖利的鐵屑，有如硬掉的噴霧。史丹利看得見鎖裡面。粗粗的鎖搭斜掛在簧鉤上，而簧鉤有四分之三被扯出木頭外。另外三根簧鉤落在濕漉漉的草地上，和椒鹽脆餅一樣歪七扭八。

史丹利皺著眉頭再度將門打開，朝裡頭窺望。

狹窄的台階螺旋向上，有的清楚，有的隱而不顯。台階外牆是木板，用大橫樑支撐，但橫樑用的是木釘，而非鐵釘。史丹利覺得有些木釘比他的胳膊還粗。內牆是鐵做的，巨大的鉚釘有如沸騰的水泡。

「有人在嗎？」史丹利問。

沒有回答。

他猶豫片刻，接著走了進去，好看清楚台階狹窄的頸部。什麼都沒有。理查德要是在場，一定會說這裡「陰森森的」。史丹利轉身要走……卻聽見音樂聲。

聲音很微弱，但一聽就認得出來。

是汽笛風琴。

他仰頭聆聽，皺著的眉頭稍微鬆開。好吧，是汽笛風琴，嘉年華或鄉下市集的音樂，喚起他淡淡的美好回憶，不過稍縱即逝：爆米花、棉花糖、油炸麵糰，還有雲霄飛車、碰碰車和咖啡杯之類用鐵鍊拉動的遊樂設施。

皺眉變成了微笑。史丹利踏上一級台階，再上一級，頭依然仰著。他再度停下腳步。彷彿想到什麼都會成真似的，史丹利真的聞到了爆米花、棉花糖、油炸麵糰的味道，而且不只！還有胡椒、熱狗、香菸和鋸屑味。濃濃的白醋味撲鼻而來，就是吃薯條時會從錫蓋口擠出來的那種白醋。他聞到嗆辣的黃芥末味，大家都用木匙將芥末抹在熱狗上。

這真是太神奇……太不可思議……太難以抗拒了。

他又往上走了一階。忽然間，他聽見上方傳來腳步聲，匆匆往樓下走。史丹利再度抬頭。汽笛風琴聲陡然變大，彷彿想要蓋過腳步聲似的。他現在聽出來是什麼曲子了，〈康城賽馬〉。

是腳步聲沒錯，但不是沙沙響，對吧？其實比較像……啪答啪答，是吧？很像有人穿著進水的膠鞋走路。

康城的女子這麼唱，都答都答（啪答啪答）

康城的賽道九里長，都答都答（啪答啪答，愈來愈近了）

夜也騎呀，日也賽……

史丹利上方的牆面開始有人影晃動。恐懼立刻衝上他的喉頭，感覺就像吞了又熱又可怕的東西或爛藥，吃下去會像觸電一樣。是人影害的。

但人影只出現一會兒，只夠他看見有兩個人動作萎靡，而且很不自然。之所以只看到一眼，是因為光線暗了，暗得很快。他轉身回頭，發現沉重的門沉沉地關上了。

史丹利跑下台階（他剛才不知不覺已經爬了十幾級，但以為只爬了兩、三級）心裡非常害

怕。裡頭太暗了，什麼都看不見。他聽見自己的呼吸聲，聽見汽笛風琴在上方緩緩吹奏

（這裡這麼暗，怎麼會有汽笛風琴？而且是誰在吹？）

還有腳步聲，愈來愈接近了，正朝他走來。

他伸長手臂往前跑，雙手猛然撞上塔門，劇烈的刺痛直竄到他的手肘。門之前很輕鬆就開了

……這會兒卻文風不動。

不對……不完全是。門起初動了一點，左邊露出一線垂直的灰色天光，但很快就闔上了，像在嘲弄他似的，彷彿有人從門外將門關上。

史丹利又喘又怕，用盡全力推門。他感覺黃銅板條嵌入掌心裡，但門還是沒有動靜。

他轉身背靠門板，雙手繼續推門，感覺額頭流下油熱的汗水。汽笛風琴的聲音更大了，在螺旋台階間飄送迴盪。音樂不再歡樂，完全變了調，變得很悲傷，像風和大水一樣咆哮。史丹利腦中浮現秋末的鄉下市集，風雨吹打空空蕩蕩的遊樂場，旗幟翻飛，帳篷鼓脹、倒下，有如營柱在地面翻滾轉動。他看見騎乘遊樂設施空無一人，在灰暗天空下有如鷹架。風以奇怪的角度搥打支架，發出轟鳴。他忽然發現死亡就在身邊，正從黑暗中竄出，而他無路可逃。

水突然從台階上方灑下。他不再聞到爆米花、油炸麵糰和棉花糖的香味，而是潮濕的腐臭，死豬肉擺在不見天日之處、爬滿蛆蟲的惡臭。

「是誰？」他尖著嗓門，顫抖地大喊一聲。

一個低沉含糊的聲音回答他，彷彿嘴裡含著泥巴和死水似的。

「死人，史丹利，我們是死去的人。我們之前沉到水裡，但現在飄起來了……你也會飄。」

史丹利感覺水掃過他的腳，讓他縮在門邊又驚又怕。他們快來了，他感覺得到他們很接近。他聞得到。史丹利腦中一片空白，只是不停撞門，卻毫無用處。他一邊撞門，感覺什麼在戳他的

臀部。

「我們是死人，但偶爾會開開玩笑，史丹利。我們有時──」是那本圖鑑。

他想也不想就伸手去拿，但圖鑑卡在雨衣口袋裡，怎麼也拿不出來。其中一個死人已經下來了，因為他剛才進來經過的石頭通道出現腳步聲。那人隨時都會追上他，用冰冷的肌膚觸碰他。他又使勁一抽，這回總算將圖鑑拿出來了。他像揚起盾牌一樣將書舉在胸前，完全不曉得自己在做什麼，但忽然很有把握這麼做是對的。

「知更鳥！」他對著黑暗尖叫。朝他走來的那東西（距離肯定不到五步）遲疑片刻──他敢說對方遲疑了。他剛才不是覺得門稍微被推開了一些？

不過，他不再瑟縮了。他在黑暗中站直身子。那是什麼時候發生的？他沒時間想了。史丹利舔了舔發乾的嘴唇，開始大喊：「知更鳥！蒼鷺！潛鳥！猩紅比藍雀！白頭翁！鎚頭啄木鳥！紅頭啄木鳥！山雀！鶺鴒！鵜──」

門嘎的一聲開了，像是發出抗議一樣。史丹利大步後退，踏進薄霧中，整個人仰倒在枯草上，差點把圖鑑壓成兩半。那天晚上，他看見自己的指痕清清楚楚印在封面上，彷彿封面是用黏土做的，而不是硬紙板。

他沒有試著站起來，只用腳跟拚命推土，屁股在滑溜的草上留下壓痕。他緊抿雙唇貼著牙齒。半開著的塔門在地上留下斜影，他在橢圓暗影中看見四隻腳，看見牛仔褲腐爛成了黑紫色，橘色線頭軟趴趴地貼著縫線，水從褲管滴下來，在鞋子四周形成小水坑。鞋子幾乎爛光了，露出腫脹發紫的腳趾。

牠們的雙手懸垂在身側，感覺太長、太蠟白了，每根手指都掛著一個小小的橘色毛球。

史丹利將折凹的圖鑑舉在胸前，臉上沾滿雨絲、汗水和眼淚。他用沙啞單調的聲音說：「雛鷹……蠟嘴鳥……蜂鳥……信天翁……奇異鳥……」

其中一隻手掌心上翻，掌紋已經被水抹除殆盡，感覺和百貨公司假人的手一樣光滑得可笑。那隻手伸直一根手指……然後彎起來。手指繫著的毛球跳上跳下、跳上跳下。

牠在召喚他。

二十七年後手臂刀傷死在浴室裡的史丹利．尤里斯由跪而站，拔腿就跑，一路衝到堪薩斯街，完全不看左右車流就橫越馬路，到了對面人行道上才氣喘吁吁停下來，回頭張望。從他站的地方看不見那扇門，只看得見儲水塔矗立在黑暗中，身影壯碩卻不失優雅。

「他們都死了。」史丹利驚魂未定，喃喃自語。

接著他忽然轉身，狂奔回家。

11

烘衣機停了，史丹利也說完了他的遭遇。

其他孩子默默看了他很久。史丹利的皮膚幾乎就和他剛才描述的四月傍晚一樣灰暗。後來，班恩終於說：「哇喔。」說完吁嘆了一口氣，聲音有點沙啞。

「是真的，」史丹利低聲說：「我可以對天發誓。」

「我相信你，」貝芙莉說：「自從我家發生那種事之後，我什麼都信了。」

她忽然起身走向烘衣機，差點撞倒自己的椅子。她將抹布一塊塊拿出來，折疊整齊。雖然背對他們，但班恩覺得她應該在哭。他很想走到她身邊，卻沒那個勇氣。

「我們應該告訴威廉這些事，」艾迪說：「他會知道道該怎麼辦。」

「怎麼辦？」史丹利轉頭看他：「什麼叫怎麼辦？」

艾迪侷促地看著他說：「呃……」

「我才不想怎麼辦，」史丹利說。他惡狠狠瞪著艾迪，讓艾迪在椅子上不安地扭動身軀。「我只想忘掉那件事，我只想這麼辦。」

「事情沒那麼簡單，」貝芙莉回過頭來輕聲說。班恩猜對了。陽光穿透骯髒的洗衣店窗戶斜斜照了進來，照亮了貝芙莉臉頰上的兩條淚痕。「不只是我們，我那天聽見維若妮卡．葛洛根的聲音，還有起先聽到的小男孩……我想可能是克雷門茲家的小孩，就是從三輪車上消失的那個小男生。」

「那又怎樣？」史丹利不服氣地說。

「要是還會繼續呢？」她問：「萬一牠抓走更多小孩呢？」

史丹利的棕色眼眸炯炯盯著貝芙莉的一雙藍眼，用目光回答她的問題：就算是又怎麼樣？但貝芙莉沒有低頭，最後反倒是史丹利垂下目光……可能因為她還在哭，不過也可能因為她的擔憂讓她佔了上風。

「艾迪說得對，」她說：「我們應該告訴威廉，甚至告訴警長——」

「是啦，」史丹利說，試著裝出輕蔑的樣子，可惜沒有成功。他的語氣裡只有滿滿的疲憊。「儲水塔有死掉的小孩，浴室裡有小孩才看得見、大人看不見的血跡，小丑在運河漫步，氣球逆風飄浮，木乃伊，門廊底下有痲瘋病患。波頓警長肯定會笑掉大牙……然後把我們統統送進瘋人院。」

「只要我們一起去，」班恩苦惱地說：「只要我們都去……」

「對啦，」史丹利說：「你厲害。再多講一點啊，害死康，寫一本書好了。」說完他起身走到窗邊，手插口袋，表情憤怒、不安又害怕。他默默注視窗外，整潔襯衫下的肩膀顯得僵硬而叛逆。他沒有轉身，將剛才的話又重說了一次：「他媽的寫成一本書好了！」

「不對，」班恩靜靜地說：「威廉會寫。」

史丹利轉過身來，滿臉驚訝。其他孩子都看著他。班恩臉上露出驚嚇的神情，彷彿莫名其妙打了自己一巴掌。

貝芙莉折好最後一塊抹布。

「鳥。」艾迪說。

「什麼？」貝芙莉和班恩同時問道。

艾迪看著史丹利說：「你是靠大喊鳥的名字才脫身的？」

「可能吧，」史丹利勉強地說：「但也可能只是門卡住了，後來開了。」

「你沒有靠在門上？」貝芙莉問。

史丹利聳聳肩，不是生悶氣的那種，只是表達他不知道。

「我覺得是因為你朝牠們喊鳥的名字，」艾迪說：「但怎麼會呢？電影裡都是拿十字架……」

「或是唸主禱文……」班恩接著說。

「或詩篇二十三……」貝芙莉也說。

「我知道詩篇二十三，」史丹利氣沖沖地說：「但十字架的老招對我不管用。我是猶太人，記得嗎？」

其他孩子尷尬地撇開頭，因為史丹利說得沒錯，而他們竟然忘了。

「鳥，」艾迪又重複一次，接著說：「上帝啊！」說完立刻歉疚地瞄了史丹利一眼。但史丹利只是悶悶看著對街的班格爾水利局。

「威廉會知道該怎麼辦，」班恩忽然這麼說，彷彿終於決定贊同貝芙莉和艾迪似的。「我敢跟你打賭，賭什麼都行。」

「聽著，」史丹利認真看著他們說：「好吧，如果你們要這麼做，我們就告訴威廉，但我只做到這裡。你們要笑我膽小或孬種都行，我無所謂。我不膽小，我不覺得我是，只是儲水塔裡的那些東西……」

「你要是不害怕，那才有鬼咧，小史。」貝芙莉柔聲說。

「沒錯，我是害怕，但那不是重點，」史丹利激動地說：「甚至不是我要說的東西。你們難道不明白──」

其他孩子露出期待的眼神看著他。雖然帶著困惑，卻又有一絲期望。但史丹利發現自己無法解釋心裡的感覺。他詞窮了。他心裡的感覺有如一堵磚牆，幾乎讓他窒息，但他卻無法將它宣洩出來。儘管他很能幹、很自信，但畢竟還是個剛唸完四年級的十一歲男孩。

他很想告訴他們，跟他們說有比恐懼還糟的東西。有許多事會讓人害怕，例如騎單車差點被車撞、注射沙克疫苗或得了小兒痲痺。狂人赫魯雪夫或被水淹過頭頂也可能讓人恐懼。但這些事就算可怕，人還是可以反應。

但儲水塔裡的那些東西……

他很想告訴他們，那些死去的孩子從螺旋台階跌跌撞撞下來，不只讓他害怕，更羞辱了他。沒錯，就是羞辱。他只能想到這個形容詞，但要是說出口，一定會被他們笑。他知道他們喜歡他，認同他是他們的一分子，但還是會笑他。無論如何，世上有些東西就是不該存在。說他們存在羞辱了人的理智，冒犯了一個關鍵的概念，神讓地球軸心稍微偏斜，讓日夜之交在赤道只有十二分鐘，在愛斯基摩人打造冰屋的地方則有一小時左右。神做了這件事，然後說：「好吧，既然你搞得懂地軸傾斜，那什麼事都難不倒你了。因為就連光都有重量。火車汽笛頻率忽然降低，就是都卜勒效應。飛機突破音障發出的轟鳴不是天使鼓掌，也不是魔鬼脹氣，只是空氣落回原處。我讓地球傾斜，然後坐在觀眾席看好戲。我沒什麼好說的，除了二加二等於四，空中的光點是星星，血跡大人看得到，小孩也看得到，死掉的小孩就是死掉了。」史丹利很想說：我想，人可以和恐懼共存，就算不是永遠，也能維持很久、很久。但人可能無法和羞辱同在，因為它會在人的思考中開出一道裂縫，往內看就會發現活的東西，有著不會眨的黃眼睛，裡頭黑漆漆的，發著惡臭。過了一會兒，你可能感覺裡面是另一個世界，天空會出現方形的月亮，星星會冷笑，三角形有四個或五個邊，甚至有五的五次方個邊。那個世界可能有會唱歌的玫瑰，什麼都有可能。假如可以，史丹利很想這麼跟他們說。儘管去教堂聽他們說耶穌在水上行走吧，但要是我看見一個人在水上走，我只會尖叫、尖叫再尖叫。因為那對我來說一點也不是奇蹟，而是羞辱。

但他什麼都講不出口，只能又說一次：「害怕不是重點，我只是不想蹚渾水，把自己搞成瘋子。」

「那你至少和我們一起去找威廉談談好嗎？」貝芙莉問：「聽聽他怎麼說。」

「當然，」史丹利說，接著笑了出來：「也許我該帶著圖鑑去。」

他們全都笑了，氣氛終於輕鬆了一點。

12

貝芙莉在洗衣店外和大家道別，拿著抹布回家。家裡還是沒人，她將抹布放回廚房水槽底下關上門，站起身來朝浴室望了一眼。

我才不要去浴室，她心想，我要去看「舞台秀」，看自己是不是真的學不會腹式呼吸。

於是她走進起居室打開電視，但五分鐘後就把它關了，讓迪克．克拉克來不及介紹一張史崔德斯棉片就能去除青少年臉上多少油垢（迪克手裡拿著髒兮兮的棉片，放到鏡頭前讓全美青少年看個仔細，同時說：各位要是以為光靠清水和肥皂就能把臉洗乾淨，先瞧瞧這個再說吧）。

貝芙莉走回廚房，打開水槽上方的櫥櫃。父親的工具都收在那裡，包括捲尺，就是可以吐出長長黃色舌頭的東西。她將捲尺握在冰冷的手中，朝浴室走去。

浴室裡光潔寂靜，她隱約聽見杜雍太太在吼兒子吉姆，要他別站在馬路中間，快閃開！她走到洗手台前，低頭看著漆黑的排水孔眼。

她默默站了一會兒，牛仔褲裡的雙腿和大理石一樣冰，乳頭又尖又硬，連紙張都能割斷，嘴唇乾巴巴的。她等聲音出現。

沒有聲音。

她顫抖著輕嘆一聲，開始將捲尺伸進排水管內。捲尺緩緩往下，有如鄉下市集插進特技表演者咽喉的長劍。六英寸、八英寸、十英寸。捲尺停住了，應該是卡在水槽下方的水管折曲處吧，貝芙莉心想。她扭動捲尺，同時輕推了幾下，捲尺又開始往下走。十六英寸、兩英尺、三英尺。

貝芙莉望著兩面都被父親大手摸黑的鉻鐵盒，看黃尺不斷從裡面吐出來，心中浮現捲尺滑過漆黑水管的畫面。捲尺沾到淤積的殘垢，刮起碎屑，深入到陽光未曾照射、夜晚永不止息的世界。

貝芙莉想像有著小如指甲的鐵底板的尺頭不停深入黑暗。她在心裡大喊：妳在做什麼？她並非無視心裡的聲音……卻似乎聽不進去。她看見捲尺的前端直直往下，已經進到地下室了。她看見捲尺撞到污水管……雖然看到了，但捲尺又卡住了。

她再次扭動捲尺，又細又軟的尺身輕輕發出怪聲，讓她想起鋸子在腿上彎折的聲音。

她彷彿看見捲尺前端在污水管的底部扭動。管壁應該是陶瓷表面。她看見捲尺彎曲……但隨即又能往下推了。

忽然間，捲尺開始自己往下跑，彷彿有人在拉另一端似的。不只是拉，是拚命往下扯。她瞪大眼睛望著捲尺不停往下，嚇得張大嘴巴。害怕，但並不意外。她不是早就知道了嗎？不是早就知道會這樣？

捲尺滾完了。十八英尺，整整六碼。

這時，排水管內傳來輕笑聲，隨即是近乎責難的低語：貝芙莉啊，貝芙莉……妳贏不了我們的……敢試的話，就等死吧……等死吧……等死吧妳……貝芙莉……貝芙莉……貝芙莉……莉、莉、莉……

捲尺盒裡喀噠一聲，黃尺突然開始迅速回捲，快得連數字和刻度都看不清楚。最後五、六英尺的黃尺沾著發黑的紅色液體，嚇得貝芙莉尖叫一聲，將尺扔在地上，彷彿那是一條活蛇。

鮮血滴在潔白的陶瓷洗臉盆上，流回排水孔眼裡。貝芙莉彎身啜泣，感覺恐懼沉沉壓著腹部。她拾起捲尺，用右手拇指和食指拈著它舉在面前，拿到廚房。她一邊走，血一邊從捲尺滴到走廊和廚房的塑膠地板上。

她用父親發現捲尺被她抹到血之後會說的話（對她做的事情）鎮定自己。但他當然看不到血，這一點不曉得該不該高興。

她拿了一條乾淨抹布（依然像剛出爐的麵包一樣溫暖）回到浴室。清理之前，她用硬橡皮塞塞進排水管口，封住孔眼。血還是新的，很容易清。她沿著自己剛才走過的路，將塑膠地板上硬幣大小的血跡擦掉，接著將抹布洗好、扭乾，放在一旁。

綿。

她又拿了一條抹布清潔父親的捲尺。血很濃、很稠，有兩處沾了發黑的血塊，觸感很像海綿。

雖然捲尺只有五、六英尺沾了血，但貝芙莉還是從頭到尾清潔一遍，去掉所有污垢。擦完之後，她將捲尺放回水槽上方的櫥櫃，將兩塊沾血的抹布拿到公寓後方。杜雍太太又在吼吉姆了，一字一句罵得清清楚楚，有如洪鐘迴盪在悶熱的午後。

後院空空蕩蕩，除了泥土和雜草，就只有曬衣繩和一台生鏽的焚化爐。貝芙莉將抹布扔進爐裡，在後院台階坐了下來。淚水忽然奪眶而出，力道強得驚人。這一回，她不再壓抑自己。

貝芙莉雙手抱膝，低頭靠著手臂哭泣。杜雍太太叫吉姆別站在馬路中間，還是他想被車撞死？

德利市：
插曲之二

我曾目睹自己釀成的悲劇

——羅馬詩人維吉爾

人不能拿無限開玩笑

——電影《殘酷大街》

一九八五年二月十四日 情人節

我才剛稍微鬆一口氣，結果上週又發生兩起失蹤案，都是孩子。一個是十六歲的少年丹尼斯．托里歐，另一個小女孩才五歲，失蹤前正在西百老匯家中後院玩雪橇。女孩母親發現雪橇（藍色飛盤狀的玩意兒）卻沒看見女兒，嚇得歇斯底里。案發前一晚才下了雪，大約四英寸。我打電話給拉德馬赫警長時，他說只有女孩的足跡。我想他對我是愈來愈不爽了。難道我晚上沒別的事情好做，應該有吧，是不是？

我問他可不可以看一下警方的蒐證相片，他拒絕了。

我問他小女孩的腳印是不是走向排水道或水溝口，結果換來冗長的沉默。接著他說：「漢倫，我開始覺得你是不是應該去看醫生了？專治腦袋的醫生。那個女孩是被她父親帶走的，你都不看報的嗎？」

「托里歐家的小孩也是被父親帶走的？」我問。

又是冗長的沉默。

「饒了你自己吧，漢倫，」他說：「也饒了我吧。」

說完他就掛斷了。

我當然有看報紙。每天早上將報紙放到市圖閱覽室的人不就是我嗎？失蹤女孩名叫蘿莉．安恩．溫特巴格。一九八二年春天，她父母親經歷一場激烈的離婚訴訟之後，小女孩就由母親監護。霍斯特．溫特巴格目前應該在佛州擔任機械維修人員。警方的推論是，霍斯特從佛羅里達一路開到緬因，把女兒抓走了。他們認為霍斯特將車停在屋前，喊了他女兒，小女孩聽話上車，因此地上只有女孩的腳印。但警方完全不提另一個事實，那女孩自從兩歲之後就沒見過她的父親了。當初離婚官司會打得那麼激烈，一個原因就是溫特巴格太太指控丈夫至少猥褻過女兒兩次。

她要求法院拒絕霍斯特的任何探視權。雖然霍斯特嚴詞反駁自己性侵女兒，法院還是允許了母親的請求。拉德馬赫認為，法院的裁決讓霍斯特完全無法接觸獨生女兒，可能導致他下手綁架。這個講法還算有一點說服力，但我請問各位：蘿莉三年沒見到父親，有可能一眼就認出他來，聽他喊她就跑過去嗎？拉德馬赫說有，即使蘿莉上一回見到父親才兩歲，但我認為不可能。而且蘿莉的母親也說她把女兒教得很好，不會隨便靠近生人或和他們交談。在德利市，大多數小孩都很早學會這一點。拉德馬赫說他已經要求佛州警方追查霍斯特的下落，他能做的到此為止。

「監護權的事情是律師管的，不是警察。」那個腦腫腸肥的自大混球在週五的《新聞報》上這麼說。

但托里歐家的男孩……完全不一樣。他家庭幸福美滿，是德利高中的美式足球隊員，又是榮譽學生，一九八四年參加外展學校的求生夏令營，以高分過關，沒有嗑藥，有女朋友，而且顯然為她癡狂。他有大把理由活下去，有大把理由待在德利，至少再待兩年以上。

但他竟然離開了。

他到底怎麼了？是突然出現浪跡天涯的衝動？還是被酒駕司機撞死，掩埋屍體好湮滅證據？或者他其實還在德利，只是隱藏在陰暗角落，和貝蒂·李普森、派屈克·霍克斯泰特、艾德華·寇克蘭及其他孩子為伴？還是

（後來）

我又開始了。老是想著同一件事，毫無建樹，只是把自己逼到瘋狂邊緣。只要通往書架區的鐵樓梯一響，我就嚇得半死，只要一點影子就心驚膽跳。我發現自己常常在想，要是我推著塑膠輪推車把書上架時，突然一隻手從兩排書中間伸出來抓我，我會有什麼反應。

這天下午，我又差點克制不了衝動，打電話給他們。我甚至已經拿著史丹利．尤里斯的號碼，撥了亞特蘭大的區碼四零四。我抓著話筒問自己，打給他們是因為我很有把握，百分之百確定，還是因為太害怕，不想獨自承擔，得找一個知道（或能夠知道）我在害怕什麼的人談談。

我可以想像理查德用香草胖球先生的聲音說，批貨？批貨？先生，我們不需要批什麼鳥貨！清楚得好像在我面前說話一樣……於是我掛上電話。誰要是像我想見理查德一樣那麼想見一個人，肯定得懷疑自己的動機，因為人最會對自己說謊。事實上，我依然不是百分之百確定。如果再有人喪命，我一定會打……但目前這種情況，就算拉德馬赫再胡扯，我也得假設他有可能是對的。小蘿莉可能記得她父親，家裡可能有他的相片。而且我想，真的很會說話的大人是有可能將小孩騙上車，即使小孩被教得再好也一樣。

我還害怕另一件事。拉德馬赫說我可能快瘋了。我不這麼認為，但要是我現在打電話，他們可能會覺得我瘋了。更麻煩的是，萬一他們不記得我了怎麼辦？麥可．漢倫？誰啊？我不記得認識叫麥可．漢倫的人。我根本不記得你。什麼承諾？

我感覺打電話的時間還沒到……如果到了，我一定會知道，而他們的回憶線路也會同時恢復，感覺就像兩個巨輪以驚人之力緩緩靠近，一邊是我和德利市，另一邊是我的童年玩伴。時間到了，他們就會聽見烏龜的聲音。

於是我等待，遲早我會知道時間到了。我認為問題不是要不要打電話給他們，是什麼時候打。

一九八五年二月二十日

黑點酒吧失火了。

「麥可，商業部就是愛竄改歷史，這又是個絕佳的例子，」要是羅伯特．卡森依然在世，應該會這麼跟我說，或許邊說邊笑。「他們會那麼做，有時也幾乎得逞了……但老一輩的人會記得事情的經過，他們不會忘記的。只要你問對了方法，他們偶爾就會開口。」

不少住在德利市二十年的老居民，壓根不曉得舊陸軍航空基地曾經有一個士官專用的「特殊」營房，離基地其他設施足足有半英里遠。每到二月中時，氣溫降到負十五度左右，時速四十英里的強風掃過跑道，風寒效應誇張得令人無法想像，多走那半英里路可能讓你凍僵、凍傷，甚至喪命。

其他七個營房都有煤油暖氣、防風窗和絕緣設備，裡頭又暖又舒服。特殊營房住了二十七名E連士官兵，卻只有一個不太管用的老舊柴爐，柴火還得靠自己撿拾，所謂的絕緣設施也只是在外牆鋪一些松樹和雲杉的枝幹。其中一名士官某天幫營房裝了全套的防風窗，之後全連就到班格爾的基地去支援，忙到晚上才回來。他們又累又冷，卻發現所有窗子都破了，一扇不剩。

那是一九三〇年的事。當時美國空軍還有雙翼飛機，但比利．米契爾堅持進行空軍現代化，最後惹惱了上級，成為他們的眼中釘。上級在華盛頓狠狠修理了他一頓，將他軍法審判，降級轉任內勤去「飛辦公桌」。米契爾不久後就申請退役了。

因此儘管德利基地有三個跑道（只有一個鋪設完全），飛機出勤卻少得可憐，大部分任務都只是沒事找事幹。

其中一名E連士兵一九三七年退役後回到德利，那人就是我父親。他曾經跟我說過一個故事：

「一九三〇年春天，大約是黑點酒吧失火前半年，我和四名弟兄拿到三天休假到波士頓玩。收假那天經過大門，看見一個大個兒站在檢查哨內側，身體倚著鏟子，用手將黏著屁股的卡其褲拉開。他是中士，從南方來的，頭髮和紅蘿蔔一樣紅，滿嘴爛牙，一臉青春痘，簡直就像一頭無毛猩猩。你知道我的意思。大蕭條時期，部隊裡一堆這種人。

「所以我們走進大門，四個剛收假的年輕人，心情好得很。但我們從他眼神裡看得出來，他很想找我們碴。因此我們馬上立正敬禮，把他當成黑傑克佩爾辛將軍看待。我以為我們應該不會沒事，但那時候是四月下旬，天氣又好，陽光普照，我忍不住開口說了一句：『午安，威爾森中士。』結果被他用兩腳重重踩了一下。

「『我有准你跟我說話嗎？』他說。

「『沒有，長官，』我說。

「他看了看其他三名弟兄，崔佛．道森、卡爾．魯恩和亨利．威特森——他們那年秋天都死在酒吧大火裡——對他們說：『這聰明的小黑鬼惹到我了，你們幾個黑炭要是不想和他一樣，幹一下午苦工，就立刻回營房放東西，然後去找值星官報到，聽懂沒有？』

「於是他們轉身離開，威爾森大吼：『用跑的，你們三個混球！最後讓我看到你們的鞋底！』

「所以他們趕緊跑開。威爾森抓著我到裝備區，拿了一把圓鍬給我，接著帶我到那塊大空地去，就是之前西北航空空中巴士停靠區那一帶。他看著我，指著地上咧嘴微笑說：『看到那個坑了沒有，黑鬼？』

「地上根本沒有坑，但我想最好還是順著他，便低頭看著他手指的方向，說我看到了。他捶了我鼻子一拳，將我打倒在地上，鮮血順著襯衫流下來。那是我最後一件乾淨的襯衫。

「他對我咆哮：『你沒看到坑，是因為某個大嘴巴混球把它填起來了！』他的臉頰緋紅，卻又咧嘴微笑，顯然洋洋得意。『所以你該怎麼做呢，午安先生？你該把土從坑裡弄出來，馬上！』

「所以我挖了快兩小時，很快就挖到下巴那麼深了。最後兩英尺左右是黏土，等我挖完，坑裡的水已經淹到腳踝，我鞋子都濕透了。

「威爾森中士說：『爬出來，漢倫。』他坐在草地上抽菸，根本不拉我一把。我渾身上下都是泥巴，髒得要命，更別說卡其制服上還沾了沒乾的血。他起身走過來，指著那個坑。

「『你看到什麼了，黑鬼？』他問我。

「『一個坑，威爾森中士。』我說。

「『嗯，沒錯，但我現在不要它了，』他說：『我不想要黑鬼挖的坑，把土填回去，阿兵哥。』

「於是我又把土填回去。等我忙完，太陽已經下山了，氣溫愈來愈低。我拿起圓鍬將最後一鏟土敲平，他走過來檢查。

「『你看到什麼了，黑鬼？』他問。

「『報告長官，一堆土，』我說，說完他又揍我一拳。老天，小麥可，我差點就從地上跳起來，用圓鍬把他腦袋劈成兩半。但我要是那麼做，就再也見不到天空了，只能隔著牢房往外看。不過，我事後好幾次都覺得應該那麼做，但我當時總算克制了衝動。

「『那才不是一堆土，你這個豬腦大白痴！』他對我大吼，口水四濺。『那是我的坑！你最好立刻把土鏟出來，快點！』

「於是我又把土從坑裡挖出來，然後再次填滿。他問我為什麼把坑填滿，讓他沒辦法大便，所以我又把土挖出來。他脫下褲子，露出瘦巴巴的雙腿和發紅的屁股，一邊拉屎一邊抬頭對我咧嘴微笑，說：『漢倫，你還好吧？』

「『報告長官，我很好。』我立刻回答，因為我決定咬牙硬撐，直到我暈倒或死掉為止。我壓住心裡的憤怒。

「『好，我來搞定，』他說：『首先，你最好把坑填滿，二兵漢倫，而且最好勤快點。你動作變慢了。』

「所以我又開始填土。我看他笑的樣子，知道他才剛開始。但這時他一個朋友拿著煤氣燈過來，告訴他營區有人來突擊檢查，威爾森錯過了。我的弟兄幫我掩護，所以我沒事，但威爾森的夥伴（如果他有夥伴的話）都懶得幫他。

「於是他放了我。隔天我等著看懲戒名單出現他的名字，可惜並沒有。我猜他一定和少尉說他在教訓一個伶牙俐齒的黑鬼，所以錯過了檢查，說德利基地的所有坑洞都是那個黑鬼挖的，挖好的和還沒挖的統統是。上級搞不好頒發獎章給他，而不是叫他去削馬鈴薯皮。我們E連的人在基地就是這種命。」

父親告訴我這個故事時，正巧大約是一九五八年。我猜他當時已經快五十了，但我母親只有四十歲左右。我問他既然德利那麼不友善，他幹嘛回來？

「唉，小麥可，我十六歲就入伍了，」他說：「我是謊報年齡才進去的，而且不是我的主意，是你奶奶吩咐的。我當時個頭不小，我猜正是因為這樣，謊言才沒被戳破。我在北卡羅來納州的博考市出生長大，只有菸草來了之後，或是我父親冬天獵到浣熊或負子鼠，我們才吃得到肉。我在博考市的生活只有一個美好回憶，就是周圍擺滿玉米餅的負子鼠派，真是美極了。

「因此，你爺爺因為農場機械意外過世之後，你奶奶就說要帶著菲利．路博德到柯林斯投靠親戚。菲利．路博德是家裡最小的孩子。」

「你是說菲利叔叔嗎？」我問。想到大家都喊他菲利．路博德，我心裡就覺得好笑。他在亞歷桑納州的塔克森市當律師，還當了六年市議員。我小時候以為菲利叔叔很有錢。以一九五八年的黑人社會來說，我想他算有錢的吧，當時的年薪是兩萬美元。

「就是他，」我父親說：「但他那時還是個十二歲的毛頭小子，頭上戴著米紙帆船帽，套著圍兜，光著腳丫子。他是老么，我是倒數第二個小孩，其他小孩都離家了：兩個死了，兩個結婚了，一個在牢裡。坐牢的那個哥哥叫霍華德，從小就沒幹過正經事。

「『你要去當軍人，』你奶奶雪莉對我說：『我不知道他們會不會立刻發餉，但只要他們開始發薪水，你就得按月寄錢回家。我不想把你送走，孩子，可是你如果不照顧我和菲利，我們就活不下去了。』她把我的出生證明給我，要我拿給徵兵官。我發現上頭的日期已經改了，把我變成十八歲。

「所以我就到法院去找徵兵官，跟他說我要從軍。他把表格給我，指著簽名欄要我簽。我說：『我不會寫自己的名字。』他哈哈大笑，臉上一副怎麼可能的表情。

「『好了，小黑仔，趕快簽名吧。』他說。

「『等一下，』我回說：『我想問幾個問題。』

「『說吧，』對方說：『你問什麼我都能回答。』

「『部隊裡每週吃兩次肉嗎？』我問：『我媽說是，所以硬是要我入伍。』

「『沒有，部隊不是每週吃兩次肉。』他說。

「『唉，我想也是。』我說，心想這傢伙雖然討厭，起碼很誠實。

「沒想到那人接著說：『部隊每晚都有肉吃。』讓我覺得自己怎麼會覺得他很誠實。

「『你以為我是白痴，對吧？』我說。

「『你說對了，黑鬼。』他說。

「『還有，我入伍之後就得照顧媽媽和菲利．路博德，』我說：『我媽說那叫薪水。』

「『就是這個，』他用手指敲了敲薪餉單說：『你還有什麼問題要問？』

「『呃，』我說：『我要受什麼訓才能變軍官？』

「我話沒說完，他已經仰頭大笑，讓我覺得他都快被口水嗆到了。笑完他說：『孩子，部隊要是讓黑鬼當軍官，耶穌都會到酒吧跳牛仔舞了。好了，你到底簽不簽？我已經沒耐性了。還有，你把這裡弄得臭死了。』

「所以我就簽了。我看他將我的薪餉單和召集令釘在一起，然後他帶著我宣讀誓詞，說完我就變成軍人了。我以為他們會送我到紐澤西，因為當時沒戰爭，部隊都在那裡搭橋，沒想到卻被分發到緬因州德利市的E連。」

他嘆了口氣，碩大的身軀在椅子上動了動，蜷曲的白髮貼著頭皮。我們家那時在德利的農田是數一數二的大，而且還擺了路邊攤位，可能是班格爾以南最棒的吧。我們一家三口很勤奮，收成時還得另外請人幫忙，生活過得還不錯。

他說：「我會回德利市，是因為我南方和北方都跑遍了，發現種族仇恨到哪裡都一樣，不是只有威爾森中士而已。他只是個喬治亞州來的混球，把他南方的那套隨身帶著。他不用跨過賓州和馬里蘭州的州界以南才開始討厭黑鬼。他到哪裡都討厭黑鬼。也不是黑點酒吧的大火讓我發現那一點。你知道，小麥可，某方面來說……」

他瞄了我母親一眼。我母親正在編織，她沒有抬頭，但我知道她正豎耳傾聽，我想我父親也曉得。

「某方面來說，是那場火讓我變成真正的男人。火災死了六十人，其中十八個是E連的弟兄。火災之後，我們連幾乎瓦解了。亨利．威特森……史托爾克．安森……艾倫．史諾普斯……

艾佛瑞特．麥卡斯林……霍爾頓．薩托里斯……他們都是我的朋友，都死在那場火裡。縱火者不是威爾森中士和他那群死黨，而是緬因白人正義團。孩子，就是你學校裡的某些小孩。當年就是他們的老爸點火燒了黑點酒吧的，而且不是窮人家的小孩。」

「為什麼，爸爸？他們為什麼放火？」

「呃，因為這就是德利市，」父親皺著眉說。他緩緩點起菸斗，將火柴搖熄，接著說：「我也不曉得為什麼。我沒辦法解釋，卻又一點也不意外。

「你知道，白人正義團就是北方版的三K黨，一樣身穿白袍、燒十字架、寫下充滿憎恨的塗鴉。他們認為黑人佔了他們的車站，搶了白人的工作。他們有時會在宣揚黑白平等的教會裡安置炸藥。大多數歷史書只講三K黨，很少提白人正義團，許多人根本不曉得有這種組織。我猜想可能因為這些書大多是北方人寫的，他們覺得丟臉所以沒寫。

「白人正義團在大城市和工業區最盛行，紐約、紐澤西、底特律、巴爾的摩、波士頓和普茲茅斯之類的地方都有分部。他們在緬因州嘗試過，但只有德利市發展起來。喔，路易斯頓有一陣子也很猖獗，大概就是黑點酒吧失火那時候。不過，那裡的人並不擔心黑鬼強暴白人婦女，也不怕白人的工作被搶走，因為那裡根本沒有黑鬼。他們擔心的是遊民和流浪漢，那些綽號『補助金軍團』的傢伙會和所謂的『共產流氓軍』沆瀣一氣，也就是失業者。通常只要有這種人進城，就會被白人正義團趕走，甚至在他們褲子裡塞毒漆藤，或點火燒他們的襯衫。

「不過，黑點大火之後，正義團在德利就式微了，因為情況失控了，你知道。這地方似乎就是這樣，有時候。」

他停下來，吐了幾口煙。

「小麥可，那種感覺就像白人正義團是一粒種子，在這裡找到了沃土。正義團是有錢人的俱樂部。大火之後，他們全都互相掩護，為彼此說謊，將整件事情蓋了過去。」父親的語氣浮現一股怨毒，讓母親皺著眉抬起頭來。「畢竟死的是誰？不過就是十八個黑鬼阿兵哥，十四、五個當地的黑鬼，外加爵士樂團的四名黑人……還有一堆喜歡黑人的傢伙，算得了什麼？」

「威爾，」母親輕聲說：「別再說了。」

「不要，」我說：「我要聽！」

「該上床睡覺囉，小麥可，」父親用粗糙的大手摸摸我的頭說：「我只有一點要補充，但我想你應該聽不懂吧，因為連我自己都不太瞭解。那晚發生在黑點酒吧的事情雖然慘……但我不認為原因只是『我們是黑人』那麼單純，更不是因為酒吧緊鄰西百老匯，有錢白人從以前到現在都住在那裡。正義團在德利市會這麼猖獗，我認為不是因為這裡的人比波特蘭、路易斯頓和布朗斯威克的人更憎恨黑人和遊民，而是因為這個地方。我感覺壞事、傷人的事在這塊土地上特別容易發生。這些年來，我一直有這種感覺。我也不曉得為什麼……但確實如此。

「不過，這裡還是有好人的，當時也不例外。葬禮有幾千人參加，不只為白人哀悼，也為黑人送行。店家歇業了將近一週，醫院也免費為傷者治療。許多人真心送上慰問信和整籃的食物，到處有市民伸出援手。我就是那時認識杜威．康洛伊的。你也知道我那個朋友膚色和香草冰淇淋一樣白，但我感覺他就像我兄弟。我願意為他犧牲，而雖然人無法真正看透別人的內心，但我想他也願意為我而死。

「總之，部隊將倖存的阿兵哥調走，彷彿覺得丟臉似的……我想他們真的那麼覺得。最後我被調到胡德堡，在那裡待了六年，遇到你母親，我們在蓋維斯頓結婚，你母親的娘家。但即使事隔多年，我心裡卻一直惦記著德利，因此戰後便帶你母親回來這裡，然後有了你。現在我們就住在黑點酒吧一九三〇年焚毀之前不到三英里的地方。先生，我想你的上床時間到了。」

「我想聽火災的事！」我大吼：「告訴我嘛，爸爸！」

他皺起眉頭看著我，我每回看到總是會乖乖閉嘴……或許因為他很少露出那種表情。他通常都笑嘻嘻的。「那種事不是小孩聽的，」他說：「下回再說吧，小麥可，等我們都再長個幾年之後。」

結果，我等了四年才聽到黑點酒吧那一晚究竟出了什麼事。那時我父親的壽命已經走到了盡頭。他在醫院病床上向我娓娓道來，麻醉藥讓他時而清醒，時而昏沉，癌細胞則是聚集在腸道內，忙著吞噬他的生命。

一九八五年二月廿六日

我重讀上回寫的內容，結果看到我父親那一段時竟然哭了出來。父親已經過世二十三年了，我還記得自己很傷心，難過了將近兩年。一九六五年，我從高中畢業，母親看著我說：「你父親一定覺得很驕傲！」我們擁抱哭泣，我還以為結束了，我們終於為他留下最後的眼淚，將他埋藏在我們的記憶中。但誰曉得悲傷會延續多久？一個人可不可能在自己的孩子或兄弟姊妹死去三十或四十年之後，某一天在半夢半醒之間想起對方，心中依然充滿失去親人的空洞，感覺有一塊地方永遠空了……就算死後也無法填滿？

我父親一九三七年領取殘障撫恤金從軍中退役。當時他的部隊已經很有出征的味道，他對我說，明眼人一看就知道槍械很快就要派上用場了。他當時升上了中士，結果一名新兵拔掉插銷之後嚇得屁滾尿流，沒有將手榴彈扔出去，而是直接落在地上，幾乎炸掉我父親整隻左腳。他說，那手榴彈滾到他腳邊爆炸，發出夜半咳嗽一般的聲響。

當年士兵訓練用的火砲不是故障了，就是在庫房放太久，完全失去效用。子彈無法擊發，步槍經常在他們手中膛炸。海軍魚雷往往無法擊中目標，就算命中也不會爆炸。陸軍航空隊和海軍航空隊有一些飛機只要著陸太用力，機翼就會掉落。我聽說一個故事，一九三九年一名補給官在盤薩柯拉發現好幾輛故障的政府卡車，因為蟑螂把塑膠管線和風扇帶都咬爛了。

於是，靠著瑕疵軍火和官僚濫發補助，我父親便這麼幸運脫身——當然還包括後來變成小弟我麥可．漢倫的那部分。手榴彈沒完全爆炸，我父親也沒有失去下半身，只丟了一條腿。

靠著殘障撫恤金，他比預期早了一年迎娶我母親。他們沒有立刻來德利，而是先搬到休士頓，從事戰時工作直到一九四五年。我父親在一家製造炸藥外殼的工廠擔任工頭，母親則是「鉚釘女工蘿西」的代表。不過就像父親在我十一歲那年告訴我的，他心裡始終惦記著德利。下筆此刻，我忍不住好奇上天是不是早有安排，將他帶回德利，好讓我在那年八月的傍晚和死黨在荒原圍成一圈。假如真有命運之輪，那福禍必然相倚。只是福也可能讓人難以消受。

我爸媽攢下不少錢。父親訂了德利《新聞報》，每天留意售地廣告，最後總算相中一塊不錯的土地……起碼帳面上不錯。他們兩人搭著崔爾威巴士從德州到德利看地，當天就買了下來。佩諾布斯克第一商人銀行給了我父親十年貸款，於是他和我母親便回德利落地生根。

「我們起初有點辛苦，」另一回父親這麼告訴我：「鄰居有人不希望黑鬼住在附近。我們事前就知道會這樣，我可沒忘了黑點事件，因此便保持低調，耐心等待。小孩經過我們家會丟石頭或啤酒罐，讓我頭一年就換了二十扇窗，而且不只小孩對我們壞。有一天，我們起床發現雞舍牆壁被人漆了納粹標誌，所有的雞都死了。有人在飼料裡下毒。我之後再也沒養過雞。

「但郡警長（德利當時規模不夠，還沒有自己的警長）必須插手這些事，而他非常認真。小麥可，這就是我要講的，這裡有壞人也有好人。對蘇利文那傢伙來說，我膚色是棕是白、頭髮是捲是直一點關係都沒有。他來這裡五、六趟，到處打聽，終於問出了兇手。你猜是誰？我讓你猜三次，頭兩次不算！」

「我不知道。」我說。

父親哈哈大笑，笑得眼淚都流出來了。他從口袋掏出一條白色大手帕，擦了擦眼睛。「結果咧，兇手是巴奇·鮑爾斯，就是他！就是你說學校裡最會欺負人的小孩他老爸，真是上樑不正下樑歪！」

「學校有小孩說亨利的爸爸是瘋子，」我告訴他。我想我那時是四年級，已經大得夠讓亨利·鮑爾斯對我胡作非為了，總之……現在回想起來，我從一年級到四年級在學校聽過的罵人字眼，例如黑鬼或黑仔，都是從他那裡聽到的。」

「嗯，老實講，」父親說：「說巴奇·鮑爾斯是瘋子可能不無道理，因為大家都說他從太平洋戰區回來之後就不對勁了。他是海軍。總之，警長羈押他時，巴奇還大聲嚷嚷，說是別人陷害他的，那群人都被黑鬼迷住了。喔，還有他要控告所有人。我猜那份名單應該可以從這裡一路排到威奇漢街。我強烈懷疑他沒那麼多錢，但他說會告我、告蘇利文警長、告德利市和佩諾布斯克郡，天曉得他還想告誰。

「至於接下來發生了什麼……呃，我不敢說真有其事，但我是聽杜威·康洛伊說的。杜威說，蘇利文警長去班格爾監獄探視巴奇，說：『現在換你閉嘴聽人講話了，巴奇。那個黑人，他不想提告。他不想送你進蕭山克監獄，只想拿回買雞的錢。他覺得兩百美元應該就夠了。』

「巴奇告訴警長說，他寧可把錢塞到地洞裡。警長對巴奇說：『蕭山克有一個石灰窯，巴奇，那裡的人跟我說只要在石灰窯工作兩年左右，舌頭就會和萊姆冰棒一樣綠。你自己選吧，兩年石灰窯或兩百美元。你說呢？』

「巴奇說：『緬因州沒有法官會因為我殺了黑鬼的雞而判我罪的。』

「蘇利文說：『我知道。』

「『那你還來鬼叫什麼？』巴奇問他。

「『你最好醒醒吧，巴奇。他們不會為了死雞而判你罪，但你殺雞之後在門上漆了納粹標誌，他們就得把你關起來了。』

「嗯，杜威說巴奇嘴角一垮，蘇利文便離開牢房，讓他自己去想。過了大概三天左右，巴奇叫他弟弟（他這個弟弟兩年後酒醉出門打獵，結果凍死了）賣了那輛新的水星轎車。那輛車是他用退伍金買的，可漂亮的呢。於是，我拿到了兩百美元，巴奇發誓要把我活活燒死，而且到處跟朋友說。後來，有一天下午我遇到他。他那時開的是戰前出廠的老福特車，我開皮卡車。我在威奇漢街的調車場附近攔住他，拿著我的溫徹斯特步槍下車。

「『死傢伙，你要是敢放火，就等著嘗嘗黑鬼子彈的厲害吧，』我說。

「『黑鬼，你沒資格這樣跟我說話，』他說，聲音因為又氣又怕變得很含糊。『像你這種黑仔，沒資格這樣跟白人說話。』

「唉，小麥可，我真是受夠了。我知道要是不嚇死他，他肯定陰魂不散。當時四下無人，於是我一手伸進福特車裡抓住他的頭髮，槍托抵在我的皮帶扣上，槍口正對著他的下巴說：『你以後要是敢再叫我黑鬼或黑仔，我就打得你腦袋開花，腦漿從車頂滴下來。相信我，巴奇，你要是敢放火，我就一槍打死你，說不定連你老婆、小孩和白痴弟弟一起解決。我已經受夠了。』

「結果他真的哭了，我這輩子沒見過那麼醜陋的一幕。他說：『瞧瞧這是什麼世界？光天化日之下，竟然有黑……黑……有人在路邊拿槍指著一個老實人的腦袋。』

「我應和說：『是啊，竟然有這種事，真是沒天理。但已經無所謂了。重點是我們達成共識了沒有？還是你想試試用額頭呼吸的感覺？』

「他說知道了。從此之後，巴奇．鮑爾斯再也沒找過我麻煩，可能除了你的狗奇普先生死掉那次，但我沒辦法證明是他幹的。奇普可能自己吃到有毒的東西還是怎樣。

「從那天起，就不太有人招惹我們了。事後回想，我沒什麼好後悔的。我們在這裡過得很好，雖然我偶爾夜裡夢見大火，但話說回來，人生在世有誰不會作惡夢的？」

一九八五年二月廿八日

我坐在桌前打算寫下父親當年告訴我關於黑點大火的事，結果寫了好幾天還沒寫到。我想應該是《魔戒》吧，裡頭有個角色說過「路路相連到天邊」，人能從自家門前走到人行道再一路走到……呃，任何地方。故事也是一樣一個接著一個，也許會朝你所希望的方向走，也許不會。也許到最後重要的並非故事，而是訴說故事的聲音。

我記得的當然是他的聲音，我爸的聲音。我記得他說話低沉緩慢，記得他時而淺笑，時而大笑，偶爾停下來點菸斗、擤鼻子或從冰箱裡拿一罐納拉乾（他都叫它垃圾乾）啤酒。對我而言，他的聲音代表了所有聲音、所有歲月，是德利在向我說話——不在埃佛斯訪談裡，不在那些差勁的德利歷史書裡……也不在我的錄音帶裡。

我父親的聲音。

現在是晚上十點鐘，圖書館一小時前關門，寒風開始在館外肆虐。我聽見雨雪打在四周窗戶和通往兒童館的玻璃長廊窗上的細微聲響。我還聽見其他動靜，在包圍著我的燈暈之外，鬼鬼祟祟、窸窸窣窣。我在標準拍紙簿上振筆疾書，跟自己說那是老房子入睡前的聲音……卻揮不走一個念頭：今晚的暴風雪中，會不會有一個小丑在賣氣球？

嗯……算了。我想我終於知道如何言歸正傳，說出父親生前告訴我的最後一個故事。我是在醫院病房聽他說的，六週後他便過世了。

那時我每天下午放學後都會和母親去看他，傍晚自己再去一次。母親必須待在家裡幹活，但堅持我一定要去醫院。我都騎腳踏車。母親不讓我搭便車，即使孩童謀殺案已經絕跡了四年，她還是不准。

對一個十五歲少年來說，那六星期真是難熬。我很愛父親，卻討厭傍晚去醫院探病，看他生命不斷萎縮，臉上皺紋因為疼痛而增加、變深。儘管他很努力，偶爾還是忍不住會哭。探病結束，天已經開始暗了，而我騎車回家時總會想起一九五八年的夏天，於是便不敢回頭，生怕看到小丑……狼人……班恩碰上的木乃伊……或我遇見的鳥。但無論牠化身什麼，我最怕看到牠的臉龐是我癌末父親的病容，因此總是猛踩踏板，管它心臟狂跳。母親看我滿臉脹紅、頭髮被汗水濕透、上氣不接下氣地回來，她會說：「小麥可，你騎那麼快做什麼呢？你這樣會生病的。」我就會說：「我想快點回來幫妳做家事。」她會擁抱我、吻我，說我真是個乖小孩。

探病次數愈多，我愈來愈想不出什麼話跟他說。每回騎車進市區，我都會絞盡腦汁想話題，生怕父子倆到時無話可說。他的病入膏肓讓我恐懼、讓我憤怒，但也令我難堪。無論當時或現在，我都覺得死亡應該是一件很快的事，但癌症不僅僅在殺害他，還在折損他、貶低他。

我和他從來不談癌症。偶爾無話可說時，我都會想這下非談不可了，除此之外沒別的好談了，就像玩大風吹沒搶到椅子的小孩一樣進退不得。我會變得幾近瘋狂，拚命想找話題聊，任何話題都好，免得面對侵蝕我父親的病。想當年，他可是抓著巴奇·鮑爾斯的頭髮，用步槍抵著對方下巴，要那傢伙離他遠一點的人呢！我覺得我們就要談了，不得不談。要是真的談了，我一定會哭，絕對忍不住。十五歲的我想到在父親面前落淚就覺得害怕，比什麼事都要讓我恐懼和苦惱。

談話之間的停頓讓我害怕，而我就是在某次這樣的沉默時又問起父親關於黑點大火的事。醫院那天幫他打了一大劑麻醉藥，因為他疼得厲害。他睡睡醒醒，有時讓我覺得他根本在講外國話。他有時在對我講話，有時似乎把我看成他的弟弟菲利。我問他黑點的事其實沒什麼理由，只是想到就趕緊問了。

父親目光銳利起來，臉上露出微笑。「你就是忘不掉這件事對吧，小麥可？」

「是啊，爸爸，」我說。其實我已經三年多沒想到了，但還是學他說了一句：「我心裡一直惦著。」

「好吧，那我就現在告訴你，」他說：「我想十五歲應該夠大了，而且你母親不在，沒辦法阻止我。我覺得這種事只會發生在德利，而你應該知道這一點，才曉得要小心。德利似乎永遠等著發生這種事。你會小心吧，小麥可？」

「會的，爸爸。」我說。

「好，」他將頭靠回枕頭上說：「很好。」我以為父親又要昏迷過去了，因為他瞇起眼睛，沒想到他卻開口了。

「我一九二九年到三〇年在這裡當兵的時候，」他說：「山上還沒有德利社區大學，而是一間軍官俱樂部，就在販賣部正後方。那時在販賣部買一條 Lucky Strike 綠菸只要七美分。軍官俱樂部就是一間很大的半圓筒營房，但裡面弄得很舒服，除了地毯，還有靠牆包廂和一台投幣式點唱機，週末還能買飲料……假如你是白人的話。週六晚上通常有樂團演奏，真的很不賴。吧台只供應碳酸飲料，因為禁酒令，但聽說只要開口就能買到烈一點的東西……而且軍人證上必須有一顆綠色小星星，感覺很像秘密標記。通常是自家釀的啤酒，不過週末有時能買到更烈的玩意兒。假如你是白人的話。

「我們E連的弟兄當然不准去那裡，因此如果晚上休假，我們就會進城。德利當時還是伐木業重鎮，市區有八到十家酒吧，大多數集中在人稱地獄半畝地的地方。不是地下酒吧，他們擔當不起。店裡客人都很衝，當地居民稱呼他們是『瞎了眼的豬』。這名字取得還不壞，因為他們的行為舉止真的很像豬，而且離開時眼睛也茫得差不多了。郡警長知道，員警也曉得，但那些地方還是夜夜喧鬧，就和一八九〇年代伐木業開始興盛時一樣。我想一定有人行賄，但可能沒有一般人想得那麼誇張，而且德利人自有一套看法。有些酒吧除了啤酒還賣更烈的玩意兒。白人週五和週六晚上在軍官俱樂部買得到劣等威士忌和琴酒，但就我所知，那些酒吧賣的東西好上十倍。私酒用木漿卡車從加拿大運過來，而且其實和木漿相去不遠。好東西很貴，但假貨也不少，可以讓人大醉又不會要了小命，就算真的瞎了也不會持續太久。不管什麼時候進去酒吧，都得小心酒瓶朝你飛來。那裡有南氏酒吧、天堂酒吧、華麗溫泉酒吧、銀幣酒吧，還有一家叫號角酒吧，有時可以召到妓女。喔，其實你在哪家酒吧都能找到女人，根本不用費力，想換個口味的女人多得是，但對我、崔佛．道森和卡爾．魯恩這樣的傢伙來說，想召妓最好三思而後行，尤其是白人妓女。」

誠如我方才告訴各位的，我父親那天暈得很厲害。我相信他要是夠清醒，絕對不會說這個，起碼不會對自己的十五歲兒子說。

「總之，很快就有一名市議員來找福勒少校，說他想要談談『軍民之間的一些問題』、『選民的關切』和『社會善良風俗』，其實只是想讓少校搞清楚狀況。市民不希望黑人阿兵哥上酒吧、騷擾白種女人和喝私酒。只有白人可以到酒吧喝私酒。

「這些指控都很好笑，真的。他們擔心白種女人被糟蹋根本是無稽之談，至於覷著白人男性的路……嘖，我只能說我從來沒在銀幣或號角看過半個市議員。會到那種酒吧的男人都是穿著紅黑方格大外套的伐木工，手上全是傷疤，有的少了眼睛或手指，每個人的牙齒幾乎都掉光了，身上滿是木屑、鋸屑和樹汁的味道。他們穿著綠色法蘭絨褲和綠色純膠靴，在地板上留下殘雪，把地板弄得烏漆抹黑。小麥可，他們什麼都重。味道重、走路重，說話也重。他們的個頭就是大。我曾經在華麗溫泉酒吧看過一個傢伙和人比腕力，襯衫袖子竟然綳裂開來。不是撐破。你可能以為我說的是撐破，然而不是。是撐爆了，弄得袖子支離破碎。所有人歡呼鼓掌，有人朝我背上拍了一下說：『這才叫比腕力嘛，黑面仔。』

「我要說的是，要是週五和週六晚上離開林子到那些酒吧的瞎豬想喝威士忌、幹女人，而不是在樹洞裡抹豬油打炮，要是那些傢伙不想看到我們，他們早就把我們一屁股踢出去了。但事實上，小麥可，他們似乎根本不在乎。

「有天晚上，其中一個傢伙把我拉到一旁。他身高六英尺，在當時可是他媽的巨人了，而且喝得爛醉，聞起來就像一籃爛桃子。我看他就算脫下衣服，衣服也會站著不動。他看著我說：『先生，我有一件素情想請交你，我說我。你是黑鬼嗎？』

「『我是。』我說。

「『你好！』他忽然用聖約翰谷的法語問候我，聽起來像卡真人在說話一樣，而且咧開大嘴微笑，讓我看見他剩下的四顆牙。『我就知道你是，我啊。嘿！我在書裡看過一次黑人！你和他都有——』他不知道該怎麼說，只好伸手拍拍我的嘴唇。

「『大嘴唇。』我說。

「『對對對！』他說，說完像個小孩一樣笑了，接著又夾雜著法語說：『就是大嘴存！肥唇！大嘴存！來，我請你喝啤酒！』

「『請就請啊。』我說，不想惹毛他。

「他聽了又哈哈大笑，用力拍我的背，差點打到我的臉，接著一路擠開其他人走到木紋吧台邊。那裡肯定擠了七十個男人，還有差不多十五個女人。『給我兩罐啤酒，否則我就把這裡拆了！』他朝斷過鼻子的大塊頭酒保大吼。酒保的名字叫羅密歐．杜普瑞。『我一罐，肥唇先生一罐！』他又用法文吼道。說完所有人哄堂大笑，但完全沒有惡意，小麥可。

「他拿到啤酒之後給了我一罐說：『你叫什麼名字？我不可想叫你肥唇先生，不好聽。』

「『我叫威爾．漢倫。』我說。

「『好，我敬你，偉爾．漢人。』他說。

「『哪裡，是我敬你，』我回答：『你是第一個請我喝酒的白人。』我沒有騙他。

「於是我們把那兩罐啤酒喝完，之後又喝了兩罐。他說：『你確定你是黑鬼？除了那兩片肥唇，你看起來就和棕皮膚的白人沒什麼兩樣。』」

我父親說完就笑了，我也是。他笑得太厲害，笑到肚子都疼了。他收起笑容，翻了翻白眼，上頷咬著下唇，露出痛苦的表情。

「需要叫護士來嗎，爸爸？」我警覺地問。

「不用……沒關係，不會有事的。生這個病最慘的就是再也無法想笑就笑了。但我也沒什麼機會笑就是了。」

父親沉默片刻，我忽然發覺這是我們頭一回差點談起他生的病。也許我們應該多談談這些，對我、對他都比較好。

他喝了一口水，繼續往下說。

「總之，想把我們趕出酒吧的，不是少數會光顧的那些女人，也不是佔大多數的伐木工，而是市議會的那五個老頭。他們是真的被激怒了，還有力挺他們的那十幾個人。你知道，就是德利的保守派。他們從來沒有踏進天堂或華麗溫泉酒吧半步，都在當時位於德利高地的鄉村俱樂部喝酒，卻極力不讓E連的黑鬼阿兵哥污染地下酒吧和酒館。

「福勒少校回答說：『我根本不想讓他們待在我們這兒。我一直覺得這是作業疏失，他們應該會被送到南方或紐澤西才對。』

「『那不是我的問題。』那老傢伙告訴他。一個姓穆勒的，我想他叫——」

「莎莉·穆勒的父親嗎？」我驚訝地問。莎莉·穆勒是我高中同學。

父親咧嘴微笑，神情惱怒和扭曲。「不是，是她伯伯。莎莉·穆勒的爸爸當時在外地唸大學。但要是他人在德利，我想他也會站在哥哥那一邊。你如果懷疑我講的是不是真的，我可以告訴你，崔佛·道森跟我說過一樣的對話。他那天去幫那些大官拖地板，一字不漏全聽到了。

「『政府要把黑鬼送去哪裡是你的問題，不是我的，』穆勒對福勒少校說道：『我的問題是你週五和週六晚上准他們去哪裡。要是讓他們繼續在市區閒晃，肯定會出事的。德利可是有正義團的，你知道。』

「『但我這裡也有一點狀況，穆勒先生。』福勒少校說：『我不能讓他們待在軍官俱樂部，那不僅違反黑人不能和白人一起喝酒的規定，而且他們就是不能到那裡。那是軍官俱樂部啊，您曉得。那些黑人小夥子只是二兵而已。』

「『那也不是我的問題。我只相信一點，就是你會搞定。幹到這個位置，就該負起責任。』說完他就走了。

「福勒少校果真把問題搞定了。德利陸軍基地當時雖然沒有什麼建物，但佔地非常遼闊，總計超過一百英畝，往北直到西百老匯邊緣，中間隔著一道草坪，而現在的紀念公園，就是黑點酒吧當年的所在地。

「那地方在一九三〇年初還只是個老舊的徵用庫房，但福勒少校召集所有E連弟兄，告訴我們那裡以後就是『我們的』聚會所，語氣好像他是漫畫《小孤女安妮》裡頭的瓦巴克老爹一樣。說不定他真的那樣認為，覺得自己施捨了一個地方給黑人阿兵哥，即使那只是個庫房。說完他又好像沒什麼似的補上一句，說以後不准再去市區的酒吧。

「我們都很不爽，但又能怎麼辦？我們又沒實權。是連上一名年輕弟兄，一個名叫迪克．哈洛朗的伙房一兵建議大家，說只要好好整理，說不定能把那地方弄得不錯。

「於是我們真的做了，將那裡好好整頓了一番。結果很不錯，整體說來。我們頭一回走進那地方，感覺很喪氣，因為裡頭又暗又臭，到處是舊工具和發霉的裝紙的箱子，只有兩扇小窗，沒有接電，地板都是灰塵。我還記得卡爾．魯恩恨恨笑了一聲說：『少校那小子還真奇葩，對吧？說什麼送我們一個俱樂部。我呸！』

「後來也死在那場大火裡的喬治．布蘭諾克說：『沒錯，我要說這裡還真像個黑點。』酒吧的名字就是這樣來的。

「不過，真正的推手是哈洛朗……哈洛朗、卡爾還有我。我想上帝應該會原諒我們所做的一切——因為祂知道我們根本不曉得日後會發生什麼。

「沒多久，連上其他弟兄也加入了。德利大多數地方都成了禁區，他們也沒有什麼選擇。我們敲敲打打，清潔打掃。崔佛．道森是木工高手，他教我們怎麼在牆上鑿窗戶。艾倫．史諾普更是好樣的，找來一堆窗玻璃，什麼顏色都有，既像彩虹玻璃，又像教堂那種彩繪玻璃，兩者混在一起。

「『你是從哪裡弄來的？』我問他。艾倫是連上最年長的人，大約四十二歲，所以我們都叫他史諾普老爹。

「他塞了一根駱駝菸到嘴裡，朝我眨了眨眼睛說：『夜間徵收。』說完就不再多說了。

「總之，那地方整理得很不賴，我們到了盛夏就開始使用它了。崔佛．道森和幾名弟兄在後半部做了隔間，設了一個小廚房，不過只有烤爐和兩個油炸槽，想吃漢堡和薯條的時候可以弄來吃。牆邊有一個吧台，但只放汽水和純真瑪莉之類的飲料——去，我們還真識相。我們不就是這樣被教導的嗎？想喝烈的，就得偷偷地喝。

「地板還是很髒，但我們油上得不錯。崔佛和史諾普老爹裝了一條電線，我想又是夜間徵收來的。到了七月，週六晚上走進那裡坐下來喝可樂、吃漢堡——或高麗菜沙拉熱狗。感覺很棒。那地方一直不算真的完工，大火之前我們還在裝修。我們已經做習慣了……也可能是為了報復福勒、穆勒和市議會。但我想我和艾夫．麥卡斯林掛上『黑點』招牌的那個週五晚上起，我們就知道這地方是我們的了。招牌下頭寫道：E連和其他弟兄。你知道嗎，那感覺就好像專屬俱樂部一樣！

「我們把酒吧弄得很棒，好到白人開始抱怨。接下來就看到白人的軍官俱樂部開始加碼，新增了特別區和自助餐廳，似乎想要和我們一較高下，但我們根本不想和他們比。」

父親躺在病床上對我微笑。

「我們都很年輕，只有史諾普例外，但我們並不笨。我們知道白人不介意我們和他們比拚，但只要我們似乎領先了，就會有人打斷你的腿，讓你跑不下去。我們已經得到我們想要的，那就夠了。但後來……發生了一件事。」父親皺起眉頭，沉默了下來。

「什麼事，爸爸？」

「我們發現連上弟兄可以組成一支不賴的爵士樂隊，」他緩緩說道：「馬丁．德維洛下士會打鼓，艾斯．史帝文生吹短號，史諾普老爹則是紐奧良爵士鋼琴彈得不壞，雖然不夠出色，但還差強人意。還有一位弟兄吹豎笛，喬治．布蘭諾克會吹薩克斯風。其他弟兄也會不時插花，有的彈吉他，有的吹口琴或單簧口琴，甚至在梳子上放一張蠟紙這樣吹。

「事情不是一夜之間發生的，你知道，但到八月底，每週五和週六晚上，黑點就會有精彩的狄克西蘭爵士音樂。秋天來臨，那些弟兄表演得愈來愈好。儘管始終不夠完美——我不希望你以為他們很厲害——但他們的演出很不一樣……就是很有熱力……很……」他舉起瘦巴巴的手，在棉被上揮舞著。

「很大膽。」我試著猜父親的意思。

「沒錯！」他大聲說道，對我報以微笑。「你說對了！他們彈得很大膽。結果就是城裡的人開始到我們的地方來，就連基地裡的白人弟兄也來了。酒吧開始每到週末就人滿為患。不過，這也不是一夜之間的事。起初酒吧裡的白人臉孔就像胡椒裡的鹽巴一樣顯眼，但隨著時光推移，白人愈來愈多。

「白人開始光顧之後，我們就忘了要謹慎了。他們用牛皮紙袋裝著自己買的酒過來，大部分是很烈的上等貨。相較之下，城裡酒吧賣的酒簡直像汽水一樣。我講的是鄉村俱樂部才有的酒，小麥可，有錢人的酒。奇瓦士啦、格蘭菲迪，還有郵輪上賣給頭等艙客人喝的香檳。他們有些人管那種酒叫『醜騾子酒』，和我們鄉下有的那種動物同一個名字。我們應該想辦法阻止他們的，卻不曉得該怎麼做。他們是城裡人哪，拜託！他們是白人哪！

「還有，就像我說的，我們年紀太輕，對自己這番成就太自豪，低估了事情的嚴重性。我們都知道穆勒和他同黨一定知道我們這地方，但我想我們都沒察覺他們氣瘋了。我沒誇張，真的是氣瘋了。他們住在西百老匯的豪華維多利亞式老房子裡，離我們不到四分之一英里，聽見音樂轟轟作響，全是〈挖洋芋〉或〈哈格姑媽藍調〉之類的曲子，這已經很不妙了。知道白人小夥子也在裡面，和黑人一起飲酒作樂，那感覺一定更惡劣，因為九月底、十月的時候，來我們店裡的已經不只是伐木工和酒鬼了。我們在城裡肯定很轟動。年輕人會來喝酒跳舞，隨著無名樂團演奏的音樂搖擺，直到凌晨一點歇業為止。而且來的顧客不光是德利居民，連班格爾、新港、哈芬、克里福斯米爾斯、舊城和周圍小鎮都有人慕名而來。緬因大學兄弟會的大學生會帶姊妹會的女朋友來一起狂歡。樂隊後來學會演奏爵士版的〈杯酒高歌〉，他們聽了歡聲雷動，差點沒把屋頂掀了。當然，這裡是士兵俱樂部，照理說是這樣，一般人沒得到邀請不能來。但小麥可，其實我們就是晚上七點開門，一點關店。到了十月中，你任何時候到舞池裡，都得和六個人貼著身體，根本沒辦法跳舞，只能站著扭動……不過就算有人介意，也沒人抱怨。每到午夜，酒吧就像空的特快貨車一樣，所有人又搖又擺。」

父親停下來喝了一口水，又繼續往下說。他眼裡充滿光彩。

「唉，福勒終究會插手的。他要是早點行動，就不會死那麼多人了。他只需要派憲兵過來，將客人帶的烈酒統統沒收就好。這就夠了——事實上，他也只想這麼做。這一招就足夠讓我們關門大吉了。我們當中可能有人得受軍法審判，有人被關，剩下的人被調到其他單位，但福勒少校動作很慢。我想，他可能和我們一樣，有同樣的擔憂，害怕城裡有些人會震怒。穆勒沒有再來找他，我想福勒一定也不敢到城裡見他。那傢伙喜歡說大話，我說福勒，其實和水母一樣沒骨頭！

「所以，酒吧沒被查禁，不然那些死在大火中的人現在還活著。是白人正義團結束了一切。那年十一月，他們身穿白袍闖進來，辦了個烤肉大會。」

父親再度沉默，但他沒有喝水，而是鬱鬱望著病房角落。醫院外，鐘聲從某處輕輕飄來，一名護士從門口經過，鞋底踩過塑膠地板吱嘎作響。我聽見電視的聲音，還有收音機。我記得還聽見風在外頭吹著，咻咻掃過醫院側面。雖然是八月天，風聲聽起來卻很冷，完全無視於電視播的

《坎恩大反擊》和電台放的四季合唱團的〈走路有風〉，兀自呼嘯著。

後來，他總算開口說：「有些人是穿越基地和西百老滙之間的草坪來的，因此肯定先在某人家碰面，可能在地下室，套上白袍，然後點燃火把。

「我聽說還有些人是從瑞吉萊路進來的，那條路當時是進出基地的主要道路。我聽說——我不想講是誰告訴我的——他們開著全新的帕卡德轎車，身上穿著白袍，白色尖頂帽放在腿上，火把擺在腳邊。火把是用路易斯威爾球棒做的，頂端纏著一大團麻布，用紅色塑膠墊圈固定住，就是女人拿來保存果醬用的。威奇漢街彎向瑞吉萊路的岔口有一個哨所，但衛兵攔也沒攔，就讓那輛帕卡德進來了。

「那天是星期六，酒吧裡鬧烘烘的，開心得沒完沒了。可能擠了兩百人，甚至三百個。後來那些白人來了，一共六到八個，搭著那輛碧綠色的帕卡德過來。接著又來了更多個，穿越基地和西百老滙豪宅之間的樹林來這裡。他們的年紀都不輕了，小夥子不多。我有時會想，事發隔天他們之中有多少人喉嚨發炎或胃潰瘍出血？我希望愈多愈好，那些鬼鬼祟祟的齷齪混球。

「帕卡德停在山上閃了兩次車燈，接著四個人下車和其他同夥會合。其中幾人手上拿著兩加侖裝的油桶，那時在加油站就買得到。所有人手上都拿著火把，留下一個待在車裡。穆勒有一輛帕卡德，你知道。沒錯，而且是綠色的。

「他們在酒吧後方會合，替火把灑上汽油。他們或許只是想嚇唬我們。我聽人這樣說過，但也聽過相反的講法。我願意相信他們只是想嚇唬我們，因為我沒那麼壞，不想相信他們真的那麼狠毒。

「可能是他們點火時有汽油流到手握的地方，讓其中幾人嚇壞了，慌忙中就將火把扔了出去，只想趕快脫手。總之，漆黑的十一月深夜忽然冒出熊熊火光。其中幾人拿著火把揮舞，不時有著火的麻布碎片飛出，有些人在笑。但就像我說的，有幾個人將火把扔進後窗，落到廚房裡。短短一分半鐘，廚房就變成了人間煉獄。

「酒吧外頭的那些傢伙都戴著白色尖頂帽，其中幾個大喊：『黑鬼出來！黑鬼出來！黑鬼出來！』也許有幾個人大喊是想恫嚇我們，但我寧可相信他們是想警告我們，就像我寧願相信火把是他們不小心扔進廚房的一樣。

「反正不管怎樣都沒差了。樂隊演奏得比工廠汽笛還響，所有人歡呼，興奮到極點，沒有人察覺事情大條了。最後是那天擔任助理廚師的傑瑞·麥克魯為了躲火奪門而出，大夥兒才知道出事了。火舌從廚房竄出十英尺，當場燒掉他的西裝上衣，差點把他的頭髮燒光了。

「事發當時，我和崔佛·道森、迪克·哈洛蘭正坐在靠東的牆邊，我起初以為瓦斯爐爆炸了。我才剛站起來，就被擠往門口的人群撞倒了。二、三十人從我背上踩過，我想我就只有那時候真的害怕過。我聽見有人尖叫，大喊失火了，趕快離開酒吧。但我只要試圖起身，就有人踩著我的背過去，還有一個人大腳踏過我的後腦勺，讓我眼冒金星。我的鼻子被壓在油膩膩的地板上，灰塵衝進鼻子，讓我開始又咳又打噴嚏。有人踩到我的後腰，我感覺女人的高跟鞋狠狠踏進我股溝裡。老天爺，我可不想被人灌腸。要是卡其褲裂了，我看我的屁股可能這會兒還在流血。

「現在講起來很好笑，但那一踩真是差點要了我的命。我被人撞、被人推倒和猛踩，渾身被人踹來踹去，隔天根本沒辦法走路。我不停尖叫，但完全沒有人聽到，也沒人理我。

「是崔佛救了我。我看見一隻巨大的棕色手掌朝我伸來，便像溺水看見救生圈的人一樣抓著不放。他用力一拉，我正要站起來，又有人朝我脖子邊這裡一踩——」

他按了按下顎和耳朵交界的地方，我點點頭。

「那一下踩得之重，讓我痛得大概昏迷了一分鐘。但我沒有放開崔佛，他也沒放開我。我最後總算站了起來，但就在這時，廚房和酒吧之間的牆倒了，發出砰的一聲，就像點燃汽油時的轟鳴聲。我看見巨大的火團四射，所有人急著想躲開。有人逃過了，有人沒有。我們連上一位弟兄，我想是霍特．薩托里斯，他被牆壓在下面，接著我只看見他從燃燒的煤炭底下伸出一隻手，開開闔闔。有個白人女孩，顯然不滿二十歲，她洋裝背後起火了。她和一個大學生一起，我聽見她朝他尖叫，求他幫忙，但他只拍了兩下就跟著別人逃命去了。那女孩僵在原地，看著洋裝往上燒。

「廚房那裡簡直有如地獄，火光亮得讓人無法逼視，熱得好像烤箱，小麥可，可以把人烤熟。你感覺皮膚都烤出油來了，連鼻毛也變酥了。

「『我們得衝出這裡！』崔佛大吼，開始拉著我沿著牆邊走。『快點！』

「這時，迪克．哈洛蘭忽然抓住他。迪克還不到十九歲，兩隻眼睛瞪得和撞球一樣，但腦袋卻比我們兩個清醒。『不是那個方向！』他大喊：『是這裡！』他指著舞台……但那裡有火，你知道。

「『你瘋啦？』崔佛吼了回去。他聲如洪鐘，但大火有如雷鳴，加上眾人高聲尖叫，幾乎淹沒了他的聲音。『你想死就自己去死，我和威爾要逃出去！』

「崔佛依然抓著我的手，又開始拉著我往門口擠。但周圍人實在太多了，根本看不見門在哪裡。要不是迪克，我一定會跟著崔佛走。我嚇壞了，完全搞不清方向，只曉得自己不想被烤成火雞。

「迪克使盡全力抓住崔佛的頭髮，逼得崔佛轉過頭來。他一轉頭，迪克就賞了他一巴掌。我記得自己看見崔佛的腦袋撞到牆上，心想迪克瘋了。我聽見他朝崔佛咆哮：『你們往那裡走是自尋死路！他們從外頭把門抵住了，白痴！』

「『你又知道了？』崔佛吼了回去，接著就聽見轟的一聲巨響，只不過爆炸的不是爆竹，而是馬丁．德維洛的大鼓。大火正沿著橫樑竄燒，地板上抹的油也起火了。

「『我知道！』迪克大喊：『我就是知道！』

「迪克抓住我另一隻手，我感覺自己好像變成了拔河繩。崔佛仔細打量了出口一眼，接著就朝迪克的方向走。迪克帶我們走到一扇窗邊，抓起椅子想將窗戶打破，但才剛要動手，窗子就被高熱衝破了。他抓著崔佛．道森的褲子屁股，將他往上提。『爬啊！』他大叫：『快爬啊，笨蛋！』於是崔佛奮力往上攀，頭先腳後爬出了擋雪板。

「迪克開始推我，我努力往上，抓住窗邊使勁拉扯，隔天兩隻手掌都是水泡，因為木頭窗框已經在冒煙了。我頭先出去，要不是崔佛抓住我，我的脖子可能當場就折斷了。

「我們回頭張望，但眼前的景象卻像最可怕的夢魘，小麥可。那扇窗已經變成火光熊熊的方框，屋頂有十幾處竄出火焰。我們聽見尖叫聲從酒吧裡傳來。

「我看見兩隻棕手在火焰前揮舞。是迪克。崔佛．道森用雙手做成踏板，讓我踩上去伸手抓住迪克。我用力拉他，肚子不小心碰到牆壁，感覺就像貼上滾燙的爐子一樣。迪克的面孔出現在窗邊。那一瞬間，我覺得我們可能救不了他。他已經吸進濃煙，感覺就要昏迷了。他雙唇焦裂，襯衫背部冒著煙。

「我差點鬆手，因為我聞到屍體燒焦的味道。我之前聽說人肉燒焦聞起來就像烤豬肋排，結果根本不是。那味道更像幫馬閹割完畢，起一把大火將割下來的東西扔進去，除了聽見馬睪丸像栗子一樣劈啪作響，還會聞到的惡臭。人穿著衣服起火燃燒就是那個味道。我聞到了，而且知道自己不可能再聞多久，因此便使勁猛力一拉，把迪克拖了出來。他只掉了一隻鞋子。

「我跌下崔佛的雙手，整個人往後摔。迪克壓在我上頭。我告訴你，黑人的頭真是有夠硬。

我被他撞得差一點沒氣，動彈不得了幾秒鐘，接著才抱著肚子在地上滾來滾去。

「但我不久就能撐起身子，然後站了起來。我看見幾個人影跑向草坪。我起初以為是鬼，後來才看見鞋子。那時，酒吧四周已經亮得有如白晝。我看見鞋子之後，立刻明白那幾個影子是人裹著袍子。其中一人稍微落後，我看見……」

父親沒有往下說，舔了舔嘴唇。

「你看見什麼，爸爸？」我問。

「別問了，」他說：「幫我把水拿來，小麥可。」

我將開水遞給他，他幾乎一飲而盡，接著開始咳嗽。一名護士正好經過，探頭進來說：「您需要什麼嗎，漢倫先生？」

「我需要新的腸子，」父親說：「你們手邊有嗎，蘿妲？」

護士緊張遲疑地笑了笑，就從門前走過了。父親將杯子遞給我，我將杯子放回桌上。「用說的比用回憶的久，」他說：「你離開前能再幫我倒一杯水嗎？」

「沒問題，爸爸。」

「聽完故事你會作惡夢嗎，小麥可？」

我很想說謊，但還是決定不要。現在想來，若是我當時說謊，父親應該就不會再講下去了。

「應該會吧。」我說。

他雖然腦袋不清楚，但還不到昏昧的程度。

「作惡夢其實不是壞事，」他告訴我：「惡夢能讓我們想像最糟的狀況，我想這就是惡夢的意義。」

他伸出手，我也伸手給他，我們父子倆就這樣牽著手把話講完。

「我回頭一看，發現崔佛和迪克正要繞到酒吧前面，便立刻追了上去，但依然有點喘不過氣。酒吧前面擠著四、五十人，有的在哭、有的在吐、有的尖叫，還有人又哭又吐又叫。其餘的人則躺在草地上，被煙嗆得昏死過去。酒吧的門關著，我們聽見裡面有人尖叫，吼著要出來，要神憐憫他們。那些人全都葬身火海。

「酒吧廚房的門通往垃圾桶和雜物，除此之外就只有正門。想進酒吧必須推門而入，出來則是用拉的。

「有些人順利出來了，但接下來的人開始擠到門邊用力往外推，結果反而把門關上了。後面的人不斷往前推，想要躲避大火，所有人擠在一起，最前面的人都被壓扁了。有那麼多人在後面推，他們不可能把門拉開，因此大夥兒全都被困在裡面，而大火還在延燒。

「是崔佛．道森救他們出來的，讓死亡人數只有八十左右，而不是上百，甚至兩百人喪生。但他這麼千辛萬苦，得到的卻不是獎章，而是在萊伊禁閉室關了整整兩年。我們跑到酒吧前面，看見一輛舊大卡車停了下來，司機正是咱們的老朋友威爾森中士。基地所有坑洞都是他搞出來的。

「威爾森下車開始大吼大叫，下達一些沒什麼用處的命令，但反正也沒什麼人聽見。崔佛抓住我的手臂，一起跑到威爾森面前。我已經不曉得迪克．哈洛蘭跑去哪裡了，直到隔天才見到他。

「『中士，我必須借用您的卡車。』崔佛對著威爾森大喊。

「『閃開，黑鬼！』威爾森說著將崔佛推開，又開始胡亂下令，但根本沒有人理他，而且他也沒能講太久，因為崔佛．道森像箱子裡的小丑從地上蹦起來，將他撂倒在地。

「崔佛應該很用力，換作其他人可能會倒地不起，但那傢伙的頭還真硬。只見他站起來，嘴和鼻子都在流血，對崔佛說：『我要殺了你。』話才說完，崔佛已經使勁朝他肚子揮了一拳，讓他彎腰捧腹，我趁機雙手交握，猛力朝他脖子敲了下去。這麼做很孬，從背後攻擊人，但非常時期需要非常手段，而且我得老實說，打那口無遮攔的混球一拳還是讓我暗爽了一下。

「威爾森像被斧頭砍到的小牛一樣倒了下去。崔佛跑向卡車，發動引擎，將車掉頭面向酒吧，但對準門的左側。他先踩油門，然後送上離合器，車子就開始衝刺了！

「『那邊的人注意點！』我朝著四周的人大喊：『小心卡車！』

「眾人嚇得四處逃竄，崔佛沒撞到人真是奇蹟。他大概以三十英里的時速衝進酒吧左側，臉龐狠狠撞在方向盤上。我看見他鼻子流血，他搖搖頭將血甩開。他打擋倒車，後退了五十碼左右，然後再度衝向酒吧。轟！黑點酒吧只不過是錫皮浪板搭成的倉庫，這第二次衝撞讓它應聲倒地。只見酒吧一側完全塌陷，火焰從廢墟中竄出。我不曉得裡面的人怎麼可能活著，但確實有人還沒喪命。人比我們想得還要頑強，小麥可。要是你不相信，看看你爸爸就好，光靠指甲就救了自己一命。黑點就像融化的熔爐，大火和濃煙構成的地獄，但還是不斷有人從火中跑出來，人數多到崔佛不敢再撞第三次，生怕壓到人。於是他下車跑到我身邊，不再插手。

「我們站在原地看著黑點付之一炬。雖然只有五分鐘，感覺卻像一輩子。最後逃出來的那十幾個人，身上都著了火。其他人抓住他們，讓他們在地上滾動，把火弄熄。我們往酒吧裡看，發現還有人掙扎著想出來，但心裡知道他們是不可能生還了。

「崔佛緊緊抓著我的手，我用力回握了他兩次。我們手牽著手站在那裡，就像你和我現在這樣，小麥可。崔佛鼻子斷了，血流滿面，眼睛腫得睜不開，我們一起看著酒吧裡的人。他們才是真正的鬼魂。那些男人、女人。他們在大火中只剩下發光的形影，朝崔佛用威爾森中士的卡車撞開的大洞走來。他們有些人伸出手臂，但似乎哪裡也去不成。他們的衣服熊熊燃燒，臉龐起火，一個一個仆倒在地，再也看不見了。

「最後出現的是一個女人。她洋裝已經燒掉了，身上只剩內衣，整個人像蠟燭一樣燃燒著。她朝外頭望了最後一眼，我覺得她似乎看著我。我看見她的眼皮也著火了。

「那女人倒地之後，一切都結束了，整個地方變成一片火海。等基地的消防車和中央街消防隊派來的兩輛消防車抵達時，酒吧已經付之一炬了。這就是黑點大火事件，小麥可。」

他將水喝完，把杯子遞給我，要我去大廳的飲水機裝水。「看來我今天晚上會尿床了，小麥可。」

我親了他的臉頰，走到大廳去裝水。等我回來，他又恍神了，兩眼呆滯，似乎陷入沉思。我將杯子放在床頭桌上，他呢喃說了一聲謝謝，但我差點聽不懂。我看了看桌上的威斯特克拉克斯鐘，發現快八點了，我該回家了。

我彎身想和他吻別……卻聽見自己低聲說：「你看見什麼？」

他的眼皮已經快要閉上，眼睛幾乎沒有轉向我。他可能知道是我，也可能覺得那是他心裡的聲音。「啊？」

「你看見什麼東西？」我輕聲說。我不想聽，但非聽不可。我又冷又熱，兩眼發燙，雙手冰冷，但是我非聽不可，就像羅得的妻子非得回頭看所多瑪城毀滅一樣。

「我看見一隻鳥，」他說：「就在落隊的那個人上方。可能是老鷹，那種叫做獵鷹的鳥，但牠非常大。我從來沒告訴別人，否則會被關起來。那隻鳥的雙翼張開可能有六十英尺長，和零式戰鬥機一樣。但我看見……看見牠的眼睛……而且我覺得……牠也看著我……」

父親的頭倒向一邊，對著窗戶。夜幕正慢慢下垂。

「牠俯衝而下，抓住那個落隊的人，緊緊攫住他的白袍，真的……我聽見翅膀噗噗鼓動……

聲音很像火……牠在空中盤旋……我心想，鳥不會盤旋……可是這隻鳥會，因為……因為……」

他不再說話。

「為什麼，爸爸？」我低聲問：「牠為什麼能盤旋？」

「牠沒有盤旋。」他說。

我默默坐著，心想他這回一定是睡著了。我這輩子從來沒這麼恐懼過……因為四年前我看過那隻鳥。我想不出為什麼，但我幾乎忘了那天的夢魘，直到現在又被我父親喚了回來。

「牠沒有盤旋，」他說：「而是用飄的。用飄的。牠兩邊翅膀都綁了一大堆的氣球，牠是用飄的。」

說完他就睡著了。

一九八五年三月一日

牠又來了，我現在曉得了。我會繼續等待，但心裡知道是真的。我不曉得這回自己受不受得了。我小時候有辦法面對，但小時候不一樣。完全不同。

上面那些全是我昨晚寫出來的，簡直像發瘋一樣。反正我也回不了家。德利市覆蓋了厚厚一層冰，雖然今天早上出太陽，但地面的冰還是文風不動。

我一直寫到深夜三點多，下筆愈來愈快，想一口氣寫完。我已經忘了十一歲時曾經見過那隻巨鳥，是父親的經歷喚醒了我的回憶……從此我想忘也忘不了，細節都記得清清楚楚。我想，那算是父親最後送我的禮物吧。說可怕很可怕，但某方面來說又是很棒的禮物。

我就在寫字的地方睡著了，腦袋枕著手臂，筆記本和筆擺在面前。早上醒來，我屁股發麻，腰痠背痛，但就是感覺很自由……擺脫了那個老故事。

但我馬上發現一件事。昨天夜裡，我不是一個人。

從圖書館前門（我昨晚鎖上了，我向來都會鎖門）到我睡覺的書桌前，有一排淡淡的半乾泥腳印。

但沒有離開的腳印。

無論來者是誰，都是夜裡出現的，來留下符咒……然後消失無蹤。

我的閱讀燈上繫了一個氣球。充了氦氣的氣球。在從高窗斜斜照進來的晨曦中飄浮著。

氣球上是我的臉。沒有眼睛，血從凹陷的眼窩裡流出來，因為尖叫而變形的嘴印在薄薄的鼓脹的塑膠皮上。

我看到那氣球，嚇得放聲尖叫。聲音在圖書館迴盪，來來回回，連通往書架的螺旋鐵梯都在搖晃。

氣球砰的一聲破了。

國家圖書館出版品預行編目資料

牠(上) / 史蒂芬．金 著；穆卓芸 譯 -- 初版. -- 臺北市：皇冠, 2013.1
面；公分. -- (皇冠叢書；第4281種 史蒂芬金選；23)
譯自：IT
ISBN 978-957-33-2964-0 (平裝)

874.57 101026090

皇冠叢書第4281種

史蒂芬金選 23

牠[上]

IT

作　者—史蒂芬．金
譯　者—穆卓芸
發 行 人—平雲
出版發行—皇冠文化出版有限公司
台北市敦化北路120巷50號
電話◎02-27168888
郵撥帳號◎15261516號
皇冠出版社(香港)有限公司
香港銅鑼灣道180號百樂商業中心
19字樓1903室
電話◎2529-1778 傳真◎2527-0904
美術設計—王瓊瑤
著作完成日期—1987年
初版一刷日期—2013年1月
初版十刷日期—2023年2月
法律顧問—王惠光律師

讀者服務傳真專線◎02-27150507
電腦編號◎508023
ISBN◎978-957-33-2964-0
Printed in Taiwan
本書特價◎新台幣799元/港幣266元